EL LIBRO DE LOS PORTALES

LAURA GALLEGO

El Libro de los Portales

minotauro

Primera edición: abril de 2013

© Laura Gallego García, 2013

www.lauragallego.com

© Editorial Planeta, S. A., 2013
Avda. Diagonal, 662-664, 7.ª planta. 08034 Barcelona

www.edicionesminotauro.com
www.planetadelibros.com

Todos los derechos reservados

ISBN: 978-84-450-0130-1
Depósito legal: B. 6.061-2013
Fotocomposición: Medium
Impresión: Romanyà Valls, S. A.

Impreso en España
Printed in Spain

No se permite la reproducción total o parcial de este libro, ni su incorporación a un sistema informático, ni su transmisión en cualquier forma o por cualquier medio, sea este electrónico, mecánico, por fotocopia, por grabación u otros métodos, sin el permiso previo y por escrito del editor. La infracción de los derechos mencionados puede ser constitutiva de delito contra la propiedad intelectual (Art. 270 y siguientes del Código Penal).
Diríjase a CEDRO (Centro Español de Derechos Reprográficos) si necesita fotocopiar o escanear algún fragmento de esta obra.
Puede contactar con CEDRO a través de la web www.conlicencia.com o por teléfono en el 91 702 19 70 / 93 272 04 47.

PRÓLOGO

Una visita inesperada

> «Nosotros conocemos el secreto.
> Nosotros anularemos las fronteras
> y cambiaremos el mundo.
> Nosotros dibujamos el Círculo.
> Nosotros somos el Círculo.»
>
> Juramento del Círculo
> de Sabios de Maradia

El capataz estaba supervisando el trabajo de los mineros en las galerías superiores cuando le advirtieron de que el portal se estaba activando. El hombre lanzó un juramento, escupió en el suelo y se apresuró a regresar a la superficie.

El guardián solía abrir el portal una vez por semana, para enviar a Maradia el mineral extraído a lo largo de los días anteriores. Pero aquella comunicación casi siempre iba en un único sentido. Los pintores de la Academia de los Portales se contentaban con recibir puntualmente su cargamento y, como mucho, enviaban a un funcionario, siempre el mismo, a realizar la inspección anual. Este, por otro lado, se limitaba a revisar los libros de cuentas y no indagaba más; no le preocupaba saber cómo ni en qué condiciones se extraía su preciado mineral, al menos no mientras el suministro siguiera siendo fluido y abundante.

Sin embargo, el capataz sabía que la última visita del inspector, tres meses atrás, no había resultado satisfactoria para sus superiores de la Academia.

—Estos *granates* solo dan problemas —masculló mientras se encaminaba hacia el portal; llamaba «granates» a los pintores de portales por el color de sus hábitos, similar al del mineral del que extraían el pigmento que tan vital resultaba para su actividad.

Aún murmurando por lo bajo, se dirigió al guardián, a quien todo el mundo apodaba Raf *el Gandul,* porque su trabajo consistía en estar todo el día sentado sin hacer nada. Tan solo requerían sus servicios cuando había que enviar una nueva remesa de mineral, en cuyo caso se limitaba a escribir en la tabla la contraseña que abría el portal, y que solo él conocía.

–¿Qué está pasando aquí? –gruñó al verlo.

–Han activado el portal desde el otro lado –fue la respuesta de Raf.

–¡Eso ya lo veo, inútil! ¡Pero hoy no es día de inspección!

El guardián le dirigió una mirada glacial. El capataz Tembuk tendía a comportarse como si allí todo el mundo estuviera a sus órdenes, pero lo cierto era que Raf solo respondía ante el Consejo de la Academia.

–Los portales solo pueden ser activados por los maeses –respondió, recitando una información que todos conocían de sobra– y por los guardianes, que...

–¡Eso ya lo sé! ¡Lo que quiero saber es por qué vienen a mi mina esos condenados *granates*!

Pero el guardián se encogió de hombros con indiferencia.

–Eso habrá que preguntárselo a ellos cuando lleguen.

El capataz maldijo por lo bajo. Gran parte de su nerviosismo se debía a que sospechaba por qué los pintores podían estar interesados en abandonar su cómoda Academia para ensuciarse las sandalias con el polvo de la mina. Dejando de lado el hecho de que, por descontado, no le gustaba verlos husmeando por allí, ni siquiera cuando las cosas marchaban bien.

Los dos hombres contemplaron los elegantes trazos del portal, pintados sobre el muro mucho tiempo atrás. Una tenue luz rojiza recorría las volutas y espirales, las filigranas y las laberínticas formas que, a pesar de los siglos transcurridos, aún mostraban un diseño de gran belleza y complejidad. El portal, como todos, era circular y de color granate, y su trazado, aun con todos sus ornamentos, seguía una pauta concreta y fácilmente reconocible: una estrella de ocho puntas inscrita en el interior de una circunferencia perfecta.

De pronto, las líneas del portal se difuminaron, y por un instante solo se vio un círculo luminoso sobre la pared. Enseguida aparecieron dos figuras recortadas en su interior y, momentos más tarde, el portal volvió a apagarse.

El capataz se sacudió la ropa con nerviosismo, mientras el guardián se inclinaba con respeto ante los dos visitantes.

No los conocían, lo cual añadía tensión a la escena. El capataz Tembuk había acabado por acostumbrarse al funcionario bajito y anodino que revisaba sus cuentas una vez al año. Pero esos dos eran distintos. «Peces gordos», pensó. Lo había notado en su porte orgulloso y en sus hábitos, de buena calidad. Uno de ellos exhibía una barriga prominente y tenía los dedos cuajados de anillos. Contemplaba cuanto le rodeaba con arrogancia y cierta mueca de disgusto. El otro, sin embargo, había clavado en ellos una mirada de halcón, y no parecía interesado en su entorno, como si el lugar no constituyera una novedad para él. Quizá había estado allí en otras ocasiones, aunque el capataz no lo recordaba. De todos modos, el pintor le doblaba la edad. Su cabello, que, siguiendo la costumbre de los de su clase, recogía en una larga trenza, mostraba más hebras blancas que grises.

–Bienvenidos a nuestra explotación, maeses –saludó ampulosamente Raf *el Gandul*.

El capataz carraspeó y trató de retomar el control de la situación.

–Sí, hum... maeses –repitió, casi escupiendo el título–. Soy Tembuk, el encargado de la mina. ¿Dónde está maese Orkin? –añadió, con cierta brusquedad, echando de menos al inspector de la Academia. No sentía una especial simpatía por él, pero al menos en su presencia pisaba terreno conocido.

–Maese Orkin no nos acompaña, como es evidente –replicó el pintor del cabello cano, sin responder a la pregunta–. Yo soy maese Kalsen y él es maese Nordil. Pertenecemos al Consejo de la Academia.

Tembuk se aclaró la garganta de nuevo. Había muchos pintores de portales, pero, que él supiera, solo doce integraban el Consejo que regía los destinos de todos ellos.

Aquel asunto cada vez le gustaba menos.

–Ejem... Comprendo. Pero debo decir que... hum... nadie nos avisó de vuestra... hum... visita.

–No necesitamos anunciarnos para venir aquí –replicó maese Nordil con petulancia–. Recuerda, capataz, que este lugar se financia con fondos de la Academia de los Portales. Tenemos derecho a visitarlo cuando lo estimemos oportuno.

–Por supuesto, por supuesto –se apresuró a responder el capataz, apretando los dientes–. Tened la bondad de seguirme por aquí.

Los guió hasta la cabaña desde donde dirigía la explotación. Una vez allí, extrajo del estante el pesado libro de cuentas para mostrarlo a los recién llegados; pero maese Kalsen lo detuvo antes de que tuviera ocasión de abrirlo.

–Puedes ahorrarte eso, Tembuk. Conocemos los números de sobra. En realidad, hemos venido para hablar acerca de dos asuntos importantes.

–¿Dos asuntos? –repitió Tembuk, desconcertado. Tenía una idea bastante aproximada de cuál podía ser uno de ellos, pero el segundo se le escapaba por completo.

El pintor asintió.

–Hemos observado un alarmante descenso en vuestra producción –afirmó, confirmando los temores del capataz.

–Los recursos se están agotando, maeses –admitió él, de mala gana–. Hace ya tiempo que viene sucediendo: las galerías principales están prácticamente vacías, y llevamos varios meses subsistiendo con lo que podemos rascar de un puñado de pequeñas galerías secundarias.

–¿Insinúas que la veta está agotada? –preguntó maese Kalsen, frunciendo el ceño.

Tembuk se detuvo un momento antes de responder, mientras intentaba ordenar sus ideas y encontrar un modo de explicarles la situación.

Varias generaciones de mineros habían regado aquellos túneles con sangre, sudor y lágrimas. Se trataba de un trabajo extremadamente duro que, sin embargo, había producido sus frutos y generado una próspera comunidad que, en sus mejores tiempos, disfrutaba de una buena situación económica. Pero aquella época feliz, en la que ser minero suponía un orgullo y la garantía de una vida sin necesidad, había quedado muy atrás. No había más que mirar los rostros sucios, cansados y famélicos de los trabajadores: la mina estaba muriendo y, con ella, también las familias que dependían del preciado mineral. Algún día, la Academia cerraría la explotación por considerarla improductiva... y dejaría a un centenar de personas en la más absoluta miseria.

El capataz había hecho todo lo posible para retrasar ese momento, pero no se hacía ilusiones: hacía ya tiempo que las remesas de mineral que enviaban a Maradia eran vergonzosamente exiguas. Era cuestión de tiempo que los pintores pidieran explicaciones al respecto.

—No sabemos si la veta está agotada, maeses —respondió con cautela—. Cualquier día daremos con un sector nuevo repleto de mineral, estoy convencido; pero para ello necesitaríamos más tiempo y recursos. Tendríamos que abrir y apuntalar nuevas galerías, explorar los niveles más profundos del yacimiento...

—¿Y por qué no lo hacéis? —quiso saber maese Nordil.

Tembuk reprimió un resoplido. La respuesta era obvia, pero se armó de paciencia para explicársela.

—Porque no estamos para experimentos ni exploraciones —contestó con sinceridad—. Mi gente no va a perder el tiempo en abrir túneles nuevos si pueden arañar algo de polvo granate de una galería antigua.

—Pero, si las galerías antiguas están agotadas...

—La Academia no paga por las horas de trabajo —cortó el capataz—, sino por la cantidad de mineral que entregamos. Esto era un buen acuerdo cuando el mineral era abundante y fácil de extraer. Pero ahora, maeses, nos está llevando a la ruina. Mi gente trabaja de sol a sol para sacar, con suerte, dos o tres guijarros al día. Con lo que obtienen a cambio apenas pueden dar de comer a sus familias. Aun así, es más de lo que conseguirían de ponerse a picar en otros sectores. Podrían pasar semanas antes de que encontraran algo interesante. Y, mientras tanto, ¿qué iban a comer sus hijos?

Los dos pintores cruzaron una mirada significativa.

—¿Estás proponiendo, acaso, que paguemos a tus hombres por adelantado? —preguntó maese Nordil, entornando los ojos.

—Si esperáis que no mueran de hambre antes de obtener resultados, sí —declaró el capataz con firmeza.

Sabía que estaba pisando terreno resbaladizo; pero el futuro de la comunidad pendía de un hilo. En teoría, nada impedía a la Academia declarar la mina extinguida, clausurarla y centrarse en otras explotaciones más fructíferas. Pero el capataz había creído detectar un cierto interés en aquellos dos pintores... y decidió jugársela.

—O quizá haya otra opción —tanteó—. Si la Academia duplica el precio que se nos paga a cambio del mineral... podríamos permitirnos enviar varias cuadrillas de hombres a explorar otras zonas. Solo así sabríamos si la mina atesora nuevas vetas, ricas y abundantes, a la espera de ser descubiertas.

Esperó a que sus palabras calasen en los dos pintores y sorprendió entre ellos otra mirada elocuente.

–En realidad –dijo maese Nordil–, no estamos en situación de tomar semejante decisión.

«Entonces, ¿qué se supone que están haciendo aquí?», quiso preguntar el capataz, conteniendo su irritación.

–Sin embargo –apuntó maese Kalsen–, no dudamos de que esta explotación aún nos reserva algunas sorpresas que vale la pena investigar. –Extrajo entonces un objeto del interior de su saquillo y lo mostró al capataz–. ¿Sabes qué es esto?

Tembuk echó un vistazo y asintió. Eran fragmentos del mineral que habían incluido en la remesa enviada a Maradia tres semanas atrás. Los reconoció porque no eran del color granate habitual, sino de un desvaído tono azulado.

Habían mantenido un encendido debate acerca de aquellas piedras. Algunos sostenían que se trataba de otro tipo de mineral y que no debían agregarlo a la remesa, porque en la Academia no lo querrían para nada. Otros, sin embargo, afirmaban que lo único que ocurría con aquellos fragmentos era que presentaban una pigmentación poco habitual, pero nada más, y estaban convencidos de que los pintores de portales podrían utilizarlos igualmente. Además, en aquellas circunstancias valía la pena llenar los contenedores con lo que fuera. Si los pintores juzgaban que el mineral azul valía lo mismo que el granate, pagarían en consecuencia. Y, si no... bueno, no se perdía nada por intentarlo.

Los más viejos del lugar sacudían la cabeza, desconcertados. Tenían suficiente experiencia como para reconocer «su» mineral con los ojos cerrados, por la textura, la consistencia, el peso y hasta el sabor, y no podrían haber diferenciado un fragmento rojo de aquellos de color azulado. Pero jamás habían visto mineral para portales de aquella tonalidad, ni tenían noticia de que se hubiese encontrado en ninguna otra parte.

Finalmente, el capataz había optado por incluir un saquillo de muestra con la remesa de piedras de color granate.

Y, por lo que parecía, no había pasado desapercibido en la Academia.

–No es una broma, ¿verdad? –insistió el pintor.

–No, maese. Lo encontró un muchacho en una pequeña galería inferior. A menudo trabajamos con poca luz ahí abajo, o incluso a oscuras, si se termina el aceite de la lámpara. –No añadió que esto era bastante habitual: por un lado, el aceite era caro, y por otro, se perdía un tiempo precioso al subir a la superficie para rellenar la lámpara–. Al tacto reconoció la veta de mineral y sacó todos los fragmentos que pudo, pero al salir a la luz descubrió que... bueno, que era azul. Incluimos una muestra en el envío para que fuese valorada en la Academia.

–¿Una muestra? –repitió maese Nordil, súbitamente interesado–. ¿Quieres decir que hay más?

–Es posible –respondió el capataz con precaución–. Si lo deseáis, puedo enviar a buscar al muchacho que lo encontró.

Los pintores se mostraron de acuerdo. Los tres salieron de la cabaña y se dirigieron a la entrada principal de la mina, abriéndose paso entre viejas carretillas y montones de escombros. Los trabajadores que encontraban en su camino miraban de reojo a los recién llegados, pero no dejaban de trabajar. No podían permitirse ese lujo.

El capataz y los pintores se detuvieron ante la bocamina. Maese Nordil frunció el ceño al ver el polvo que ensuciaba sus sandalias. Su compañero contempló con aire crítico los grandes contenedores donde se almacenaba el mineral, que se hallaban casi vacíos.

El capataz llamó a un niño que acarreaba capazos cargados de tierra. Las normas establecían que los niños no podían bajar a la mina, pero en la práctica lo hacían a menudo y, cuando no, ayudaban en el exterior. La necesidad que sufrían las familias de los mineros las obligaba a condenar a sus hijos a los túneles a una edad muy temprana.

–Chico, vete a buscar a Tash –le ordenó–. Lo quiero aquí en un abrir y cerrar de ojos, ¿entendido?

El niño lanzó una mirada descarada a los dos pintores, asintió y desapareció en la oscuridad de la mina, tragado por las entrañas de la tierra.

–Entonces, ¿el mineral azul también sirve para los portales? –preguntó el capataz para romper el silencio.

Los dos pintores adoptaron una pose reservada.

–Aún lo estamos estudiando –respondió maese Kalsen evasivamente.

El capataz se preguntó qué habría que estudiar. Del mineral granate se extraía un pigmento con el que se fabricaba la pintura que usaban para dibujar los portales de viaje. Si el mineral no era apropiado, el portal no funcionaba, era así de sencillo. Bueno, también era necesaria una complicada serie de cálculos y de símbolos que se dibujaban en el portal para que este condujera al lugar correcto, pero eso ya escapaba a su entendimiento. Y, además, de todas formas, todo el mundo sabía que la magia de los portales (por más que desde la Academia insistieran en enseñar al vulgo que no se trataba de magia, sino de ciencia) residía en aquel prodigioso mineral.

No tuvo ocasión de seguir preguntando. En aquel momento, el niño regresó junto a ellos, acompañado de un chico que aparentaba unos trece o catorce años, aunque Tembuk, que conocía a su familia desde siempre, sospechaba que tenía alguno más. Sin embargo, Tash era pequeño y de rasgos aniñados. Como todos los hijos de la mina, su cuerpo era flaco y huesudo, y tanto su piel como su cabello estaban permanentemente sucios. En tiempos pasados, el polvo que solía cubrir a los mineros de pies a cabeza tenía un revelador tono rojizo. Ahora era tierra, sin más.

En realidad, el pelo de Tash era rubio, aunque la capa de mugre lo disimulaba bastante bien. Sus ojos, de un verde claro muy parecido al de los de su padre, tenían un brillo duro y desconfiado que contrastaba vivamente con su rostro lampiño. Era la mirada resentida de una generación que había sido maldecida con un trabajo de esclavos en tiempos difíciles. A los hijos de los mineros se les apagaba muy pronto de los ojos la luz inocente de la niñez.

Tash contempló a los pintores con un gesto hosco que dejaba patente lo que pensaba de ellos, de sus manos blancas y sus rasgos finos, pero ninguno de los dos pareció sentirse ofendido. Para que el mundo funcionase, había gente que tenía que picar en las minas y gente que tenía que pintar portales; era así de sencillo.

—Muchacho —dijo maese Kalsen—, tenemos entendido que fuiste tú quien encontró la bodarita azul. ¿Es cierto?

En el rostro desconfiado de Tash se reflejó una cierta expresión de desconcierto, hasta que entendió lo que el hombre quería decir: solo los pintores de portales llamaban «bodarita» al mineral que se extraía de sus explotaciones. Para el resto del mundo era, sencillamente, «el mineral», porque no había ningún otro que importara.

—¿Y qué si es así? –preguntó con descaro y evidente mal humor.

—Chico, trata a los maeses con respeto, o tendré que inculcártelo a palos –gruñó el capataz.

Tash entornó los ojos, pero respondió, esta vez con mayor cautela:

—Sí, fui yo. ¿Por qué? ¿Me van a castigar?

Los dos pintores esbozaron una sonrisa indulgente, dispuestos a pasar por alto la impertinencia anterior.

—No, muchacho. Solo deseamos ver el lugar donde la encontraste. ¿Nos guiarás hasta allí?

No era una petición, sino una orden. Sin embargo, Tash no pudo evitar tratar de sacar provecho de la situación:

—¿A cambio de qué?

—¡A cambio de que yo no te arranque la piel a tiras! –aulló el capataz, colérico–. ¡Ellos son los dueños de la mina y debes llevarlos a donde se les antoje!

Tash dio un respingo y, por primera vez, pareció tomarse en serio las amenazas de su superior.

—De acuerdo –asintió–. Es por aquí.

Se introdujo en el túnel sin esperar a nadie. Tembuk, gruñendo por lo bajo, se apropió de una lámpara de aceite, mientras los pintores contemplaban dubitativamente el interior de la mina, oscuro como boca de lobo.

—No es necesario que entremos todos, maeses –dijo el capataz al advertir su vacilación–. Puedo bajar yo mismo con el muchacho y examinar esa galería...

La oferta resultaba tentadora, pero los pintores se mostraron algo ofendidos.

—Podemos verlo por nosotros mismos –declaró maese Nordil, molesto–. Si toda esta gente baja a la mina constantemente, nosotros tampoco tendremos problemas.

«Toda esta gente» eran los escuálidos y harapientos mineros, cubiertos de suciedad hasta las cejas, que se afanaban en las inmediaciones. El capataz se encogió de hombros y guió a los pintores al interior.

Mientras tanto, Tash descendía con la agilidad de un mono por la escalera que conducía al montacargas. El capataz y los pintores lo siguieron. Maese Kalsen se aferró con fuerza a los largueros y puso un pie en el primer peldaño, que crujió bajo su peso. El orondo maese Nordil palideció al contemplar la profunda oscuridad que se tragaba el otro extremo de la escalera, allá abajo.

—Es un trayecto bastante más corto de lo que parece —los animó Tembuk.

Maese Kalsen descendió unos peldaños, y su compañero lo siguió con grandes precauciones.

Eran apenas diez metros de bajada, pero tardaron una eternidad en llegar. Para cuando los pintores pusieron penosamente los pies en la plataforma, ya sudaban por todos los poros. Maese Nordil alzó la mirada hacia el lugar donde la entrada de la mina ya no parecía otra cosa que un lejano punto de luz.

—¿Y cómo se las arreglan para subir el mineral desde aquí hasta el exterior? —quiso saber.

El capataz señaló un montón de capazos de mimbre arrinconados junto a la pared de piedra. A la luz de la lámpara de aceite, los pintores pudieron apreciar que llevaban correas para cargarlos a la espalda.

Tash los aguardaba con impaciencia en el montacargas. Se reunieron con él y los pintores comprobaron que en la cabina apenas cabían los cuatro, de modo que no les quedó más remedio que apiñarse.

Tash puso en marcha el sistema de poleas del montacargas... y se hundieron en la oscuridad.

Descendieron durante lo que les parecieron horas. Los pintores se esforzaban por no parecer demasiado preocupados, pese a que cada vez hacía más calor y se respiraba con mayor dificultad. Cuando por fin tocaron tierra, los dos reprimieron un suspiro de alivio.

Salieron a una galería amplia y de altos techos, en la cual un buen número de mineros trabajaba a la débil luz de apenas una media docena de lámparas de aceite. A derecha e izquierda se abrían diversos túneles, algunos de boca ancha, otros, apenas grietas en la pared. Los mineros entraban y salían por ellos acarreando picos, palas, martillos y diversas herramientas, o bien capazos rebosantes de cascotes. Un poco más allá, un grupo de hombres apuntalaba una pared que parecía al borde del derrumbe. Los pintores se estremecieron al ver aquello y no pudieron evitar lanzar una mirada hacia atrás, a la seguridad relativa del montacargas que los devolvería a la luz del día.

–Como puede verse, todos los varones de la comunidad, incluidos los ancianos y los más jóvenes, están trabajando en la mina. –La voz del capataz los sobresaltó–. Muchos de ellos apenas ven el sol: entran en los túneles cuando aún no ha amanecido y salen después del anochecer.

Los pintores no respondieron. Tenían la garganta seca y la lengua pegada al paladar. Ambos estaban empapados de sudor, y maese Nordil jadeaba sonoramente.

Continuaron su camino en silencio. A su paso, los mineros los contemplaban de reojo, pero ninguno dejaba de trabajar un solo instante.

Finalmente, Tash se detuvo en la boca de una galería lateral.

–Es por aquí –anunció.

Los pintores se asomaron con precaución. A la luz de la lámpara pudieron ver que, más allá, el túnel se estrechaba tanto que tendrían que atravesarlo a gatas.

–Es solo un trecho –les aseguró el chico–. Luego se puede seguir de pie hasta el final, y únicamente hay que agacharse un poco.

Los pintores cruzaron una mirada. La perspectiva de arrastrarse por aquella claustrofóbica galería no los entusiasmaba.

–¿Qué hay más allá? –preguntó maese Kalsen.

–Nada –respondió Tash–. Es un túnel que no lleva a ninguna parte. Pero en la pared del fondo está la veta azul. Pensaba que los maeses querían verla –añadió con sorna.

Maese Kalsen parecía a punto de acceder, pero su compañero se aclaró la garganta y se apresuró a contestar:

–Me parece que es suficiente. Nos fiamos de tu palabra.

Tash esbozó una media sonrisa. Era un chico delgado, flexible y vivaracho, por lo que no le resultaba difícil deslizarse por la grieta como una anguila. Pero trabajar en aquella cámara estrecha y asfixiante había sido uno de los trabajos más duros que había realizado en sus quince años de vida, y no imaginaba a aquellos dos petimetres aguantando más de unos instantes en su santuario.

Con todo, se sentía exultante. Se había colado por aquel agujero siguiendo una intuición, y lo que había sacado de allí, tras toda una dura jornada de trabajar en la más absoluta oscuridad, había resultado ser de un desconcertante color azul. Pero los *granates* habían venido desde la Academia para examinar su descubrimiento, así que probablemente serviría para algo. Y, por tanto, tendrían que pagarle por ello.

—Salgamos de aquí —gruñó entonces maese Nordil.

La comitiva emprendió el regreso a la superficie, para alivio de los pintores. Durante un largo rato, nadie dijo nada. Por fin, mientras el montacargas se ponía de nuevo en marcha con un prolongado chirrido, el capataz osó preguntar:

—¿Y bien?

Maese Kalsen suspiró.

—Pon a trabajar a una cuadrilla o dos en ese agujero —dijo—. Queremos más muestras de esa bodarita azul.

—Estaríamos encantados de complaceros —respondió el capataz, eligiendo con cuidado las palabras—; pero, como os decía hace un momento, tenemos a todos nuestros hombres ocupados en...

—Pagaremos el mineral azul al mismo precio que el de siempre —interrumpió maese Nordil—. ¿Bastará con eso?

—¿Queréis decir que funciona?

—Aún lo estamos estudiando —reiteró maese Kalsen, con un tono de voz que sugería que no admitiría más preguntas.

De todas formas, Tembuk se arriesgó a tratar de negociar un poco más:

—Ya habéis visto cuáles son las condiciones de trabajo en la mina, maeses. Si subierais un poco el precio del mineral, mis hombres...

—Os estamos dando una nueva oportunidad, capataz —cortó el pintor, con sequedad—. Esta gente se esfuerza por encontrar bodarita granate, y nosotros estamos diciendo que aceptaremos también la de color azul.

—Es una buena noticia para vosotros —añadió maese Nordil—, así que no abuséis de nuestra generosidad.

Tanto Tash como el capataz torcieron el gesto, indicando con ello lo que opinaban de la «generosidad» de la Academia, pero ninguno de ellos hizo el menor comentario.

Cuando, un rato más tarde, los pintores desaparecieron de nuevo por el portal que los conduciría a Maradia en apenas un instante, Tembuk se reunió a solas con Tash.

—¿Qué hay de esa galería, chico? —le preguntó—. ¿Crees que puedes sacar de ella más mineral azul, o solo te estabas marcando un farol?

—Claro que puedo –replicó él, ofendido–. La veta asoma apenas un poco, pero estoy seguro de que es grande, y de que podré sacar mucho más si sigo picando.

—Muy bien –asintió el capataz, tras un momento de reflexión–. Trabajarás allí a partir de ahora... pero no lo harás solo. Hablaré con tu padre y organizaremos una cuadrilla para que te eche una mano.

—No estoy seguro de que sea buena idea –replicó Tash rápidamente, alarmado–. Es una cámara muy estrecha; trabajaré mejor yo solo.

—La ampliaremos, no te preocupes. Hemos trabajado en peores condiciones. Pero no vas a encargarte de esto tú solo, ¿está claro? Por mucho que te guste ir a tu aire, aquí trabajamos en equipo. Los *granates* se han encaprichado con esas piedras azules, y es lo que vamos a darles. Si tienes razón, y la veta es grande, podría ser lo mejor que le ha pasado a esta mina en mucho tiempo. ¿Me has entendido?

Tash se mordió el labio inferior, pero asintió.

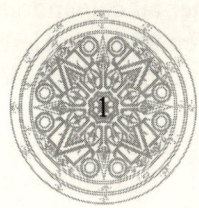

Un proyecto en marcha

«... asimismo establecemos que todo Estudiante deberá probar sus Conocimientos en un Proyecto final que será Evaluado por el Consejo de la Academia tras su Conclusión.

Bajo tales Circunstancias se permite al Estudiante emplear todos los útiles y herramientas propios del rango de Maese, para que su Portal pueda ser Examinado de forma conveniente.

El Estudiante cuyo Proyecto obtuviere la aprobación del Consejo será merecedor de ser llamado Maese y ejercer el muy noble y digno Oficio de los Pintores de Portales.»

Normativa General de la Academia de los Portales.
Capítulo 35, sección 23, epígrafe 7.º

El pintor de portales llegó cuando el sol ya se ponía por el horizonte.

Fue Yania quien lo vio primero. Yunek estaba trabajando en el campo con su madre, pero no avanzaban gran cosa, porque el joven enviaba a su hermana una y otra vez a otear el camino desde el porche, para que pudiera avisarlos con tiempo de la llegada del maese.

Lo cierto es que llevaban esperándolo todo el día. Yunek se había levantado antes del alba, temiendo que se presentara a primeras horas de la mañana. Después de todo, los pintores de portales viajaban muy deprisa.

Ahora, Yania y su madre habían vuelto al campo, mientras Yunek, apoyado en la valla, contemplaba la delgada figura roja que se acercaba por el sendero, repitiendo mentalmente una y otra vez lo que pensaba decirle.

Pero, cuando el pintor de portales llegó ante él, respirando fatigosamente, con su enorme compás a la espalda y el morral que contenía su instrumental colgándole a un costado, las palabras que Yunek había preparado murieron en sus labios.

–Buenas tardes –dijo el maese, tendiéndole la mano con una sonrisa–. Soy Tabit.

Yunek se la estrechó. La mano del pintor era blanca y delicada, y contrastaba con la suya, fuerte, morena y llena de callos. La mano de un campesino.

–Yo soy Yunek –respondió él; por un momento, no supo qué otra cosa decir. Tras un silencio incómodo, el pintor frunció el ceño y dijo, con cierta inseguridad:

–Quizá me haya equivocado de sitio. Si es así, disculpa; he venido desde muy lejos y no conozco esta región. El portal más cercano está a medio día de camino, así que es posible que me haya perdido.

–No, no os habéis perdido –reaccionó Yunek por fin.

–Has encargado un portal, ¿no es así? –se aseguró Tabit.

–Sí... sí, perdonad, maese. Es solo que... –Yunek sacudió la cabeza, aún desconcertado–. No esperaba... Vaya, creía que... la Academia enviaría a alguien...

–¿... mayor? –completó Tabit, sonriendo de nuevo.

Yunek sintió cierto alivio, porque el maese no parecía ofendido. Se trataba de un muchacho de su edad, quizá incluso más joven. Su pelo negro contrastaba con el tono pálido de su piel. Parecía frágil y delicado, pero sus ojos oscuros le sonreían, sinceros, al mismo tiempo que su boca. A Yunek le cayó bien.

–Sí, yo... Disculpad, es que nunca antes había visto a un pintor de portales. Pensaba que todos eran ancianos de largas trenzas blancas –añadió, devolviéndole la sonrisa.

–Bueno, mis profesores sí son un poco así –reconoció Tabit con una carcajada–. Y puedes tutearme, Yunek. Después de todo, los dos tenemos más o menos la misma edad, y además, yo todavía no soy un maese.

Yunek iba a responder, pero la última afirmación del pintor le hizo fruncir el ceño. Tabit, ajeno a esto, se adelantó hacia la entrada de la casa.

–En fin, es tarde, así que será mejor que comience a trabajar cuanto antes –dijo–. ¿Dónde quieres el portal?

Yunek lo alcanzó casi en la puerta.

–Espera un momento –protestó–. ¿Qué es eso de que no eres un maese?

–Estoy cursando mi último año de estudios en la Academia –respondió el muchacho–. Pero no te preocupes; sé perfectamente cómo hay que hacer un portal, lo he practicado en clase docenas de veces.

Las palabras de Tabit, lejos de tranquilizar a Yunek, lo molestaron todavía más.

–Eh, eh, no, espera. ¿Es porque somos pobres? Tengo dinero para pagar esto; llevo mucho tiempo ahorrando. Así que merezco el mismo trato que cualquier otra persona. ¿O es que mi dinero vale menos que el de la gente de la ciudad?

Tabit se detuvo y lo miró un momento, dolido.

–Claro que no. Mira, intentaré explicártelo. Tu portal es... mi examen final, ¿entiendes? Si lo hago bien, seré un maese de pleno derecho. Así que ten por seguro que me esmeraré, incluso más que otros maeses que llevan años trabajando. En realidad, sé de algunos profesores de la Academia, verdaderas eminencias en materia de portales, que llevan décadas sin dibujar uno. Pero los estudiantes debemos hacer un portal de verdad para graduarnos, esto es así desde que se fundó la institución. En esta ocasión te ha tocado a ti, y te aseguro que para mí será todo un honor dibujar tu portal. Lo haré lo mejor que pueda, te lo prometo.

Era difícil objetar algo al entusiasmo de Tabit. Yunek, sin embargo, aún encontró un nuevo argumento:

–Espera, ¿has dicho que este será tu primer portal «de verdad»? ¿Es que los otros eran «de mentira»?

El pintor dejó escapar una carcajada.

–No, hombre, los portales que hago están bien; de hecho, soy el mejor de mi clase en Cálculo de Coordenadas, y en Diseño de Trazado estoy entre los primeros. Lo que pasa es que a los estudiantes no se nos permite dibujar portales con pintura de bodarita, ¿entiendes? Así que en teoría todos están bien hechos, pero en la práctica no funcionan, porque hasta ahora no he podido utilizar la pintura adecuada. El tuyo será mi primer proyecto de verdad, y puedes imaginar que estoy muy emocionado y me lo voy a tomar muy, muy en serio. Confía en mí.

Yunek aún albergaba dudas; pero entonces recordó cómo se habían burlado los granjeros de la zona de sus pretensiones de abrir un portal en su propia casa. Tras la muerte de su padre, y con una familia a la que mantener, nadie habría apostado a que un muchacho como él sería capaz de ahorrar tanto dinero.

Por supuesto, no había sido sencillo. Habían vendido sus tierras, reservándose solo una pequeña parcela para cubrir sus necesidades básicas, y también se habían deshecho de la mayor parte de los animales del establo; aun así, Yunek había tardado más de siete años en reunir todo el dinero, a costa de que la familia tuviera que renunciar a muchas cosas. El viejo vestido de Yania le quedaba corto desde hacía un par de estaciones, y los zapatos del propio Yunek estaban casi destrozados. Ya solo comían carne, con suerte, una o dos veces al mes. Y las mantas estaban tan apolilladas y llenas de remiendos que no aguantarían un invierno más.

Pero Yunek no pensaba renunciar a su sueño. Tendrían un portal que los acercaría a la capital, a un futuro mejor para todos... y especialmente para Yania.

Los dos jóvenes entraron en la casa. Allí los esperaba el resto de la familia de Yunek: su madre, Bekia, de rostro cansado pero amable, aparentaba más edad de la que tenía en realidad; y Yania, su hermana, de diez años, era una muchachita inquieta y vivaracha, de ojos oscuros e inteligentes y gruesas trenzas de color castaño claro. Las dos recibieron sonrientes al pintor de portales. Si se sintieron decepcionadas por su aspecto juvenil, desde luego no lo demostraron; y, si él encontró su hogar demasiado humilde, se abstuvo de dejarlo entrever. Yania acarreaba una jarra de loza repleta de agua fresca, y le sirvió un vaso, que Tabit aceptó, agradecido.

Se sentaron en torno a la mesa para que el pintor descansara un poco de su viaje. Se produjo un momento incómodo, porque Yunek no sabía por dónde empezar, y Tabit se preguntaba si estarían esperando a alguien más –tal vez, al cabeza de familia–, mientras Yania, con la barbilla apoyada sobre los brazos, lo observaba con evidente interés.

–De-debería empezar ya a trabajar –tartamudeó entonces Tabit–, si quiero emprender el regreso a Maradia antes de que sea noche cerrada.

–¡Pero, cómo! –se escandalizó Bekia–. Maese, ¿pensáis viajar en plena oscuridad? ¡No podemos consentirlo! Pasaréis la noche en nuestra casa... es decir, si no os molesta que seamos... –se interrumpió de pronto y bajó la cabeza con brusquedad, sonrojada y sorprendida por su propio atrevimiento.

–... pobres –concluyó Yunek con amargura–. Lo que mi madre quiere decir es que suponemos que estás acostumbrado a camas blandas, sábanas suaves y guiso de carne y vino bueno para cenar... y que, sintiéndolo mucho, en nuestra casa no hay nada de eso.

Bekia lo miró, horrorizada por su descaro. Sentía –como la mayor parte de la gente– un respeto reverencial hacia los pintores de la Academia, incluso aunque fueran jóvenes como aquel, y temía ofenderlos.

Pero Tabit no se ofendió. De hecho, la posibilidad de desandar el camino de noche no lo seducía en absoluto, así que se sentía muy agradecido ante su generoso ofrecimiento.

–Y yo tampoco lo necesito –los tranquilizó–. Para mí será un honor pasar aquí la noche. De verdad, me hacéis un gran favor. Muchas gracias.

Bekia se sonrojó de nuevo, complacida. Yania sonrió.

Tabit se levantó, recuperado ya de la caminata.

–Bueno, pero no he venido hasta aquí solo para abusar de vuestra hospitalidad –dijo, y le brillaron los ojos cuando añadió–: Hablemos de portales.

Las explicaciones que Yunek y Yania le dieron resultaron algo confusas, porque se interrumpían el uno al otro en su afán de relatarle la historia cada uno a su manera. Hasta que Tabit dijo:

–A ver si lo he entendido bien: queréis un portal que una vuestra casa con la Academia, ¿no? –Parpadeó, desconcertado–. Pero... ¿nadie os ha explicado que eso no está permitido? Los portales que hay en el recinto de la Academia son para uso exclusivo de los pintores, así que...

–No –cortó Yunek–. Queremos que el portal lleve a la ciudad de Maradia, para que Yania pueda ir y venir cuando quiera, porque... –titubeó–, porque me gustaría... nos gustaría... que en un futuro estudiase en la Academia de los Portales –admitió por fin.

Bekia lanzó una exclamación ahogada y miró a Tabit de reojo, temiendo que el joven se tomaría a mal que una niña campesina como Yania aspirase a tanto. Una cosa era tener un sueño y otra, muy distinta en su opinión, expresarlo con tanto descaro frente a un maese.

Pero Tabit solo comentó:

–Vaya.

–Sabemos que es muy caro –dijo Yunek atropelladamente–, y que quizá no nos lo podamos permitir. Pero...

–Hay becas –respondió Tabit con suavidad–. Todos los años se convoca un examen de ingreso. Al aspirante que obtiene mejores resultados se le admite en la Academia, independientemente de su procedencia o del dinero de su familia. El Consejo sufraga los gastos en esos casos.

A Yunek se le iluminó la cara.

–Sí –asintió–, eso nos habían dicho. Y Yania es muy lista. Sé que puede ser pintora de portales si se lo propone. Pero por aquí cerca no hay ninguna escuela, ni tiene libros ni maestros que la puedan preparar para el examen. Si no viviéramos tan lejos de la capital... –Sacudió la cabeza, pesaroso.

–Entiendo –murmuró Tabit, asintiendo. La región de Uskia, donde estaba situada la granja de Yunek, era sin duda la más remota y perdida de toda Darusia.

–Es algo que se le ha metido a Yunek entre ceja y ceja –intervino Bekia, como disculpando a su hijo–. Cuando murió mi esposo... Bueno, fueron malos tiempos. El muchacho juró que conseguiría una buena educación para su hermana. Que no envejecería en estos campos, como todos nosotros. Y la niña es lista, vaya si lo es. Pero nunca ha ido a la escuela. No sé si...

–Todo se puede aprender –dijo Tabit–. Tendrá que estudiar mucho, pero lo conseguirá, si trabaja con esfuerzo y constancia.

A Bekia le agradaron las palabras del joven.

–Maese, no sois... –vaciló–. No sois como imaginaba.

Tabit sonrió, un poco incómodo.

–De acuerdo, pues –afirmó–. ¿Dónde queréis que pinte el portal?

Yunek lo condujo sin dudar hasta la pared del fondo, que estaba muy despejada para pertenecer a una vivienda de campesinos. No había estantes repletos ni ganchos de los que colgaran aperos de labranza. Hacía muchos años que Yunek había decidido que aquel sería el lugar donde se abriría su portal, y lo había mantenido así, en espera de que llegara el gran día en que pudiera mostrárselo al maese que lo dibujaría.

Tabit examinó la pared y asintió para sí mismo. Parecía bastante satisfecho con la elección de Yunek. No obstante, aún limpió bien un trecho del muro e incluso lo frotó con lija para alisarlo un poco más.

–No se pueden eliminar las protuberancias de la piedra –dijo–, pero tendrá que servir. De todas formas, si resultara ser demasiado irregular, siempre puedo pintar sobre una plancha y después colgarlo en la pared.

–Como prefieras –respondió Yunek, pero Tabit no lo escuchaba. Parecía más bien estar hablando consigo mismo, completamente concentrado en lo que estaba haciendo.

–Porque, por supuesto –añadió–, lo más práctico sería hacer un diseño sencillo. Aunque no sé si eso me contará negativamente en la nota final. Pero, en fin, ya llegaremos a eso.

Marcó con tiza un punto en la pared y alzó su enorme compás de madera. Yunek y Yania observaron cómo colocaba el extremo más afilado en el lugar que había señalado. Pero Tabit se detuvo para mirar a Yunek antes de abrir el instrumento.

–¿De qué tamaño lo quieres? –le preguntó.

Él se encogió de hombros, sin saber qué responder.

–¿Qué diferencia hay?

–Normalmente, y a no ser que el cliente especifique lo contrario, trabajamos con el tamaño medio; de hecho, es lo que consta en tu pedido. Pero, si lo hago más pequeño, te saldrá más barato.

–Pero ¿funcionará igual?

–Claro. El único inconveniente es que Yania tendrá que agacharse un poco para pasar.

–No hay problema –aseguró ella–. Ni siquiera soy muy alta para mi edad.

–Entonces, ¿por qué es más caro un portal más grande? –quiso saber Yunek.

–En teoría es porque un pintor invierte más horas de trabajo en un portal grande que en uno pequeño... Pero eso no es exactamente así. Un portal pequeño con un diseño complejo puede llevar más tiempo que uno grande de diseño sencillo. La realidad es que un portal grande cuesta más dinero porque, por lo general, se gasta más pintura en él. Y la pintura de bodarita no resulta barata.

–Entiendo –asintió Yunek–. Gracias por avisar. Entonces hazlo más pequeño, por favor.

Tabit ajustó la posición del compás y trazó un círculo en la pared.

–No es rojo –observó Yania–. Yo creía que todos los portales eran rojos.

–De momento solo estoy marcando la posición con tiza –explicó Tabit–. Hoy no voy a pintar el portal definitivo. De hecho, ni siquiera he traído pintura.

–¿Ah, no?

–No; hoy registraré las coordenadas exactas y tomaré nota de la dirección donde he de dibujar el portal gemelo.

–¿El portal gemelo? –repitió Yunek sin entender.

–El que estará situado en Maradia. ¿Has pensado ya dónde quieres que lo dibuje? ¿En casa de algún familiar, tal vez?

Yunek y Yania cruzaron una mirada de apuro.

–No conocemos a nadie en Maradia –admitió el hermano mayor.

–No pasa nada –lo tranquilizó Tabit–. Todas las ciudades grandes tienen una Plaza de los Portales, donde están situados todos los que son de uso público, y también muchos privados. Solicitaré un espacio en el Muro de los Portales de Maradia para dibujar el vuestro allí. El único inconveniente será que, al estar situado en plena calle, quizá os convendría contratar un guardián que se asegure de que no lo utiliza nadie que no deba.

–Entiendo. Pero ¿podremos permitirnos pagar a un guardián?

–Los honorarios de los guardianes corren a cargo de la Academia. Aun así, tendríais que pagar una tarifa especial todos los años... pero tampoco es obligatorio contar con un guardián: todos los portales privados tienen contraseña.

Yunek seguía sus explicaciones con expresión reconcentrada.

–De acuerdo –dijo–. Entonces, nuestro portal estará dibujado aquí y en la Plaza de los Portales de Maradia, de modo que, cuando lo cruce Yania, aparecerá allí. Es así, ¿no?

–Así es –confirmó Tabit–. Por eso debo medir las coordenadas de este lugar y también las del punto exacto en el que dibujaré el portal gemelo, en Maradia. Después volveré a la Academia y diseñaré un portal para vosotros. Y, cuando lo tenga listo, plasmaré ese diseño, el mismo, en los dos sitios, con pintura de bodarita.

–¿Y entonces funcionará? –preguntó Yunek.

–Si he anotado bien las coordenadas y dibujado el portal con exactitud, sí, funcionará. Pero solo cuando ambos portales estén acabados. Si pintase el portal solamente aquí y no lo reprodujese en Maradia, no serviría para nada.

—Porque, cuando sales de un sitio, tienes que llegar a otro, ¿verdad? —dedujo Yania.
—Exacto.
—Ya te dije que es muy lista —sonrió Yunek.
—No tanto —negó la niña, ruborizada—. Ni siquiera sé lo que son las «cordadas».
—Coordenadas —corrigió Tabit—. Enseguida lo verás.

Entonces extrajo de su zurrón el aparato más extraño que Yunek y Yania habían visto en su vida. Tenía una docena de ruedas, todas concéntricas, dispuestas en torno a una esfera central; su contorno estaba dividido en un centenar de muescas, cada una de ellas marcada con un minúsculo símbolo; su centro lo ocupaba una aguja que giraba enloquecida, como si no supiera cuál señalar.

—Es un medidor de coordenadas —explicó Tabit—. También se le llama «medidor Vanhar» en honor al maese que lo inventó, en los inicios de la ciencia de los portales.

Lo fijó a la pared, sobre el punto que había marcado como el centro del futuro portal, y giró las ruedas exteriores hasta ajustar la más grande en una posición concreta. Luego, sacó de su zurrón un gastado cuaderno de tapas de cuero y esperó, expectante.

La aguja giró sobre sí misma unos instantes hasta que, finalmente, se detuvo en uno de los símbolos. Tabit asintió para sí y tomó nota. Luego giró la siguiente rueda, y esperó de nuevo a que la aguja se detuviera. Anotó el resultado y repitió la operación con la tercera rueda.

—Sigo sin entender lo que estás haciendo —dijo Yania.
—Estoy midiendo este lugar —respondió Tabit sin apartar la mirada de la aguja—. Veréis, cada punto concreto del mundo tiene unas características determinadas. Ninguno es igual que otro. Hay una serie de variantes que cambian en cada caso: la luz, la vegetación, el agua... Antes de abrir un portal, los pintores calculamos el valor exacto de cada variable en el lugar que hemos elegido.

Yunek frunció el ceño, pero no quiso admitir que no lo había comprendido.

—Tierra, Agua, Viento, Fuego, Luz, Sombra, Vida, Muerte, Piedra, Metal y Madera —enumeró Tabit—. Esas son las once variables. El medidor determina la cantidad de cada una de ellas que hay en este lugar.

Siguió girando ruedas y tomando nota de los resultados. Yunek y Yania lo observaban en un silencio solo perturbado por el ruido de cacharros que provenía de los fogones, donde Bekia estaba preparando la cena.

–Tal y como sospechaba –dijo Tabit cuando terminó–, hay una puntuación muy alta en Piedra, Sombra, Tierra y Madera, y también en Vida. El valor del Fuego y de la Muerte tampoco es desdeñable; me imagino que será por la influencia de la chimenea, y porque se trata de una casa bastante antigua. Naturalmente, el índice de Viento o de Luz es muy bajo, porque no estamos al aire libre. Algo de Agua, algo de Metal... pero nada fuera de lo común.

–Pero ¿para qué sirve todo esto? –preguntó Yunek, perdiendo la paciencia.

–Como os he dicho antes, la lista de variables me permite trazar el mapa de coordenadas. Cuando dibuje el portal, pintaré en el círculo exterior las coordenadas exactas de este lugar y del lugar a donde conduce. Y lo mismo haré con el portal gemelo. De este modo nos aseguraremos de que ambos portales os llevarán, en ambos sentidos, al lugar adecuado, y no a ningún otro.

–Pero... ¿qué pasará si algo de esa lista cambia? –preguntó Yania–. Por ejemplo, imagina que abrimos una ventana en esta pared. Entonces entraría más luz, ¿no?

Tabit le sonrió aprobadoramente.

–Veo que lo vas entendiendo. Efectivamente, eso cambiaría al menos una de las variables. Pero no afectaría al funcionamiento del portal, porque, una vez dibujado, estará anclado a este lugar en espacio y en tiempo, es decir: los dos portales quedarán ya vinculados de forma definitiva entre sí, y también a las coordenadas registradas en el momento en el que fueron creados. De todas formas, cuando vuelva para pintar el portal tomaré medidas otra vez, por si hubiera cambiado alguna variable. La luz, por ejemplo, depende mucho del momento del día en el que se hace la medición, y por eso debe coincidir también con el instante en el que se termina de pintar el portal. Pero, dejando aparte detalles como ese, supongo que no hace falta que os diga que, hasta entonces, será mejor que no hagáis muchos cambios por aquí.

Yunek suspiró.

–Parece muy complicado –dijo–. Yo creía que lo de pintar portales era algo más...

—... ¿Mágico? ¿Místico? –Tabit sacudió la cabeza–. Es cierto que las propiedades de la bodarita aún no están suficientemente estudiadas, pero esto es una ciencia, y bastante exacta, por cierto. Si no calculamos bien las coordenadas, o si el portal no está correctamente dibujado, podría conducir al lugar equivocado o, directamente, no funcionar en absoluto.

Yania apenas escuchaba. Estaba observando con curiosidad el medidor Vanhar, que Tabit había dejado encima de la mesa.

—Se te ha olvidado usar la última rueda –observó entonces–. Tiene doce, y solo has girado las once primeras.

Tabit recuperó el medidor y lo observó con disgusto.

—Es porque se trata de un cacharro muy viejo –dijo–. Antiguamente, los medidores tenían doce ruedas, pero la última variable no sirve para nada en realidad. Alguien descubrió que podías anotar cualquier cosa, incluso no incluir la duodécima coordenada, sin que ello influyera en el correcto funcionamiento del portal.

—Entonces, ¿por qué hay doce ruedas? –preguntó Yunek, confuso.

—Porque el doce es un bonito número –respondió Tabit–. Doce han sido siempre los miembros del Consejo de la Academia, como los doce maeses que la fundaron hace siglos. El doce es un número cósmico, tiene un simbolismo especial. Así que Vanhar decidió que había que inscribir doce coordenadas en cada portal.

»Los medidores modernos ya solo llevan once ruedas. Por cuestiones prácticas, claro. Pero resulta que yo aún no tengo un medidor propio, así que he tenido que pedir uno prestado en el almacén. Y me han dado este –suspiró–. No importa, en realidad, mientras funcione.

Volvió a repasar sus notas, cerró el cuaderno y lo guardó cuidadosamente en su zurrón. Después replegó el compás y lo dejó apoyado en un rincón, cerca del círculo de tiza que había dibujado en la pared.

—Mañana tomaré medidas otra vez –dijo–. Quiero asegurarme de que no he pasado nada por alto.

Yunek sonrió.

A la mañana siguiente, la familia acudió a despedir a Tabit hasta la valla de entrada. El joven parecía contento, aunque de vez en cuando se rascaba un brazo o una pierna sin poder evitarlo. Estaba claro que las pulgas, chinches y otros molestos habitantes de su jergón se habían cebado con él aquella noche. Yunek se sintió un poco culpable, pese a que, apenas unos días antes, la idea de someter a uno de los pomposos maradienses a los rigores de la vida en el campo le habría parecido muy seductora. Pero Tabit no se ajustaba al concepto que Yunek tenía de la gente de la capital, y mucho menos de los pintores de portales. La noche anterior había cenado con apetito, pero sin exigir más ración de la que le correspondía. Había alabado las virtudes de la cocinera y saciado la insondable curiosidad de Yania, contestando a todas y cada una de sus preguntas. Después había caído como un leño sobre su jergón, sin duda agotado por la caminata. Pero se había levantado puntualmente antes del alba, como el resto de la familia y, tras desayunar las humildes gachas preparadas por Bekia, había vuelto a medir las coordenadas de la pared, tal y como había dicho que haría la noche anterior.

Ahora cargaba con sus bártulos, sonriente a pesar de sus picores y sus ojeras, testimonio de que no había dormido bien.

—Regresaré en cuanto lo tenga todo listo —les prometió—. Tal vez en una semana o dos. Pero, si tardo un poco más de lo esperado, por favor, no os preocupéis. Es que quiero hacerlo bien, y dedicar al diseño de vuestro portal el tiempo que sea necesario.

—Claro —asintió Yunek. Hizo una pausa y añadió—: Muchas gracias por todo.

Tabit se encogió de hombros, quitándole importancia al asunto.

—Es mi trabajo —dijo.

—Pero hay muchas maneras de hacer un trabajo —insistió Yunek—. En serio, muchas gracias.

—Gracias a vosotros por vuestra hospitalidad —respondió Tabit; y, a pesar de que justo en ese momento se estaba rascando un codo con disimulo, todos leyeron en su mirada que lo decía de verdad, sin ironías encubiertas.

Cuando la figura de Tabit no era ya más que una mancha rojiza en el horizonte, Yania suspiró y dijo:

—Qué pena que se marche tan pronto. Ya tengo ganas de que vuelva.

–Yo también –admitió Yunek.

Pero el sol se alzaba ya en el horizonte y había mucho trabajo por hacer, de modo que los tres regresaron a sus tareas sin volver a mencionar el asunto. Sin embargo, en sus corazones latía una nueva esperanza, porque la posibilidad de que su casa albergara uno de aquellos mágicos portales de viaje era, de pronto, muy real.

Y aquello cambiaría sus vidas para siempre.

Tabit tenía muy en mente el itinerario que debía seguir para regresar a la Academia. Los portales tejían una amplia red de transporte que permitía trasladarse a casi cualquier parte en casi cualquier momento. Pero Yunek y su familia vivían, en efecto, demasiado lejos de todo.

En el momento de recibir el encargo, Tabit había corrido a la Sala de Cartografía para planificar el trayecto. Como miembro de la Academia, podía utilizar cualquier portal, fuese público o privado; era su prerrogativa y su privilegio. Por tal motivo le había sorprendido mucho descubrir que, para llegar a su destino, tendría que pasarse al menos medio día caminando.

Había trazado diversas rutas alternativas. Su primera opción había sido utilizar el portal que comunicaba directamente la Academia con las minas de Uskia, que quedaban al sur de su destino final. Pero el trecho que habría tenido que recorrer a pie desde las minas hasta la casa de Yunek habría sido muy largo, y también peligroso: todo el mundo sabía que en torno a las minas acechaban cuadrillas de bandidos a la caza de fragmentos de la preciada bodarita.

Por supuesto, Tabit había buscado portales en la ciudad capital de Uskia. Sabía que, por una serie de motivos políticos, no existía ningún portal público que la uniese con ninguna de las otras urbes importantes de Darusia. Pero sí había allí un par de portales privados conectados con Maradia. Sin embargo, Tabit no tardó en comprobar sobre el mapa que, incluso viajando directamente a la ciudad de Uskia, aún tardaría varios días en llegar a pie desde allí hasta la casa de Yunek.

Tras mucho buscar, Tabit había localizado un portal privado cerca de una aldea que no quedaba tan lejos de la granja, a solo varias horas, andando a paso ligero.

Como casi todos los pintores de portales, Tabit no solía caminar a menudo. De hecho, aún sentía los pies doloridos por el largo trayecto del día anterior, y se veía obligado a avanzar con exasperante lentitud. Le habría gustado poder regresar a casa de forma instantánea, porque ardía en deseos de ponerse a trabajar. Su mente ya trazaba posibles diseños para el portal de Yunek, y no veía la hora de empezar a plasmarlos en papel.

El camino lo llevó por varias aldeas minúsculas, hasta que tuvo la suerte de que lo recogiera un carromato cargado de heno. El conductor, un viejo campesino de rostro moreno y arrugado, casi se arrojó a sus pies para suplicarle que le permitiera llevarlo. Tabit aceptó, incómodo ante aquellas exageradas atenciones. Procedía de un ambiente rígidamente estratificado en el que él, como estudiante, debía respeto y deferencia no solo a sus profesores, sino a cualquier pintor de portales acreditado, así que no estaba acostumbrado a que lo tratasen con tanto acatamiento. En Maradia, donde los ciudadanos estaban habituados a ver pintores de portales por doquier, su presencia no los impresionaba y, además, sabían distinguir perfectamente entre un maese y un simple estudiante; pero estaba claro que allí, en los confines del país, cualquier hábito de color granate inspiraba una enorme devoción, independientemente de la edad de quien lo vestía.

Así, a pesar de las protestas de Tabit, el campesino se obstinó en llevarlo hasta su destino, aunque para ello tuvo que desviarse de su ruta. Cuando el carro se detuvo ante la verja del camino que conducía al palacete del terrateniente Darmod, Tabit insistió en pagarle algo a cambio del viaje, pero el anciano se mostró muy ofendido ante aquella idea.

–No, no, ni hablar de eso –protestó–. No llegará el día que pueda decirse que el viejo Perim fue grosero con un maese.

–¿Grosero? –repitió Tabit, boquiabierto–. Pero...

–No se hable más. Que tengáis buen día, maese. Y tened mucho cuidado con ese viejo zorro. Aún le queda algún que otro diente.

Tabit suspiró. Había conocido a Darmod en el viaje de ida. Como era de esperar, al terrateniente no le había hecho una ilusión especial que alguien de la Academia usara el portal de su casa. Pero debía dejarle pasar, a él y a todos los maeses que lo solicitaran. Era parte del contrato, de la misma forma que Yunek debería permitir la entrada a su casa a todos los pintores que quisieran usar su portal. «Olvidé comentarles eso», pensó Tabit con cierto remordimiento mientras abría la verja. «Pero, de todas formas, no creo que haya muchos maeses interesados en viajar hasta tan lejos.»

Enfiló por el camino que conducía al palacete. La cancela se había abierto sin problemas porque el candado se había oxidado tiempo atrás y nadie se había molestado en repararlo. Toda la propiedad del terrateniente Darmod presentaba un cierto barniz de decadencia y abandono, pero Tabit sabía que su dueño aún vivía allí, recordando tiempos mejores, tiempos en los que su familia había formado parte de la élite que gobernaba los destinos del país.

Tabit lo había estudiado en las clases de Historia de maese Torath. Siglos atrás, había habido reyes y nobles en Darusia, pero la ciencia de los portales lo había cambiado todo. Gracias a ella, de pronto no existían distancias. Los primeros portales se abrieron en las grandes ciudades, y los mercaderes y nobles más avispados se habían aprovechado del «nuevo invento» para ir y venir al instante, de modo que toda la extensión de tierra que había en medio ya no valía gran cosa. La corte de Maradia se llenó de nuevos ricos y nobles menores que compensaban su escaso patrimonio o su falta de abolengo con la apertura de un portal en el salón de su casa que los conducía a la capital en un abrir y cerrar de ojos. Como era de esperar, los servicios de los pintores de portales se volvieron muy solicitados. Llegó un momento en que la influencia de la Academia superaba a la del propio rey, y aquello supuso el principio del fin del sistema monárquico.

En la actualidad, cada una de las diez ciudades capitales de Darusia estaba gobernada por un Consejo formado por comerciantes, dirigentes gremiales, maeses y ciudadanos notables. Las poblaciones pequeñas, incluyendo las aldeas, reproducían el mismo sistema de gobierno, aunque a menor escala. Los nobles ya no existían como tales; se los había despojado de sus títulos, y solo algunos de ellos habían logrado conservar parte de su hacienda: eran los denominados «terratenientes», y su poder e influencia estaban lejos de ser los de antaño. Aún quedaban, naturalmente, familias cuya posición social era admirada y envidiada por todos; pero la mayor parte debía esa situación al hecho de controlar uno o varios portales privados.

La familia del terrateniente Darmod había poseído vastas

propiedades en la región de Uskia, muy cerca del reino de Rutvia, tradicional enemigo de Darusia. Debido a ello, sus antepasados habían obtenido importantes distinciones militares en las guerras fronterizas y se enorgullecían de su vetusto linaje, considerándose representantes de la verdadera aristocracia darusiana, en oposición a los amanerados «nobles de corte», que no habían esgrimido una espada de verdad en su vida. Por tal motivo, cuando llegó lo que muchos nobles llamaron despectivamente «la moda de los portales», los antepasados del terrateniente Darmod no supieron reaccionar a tiempo. Se encerraron obstinadamente en sus torres y castillos, y aún se empeñaban en viajar a caballo o en carruaje hasta la corte cuando el rey los requería, mientras otros aristócratas se presentaban allí al instante. Con el tiempo, resultó que todos los acontecimientos importantes tenían lugar en las ciudades, mientras que las provincias quedaban olvidadas. Además, después de la fulminante victoria de Darusia en la última guerra contra Rutvia, que había durado apenas once días –lo que tardó un maese infiltrado en dibujar un portal básico en el mismo corazón de la capital enemiga–, el papel de los nobles de la frontera había perdido importancia. Rutvia no osaría volver a enfrentarse a Darusia. No mientras existiese la Academia de los Portales.

El abuelo del terrateniente Darmod había tratado de recuperar algo de la influencia perdida. Había vendido buena parte de sus propiedades para financiarse un portal, pero ya era demasiado tarde. Para entonces, la estructura del poder había cambiado por completo, y el linaje al que Darmod pertenecía ya no tenía la menor importancia.

Aún hoy, el terrateniente seguía sin entender cuál era su papel en una sociedad a la que le estaba costando tanto adaptarse. A pesar del portal, seguía estando al margen de la vida pública. Pero a Tabit le había resultado muy útil para llegar hasta su destino sin tener que dar un rodeo por la capital uskiana.

Fue el propio Darmod quien salió a recibirlo a la entrada del palacete. El mayordomo que aún servía en la casa era tan viejo que la mayor parte de las veces no llegaba a abrir la puerta a tiempo.

–Oh, sois vos –masculló el terrateniente, aburrido–. Llegáis temprano, maese.

Parecía claro que se había levantado hacia no mucho, a pesar de que ya era casi mediodía. Tabit se abstuvo de hacer comentarios.

–He tenido suerte y me han traído en carro –contestó.

Darmod se rascó detrás de una oreja y refunfuñó una bienvenida que apenas podría considerarse cortés. Después, guió a Tabit a través de los pasillos del palacete, que eran húmedos y desangelados, y estaban llenos de polvo y telarañas, como si nadie se hubiera preocupado en mantener al menos la impresión de que estaba habitado.

–¿Hace mucho que no vais a Serena? –preguntó Tabit, por entablar algún tipo de conversación.

–¿Para qué? –gruñó el terrateniente.

Tabit no respondió. Para colmo de males, el portal de Darmod no conducía a la capital de Darusia, sino a la gran ciudad portuaria de donde procedía casi todo el pescado y marisco que se consumía en el continente. En su momento, el abuelo de Darmod pensó que sería buena idea que su portal enlazara su residencia habitual con la casa que poseía junto al mar, en Serena. Pero, a la larga, aquella decisión no había resultado práctica. Con el paso de los años, el Gremio de Pescadores y Pescaderos de la ciudad había acrecentado enormemente su influencia, y las familias pudientes dejaron de sentirse cómodas allí. Unas y otras habían vendido sus propiedades al Gremio, adquiriendo casas en poblaciones costeras más pequeñas y tranquilas, preferentemente en la región de Esmira, de gran riqueza y clima más cálido. Pero Darmod se había visto obligado a conservar su casa en Serena precisamente porque albergaba un portal, y no era recomendable vender aquella vía de entrada al corazón de su hogar, por más que, como casi todos, estuviese protegida por una contraseña.

Naturalmente, en Serena había un portal público que llevaba hasta Maradia, y desde ahí también se podía viajar en un instante a otras grandes ciudades como Rodia, Kasiba o Esmira. Pero era una cuestión de orgullo de clase: la gente que se creía alguien, ya fuera por su linaje o por su dinero, o por ambas cosas, no se rebajaba jamás a utilizar los portales públicos, para no verse obligada a alternar con la plebe que aguardaba su turno para cruzar.

Así que, en definitiva, el terrateniente tenía razón: no se le había perdido nada en Serena.

Condujo a Tabit hasta el saloncito donde estaba el portal. El día anterior, al atravesarlo, el estudiante se había encontrado con una estancia fría y oscura, pero en esta ocasión el terrateniente se había molestado al menos en encender el fuego. Los trazos rojizos del portal destacaban a la luz de las llamas, y Tabit admiró la belleza de su factura. Por el estilo de las filigranas y el motivo central elegido, el joven era capaz de deducir en qué época había sido pintando. También, que no había resultado precisamente barato. Pero se había abstenido de comentárselo a Darmod entonces, y tampoco lo hizo ahora.

–Os agradezco que me permitáis utilizar vuestro portal, terrateniente –le dijo.

Darmod se encogió de hombros.

–¿Tenía otra opción, acaso? –replicó.

Tabit pasó por alto la pulla. Él no era responsable de los acuerdos entre la Academia y los propietarios de los portales. Las normas estaban ahí desde hacía siglos, desde mucho antes de que el abuelo del terrateniente encargara el diseño de su portal.

–Aun así, os doy las gracias –repitió. Hizo una pausa antes de añadir–: Tendré que volver por aquí dentro de un tiempo. Dos o tres semanas, a lo sumo.

–Como gustéis –respondió con desgana el dueño del portal, como si aquello no fuera con él–. Que tengáis buen viaje de regreso, maese.

Tabit ya le había explicado el día anterior que no era un maese, al menos no todavía, pero para el terrateniente no parecía haber mucha diferencia entre unos y otros. Al fin y al cabo, todos ellos, maeses y estudiantes, tenían derecho a utilizar su portal cuando les viniera en gana.

Darmod se marchó y lo dejó a solas con el portal. Tabit lo examinó con detenimiento. En la parte superior, justo sobre el círculo exterior de coordenadas, estaba pintada la contraseña que lo pondría en funcionamiento. Ni Darmod ni ningún otro de su estirpe sabía leer aquellas palabras, escritas en uno de los dos lenguajes secretos de los pintores: el alfabético. Decían: «Fuerza, honor y gloria». Era el lema de la familia de Darmod; Tabit lo sabía porque también estaba grabado, en darusiano, en el escudo de armas que presidía la entrada del palacete. Naturalmente, era una contraseña muy fácil de adivinar; pero, para que se abriera el portal, había que plasmarla en la tabla con polvo de bodarita y en el lenguaje simbólico de los pintores de portales, el segundo de sus idiomas secretos. A los propietarios de portales privados se les enseñaba a trazar el símbolo que abría su portal en concreto, y solamente ese, y se les entregaba un poco de polvo de bodarita para que pudieran usarlo. Tabit sabía que, cuando se les acababa, tenían que comprar más a los pintores, y había traído un saquillo por si el terrateniente se lo pedía; pero era evidente que no tenía intención de utilizar su portal, por el momento.

«Qué pena, qué desperdicio», se dijo el joven, untando su dedo índice en polvo de bodarita. Tradujo sin problemas la contraseña al lenguaje simbólico y trazó el signo correspondiente en la tabla fijada a la pared, junto al portal. Inmediatamente, las líneas rojizas se iluminaron. Tabit dio un paso atrás y contempló, extasiado, cómo la luz circulaba por las delicadas filigranas, haciéndose gradualmente más intensa, hasta que ya no pudo mirarla de frente. Entonces los trazos del portal se difuminaron y desaparecieron, y solo quedó un círculo luminoso en la pared. Tabit sonrió y lo atravesó.

Sintió, como otras veces, una especie de retortijón en el estómago. Pero estaba acostumbrado a él y, de todas formas, desapareció tan repentinamente como se había presentado en cuanto el joven puso un pie fuera del portal.

Al otro lado lo esperaba una mujer que temblaba de miedo en un rincón. Tabit la conocía del día anterior: era el ama de llaves que cuidaba la casa de Darmod en Serena.

La mujer se relajó al reconocerlo.

—Ah, sois vos, maese —dijo—. No os esperaba tan pronto.

—Me he adelantado un poco —respondió Tabit, dándose la vuelta para comprobar que el portal se apagaba suavemente detrás de él—. De todas formas, ¿quién más podría haber sido?

—No lo sé, maese —rezongó la mujer—. Podría ser el señor Darmod o cualquier otra persona. Con estas cosas, quién sabe. Se encienden de repente cuando menos te lo esperas y nunca se sabe quién va a aparecer desde el otro lado. —Se estremeció—. No es natural, no, señor.

Tabit sonrió, divertido.

—Es más rápido y sencillo que recorrer todo el camino a pie.

—Pero las personas nacemos con piernas —insistió la mujer, tozuda—. Y son para usarlas, ¿sabéis?

Tabit no quiso discutir con ella. Le dijo, al igual que al terrateniente, que tenía intención de volver a cruzar el portal en un par de semanas. Aceptó, agradecido, la comida que le ofreció, y le dejó una propina que ella no rechazó. Después, salió a la calle.

Lo recibió una vaharada de aire marino. Se encontraba en Serena, muy lejos del lugar donde el terrateniente Darmod languidecía en su palacete. Se trataba de una activa ciudad portuaria cuya lonja de pescado era famosa en todo el continente. La vista del puerto, un colorido mosaico de embarcaciones que navegaban por la bahía, era otro de los atractivos del lugar.

Pero en la mente de Tabit apenas quedaba lugar para otra cosa que no fueran los portales. De modo que se dirigió a la sede que la Academia tenía en Serena para visitar su biblioteca; llevaba tiempo queriendo hacerlo, pues era el único lugar donde conservaban una copia del estudio de maesa Arila sobre el lenguaje simbólico que le interesaba consultar para un trabajo de clase.

Cuando terminó, se dio cuenta con sorpresa de que ya se había hecho de noche. Los portales que conducían a la Academia tenían un horario bastante estricto, para evitar que los estudiantes salieran y entraran sin control, por lo que ya no podría utilizar el que se encontraba en aquel mismo edificio. Consultó, por tanto, el mapa de portales de Serena que llevaba en el zurrón, y se encaminó hacia el más cercano: el del Gremio de Pescadores y Pescaderos.

En realidad, la mayor parte de la gente utilizaba el portal público que unía Maradia y Serena, y que se ubicaba en la Plaza de los Portales de la ciudad, pintado sobre un muro de piedra que no sostenía ningún techo. Era uno de los más antiguos que se conocían, y no tenía contraseña: estaba siempre activo para cualquiera que quisiera atravesarlo. Junto a él se encontraba el portal que enlazaba Serena con Esmira, la gran capital de los comerciantes de Darusia. También existía una tercera pareja de portales que conectaba Esmira con Maradia. Estas rutas aparecían en los mapas de portales señaladas como el Gran Triángulo, y habían sido un regalo de la Academia a los habitantes del país. Un regalo que había cambiado para siempre las vidas de mucha gente.

Los pescadores de Serena habían utilizado los portales públicos durante muchos años. Así, tanto Esmira como Maradia, pero sobre todo Maradia, que no tenía puerto de mar, habían conocido otro de los beneficios de la tecnología de los portales:

el pescado fresco. Pero los cargamentos de pescado provocaban muchas molestias a los usuarios del portal de Serena, así como unas colas interminables, de modo que el Gremio de Pescadores y Pescaderos había optado por encargar su propio portal. Este unía la lonja de Serena con la Plaza de los Portales de Maradia, que estaba situada muy cerca del mercado; Tabit sabía, además, que el gremio estaba estudiando la posibilidad de abrir otro que enlazara con alguna otra capital que no tuviese salida al mar, como Rodia, Vanicia o tal vez Ymenia.

Al ser un portal privado, solo para uso del Gremio, tenía su propia contraseña; pero enseñar el símbolo de apertura a todos los pescadores y pescaderos que usaban el portal equivaldría a que este no fuera privado en absoluto, por lo que el Gremio había contratado también los servicios de dos guardianes que se turnaban para vigilar el portal de forma permanente.

Tabit llegó, jadeando, hasta la lonja, que estaba ya desierta. Localizó el portal en la pared del fondo, y también la figura que dormitaba junto a él, sentada en una silla. Se detuvo ante ella.

Los guardianes eran la casta inferior de los pintores de portales. Muchos de ellos eran personas que, por las razones que fueran, no habían finalizado sus estudios en la Academia, pero conocían lo suficiente de los dos lenguajes secretos como para poder abrir algún que otro portal por su cuenta. Por este motivo, a la Academia le convenía mantenerlos bajo sus alas. Por un buen sueldo, los guardianes vigilaban algunos portales privados, los abrían y cerraban cuando era necesario y se aseguraban de que solo los utilizaban las personas autorizadas.

Tabit era perfectamente capaz de abrir el portal sin ayuda del guardián, pero le parecía una desconsideración ignorar su presencia. Lo contempló un momento a la luz del pequeño farol que reposaba a sus pies. El guardián era más viejo de lo que había supuesto, y estaba incómodamente acurrucado sobre una silla de madera que parecía casi tan vetusta como él. El joven pensó que quizá sería mejor dejarlo dormir; pero, cuando ya buscaba su saquillo de polvo de bodarita, el guardián resopló y se despertó con brusquedad. Su sobresalto al ver de pronto al estudiante casi lo hizo caerse de la silla.

–¿Quién... qué...? –farfulló.

–Buenas noches, guardián –saludó Tabit con cortesía–. Querría cruzar al otro lado, si no es molestia.

—El portal está cerrado, joven —replicó el guardián, levantándose con dificultad—. ¡Oh... disculpad, maese! —exclamó de pronto al ver el hábito de Tabit—. Lo abriré para vos, naturalmente.

Tabit no lo contradijo. Estuvo tentado de decirle que no lo necesitaba, pero había algo en el viejo guardián, una dignidad callada, que lo indujo a dejar que hiciera su trabajo sin entrometerse.

El guardián del portal del Gremio de Pescadores y Pescaderos de Serena se alzó ante el muro, tosió un par de veces y entonó con voz solemne:

—*¡Italna keredi ne!*

Tabit luchó por contener la risa. No era culpa del guardián, pobre hombre. Había recitado con total exactitud las palabras que había escritas sobre el portal, aunque probablemente no sabía qué significaban. Mientras, con dedos temblorosos, el anciano escribía el símbolo equivalente en la tabla de la contraseña, Tabit reflexionó sobre la maldad humana. El maese que había pintando aquel portal había elegido la siguiente contraseña: «Aquí apesta a pescado». Naturalmente, ni el guardián ni los pescadores del Gremio conocían el significado de aquellas palabras que sonaban tan bien en el idioma secreto de los pintores. No habría tenido tanta importancia de no ser porque el guardián parecía convencido de que era necesario declamarlas en voz bien alta para que el portal se abriera. Con todo, lo más llamativo del caso era que debían de haber pasado otros maeses por allí a lo largo de los años, y probablemente todos ellos lo habían oído exclamar, con total seriedad, que allí apestaba a pescado, cada vez que abría el portal. Y nadie se lo había dicho.

El símbolo estaba bien trazado, por lo que el portal no tardó en iluminarse. Tabit suspiró, satisfecho: por fin regresaba a casa.

Antes de atravesar el portal, sin embargo, se detuvo junto al anciano.

—Gracias, guardián. —Dudó un momento antes de añadir—: Ah, y... no hace falta que repitáis la contraseña en voz alta.

El hombre lo miró con cierta desconfianza.

—¿Qué decís, maese? Sé cómo he de hacer mi trabajo. Llevo guardando este portal desde que era un jovenzuelo imberbe. Y de eso hace ya casi medio siglo.

—Y lo hacéis muy bien —asintió Tabit, conciliador—. Después de todo, el portal se abre, ¿no? Pero probad lo que os digo: mañana, cuando lo abráis para los pescadores, no recitéis la contraseña en voz alta: hacedlo para vuestros adentros, y veréis que funcionará de todas formas.

El guardián parpadeó, un tanto confuso.

—¿Estáis seguro?

—Completamente. Podéis seguir haciéndolo como hasta ahora, por supuesto, pero de esta manera que os digo no correremos el riesgo de que alguien oiga la contraseña y la utilice para sus propios fines.

—Eso es cierto —admitió el guardián—. Siempre pensé que, para tratarse de una contraseña secreta, no parecía muy sensato repetirla en alto tantas veces.

—¿Lo veis? Es porque lo que de verdad cuenta es el símbolo que dibujáis sobre la tabla.

—Ah, pues... nadie me había informado de esto.

Tabit sacudió la cabeza con disgusto.

—Hay maeses poco prudentes —dijo, ocultando su sonrisa tras una oportuna tosecilla—. Demasiado poco prudentes, añadiría; pero yo no soy quién para hablar mal de mis superiores.

—No, no, por supuesto que no. Oíd... —añadió el anciano, bajando la voz—: ¿es cierto lo que cuentan del Invisible?

Tabit iba a responder que todas aquellas historias sobre el Invisible no eran más que cuentos de viejas, pero lo pensó mejor:

—Quién sabe —dijo misteriosamente—. Pero será mejor que guardemos bien los secretos del portal. Por si acaso.

El guardián asintió enérgicamente.

El portal llevaba demasiado tiempo abierto, y Tabit se apresuró a despedirse del anciano y a cruzar al otro lado antes de que se cerrara.

Salió a la Plaza de los Portales de Maradia, ahora silenciosa y vacía. A su espalda, pintado sobre el Muro de los Portales, se hallaba el que acababa de atravesar, y que aún relumbraba suavemente. Junto a él, perfectamente alineados, estaban el resto de los portales que desembocaban allí. Algunos, los menos, eran públicos; la mayoría eran privados, financiados por comerciantes o por el Consejo de algún pueblo lejano, cuyos agricultores, artesanos o ganaderos se habían unido para pagar el portal que les permitiría vender sus productos en la capital.

Tabit los conocía casi todos. Había sacado buena nota en Cartografía de Portales. Pero, incluso aunque no se los hubiera aprendido de memoria, la Academia disponía de mapas e información detallada sobre todos y cada uno de los portales que los maeses habían dibujado a lo largo de toda su historia. Y él podía consultarlos cuando quisiera.

Saludó a los guardianes de los portales privados, que conversaban animadamente alrededor de un fuego, no lejos del muro, y se encaminó hacia la Academia. Podría haber llegado saltando de portal en portal, pero habría tenido que importunar a los propietarios de algunos de ellos para que le permitieran entrar en sus casas, y era ya muy tarde. De modo que fue caminando por las oscuras calles de Maradia hasta que, al doblar una esquina, vio que la sede central de la Academia de los Portales se alzaba ante él. En la oscuridad de la noche parecía una enorme mole de planta circular, fría, silenciosa y amenazadora; sin embargo, Tabit sonrió al verla. Llevaba solo cinco años viviendo allí, pero ya la consideraba su hogar, más incluso que la casa en la que había crecido.

El portero lo conocía, y lo dejó entrar nada más verlo, pese a que él no pasaba por allí a menudo. Había otros estudiantes que siempre estaban pidiendo permisos, que salían por las noches a recorrer tabernas o burdeles o que pasaban días enteros fuera de la ciudad visitando a sus familias, pero Tabit no era como ellos: su vida eran los portales, y así había sido desde la primera vez que había atravesado uno de ellos, cuando tenía apenas ocho años.

Cruzó el gran patio delantero de la Academia, encerrado tras sus muros, donde se ordenaban la mayor parte de los portales que llevaban hasta el edificio. De día, el patio de portales, como se lo conocía popularmente, era un hervidero de gente, de estudiantes y maeses que entraban y salían. Había pocos portales que fueran para uso exclusivo de los pintores, pero allí conducían la mayor parte de ellos: al corazón de la Academia.

Ahora, sin embargo, el patio estaba desierto. También los pasillos, como pudo comprobar Tabit al entrar en el edificio. No era de extrañar, pensó el joven, apretando el paso: después de todo, era la hora de la cena.

Llegó al comedor sin pasar siquiera por su habitación. Con gusto se habría dado un baño, al menos para asegurarse de que no quedaba ningún bicho entre su pelo y sus ropas que pudiera terminar en su colchón, pero estaba hambriento, y las normas de la Academia en cuanto a horarios eran muy estrictas: si llegaba tarde, se quedaría sin cenar.

Cuando llegó al comedor, el resto de los estudiantes estaban ya terminando. Tabit dejó caer su zurrón y su compás junto al banco de la mesa donde estaban sus amigos.

–¡Sí que has tardado! –comentó Unven, su compañero de cuarto–. ¿Dónde has ido a hacer la medición? ¿Al fin del mundo?

–Casi –respondió Tabit entre dientes–. Luego te cuento.

Regresó apenas unos minutos más tarde, cargado con un vaso y una escudilla de sopa. Se sentó junto a Unven y otros dos estudiantes y les relató en pocas palabras el resultado de su viaje.

–¡Vaya! –comentó Zaut, el más joven del grupo–. Un portal para un campesino... ¿Cómo es posible que la Academia atienda ese tipo de peticiones?

No lo decía con mala intención, así que Tabit no se lo tuvo en cuenta. Zaut provenía de Yeracia, una de las ciudades capitales más pequeñas, y había crecido en un ambiente que algunos no dudaban en calificar de «pueblerino». Las sutilezas de las relaciones sociales de la gran ciudad se le escapaban por completo, de modo que tendía a repetir, con cierta ingenuidad, algunas de las ideas que escuchaba por ahí, sin detenerse a rumiarlas y a desarrollarlas por su cuenta, en un intento desesperado por no desentonar entre sus compañeros de la Academia.

–Mientras paguen lo convenido, ¿qué más da dónde se pinta el portal, y para quién? –replicó Unven, encogiéndose de hombros con un gesto indolente.

Tabit sonrió. Su compañero de habitación, que era también su mejor amigo, era hijo de un terrateniente que poseía algunas propiedades en la vasta región de Rodia. También tenía muchos hijos, lo que había obligado a algunos de ellos a buscarse la vida lejos del hogar familiar. El porqué le había tocado a Unven, que era el menor de ellos, matricularse en la Academia cuando no tenía vocación ni deseo alguno de estudiar era un misterio para todo el mundo. Cada vez que Tabit le preguntaba al respecto, de hecho, Unven se aclaraba la garganta y cambiaba rápidamente de tema.

También resultaba incomprensible para muchos la amistad que se había creado entre Unven, cuya fama de vago y juerguista era bien merecida, y el serio y aplicado Tabit, que era en todo opuesto a él.

Ellos, sin embargo, no lo veían algo tan descabellado. Unven, consciente de sus defectos, reconocía y admiraba el tesón, la sensatez y la fuerza de voluntad de Tabit. Y este agradecía la alegría refrescante de su amigo. En el fondo, a veces le sentaba bien tener cerca a alguien que no se tomaba los estudios tan a pecho, que le ayudara a aflojar un poco las riendas cuando era necesario. Ambos, en fin, se complementaban y aprendían el uno del otro.

–Pero un talento como el de Tabit no debería desperdiciarse en algo tan nimio –insistió Zaut.

Tabit se removió, incómodo, como cada vez que alguien mencionaba públicamente su éxito en los estudios. Y Zaut, que tenía por costumbre decir lo primero que le pasaba por la cabeza sin preocuparse por las consecuencias, lo hacía a menudo.

–Yo no... –empezó a defenderse; pero Unven se enderezó un poco y lo detuvo con un gesto.

–Mira, en eso sí estoy de acuerdo –cortó–. Eres el mejor de nuestro curso, y lo sabes.

–Estudio mucho –continuó Tabit, encogiéndose de hombros.

–No, no, pero lo tuyo es algo más. Muchos se matriculan en la Academia porque quieren asegurarse buenos ingresos en el futuro, porque sus padres se empeñaron o simplemente porque les hace ilusión que los llamen «maeses» –suspiró–. Pero tú eres distinto. Tú tienes... ¿cómo se llama?

–Vocación –apuntó Relia, la cuarta ocupante de la mesa, con seriedad. Había estado leyendo un libro, con calma, mientras los demás hablaban, como si la conversación no fuera con ella. Pero sus amigos sabían que Relia pocas veces pasaba por alto lo que sucedía a su alrededor.

–Estudio mucho –insistió Tabit, tozudo.

Unven alzó las manos en señal de rendición.

–Vale, lo que tú quieras. Hablemos de estudios, entonces. Como has estado dos días fuera, quizá no te has enterado, pero se rumorea que maese Belban anunciará mañana el nombre de su nuevo ayudante.

–¿Y qué? –dijo Zaut.

–Tabit presentó la solicitud.

Zaut los miró, aún sin comprender.

–Pero ¿por qué querría nadie ser el ayudante de maese Belban? –preguntó, desconcertado–. Todos saben que está loco.

–No está loco, es un genio –replicó Tabit en voz baja–. Formuló la hipótesis Belban, ¿no la conocéis? Lo estudiamos el trimestre pasado en Teoría de Portales. Desarrolló un modelo teórico según el cual un portal podría abrirse sin necesidad de dibujar su gemelo en el punto de llegada.

Zaut se quedó mirándolo sin entender, pero Unven suspiró con impaciencia, y Relia, tras meditarlo detenidamente, preguntó con voz pausada:

–¿Y a dónde conduciría un portal semejante? Todo el mundo sabe que hacen falta dos, uno en el punto de salida y otro en el punto de llegada, para que se establezca una conexión entre ambos lugares.

Relia era la más sensata y práctica de los tres. Su padre era comerciante en Esmira, y siempre había sentido interés por las facilidades de transporte que otorgaban los portales de viaje, cuyo buen funcionamiento no dependía, como en el caso de los barcos o las caravanas, de adversidades como el mal tiempo atmosférico o los ataques de bandidos y piratas. Relia era la heredera del negocio y desde muy pequeña había ayudado a su padre con la contabilidad; tiempo después, él había pagado una generosa suma para que la muchacha pudiera estudiar en la Academia y llegar a ser, con el tiempo, pintora de portales. Relia se tomaba muy en serio su papel en el presente y el futuro del negocio familiar. A diferencia de Unven, sabía muy bien por qué y para qué estudiaba.

Naturalmente, Tabit y ella se llevaban muy bien, y eso dejaba a Unven en cierta situación de desventaja. Sin embargo, desde hacía un tiempo Tabit había notado que su amigo se esforzaba por parecer más formal y menos tarambana, y se aplicaba más en los estudios, en un intento por llamar la atención de Relia. También participaba más a menudo en conversaciones relacionadas con las diferentes asignaturas, tratando de demostrar que tenía más conocimientos de los que se le suponían.

–Por eso es un modelo teórico –debatió–, porque no hay ninguna manera de probarlo. Y por eso se llama «la hipótesis de Belban». Pero eso no lo convierte en un genio. Si ahora voy yo y digo que puedo pintar un portal que se active solo con mi fuerza de voluntad, maese Denkar me suspendería, no iría corriendo a ver al rector para decirle que ha descubierto un gran talento en mí.

Zaut rió, y Relia se permitió una media sonrisa que no pasó desapercibida a Unven.

—Ya sé que la mayoría de las cosas que estudiamos en Teoría de Portales no sirven para mucho —se defendió Tabit—, pero esto es diferente. Si te hubieses molestado en leer su libro...

—Pero todos dicen que maese Belban está loco —insistió Zaut—. Y que mató al último ayudante que tuvo, hace más de veinte años.

Zaut era muy dado a escuchar y repetir todo tipo de historias truculentas. Para burlarse de él, los estudiantes mayores solían relatarle cuentos y chismes sobre el oscuro pasado de la Academia o de algunos de sus integrantes. La mayor parte de ellos no tenía ninguna base real, pero Zaut se los creía de todas formas, y los repetía fascinado a sus compañeros, que los acogían con escépticos alzamientos de cejas, miradas cómplices o sonrisas divertidas.

Sin embargo, en aquella ocasión su comentario solo recibió un breve silencio circunspecto.

—Yo había oído que a su ayudante lo mató la gente del Invisible —apuntó entonces Relia en voz baja.

—Ah, sí, a mí también me han contado esa historia —añadió Unven, estremeciéndose—. En serio, Tabit, no sé por qué tienes tanto interés en trabajar con ese hombre. Es siniestro, lo mires por donde lo mires.

—Eso no son más que cuentos —replicó Tabit, casi perdiendo la paciencia—. He leído todo lo que ha escrito maese Belban y me parece absolutamente brillante. Tiene una concepción de los portales tan... nueva, tan osada y a la vez tan lógica...

—Vale, ya nos ha quedado claro: te has enamorado de él —concluyó Unven, mientras Zaut y Relia estallaban en carcajadas.

—De su mente, tal vez —replicó Tabit—. Escuchad, esto va en serio: ser el ayudante de maese Belban es lo que he querido siempre, desde que leí su manual en primero. El día que me enteré de que aún vivía, y estaba aquí, en la Academia...

—Lo recuerdo —suspiró Unven—. Estuviste hablando de él sin parar durante un mes entero. Y me parece muy bien que lo admires tanto, pero a distancia, como has hecho siempre. Es un tipo raro. Casi no sale de su habitación, hace años que no imparte lecciones y ahora, de repente, necesita un ayudante. ¿No te parece extraño?

–Estará trabajando en algún proyecto nuevo. ¿Qué tiene eso de extraño?

Unven suspiró de nuevo.

–Como quieras. Pero, si terminas volviéndote huraño y solitario como él, luego no digas que no te lo advertí.

–Dejadlo ya –intervino Relia–. Si Tabit consigue el puesto, nos alegraremos mucho por él, lo felicitaremos y ya está.

–¿Cómo que «si» lo consigue? –replicó Unven, ofendido–. ¡Es nuestro Tabit! Yo vi el proyecto que presentó; era muy bueno.

–Caliandra también se ha presentado.

Las cuatro cabezas se volvieron hacia una mesa cercana, donde una joven de cabello negro, largo y espeso que llevaba suelto sobre los hombros se reía de algún chiste que acababa de contar otra estudiante.

–¿Estás segura?

Relia asintió.

–Estamos en el mismo grupo de Arte de Portales, y el otro día maesa Ashda comentó en clase algo sobre su proyecto. Dijo que maese Belban lo encontraría... interesante.

Tabit no supo cómo tomarse esa información.

–¿Qué se le habrá perdido a ella con maese Belban? –murmuró con disgusto.

–¿Y qué te pasa a ti con Caliandra, si puede saberse? –preguntó Zaut, sorprendido por la acidez de su tono.

Tabit no respondió.

–Fue la primera de la clase en Diseño de Trazado –informó Unven–. Maesa Ashda le dio a su proyecto la máxima nota, por encima de la de Tabit, y eso que Caliandra apenas lo preparó.

–Es muy inteligente –apuntó Relia.

Tabit sacudió la cabeza.

–Pero casi ni se la ve por la biblioteca –protestó.

Zaut disimuló una risilla.

–Sí, dicen que tiene una vida social de lo más... interesante –insinuó.

Tabit bufó por lo bajo.

–No se trata de eso –protestó–. Lo que haga con su vida privada es problema suyo. Pero no puede pretender, además, obtener buenos resultados académicos sin estudiar apenas. No es... –se calló antes de concluir la frase, porque sabía que iba a sonar como una pataleta infantil.

«No es justo», iba a decir. Caliandra lo tenía todo: era divertida, inteligente, buena compañera... Procedía de una familia pudiente y no le faltaban amigos en la Academia. Y, al mismo tiempo, se las arreglaba para sacar excelentes puntuaciones en casi todas las asignaturas. Sus profesores valoraban en ella su imaginación y la forma que tenía de plantear preguntas que nadie era capaz de responder. «Pero su formación es tan deficiente...», se lamentó Tabit para sus adentros. «No estudia los datos, simplemente hace conjeturas... y actúa por instinto.» Eso era algo que al joven le horrorizaba. La ciencia de los portales era algo serio y, sobre todo, exacto. No podía dejarse nada a la improvisación. Por eso no entendía cómo era posible que Caliandra, tan alocada, tan intuitiva, hubiera llegado a superarlo en algunas materias, por muy lista que fuera.

Se obligó a tranquilizarse. Había presentado un buen proyecto. Había trabajado en él durante semanas, había estudiando minuciosamente cada variable y desarrollando cada pequeño detalle. Seguro que maese Belban sabría apreciarlo.

El portal que debía pintar para Yunek y su familia había quedado olvidado. Ahora, en el horizonte de Tabit solo estaba su futuro en la Academia, como ayudante de maese Belban... y se trataba de un futuro que ni siquiera Caliandra sería capaz de oscurecer.

Un secreto que ocultar

>«El mineral que denominamos «bodarita» en honor a su descubridor, maese Bodar de Yeracia, se encuentra en abundancia en las entrañas de Darusia.
>
>La Academia de los Portales es la propietaria de todos los yacimientos hallados hasta el momento y gestiona su correcta explotación, así como el transporte, almacenamiento y utilización del mineral extraído.
>
>En este manual los estudiantes encontrarán provechosa información sobre el funcionamiento, normativa y situación de las minas de bodarita que les resultará de gran utilidad para el estudio de esta materia.»
>
>*Minas y explotaciones de la Academia*,
>maese Kalsen de Maradia.
>Capítulo introductorio

El capataz Tembuk contempló con ojo crítico el resultado del trabajo de la «cuadrilla de Tash». Llamaba así al grupo de mineros que había destinado a picar en la grieta que había encontrado el muchacho, donde había descubierto la veta de mineral azul. Tal y como Tash había advertido, el pasadizo era estrecho e incómodo, así que los hombres de la cuadrilla se veían obligados a turnarse para trabajar la veta, porque en la cámara solo cabían tres mineros a la vez, y solo si uno de ellos era Tash u otro chico de envergadura similar.

Tembuk resopló y sacudió la cabeza con disgusto; se había hartado de ver siempre a la mitad del grupo haraganeando en los alrededores de la grieta mientras el resto trabajaba en el interior.

Llamó, pues, al capitán de la cuadrilla, que no era otro que Rodren, el padre de Tash, y le informó de que había que agrandar la galería.

—Pero es bastante profunda —objetó el minero—. El tiempo

que perdamos en ampliarla podríamos pasarlo picando en la veta...

—Y, sin embargo, no lo hacéis —replicó Tembuk—. ¿Por qué? Pues porque la galería es estrecha. Así que apuntalad el techo y empezad por abrir un poco más la entrada. Mientras la mitad del equipo trabaja dentro, vosotros agrandaréis el túnel. ¿Ha quedado claro?

Rodren se rascó la barba, pensativo.

—No sé —dijo despacio—. Acuérdate de lo que pasó hace dos años. Entonces decidimos que no volveríamos a ampliar galerías en este sector.

—Pues andad con cuidado, y no se hable más. ¿Quieres dejar pasar esta oportunidad, Rodren? —añadió, antes de que el minero pudiera replicar—. Tu chico y su descubrimiento podrían suponer la salvación de la mina. Esa veta azul es importante, te lo digo yo. Pero tengo a seis de vosotros trabajando en ella y apenas conseguís llenar medio capazo al día. Necesito que haya más gente picando ahí dentro. Apuntalad bien el techo y ya está. Sabéis cómo hacerlo, ¿no?

Rodren sacó pecho, herido en su orgullo.

—Por supuesto que sabemos. Pero —prosiguió, bajando la voz—, ya que fue mi hijo quien descubrió la veta, exijo que se nos pague un porcentaje mayor de cada cargamento que enviemos a los *granates*.

—¿Cómo dices? —estalló el capataz.

Rodren se cruzó de brazos.

—Es lo justo, y lo sabes. El descubridor de una veta importante siempre se queda la parte más grande. Es la costumbre.

—Pero tu hijo es solo un niño...

—Es casi un hombre. Y trabaja tan duro como cualquiera.

Tembuk abrió la boca para replicar, pero lo pensó mejor. Sacudió la cabeza y suspiró.

—Muy bien. Así será. Pero agrandaremos la galería para que pueda trabajar toda la cuadrilla a la vez. A ti también te conviene: cuanto más mineral saquéis de ahí, mayores serán vuestros beneficios.

Los dos hombres sellaron el trato con un apretón de manos.

Tash, que había estado merodeando por allí, se las había arreglado para escuchar toda la conversación mientras fingía que ordenaba los capazos. Cuando el capataz se marchó y su padre llamó a su equipo para organizar el trabajo, Tash se deslizó hasta el interior de la grieta, «su» grieta, para pensar con claridad. Al principio le había desagradado la idea de compartir aquel agujero con otros mineros, pero era un trabajador serio y disciplinado, y se había habituado pronto a la nueva rutina. Además, no había imaginado que su padre lo defendería de aquella manera ante el capataz. Siempre se estaba quejando de que era pequeño, débil y enclenque para su edad. No importaba cuánto se esforzara Tash, cuántos capazos acarreara o cuántas horas pasase picando en las paredes, porque para su padre nunca parecía ser suficiente. Tash era el primero en llegar a la mina por la mañana y el último en marcharse. Era consciente de que no rendía como los mineros adultos, y de que hasta los muchachos de su edad empezaban a superarlo con relativa facilidad: crecían muy deprisa, les cambiaba la voz y les salía barba, y sus brazos se hacían más fuertes. Pero Tash seguía pareciendo un niño, y lo sabía, de modo que trataba de compensarlo trabajando más horas que ninguno.

Ahora, por fin, parecía que sus esfuerzos habían llamado la atención de su padre. Acarició la pared de roca con las yemas de los dedos. La veta era buena, los *granates* lo habían dicho. Y, de la noche a la mañana, Tash era poco menos que el héroe de la mina, y su padre lo apoyaba. Había dejado de ser una constante decepción para él.

Se juró a sí mismo que se dejaría la piel en aquella galería, si era necesario. Sacaría más mineral azul que ninguno y ayudaría a su padre a sacar a su familia de la pobreza.

Rodren descendía de una antigua y orgullosa estirpe de mineros. Sus antepasados habían picado en la mina cuando la ciencia de los portales aún estaba en mantillas, y habían sido los primeros en extraer rocas granates de sus entrañas. Como consecuencia de ello, la familia había nadado en la abundancia durante varias generaciones. Pero ahora la mina se estaba agotando, y Tash y su padre se mataban a trabajar para sobrevivir a duras penas. En cierta ocasión, Tash había planteado la posibilidad de buscar otro trabajo, pero Rodren no había querido ni oír hablar del tema. Eran mineros, lo llevaban en la sangre. Debían continuar con la tradición familiar, al menos mientras siguiesen arañando algo de polvo rojo en las galerías. Tash había sugerido, pues, que la familia podría buscar trabajo en alguna otra explotación más próspera. Pero Rodren no quería dejar a Tembuk en la estacada. Los dos hombres se conocían desde niños y habían trabajado juntos durante demasiados años.

–Si nosotros nos vamos –había dicho–, otros mineros lo harán también. ¿Y qué será entonces de este lugar?

Tash opinaba que la mina estaba muerta y que había que marcharse antes de que fuera demasiado tarde; pero su padre estaba convencido de que en alguna parte debía de existir alguna otra veta, rica en mineral, cuya explotación los salvaría a todos de la miseria. Solo había que encontrarla. ¿Y quién era Tash para llevarle la contraria?

Sus pensamientos se vieron interrumpidos por las voces de los hombres de la cuadrilla, que regresaban al trabajo. Tash se apresuró a salir por la galería.

–¿Dónde te habías metido? –gruñó su padre; él y los demás mineros iban cargados con largos palos de madera, destinados a apuntalar el techo y las paredes–. Vamos a ampliar la galería. Ya sabes cómo funciona esto: hasta que no acabemos, no te quiero ver por aquí.

–Pero ¿por qué? –protestó él, dolido–. Puedo ayudaros a...

–No, no puedes –cortó Rodren–. El capataz quiere que sigamos picando la veta mientras ensanchamos el túnel, pero hemos decidido que vamos a trabajar los cinco en ello para terminar cuanto antes, y tú nos estorbarías. Vete con el grupo de Olden, necesitan apoyo. Ya te avisaré cuando hayamos acabado; entonces podremos picar todos juntos ahí dentro.

Tash no dijo nada, pero se sintió furioso. Era su veta, su descubrimiento. No quería que lo dejaran al margen. Sabía perfectamente cómo se ampliaba una galería y se veía muy capaz de colaborar, ya fuera apuntalando techos o machacando paredes; no le parecía justo que su padre lo relegase, una vez más, al puesto de chico de los recados. La cuadrilla tardaría por lo menos unos cuantos días en acabar su tarea y, mientras tanto, él no podría hacer otra cosa que esperar y desear que se acordasen de llamarlo después.

Pasó el resto del día acarreando capazos y subiendo a la superficie para rellenar las lámparas de aceite. Uno de sus compañeros se burló de él al verlo pasar.

–¿Otra vez te han mandado con los niños, Tash? –le espetó.

El chico se sintió herido y aún más furioso que antes. Aquel muchacho solo tenía un año menos que él, lo sabía muy bien, pero ya era miembro de pleno derecho de una cuadrilla, porque era alto y fuerte como un hombre. Años atrás, cuando todos eran niños, habían compartido tareas, juegos y risas; entonces, Tash formaba parte de un grupo compacto en el que todos eran iguales. Pero ahora sus amigos crecían mientras él se quedaba atrás. Otros mineros lo consolaban diciéndole que no tardaría en dar el estirón y crecer como los demás.

Sin embargo, Tash se había cansado de esperar.

Aquella noche, durante la cena, Rodren compartió, como tenía por costumbre, las anécdotas del día con su mujer y su hijo. Tash escuchó con ansiedad, pero sufrió una decepción cuando su padre dijo que los trabajos de ampliación de la galería tardarían más de lo que había calculado en un principio.

—La pared oeste no parece muy estable —dijo—. Solo apuntalarla con ciertas garantías nos llevará al menos un par de jornadas de trabajo.

—Déjame ayudaros, padre —insistió Tash—. Sé que puedo ser útil.

Rodren le dirigió una sonrisa. El chico contuvo el aliento; su padre no le sonreía muy a menudo.

—No me cabe duda de que tienes buenas intenciones, hijo. Pero es un trabajo para hombres, y tú todavía no...

—¡Yo soy un hombre! —estalló Tash, poniéndose en pie de un salto—. Es lo que siempre dices, ¿no? ¡Pues deja que te demuestre que puedo hacer ese trabajo tan bien como cualquiera!

No pudo seguir hablando, porque Rodren castigó su insolencia con una bofetada. Tash se llevó una mano a la mejilla dolorida y volvió a sentarse, confuso, rabioso y avergonzado, todo al mismo tiempo.

—He dicho que te quedarás con el grupo de Olden hasta que hayamos terminado —reiteró su padre sin alzar la voz—. Después, volverás con nosotros para explotar la veta de mineral azul que has encontrado. ¿Ha quedado claro?

Tash respiró hondo y tragó saliva.

—Sí, padre —murmuró con voz ahogada.

—¿Ha quedado claro? —insistió Rodren.

—¡Sí, padre!

—Haz caso a tu padre —intervino Siona, la madre de Tash—. Él sabe lo que te conviene. Seguramente es peligroso...

—Claro que es peligroso —cortó Rodren con sequedad—, como cualquier trabajo en la mina. Y, aunque Tash sabe manejar un pico con bastante soltura, sencillamente no tiene fuerza suficiente como para machacar una pared entera. —Sacudió la cabeza con disgusto—. Es un estorbo. Y no es culpa mía. Yo querría que las cosas fueran de otra manera —añadió, lanzando una mirada penetrante a su mujer—, pero es lo que hay.

Siona se encogió en su asiento y no volvió a pronunciar una sola palabra en toda la cena. Cuando la familia terminó de comer, Tash no pudo soportar más la tensión, y dijo:

—Me voy a dormir. Buenas noches.

Rodren respondió con un gruñido de despedida.

Tash fue a dar un beso a su madre, que se afanaba junto a la pila de fregar.

—Buenas noches, pequeña Tashia —dijo ella en voz muy baja.

Tash se quedó inmóvil en el sitio, como si lo hubiese alcanzado un rayo.

—No vuelvas a llamarme así —dijo entre dientes, pálido como el papel, mientras lanzaba una mirada de reojo a Rodren; él, afortunadamente, no parecía haberlas oído—. Nunca más, ¿me oyes?

Siona apretó los labios y entornó los ojos, pero Tash ya había visto el brillo de las lágrimas entre sus párpados. Resopló, molesto, y salió de la casa con un portazo.

Fuera hacía frío. Se metió las manos debajo de la chaqueta y esperó a que la brisa fresca de la noche aclarase sus ideas. Estaba furioso con su padre, por no valorar su esfuerzo, y también con su madre, porque cualquier día su imprudencia pondría en peligro a toda la familia.

Oyó ruido de pasos por el camino; se dio la vuelta y fingió que orinaba contra el muro.

—¡Hola, Tash! —saludó su vecino. Él respondió sin girarse, alzando una mano. Cuando el hombre desapareció en el interior de su casa, Tash suspiró y decidió que estaba demasiado cansado como para seguir enfadado.

Se encaminó a la caseta de madera que había detrás de la casa, donde estaba el baño. Pocas construcciones en la aldea podían permitirse semejante lujo, pero el bisabuelo de Tash la había levantado hacía mucho tiempo, cuando las cosas iban mejor en la mina, porque solía decir que un minero no tenía por qué ir siempre sucio, sobre todo si quería conservar a su lado a su mujer.

El chico entró en la caseta. Estaba algo vieja y desvencijada, pero aún seguía en pie. Al fondo había un pozo que comunicaba con un acuífero subterráneo; Tash izó un par de cubos de agua para llenar la caldera y encendió el fuego. Cuando el agua estuvo tibia, la volcó en la bañera, un enorme armatoste de hierro fundido. Repitió la operación hasta que la tina estuvo llena. Entonces se aseguró de que la puerta estuviese bien atrancada, se desnudó con rapidez y se introdujo en la bañera. Con un suspiro, se deslizó hasta el fondo, hasta que el agua lo cubrió casi por completo. Emergió a la superficie un instante después, resoplando. El agua se había teñido de un sucio color marrón, pero a Tash no le importó. Era el polvo de la mina: estaba por todas partes, y sospechaba que, por mucho que se bañara, jamás lograría deshacerse por completo de él.

De todos modos, no solía bañarse a menudo. Siempre volvía demasiado cansado del trabajo, con ganas de irse a dormir, y sin ánimo de cargar con cubos o de perder aquellos preciosos instantes de sueño meditando en remojo.

Además, su padre no dejaba de repetirle que era peligroso.

Pero el baño no lo disgustaba. Y tampoco le importaba que el agua se ensuciara en cuanto se metía en ella. Porque de aquella manera no podía ver su propio cuerpo.

A Tash no le gustaba verse sin ropa, porque su aspecto no era el adecuado. Al principio, cuando era más pequeño, aquello no tenía tanta importancia. Solo debía tener cuidado a la hora de orinar; debía hacerlo cuando nadie lo viera, y simular de vez en cuando que lo hacía de pie, como el resto de los muchachos.

Pero ahora...

Los mineros que trataban de consolarlo diciendo que no tardaría en dar el estirón no sospechaban que aquello había sucedido ya, dos años atrás. Pero no de la forma que ellos imaginaban.

Tash cerró los ojos y se palpó por debajo del agua. Allí donde debería haber un torso plano despuntaban un par de senos femeninos. Y más abajo... Tash sabía muy bien qué debía tener más abajo y no tenía. Apretó los dientes con rabia y se odió por ser así. Por no ser lo que su padre habría querido en un hijo.

Porque no era un hombre, ni lo sería jamás.

Salió de la caseta un rato más tarde, arrastrando los pies. No se había molestado en vaciar la tina; estaba demasiado cansada. Entró de nuevo en la casa y descubrió que sus padres ya se habían acostado. Se deslizó hasta su jergón y volvió a desnudarse en la oscuridad. Cuando se sintió de nuevo a salvo bajo la protección de las sábanas, se preguntó, como hacía cada noche antes de dormirse, qué podía hacer ella para ser el hijo que Rodren quería. Durante mucho tiempo había creído que el plan de su padre funcionaría, y que bastaba con fingirse un chico para acabar siendo uno. Sin embargo, la infancia había quedado atrás; los niños de su edad cambiaban, y ella también lo había hecho, pero no de la manera en que debería. Llevaba ropas anchas para disimular sus nuevas formas, y se esforzaba mucho por trabajar sola, para que nadie estuviese lo bastante cerca de ella como para descubrir su secreto.

Pero para su padre aún no era suficiente. Al principio, a Rodren le había resultado más sencillo fingir que era un muchacho, y tratarla como a tal. Ahora le costaba mirarla, como si, con su sola presencia, la naturaleza le echara en cara que no podía seguir dando la espalda a la realidad: su pequeño Tash se había convertido en una mujer.

Las cosas se habían puesto mucho más difíciles para Tash. Su padre la evitaba, y su madre parecía haber recordado de pronto que ella había dado a luz a una niña, y no a un varón, hacía quince años. Había recuperado algo de la fuerza y el orgullo perdidos, y de vez en cuando deslizaba comentarios peligrosos en las conversaciones. Y «olvidaba» a menudo que debía llamarla Tash. Cuando hablaba con ella, se le escapaba la palabra «Tashia» con demasiada frecuencia.

Esto, naturalmente, provocaba disputas en la familia. El desarrollo de Tash había creado un ambiente enrarecido que cada vez se volvía más difícil de soportar.

«¿Qué más puedo hacer?», se preguntaba ella, angustiada. Se habría arrancado aquellos fastidiosos pechos si hubiese sabido cómo hacerlo. Sobre todo si, con ellos, hubiese podido librarse de las molestias que la atormentaban cada mes y que, según tenía entendido, los chicos de verdad no sufrían.

El descubrimiento de la veta azul la había convertido en el centro de atención de toda la comunidad, y eso no era bueno. Pero había hecho que su padre la tuviera en cuenta, y eso no era malo. Tash se había imaginado un futuro en el que los dos, codo con codo, explotarían la nueva veta, trabajarían juntos y estarían más unidos. Y extraerían pedazos de mineral azul que les permitirían vivir mejor.

Pero ahora se veía obligada a esperar mientras Rodren trabajaba en la ampliación de la galería con una cuadrilla de hombres de verdad. Y quizá, cuando terminaran las obras, decidiría que la nueva veta era demasiado importante, y echaría a Tash del grupo para incluir en él a un muchacho más formado, quizá Laster, o tal vez aquel engreído de Yarbun.

«No puedo permitirlo», decidió. «Si tengo que trabajar aún más horas, lo haré.»

Se levantó de un salto, excitada. Se le acababa de ocurrir una idea: si acudía a la mina por la noche, cuando todos estuvieran durmiendo, podría seguir picando en la veta y extrayendo fragmentos de mineral azul. Se los guardaría sin enseñárselos a nadie, hasta que acumulara una buena cantidad, y fingiría que los había sacado ella sola en una jornada cualquiera. Entonces ya nadie se atrevería a dudar que podía rendir igual que cualquier hombre. Y su padre le permitiría seguir trabajando con él en la galería.

Se aseguró de que sus padres seguían dormidos, se vistió con rapidez y salió de la casa.

Todo estaba en silencio. En aquella aldea, todos trabajaban muy duro de sol a sol y se acostaban temprano. No había tiempo para juergas nocturnas; nadie se lo podía permitir.

De modo que Tash recorrió las calles sin que nadie advirtiera su presencia. Solo un gato maulló cuando dobló una esquina, sobresaltándola, pero nada más.

Llegó a las proximidades de la mina, rodeó la escombrera y pasó junto al portal sin prestarle la menor atención. Estaba inactivo, como era de esperar. Su guardián, Raf *el Gandul*, se había ido a dormir hacía mucho rato. Desde su cabaña, construida justo al lado del muro en el que estaba pintado el portal, sonaban unos suaves ronquidos.

Había otro vigilante, sin embargo, que no dormía. Siempre dejaban a alguien, fuera de noche o de día, apostado en la bocamina para proteger la explotación de ladrones y merodeadores ocasionales. Tash lo reconoció a la luz del farol: era Nod, el padre de su amigo Laster. Maldijo para sus adentros; como no solía ir a la mina de noche, se había olvidado por completo del vigilante. Se dio cuenta de que no podría entrar sin que él lo advirtiera, por lo que salió de su escondite y se acercó a él.

–Buenas noches, Nod.

El minero se puso en pie de un salto, alerta, pero se relajó al verla.

–Ah, eres tú –murmuró–. ¿Qué haces aquí tan tarde, muchacho?

–Me he dejado la lámpara abajo –improvisó Tash–. He vuelto para cogerla antes de que mi padre se entere. No se lo dirás, ¿verdad?

El vigilante sonrió. Era bastante habitual que los chicos olvidaran alguna herramienta en los túneles, pese a que sus padres los castigaban duramente si lo hacían.

–Anda, coge la mía y baja a buscarla. Pero date prisa, ¿eh?

Tash asintió.

La excusa de la lámpara le permitiría trabajar en la galería un rato, pero el vigilante no tardaría en ir a buscarla si pasaba demasiado tiempo allá abajo. Por supuesto, tendría que pensar en alguna otra cosa para las noches siguientes, pero en aquel momento eso no le preocupó; ya le daría vueltas por la mañana.

Cuando se halló frente a la veta, Tash apagó la lámpara para no gastar demasiado aceite; por otro lado, para picar en la pared no necesitaba luz. Trabajó intensamente durante un buen rato, sintiendo al tacto cómo se desprendían poco a poco pequeños fragmentos que, esperaba, fueran de color azul. Pero pronto se olvidó hasta de si el mineral debía ser rojo o azul, y perdió la noción del tiempo. Solo recordó que la estaban aguardando fuera, y que se suponía que había bajado a recuperar su lámpara, cuando oyó que la llamaban en la oscuridad:

–¡Taaash! –La voz ronca del vigilante resonaba por los túneles–. ¡Taaash! Muchacho, ¿estás ahí?

Ella dio un respingo, sobresaltada.

–¡Sí! –respondió–. ¡Sí, aquí estoy!

Recogió sus cosas y salió corriendo por el túnel, agradeciendo que los hombres de su padre hubieran comenzado a ampliarlo. Sin embargo, aquellas obras de ensanchamiento fueron su perdición, porque tropezó de pronto con uno de los puntales, se llevó por delante otro más y todo se vino abajo.

Fueron momentos muy confusos. Tash cayó al suelo y rodó

instintivamente para ponerse a salvo en cuanto oyó el estruendo. Se cubrió el rostro con las manos... momentos antes de que una avalancha de tierra y rocas cayera sobre ella y le aplastara el torso, cortándole la respiración durante un instante. Un intenso dolor laceró su pecho y una de sus piernas. Creyó oír la voz del vigilante y vislumbrar un débil resplandor al final del túnel... pero perdió el sentido inmediatamente después.

Oyó voces a su alrededor, al principio gritos, luego susurros, luego otra vez gritos, pero apenas entendió algunas palabras sueltas de lo que decían:

–¡... a estas horas...!
–¡... estaba todo oscuro...!
–¿Está roto...?
–... superficial, pero...
–... ¿qué demonios significa...?
–... no deberíamos mencionarlo...
–... tiene que saberlo...
–... es ridículo...

Sintió que la llevaban en volandas y luego la depositaban en un sitio blando, y por fin alguien dijo:

–Hay que avisar de esto.

Y Tash se sumió de nuevo en la oscuridad.

Despertó definitivamente en su casa, en su cama. Le dolía todo el cuerpo, pero el hecho de encontrarse en un lugar conocido, a salvo, la hizo sentir mucho mejor. Vio que su madre le sonreía, y le devolvió la sonrisa.

–No te preocupes –le susurró ella–. Parece que solo tienes algunas magulladuras, gracias a los dioses. Podrías haberte matado allá abajo –añadió, con un suspiro angustiado.

Tash descubrió entonces a su padre no lejos de su cama, hablando con el capataz en susurros irritados. Los miró, tratando de entender qué estaba sucediendo; pero Rodren le disparó tal mirada de odio y rabia que la muchacha se quedó quieta, blanca como la cera.

Finalmente, los dos hombres se acercaron a ella. Por costumbre, Tash se tapó con la manta hasta la barbilla de forma automática.

–¿Qué hacías de noche en la mina, Tash? –preguntó de pronto su padre, con voz peligrosamente suave.

–Yo quería... –empezó ella; se detuvo para ordenar sus pensamientos y recordó entonces lo que le había dicho al vigilante–. Quería recuperar mi lámpara –concluyó en un susurro–. La había dejado olvidada en el túnel.

–Juraría que ayer regresaste a casa con ella.

Tash no respondió. No se le ocurría qué otra cosa decir.

–Esa no es la cuestión, Rodren –dijo el capataz–. Y lo sabes.

El padre de Tash se encogió como si lo hubiesen golpeado con un mazo invisible.

–Nos han descubierto, mi pequeña Tashia –le dijo su madre al oído.

Tash se quedó paralizada de espanto, tratando de asimilar sus palabras. No quería creer que fuera verdad. Quizá no la había entendido bien. Quizá...

–Dicen que tu hijo es en realidad tu hija –prosiguió Tembuk; estaba hablando con Rodren, pero su mirada no se apartaba de Tash que, muda de terror, se sentía incapaz de hacer o decir nada coherente.

–¿Quién dice eso? –ladró Rodren, como si el mero hecho de insinuarlo fuera una afrenta imperdonable.

–Lo dice Nod, que sacó a tu chico... o chica... de debajo de los escombros. Y también Raf *el Gandul*. Los dos fueron a comprobar si tenía las costillas rotas y descubrieron algo muy curioso acerca de su... mmmm... anatomía.

Tash se ruborizó, sin poder evitarlo. Rodren no dijo nada.

–Tienes suerte –prosiguió Tembuk, aún con los ojos fijos en la muchacha–. El desprendimiento podría haberla aplastado.

–Y quizá hubiera sido lo mejor –masculló su padre.

–¡No puedes estar hablando en serio! –exclamó Siona, horrorizada.

–¡Tú no te metas en esto! –bramó Rodren–. ¡Todo habría sido diferente si me hubieras dado un hijo varón... o si no hubieras perdido la capacidad de concebir con el nacimiento de este... esta...! –Las palabras se atropellaban en su boca y no pudo terminar la frase.

El capataz contempló a Tash y a su madre con algo parecido a la compasión. Siona lloraba; su hija estaba demasiado anonadada como para reaccionar de ninguna manera.

Tembuk, sin embargo, colocó una mano sobre el hombro de Rodren, tratando de calmarlo.

−¿Por eso has fingido todo este tiempo que Tash...?

−... Tashia −corrigió Siona; su voz sonó firme, pese a estar ahogada por las lágrimas.

El capataz sacudió la cabeza, perplejo.

−No lo puedo creer −murmuró−. Quince años, Rodren. Durante todo este tiempo nos has hecho creer a todos que tu mujer había dado a luz a un varón.

−Era la única manera −gruñó él−. Siona no tendrá más hijos −escupió, lanzando una mirada envenenada a la madre de Tash.

Tembuk se sintió conmovido. Pese al odio que parecían destilar las palabras de su amigo, el capataz sabía que estaba profundamente enamorado de su mujer. Porque podría haberla repudiado tiempo atrás para tomar otra esposa que le diera un heredero varón, un chico que siguiera sus pasos en la mina, que perpetuara una tradición familiar tan antigua como ineludible. Pero Rodren había preferido fingir que las cosas eran de otro modo, que la suya era la familia que siempre había soñado, antes que abandonar a su mujer y su hija para empezar de nuevo. Sin embargo, con los años aquel secreto había ido corroyéndolos por dentro, dando paso a los reproches y el resentimiento.

Tembuk, no obstante, no estaba allí para mediar en conflictos familiares. Debía velar por el bienestar de la comunidad.

−Conoces las normas, Rodren −dijo−. Está prohibido que las mujeres trabajen en la mina. Es la costumbre.

−Tampoco está permitido que lo hagan los niños −replicó él−. Pero corren malos tiempos, y su ayuda no nos viene mal, ¿verdad? Mira a mi chico, Tembuk. Es un buen minero. Le he enseñado todo lo que sé. Se ha dejado la piel en la mina. Ha encontrado una veta nueva.

El capataz no podía negar aquello. Había visto crecer a Tash, había sido testigo de sus primeros pasos en la mina, la había visto trabajar tan duramente como cualquier otro muchacho. Pero las normas estaban por algo. Y debían cumplirse.

−Por mucho que intentes negártelo a ti mismo, Rodren, tu «chico» es en realidad una chica. No podemos seguir actuando como si no lo fuera, o como si no lo supiéramos. Por el momento, dejará de trabajar en la mina. Y ya decidiremos qué hacer con ella... y contigo.

El padre de Tash se dejó caer sobre una silla, anonadado. Parecía haber envejecido diez años de golpe.

Nadie dijo nada cuando Tembuk salió de la casa sin despedirse y cerró la puerta tras de sí. Tash sintió que su madre la abrazaba, y se dejó llevar por aquel contacto tan reconfortante. Pero su padre alzó la cabeza y la miró casi sin verla.

–¿Por qué tenías que ir a la mina por la noche, eh? –gruñó–. ¿Qué te he enseñado sobre recorrer los túneles en la oscuridad?

Tash no fue capaz de responder.

–¡Contesta! –gritó Rodren con violencia.

Tash se sobresaltó.

–Que n-no debe hacerse j-jamás –balbuceó–. P-porque...

–... Porque podrías caer por un agujero, tropezar con una roca suelta... o llevarte por delante uno de los puntales, como hiciste anoche cuando bajaste a buscar tu lámpara. –Hizo una pausa, y Tash advirtió que trataba de contener la ira–. ¿Por qué fuiste a buscar la lámpara a la galería nueva, Tash? Ayer no trabajaste allí.

Tash no dijo nada.

–¿Por qué? –repitió su padre, alzando la voz... y la mano. La joven se encogió sobre sí misma.

–Q-quería... –tragó saliva–. Quería trabajar en la galería. Ser útil. –Los ojos se le llenaron de lágrimas y se odió a sí misma por sentirse incapaz de retenerlas–. Quería que estuvieras orgulloso de mí –concluyó.

Rodren bajó la mano. La miró largamente, y Tash no supo dilucidar si seguía enfadado, defraudado o si solo se sentía cansado.

–Lo has estropeado todo –se limitó a decir. Sacudió la cabeza y salió de la casa dando un portazo.

Siona suspiró y abrazó a su hija con fuerza.

–No pasa nada –susurró–. No pasa nada, mi niña. Todo saldrá bien a partir de ahora.

–No soy tu «niña» –replicó ella, furiosa y angustiada a partes iguales ante la idea de que, en el futuro, sería una mujer ante los ojos de todos–. Y nada va a salir bien. No podré trabajar en la mina, y entonces nadie ayudará a padre ahí abajo, y nos moriremos de hambre.

–No –respondió su madre con firmeza–. Todo irá bien. Nadie va a morir de hambre, Tashia, porque ahora las cosas son como deben ser. Como deberían haber sido siempre.

–¡No! –Tash se desasió de ella con brusquedad–. No –repitió–. Yo... soy un chico. Debería haber nacido chico, ese es el problema.

Se levantó de la cama, cojeando. Descubrió entonces que tenía contusiones por todo el cuerpo, y que le habían vendado las lesiones más graves, en el tórax y en la pierna derecha. Se vistió y se puso los zapatos, aunque no tenía claro a dónde quería ir.

–No es culpa tuya –dijo entonces Siona con suavidad–. No hay nada malo en ti.

Pero Tash había pasado demasiado tiempo simulando que era un chico, imaginándose como tal. La simple idea de que ahora, de la noche a la mañana, debía mostrarse como mujer, asumir que la gente la miraría de otra manera... fue más de lo que podía soportar.

–No –repitió–. Todo está mal, madre, ¿no lo ves? Todo.

Salió de casa, renqueando. Esperaba encontrar a su padre fuera. Tal vez podría hablar con él, pedirle disculpas... Pero Rodren no estaba allí. Tash pensó que quizá habría ido a ver al capataz para tratar de hacerlo entrar en razón, y una parte de ella se sintió aliviada.

Sin embargo, no volvió a entrar en casa. Oía los sollozos de su madre desde el interior, y no quería enfrentarse a ella de nuevo. Lo que más deseaba en aquel momento, en realidad, era regresar a la mina. Allí, pensó, tenía un sitio. Sabía qué debía hacer en cada momento, se sentía minera porque era lo único que había aprendido a hacer. Pero ahora, ¿cuál era su lugar en el mundo?

«Me marcharé», pensó de pronto. «Lejos, muy lejos. Donde nadie sepa todavía que soy una chica. Quizá pueda encontrar trabajo en otra mina. Tal vez...»

Oyó entonces las voces de dos hombres discutiendo. Uno era su padre. El otro era Nod, el minero que la había rescatado del túnel. Los dos se habían detenido en la esquina y, aunque Rodren trataba de hablar en susurros, Nod, por lo visto, no consideraba necesario moderar el tono de voz.

–¿Y cómo pretendes que mienta acerca de esto? –decía–. Es una mujer, Raf y yo lo vimos claramente. Pronto lo sabrá todo el mundo. ¿Qué les voy a decir a los chicos? Ya no la tratarán igual. Causará distracciones y accidentes en la mina, Rodren, lo sabes.

–Es un buen minero...

–¡Deja de hablar de ella como si fuera un hombre! Dioses, Rodren, ¿en qué estabas pensando? ¡Una mujer minera! ¿Dónde se ha visto eso?

–¿Crees que no lo sé? –replicó el padre de Tash con amargura–. Pero ¿acaso es culpa mía que mi mujer tuviera la desgracia de parir una niña?

«Se acabó», pensó Tash de pronto. «Me voy.»

Se sintió extrañamente aliviada cuando tomó aquella decisión, como si se hubiese quitado un asfixiante peso de encima. Pero no se detuvo a analizar aquellos sentimientos. Se alejó de la casa, cojeando, con la intención de salir de allí antes de que nadie la echara de menos. Así, abandonó la aldea, amparada en la oscuridad de la noche, y llegó al camino cuando las luces del alba empezaban a clarear en el horizonte. La pierna le dolía mucho, pero se limitó a apretar los dientes y seguir adelante, sin mirar atrás ni una sola vez y sin despedirse de nadie.

Palpó el saquillo que pendía de su cinturón, donde guardaba las piedras que había arrancado de las entrañas de la tierra en plena oscuridad. Las sacó para examinarlas a la luz del día y respiró, satisfecha, al comprobar que no se había equivocado. Era aquella variedad de mineral azul.

No sabía qué iba a hacer en un futuro próximo, pero sí tenía clara una cosa: a los *granates* les interesaban aquellas piedras. Podría vendérselas y, con el dinero que obtuviera a cambio, quizá llegaría hasta las minas que, según tenía entendido, poseía la Academia en el norte del país. Allí comenzaría de nuevo. Como hombre. Como mujer. Daba igual, con tal de que le permitieran ser ella misma.

Un mal día

«Los diseños básicos que puede adoptar un portal son siete, a saber: Poligonal, Circular, Floral, Estelar, Rueda de Carro, Espiral y Compuesto.

Naturalmente, a lo largo de la historia de nuestra Academia ha habido maeses que se han atrevido a diseñar portales partiendo de modelos nuevos, más complejos y a menudo estrafalarios.

Pero la práctica y el sentido común nos han llevado a definir una tipología sencilla que facilite la labor de diseño, trazado y posterior catalogación de los portales realizados, sin que ello sea óbice para que los maeses puedan elaborar portales de gran belleza artística.»

Un estudio sobre los siete modelos básicos,
maesa Kalena de Rodia

Tabit... Tabit, despierta.

El joven pestañeó, desorientado. Lo primero que pensó fue que le dolía el cuello. Lo segundo, que algo se le clavaba en la mejilla.

—Oye, ¿te has pasado toda la noche estudiando? —dijo la voz.

Tabit emergió lentamente de entre las brumas del sueño al reconocer a Unven.

—¿Toda la noche? —repitió estúpidamente. Parpadeó otra vez y echó un vistazo a su alrededor. Estaba en la sala de estudio que Unven y él compartían con otros dos compañeros. Sus libros y apuntes ocupaban toda la mesa. Él se había quedado dormido encima de la hoja en la que estaba preparando el diseño para el portal de Yunek. Había apoyado la cara sobre la plumilla; cuando se frotó la mejilla, gimió al descubrir que se había manchado los dedos de negro.

—Sí, estás muy guapo —se rió Unven—. Pareces uno de los salvajes de Scarvia.

—No tiene gracia —farfulló Tabit, buscando un pañuelo—. ¿Qué hora es?

—Lo bastante tarde como para que te hayas perdido la primera clase. Maese Eldrad ha preguntado por ti. Quería saber si estabas enfermo.

Tabit gimió de nuevo. Paseó la mirada por la mesa y dejó escapar una maldición entre dientes al descubrir el estado en que se encontraba. Se levantó precipitadamente y empezó a recoger sus cosas.

—Oye, si te pierdes una clase alguna vez tampoco pasa nada, ¿eh? —comentó Unven.

Tabit se frotó un ojo.

—Todas las clases son importantes, sobre todo para nosotros, que estamos en nuestro último año. ¿Has tomado apuntes? No, déjalo, no me lo digas. Se los pediré a Relia.

Unven dejó escapar un suspiro teatral y se llevó las manos al pecho.

—Ahora sí que has herido mis sentimientos.

Tabit sonrió y le dio un golpe amistoso en un hombro.

Momentos más tarde corría por los pasillos del edificio principal. Era la hora de su clase de Teoría de Portales, una asignatura que repasaba algunos de los postulados de los maeses más notables de la historia. En principio, Tabit no tenía nada en contra de eso. Había leído las obras de maesa Arila en clase de Lenguaje Simbólico, estudiado los atrevidos diseños de maese Veril en Arte de Portales, y, por supuesto, aprendido en Historia el relato de cómo maese Bodar descubrió las extrañas propiedades de las pinturas rituales scarvianas y puso, con ello, la primera piedra de la ciencia de los portales. Pero maese Denkar, el profesor de Teoría de Portales, les hacía estudiar cosas que no tenían utilidad aparente. Todas las reflexiones de los grandes maeses se exponían y debatían en clase, incluso si sus elucubraciones no los habían llevado a ninguna parte. Por ello, Tabit siempre había considerado que aquella asignatura era una pérdida de tiempo; de hecho, se trataba de una de las pocas que no le entusiasmaban.

Solo había disfrutado de verdad en las clases que maese Denkar había dedicado a explicar las revolucionarias teorías de maese Belban, el sabio a quien Tabit tanto admiraba. Sus razonamientos eran lógicos y estaban bien desarrollados; su visión del funcionamiento de los portales partía de las bases ya conocidas, pero iba un poco más allá. Justo cuando Tabit había creído que ya lo sabía todo, los ensayos del profesor Belban le habían mostrado que aún quedaba mucho por descubrir. Ya conocía su obra desde que, en primer año, había estudiado su manual en la asignatura de Nociones Básicas de la Ciencia de los Portales. Lo había disfrutado muchísimo; había quedado encantado con la forma que tenía maese Belban de explicar, de manera clara, directa y sencilla, hasta los conceptos más complejos.

«Hoy es el gran día», pensó de pronto mientras se detenía ante la puerta del aula. «Hoy seré, por fin, ayudante de maese Belban.»

A pesar de los rumores que circulaban entre los estudiantes, lo cierto era que aún no se sabía nada acerca de la elección del profesor. Y ya había pasado casi una semana desde el viaje de Tabit hasta la casa de Yunek. En todo aquel tiempo, el joven se había mostrado distraído, algo que no era habitual en él. Había seguido trabajando en sus proyectos, pero con menos entusiasmo que de costumbre. Le costaba atender en clase y daba un respingo cada vez que la puerta se abría. Sabía que, en cualquier momento, se anunciaría el nombre del nuevo ayudante de maese Belban, y Tabit tenía la sensación de que su vida quedaría en suspenso hasta que eso sucediera.

La noche anterior, sin embargo, había comprobado con cierta alarma que llevaba mucho retraso con el portal que debía dibujar para Yunek. Ya había solicitado que le reservaran un hueco en el Muro de los Portales de Maradia; cuando se lo concedieran, acudiría a hacer la medición de las coordenadas del espacio que le habían asignado. Era cierto que aún tardaría unos días en recibir respuesta por parte de Administración, pero, entretanto, podía ir desarrollando el diseño del portal, y por ese motivo se había quedado trabajando hasta tarde... y se había dormido.

Trató de quitarse todo aquello de la cabeza. En realidad, no podía saber cuándo iba a hacerse pública la decisión de maese Belban, y no deseaba dejarse confundir por una simple corazonada. No era propio de él.

Entró en el aula, una amplia sala circular con un estrado en alto y una serie de gradas de piedra en torno a él. El recinto donde se impartía la clase de Teoría de Portales era uno de los más antiguos de la Academia. Maese Denkar solía aprovechar la peculiar distribución del aula para formar equipos de debate que debían exponer sus puntos de vista ante el resto de los estudiantes, cosa que Tabit detestaba. Se ponía muy nervioso, tartamudeaba y no conseguía que sus palabras expresasen con claridad lo que veía en su mente de forma tan ordenada. Era muy capaz de explicar a una persona, a dos o incluso a tres, cualquier aspecto de la ciencia de los portales que dominara medianamente bien. Pero sentir sobre él docenas de pares de ojos mirándolo... era algo muy distinto. Por ese motivo, entre otros muchos, quería dedicarse a la investigación. Sabía que algunos de los mejores estudiantes de la Academia terminaban impartiendo clases allí cuando se convertían en maeses. Pero Tabit sentía que, sencillamente, no valía para eso.

Al deslizarse en el interior del aula comprobó, con horror, que aquel día tocaba clase de debate. Una de sus compañeras estaba de pie ante el atril, disertando, según le pareció entender, sobre los postulados de maesa Kalena acerca de las siete formas básicas del diseño de portales. Tabit tomó asiento discretamente y trató de prestar atención. Torció el gesto sin poder evitarlo al comprobar que la chica que estaba hablando era Caliandra.

–... Por supuesto, no estoy defendiendo que no deban utilizarse los diseños básicos en el trazado de portales –decía–. Un portal estilo «Espiral» será siempre muy llamativo, y hay pocas cosas más elegantes que un diseño de tipo «Floral».

Tabit la observó atentamente. La muchacha se había recogido la larga melena negra, y hablaba con gran pasión y convicción. De hecho, con cada palabra que pronunciaba, su oponente, un chico rubio algo entrado en carnes, parecía hacerse más y más pequeño en su asiento.

–Pero creo que los pintores de portales deberíamos ir más allá –prosiguió Caliandra–. Sí, es cierto que la historia nos ha demostrado que se pueden crear verdaderas obras de arte sin salirse de los diseños básicos, pero ¿por qué no buscar algo más? Hay multitud de modelos que podrían servirnos de inspiración, así que ¿por qué no idear un portal basado en algo diferente? Por ejemplo, las olas del mar, la luna... una mariposa...

Tabit no pudo reprimir un resoplido de desdén que sonó más alto de lo que había pretendido. Maese Denkar le dirigió una mirada penetrante, y el joven enrojeció y tragó saliva. Intuía lo que iba a suceder a continuación.

—Tal vez el estudiante Tabit quiera desarrollar su opinión en el estrado —lo invitó el maese, confirmando sus sospechas.

Tabit contuvo un suspiro, se levantó y subió a la tarima, intentando que no se notara demasiado que le temblaban las piernas. Se colocó ante el atril, junto a Caliandra, y le disparó una mirada irritada. Ella se encogió de hombros y se quedó observándolo, como el resto de sus compañeros. Tabit comprendió que estaban esperando a que hablara, pero no fue capaz de pronunciar palabra, porque se había quedado en blanco.

—¿Algo que objetar al razonamiento de la estudiante Caliandra? —dijo maese Denkar.

Entonces Tabit volvió a la realidad. Recordó lo que había dicho su compañera durante su discurso, y su indignación pudo más que su azoramiento.

—Sí, eh... —Sacudió la cabeza, respiró hondo y trató de ordenar sus ideas—. Mi objeción es la siguiente —comenzó—: tenemos siete diseños básicos y algunos de ellos, a su vez, se subdividen en varios tipos. Tampoco hay que olvidar que el diseño Compuesto nos permite combinar varios modelos distintos y nos ofrece una gama de posibilidades prácticamente infinita. Así que, si con estas bases podemos pintar portales bellos y eficaces, con multitud de aspectos diferentes... ¿para qué cambiar? Los siete diseños se utilizan por una razón en concreto: son sencillos, versátiles y prácticos. Incluso, como la propia Caliandra admitía, si de arte estamos hablando, se pueden hacer auténticas maravillas con ellos. Y no me malinterpretéis, no estoy en contra de que cambien las cosas... pero deberían cambiar por algún motivo determinado, no a capricho. ¿En qué es mejor un portal con un diseño nuevo a uno de los clásicos? ¿En la apariencia? ¿De verdad vamos a ampliar la lista de diseños básicos por una simple cuestión de estética? ¿Acaso un portal funcionará mejor solo por representar... a una mariposa? —concluyó, sin poder reprimir un deje burlón en su voz.

Los demás estudiantes asentían, pero él no fue consciente de ello. En realidad, había olvidado al resto de sus compañeros; hacía rato que hablaba solo para Caliandra.

—No estoy de acuerdo —estalló entonces ella—. Hay más cosas importantes, además de las cuestiones prácticas. La belleza, por ejemplo. El arte de los portales...

—Olvidas —interrumpió Tabit, molesto— que nuestra disciplina es una ciencia, no un arte. La belleza de un portal es algo secundario; tiene que estar supeditada a su buen funcionamiento. Si me demuestras que un nuevo diseño básico hará que el portal funcione mejor, entonces te daré la razón —concluyó, cruzándose de brazos.

—Muy bien —replicó ella, picada—, te hablaré en tu idioma, ya que es el único que pareces comprender: ampliar el catálogo de diseños básicos daría más libertad a los pintores de portales. Podrían diseñar más trazados diferentes, sin necesidad de quemarse las pestañas durante horas en la biblioteca, consultando los diseños de los portales existentes para asegurarse de no repetirlos. Porque, como ya sabemos, para que un portal funcione correctamente no solo es importante medir bien las coordenadas, sino también diseñar un trazado único para ese portal y su gemelo; de lo contrario, la ruta podría interferir con otras cuyos portales tengan un diseño similar. Así que, sí, creo que es importante que exista al menos la posibilidad de ampliar el catálogo de modelos básicos. Pero, sobre todo, me parece que es todavía más importante mantener la mente abierta a los cambios y no limitarse a repetir lo que otros maeses han dicho antes que tú.

Tabit fue consciente entonces de que su propia argumentación no había aportado nada que no estuviese ya recogido en los textos de maesa Kalena que habían tenido que leer en la clase de Diseño de Portales impartida por maese Askril. Enrojeció levemente antes de replicar:

—Yo, al menos, me molesto en leer lo que han dicho otros maeses más sabios que yo, en lugar de hacer perder el tiempo a los demás con ideas absurdas sobre asuntos que están todavía muy por encima de mi entendimiento y capacidad.

—Los grandes maeses fueron una vez jóvenes estudiantes —señaló Caliandra—. ¿Qué habría sido de la Academia si todos hubiesen pensado como tú? ¿A dónde habrían llegado? Te lo voy a decir: a ninguna parte en absoluto, con portales o sin ellos.

Caliandra calló y se quedó mirando a su oponente, ceñuda, retándolo a replicar. Los estudiantes estallaron en aplausos, celebrando la rotundidad de su intervención. De pronto, Tabit fue otra vez consciente de su presencia; intentó hablar, pero solo le salieron un par de balbuceos sin sentido.

—¿Y bien?... —preguntó maese Denkar—. ¿Tienes algo que añadir?

A Tabit se le ocurrían muchas cosas; por ejemplo, que los siete modelos básicos aún no estaban agotados, y que un buen pintor de portales no debería tener ningún problema en desarrollar diseños diferentes partiendo de ellos; que se llamaban «básicos» por una razón muy simple: porque permitían generar miles de portales distintos, cosa que no sucedía con modelos más complejos, como los que Caliandra sugería; que...

Pero no fue capaz de expresar sus pensamientos con palabras.

–Entiendo –asintió maese Denkar, mientras Caliandra sonreía, triunfante.

«No, no lo entendéis», quiso decir Tabit. El debate aún no había finalizado. Él tenía argumentos para replicar a su oponente. Ella no tenía razón, y podía demostrarlo.

Hizo un esfuerzo por apartar de su mente al resto de los estudiantes y centrarse, de nuevo, en Caliandra y en lo que quería decirle. Pero no tuvo tiempo de hablar: la puerta del aula se abrió de pronto y entró maese Maltun, el rector de la Academia.

Todos los estudiantes se pusieron en pie, como muestra de respeto.

–Volved a vuestros sitios –indicó maese Denkar, y Tabit y Caliandra obedecieron, lanzándose miradas desafiantes de reojo.

Los estudiantes contemplaron, expectantes, cómo maese Denkar y el rector conferenciaban en voz baja. Finalmente, el profesor de Teoría de Portales retrocedió un par de pasos, cediendo el puesto ante el atril a maese Maltun.

–Podéis sentaros –dijo el rector, y todos tomaron asiento–. He venido a anunciar algo que a algunos de los estudiantes de este curso os resultará de especial interés. Como ya sabéis, hace unas semanas uno de nuestros más ilustres profesores decidió tomar un ayudante. Está trabajando en un proyecto cuyos resultados podrían ser de gran interés para esta Academia y, por tanto, para todos los pintores de portales. Todos vosotros habéis oído hablar de maese Belban; muchos habéis leído sus obras sobre la ciencia de los portales.

El corazón de Tabit latía tan fuerte que apenas podía escuchar las palabras del rector. En el otro extremo del aula, Caliandra, en cambio, apenas parecía prestarle atención.

–Varios estudiantes de último año presentasteis vuestra solicitud para ocupar ese puesto –prosiguió maese Maltun–. Se os pidió que incluyerais un proyecto que evaluaría el propio maese Belban. –A Tabit le pareció que el rector suspiraba casi imperceptiblemente–. Y soy consciente de que los aspirantes han tenido que trabajar mucho para poder presentarlo a tiempo, sobre todo teniendo en cuenta que también estáis todos muy ocupados con vuestro proyecto final.

Tabit dedicó un breve pensamiento a Yunek. Se preguntó si el profesor Belban le dejaría tiempo libre para finalizar su portal cuando fuera su ayudante.

–Debo decir que, pese a ello, algunos de los proyectos presentados tienen...hummm... un nivel muy alto. –Tabit tuvo la sensación de que la mirada del rector se desviaba hacia él un instante–. Enhorabuena a todos.

»Sin embargo, ya sabéis que maese Belban quería un único ayudante, por lo que solo uno de los aspirantes obtendrá el puesto. Insisto en que vuestros proyectos han sido, en general, muy buenos. Pero maese Belban... hummm... ha destacado uno entre todos ellos. Felicidades, estudiante Caliandra –concluyó–. En adelante, trabajarás con maese Belban.

Tabit sintió como si le echaran un jarro de agua fría por la cabeza, mientras todos aplaudían a Caliandra y ella levantaba la cabeza, sorprendida.

–¿Yo? –acertó a decir–. Pero, si yo... –lanzó una breve mirada a Tabit, y este descubrió que hasta parecía sentirse algo culpable.

Eso, sin embargo, no lo consoló.

El rector siguió hablando, pero Tabit no lo escuchaba. Había clavado la mirada en él, sin apenas verlo. Tenía que ser un error. Debía de tratarse de una equivocación, seguro. Quiso gritar, declarar ante todo el mundo que no era posible que maese Belban hubiese elegido a Caliandra y no a él, pero todavía estaba paralizado por la impresión, y no fue capaz de moverse. Solo reaccionó cuando el rector se dispuso a salir del aula, y todos los estudiantes tuvieron que levantarse, de nuevo, y permanecer en pie hasta que se hubo marchado.

–Es una gran oportunidad –dijo entonces maese Denkar–. No es habitual que un profesor de la Academia requiera un ayudante. No sucede todos los años. Mis felicitaciones, estudiante Caliandra.

Ella asintió. Aún parecía aturdida, como si le hubiesen hecho un regalo totalmente inesperado.

—Se ha terminado la clase por hoy –anunció el maese–. Podéis marcharos.

Los estudiantes se dirigieron a la puerta del aula. Cuando Tabit pasó junto al estrado, caminando como un autómata, maese Denkar le dio una suave palmada en el hombro.

—Lo siento, muchacho –susurró.

Tabit respiró hondo. No fue capaz de mirar a la cara al profesor, y tampoco a Caliandra, al salir al corredor. No se volvió cuando oyó a sus espaldas la voz de Relia llamándolo, ni se detuvo junto a Unven al cruzarse con él al final del pasillo. Se limitó a llegar hasta su habitación lo más deprisa que pudo para dejarse caer sobre la cama y hundir la cara en la manta.

Imaginó, por un glorioso momento, que todo era una pesadilla; que se despertaría y descubriría que el día acababa de empezar, que todavía existía una oportunidad de que las cosas fueran diferentes.

Pero sabía de sobra que no era así.

Permaneció quieto, tendido sobre la cama, hasta que sus amigos entraron en su habitación. Los oyó cerrar la puerta tras ellos con suavidad, pero ni siquiera entonces se molestó en mirarlos.

—Lo siento mucho, Tabit –dijo Unven–. Sé que era muy importante para ti.

Él no contestó.

—Esa estirada de Caliandra –resopló Relia, dando una patada en el suelo–. ¿Quién se ha creído que es? ¿Cómo se atreve a quitarte el puesto?

Tabit pensó que, después de todo, aquello era injusto. Los dos habían presentado un proyecto, pero había sido maese Belban quien había tomado la decisión final. Además, Caliandra sería muchas cosas, pero no una estirada.

Sin embargo, el joven sabía por qué lo decía.

—Y lo peor es que ella no lo necesita para nada –prosiguió Relia–. Todo el mundo sabe que viene de buena familia. Dicen que está emparentada con la antigua realeza, nada menos.

—Para lo que va a servir... –comentó Unven, encogiéndose de hombros; también su propia familia procedía de un linaje ilustre, pero eso no significaba gran cosa en la Darusia moderna.

—No es solo una cuestión de genealogía –dijo Relia, sacudiendo la cabeza; su cabello, corto, liso y de color rubio oscuro, se le metió en los ojos, y ella lo apartó de un manotazo–; su familia es una de las más pudientes de Esmira. De noble alcurnia, sí, pero también se han hecho ricos comerciando con otras tierras. Sus barcos llegan a todas partes, y sus caravanas son tan grandes que nadie se atreve a asaltarlas. Pueden permitirse pagar a los mejores soldados para defenderlas.

Unven sonrió; el padre de Relia también era mercader, pero su poder e influencia no llegaban, ni de lejos, a los que poseía la familia de Caliandra.

–Bueno, ¿y qué importancia tiene eso? –dijo Tabit, despegando los labios por fin; su voz sonó ahogada por la manta–. No creo que maese Belban la haya escogido por el dinero de su familia.

–¡Pero estamos hablando de tu futuro, Tabit! –protestó Relia–. A ella no le hacía ninguna falta ese puesto de ayudante, mientras que tú... –se calló de pronto, azorada, consciente de lo que iba a decir.

–Puedes decirlo tranquilamente –respondió Tabit, dándose la vuelta sobre la cama para mirar al techo–: mientras que yo no tengo donde caerme muerto.

–No quería decir eso...

–Pero es la verdad. Todos los que estudiáis para maeses venís de familias más o menos acomodadas. Todo el mundo sabe que la Academia es cara. –Hizo una pausa; sus amigos no se atrevieron a hacer ningún comentario–. Pero yo no tengo nada, no soy nadie. Cuando termine mis estudios, y ya que no he conseguido ese puesto que me permitiría quedarme en la Academia, tendré que ganarme la vida como pintor de portales, viajando de aquí para allá. No es tan mal plan, después de todo. ¿Verdad? –añadió, volviéndose para mirarlos.

Unven sacudió la cabeza.

–No, Tabit –protestó–. Pero tú estás aquí por méritos propios. Trabajaste mucho para ganar esa beca y, una vez en la Academia, no has dejado de estudiar ni un solo día. Te merecías ese puesto.

–Vales más que todos nosotros juntos –dijo Relia con suavidad.

–Ya, claro –se limitó a contestar él, volviéndose hacia la pared.

–No dejes que esto te desanime, ¿de acuerdo? –dijo Unven; al no obtener respuesta por parte de Tabit, añadió–: Nos vamos a clase. Si no te apetece venir, cosa comprensible, ya nos veremos en el comedor a la hora del almuerzo.

Tabit no contestó. Unven y Relia se marcharon, dejándolo solo con sus pensamientos.

Todos sus planes se habían venido abajo. Había contado con que maese Belban lo aceptaría como ayudante. Había llegado a creer que nunca tendría que abandonar la Academia, a la que consideraba no ya un segundo hogar, sino el único verdadero que había conocido.

Cerró los ojos y trató de poner en orden sus ideas. No valía la pena lamentarse, decidió. Quizá podía acudir a hablar con maese Belban para preguntarle qué había de malo en su proyecto, pero era demasiado orgulloso para eso. Así que lo mejor que podía hacer, decidió, era encajar el golpe con dignidad y seguir adelante. Pronto sería un maese, con todas las letras, y dibujaría portales de verdad. Si no podía dedicarse a la investigación... tampoco era algo tan grave. Pintaría portales para otras personas. Dedicaría su vida a la disciplina que tanto le apasionaba. Y con eso, en el fondo, le bastaría para ser feliz.

Recordó de pronto que tenía pendiente el portal prometido a Yunek, y se levantó de un salto, con energías renovadas. Recogió sus cosas y se fue a la sala de estudio. Decidió que se centraría en su proyecto final hasta terminarlo.

Llevaba ya un buen rato trabajando, y casi había terminado el boceto del portal –finalmente había escogido un diseño tipo «Rueda de Carro», con seis radios, que le pareció apropiado para el contexto en el que tenía que dibujarlo–, cuando alguien llamó a la puerta. Tabit, sobresaltado, alzó la mirada.

–¿Quién es? –preguntó, un poco molesto por la interrupción.

Una cabeza pelirroja asomó por el hueco de la puerta. Era Zaut.

–Ah, Tabit, por fin. Te he buscado en el aula de Lenguaje Simbólico, porque me han dicho que tenías clase allí, pero no estabas –comentó, un poco desconcertado.

–Bueno, pues ya me has encontrado. ¿Tú también has venido a compadecerte de mí? Porque, si es así, deberías saber que no pienso...

–¿Compadecerte? –repitió Zaut, perplejo–. ¿De qué estás hablando? Vengo a avisarte de que el rector quiere hablar contigo. Tienes que acudir a su despacho cuanto antes. –Le dirigió una mirada llena de mal disimulada curiosidad–. ¿Se puede saber qué has hecho?

Tabit no respondió inmediatamente, porque estaba tratando de asimilar sus palabras. Por un lado, se sentía aliviado porque Zaut no sabía aún nada de la decisión de maese Belban; por otro, el hecho de que el rector quisiera verlo hizo renacer en él la esperanza de que todo hubiese sido un estúpido malentendido.

–Te lo contaré más tarde –dijo, recogiendo sus papeles con cierta precipitación–. Ahora tengo prisa. ¡Hasta luego!

Salió de la sala de estudio y corrió por los pasillos en dirección al despacho del rector.

El recinto de la Academia era circular, como los portales que dibujaban los maeses, y constaba de tres edificios concéntricos. La circunferencia exterior albergaba las habitaciones de los alumnos, y era la parte más alta, hasta el punto de que actuaba casi como una muralla. La circunferencia media, separada de la exterior por el patio de portales y por tres amplios jardines, y unida a ella por cuatro corredores que enlazaban el recinto como los radios de una rueda, contenía la mayor parte de las aulas, los talleres, la biblioteca, el almacén de material y los estudios de algunos profesores. Y, por último, en el edificio que ocupaba el centro de la circunferencia, también con forma circular, y que era el corazón de la Academia, estaban la sala de reuniones, los dormitorios de los profesores y los despachos de la mayoría de ellos... y también el del rector.

Tabit tenía, pues, un largo camino por delante. Recorrió el pasillo que unía las dependencias de los alumnos con las aulas en las que se impartían las clases, y después salió al jardín que rodeaba el edificio del profesorado. Subió las escaleras que conducían hasta el despacho del rector y se detuvo a recuperar el aliento. Se sentó un momento en el banco adosado a la pared que había junto a la puerta. Cuando los latidos de su corazón recuperaron su ritmo habitual, aguzó el oído al captar el sonido apagado de unas voces procedentes del interior del despacho. Comprendió que el rector estaba atendiendo a otra persona, y decidió esperar a que terminara.

No tuvo que aguardar mucho. Apenas unos instantes después, una figura vestida de granate salió del despacho. Tabit reconoció, por el tipo de hábito que llevaba, que se trataba de un profesor, y alzó la cabeza con curiosidad. Se quedó helado al descubrir a maese Belban en persona.

—Buenos días —fue el escueto saludo del maese.

—Bu-buenos días —respondió Tabit cuando pudo recobrarse de la sorpresa.

El profesor no lo miró dos veces. Siguió caminando pasillo abajo. Llevaba un voluminoso libro bajo el brazo, y a Tabit le pareció que cojeaba un poco.

Y, pese a que había decidido previamente que no le pediría explicaciones, corrió tras él y lo llamó.

—¡Maese Belban!

El profesor se detuvo y se volvió hacia él. Tabit respiró hondo al enfrentarse a la mirada inquisitiva de los profundos ojos azules que asomaban bajo sus espesas cejas blancas.

Maese Belban era ya anciano, si bien se movía con una energía poco común a su edad, y llevaba el cabello blanco suelto, en lugar de recogérselo en una trenza, como era preceptivo entre los maeses. Con todo, había algo sobrecogedor en su mirada: aquella fuerza y determinación contrastaban con el poso de amargura que se adivinaba en ella.

—Maese, disculpad —comenzó el joven—. Yo... me preguntaba...

—¿Quién eres tú? —interrumpió el anciano con brusquedad.

Acostumbrado a que todos los profesores supieran exactamente quién era él —no en vano se trataba de uno de los mejores estudiantes de la Academia—, Tabit no pudo evitar sentirse herido en su orgullo.

—Yo... soy Tabit —farfulló—. Aspiro a ser vuestro ayudante.

—La selección ya terminó, joven.

—Lo sé, y presenté mi solicitud...

—¿Y qué? Ya tengo ayudante. Y es una chica, creo, así que supongo que no serás tú.

Tabit respiró hondo y trató de tranquilizarse.

—No, no soy yo. Pero presenté un proyecto... Si no es molestia, querría saber en qué me equivoqué.

—¿En qué te equivocaste? —repitió el maese, frunciendo el ceño.

—Qué es lo que hice mal —siguió explicándose Tabit—. Por qué no me elegisteis a mí.

El profesor lo miró con mayor detenimiento.

–Ya comprendo. Tabit, ¿eh? Sí, ahora recuerdo tu proyecto. Perfecto. Impecable. Sin un solo error.

El joven abrió la boca, desconcertado.

–¿Entonces...? –pudo decir.

Maese Belban sacudió la cabeza y desenrolló unos papeles que llevaba bajo el brazo.

–¿Ves esto?

Tabit miró. En aquella hoja estaba representado el diseño de un portal, que a simple vista le pareció extravagante y bastante mal dibujado. Reconoció en el margen, sin embargo, el nombre de Caliandra, y lo observó con mayor atención. Descubrió entonces que no era tan malo como había creído. El trazo era bastante pulcro. No podía asegurar, sin embargo, que los cálculos estuviesen bien realizados, en primer lugar porque la letra de Caliandra era algo abigarrada, casi ilegible, y en segundo lugar porque, para saber si eran correctos, habría tenido que hacer las mediciones él mismo.

Pero comprendió enseguida que lo que el maese quería mostrarle no eran los cálculos, sino el propio diseño del portal. Tabit había creído que estaba mal hecho porque las líneas le habían parecido torcidas... lo cual era cierto si se consideraba que tenía forma de rueda de carro, como el que él mismo estaba diseñando para Yunek. Pero, ahora que lo examinaba con atención, comprendía que el portal no representaba eso, sino un sol, y que lo que había tomado por radios de la rueda no eran otra cosa que los rayos del astro, perfectamente ondulados.

No pudo reprimir un suspiro exasperado.

–Se nota que es de Caliandra –murmuró–. Ella cree que no basta con los siete diseños básicos –concluyó con cierto desdén.

La penetrante mirada que le dirigió el maese lo hizo enmudecer.

–Por eso ella es ahora mi ayudante, y tú no –concluyó.

Tabit sacudió la cabeza.

–¿Porque dibuja portales no convencionales?

–Porque se atreve a mirar más allá.

Tabit quiso responder, pero no le salieron las palabras.

–Mira, muchacho, parece claro que eres un buen estudiante –prosiguió el maese–. Algún día serás uno de los mejores pintores de portales que haya visto Darusia en mucho tiempo. Probablemente merezcas un puesto como profesor de esta Academia. No te lo discuto.

»Pero resulta que estoy trabajando en algo que requiere otra cosa. No perfección técnica. Tampoco conocimientos enciclopédicos. Ni siquiera una gran habilidad para el cálculo de coordenadas. Todo eso ya lo aporto yo –añadió, sin mostrar un ápice de modestia–. Lo que necesito es algo más. Quiero que mi ayudante me aporte la frescura y la espontaneidad que yo he perdido tras décadas de estudio. Lo que espero de él... o de ella, en este caso –se corrigió, señalando el proyecto de Caliandra–, es... intuición.

–Intuición –repitió Tabit, perplejo.

–Así es –asintió maese Belban–. Que tengas un buen día, estudiante Tabit –se despidió.

Y lo dejó allí, de pie en medio del pasillo, desolado, preguntándose todavía por qué se encontraba en semejante situación, por qué había dejado escapar aquella oportunidad, por qué, por qué..., si tanto había trabajado..., Caliandra, su rival, le había arrebatado lo que más anhelaba. En qué había fallado. Qué más debería haber hecho.

«¿Intuición?», se dijo a sí mismo, dolido. «¿Y cómo se aprende eso? ¿Qué manual lo describe? ¿Qué profesor lo imparte en sus clases?»

Movió la cabeza, vencido. Alzó la mirada, pero maese Belban ya se había marchado. Sus ojos se posaron entonces en la puerta del despacho del rector, y recordó de golpe por qué estaba allí. Frunció el ceño, desconcertado. Si maese Belban no había cambiado de idea... ¿para qué lo había llamado maese Maltun?

Intrigado, llamó a la puerta con suavidad.

–Adelante –lo invitó el rector desde dentro.

Tabit entró.

–Buenos días, maese Maltun –saludó con educación.

–Ah, buenos días –dijo el rector; carraspeó y desvió la mirada. Parecía incómodo, y Tabit se preguntó por qué–. Pasa y siéntate. Eres el estudiante Tabit, ¿no es así?

El joven asintió y tomó asiento frente a él.

Maese Maltun era bastante joven, para haber llegado a rector. Tenía el cabello castaño, todavía sin sombras grises, y una frente que parecía aún más ancha de lo que era debido a sus ojos pequeños y a su costumbre de peinarse la trenza muy tirante. Su constitución, frágil y delicada, hacía dudar a los que no lo conocían de que un hombre como él fuera capaz de dirigir una institución como la Academia de los Portales. Sin embargo, a Tabit le parecía bastante competente. Era cierto que daba la sensación de ser una persona distraída y que, en ocasiones, titubeaba y se demoraba a la hora de tomar decisiones. Pero, con el tiempo, Tabit había descubierto que, en realidad, maese Maltun estaba muy al corriente de cuanto acontecía en la Academia y, además, era prudente y reflexivo; de ahí que se mostrara a veces vacilante o inseguro, aunque, en el fondo, no lo fuera en absoluto.

–Ya que estás aquí –dijo entonces el rector–, quería aprovechar para felicitarte por toda tu trayectoria en general. Brillante, a falta de otra palabra para definirla. Eres uno de los mejores estudiantes de esta Academia, si no el mejor. Llegarás lejos, hijo.

–Gracias, maese –respondió Tabit.

El rector lo miró casi con pena.

–También vi el proyecto que presentaste para ser el ayudante de maese Belban. –Carraspeó de nuevo–. Por si te sirve de algo mi opinión, yo pienso que era el mejor de todos, y con diferencia.

Tabit no respondió. Maese Maltun lo decía con buena intención, pero no hacía más que profundizar en la herida y, en aquel momento, era lo último que necesitaba. Salvo en el caso de que el rector pudiera conseguir que maese Belban cambiase de idea al respecto, cosa que dudaba mucho.

–Pero todos sabemos que, desde hace tiempo, maese Belban tiene una forma de ver las cosas... hummm... digamos, peculiar –prosiguió el rector–. Y, de todos modos, no te he hecho llamar para hablarte de esto.

–Decid, pues –murmuró Tabit.

Maese Maltun consultó sus papeles.

–He visto que... hummm... estás preparando tu proyecto final. ¿No es así?

Tabit asintió.

–Aquí consta que se trata de un portal entre Maradia y una granja situada en la región de Uskia, casi en la frontera con Rutvia.

–Así es, maese.

–Bien... espero que no tuvieras el proyecto demasiado avanzado.

Tabit se irguió en su asiento.

—¿Qué queréis decir, maese? No comprendo.

—Verás, estudiante Tabit, el Consejo no ha aprobado el portal.

—¿Que no lo ha aprobado? No lo entiendo. Si fue el Consejo el que me encargó...

—Sí, sí, lo sé, pero se trata de un lamentable error. Tenemos muchas peticiones que atender, y esta... esta... bueno, no es prioritaria. Pero no te preocupes por eso. No tardarás en tener otro proyecto entre las manos. A ser posible, uno que esté a la altura de tus altas capacidades. No vamos a permitir que el proyecto final de nuestro mejor estudiante languidezca en la pared de un establo maloliente.

De nuevo, las palabras del rector, que pretendían animar a Tabit, consiguieron justo lo contrario. El joven se aferró con fuerza a los brazos de la silla para controlar el impulso de levantarse de un salto.

—Maese, vos no lo entendéis. Debo pintar ese portal. Le di mi palabra al cliente y, además... va a pagar la tarifa, como todo el mundo.

El rector le dirigió una breve mirada. Carraspeó por tercera vez.

—Las tarifas han subido, Tabit. No creo que esta familia de campesinos se pueda permitir un portal ahora mismo.

Tabit se dejó caer en su asiento, anonadado.

—Pero es... pero eso es injusto —musitó—. Han ahorrado durante años. Necesitan ese portal. Ellos... —calló, incapaz de seguir. Recordó la constancia inquebrantable de Yunek, la cálida hospitalidad de Bekia, el destello de inteligencia en los ojos de Yania—. Ellos deben tener ese portal. Es importante.

—Estudiante Tabit, comprendo que te has implicado mucho. Es tu proyecto final. Iba a ser tu primer portal. Pero habrá otros muchos, te lo garantizo —añadió, sonriendo—. Y pronto podrás dedicar todas tus energías a un nuevo proyecto.

Tabit sacudió la cabeza.

—No, maese. No me importa si no me lo califican, o si tengo que trabajar el doble para pintar también otro portal... Pero he de hacer el de Yunek. Cuando digo que es importante para ellos, lo digo muy en serio.

Maese Maltun le dirigió una mirada penetrante. Ya no sonreía.

—Yo también hablo muy en serio, muchacho, cuando digo que es la decisión del Consejo, y que es irrevocable. Olvida ese portal. No se pintará, y punto.

—Pero...

—Sé que has tenido un mal día, Tabit, y lo lamento —cortó el rector con sequedad—. Pero no lo estropees más desafiando a tus superiores.

Tabit abrió la boca para replicar; sin embargo, se lo pensó mejor y se calló lo que iba a decir.

—Como mandéis, maese —murmuró finalmente—. Solicito, pues, un par de días de permiso para ir a visitar al cliente y comunicarle personalmente la decisión del Consejo.

—Supongo que no te lo puedo negar —suspiró el rector.

«Supongo que no», pensó Tabit para sus adentros. Pero le habían negado ya muchas cosas a lo largo de aquel día, así que no le habría extrañado que no se lo hubiesen concedido. Y, de todas formas, no tenía ni idea de cómo iba a decirle a Yunek que no pintaría su portal.

—Ve, Tabit —dijo maese Maltun; sonrió de nuevo, con calidez—. Y anímate. Vendrán tiempos mejores, no lo dudes.

—Sí, maese —susurró Tabit—. Gracias, maese.

Había hablado de forma mecánica, porque no se sentía confortado en absoluto, y mucho menos agradecido.

Salió del despacho del rector y recorrió las dependencias de la Academia como alma en pena.

Aún no podía creerlo. Aquel estaba siendo su día más nefasto en mucho tiempo. No solamente no había conseguido el puesto como ayudante del profesor Belban sino que, por si fuera poco, ni siquiera podría terminar el portal para Yunek.

Se sintió tentando de dejarlo estar; de no volver por aquella granja nunca más. Pero comprendió enseguida que no podía hacer eso. No solo por Yunek sino, sobre todo, por él mismo. «Debo ir y contarles lo que ha pasado», reflexionó. «No me quedaría tranquilo si no lo hiciera. No puedo seguir con mi vida sin más, sin darles ningún tipo de explicación.» Pero ¿cómo iba a destruir de un plumazo sus esperanzas? No había palabras para decirles que todo lo que se habían sacrificado durante aquellos años no había servido para nada. «Puede que no sea tan terrible, después de todo», pensó de pronto. «Tal vez bastará con que ahorren un poco más. Quizá no tendrán el portal para Yania este año, pero puede que al otro, o al siguiente... Ella es muy joven aún. Todavía tiene tiempo de preparar los exámenes», se dijo, más animado. «Y, en cualquier caso, no es culpa mía. Yo estaba dispuesto a pintar su portal, aún lo estoy... Es cosa de la Academia.»

Aun así, comprendió, sería un mal trago para él y para la familia. Respiró hondo. Cuanto antes pasara por ello, mejor.

Se frotó un ojo con cansancio. Tenía programada una tarde de prácticas con el grupo de maese Saidon, pero decidió que hablaría con él para posponerla y partiría inmediatamente. Después de todo, ya era el mejor de la clase en Medición de Coordenadas, y no había ningún otro grupo de nivel superior al que pudieran promocionarlo. No se perdería nada importante, y maese Saidon lo sabía tan bien como él.

Además, en aquel momento se sentía rebelde. ¿Para qué le habían servido todas las clases, las prácticas, las horas de estudio, los cientos de bocetos y diseños que había trazado, los miles de cálculos de coordenadas que había realizado? ¿De qué le valía ser el mejor estudiante de la Academia, si su futuro aún dependía de las decisiones de otros?

Trató de calmarse. Era solo un proyecto, se dijo, apartando de su mente el recuerdo de Yunek y su familia. Le encargarían uno nuevo muy pronto, y él dibujaría el portal y sería maese por fin. Sin duda, el Consejo tenía buenas razones para anular el encargo de Yunek. Si había otros proyectos más urgentes, Tabit no tardaría en ponerse a trabajar otra vez.

De pronto, se dio cuenta de que no había comido nada en toda la mañana, y de que ya era casi la hora del almuerzo. Se encaminó, pues, al comedor de estudiantes, donde esperaba encontrarse con sus amigos. La perspectiva lo animó un poco. No le hacía mucha gracia que todos comentaran la mala suerte que estaba teniendo aquel día, pero era un poco mejor que tener que lidiar con la decepción él solo. Después, decidió, recogería sus cosas y emprendería el camino hacia la granja de Yunek.

Los encontró a los tres reunidos en torno a la mesa de siempre. Por la mirada que Zaut le dirigió, Tabit dedujo que Unven y Relia ya le habían puesto al día. Alzó una mano, pidiendo silencio, antes de que el muchacho pudiera abrir la boca.

–Sé lo que vas a decir –empezó–, y puedes ahorrártelo. En serio, no pasa nada. Terminaré mis estudios, inscribiré mi nombre en el Registro de Maeses y pintaré portales en toda Darusia y más lejos, si hiciera falta. –Le brillaron los ojos ante la sola idea de que las relaciones diplomáticas con Rutvia, Scarvia o Singalia permitieran a los maeses, en el futuro, pintar portales más allá de las fronteras del país–. Después de todo, es lo que siempre soñé, y era lo que había planeado hacer con mi vida, antes de que maese Belban anunciase que necesitaba un ayudante.

Sus compañeros cruzaron una mirada.

–Si tú lo dices... –dijo Unven, encogiéndose de hombros.

–Claro que sí –lo animó Relia–. Y ya no te queda nada para ser maese. Ya estás trabajando en tu proyecto final, ¿verdad?

Tabit hundió la mirada en el plato y revolvió su contenido con la cuchara, tratando de parecer indiferente.

–Pues no, el Consejo lo ha cancelado –respondió–, pero no importa: no tardarán en encargarme otra cosa.

Los demás guardaron un silencio sorprendido.

–Vaya, Tabit, hoy no es tu día de suerte, ¿eh? –comentó Zaut, antes de que Relia lo hiciera callar de un codazo–. Quiero decir... –trató de arreglarlo– que, naturalmente, esto no es más que un pequeño retraso sin importancia.

–Además –añadió Unven–, si te encargan un portal diferente, te ahorrarás tener que hacer otro viaje a esa granja perdida en medio de la nada...

–Anda, es verdad –recordó Zaut–; tenías que pintar un portal para un campesino.. en Uskia, ¿verdad? –Sacudió la cabeza–. ¿Ves como debías hacer cosas más importantes? Está claro que el Consejo piensa igual que yo: no creo que cualquiera merezca tener un portal en el salón de su casa.

–¿Y en qué te basas para decidir quién lo merece y quién no? –replicó Tabit; no había alzado la voz, ni la mirada, pero había un cierto matiz de dureza en el tono que empleaba–. ¿En su dinero? ¿En el linaje de su familia?

–No sigáis por ahí –les advirtió Relia–. El Consejo tendrá sus motivos para cancelar el proyecto de Tabit. De todas formas, él tiene que hacer su examen final, como todos, así que tarde o temprano le pasarán otro encargo, y ya está. Además, Unven tiene razón: al menos te ahorrarás ese viaje tan largo. La última vez que fuiste, tardaste nada menos que dos días en volver.

Tabit respiró hondo y dejó la cuchara. Levantó la cabeza y, cuando miró a sus amigos, había desaparecido de sus ojos todo rastro de enojo. Ahora parecía cansado, sin más.

–Tengo que ir igualmente –respondió–, a explicarles a los clientes que no vamos a pintar su portal.

Unven le restó importancia con un gesto indolente.

–Deja que vaya el viejo Rambel –respondió–. Al fin y al cabo, es su trabajo, ¿no?

–*Maese* Rambel –corrigió Tabit–. No, iré yo. Los clientes me conocen, y, además, se portaron muy bien conmigo cuando fui a visitarlos. –Por la forma sorprendida en que lo miraron sus compañeros, comprendió de pronto que no veían nada de particular en ello; se suponía que todo el mundo debía tratar bien a los pintores de portales–. En cualquier caso, ya he pedido el permiso. Me voy esta misma tarde.

–Vaya, no te reconozco –comentó Zaut–. ¿Cuántas clases te has perdido ya en el último mes?

–Las compensa con todas las horas que ha pasado en la biblioteca estudiando mientras los demás nos íbamos de juerga –lo defendió Unven–. ¿Verdad que sí, Relia?

Ella lo ignoró.

–Que tengas buen viaje, Tabit –le dijo–. Yo también me marcho hoy a casa; mi padre me ha pedido que vaya para ayudarlo con el pedido de Belesia.

–¿Así que consiguió por fin ese acuerdo del que estaba pendiente? ¡Qué buena noticia! –se alegró Tabit, con sinceridad.

Relia sonrió, halagada.

–Sí; es un envío muy importante y me necesita para que le eche una mano con el inventario. Estaré fuera varios días, así que no podré pasarte apuntes.

–No te preocupes, ya me los dejará Unven. ¿Verdad?

–Ah, claro, cuenta con ello –respondió el joven, abatido de pronto ante la perspectiva de la marcha de Relia.

Tabit terminó de comer, se despidió de sus amigos y regresó a su habitación. Estaba acabando de recoger sus cosas cuando llamaron a la puerta con energía. Salió a abrir.

En el pasillo lo aguardaba maese Rambel. Se trataba de un hombrecillo pequeño y malhumorado; había sido profesor de la Academia tiempo atrás, pero hacía ya muchos años que no impartía clases. Aun así, los estudiantes no lo tenían en mucha estima por su costumbre de reñirlos por todo, incluso por motivos que no eran de su competencia, y mucho menos de su incumbencia. Su trabajo consistía ahora en organizar y distribuir los encargos, asegurarse de que los portales de los pintores principiantes estaban bien hechos y gestionar el cobro de las tarifas de la Academia. Había sido él quien, un par de semanas atrás, había informado a Tabit de que su proyecto final sería el portal para Yunek. Bien mirado, había sido una gentileza por parte del rector comunicarle en persona la cancelación de su proyecto. En realidad, aquel era cometido de maese Rambel.

–Menos mal que no te has marchado todavía –gruñó al ver a Tabit–. ¿A qué vienen esas prisas? ¿Y se puede saber qué se te ha perdido a ti por allí?

–Os referís al encargo de Yunek, ¿verdad? –respondió él, algo desconcertado por sus bruscos modales–. Lo han anulado...

–Sí, sí, órdenes del Consejo, ya sabes –refunfuñó maese Rambel–. Cada vez se ponen más puntillosos a la hora de seleccionar las peticiones. Y son más lentos para evaluarlas. Hoy han cancelado varios encargos de un plumazo, y algunos estaban en marcha desde hace semanas.

Tabit se sintió un poco aliviado al saber que no era el único cuyo proyecto había sido descartado. Al menos eso excluía la teoría de que alguien en la Academia tenía algo personal contra él.

–Voy a hablar con el cliente, he de informarle de que no vamos a pintar su portal...

–No, tú no debes hacer eso, en realidad. Es mi trabajo. Pero, mira, ya que te has ofrecido y, según me ha dicho el rector, estás deseoso de volver a ese lugar en medio de ninguna parte, yo no te lo voy a impedir. Sin embargo, has de saber que el cliente se enfadará mucho si no le devuelves el depósito.

–¿El depósito? –repitió Tabit sin entender.

Maese Rambel suspiró con impaciencia.

–La fianza, el adelanto o como quieras llamarlo. ¿Qué os enseñan ahora a los estudiantes? Mucho debate, mucha teoría, pero poca cosa sobre cómo funciona todo esto en realidad.

–¿Yunek ya ha pagado por el portal? –comprendió Tabit.

–Una parte, sí. No creerías que los maeses trabajamos sin una garantía previa por parte del cliente, ¿verdad? Te sorprendería saber cuánta gente se esfuma sin pagar una sola moneda en cuanto el portal empieza a brillar.

–Pero, si no vamos a pintar el portal de Yunek...

–Ya lo vas captando. Para ser uno de los mejores estudiantes de la Academia, según dicen, eres un poco lento, ¿no? Toma, aquí está el depósito del granjero. Hasta la última moneda. Devuélveselo, y estaremos en paz.

Tabit tomó el saquillo que le tendía el maese, demasiado aturdido para replicar. Le sorprendió comprobar que pesaba bastante.

—Aquí hay mucho dinero —comentó.

—Menuda novedad —replicó maese Rambel, de mal humor—. Ve y devuélveselo al granjero. Y no lo pierdas por el camino, ¿de acuerdo?

Eso era justamente lo que Tabit temía.

—Pero... voy muy lejos, y por esa zona hay ladrones y bandidos.

—No me digas. Bueno, ese es tu problema. ¿O es que prefieres que vaya yo a Uskia? Dímelo ahora, porque tengo mucho trabajo y, si voy a perder dos días enteros, debo saberlo ya.

Tabit suspiró. Se sintió tentado de devolverle el saquillo y dejarlo todo en sus manos. Pero, de nuevo, recordó a Yunek y a su familia. Los imaginó recibiendo la noticia por boca del antipático maese Rambel, y pensó que no se merecían aquello.

—No, iré yo. Y les devolveré el depósito —añadió, algo más animado.

Después de todo, y ya que sería portador de tan malas noticias, quizá el hecho de reembolsarles su dinero suavizara un poco las cosas.

Una velada tormentosa

«6. Los estudiantes de la Academia podrán recibir visitantes que se hayan identificado previamente.

7. Los visitantes podrán alojarse en las habitaciones de los estudiantes.

7.1. Un estudiante podrá alojar a un visitante cada vez, que podrá ocupar la cama auxiliar.

7.2. Los estudiantes podrán alojar en sus habitaciones solo a visitantes de su mismo sexo para que los dormitorios masculinos y femeninos de la Academia sigan siendo merecedores de tales nombres. La norma se aplica también a todo tipo de familiares, sin excepciones.

7.3. Los visitantes que vayan a alojarse más de una noche en la Academia deben notificarlo en Administración.

7.3.a. Los visitantes podrán alojarse en la Academia un máximo de veinte noches al año.

8. Los visitantes podrán hacer uso del comedor, jardines y otras dependencias comunes del círculo exterior, pero no entrar en las aulas, estudios o habitaciones de los maeses, ni tampoco cruzar portales privados, aunque vayan acompañados de estudiantes o maeses.»

Reglamento Interno de la Academia de los Portales
para estudiantes de todos los niveles.
Capítulo 17: «Sobre las relaciones
de los estudiantes con el exterior»

Ya era de noche cuando Tabit alcanzó, jadeando, la valla que delimitaba el terreno de la granja. Dejó escapar un suspiro de alivio. Había saltado de Maradia a Serena, y de ahí otra vez al palacete del terrateniente Darmod, en muy poco tiempo; pero después había tenido que hacer el resto del trayecto caminando, porque no había encontrado a nadie que pudiera llevarlo. El camino que conducía hasta la granja de Yunek era solitario y poco transitado, y solo se había cruzado con una mujer que cargaba con un fardo de leña y con un pastor que conducía un rebaño de cabras. Ninguna carreta había acudido en su rescate en esta ocasión.

Pero Tabit prefería mirarlo por el lado bueno: tampoco se había topado con ningún ladrón. Acarició el saquillo con el dinero que debía devolverle a Yunek, contento de poder restituírselo. No había dejado de imaginar qué sucedería si le robasen los ahorros que con tanto esfuerzo había logrado reunir aquella familia.

Fue Bekia quien acudió a abrirle la puerta.

–¡Maese Tabit! –exclamó–. ¡Qué alegría! No os esperábamos tan pronto. ¿Habéis venido a pintar el portal?

Tabit sonrió, incómodo.

–¿Puedo pasar? –preguntó–. Hace frío aquí fuera.

–Oh, por supuesto, ¡qué tonta soy! –rió la buena mujer–. ¿Qué ha sido de mis modales?

Lo condujo al interior, donde se encontraba el resto de su familia. Yania contemplaba el fuego de la chimenea envuelta en una manta apolillada mientras Yunek limpiaba con esmero una vieja hoz. Los dos alzaron la mirada y le sonrieron al verlo llegar.

–¡Tabit! –dijo Yania con alegría. Yunek se puso en pie, un poco nervioso.

–¿Ya? –le preguntó–. ¿Vas a pintar el portal?

Tabit respiró hondo.

–Sentaos, por favor.

Yunek intuyó enseguida que algo no marchaba bien.

–¿Pasa algo malo?

–No lo atosigues, Yunek –lo riñó su madre–. El maese querrá descansar.

–No, yo... –protestó Tabit. Pero era cierto que estaba fatigado, sediento y hambriento.

Todos tomaron asiento en torno a la mesa. El estudiante se percató de que la familia ya había cenado hacía rato, porque los cacharros estaban recogidos y aún flotaba en el aire un leve olor a guiso de verduras. Se le hizo la boca agua, pero se esforzó por centrarse.

–Yo... he venido a devolveros esto –dijo por fin, bajando la mirada.

Yunek miró el saquillo que le tendía Tabit y se mostró desconcertado al reconocerlo.

–¿Es... el dinero que pagamos a la Academia?

Tabit seguía con la cabeza gacha.

–Yo... lo siento –balbuceó–. No puedo... no me permiten pintar vuestro portal –se corrigió.

Yunek pestañeó y abrió la boca para decir algo; pero eran tantas las preguntas que se agolpaban en su mente que no acertó a formular ninguna de ellas.

Fue su hermana Yania quien dio con la principal, y también la más sencilla:

–¿Por qué?

Tabit respiró hondo y alzó la cabeza para mirarla, pensando que le sería más fácil hablar con ella que dirigirse a Yunek; pero los ojos de la niña, grandes y limpios, le hicieron sentir mucho peor, y no fue capaz de repetir el discurso que había preparado y ensayado una docena de veces antes de emprender aquel viaje. Había planeado hablarles de la importancia de la Academia, de la larga lista de encargos pendientes, de la escasez de buenos pintores, de la inteligencia y sabiduría de los maeses del Consejo. Pero, en ese momento, desechó toda aquella palabrería de golpe y optó por decir lo que realmente pensaba.

–La verdad –empezó–, no lo sé. Tenía mi proyecto muy avanzado cuando me llamaron al despacho del rector para decirme que lo habían cancelado. Más bien –rectificó–, que el Consejo nunca llegó a aprobarlo, o que lo aprobaron por error. O algo parecido. La explicación que me han dado es que hay otros proyectos prioritarios.

–¿Cuáles son esos proyectos? –preguntó Yunek con brusquedad. Se había aferrado con tanta fuerza al mango de la hoz que sus nudillos estaban completamente blancos.

Tabit tragó saliva. Esperaba que Yunek comprendiera que él no había tenido nada que ver con la repentina decisión del Consejo. Pero veía con claridad meridiana que el joven estaba haciendo grandes esfuerzos para controlar su ira, y temía que, en un arrebato, acabara por hacérselo pagar al mensajero.

–No tengo ni la menor idea –respondió–. Veréis, la Academia recibe muchas peticiones y no puede atenderlas todas, por lo que evalúan todas las propuestas y aprueban solo un determinado número de ellas. Los pintores no podemos estar en todas partes –se justificó–. De todas formas, es el Consejo el que decide dónde y cuándo se pintará un portal, y los maeses se limitan a seguir sus indicaciones, sin que se les pida su opinión al respecto. Por descontado, tampoco los estudiantes tenemos nada que decir. Ni siquiera aunque un error del Consejo nos haya hecho perder una semana de trabajo –añadió, con un suspiro.

Yunek entornó los ojos.

–Pero ¿qué quieres decir con todo eso? Nos pondrán a la cola, ¿no? Quizá ahora vosotros, los maeses, estéis muy ocupados, pero tal vez más adelante...

Tabit pensó que el rector le había dejado bien claro que la Academia no pintaría ningún portal en la casa de Yunek, ni ahora ni en el futuro. Pero no quiso matar por completo las esperanzas del joven porque, después de todo, quizá no estuviese del todo equivocado. En cualquier caso, pensó, lo mejor sería actuar con prudencia. Sobre todo mientras Yunek siguiera blandiendo aquella enorme hoz.

–A mí solo me han dicho que no voy a pintar vuestro portal, y que no tardarán en encargarme otra cosa para mi proyecto final –dijo–. No sé si eso significa que han decidido dejarlo para más adelante y que, en su momento, le encomendarán vuestro portal a otro maese. No me han dado tantos detalles.

–Pero, entonces, ¿por qué nos devuelven el dinero? –preguntó Yania, señalando el saquillo que Tabit todavía sostenía entre las manos.

Este suspiró de nuevo al comprender que no tendría más remedio que hablarles de la subida de las tarifas. Había albergado la esperanza de poder concluir su visita sin necesidad de mencionar el tema.

–El precio de los portales va variando con los años –respondió con prudencia–. Si el Consejo tiene intención de dejar vuestro portal para más adelante, tal vez considere que será mejor que paguéis cuando llegue el momento, para ajustar el depósito a la tarifa vigente.

Yunek ladeó la cabeza y le disparó una mirada peligrosa.

–¿Estás intentando decirme que retrasan nuestro portal para cobrarnos más?

Tabit comprendió, de pronto, que se había metido él solo en un callejón sin salida.

–No, no es eso –trató de explicarse, cada vez más desesperado–. Mira, no tengo ni idea de por qué han cancelado vuestro portal, ni de si retomarán el proyecto en el futuro o lo han desestimado definitivamente. Sí sé que los portales son un poco más caros cada año. Eso no es nada nuevo, lo sabe todo el mundo. Quizá os devuelven el dinero porque lo que pactasteis en su momento ya no se ajusta al precio de dentro de cinco o seis años, o quizá lo hacen porque no tienen intención de pintar vuestro portal jamás. ¿Yo qué sé? Solo soy un simple estudiante; me dijeron que tenía que venir aquí a hacer un portal, y luego cambiaron de idea y me ordenaron que abandonara el proyecto y me dedicara a otras cosas. Y lo único que puedo hacer es regresar para devolverte tu fianza y pedirte disculpas por algo que, en realidad, no es culpa mía. Y ahora, ¿quieres hacer el favor de dejar en el suelo ese maldito trasto? –gritó, precipitadamente y con voz aguda, al ver que Yunek se levantaba de su asiento.

–Hijo, deja la segadera en su sitio –intervino Bekia con firmeza–. Ya le has sacado bastante brillo.

Yunek alzó la herramienta un momento y Tabit se levantó bruscamente y retrocedió un par de pasos, temblando. Pero el muchacho se limitó a apretar los dientes y arrojar la hoz a un rincón. Tabit dejó escapar poco a poco el aire que había estado reteniendo.

Yunek se derrumbó sobre el banco, abatido, y resopló, alborotándose un mechón de pelo castaño que le caía sobre la frente.

–¿Y qué se supone que debo hacer ahora? –murmuró–. ¿De qué han servido todos estos años de ahorro y sacrificios si, hagamos lo que hagamos, la maldita Academia se niega a pintarnos un portal?

Yania lo abrazó por detrás, tratando de consolarlo.

–No pasa nada, Yun –susurró–. No hace falta que vaya a estudiar a la ciudad. Puedo ser feliz aquí, en el campo, ayudándoos a ti y a madre.

Yunek se estremeció casi imperceptiblemente, pero no dijo nada.

–Además, no hemos gastado el dinero; aún podemos comprar con él más animales o incluso tierras de labor –añadió Bekia–. Pero no quiero que todo esto nos dé más disgustos. No ganas nada soñando con cosas imposibles.

Yunek cerró los ojos un momento.

–No parecía tan imposible –dijo–. Yo sigo pensando que es lo mejor para Yania, madre. Aquí no hay nada para ella. Todos los días son iguales, siempre viendo a la misma gente y haciendo las mismas cosas; y eso con suerte, porque cuando pasa algo fuera de lo corriente siempre se trata de malas noticias: una sequía, una epidemia de ganado o un invierno más frío de lo normal.

–También hay cosas buenas aquí –se defendió Bekia–. Su familia, su casa, todo lo que conoce. Si no puede ir a estudiar a Maradia... no es una cosa tan terrible. Se quedará aquí, con la gente que la quiere.

Pero Yunek sacudió la cabeza, como si aquella posibilidad le resultara del todo inadmisible.

–No, madre –cortó, casi con ferocidad–. Yania debe tener la oportunidad de ser libre, de viajar e ir donde quiera.

La niña miró de reojo a Tabit, tal vez preguntándose si él, que era ya casi un maese, disfrutaba de esa libertad que su hermano atribuía a la vida de los pintores de portales.

Entonces Yunek alzó la cabeza con un renovado interés:

–Y dime, ¿por qué los maeses aceptan unas peticiones y rechazan otras?

–¿Perdón? –reaccionó Tabit, un poco perdido.

–En nuestra aldea –explicó el muchacho–, en tiempos de escasez, las reservas de emergencia se reparten entre la gente que más lo necesita. Si no hay para todos, se entregan a las familias con más hijos pequeños, con menos recursos o que tienen que cuidar a ancianos o enfermos. Imagino que tu Academia sí habrá aceptado otras peticiones, porque no creo que los pintores se vayan a quedar mucho tiempo de brazos cruzados; tú mismo dijiste que pronto te encargarían otro proyecto. Así que... ¿por qué aceptan unos y descartan otros... como el nuestro?

Tabit no supo qué responder. Lo cierto era que no lo sabía. Sin embargo, el razonamiento de Yunek era bastante lógico, y recordó haber leído algo parecido en una ocasión en algún artículo de los estatutos fundacionales de la Academia, donde se recogía la vocación de servicio que debía guiar a los pintores de portales; aquel era el mismo espíritu que los había llevado, en sus inicios, a regalar los portales públicos del Gran Triángulo a los habitantes de las tres ciudades más importantes de Darusia.

–Como yo no pertenezco al Consejo –dijo, escogiendo con cuidado las palabras–, no sé cuáles son sus criterios de selección; pero imagino que será algo parecido a lo que dices tú. Probablemente tenga preferencia un portal solicitado por el Consejo de algún pueblo lejano, que vaya a beneficiar a todos sus habitantes, y no a unos pocos solamente.

Sin embargo, ni él mismo creía en sus palabras; en su mente resonó, de pronto, la lapidaria sentencia del rector: «No vamos a permitir que el proyecto final de nuestro mejor estudiante languidezca en la pared de un establo maloliente». Al mismo tiempo recordó, no sin cierta inquietud, que no sabía de ningún cliente adinerado a quien se le hubiese denegado una petición. Tal vez, pensó, porque ellos podían permitirse pagar una tarifa extra para asegurarse de que el Consejo consideraba que el portal que había pedido debía entrar en la lista de las... «prioridades».

Yunek debió de percibir su vacilación, porque desvió la mirada y dejó escapar un resoplido desdeñoso.

—No lo sé —concluyó Tabit, removiéndose en su asiento, incómodo—. Quizá deberías ir a la Academia y preguntarles tú mismo.

Yunek alzó de pronto la cabeza, con brusquedad.

—Tal vez lo haga —replicó, dirigiéndole una mirada resuelta y desafiante.

—Yunek, no digas simplezas —lo reconvino Bekia.

Pero él no la escuchó.

—Tal vez lo haga —repitió, levantando la voz—, ya que nuestro querido maese no es capaz de explicarnos por qué ha regresado a pisotear nuestras esperanzas y sueños de futuro.

Tabit empezaba a sentirse molesto.

—No es culpa mía, ya te lo he dicho —se defendió—, así que no me hagas responsable. No te debo nada, porque la Academia me ha enviado precisamente para reembolsarte hasta la última moneda que pagaste por el portal. Sin embargo, nadie me va a compensar a mí el tiempo y el trabajo que invertí en él. Así que, dime, ¿quién sale perdiendo en realidad?

Yunek no dijo nada, pero lanzó una mirada elocuente a la bolsa de dinero, que todavía seguía en manos de Tabit. Este suspiró, exasperado, y se la entregó a Bekia, que la recogió con algo de sobresalto, casi como si esperara quemarse las manos con ella.

—Bueno, pues ya puedes irte por donde has venido —dijo entonces Yunek.

—¡No seas desagradable! —empezó Yania—. Él solo...

—No te metas —la interrumpió su hermano—. Como muy

bien nos ha recordado nuestro amigo el maese, en realidad no es nuestro amigo. Solo vino aquí cumpliendo órdenes, y lo único que le importa es su condenado proyecto, no dónde ni para quién va a pintarlo.

—¡Eso no es justo! —protestó Tabit.

—¿Y quién eres tú para hablar de justicia? —vociferó Yunek.

Y, antes de que se diesen cuenta, los dos estaban discutiendo a gritos, mientras Yania y Bekia trataban de separarlos. Los momentos siguientes fueron confusos. Lo único que recordaría Tabit es que salió de la casa dando un portazo y mascullando entre dientes que debería haber dejado que fuera maese Rambel quien diera las malas noticias a aquel desgraciado de Yunek. Y siguió rumiando cosas sobre la ingratitud humana mientras se alejaba de la granja y se aventuraba por el camino solitario de regreso a la civilización.

Hasta un buen rato más tarde no fue consciente de que era noche cerrada y estaba recorriendo aquel camino solo. Se estremeció y se envolvió lo mejor que pudo en su capa de viaje. Lo cierto era que, a pesar de que había tenido claro desde el principio que su visita no iba a agradar a Yunek y su familia, había contado con poder pasar la noche en su casa. Se detuvo un momento, considerando la posibilidad de regresar para pedir alojamiento. Pero enseguida sacudió la cabeza y desechó la idea. «No será la primera vez que viajo de noche», se dijo, para darse ánimos. «Además, ya he entregado el dinero y no llevo encima nada de valor. No tengo nada que temer.»

Trató de convencerse de ello mientras reemprendía la marcha. Sin embargo, y aunque tenía cierta experiencia en la vida errante, hacía muchos años que había cambiado los caminos por la seguridad de un techo estable sobre su cabeza.

Siguió caminando un buen rato, envuelto en su capa, tratando de protegerse del frío viento que sacudía la llanura. El cielo se estaba encapotando por momentos, y cada vez se hacía más difícil ver el camino en la oscuridad. Cuando, por fin, las nubes descargaron sobre él una lluvia torrencial, admitió que no podía seguir avanzando y que no le quedaba más remedio que buscar un refugio.

Lo encontró en las ruinas de una vieja choza para el ganado que se alzaba junto al camino. El techo estaba casi completamente derruido, pero lo resguardaría un poco. «Aunque, de todas formas, ya estoy completamente calado», se dijo, sintiéndose muy desdichado. Se acurrucó en un rincón para evitar el agua en la medida de lo posible y volvió a pensar en Yunek y su familia. Repasó mentalmente la conversación, preguntándose si había planteado mal la devolución de la fianza, pero eso solo sirvió para ponerlo de peor humor. No era culpa suya que su proyecto se hubiese cancelado y, además, había tratado de exponer la situación con tacto y suavidad. Evidentemente, no era plato de buen gusto para nadie, pero tampoco había razón para que Yunek se comportara de aquella manera, echándolo a gritos de su casa. Resopló para sus adentros y, por primera vez, casi estuvo de acuerdo con el rector: estaba claro que aquel rudo granjero no merecía uno de sus extraordinarios portales.

Cuando estaba buscando la postura menos incómoda para tratar de echar una cabezada, distinguió de pronto una luz en el camino.

El corazón empezó a latirle más deprisa; se puso en pie de un salto, cubriéndose la cabeza con el morral mientras trataba de ver algo a través de la cortina de lluvia. Quizá fuera Yunek, que había cambiado de idea y había salido a buscarlo. Animado por aquella perspectiva, salió de su refugio. Pero se detuvo, de pronto, cuando se le ocurrió que tal vez fueran bandidos o salteadores. ¿Quién, si no, andaría al raso a aquellas horas y con aquel tiempo?

La luz se acercaba poco a poco. Por encima del rumor sordo de la lluvia, Tabit percibió el sonido acompasado de los cascos de un caballo y el crujido de las ruedas de un carro. Y decidió arriesgarse.

Salió al camino y saludó al recién llegado agitando ambos brazos en el aire. Se mantuvo quieto cuando lo bañó la luz del farol, y momentos después oyó una voz conocida:

—¡Por todos los dioses! ¿Qué hacéis vos aquí, maese?

Una oleada de alivio inundó a Tabit cuando el viejo Perim tiró de las riendas y detuvo el carro junto a él.

—Me ha sorprendido la noche a medio camino —le respondió, sonriendo—. No estoy acostumbrado a moverme por lugares que no tienen portales, como bien podéis imaginar.

—Subid, subid al carro, no os quedéis ahí parado —lo animó Perim—. Será un honor para mí llevaros hasta donde mandéis, maese.

Tabit no necesitó que se lo dijera dos veces. Trepó al vehículo y se acomodó junto al anciano.

–¿Y vos, abuelo? –le preguntó cuando el carro enfiló de nuevo el camino embarrado–. ¿No deberíais estar en casa hace ya rato?

Perim hizo un gesto desdeñoso.

–¡Llevo triscando por estos parajes desde que era un mozo! No me asusta la lluvia, ni tampoco la nieve o el granizo –se jactó–. Y los dioses han querido que esta noche tuviera que llevar una carga a la viuda Bekia. Si no, nadie os habría recogido aquí. Por este camino pasa muy poca gente.

–Sí, he tenido suerte –coincidió Tabit. Sabía que las gentes humildes, sobre todo aquellos que vivían en ambientes rurales, y especialmente los de mayor edad, aún creían en los antiguos dioses que, según las leyendas, habitaban todos los lugares especiales, desde prístinos manantiales hasta cuevas misteriosas o cruces de caminos. La formación racionalista de Tabit rechazaba la idea de que todo sucediese por voluntad o capricho de entes superiores; pero no tenía sentido discutir sobre ello con su salvador, por lo que cambió de tema–. Me habéis hecho un gran favor, y no quisiera causaros más molestias. Os acompañaré hasta la próxima aldea habitada y buscaré alojamiento allí...

Tal y como Tabit temía, Perim no le dejó terminar:

–¿Qué decís? ¡No, ni hablar! Os ofrecería mi casa, pero es demasiado pobre para alguien como vos. No; os llevaré hasta vuestro destino, y no hay más que discutir.

Tabit argumentó que el palacete del terrateniente Darmod estaba muy lejos, pero Perim no quiso ni escucharlo. El joven cerró los ojos y exhaló un profundo suspiro. Si el anciano lo llevaba hasta la casa de Darmod, él podría regresar a la Academia, de portal en portal, y dormir en su propia cama aquella noche. Era más de lo que se había atrevido a soñar apenas unos minutos antes.

Parecía que, por fin, las cosas empezaban a marchar bien.

El terrateniente Darmod se disponía a cenar cuando llamaron a la puerta con insistencia, por encima del sordo rumor de la lluvia.

—Ya vaaa, ya vaaa... —refunfuñó el mayordomo—. ¿Quién puede ser a estas horas?

Darmod lo vio desplazarse hacia el vestíbulo arrastrando los pies. Se preguntó si su inoportuno visitante tendría paciencia para esperarlo o, por el contrario, se marcharía antes de que el sirviente llegara a abrirle la puerta.

—Beron —llamó.

El mayordomo se detuvo.

—¿Sí, excelencia?

—Si es el maese que se ha presentado aquí esta mañana, dale un paño para que se seque y prepárale un sitio en mi mesa. Ah, y dile a Samia que le sirva algo de cenar. Trátalo con cortesía, ¿de acuerdo?

—Por supuesto, excelencia —replicó Beron, ligeramente ofendido.

Darmod exhaló un profundo suspiro. Después de la última visita del estudiante, había estado preguntándose acerca de los motivos que podía tener la Academia para enviar a un pintor a aquellas tierras perdidas en el borde del mapa. Eran ya tres las ocasiones en las que aquel joven había utilizado su portal, y sabía que habría una cuarta, por lo menos, dado que debía regresar a Maradia. Demasiada actividad en muy poco tiempo. Darmod sospechaba que los maeses planeaban pintar un portal en los alrededores, y eso lo tenía muy intrigado. ¿Quién podría costearse algo así? En sus tierras solo había dos o tres aldeas diminutas y alguna que otra cabaña de pastores. Más allá, hacia el norte, había un par de pueblos más grandes, pero todavía demasiado humildes como para que ninguno de ellos se hubiese planteado siquiera la posibilidad de hacerse pintar un portal.

Llevaba cavilando sobre ello todo el día, y había decidido que sonsacaría al maese la próxima vez que pusiera los pies en su casa. Sonrió para sus adentros mientras soplaba la sopa para enfriarla. Quizá no había llegado en tan mal momento, porque podría invitarlo a cenar y hablar del asunto mientras tanto. El muchacho le había parecido un tanto reservado, pero también era educado; estaba seguro de que respondería a sus preguntas si se las formulaba de la manera adecuada.

Sin embargo, cuando el mayordomo regresó, con su habitual paso cansino, lo hizo solo y refunfuñando por lo bajo.

—¿No había nadie en la puerta, Beron? —inquirió el terrateniente.

—Sí, excelencia, teníamos un visitante; un pilluelo harapiento que venía mojado como un pollo, buscando un sitio donde guarecerse de la tormenta.

—Oh. —Darmod se removió en la silla, tratando de disimular su contrariedad—. ¿Y de dónde ha salido ese pilluelo? ¿Y por qué ha venido a pedir refugio a mi casa? ¿Es que no tiene una choza en la aldea donde caerse muerto?

—No es de por aquí, excelencia. Me da la impresión de que se ha perdido. Dice que viene de las minas.

—¿De las minas? —repitió Darmod—. ¿Las de las montañas del sur? Eso queda bastante lejos, Beron.

—Ciertamente, señor. Y, por su aspecto, diría que el muchacho ha recorrido todo el trayecto a pie. De todas formas, lo echaré en cuanto amaine la lluvia. Si lo hubiese dejado fuera con este tiempo, la vieja Samia no me lo habría perdonado. Pero, como es natural, no le he permitido entrar por la puerta principal; estaba calado hasta los huesos, así que lo he enviado a la cocina por la entrada de servicio. Samia se ocupará de él.

Darmod asintió con un gruñido.

—Bien —dijo—, pero que eso no la distraiga de sus obligaciones. ¿Qué tenemos como plato principal?

—Me ha parecido oler a pata de cabrito asada, excelencia. Iré a comprobarlo.

El terrateniente asintió de nuevo y sorbió lentamente su sopa. Algo en su interior se sentía decepcionado porque cenaría sin compañía una noche más.

❦

La tormenta había sorprendido a Tash cuando atravesaba unas tierras de labranza semiabandonadas. Había pasado varios días vagando por un interminable páramo brumoso, sobreviviendo gracias a la escasa comida que compartían con ella los pastores. El estómago le rugía de hambre y le dolían los pies de tanto caminar.

Por fin, había topado con la casa más grande que había visto en su vida. El hombre que le abrió la puerta después de una espera interminable era viejo y severo, pero le había permitido refugiarse en el ala de servicio, donde, por fortuna, la cocinera la había acogido con amabilidad y le había ofrecido un asiento junto a la chimenea.

Y allí estaba ahora, con una manta seca sobre los hombros y un cuenco de sopa entre las manos, echando vistazos fugaces a la pierna de cabrito que chisporroteaba sobre el fuego. El olor que despedía le hacía la boca agua, pero no se hacía ilusiones al respecto. De todas formas, la sopa estaba buena, y Samia, la cocinera, le había dado, además, un pedazo de pan y un poco de queso. En realidad, con eso tenía más que suficiente.

–Parece que no va a dejar de llover –estaba diciendo la criada–. Tal vez al amo no le importe que duermas aquí, en la cocina. Normalmente te enviaría al establo; allí hay espacio de sobra, pero hoy estará muy húmedo y frío. Y deberías cambiarte de ropa –añadió–. Si no te quitas esos harapos empapados, acabarás por enfermar.

Tash alzó la cabeza y la miró con precaución, entornando los ojos.

–Estoy bien así –se limitó a responder.

–No lo creo –discutió la cocinera–. Te buscaré algo de ropa seca que puedas ponerte. Si no, no entrarás en calor ni aunque te tomes toda la sopa que queda en el puchero.

Tash iba a contestar cuando entró el mayordomo.

–Ya sabía que cobijarías al chico, mujer –gruñó, mirando a la muchacha de reojo–. No puedes evitar recoger a todos los cachorrillos perdidos. Pero el amo pregunta por su cena.

–Estará lista en un momento –respondió la cocinera, sacando la pata de cabrito del espetón y sirviéndola en una fuente de barro.

Entonces llamaron de nuevo a la puerta, y Beron y Samia cruzaron una mirada.

–¿Es un amigo tuyo, chico? –inquirió el mayordomo.

–Yo no tengo amigos –replicó Tash.

–Tanto mejor. Voy a ver quién es. Tú, Samia, sirve la comida en mi lugar.

–Puedes apostar que lo haré –rezongó la mujer–. Si tengo que esperar a que regreses, la carne estará fría para cuando el amo le hinque el diente.

Los dos se marcharon, y Tash se quedó sola. Dejó el cuenco sobre la mesa y se arrimó más al fuego. Le pesaban tanto los párpados que comprendió que no sería capaz de aguardar a que la cocinera le trajera la muda de ropa que le había prometido. Se echó, pues, sobre el banco, envolviéndose en su manta, y apenas unos minutos después estaba ya profundamente dormida.

~

Cuando Beron abrió la puerta por segunda vez, se encontró en el porche con alguien conocido.

–Buenas noches –saludó Tabit, sonriendo a pesar de que tiritaba de frío–. Me preguntaba si el terrateniente me permitiría entrar un momento para usar su portal.

El mayordomo iba a replicarle de malas maneras cuando recordó la recomendación de su señor, y se esforzó en componer un gesto neutral.

–Faltaría más, maese. Su excelencia se encuentra en estos momentos disfrutando de su cena. Estaría encantado de invitaros a compartirla con él.

Tabit abrió la boca para contestar, aunque no llegó a decir nada. Su primer impulso había sido declinar la invitación; pero estaba cansado y, por qué no decirlo, también muy hambriento.

–No querría ser una molestia –tanteó por fin.

El mayordomo negó con la cabeza.

–En absoluto, maese. Seguidme, por favor.

Lo guió a través de un largo pasillo; Tabit iba dejando a su paso un reguero de agua y las huellas de sus sandalias embarradas. Beron lo condujo hasta una salita iluminada por un alegre fuego, donde le dio un paño para secarse el exceso de humedad. Tabit agradeció el detalle. El mayordomo lo dejó a solas un momento mientras el muchacho se quitaba la capa de viaje y la extendía sobre una silla, cerca de la chimenea. Él mismo se aproximó también al fuego, aliviado de poder descalzarse y quitarse los calcetines empapados. Se envolvió los pies, húmedos, helados y entumecidos, en el paño que Beron le había dejado, y se sentó en otra silla, con un profundo suspiro de satisfacción. Se habría quedado allí toda la noche si el mayordomo no hubiese acudido a buscarlo un rato después.

–Su excelencia os espera –anunció–. ¿Deseáis que os traiga ropa seca antes de reuniros con él, maese?

Tabit lo pensó un instante. Su capa seguía mojada, pero había absorbido la mayor parte del agua, y su hábito, después de aquel rato junto a la chimenea, apenas estaba ya húmedo. Negó con la cabeza.

—Gracias, no será necesario —respondió.

Se arrepintió de su decisión en cuanto volvió a meter los pies descalzos en las sandalias, que seguían mojadas y enfangadas. Palpó sus calcetines, solo para descubrir que aún no se habían secado. Pero Beron ya salía de la estancia, por lo que terminó de calzarse a toda prisa, con un estremecimiento de frío, y lo siguió de nuevo al pasillo.

Beron lo condujo hasta el salón donde su amo estaba ya acabando de cenar. Tabit reprimió el impulso de husmear en el aire, donde aún flotaba un delicioso olor a carne asada.

—Bienvenido de nuevo, maese —lo saludó el terrateniente—. De haber sabido que volveríais tan pronto, os habría esperado para la cena.

Tabit iba a excusarse, pero Darmod no se lo permitió:

—Oh, no, no os preocupéis. Seguro que la cocinera podrá preparar algo de vuestro agrado. —Hizo una seña al mayordomo, que se inclinó con respeto y salió por la puerta que conducía al ala de servicio—. Pero tomad asiento, por favor —indicó al joven con aire obsequioso—. Parece que ha sido un largo día, ¿no es así?

Tabit se sentó frente a él, mirándolo con cierto recelo. Había visitado al terrateniente en tres ocasiones con anterioridad, y siempre se había mostrado bastante antipático.

—Los he tenido mejores —respondió con prudencia—. Os agradezco mucho vuestra hospitalidad, terrateniente Darmod. No quiero entreteneros más de lo necesario. En cuanto haya descansado, cruzaré el portal para regresar a casa y no creo que vuelva a molestaros.

—¡Ah! —exclamó el terrateniente, vivamente interesado—. ¿Eso significa que ya habéis terminado el trabajo que os ha traído hasta aquí? ¿Tenemos el honor, pues, de contar con otro portal por estas tierras?

Tabit se removió, incómodo. Sabía que había cosas que los maeses no debían revelar a la gente corriente, pero no estaba seguro de si podía responder o no a aquel tipo de preguntas. Finalmente decidió que, puesto que Yunek le había encargado en su momento un portal privado, debía mostrarse discreto al respecto, aunque el proyecto se hubiera cancelado. Por otro lado, seguía sin caerle bien el terrateniente Darmod, por lo que no se sintió culpable cuando le respondió, con una media sonrisa:

—Me temo que no se me permite divulgar esa información, terrateniente.

Darmod entornó los ojos, contrariado, pero se las arregló para componer una falsa sonrisa.

—Naturalmente, naturalmente... todos sabemos que a la Academia le gusta guardar bien sus secretos —respondió con una risilla.

—En efecto —asintió Tabit—. Tanto es así que, en tiempos pasados, los grandes maeses se molestaron en desarrollar no uno, sino dos lenguajes secretos, para que las contraseñas de los portales privados como el vuestro no fuesen de dominio público —concluyó; había hablado con suavidad, pero Darmod creyó percibir cierto tono burlón en sus palabras.

—Bien, ¡ejem! —carraspeó, desviando la mirada—. Naturalmente, naturalmente. Y los que contamos con un portal propio agradecemos tales precauciones.

Se aclaró la garganta de nuevo y cambió de tema, haciendo un par de observaciones intrascendentes acerca del tiempo. Tabit se relajó y dejó de prestar atención. En realidad, se estaba preguntando por qué el mayordomo tardaba tanto en regresar con su cena.

Con su calma habitual, Beron había llegado a la cocina para encontrarse con que estaba vacía, o casi. Samia no se hallaba allí, pero el muchacho vagabundo se había quedado profundamente dormido junto al fuego. El mayordomo resopló, indignado; iba a despertar al chico cuando regresó la cocinera, cargada con un fardo de ropas.

—¿Y bien? —dijo ella abruptamente al ver el gesto avinagrado de Beron—. ¿Qué hay?

—¿Qué hay? —repitió este de malas maneras—. Hay un comensal más a la mesa, así que... ¿qué haces, que no estás en tu puesto?

—Había ido a buscar ropa para el muchacho —respondió ella, suavizando el tono de voz; dejó caer el fardo sobre el banco, junto a Tash, que no se despertó.

—Ah, sí, el muchacho —suspiró Beron, poniendo los ojos en blanco—. Tienes que sacarlo de aquí, mujer. Que duerma en el establo. El amo no permitirá que pase la noche en las cocinas.

Samia dejó escapar un gruñido de desacuerdo, pero no replicó. Se limitó a servir un plato de sopa caliente y a tendérselo a Beron.

—Toma, llévale esto al invitado. No es gran cosa, pero, si viene hambriento y le ha sorprendido la lluvia al raso, no le hará ascos.

—Seguro que no —comentó el mayordomo, sonriendo para sí al evocar el aspecto con el que el maese se había presentado ante su puerta.

Salió de la cocina, cargando en una bandeja la cena de Tabit. La cocinera contempló un instante más al muchacho dormido ante la chimenea, sacudió la cabeza y se fue a comprobar si quedaba en el viejo establo algún rincón que no se hubiera inundado por la lluvia.

De modo que, cuando Tash despertó un rato después, sobresaltada por un portazo lejano, se encontró nuevamente sola en la cocina. Tardó un instante en recordar dónde estaba, y miró a su alrededor. Mientras lo hacía, tiritó sin poder evitarlo, y estornudó varias veces seguidas. Temblando, se dio cuenta de que, pese a la manta y el fuego de la chimenea, seguía teniendo la ropa húmeda, y ella misma se había quedado helada durante su breve siesta. Fue entonces cuando descubrió el fardo de ropa que Samia había dejado junto a ella. Dudó un instante antes de sacar del montón una amplia blusa y unos pantalones que seguramente le vendrían grandes. Eran ropas gastadas, pero limpias, y parecían cómodas y, sobre todo, calientes. Sonrió al encontrar también una chaqueta y unas medias de lana sobre el banco. Suspiró y, echando un vistazo fugaz a la puerta, comenzó a cambiarse de ropa.

Pero apenas se había quitado la camisa cuando, de pronto, alguien entró en la cocina. Tash dio la espalda a la puerta y trató de fingir calma mientras se ponía el blusón que le habían prestado. Una vez vestida, se volvió hacia la persona que acababa de entrar. Se trataba del mayordomo, que regresaba del salón con una bandeja vacía. Tash se esforzó por mantener una expresión indiferente mientras intentaba escudriñar más allá del gesto impávido del sirviente.

—Ah, ya te has despertado —se limitó a decir Beron; señaló el montón de ropas mojadas a los pies de Tash–. Recoge esa porquería –ordenó–. Su excelencia ha dispuesto que pases la noche en el establo.

Tash murmuró unas palabras de conformidad, sin saber aún si podía bajar la guardia o no. Se agachó para recoger su ropa y siguió espiando al mayordomo, pero este ya no le estaba prestando atención; miraba a su alrededor en busca de la cocinera.

–¿Aún no ha vuelto esa mujer? –rezongó–. Siempre tengo que hacerlo yo todo –se lamentó mientras cogía de la despensa una fuente con pastelillos–, y ya tengo una edad...

Tash aguardó a que el hombre saliera de la cocina arrastrando los pies, y entonces respiró hondo y volvió a sentarse en el banco. Se echó la chaqueta sobre los hombros, preguntándose qué debía hacer a continuación. Se sintió tentada de salir de la casa y continuar su camino; pero afuera estaba oscuro, y seguía lloviendo sin cesar. De modo que optó por aguardar a que regresara la cocinera y le indicara dónde estaba el establo.

~~~

Tabit estaba empezando a sentirse a gusto. La sopa lo había ayudado a entrar en calor, a pesar de que aún tenía los pies húmedos y fríos. El terrateniente se había enfrascado en una conversación, que era más bien un monólogo, sobre las hazañas de algún antepasado lejano. Tabit lo escuchaba solo a medias. Comenzaba a adormecerse; en algún momento, el terrateniente se dio cuenta de que su invitado apenas le estaba prestando atención, y la conversación decayó. Justo entonces apareció el mayordomo con una bandeja de pastelillos de aspecto delicioso.

–Ah, el postre –dijo Darmod, súbitamente animado–. Probad uno de estos pasteles, maese. Mi cocinera es algo perezosa, pero tiene muy buena mano para los dulces.

Tabit no se lo hizo repetir. Además, acababa de terminar su sopa, de modo que tomó un pastelillo de la bandeja que Beron le ofrecía. Después, el mayordomo se situó junto a su amo y le tendió los dulces. Mientras Darmod se servía, el criado le susurró algo que Tabit no llegó a escuchar.

El terrateniente dio un respingo y se volvió hacia el mayordomo.

–¿Cómo dices? –inquirió, también en susurros, para que su

invitado no pudiera oír lo que decía–. ¿Una muchacha? ¿Y cómo ha entrado en mi cocina?

–Se trata del pilluelo que vino hace un rato buscando refugio, excelencia –respondió Beron en el mismo tono–. Resulta que no es un pilluelo, sino una pilluela. Quizá no debería haberlo mencionado –añadió, tras un instante de duda–, pero creí que debía saberlo.

–Ah, bien. De acuerdo. –Darmod carraspeó y despidió al mayordomo con un gesto. Pero, cuando este ya se retiraba, volvió a llamarlo–: Beron, aguarda. Tal vez no deba dormir en el establo, después de todo. En el ala de servicio hay muchas habitaciones vacías, ¿no es cierto?

Beron parpadeó; por lo demás, su semblante permaneció inexpresivo.

–Ciertamente, excelencia. Pero ¿no creéis que estará mejor en el establo, tal y como habíais dispuesto?

–No, no. –De pronto, el terrateniente se mostraba impaciente y curiosamente emocionado–. Haz lo que te digo, Beron.

El mayordomo se quedó un momento allí, inmóvil como una estatua de sal. Entonces reaccionó y respondió, con un leve suspiro resignado:

–Como ordenéis, excelencia. Enviaré a Samia a preparar una habitación.

Darmod sonrió, satisfecho, y volvió a prestar atención a su invitado, que estaba haciendo titánicos esfuerzos por mantenerse despierto.

–También podemos preparar una alcoba para vos en el ala de invitados, maese –dijo–, si deseáis pasar aquí la noche...

–¿Qué? –Tabit se espabiló bruscamente–. Oh, no, no es necesario. Me marcharé enseguida. Como ya sabéis, a través del portal no tardaré mucho en llegar a la Academia.

«Afortunadamente», pensó. Cerró los ojos un momento, aliviado de que la peor parte del viaje hubiera pasado ya. Sobre el mapa, el trayecto que había realizado a pie era muy corto en comparación con el que aún le quedaba por delante. Y, sin embargo, apenas le costaría nada saltar de una ciudad a otra a través de los portales, y eso que ni siquiera seguiría un itinerario en línea recta.

Aún charlaron un rato más sobre temas diversos, pero el terrateniente ya no parecía tan interesado en lo que Tabit pudiera contarle. Quizá se debiera a que el joven no había resultado ser un gran conversador; quizá su actitud reservada había molestado a su anfitrión, o tal vez este pensara que ya había sido suficientemente hospitalario. En cualquier caso, Tabit percibió que el terrateniente empezaba a mostrarse inquieto y con ganas de dar por concluida la velada. Finalmente, Darmod dio una palmada y exclamó, satisfecho:

–¡Bien, bien, pues esto es todo por ahora! Os ofrecería algo más, maese, una infusión, o algo de queso o fruta tal vez, pero me temo que mi despensa no está tan bien surtida como yo desearía. Sin embargo, espero que la cena haya sido de vuestro agrado.

–Oh, sí, muchas gracias –respondió Tabit, aún con la boca llena; se apresuró a tragar lo que le quedaba del pastelillo antes de añadir–: en realidad, no necesito...

–Eso está bien –prosiguió el terrateniente–, porque, dado que no vais a quedaros a dormir, tampoco era mi intención entreteneros más de lo necesario. Sé que los maeses viajáis muy deprisa, pero, aun así, seguro que querréis llegar a la Academia a una hora razonable. –Y soltó una risita que a Tabit le pareció bastante fuera de lugar.

El joven no tuvo ocasión de responder, porque Darmod se levantó de golpe, y a él no le quedó más remedio que levantarse a su vez.

–Ah, bien, bien, ahí está Beron. Si me disculpáis, maese, mi mayordomo os acompañará hasta el portal. Os escoltaría yo mismo, pero aún me espera trabajo en mi despacho antes de ir a dormir. –Y disimuló un bostezo.

A Tabit le había quedado claro que el terrateniente quería librarse de él de forma inmediata. No discutió; aunque le sorprendía el repentino cambio de actitud de su anfitrión, lo cierto era que tampoco él tenía un especial interés en permanecer allí, sobre todo ahora que ya había cenado y descansado. De modo que se despidió del terrateniente, aún algo desconcertado por la brusquedad con que lo había despachado, y siguió a Beron escaleras arriba.

Pero, justo cuando entraban en la habitación que albergaba el portal, Tabit recordó que había dejado su capa de viaje y sus calcetines secándose en el vestidor, al calor de la chimenea. Podía reemplazar los calcetines, pero no estaba dispuesto a renunciar a su capa, de modo que detuvo al mayordomo:

—Un momento. Creo que voy a tener que bajar de nuevo, porque...

Lo interrumpió un súbito estruendo de cacharros rotos, unos gritos y ruido de lucha que procedía del piso de abajo.

※

Tash se había quedado sola otra vez. La cocinera había regresado para decirle que ya tenía preparado un rincón con paja limpia en el establo, pero entonces había llegado el mayordomo para anunciar que el amo había cambiado de idea y que podía dormir en las habitaciones del servicio. De modo que Samia se había ido a preparar un cuarto; Tash se había ofrecido a acompañarla, pero la mujer había dicho que prefería que se quedase en la cocina. El mayordomo había salido también, y aún no había regresado.

Tash estaba ya muerta de sueño. Le daba igual dormir en el establo o en cualquier otra parte, con tal de que la dejaran echarse de una vez. Así que, cuando se abrió la puerta tras ella, se dio la vuelta enseguida, dispuesta a decirle al mayordomo, a la cocinera o a quien fuera, que no se molestaran en preparar una habitación, porque no iba a esperar más.

Pero se quedó con la palabra en la boca. Ante ella estaba un hombre alto y desgarbado, vestido con ropas que antaño habían sido elegantes, pero que el tiempo y la dejadez habían estropeado. Tenía el cabello ya gris, y empezaba a escasearle en la coronilla. Con todo, lo que menos le gustó a Tash fue la forma en que la miraba.

—Así que tú eres el pilluelo –dijo, con una desagradable sonrisa.

—Sí –respondió ella con insolencia–. ¿Y quién eres tú?

El hombre entornó los ojos sin dejar de mirarla.

—Soy el dueño de esta casa.

Tash iba a replicar de malos modos; pero luego pensó que fuera seguía lloviendo, y que le habían prometido una cama.

—Ah, pues... gracias por dejarme dormir aquí y todo eso –se limitó a contestar–. No voy a causar problemas. Mañana me iré y...

Se detuvo al ver, alarmada, que el hombre se movía hacia ella como un ave de presa.

–Pero ¿a qué viene tanta prisa? –dijo, con una risita repulsiva–. Me voy a encargar de que estés muy a gusto aquí, jovencita...

Tash se quedó helada. «Lo sabe», pensó. Aquel maldito mayordomo la había descubierto y se las había arreglado para fingir que no había visto nada antes de ir con el cuento a su amo.

El terrateniente seguía acercándose. Tash retrocedió, aún sin entender qué pretendía. Echó un vistazo a la puerta de servicio, pero estaba demasiado lejos. Intentó alcanzarla, sin embargo, y el hombre la agarró del brazo con rudeza y la retuvo junto a él.

–No tan deprisa, jovencita –la reconvino–. Estábamos hablando de lo agradecida que estás por dejarte dormir en mi casa. Podemos concretar cómo me lo vas a agradecer exactamente.

Tash sintió pánico, asco y furia, todo a la vez. Se desasió de la garra del terrateniente y lo empujó con todas sus fuerzas. El hombre trastabilló y cayó hacia atrás. Tropezó con la mesa y derribó una pila de platos que cayeron al suelo y se rompieron en pedazos con estrépito.

–Estúpida –masculló Darmod, rojo de ira–. ¿Cómo te atreves? No eres más que una sucia mujerzuela; no eres digna de alguien de rancio abolengo como yo. Deberías suplicarme de rodillas que te dejara meterte en mi cama.

Se puso en pie y se abalanzó sobre ella; pero la chica lo golpeó con todas sus fuerzas.

Quizá no pudiera competir en fortaleza con otros muchachos de la mina, pero había trabajado en los túneles toda su vida y tenía músculos de acero, con los que era perfectamente capaz de aventajar a cualquier chico de ciudad y a no pocos aldeanos. No había muchos oficios que requirieran la dureza y resistencia que exigía la mina. Y Tash siempre había sabido estar a la altura.

Además, allí también había aprendido a pelear. El terrateniente encajó el golpe, sorprendido, y cayó al suelo de nuevo, aturdido.

–¡Tú... tú...! –chilló, pero no fue capaz de encadenar más palabras.

En aquel momento entró la cocinera por la entrada de servicio y lanzó un grito ahogado.

Tabit asomó un instante después por la puerta que conducía al salón; tras él se arrastraba el mayordomo, resollando.

–¿Qué... qué pasa aquí? –balbuceó el joven, desconcertado.

El terrateniente yacía en el suelo y sangraba por la nariz. De pie ante él se encontraba su agresor, un muchacho escuálido que vestía ropas demasiado grandes para él. Tabit había visto a muchos de su clase; parecían poca cosa, pero eran duros y peleaban con fiereza por su supervivencia. También solían ser precavidos, pero a menudo la desesperación los llevaba a meterse donde no debían. El estudiante dedujo que el muchacho había entrado en el palacete a robar, y por eso las palabras que pronunció a continuación lo descolocaron completamente.

–¡Él ha intentado tocarme! –acusó el chico, señalando con un dedo al terrateniente Darmod.

–¡Maldita ramera! –aulló él–. ¡Me las vas a pagar todas juntas!

Se puso en pie a duras penas, pero se palpó la nariz y se lo pensó dos veces antes de avanzar.

–¿Cómo...? –empezó Tabit, aún más perplejo que antes–. ¿Eres una chica?

Tash no se molestó en responder. No había quitado ojo al dueño de la casa, que también la miraba amenazadoramente, rechinando los dientes.

–Oh, no, otra vez no –gimió el mayordomo.

Algo en su tono de voz hizo intuir a Tabit que la denuncia de la muchacha era legítima. Y que, posiblemente, no era la primera vez que Darmod trataba de abusar de una jovencita a quien considerara socialmente inferior a él. Contempló el rostro horrorizado de la cocinera, que no apartaba los ojos de Tash, probablemente preguntándose si era hombre o mujer en realidad.

–Bueno, ¿qué pasa? –ladró entonces el terrateniente–. Aquí no hay nada que ver. Maese, creía que ya os habíais marchado.

Tabit se esforzó por centrarse.

–Oímos ruidos y bajamos a ver si había problemas –dijo con lentitud.

–Pues ya veis que no los hay –resopló Darmod–. Nada de lo que yo no pueda ocuparme.

Tabit pensó entonces que, en realidad, no era asunto suyo, y que Darmod tenía ya dos sirvientes que se encargarían de cualquier conflicto que pudiera producirse en la casa. Sin embargo, antes de darse la vuelta, contempló de nuevo la escena y los rostros de las personas que se encontraban en la cocina. La chica que parecía un chico se mostraba muy capaz de defenderse ella sola, pero Tabit no pudo evitar preguntarse qué podría hacer en aquella casa aislada, sin ningún lugar a donde ir. Probablemente Darmod no intentaría volver a acercarse a ella, al menos no aquella noche. Pero... ¿y si lo hacía? ¿Y si la presencia de los dos criados no lo detenía? ¿Hasta qué punto eran ellos cómplices de las correrías de su señor?

La cocinera seguía contemplando a la chica como si fuese una aparición, y el mayordomo se mostraba turbado y avergonzado. Probablemente no aprobaba el comportamiento del terrateniente, pero Tabit no podía estar seguro.

Respiró hondo, cerró los ojos un momento y supo que en el futuro se arrepentiría profundamente de las palabras que iba a pronunciar a continuación.

—Me marcho, terrateniente Darmod —anunció—, pero la chica se viene conmigo.

—¿¡Qué!? —exclamó él—. ¿Quién te crees que eres, niñato engreído? ¡En mi casa mando yo!

Tabit no le hizo caso. Cruzó una mirada con el mayordomo y leyó en sus ojos que le suplicaba que cumpliese su palabra.

—La chica se viene conmigo —repitió Tabit—, y no se hable más. De lo contrario, Darmod, comunicaré en la Academia que estáis haciendo un mal uso de vuestro portal, y el Consejo enviará a alguien a eliminarlo para siempre.

Por el rostro de Darmod cruzó una breve expresión de pánico. En realidad, hacía falta mucho más que la queja de un estudiante para que la Academia hiciese desaparecer un portal, pero el terrateniente no lo sabía; y, pese a que apenas utilizaba el suyo, era muy consciente de que el simple hecho de tenerlo lo mantenía todavía en relación con el mundo civilizado. Si perdía su portal, Darmod terminaría de languidecer en aquella tierra perdida, olvidado por todos.

—No... no podéis hacer eso... —balbuceó.

—¿Y si yo no quiero irme contigo, *granate*? —dijo entonces la chica con tono agresivo.

—¿Prefieres quedarte? —le preguntó Tabit a su vez.

Ambos cruzaron una mirada. Los ojos verdes de Tash estudiaron atentamente el gesto serio y sincero del pintor de portales.

—¿A dónde pretendes llevarme?

Tabit sonrió.

—Muy lejos de aquí —respondió.

—¿Hacia el norte? —siguió indagando Tash; al ver que él asentía, decidió–: muy bien. Nos largamos. Gracias por la cena –le dijo a Samia antes de salir por la puerta–. Y en cuanto a ti... –añadió, volviéndose hacia el terrateniente y lanzándole un escupitajo que le acertó en plena frente–. Eso es lo que mereces.

Tabit se contuvo para no sonreír.

Los dos salieron de la cocina sin prestar atención a las imprecaciones de Darmod. El mayordomo no hizo nada por impedirlo; Tabit habría jurado, de hecho, que les sonreía fugazmente cuando pasaron por su lado.

Cruzaron el salón a paso ligero. Pero Tash se detuvo cuando Tabit empezó a subir las escaleras.

–Por ahí no se sale –le advirtió–, a no ser que quieras lanzarte al vacío desde el tejado. Si es así, yo no te sigo, ¿eh?

–Confía en mí –se limitó a responder él.

La condujo hasta la salita del portal, que relucía misteriosamente desde la pared del fondo. Tash contuvo el aliento, impresionada.

–Es mucho más bonito que el de la mina –comentó.

–Me alegro de que te guste –dijo Tabit mientras escribía la contraseña en la tabla–, porque vamos a atravesarlo.

–¿Qué? No, espera un momento. No voy a...

Se detuvo para cubrirse los ojos cuando el portal se activó. Lo siguiente que sintió fue que Tabit la agarraba del brazo y la empujaba al interior.

Tash gritó, aterrada, cuando todo se volvió blanco a su alrededor y sus tripas parecieron retorcerse de mil maneras distintas. Y entonces...

... Entonces, de pronto, dio un paso al frente y la luz se apagó.

Cuando se acostumbró de nuevo a la penumbra descubrió que estaba en una sala más pequeña que la que acababan de abandonar, y mucho más desangelada. Parecía pertenecer a una casa deshabitada, porque ni siquiera había muebles en la habitación. Aún aturdida, Tash se dejó guiar por el pasillo y luego hasta el nivel inferior. Salieron a la calle sin llegar a cruzarse con nadie, y Tash se preguntó si vivía alguien allí en realidad.

Sin embargo, pronto se olvidó de ello, porque constató, boquiabierta, que se encontraba en una ciudad desconocida que olía de forma rara. Allí, además, no llovía; el cielo nocturno estaba cuajado de estrellas y no había ni un solo charco en el suelo.

–¿Dónde estamos? –se atrevió a preguntar.

–En Serena –respondió Tabit, apretando el paso. Echaba de menos su capa; hacía frío y no estaba dispuesto a quedarse a la intemperie más tiempo del necesario.

Tash lo siguió, pese a no saber dónde se dirigía; se sentía perdida y no quería quedarse sola.

–¿Tan lejos? –dijo.

Había oído hablar de Serena, una ciudad donde había mar, barcos y otras cosas extrañas que ella no había visto nunca. Tampoco sabía exactamente dónde quedaba eso; solo que era un lugar lo bastante remoto como para que ella no pudiera llegar jamás hasta él.

O eso había creído... hasta esa noche.

–Yo voy más lejos aún –dijo entonces el pintor–. Voy a usar otro portal para ir hasta Maradia. ¿Quieres acompañarme o prefieres quedarte aquí?

Tash reflexionó. En realidad, tampoco sabía dónde estaba Maradia, pero, dado que era allí adonde enviaban el mineral extraído de los túneles, le sonaba más cercano, más familiar.

–No lo sé –dijo al fin–. Voy a las minas del norte. ¿Las conoces?

–¿Te refieres a las minas de Ymenia o a las de Kasiba? También hay una explotación al sur de Maradia, casi en la frontera con Vanicia... –se detuvo al ver que la chica se encogía de hombros–. Bien, no importa. Si no recuerdo mal, no hay ningún portal público que te lleve a ninguna mina. Las de Kasiba no están lejos de la ciudad, aunque creo que para usar el portal que va de Rodia a Kasiba hay que pagar un peaje... –Se calló cuando comprendió que ella no entendía nada de lo que le estaba diciendo–. Pero ¿qué se te ha perdido en las minas, si no es indiscreción? –le preguntó, cambiando de tema.

–Busco trabajo –respondió la chica–. Me llamo Tash, y soy minero... minera –se corrigió, de mala gana–, y ya no hay apenas nada que sacar en los túneles del sur.

–¿Trabajabas en las minas de Uskia? ¿Y dices que se están agotando? –preguntó Tabit, sacudiendo la cabeza con incredulidad.

Tash lo miró fijamente.

–No te hagas el tonto –le espetó–. Los *granates* sabéis perfectamente lo que pasa en la mina. Viene gente de la Academia a controlarnos cada dos por tres.

—Bueno, es que yo solo soy un estudiante –se justificó Tabit–. Como comprenderás, la logística de la Academia no es algo que mis superiores compartan conmigo.

—Vamos, que no tienes ni idea.

—Más o menos. Pero escucha, creo que tu mejor opción es acompañarme hasta Maradia. Su Plaza de los Portales es la más grande de Darusia. Desde allí hay varias maneras de llegar a cualquiera de los yacimientos del norte, así que... ¿qué me dices?

Tash asintió, conforme. Acompañó, pues, a Tabit hasta la lonja de pescado, que estaba desierta. Junto al portal del Gremio de Pescadores y Pescaderos dormitaba, como de costumbre, el viejo guardián. Tabit carraspeó para hacerse notar, y el anciano se despertó con un respingo, alzó el farol y los observó, guiñando los ojos.

—Hace una noche muy húmeda para estar al raso, señor guardián –lo saludó Tabit con cortesía.

El guardián lo reconoció; una sonrisa iluminó su rostro cansado.

—¡Ah, sois vos, maese! Os agradezco vuestro interés; no os preocupéis, pronto dejaré de vigilar este portal y podré dormir en mi cama todas las noches.

—¿Y eso?

—Oh, porque ya estoy muy viejo, maese, y la Academia me ha concedido permiso para ceder mi puesto a mi nieto –explicó, radiante de orgullo.

Tabit asintió. El trabajo de guardián podía ser hereditario, pero los aspirantes debían demostrar primero que estaban capacitados para ello. No le cabía duda de que el nieto de aquel anciano llevaba años preparándose para sustituirlo.

—Seguro que lo hará muy bien –dijo–. ¿Seríais tan amable de abrirnos el portal?

—Ah, por supuesto, maese, no faltaría más.

El guardián trazó el símbolo en la tabla mientras susurraba en voz muy baja:

—*Italna keredi ne.*

Tabit se preguntó si debía contarle cuál era el significado de aquella expresión. Después decidió que no; aunque podía llegar a ser una anécdota que el anciano relataría con cariño a su nieto, también eran palabras de uno de los lenguajes secretos de la Academia. Por si acaso, prefirió no revelar su sentido.

Se despidieron del guardián y cruzaron el portal. En esta ocasión, Tash estaba preparada para lo que iba a suceder o, al menos, eso creía; porque no pudo reprimir una exclamación de sorpresa cuando aquella sensación de vértigo la sacudió de pronto, y tuvo que aferrarse a Tabit para no caerse al suelo.

Cuando salieron del portal, Tash miró a su alrededor, aspirando el frío aire nocturno, seco y cortante, tan distinto del ambiente húmedo de Serena.

–Bienvenida a Maradia –le dijo Tabit en voz baja.

Habían llegado a una gran plaza en la que había muchos portales pintados sobre un larguísimo muro. La mayoría estaban apagados, pero a Tash le llamó la atención una sección en la que los portales relucían suavemente con un brillo rojizo que se le antojó casi mágico.

–¿A dónde llevan todos estos portales? –le preguntó a Tabit.

Él sonrió.

–A todos los rincones de Darusia –respondió–, o, al menos, a casi todos.

–¿Y por qué están esos encendidos?

–Son los portales públicos. Siempre están activos. No tienen contraseña y todo el mundo puede utilizarlos cuando quiera. La mayoría conducen a diversas poblaciones de la provincia de Maradia, pero hay tres que llevan aún más lejos: a Esmira, a Rodia y a Serena.

Tash calló, impresionada. Después preguntó:

–¿Y ninguno de ellos puede acercarme a las minas del norte?

Tabit negó con la cabeza.

–En la Academia hay portales que llevan a todas las minas de Darusia, pero están reservados para uso exclusivo de los maeses. Sin embargo –añadió al ver el gesto de decepción de ella–, ese otro conduce hasta Rodia.

Señaló uno de los portales activos; tenía la forma de una sencilla flor de ocho pétalos, y sobre él se veía una inscripción que anunciaba en darusiano: «A Rodia». Pero Tash no la entendió, porque no sabía leer.

–Y entonces... ¿eso es todo? –preguntó–. ¿Atravieso el portal y ya está?

Tabit volvió a sacudir la cabeza.

–Rodia –explicó– es una ciudad bastante grande, aunque no tanto como Maradia o Serena, claro. Allí tal vez encuentres alguna caravana que parta en dirección a Ymenia, donde hay una explotación de bodarita. Sé que existen un par de portales privados en la región que podrían acercarte más a tu destino, pero no tienes permiso para utilizarlos, me temo. A pie... quizá tardes dos o tres semanas, con buen tiempo. No estoy seguro. He perdido práctica en esto de calcular distancias.

Tash estaba impresionada.

–Tú podrías cruzar el mundo... en un solo instante –murmuró.

–El mundo, no –puntualizó Tabit–, pero sí Darusia. Y tampoco creas que hay portales en todas partes. De hecho, conozco al menos un sitio que está demasiado lejos hasta para los maeses –añadió, pensando en Yunek y su familia–. Pero, con el tiempo... quizá sí se pueda llegar a todos los rincones de nuestra tierra y de otras naciones, como Rutvia, Scarvia o la lejana Singalia. Hay un proyecto para pintar un portal que lleve a las islas aldianas, ¿te imaginas? –concluyó, entusiasmado.

Pero Tash no compartía su emoción. Ninguno de aquellos nombres le decía gran cosa.

Hubo un silencio incómodo que ninguno de los dos sabía cómo romper. Tabit tiritaba de frío sin su capa, pero se resistía a dejar a Tash sola en una ciudad extraña. Ella, por su parte, no tenía ganas de reemprender el camino inmediatamente. No se sentía preparada para cruzar el portal sola y, además, estaba muy cansada. Lo que de verdad quería era dormir en alguna parte y reanudar su viaje por la mañana, ya recuperada y más despejada. El problema era que no tenía ningún sitio donde refugiarse hasta entonces.

Tabit comprendió su dilema.

–Escucha, ¿conoces a alguien en Maradia?

Tash estuvo a punto de decir: «Te conozco a ti», pero, en realidad, ni siquiera sabía cómo se llamaba el joven *granate* que la había sacado de aquella casa deprimente. De modo que se limitó a sacudir la cabeza y a responder:

–No.

–Tendrás al menos dinero para pagar un alojamiento, ¿no? ¿O vas a marcharte ya a Rodia? –inquirió, señalando el portal.

–No –repitió Tash, y el pintor entendió que con esa breve palabra contestaba a ambas preguntas–, pero da igual. Ya me las arreglaré.

Tabit suspiró.

—Quizá puedas quedarte en mi habitación de la Academia... pero no, espera, eres una chica. A los estudiantes se nos permite recibir visitas en nuestros cuartos, siempre que sean amigos o familiares, y solo una persona cada vez. Si fueras un chico de verdad...

—¿Academia? —repitió Tash de pronto; alzó la cabeza y lo miró con los ojos verdes chispeantes de interés—. Espera, tú vives en esa escuela de donde salen todos los *granates*, ¿verdad? ¿Podrías llevarme allí? Tengo algo que enseñaros.

Tabit la miró con cierta incredulidad; pero se le había ocurrido una idea para alojarla en la Academia, por lo que asintió, animado.

—Claro; vamos.

Caminaron juntos hasta la Academia de los Portales, pero ninguno de los dos habló. Cada uno estaba inmerso en sus propios proyectos, cavilando sobre la mejor forma de llevarlos a cabo. Tash se preguntaba cuánto le pagarían los pintores por los fragmentos de mineral azul que aún conservaba en su saquillo. Tabit, por su parte, ensayaba diferentes formas de convencer a su amiga Relia de que albergase a aquella extraña muchacha en su cuarto, al menos por una noche.

Era ya muy tarde cuando llegaron al edificio de la Academia. Tabit saludó al adormilado portero, que parpadeó al verlo entrar.

—Van ya dos veces este mes —señaló este en tono festivo—. ¿Cómo es que ahora te ha dado por trasnochar, chico? ¿Y quién es tu amigo?

Tabit respiró, aliviado, al constatar que Tash seguía pasando por un muchacho.

—No lo hago por gusto —replicó—, sino por trabajo. Este es Tash, y viene de Uskia. Se alojará conmigo esta noche.

—Bien —asintió el portero, anotándolo todo—. Si va a quedarse más tiempo tienes que notificarlo en Administración, ¿de acuerdo? Y asegúrate de que tu compañero de cuarto no tiene previsto usar la cama de invitados. Ya conoces las normas.

—Sí —asintió Tabit, un poco preocupado de pronto. En realidad, él nunca recibía visitas, de modo que no tenía muy claro el reglamento al respecto. Además, si Tash aparecía en el registro como invitado de Tabit y compartía su habitación oficialmente, quizá él se metería en problemas si llegaban a descubrir que era una chica.

Sacudió la cabeza mientras guiaba a la muchacha al interior del edificio. Decidió que seguiría el plan original y la llevaría al cuarto de Relia. De todas formas, seguramente Tash se marcharía por la mañana.

Ella, por su parte, apenas prestó atención al complejo de la Academia, a su estructura circular ni a sus altos muros. Se movía como una autómata detrás de Tabit, soñando con una cama o, al menos, con un rincón donde dejarse caer y dormir hasta bien entrada la mañana. Se despejó un poco cuando el joven llamó a una puerta situada en un largo corredor flanqueado por otras puertas exactamente iguales.

–¿Qué...? –empezó ella, pero Tabit la mandó callar:
–Sssshh... Es muy tarde, y están todos durmiendo.

Tash guardó silencio mientras el estudiante llamaba de nuevo. Por fin, la puerta se abrió; pero la persona que apareció tras ella, soñolienta y en bata de dormir, no era Relia.

Tabit lanzó una exclamación y dio un paso atrás al reconocer a Caliandra. Ella bostezó y lo miró, guiñando los ojos a la luz del candil que sostenía él.

–¿Tabit? –murmuró–. ¿Tienes idea de qué hora es? ¿Y por qué me miras como si hubieses visto un fantasma?

–Ca-Caliandra –balbuceó él; tragó saliva y dijo–: disculpa, no quería molestarte. Creo que me he equivocado de puerta.

Ella se frotó un ojo, tratando de pensar.

–Claro, buscas a Relia. Es el cuarto de al lado, pero no te molestes en llamar; no está.

–¿No está? –repitió Tabit estúpidamente.

–Pidió un permiso y se ha ido esta tarde a Esmira, creo.

Tabit recordó la conversación que había mantenido con sus amigos aquella misma mañana, a la hora del almuerzo; cerró los ojos y se maldijo a sí mismo en silencio por haberlo olvidado.

Caliandra lo miró con curiosidad, ya completamente despierta.

–¿Así que Relia y tú...? –aventuró–. Pobre Unven. Lleva detrás de ella desde segundo año por lo menos. ¿Se lo has contado?

–No, no, no es nada de eso –se apresuró a aclarar Tabit, enrojeciendo ligeramente–. De verdad. Es solo que tenía que hablar con ella, pero... déjalo, no te molesto más.

—Puedes dejarle el recado a su compañera de cuarto –le propuso Caliandra–. O a mí, si quieres, para no despertar a nadie más. No es que seamos muy amigas, pero seguro que la veré antes que tú cuando regrese, porque vamos juntas a la clase de Arte de maesa Ashda.

Tabit negó con la cabeza.

—Es algo que no puede esperar –suspiró.

Miró a Caliandra, su rival, la que le había arrebatado el puesto de ayudante por el que tanto había luchado. Pero en aquel momento no vio a la brillante estudiante de la Academia, sino a una chica con el pelo enmarañado y cara de sueño. Una chica que disponía de una cama auxiliar libre en su habitación.

—Tal vez tú puedas ayudarme –tanteó–. Necesita un lugar donde pasar la noche –le explicó, señalando a Tash, que contemplaba la escena con interés–. ¿Puede quedarse contigo?

Caliandra les lanzó a los dos una mirada penetrante.

—¿Me estás pidiendo que meta a un desconocido en mi habitación? ¿A qué se supone que estás jugando?

—Es una chica. Si fuera un chico, se quedaría conmigo y no habría problema, ¿entiendes?

Ella seguía estudiando a Tash de arriba abajo.

—Es un chico –decretó–, y, si esto es alguna clase de treta sucia para que me echen de la Academia por conducta inapropiada, debo decirte que es muy burda. No me lo esperaba de ti, Tabit.

Él impidió que le cerrara la puerta en la cara. Caliandra parecía realmente enfadada; Tabit no recordaba haberla visto nunca así, y trató de explicarse:

—Caliandra, en serio, esto no tiene nada que ver con eso. De verdad, es una chica, está sola en la ciudad y no tiene a dónde ir.

—Oye, no hace falta que supliques por mí –intervino Tash, con mala cara–. Me echaré en cualquier rincón tranquilo y ya está. Lo he hecho otras veces. Lo único que necesito ahora es que me dejéis dormir, sea donde sea, ¿vale?

Caliandra la observó con mayor atención.

—¡Vaya, es verdad que eres una chica! –exclamó, estupefacta.

Tash se limitó resoplar, de mal humor, y a mirar para otro lado, como si la cosa no fuera con ella.

—¿Puede quedarse contigo, por favor? –suplicó Tabit.

Caliandra suspiró.

–Está bien, que pase.

Tabit sonrió, muy aliviado.

–¡Gracias! Me haces un gran favor. ¿A tu compañera de cuarto no le importará?

–No tengo compañera de cuarto –respondió Caliandra, haciendo pasar a Tash al interior de la estancia–. La mía es una habitación individual. Siempre ha habido categorías, ya sabes –añadió, guiñando un ojo con picardía, ante el gesto de sorpresa de Tabit.

Y cerró la puerta.

El joven se quedó solo en el pasillo. Ni siquiera había tenido ocasión de despedirse de Tash, pero en aquel momento, agotado como estaba, no le importó. Se dirigió con paso lento a su cuarto, dispuesto a dormir hasta muy tarde, contento de que aquel accidentado viaje a la granja de Yunek hubiese concluido por fin.

~

En la habitación de Caliandra, Tash contemplaba con incredulidad la cama que la joven pintora preparaba para ella. Se trataba de un jergón que había sacado de debajo de su propia cama pero, aun así, era más grande y cómoda que la que había tenido en casa de sus padres.

–¿Voy a dormir aquí? –quiso asegurarse–. ¿Yo solo?

Caliandra se detuvo y la miró con fijeza.

–Quiero decir... sola –se corrigió Tash; se pasó la mano por el pelo rubio, encrespándolo, y confesó–. He fingido que era un chico desde que puedo recordar. No estoy acostumbrada a... ¡eh!, ¿se puede saber qué estás haciendo? –protestó cuando Caliandra se acercó a ella para palparle el pecho. Retrocedió, alarmada, pero la estudiante asintió, satisfecha, y retomó su tarea sin inmutarse.

–Comprende que tenía que asegurarme –dijo–. Pero, dime, ¿de dónde vienes? ¿Y por qué pareces un chico?

Tash se sentó con cuidado en la cama que Caliandra le ofrecía, casi como si temiera ensuciarla o estropearla.

–Me llamo Tash... Tashia, en realidad –dijo–. Trabajaba en una de vuestras minas.

Caliandra la contempló, estupefacta.

–¿En una mina de bodarita? ¿En serio?

Tash asintió con la cabeza. Su anfitriona siguió mirándola con fijeza y después asintió, despacio.

–Comprendo. Yo me llamo Caliandra, pero puedes llamarme Cali –añadió, brindándole una amplia sonrisa.

Tash no se la devolvió. No podía olvidar que aquella chica era una de los *granates* que regentaban la explotación en la que había nacido.

–¿Comprendes? ¿De verdad? ¿Has estado alguna vez en una mina?

–No –reconoció Caliandra–, pero he estudiado cómo funcionan, y cómo se realiza la extracción de bodarita. Escogí Mineralogía como optativa en tercero. No me interesaba mucho el tema, en realidad, pero es que me encajaba muy bien en el horario. En resumen –concluyó–, que conozco la ubicación de todas las explotaciones, y también sus normas. Confieso que no me las estudié al pie de la letra, pero sí recuerdo que está prohibido que las mujeres sean mineras.

–Aun así –dijo Tash–, no puedes comprenderlo.

–Probablemente no.

Hubo un breve silencio entre las dos. Entonces, Tash dijo:

–Dices que sabes cosas sobre las minas y el mineral de los portales. ¿Crees que podrías ayudarme a vender esto? ¿Te parece que algún *granate* estará interesado en comprármelo?

Y le mostró los fragmentos de mineral azul. Cali los miró con fijeza, y Tash temió que pretendiera arrebatárselos. Pero la pintora de portales alzó de pronto la cabeza y preguntó:

–¿Esto ha salido de tu mina?

–Sí, pero aún no saben si es vuestro mineral o no. Por el color, ¿sabes? Bueno, dime, ¿cuánto pagaríais por estas piedras? Tengo que saberlo; necesito conseguir dinero cuanto antes.

–¿Tienes mucha prisa por marcharte de aquí? –preguntó Cali a su vez.

Tash iba a contestar que pretendía partir al día siguiente, pero la curiosidad fue más fuerte. Respondió con otra pregunta:

–¿Por qué?

–Porque conozco a alguien que estaría muy interesado en consultarte sobre esa bodarita azul y sobre tu experiencia en la mina en general. Si nos ayudas con nuestro proyecto –añadió, emocionada–, podrás quedarte aquí unos días. Te ofrezco aloja-

miento y comida, y probablemente también te consiga algo de dinero por esas piedras.
—¿Y no tendría que pagar nada a cambio?
Cali negó con la cabeza.
—Sin embargo —añadió con una sonrisa—, podría meterme en problemas si los maeses piensan que escondo a un chico en mi habitación. Va contra las normas, ¿sabes? Así que tendrás que parecer más... una chica.
Tash pareció desolada de pronto.
—Eso sí que va a ser difícil —opinó.

Una queja formal

> «Corre, corre, no mires atrás
> o el Invisible vendrá
> y en su saco te echará.
> Corre, corre, o su sombra verás
> a través del portal.»
>
> Canción infantil darusiana

Rodak se levantó aquella mañana antes de que saliera el sol. Su madre ya lo estaba esperando, casi tan emocionada como él, y ambos compartieron un desayuno en medio de un silencio preñado de ilusión.

–Bueno, pues... llegó el gran día –dijo ella finalmente, cuando el muchacho terminó sus gachas. Habló en voz baja, porque su suegro, el abuelo de Rodak, aún estaba durmiendo.

–Sí –respondió él. No añadió nada más. No era un joven muy locuaz.

Sin embargo, a ella, que lo conocía bien, le bastó con eso. Se levantó de su asiento y lo besó en la frente.

–Ponte en pie, vamos, que te vea a la luz.

El chico obedeció. Tenía solo dieciséis años, pero era más alto y robusto que muchos hombres. Igual que su padre, pensó la mujer con emoción apenas contenida, y su hermano mayor... antes de que el mar se los llevara para siempre.

Cerró los ojos un instante al recordar aquel aciago día. Habían pasado ya casi diez años, pero aún le dolía en el alma. Y al mismo tiempo agradecía a los dioses del océano que, al menos, hubieran tenido a bien conservar a su hijo pequeño, darle una nueva oportunidad...

En Serena, en una familia tradicionalmente pescadora como había sido la de Rodak, no había muchas otras cosas que un niño pudiese hacer para ganarse la vida. Los hombres salían a faenar, las mujeres y los viejos vendían el pescado en la lonja. Parecía claro que Rodak estaba destinado a aprender el oficio de su padre. Y tal vez a obtener a cambio, como él, una sepultura en el fondo del mar.

Y entonces su abuelo había dicho que no iba a consentirlo. Que ya había entregado demasiado a aquellas traidoras aguas. Que su nieto encontraría un futuro en la Academia de los Portales.

No como maese, por supuesto. La familia no tenía dinero para pagarle los estudios. Y el chico no era tonto, pero tampoco lo bastante brillante como para ganar una plaza en la Academia por méritos propios.

Sin embargo, el abuelo de Rodak había trabajado casi toda su vida como guardián de portales. Y le dijo al niño que, si se preparaba bien, en un futuro podría aspirar a ocupar su puesto como vigilante del portal de la lonja de Serena.

No parecía un futuro muy prometedor para un chico de ocho años, pero Rodak aceptó, porque siempre había admirado la callada dignidad con que su abuelo guardaba su puesto, y porque, en el fondo, temía al mar que se había llevado, de un solo golpe, a su padre y a su hermano mayor.

–Llegó el gran día –repitió la madre de Rodak, contemplándolo con una mezcla de cariño y orgullo maternal, admirando la planta que presentaba con su uniforme nuevo–. Te queda muy bien –comentó.

Rodak se permitió esbozar una tímida sonrisa. Él era así, un gigantón tranquilo y callado, y muchos opinaban que el trabajo de guardián cuadraba perfectamente con su complexión y su carácter. Sería bien capaz de quedarse junto al portal todo el día, calmado y en silencio, y al mismo tiempo reprimir, con su sola e imponente presencia, buena parte de las disputas y altercados que pudieran producirse en relación a su uso.

El muchacho estiró su ropa nueva, aún algo cohibido. Se trataba de un blusón del mismo color granate que los hábitos de los maeses, pero mucho más corto. Le llegaba por encima de la rodilla y se ceñía al talle con un cinturón de cuero. Completaban el atuendo unos pantalones oscuros y unas botas de media caña.

–Seguro que a tu abuelo le encantará verte así –dijo ella–. Voy a despertarlo.

–No –replicó Rodak, reteniéndola por el brazo.

Su madre comprendió sin necesidad de más palabras, y asintió.

—Tienes razón —dijo—. Lleva demasiado tiempo haciendo el turno de noche. Ya te verá después, cuando vuelvas por la tarde, o si se acerca a la lonja para verte. —Y volvió a sonreír con orgullo.

Rodak sonrió a su vez. Echó un vistazo por la ventana y vio que se le hacía tarde. Recogió la bolsa con el almuerzo y el saquillo de polvo de bodarita, y se despidió con un simple:

—Adiós, madre.

Después, salió de casa sin mirar atrás.

Rodak no era muy hablador, pero pensaba mucho. Se había preparado con esfuerzo y tesón para obtener aquel puesto, y su abuelo lo había defendido fervientemente ante la asamblea de maeses que lo había evaluado. En realidad, los requisitos para ser guardián no eran difíciles de alcanzar; aun así, los méritos de Rodak habían pulverizado los de los otros aspirantes.

Desde la muerte de su padre y su hermano, Rodak había pasado mucho tiempo con su abuelo. Lo había acompañado durante las largas y aburridas horas de vigilancia junto al portal del Gremio de Pescadores y Pescaderos, y lo había escuchado contar todo tipo de historias acerca de los portales, los maeses que los pintaban y la Academia en la que se preparaban. Sin embargo, lo que más le gustaba a Rodak era ver pasar a la gente. El portal que estaba a cargo de su abuelo no tenía mucho misterio: los pescaderos lo empleaban casi a diario para llevar cargamentos hasta el mercado de Maradia. Sin embargo, la Plaza de los Portales de Serena era otra cosa muy distinta. Allí había más de una docena de portales, entre públicos y privados, que conducían a diferentes lugares de la geografía darusiana. Viajeros de todo tipo confluían en la plaza: mercaderes, campesinos, artesanos, terratenientes, maeses... Algunos solo estaban de paso, de portal en portal; otros, sin embargo, tenían Serena como destino final. Desde que su abuelo había decidido convertirlo en su sucesor, Rodak había tenido ocasión de hablar con muchos otros guardianes, y de escuchar sus relatos. La vida de los pescadores se le antojaba muy monótona y, sobre todo, muy peligrosa; la de los guardianes, por el contrario, le parecía segura y al mismo tiempo emocionante, no porque corriesen grandes aventuras, sino porque eran testigos privilegiados de algunos retazos de la vida de los demás.

Aquel día, por fin, iba a convertirse en uno de ellos. Empezaría, además, en el turno de día, el más animado. Sabía perfectamente qué palabras debía recitar (en voz baja, eso sí) para que el portal se abriera, y podía trazar el símbolo secreto sobre la tabla con los ojos cerrados. También conocía personalmente a la mayoría de los miembros del Gremio con derecho a utilizar el portal, y podía recitar de memoria los nombres de aquellos que no le habían presentado. Había visto a su abuelo realizar aquel trabajo durante años. Rodak esperaba hacerlo tan dignamente como él.

Nada podía salir mal.

Entró pues, en la lonja, tranquilo y seguro de sí mismo.

El lugar estaba casi desierto. Casi todos los pescadores de Serena salían a faenar al alba, y no regresaban con su cargamento hasta bien entrado el mediodía, como muy pronto. Por tal motivo, la lonja solía estar más activa por la tarde. Sin embargo, había algunos barcos, no demasiados, que se atrevían a hacerse a la mar por la noche. Estos regresaban a puerto al amanecer, justo cuando los demás partían. Por ello había ya en el mercado un par de pescaderas, preparando sus puestos para la llegada del género más madrugador. Rodak las saludó con la mano y ellas le devolvieron el saludo con una amplia sonrisa.

—¡Que te vaya bien en tu primer día! —le deseó la más joven, lanzándole un beso.

Rodak sonrió con cortesía, pero no contestó; se dirigió a la pared del fondo, donde solía estar apoyada la silla de su abuelo, junto al portal del Gremio de Pescadores y Pescaderos.

Pero se detuvo en seco antes de llegar.

Porque el portal ya no estaba allí.

Se restregó los ojos, creyendo ser víctima de algún tipo de alucinación o problema óptico. Después, al comprobar que su vista no lo engañaba, el corazón le dio un vuelco y se sintió desfallecer. A sus espaldas, las pescaderas seguían limpiando sus puestos, inmersas en una alegre charla, ajenas al drama que estaba viviendo Rodak.

El joven cerró un momento los ojos y respiró lentamente, tratando de conjurar el pánico y de calmar los alocados latidos de su corazón. «Esto no está pasando en realidad», se dijo. «Son los nervios, que me han jugado una mala pasada.»

Abrió los ojos de nuevo y miró con ansiedad. Pero el portal

seguía sin estar allí. ¿Cómo era posible? Quizá se hubiera equivocado de lugar, o tal vez alguien le había gastado una broma pesada. Con las piernas aún temblando, recorrió en tres zancadas el trecho que lo separaba del muro y examinó su superficie con atención, tratando de comprender qué había sucedido.

No, el portal no estaba. No se había equivocado de sitio, eso lo tenía claro; no solo porque Rodak conocía la lonja como la palma de su mano, sino también porque la mancha de humedad en la pared era claramente visible, y tenía exactamente la misma forma y tamaño que el portal desaparecido.

«Tiene que ser una pesadilla», se dijo el muchacho. Se pasó la mano por el pelo, castaño y rizado, y se preguntó, con creciente desesperación, qué se suponía que debía hacer si, tal y como parecía, resultaba que estaba bien despierto. ¿Decírselo a su abuelo? No, imposible; le rompería el corazón. ¿Cómo iba a explicarle que su nieto había perdido el portal que él había vigilado durante cincuenta años... en su primer día como guardián?

Oyó de pronto una exclamación a su espalda.

–¿Y el portal? ¿Qué ha pasado con el portal?

Rodak se dio la vuelta lentamente. Allí estaban las dos pescaderas, contemplando el muro con estupor.

–¿Y bien, Rodak? –insistió la de mayor edad–. ¿Dónde está el portal?

El joven tragó saliva antes de responder:

–No lo sé.

–¿Cómo que no lo sabes? ¡Eres el guardián!

Rodak cerró los ojos, tratando de pensar. Él era el guardián, evidentemente, pero aún no había tenido ocasión de guardar nada, en realidad. Reconstruyó los hechos. Cuando su abuelo había abandonado la lonja, al anochecer del día anterior, el portal seguía en su sitio, de eso estaba bien seguro.

Alzó la cabeza con decisión.

–Le preguntaré a Ruris –dijo solamente.

Ruris era el otro guardián del portal, el que, hasta aquel momento, se había alternado con su abuelo para vigilarlo. Él había debido de hacer el último turno de noche; seguro que sabía qué había sucedido.

Tash llevaba casi dos semanas en la Academia y ya estaba deseando marcharse, pero su compañera de cuarto todavía no se lo había permitido.

El primer día le había presentado a su profesor, un *granate* medio chiflado que no dejaba de tomar notas en un enorme libro mientras le hablaba de cosas incomprensibles, y que, al constatar que la chica no entendía nada de lo que le estaba diciendo, había procedido a ignorarla como si no existiera. Sí había captado que Cali y su profesor, un tal maese Belban, estaban investigando precisamente las propiedades del mineral azul. Tash había podido entrar en el estudio en el que ambos trabajaban, un lugar cuyas paredes estaban cubiertas de portales a medio hacer, tanto rojos como azules, presidido por una amplia mesa enterrada bajo montones de libros enormes y papeles escritos con símbolos y dibujos que le resultaban totalmente indescifrables.

Al día siguiente, Cali se había marchado sola a sus clases y sus estudios junto a maese Belban que, por lo visto, no quería volver a ver en sus dominios a la joven minera. Ella tenía permiso, según le había dicho su anfitriona, para deambular por el círculo exterior de la Academia, pero no para ir más allá del primer anillo de jardines sin compañía, y tampoco para pisar el patio de portales. Pero podía compartir el comedor con los demás estudiantes; allí se había topado con Tabit, que se había quedado muy sorprendido al comprobar que aún seguía en la Academia, y había conocido a sus amigos, Unven y Zaut. Estos dos habían hecho una apuesta sobre el verdadero sexo de la muchacha, que Zaut había perdido. Después de eso, Tash no sintió ganas de volver a acercarse a ellos.

Aunque se sentía fuera de lugar en la Academia, los primeros días había encontrado maneras de pasar el tiempo, recorriendo las zonas permitidas y, sobre todo, descansando y recuperando fuerzas. La comida no era excelente, pero sí mucho mejor que aquella a la que estaba acostumbrada, y la cama que le había ofrecido Caliandra era bastante cómoda. También había tenido ocasión de asearse y cambiarse de ropa.

Eso le había supuesto un pequeño conflicto, porque Cali no tenía prendas masculinas para prestarle, y ella se sentía incapaz de dejarse ver en público con ropa de mujer. Tampoco tenía autorización para ponerse un hábito de estudiante, dado que no lo era. Finalmente, Cali había reaparecido con unos pantalones, una camisa que parecía casi nueva y unos zapatos que solo le venían un poco grandes. No le explicó de dónde había sacado aquellas prendas, y ella no se lo preguntó.

El segundo problema llegó cuando hubo que justificar su presencia ante la Administración. Tash se negaba a admitir públicamente que era una chica, porque había llegado a la conclusión de que para ella resultaba más cómodo y seguro seguir fingiendo que era un hombre. Esa, al menos, fue la explicación que le dio a Cali; pero lo cierto era que la muchacha tenía un terror irracional a mostrarse como mujer, no solo porque no lo había hecho nunca, sino porque su padre la había adiestrado, desde que era muy pequeña, para defender su disfraz masculino con uñas y dientes, y una parte de ella creía, de forma inconsciente, que pasarían cosas terribles el día en que todo el mundo supiera la verdad. Ya habían empezado a suceder, de hecho: se había visto obligada a marcharse de la mina y, apenas unos días más tarde, aquel odioso terrateniente había tratado de abusar de ella.

Pero, si se hacía pasar por un chico, no podría compartir habitación con Cali. Y Tabit no estaba dispuesto a dejar que se quedara en su propio cuarto, precisamente porque era una chica. Parecía que en la Academia tenían unas normas bastante estrictas al respecto.

Finalmente maesa Berila, la responsable de Administración, se había encerrado a solas con Tash para decidir por sí misma lo que había que escribir en el registro; después, había decretado que era una mujer y que, por tanto, se alojaría con la estudiante Caliandra, sin necesidad de que hubiera que decirlo a nadie más.

Pero no habían contado con Zaut, que ya se había encargado de hacer correr el rumor de que el muchacho que se alojaba con Cali era en realidad una chica. De modo que Tash se encontró con que muchos estudiantes la miraban con actitudes que iban de la curiosidad mal disimulada al abierto descaro. Una de las teorías más populares era que, de hecho, Tash era un chico, estaba conviviendo con Caliandra y los maeses lo toleraban porque ella había pagado mucho dinero para que hicieran la vista gorda y fingieran creerse de verdad que no era más que una amiga. A Cali no parecía importarle lo más mínimo que lo irregular de aquella situación la situase al borde del escándalo. A Cali, en realidad, jamás le había importado lo que los demás decían de ella;

de hecho, aquella era solo una historia más de las muchas que se contaban acerca de su ajetreada vida sentimental. Cualquiera de ellas habría bastado para que la expulsasen de la Academia de por vida por conducta inapropiada; el hecho de que ella siguiera allí, día tras día, como si sus acciones no tuvieran consecuencias, cimentaba la creencia de que la Academia la trataba de un modo especial debido a la influencia de su familia.

Tash, por su parte, se encontraba cada vez más incómoda y, además, no tardó en aburrirse en aquel lugar, donde terminó por sentirse más oprimida que en las estrechas galerías de su mina. Además, no tenía nada que hacer allí. El *granate* loco ya había dejado claro que no quería saber nada de ella.

Así que le exigió a Caliandra que le pagara sus piedras azules, porque tenía intención de marcharse cuanto antes.

Sin embargo, Cali tenía otras cosas en qué pensar. En su primera reunión con maese Belban, este le había explicado brevemente en qué consistía su investigación y, después, la conversación había alcanzado un nivel teórico tan elevado que Caliandra apenas había podido seguirla, quedándose con la sensación de que no estaba a la altura. Por eso, entre otras cosas, le había presentado a Tash, aun arriesgándose a ser amonestada por romper la norma que prohibía a los visitantes merodear por las estancias de los maeses. Había llegado a creer que el anciano apreciaría su interés por la bodarita azul y que mostraría cierta curiosidad hacia la historia de Tash. Pero a maese Belban no le importaba lo más mínimo dónde ni cómo se extraía aquella extraña variedad de mineral, por lo que apenas había prestado atención a Tash, limitándose a tomar notas en su diario de trabajo, del que nunca se separaba.

Y lo peor era que también había empezado a ignorar sistemáticamente a Cali.

De pronto, maese Belban ya no le permitía entrar en sus dominios. Había pasado por allí en varias ocasiones después de aquel encuentro, había llamado a la puerta, pero él la había despedido una y otra vez, con creciente enfado.

—Quizá tenga un mal día —le explicó a Tash—, pero me preocupa que se encuentre mal, o algo parecido. Es bastante mayor, ¿sabes?

—A mí eso me da igual —replicó la minera—. Dame mi dinero o, al menos, devuélveme lo que te di.

Cali sacudió la cabeza.

–Tus piedras azules se las quedó maese Belban. Si no puedo hablar con él, no puedo pagarte, ni tampoco devolvértelas.

Tash resopló, indignada.

–Estoy cansada de tus excusas y tus promesas –estalló–. Voy a largarme de aquí, pero no lo haré con las manos vacías.

–Te prometo que haremos cuentas, en cuanto consiga hablar con maese Belban –le aseguró Caliandra.

Como se había portado bien con ella, Tash decidió darle una segunda oportunidad.

Pero desde entonces habían pasado ya varios días, y nada había cambiado. Cali iba todas las mañanas a llamar a la puerta del estudio del maese, pero este la echaba con cajas destempladas y, últimamente, ni siquiera se molestaba en responder. La joven había ido a hablar con el rector, pero maese Maltun poco podía hacer al respecto.

–Todos conocemos el carácter de maese Belban, estudiante Caliandra –le dijo–. Ten paciencia. Se le pasará.

Cali repitió estas palabras a Tash; pero nada de lo que pudiera decirle lograba apaciguar sus ánimos, que se crispaban más con cada día que pasaba en la Academia.

Aquella mañana, después de la enésima negativa, la muchacha decidió que ya había tenido bastante. Se encaró con Caliandra y anunció, muy decidida:

–Pues, si no quiere abrirte a ti, echaré esa puerta abajo a patadas.

Y, tras esta declaración, salió como una tromba del cuarto de Cali, sin darle oportunidad para replicar.

Ella suspiró, sacudió la cabeza y fue en su busca. Le gustaba Tash, pero cada vez resultaba más difícil razonar con ella.

Recorrió los pasillos del ala de estudiantes, y finalmente encontró a Tash en el jardín. Se había detenido un momento para hablar con un sorprendido Tabit.

–¡... Y no pienso quedarme aquí ni un minuto más! –le estaba diciendo–. ¡Tu amiga es una mentirosa y una ladrona, y, como no me devuelva mis piedras azules...!

–Espera, espera –la detuvo él, desconcertado–. ¿De qué se supone que estás hablando?

Cali los alcanzó.

–No es más que un malentendido –aclaró–. Tash ha traído

unos fragmentos de bodarita azul que maese Belban está examinando. Estoy segura de que se los devolverá...

—¿Bodarita azul? —repitió Tabit con incredulidad—. ¿Me estás tomando el pelo?

Pero Cali no tuvo oportunidad de responder, porque Tash resopló con impaciencia y continuó su carrera hacia el edificio principal.

—Luego te lo explicaré —suspiró Cali, y dejó a Tabit para ir en pos de la muchacha minera.

El joven, perplejo, se disponía a seguirlas cuando un estudiante de primer curso llamó su atención:

—¿Estudiante Tabit? Me envía el portero a decirte que tienes visita.

—¿Cómo dices? ¿Visita, yo? Me estarás confundiendo con otro.

El muchacho negó con la cabeza.

—Han preguntado específicamente por ti. Te esperan en la entrada.

Tabit estuvo a punto de decirle que eso era imposible, porque no conocía a nadie fuera de los muros de la Academia. Pero pensó que su vida privada no era de la incumbencia de los estudiantes más jóvenes, así que se limitó a asentir y se encaminó a la puerta principal, muy intrigado.

Rodak se detuvo ante el edificio de la Academia, impresionado. Era la primera vez que ponía los pies allí, y no lo había imaginado tan grande. Le pareció, también, extrañamente tranquilo. Había supuesto que a través de la puerta principal estarían entrando y saliendo constantemente maeses de todas las edades. Imaginaba una actividad similar a la que solía haber en la Plaza de los Portales de Serena un día cualquiera.

Pero, claro, los maeses tenían sus propios portales en el mismo recinto de la Academia y no necesitaban utilizar la puerta principal. Probablemente por eso, el portero no parecía tener gran cosa que controlar, aunque no le quitaba ojo a un joven campesino, de aspecto cansado e irritado, que merodeaba por la calle, cerca de la entrada, como si estuviera aguardando a alguien.

Rodak respiró hondo. Dio un par de pasos y se detuvo, inseguro de repente. ¿Qué les iba a decir a los maeses? ¿Que tenía que guardar un portal que ya no estaba donde se suponía que debía estar?

Porque aún no tenía ninguna solución al problema que se le había presentado aquella misma mañana en la lonja de Serena. Ruris, el guardián que había hecho el turno de noche, yacía en su casa con un fuerte dolor de estómago, y le había contado que se había visto obligado a abandonar su puesto de madrugada porque se encontraba indispuesto.

—Pero envié a un chaval a avisaros de que alguien tendría que cubrirme —se defendió.

Sin embargo, por más que buscó, Rodak no fue capaz de encontrar al niño que, supuestamente, tendría que haberles dado el aviso. De modo que el portal del Gremio de Pescadores había permanecido sin ninguna vigilancia durante varias horas. En aquel lapso de tiempo, alguien se las había arreglado para... «llevárselo».

—Pero ¿cómo demonios va a llevarse alguien un portal que está pintado en una pared? —exigió saber el presidente del Gremio cuando Rodak regresó a la lonja a informar de lo que había averiguado.

A aquellas alturas, ya se había reunido en torno al muro saqueado un nutrido grupo de personas, pescaderos en su mayoría, y todos contemplaban el destrozo con horror y murmuraban por lo bajo.

—Ha sido cosa del Invisible, seguro —dijo alguien.

Rodak se estremeció. Había muchas historias en torno al Invisible, un legendario contrabandista para quien, según se decía, no existían las distancias. Los maeses sofocaban todo rumor al respecto, porque la única forma de moverse como él lo hacía era usando los portales... lo cual implicaba que debía de tratarse de algún maese renegado, o de alguien que sabía lo suficiente de portales como para poder activar cualquiera de ellos.

—El Invisible no existe...

—¡Claro que existe! Tengo un primo en Belesia que lo vio hace un par de años...

—¿Cómo iba a verlo, si es invisible?

—¡Eso es lo de menos! —dijo una de las pescaderas más veteranas del Gremio—. Dentro de unas horas, mis chicos volverán de faenar, y quiero saber cómo voy a llevar el género al mercado de Maradia, si el portal ya no está.

—Habrá que usar el portal público...

—¿El portal público? ¡Ni hablar! Con las colas que se forman siempre...

—Perderemos género por el camino.

—Se estropeará...

Los murmullos subieron de tono. Los barcos que se habían hecho a la mar por la noche habían regresado hacía un buen rato, y el producto de su trabajo desbordaba los mostradores y los contenedores, que se apilaban cerca del muro, listos para ser enviados a la capital darusiana, por si el portal llegaba a reaparecer mágicamente.

—Yo no sé nada de eso —dijo Rodak, alzando la voz para hacerse oír entre los comentarios y las protestas.

—Tú eres el guardián, ¿no? —le espetó un viejo pescador—. ¡Pues arréglatelas para que se abra nuestro portal!

—Sí —apoyó el presidente del Gremio—, porque, si llegan los barcos y no podemos enviar el pescado a Maradia...

No terminó la frase, pero no hizo falta.

Sin embargo, había algo que hizo temblar a Rodak, más aún que las veladas amenazas del presidente; más, incluso, que el hecho de que hubiera desaparecido el portal: vio que su madre y su abuelo se abrían paso entre la multitud, y comprendió que no sería capaz de mirar a la cara al anciano guardián cuando descubriera el muro vacío. De modo que dijo lo primero que se le pasó por la cabeza:

—¡Está bien! Me voy a Maradia para hablar con los maeses de la Academia.

Y se escabulló antes de que nadie pudiera detenerlo.

Corrió hasta la Plaza de los Portales e hizo cola ante el portal público que conducía a Maradia. Una vez allí, no se detuvo a averiguar qué decía el grupito de curiosos congregado ante el portal gemelo del que le habían robado al Gremio, y que, en contra de lo acostumbrado, aún no se había activado aquella mañana para traer el pescado fresco más tempranero. El guardián que debía vigilar aquel extremo del enlace se mostraba nervioso y desconcertado, y escribía la contraseña en la tabla una y otra vez, incapaz de comprender el motivo por el cual no se encendía el portal. Rodak se preguntó brevemente por qué solo había desaparecido uno de los dos portales vinculados, mientras que aquel de Maradia, dolorosamente idéntico al que acababan de perder, permanecía en su sitio, como si nada hubiese sucedido.

Nada salvo el hecho de que, sin su equivalente en Serena, no volvería a activarse nunca más.

«Los maeses lo sabrán», pensó Rodak. «Ellos nos devolverán el portal.»

Ahora, ante la Academia de los Portales, volvió a conjurar aquella esperanza. Se armó de valor y se acercó al hombre apostado ante la entrada.

—Buenos días —saludó—. Quiero... hablar con los maeses, por favor.

—Pues buena suerte —respondió con sorna el campesino que aguardaba sentado en los escalones; hablaba con un fuerte acento uskiano que imprimía, si cabe, aún más dureza a sus palabras—. Se vuelven sordos muy a menudo.

Rodak lo ignoró. El portero le disparó al uskiano deslenguado una mirada irritada antes de preguntar:

—¿Deseas hablar con algún maese en concreto, guardián?

El muchacho no había pensado en ello. Recordó de pronto el nombre del pintor que lo había examinado, apenas unos días atrás.

—Sí... con maese Revor, si fuera posible.

—Maese Revor no se encuentra en la Academia en estos momentos, guardián.

—¿Qué te había dicho? —se burló el campesino.

—Cierra la boca —replicó el portero.

Pero Rodak no pensaba rendirse tan fácilmente.

—Vengo a decir que nuestro portal ha desaparecido —explicó—. Seguro que a los maeses les interesará saberlo...

—¿Desaparecido? —repitió el campesino—. ¿En serio?

—Que cierres la boca —ordenó el portero; se volvió hacia Rodak—. Yo no estoy autorizado para tratar este tipo de asuntos, guardián, ni sé tampoco quién se ocupa de ellos. Tendrás que esperar a que regrese maese Revor, o bien preguntar por algún otro maese que pueda recibirte...

—Pero es que no conozco a ningún otro maese —objetó Rodak, desalentado.

—Ya conoces a uno —dijo el campesino, poniéndose en pie y señalando a una figura vestida de rojo que se apresuraba por el vestíbulo–. Guardián, este es maese Tabit. O lo será, si consigue terminar algún día su proyecto final –añadió, tras un instante de reflexión.

Tabit se detuvo de golpe y lo contempló como si viera un fantasma.

–¿Yunek? ¿Cómo... cómo has llegado hasta aquí?

El joven se encogió de hombros.

–Me las arreglé para llegar hasta Vanicia con mis propios medios. Ya sabes, los que están al alcance del común de los mortales: caravanas, carreteros compasivos, mis pies... Una semana en total. En Vanicia tuve que pagar por usar el portal del Consejo de la ciudad, y así llegué a Esmira. En Esmira...

–Sí, sí, lo imagino –cortó Tabit, cansado–. Pero ¿por qué has venido desde tan lejos?

–Ya te dije que iba presentar una queja formal a los maeses. Eh, pero tranquilo –añadió, al ver que Tabit abría la boca para replicar–, que, en el fondo, lo mío no es tan grave. Después de todo, lo único que me ha pasado es que no me habéis pintado el portal. Pero a este pobre chico –señaló a Rodak, que seguía allí plantado, sin saber cómo actuar– le han robado un portal que ya existía. Eso sí que es un problema, ¿eh?

–Espera, espera –lo detuvo Tabit–. ¿Cómo que le han robado un portal?

Rodak exhaló un suspiro de alivio al comprobar que por fin había alguien dispuesto a escucharlo.

–Ayer, el portal estaba en su sitio. Esta mañana ya no estaba –resumió; al ver que Tabit movía la cabeza, añadió, desesperado–. Tenéis que ayudarme, maese. Los pescaderos tienen que traer su mercancía a Maradia de alguna manera, o se estropeará. Si usan el portal público de Serena...

–Espera un momento –lo interrumpió entonces Tabit–. ¿Te refieres al portal del Gremio de Pescadores de Serena? ¿El que está en la lonja?

–Estaba, maese –corrigió Rodak–. Sí, maese.

Tabit sacudió la cabeza.

–No es posible. Atravesé ese portal hace apenas un par de semanas. Recuerdo a su guardián. Y no eras tú.

–Sería mi abuelo. O el otro guardián, porque somos dos.

–¿Tu abuelo? –Tabit miró al muchacho con renovado interés–. Sí... recuerdo que me dijo que iba a retirarse. *Italna*...

–... *keredi ne* –terminó Rodak, casi sin pensar; cuando se dio cuenta de lo que había dicho, se tapó la boca con la mano, horrorizado, como si hubiese desvelado un secreto inconfesable. Pero Tabit sonrió.

–Muy bien –decidió–, te acompañaré a ver qué ha pasado con ese portal.

Rodak no respondió, pero el alivio se reflejó en su rostro con tanta claridad como si se lo hubiesen dibujado con pintura de bodarita.

–Eh, eh, un momento –intervino Yunek–, ¿y qué hay de mi portal?

Tabit suspiró.

–Ya te expliqué en su día que la decisión no dependía de mí. ¿No venías a presentar una queja formal? Pues hazlo: sigue ese pasillo, todo recto, y tuerce luego a mano derecha. La primera puerta que encuentres es Administración. No tiene pérdida, lo pone en una placa junto a la entrada. Allí podrás detallar tu queja por escrito en una hoja de reclamaciones.

–Bien... de acuerdo –asintió Yunek, inseguro de pronto–. Gracias.

Tabit le dedicó una media sonrisa.

–Te deseo buena suerte –dijo–. De verdad. Ojalá te escuchen y decidan seguir adelante con tu portal.

Yunek no supo qué decir.

–Si se diera el caso... –prosiguió Tabit–, es muy probable que ya no me lo encargaran a mí, pero... –respiró hondo–, me gustaría pintarlo. Lo digo en serio.

Yunek no respondió. Parecía profundamente avergonzado; tal vez estaba recordando la forma en que había echado a Tabit de su casa y lo había dejado al raso, en una tierra extraña, una noche de tormenta.

Pero el joven no se lo reprochó. Se limitó a despedirse de él, con perfecta cortesía, y a enfilar calle abajo, seguido de Rodak, en dirección a la Plaza de los Portales de Maradia.

Yunek se quedó solo con el portero. Su indignación lo había abandonado de repente, y ahora se sentía presa de un denso abatimiento. El hombre lo miró con escasa simpatía.

–¿Vas a pasar a Administración, o no?

Yunek se enderezó, recuperando algo de su orgullo.

–Por supuesto –replicó.

—Bien, pues ya has oído: todo recto y luego a la derecha. ¿O es que tampoco sabes distinguir entre derecha e izquierda?

Yunek le disparó una mirada irritada; pero no respondió, porque era consciente de que se lo había ganado a pulso y de que el portero se la tenía jurada desde hacía rato; además, tampoco quería profundizar en la circunstancia que este había captado a la primera, y que Tabit, sin embargo, había pasado por alto.

Se encaminó, por tanto, hacia Administración, con paso cansino. No tenía prisa por afrontar el momento en que debería admitir ante aquellos maeses que no podría presentar su queja por escrito, porque no sabía leer ni escribir.

❦

Entretanto, Caliandra había conseguido que Tash no derribara la puerta del despacho de maese Belban a patadas, y fue solo porque no tardaron en darse cuenta de que el profesor no se encontraba en su interior.

—¿A dónde puede haber ido ese *granate* antipático y ladrón? —resollaba Tash.

—No tengo ni idea —respondió Cali, tan desconcertada como ella—. La verdad, maese Belban no suele salir nunca de su estudio. No sé si te diste cuenta el otro día, pero hasta tiene una cama en un rincón. Como hace años que no entra en su habitación del ala de profesores, terminaron por dársela a otro maese. Ni siquiera come con los demás: mira, tienen que subirle la comida en bandejas.

La joven pintora señaló una bandeja cubierta que reposaba en el suelo, junto a la puerta; parecía claro que nadie se había molestado en tocarla.

Tash la contempló, incrédula.

—¿Estás intentando decirme que vive ahí dentro y que hay días que ni siquiera sale del cuarto? ¿Y dónde hace sus... ya sabes...? —Tash se detuvo, buscando una palabra que no sonase demasiado vulgar. Pero no se le ocurría ninguna.

—¿Sus necesidades, quieres decir? Vaya cosas preguntas. Usa un bacín, naturalmente, que retiran los criados cada mañana.

—Criados —repitió Tash.

Era un aspecto de la Academia que la tenía totalmente fascinada: el hecho de que allí, aparte de pintores y estudiantes, también había personas cuyo trabajo consistía en ocuparse de las tareas domésticas engorrosas para que los *granates* tuvieran tiempo de dedicarse a asuntos más elevados.

—Si los criados tienen que subirle comida y bajar sus... necesidades —caviló—, sabrán cuánto tiempo hace que no está.

Cali ladeó la cabeza, interesada.

—¿Quieres decir que piensas que se ha marchado... de la Academia?

—Hace días que ni siquiera te contesta cuando llamas a la puerta, ¿no? ¿Y si resulta que se fue hace tiempo y, como no sale nunca, nadie se ha dado cuenta? O tal vez se haya muerto —añadió de repente, con morbosa fruición—, y su cadáver lleva días ahí tirado...

—¿Y por qué iba a hacer eso precisamente ahora? —se apresuró a interrumpirla Cali.

—Porque es lo que hacen todos los vejestorios como él: morirse.

—Me refiero a abandonar la Academia, Tash.

—¡Pues está claro! Se ha llevado mis piedras, ¿no? Seguro que son más valiosas de lo que dice. A lo mejor va a vendérselas a algún ricachón, de esos que coleccionan cosas raras y las pagan muy caras.

Cali la escuchaba con interés, no porque creyera que su historia podía tener algún fundamento, sino porque la maravillaba la forma que Tash tenía de ver el mundo. Era casi como si le contara el argumento de una novela ambientada en un lugar muy lejano.

—Pero, si fuera así —razonó—, maese Belban estaría ya de vuelta; los pintores de portales podemos llegar a cualquier lugar en muy poco tiempo, ¿recuerdas?

Tash apenas la escuchaba.

—Vamos a preguntar a los criados —propuso, entusiasmada—. Así sabremos si el *granate* loco se ha pirado con mis piedras o si ha ido solo a darse un garbeo.

Cali no se sintió en absoluto molesta por el lenguaje de Tash; ni siquiera por el hecho de que llamara «*granate* loco» a maese Belban.

—Yo creo que primero deberíamos ir a preguntar en Administración —sugirió, sin embargo—. Si maese Belban se ha marchado, seguramente habrá dejado constancia de a dónde ha ido y cuándo piensa volver. Son las normas –explicó, encogiéndose de hombros, ante la mirada atónita de Tash.

–¿Quieres decir que los *granates* tenéis que pedir permiso cada vez que queréis salir de aquí? –preguntó, horrorizada.

–No es tan malo –argumentó Cali, echando a andar por el pasillo–. Seguro que tú tampoco podías marcharte de tu mina así como así.

–Pues lo hice –replicó Tash, levantando la nariz con cierta arrogancia–, y sin pedir permiso. Sencillamente un día dije: «Ya no aguanto más aquí», y me fui sin mirar atrás.

De nuevo, Cali se mostró fascinada.

–¿Y no has dejado allí a nadie que te eche de menos?

Tash titubeó... solo un poco.

–Bueno..., supongo que mi madre se preguntará a dónde he ido. Pero mi padre –añadió con rencor– estaría más que satisfecho si no volviera a verme en la vida.

Cali optó prudentemente por no seguir indagando acerca de aquella cuestión.

–Mi padre se enfurecería mucho si yo desapareciera de repente –comentó–. Me lo puedo imaginar: se le pondría la cara roja y los ojos saltones, y se le hincharía una vena que tiene aquí, en la sien, que le late muy deprisa cuando se enfada, como si estuviese a punto de explotar.

Tash se rió.

–¿De verdad se enfadaría tanto si te marchases? Debes de ser muy útil para tu familia.

–En realidad, no –respondió Cali tras un instante de reflexión–. Supongo que mi padre se preocupa por mí y, además, está el hecho de que me considera parte de su patrimonio. Sería un escándalo y una vergüenza para él que su hija se fuera de casa sin avisar. Pero yo, precisamente, era la hija menos productiva de la familia, y por eso me envió a este lugar. ¿No te lo habían dicho? –añadió, ante el gesto de extrañeza de Tash–. Aquí, en la Academia, terminamos muchos hijos de gente pudiente que no sabe qué hacer con nosotros.

–¿Qué es «gente pudiente»?

–Ricachones –resumió Caliandra con llaneza–. Mis padres tienen mucho dinero. Mi hermano mayor es muy responsable, y se toma muy en serio el negocio familiar y su papel de heredero. Mi hermana mediana se dedica a asistir a fiestas y banquetes, y a llenar su guardarropa de trajes elegantes y de joyas caras. También lo considera una obligación familiar: ha refinado sus modales y perfeccionado su belleza con el único propósito de cazar un buen marido que mejore el patrimonio y la posición de la familia. Y en cuanto a mí, que soy la pequeña... –Cali suspiró–, bueno..., no me interesaba nada de eso. Mi hermano me considera una alocada, y a mi hermana le escandaliza que no me interesen las mismas cosas que a ella. Así que terminé aquí, en la Academia de los Portales. Pensaron que sería una especie de castigo para mí, pero la verdad es que me gusta mucho esto. Aunque no tanto como a Tabit –añadió, pensativa.

Tash no respondió. Con el paso de los días había llegado a desarrollar algo parecido a una amistad con Caliandra, quizá porque ella era una *granate* como Tabit, por quien sentía un cierto aprecio. Además, todos los pintores de la Academia llevaban una vida relativamente austera: vestían de la misma forma, comían todos lo mismo, residían en habitaciones pequeñas y funcionales y se guiaban por un rígido horario. Por eso, aunque la existencia allí era bastante más desahogada que en la mina, Tash podía sentirse identificada con ella. Por otro lado, no había tardado mucho en descubrir que los auténticos «ricachones» vivían de una forma bastante más ostentosa, muy alejada del orden y la sobriedad de la Academia.

Por eso le había sorprendido desagradablemente descubrir que, si Caliandra decía la verdad, ella misma también pertenecía a aquella clase privilegiada, al igual que la mayoría de los estudiantes que había conocido. La austeridad académica no dejaba de ser, por tanto, nada más que una fachada.

De aquel modo, la brecha que existía entre ambas se hacía más grande.

Cali no fue consciente de ello. Pero, dado que Tash se había encerrado en un hosco silencio, no le dio más conversación hasta que llegaron a su destino.

Encontraron a maesa Berila, responsable de Administración, examinando un pedazo de papel como si fuera un jeroglífico indescifrable.

–¿Qué clase de burla es esta? –le preguntaba con voz aguda al joven que estaba plantado frente a su mesa.

–Una queja formal –respondió él; le temblaba ligeramente la voz, algo que Caliandra detectó de inmediato, pero que la maesa, que estaba furiosa, pasó por alto–. Sobre la cancelación del portal que había encargado.

Maesa Berila lo miró de arriba abajo. Cali pudo adivinar lo que estaba pensando: el muchacho estaba de espaldas a ella, pero sus anchos hombros y su piel bronceada, por no hablar de sus ropas humildes y gastadas, indicaban que se trataba de alguien que ni por asomo podía permitirse pagar un portal. Tenía tal aspecto rústico, de hecho, que seguramente vivía lejos de cualquiera de las diez ciudades capital de Darusia. Maesa Berila tenía bastante razón al suponer que aquello podía tratarse de una broma pesada. Pero Cali no la compadecía. La había sufrido en su primer año de Academia como profesora de Geografía y Cartografía de Portales, y sabía que tenía muy mal carácter y disfrutaba especialmente humillando a los alumnos más torpes.

No le costó nada tomar partido y salir en defensa del joven aldeano. Si se trataba de una broma ideada por algún estudiante, Cali, desde luego, no tenía ningún inconveniente en participar en ella.

–¿Puedo ayudaros, maesa Berila? –preguntó, con una inocente sonrisa, mientras se adelantaba hasta la mesa.

–No será necesario, estudiante Caliandra –replicó la maesa, tendiendo la hoja al muchacho–. El joven ya se iba. Estoy segura de que ya ha comprendido que no debe hacer perder el tiempo a la Academia con peticiones disparatadas.

–Yo no... –empezó él, pero Cali se anticipó, cazando al vuelo el documento que sostenía la mujer:

–¿Me permitís, maesa? –Examinó el papel y sonrió para sí: no era más que una serie de garabatos sin sentido. Los garabatos de alguien que no sabía escribir y fingía lo contrario, tal vez creyendo, ingenuamente, que nadie se daría cuenta–. Oh, ya veo cuál es el problema. Eres zurdo, ¿verdad? –le preguntó al joven–. Escribes con la mano izquierda –le aclaró, por si acaso, y suspiró de forma un tanto teatral–. Es un problema muy común, maesa, porque, como bien sabéis, el papel que utilizamos en la Academia no absorbe la tinta con suficiente rapidez, y a los zurdos nos cuesta un tiempo aprender a evitar que nuestra mano emborrone los renglones a medida que los escribimos.

Maesa Berila digirió aquella información.

–Oh, sí, ya recuerdo tus apuntes, estudiante Caliandra –dijo, aún algo reticente–. Eran completamente ininteligibles. Sin embargo, no creo que...

–¿Lo veis? –cortó Cali, haciendo desaparecer hábilmente el papel de la discordia entre los pliegues de su hábito–. No os preocupéis; yo me encargaré de esto –añadió, tomando otro formulario y la pluma que reposaba en el tintero de maesa Berila.

Se volvió hacia el joven, que todavía parecía algo perplejo.

–Yo también soy zurda –le dijo–, pero, como llevo tiempo estudiando aquí, sé cómo escribir en este papel y que se entienda. Redactaré tu petición por ti. ¿Te parece bien?

Los ojos de ambos se cruzaron. Los de él eran de color miel, y asomaban entre algunos mechones desordenados de flequillo castaño. La miraban con cierta desconfianza, como si el aldeano aún no estuviese seguro de si la joven pintora le estaba haciendo realmente un favor o, por el contrario, pretendía burlarse de él. Había mucho orgullo en aquella mirada, comprendió Cali, y una fuerza interior que le mereció, de pronto, un profundo respeto, independientemente del aspecto de aquel muchacho, de su origen o sus escasos conocimientos.

Pestañeó un instante para volver a la realidad cuando se dio cuenta de que él le había respondido afirmativamente, y volvió la mirada hacia la hoja que aguardaba ante ella.

–Bien, pues... –carraspeó para aclararse la voz, que le había fallado de repente–, lo primero que necesito saber es tu nombre.

–Yunek –respondió él a media voz.

Cali lo anotó.

–¿Procedencia?

–Región de Uskia.

–¿Dirección? –Al no recibir respuesta, Cali alzó la mirada de nuevo.

Yunek se encogió de hombros.

–Vivo en una granja lejos de cualquier parte. La aldea más cercana se llama Anaria. Es muy pequeña; no creo que la conozcas.

A Cali no le sonaba de nada, pero lo anotó igualmente.

–Eso está al sur de la propiedad del terrateniente Darmod –intervino inesperadamente maesa Berila–. Tenemos un portal allí –añadió con impaciencia al ver que Cali seguía sin reaccionar–. No sé por qué te aprobé Geografía, estudiante Caliandra –resopló, indignada.

Pero ella no le estaba prestando atención. Estaba más pendiente, de hecho, de la reacción de Tash, que había estado aguardando a su espalda, con gesto aburrido, hasta que la maesa había mencionado al terrateniente Darmod. Entonces dio un respingo, hizo un ruido muy peculiar con la garganta y retrocedió un par de pasos. Cuando Cali se volvió para mirarla, descubrió que estaba pálida como un cadáver.

Decidió que ya resolvería aquel misterio más tarde. Se centró de nuevo en el formulario de Yunek.

–¿Cuál es tu petición, exactamente?

El joven respiró hondo y frunció el ceño.

–Quiero un portal –dijo.

Cali se dispuso a tomar nota, obediente, pese a que sabía que aquello era absurdo, porque suponía que era parte de la broma; sin embargo, Yunek prosiguió:

–Mi familia y yo hicimos la petición hace ya tiempo. Tuve que ir a la ciudad de Uskia para encontrar un notario que... –se interrumpió de pronto, azorado, y Cali adivinó lo que había estado a punto de decir: que, obviamente, el notario había redactado los documentos en su lugar, porque ellos no sabían escribir–. Da igual; el caso es que enviamos los papeles y pagamos la señal, y nos contestaron al cabo del tiempo diciendo que el proyecto estaba aprobado. Y hasta enviaron un maese a nuestra casa a tomar medidas, o algo así. Bueno, un maese, no; un estudiante.

Cali anotaba todo con diligencia, pero se detuvo al escuchar esto último.

–¿Estás seguro? Los estudiantes no tienen permiso para pintar portales.

–Me dijo que iba a ser su proyecto final –explicó Yunek–. Que, después de hacerlo, sería maese. Se llamaba Tabit –añadió.

–Conozco a Tabit –dijo maesa Berila.

«Por supuesto», pensó Caliandra. ¿Quién no conocía a Tabit? Era el mejor estudiante de la Academia, y con diferencia. Frunció el ceño. Todo parecía encajar demasiado bien para tratarse de una broma, salvo el hecho de que le resultaba difícil creer que Tabit estuviera involucrado en algo así. Por otra parte, parecía aún más inusual la idea de que pudieran haberle encargado un proyecto tan humilde.

–¿Y bien? –preguntó–. ¿Qué pasó después?

Yunek bajó la cabeza y, por primera vez, pareció abatido de verdad.

—Tabit volvió días después —relató—, nos devolvió nuestro dinero y nos dijo que el proyecto había sido cancelado, y que no pintaría nuestro portal.

Cali seguía mirándolo fijamente.

—A veces pasa —dijo, con suavidad—. No es habitual, pero ha sucedido en ocasiones.

—¿Y cuál es exactamente tu queja? —preguntó maesa Berila, plantando los codos sobre la mesa—. La Academia te ha devuelto lo que anticipaste, ¿no?

Yunek alzó la cabeza con decisión.

—¿No está claro? Queremos el portal. Podemos pagarlo, y lo haremos.

Maesa Berila movió la cabeza, mientras Caliandra tomaba nota con rapidez.

—No suelen abrirse muchos portales en la región de Uskia —comentó.

—Es porque está demasiado cerca de Rutvia —le explicó Cali a Yunek—. Sería bastante catastrófico que los rutvianos tomaran por asalto algún portal de Uskia y se presentaran en Maradia de repente.

—Pero ya no estamos en guerra con Rutvia —hizo notar Yunek.

—Por el momento —replicó la maesa ominosamente.

—En cualquier caso —dijo Cali—, es verdad que en ocasiones se han abierto portales privados en Uskia y, además, dices que el Consejo había aprobado tu petición, y hasta envió a Tabit a realizar las mediciones. Conociéndolo, seguro que ya tenía el diseño casi acabado cuando volvió a visitarte —añadió, con un suspiro.

Terminó de rellenar el formulario y lo entregó a maesa Berila.

—¿Veis?, ya está. Asunto solucionado.

—¿Pintaréis mi portal? —preguntó Yunek, esperanzado.

—El Consejo recibirá tu petición, la estudiará y tomará una decisión al respecto —anunció maesa Berila con dignidad, estampando el sello correspondiente sobre la hoja y depositándola sobre un montón de documentos similares que reposaban en un estante.

—¿Y cuándo será eso?

—Cuando el Consejo lo estime conveniente.

Yunek sacudió la cabeza, impotente.

—No desesperes —le dijo Cali en voz baja—. Estas cosas son lentas, pero poco a poco van funcionando. De verdad.

Yunek asintió y volvió a mirarla a los ojos. En esta ocasión, Caliandra detectó en ellos una nueva calidez.

—Gracias —dijo él.

—No hay de qué —respondió ella con sencillez.

Tash carraspeó sonoramente.

—Cali, ¿qué hay de lo nuestro? —le recordó.

Caliandra recordó de pronto el motivo por el cual se encontraban allí.

—Ah, sí, maesa Berila, lo olvidaba —dijo, volviéndose de nuevo hacia la mesa—. Estamos buscando a maese Belban, y no hay manera de dar con él. ¿Sabéis si ha salido de viaje, por casualidad?

Las dos chicas aguardaron pacientemente mientras maesa Berila examinaba el grueso volumen en el que se anotaban los permisos concedidos tanto a maeses como a estudiantes.

—No consta aquí —respondió por fin.

Y no pudieron obtener más información por su parte. Abandonaron el despacho de Administración; cuando salieron al pasillo, Caliandra miró en derredor, pero comprobó, con cierto desencanto, que Yunek ya se había marchado.

—Bueno —dijo entonces Tash, ajena a la decepción de su compañera—, ya lo hemos hecho a tu manera y solo hemos conseguido perder un montón de tiempo. Así que ahora iremos a preguntar a los criados.

Tabit se inclinó un poco hacia delante para examinar el muro donde había estado el portal de la lonja de Serena, rodeado de un círculo expectante de pescadores y pescaderos. La mancha de humedad que había notado Rodak por la mañana seguía allí; la brisa marina retrasaría su desaparición.

El joven se acuclilló para palpar el suelo en la base del muro.

—¿Qué estáis buscando, maese? —inquirió el presidente del Gremio.

—Restos de pintura —murmuró Tabit.

Frunció el ceño, pensativo, y se incorporó de nuevo.

—Alguien se ha llevado la pintura —declaró, volviéndose hacia los miembros del Gremio—. Esto es más que una simple gamberrada: es un delito cometido con el propósito específico de obtener pintura de bodarita.

La mayor parte de su público no entendió muchas de las palabras que había utilizado; sin embargo, sí captaron el sentido general. Un murmullo se alzó entre la multitud; el abuelo de Rodak, que se erguía tembloroso junto a su nieto y su nuera, preguntó, indignado:

–¿Queréis decir que han destruido el portal solo para robar la pintura?

Tabit asintió.

–Probablemente habrán rascado con una espátula hasta hacer saltar la mayor parte de ella –explicó–, y luego han repasado la superficie con un paño... empapado con algún tipo de disolvente, que se ha llevado todos los restos que pudiera haber –añadió, señalando la mancha húmeda de la pared–. Y han sido muy cuidadosos: no han dejado ni rastro, ni un solo trazo en la pared, ni una limadura en el suelo.

–Pero ¿por qué se han llevado la pintura? –quiso saber el presidente del Gremio.

Tabit se encogió de hombros.

–En un portal hay tres cosas importantes: la pintura de bodarita, el diseño y las coordenadas. Solo los pintores de portales sabemos medir las coordenadas de un lugar, diseñar un portal y dibujarlo, y todos esos conocimientos los guardamos aquí –explicó, llevándose un dedo a la sien–. Pero la pintura... –suspiró–, la pintura de bodarita es la parte material de un portal. Se vende y se compra, claro que sí. Y se puede robar.

–¿Y a quién le interesaría comprarla? –siguió preguntando el presidente–. Los únicos que la utilizan son los maeses; y la Academia es la propietaria de todas las minas de bodarita y se encarga también de fabricar la pintura. Controla todo el proceso. No tiene sentido que alguien borre un portal para llevarse la pintura. ¿Qué iba a hacer con ella?

–No tengo ni idea –confesó Tabit–, pero las cosas no quedarán así. Voy a informar en la Academia y ellos se ocuparán de solucionarlo.

Hubo murmullos cargados de emociones diversas, que iban desde el alivio hasta el escepticismo.

–¿Y cuándo será eso? –preguntó un pescador enjuto y moreno.

–No lo sé. Habrá una reunión del Consejo para tratar el asunto, supongo, y después encargarán el trabajo a algún maese experto en restauración. La buena noticia es que no tiene que diseñar un nuevo portal, porque el gemelo de este sigue en su sitio, en la Plaza de los Portales de Maradia; así que solo tendrá que buscar el diseño original en los archivos y reproducirlo aquí otra vez. Aunque posiblemente haya que recalcular las coordenadas y volver a plasmarlas en el otro portal, para conectarlos otra vez –añadió, más para sí mismo que para sus oyentes; sacudió la cabeza, desconcertado–. Es la primera vez que me encuentro con un caso así. Por supuesto, hay precedentes de enlaces rotos; portales que se destruyen accidentalmente o que no se han mantenido de la forma adecuada y necesitan una restauración. Pero esto...

–Decidnos la verdad, maese –suplicó el presidente, devolviendo a Tabit a la realidad–. Ha sido obra del Invisible, ¿verdad?

Un coro de comentarios se desató tras estas palabras, como si el líder del Gremio se hubiese atrevido a decir lo que todo el mundo pensaba y, una vez lanzada la posibilidad, todos tuvieran permiso para expresar, por fin, su opinión al respecto.

Tabit alzó las manos, tratando de calmar los ánimos, y abrió la boca, dispuesto a contestar; pero entonces pensó que no le correspondía a él desmentir el mito del Invisible ni dar explicaciones al respecto. Después de todo, no era más que un simple estudiante.

–No sé quién ha podido hacer esto –respondió al fin–, pero la Academia lo estudiará, no me cabe duda. Ahora, si me disculpáis, he de ir a informar al rector de este desagradable incidente.

Aunque en la Academia debían de estar ya al tanto de que había ocurrido algo grave con el portal del Gremio: al fin y al cabo, los pescaderos llevaban provocando atascos en el portal público desde primera hora de la tarde. Las colas, que ya eran largas habitualmente, se habían vuelto todavía más lentas y caóticas, y habían causado retrasos, muchos nervios y algún altercado que otro. Un cargamento de marisco había volcado, desparramando su contenido todavía vivo por las baldosas de la plaza. Una pescadera había discutido con una mujer que se había quejado del intenso olor a productos marinos que impregnaba la plaza, y las dos habían llegado a las manos. Otros dos pescaderos habían intentado saltarse varios puestos en la cola y, ante las protestas de la gente que los rodeaba, se había iniciado una pelea en la que también estaban involucrados dos verduleras, un fornido carretero y un anciano boticario.

Tabit logró por fin alejarse de los miembros del Gremio, cuyo presidente estaba convocando una reunión improvisada para organizar la logística hasta que recuperasen el portal. Cuando se disponía a abandonar la lonja, notó que alguien iba tras sus pasos. Al darse la vuelta, vio a Rodak, que lo contemplaba, azorado, como si quisiera hacerle alguna pregunta, pero no se atreviera.

–¿Sí? –lo animó Tabit.

El joven guardián vaciló solo un momento antes de decir:

–Vos no creéis que haya sido el Invisible, ¿verdad?

Tabit lo miró, preguntándose si valía la pena explicárselo. Al final, suspiró y meneó la cabeza.

–Acompáñame –lo invitó.

Caminaron juntos hasta la Plaza de los Portales de Serena, que aún estaba sumida en el caos; aunque, como Tabit tuvo ocasión de apreciar, parecía que todo acabaría volviendo a la normalidad, porque la fila de carros y cabezas comenzaba a desplazarse de nuevo, lentamente, pero con cierta fluidez.

Con todo, Tabit no tenía intención de usar el portal público en aquellas condiciones. Conocía un par de casas particulares en Serena que albergaban portales a Maradia. Aún era una hora razonable, así que podría visitar cualquiera de ellas sin resultar demasiado inoportuno; o, al menos, eso esperaba.

Sin embargo, se había desviado para pasar por las inmediaciones de la Plaza de los Portales por un motivo muy concreto.

–¿Qué dicen del Invisible, Rodak? –le preguntó de improviso.

El guardián reflexionó.

–Que es el contrabandista más audaz que ha habido nunca en Darusia –respondió al fin–. Que tiene a su servicio una red de ladrones y espías en las diez ciudades capital. Que nadie que lo haya visto alguna vez ha vivido para contarlo, y por eso lo llaman el Invisible. Que está en todas partes al mismo tiempo, y por eso... –vaciló antes de proseguir–, por eso hay quien dice –concluyó en voz baja– que solo puede ser alguien que conoce el secreto para abrir todos los portales que existen.

Tabit asintió.

–Eso se cuenta, sí –dijo con suavidad–. Y ahora, mira.

Le señaló a un hombre mugriento que estaba sentado en el suelo, apoyado contra una pared, cerca del lugar donde la calle desembocaba en la plaza. Era un mendigo, y se encontraba en condiciones lastimosas, más allá de la suciedad y los harapos que cubrían su cuerpo, los pies descalzos, llenos de llagas o la barba enredada e infestada de piojos: cualquiera que se detuviera a mirarlo se daría cuenta de que al hombre le faltaban ambos ojos; giraba la cabeza, atento a cada sonido, volviendo sus cuencas vacías hacia los horrorizados viandantes. Cuando oía pasos que se acercaban, alzaba un viejo y abollado platillo de latón, que sostenía con unas manos a las que alguien, mucho tiempo atrás, había seccionado ambos pulgares. Pero lo peor llegaba cuando el desdichado trataba de comunicarse con sonidos guturales e ininteligibles, porque era entonces cuando los transeúntes se percataban de que tampoco tenía lengua.

Rodak se estremeció. Aquel mendigo llevaba mucho tiempo en Serena. Cuando él era niño, lo había visto a menudo en la Plaza de los Portales; pero el Consejo de la ciudad lo había echado de allí, porque molestaba a los vecinos y a la gente que estaba de paso, así que ahora se lo podía ver rondando por las calles adyacentes, como alma en pena, sin osar poner sus maltratados pies en la plaza.

A Rodak siempre le había dado miedo. Después de toparse con él por primera vez, cuando tenía cinco años, había sufrido pesadillas en las que aquel ajado rostro sin ojos ni lengua lo perseguía sin tregua.

Pero Tabit, sin embargo, no miraba al mendigo con temor o repugnancia, sino con cierta expresión severa no exenta de un punto de compasión. Finalmente, el estudiante se acercó al hombre y depositó un par de monedas de cobre en su platillo.

—Tomad, maese —le dijo—. Cenad algo caliente esta noche.

El mendigo cabeceó enérgicamente mientras hacía sonar el contenido de la escudilla:

—Ga-a-hi-ah —logró pronunciar, con esfuerzo.

Tabit se alejó de él. Rodak lo siguió, entre perplejo, confuso y sobrecogido.

—¿Lo habéis... lo habéis llamado «maese»? ¿Por qué?

—Porque lo es. O, al menos, lo fue. Verás, Rodak, cuando entramos en la Academia hacemos un voto: juramos que no revelaremos jamás a nadie ningún detalle de los lenguajes secretos, ni el alfabético, ni el simbólico. Tampoco enseñaremos a nadie a pintar portales, ni a hacer mediciones, ni a elaborar pintura de bodarita, fuera del plan de estudios de la Academia. Ni pintaremos portales sin el permiso del Consejo, porque la Academia debe estar informada de todos y cada uno de los portales que se dibujan en cualquier lugar del mundo. Tampoco permitiremos que nadie ajeno a la Academia atraviese un portal privado si no está autorizado para ello o no va acompañado por un maese.

–Esto último lo sé –asintió Rodak–. Los portales privados están autorizados para una lista cerrada de personas. Un guardián no debe permitir jamás que alguien que no está en la lista utilice su portal. Salvo que sea un maese, claro –añadió rápidamente.

Tabit asintió.

–Esto se hace por varios motivos –siguió explicando–. Los clientes pagan mucho dinero para poder utilizar un portal privado y, naturalmente, quieren hacerlo en exclusiva. Pero, aparte de eso, muchos portales privados no se encuentran al aire libre; se abren en las paredes interiores de las casas, lo que quiere decir que, cuando pintas un portal de estas características, estás creando también una entrada al corazón del hogar de alguien. Si esa entrada no está bien asegurada, cualquiera podría utilizarla a discreción, y no siempre con buenas intenciones.

Rodak asintió, sin una palabra.

–Los portales privados no siempre tienen guardián –prosiguió Tabit–, porque se supone que es responsabilidad de los dueños utilizarlos de manera sensata. El cerrajero que instala una cerradura y entrega la llave a los nuevos propietarios no es responsable de lo que estos hacen con ella. Si la pierden o la prestan a alguien que no es de fiar, es culpa suya, no del cerrajero.

»Sin embargo, los pintores de portales poseemos la llave de todos los portales que pintamos. Sabemos leer las contraseñas y, por lo tanto, abrir cualquiera de ellos. Es mucho más poder del que tiene un guardián, que solo conoce la contraseña del portal que vigila. Si un cliente paga por poner un portal en el salón de su casa, está abriendo una puerta a cientos de maeses desconocidos que podrían entrar en ella en cualquier momento. Por tal motivo, tenemos que ser especialmente cuidadosos y utilizar ese privilegio con total reserva y moderación. –Sintió una punzada de culpa al recordar su intervención en el palacete del terrateniente Darmod, pero la desechó rápidamente–. Si un pintor de portales, aunque fuera uno solo, usara ese conocimiento para hacer daño de alguna manera, para robar o cometer actos peores, o lo vendiera a terceros que podrían muy bien ser criminales... toda nuestra organización quedaría en entredicho. La red de portales dejaría de ser segura. Nadie querría tener un portal en su casa. ¿Entiendes?

Rodak asintió. Tabit lo miró fijamente.

–¿Cuál es el castigo para un guardián que enseña a otras personas cómo trazar su contraseña secreta, que vende polvo de bodarita o que permite el paso a través de su portal a personas que no tienen permiso para ello? –le preguntó.

–La muerte –respondió Rodak de inmediato, muy convencido. Lo había tenido muy claro desde el principio; su abuelo le había enseñado lo importante que era el trabajo de guardián de portales, y las funestas consecuencias que podía acarrear consigo el hecho de que uno de ellos incumpliera su deber.

–A los maeses que traicionan el juramento –concluyó Tabit–, no los matan. En primer lugar, se los expulsa de la Academia, por lo que dejan de ser maeses. Pero también se les cortan los pulgares, para que no puedan pintar portales nunca más, ni escribir ninguna contraseña en nuestro lenguaje secreto; se los ciega, para que no puedan leer las contraseñas escritas sobre los portales; y, por último, se les arranca la lengua, para que no puedan enseñar a nadie la ciencia de los portales.

Rodak se detuvo, impresionado, al comprender, de golpe, las circunstancias que habían llevado al mendigo a aquella situación. Se estremeció de horror.

–Habría sido más compasivo matarlo –comentó.

–Sí –asintió Tabit–, pero sirve de ejemplo. Un criminal muerto se olvida rápidamente y puede convertirse en un mártir. Un criminal lisiado, en cambio, siempre está ahí para recordarte lo que puede ocurrir si traicionas los principios de la Academia. Y también para recordar a la gente corriente que los pintores de portales no toleramos la corrupción en nuestras filas. Para que sigan confiando en que la red de portales es segura.

Rodak cabeceó.

–Por eso es imposible que exista alguien como el Invisible –concluyó Tabit–. Precisamente porque la red de portales es segura, y nadie que no sea un maese puede utilizarla libremente.

Y porque, si un maese cometiera el tipo de crímenes que se le atribuyen a ese individuo... bien, no habría tardado en acabar como ese pobre hombre que acabamos de ver.

Rodak asintió de nuevo, dando a entender que había comprendido la lección.

–Bien –dijo Tabit, deteniéndose ante la verja de una elegante casa de tres plantas–, yo me quedo aquí. Volveré a la Academia y contaré lo que he visto en la lonja. Espero que lo solucionen pronto.

–Muchas gracias, maese –respondió el joven guardián–. Por todo.

Tabit sonrió.

Caliandra paseó la mirada por la enorme y vetusta mesa del despacho del rector, impresionada por la gran cantidad de papeles, libros y legajos que se amontonaban en ella. Maese Maltun apoyó la barbilla sobre sus manos cruzadas y la miró con seriedad.

–Estudiante Caliandra –empezó–. ¿Sabes por qué te he mandado llamar?

A Cali se le ocurrían algunas cosas que podrían haber molestado a algún maese, pero no hasta el punto de merecer una llamada del rector.

–¿Debido a Tash? –aventuró.

El rector frunció el ceño.

–¿Quién es Tash?

–Es una chica que se aloja conmigo –explicó ella, lamentando ya haber mencionado el tema–. Tiene por costumbre vestir como un muchacho, y ha habido comentarios...

Maese Maltun agitó la mano en el aire, dando a entender que aquel asunto le parecía una minucia. Cali calló; si no se trataba de Tash, quizá se refiriera a sus indagaciones entre los criados. La joven creía que el reglamento no prohibía que los estudiantes rondaran las áreas de la Academia destinadas al servicio, o que hablaran más de la cuenta con los criados, pero tenía que reconocer que no estaba del todo segura.

–Estudiante Caliandra –empezó de nuevo el rector–. Eres una alumna bastante destacada de nuestra Academia. Obtendrías mejores resultados, no obstante, si fueses algo más...

hummmm... aplicada en todas las materias, y no solo en las que te interesan –añadió; Cali se encogió levemente de hombros–. Llevas un tiempo trabajando con maese Belban, ¿no es así?

–Técnicamente, sí –respondió ella–, pero la verdad es que solo he entrado en su estudio dos veces. La primera fue cuando me presenté como su ayudante, y la segunda al día siguiente, cuando fui a consultarle una duda. –En realidad, se había tratado del día en que le había presentado a Tash, pero decidió que el rector no necesitaba saber tantos detalles.

–Comprendo. ¿Te habló de la investigación que estaba llevando a cabo?

–Sí, hablamos de ello el primer día. Está trabajando con un nuevo tipo de bodarita de color azul. Está tratando de averiguar si tiene las mismas propiedades que la bodarita de siempre y si, por tanto, se puede utilizar para elaborar pintura de portales.

–¿Te dijo si había llegado a alguna conclusión?

Cali negó con la cabeza.

–Estaba un tanto desconcertado por el hecho de que, aparentemente, la nueva bodarita es, en efecto, bodarita, aunque presente una coloración diferente a la habitual. Había preparado algo de pintura con las muestras que tenía. Incluso había dibujado un portal en la pared de su estudio, y su gemelo justo al lado.

La joven hizo una pausa. Nunca olvidaría la impresión que le había causado entrar en el estudio de maese Belban y descubrir aquellos dos portales gemelos, tan azules, que reproducían el diseño que ella misma había realizado en su proyecto. Maese Belban le había explicado que había elegido aquel diseño precisamente porque era diferente a todos los demás. «Y me pareció apropiado para un portal que, debido a su color, no se parece tampoco a ningún otro que se haya pintado antes. Así, además, me he ahorrado mucho tiempo, porque no tendré que proyectar un nuevo portal ni pasar una tarde larga y tediosa consultando el catálogo de diseños», gruñó.

–¿Y bien? –preguntó el rector–. ¿Funcionaba ese portal?

–No, maese Maltun. Repasamos las coordenadas y nos aseguramos de que no había ningún fallo en el diseño y, sin embargo, el portal no se activó. Incluso borramos algunos trazos y volvimos a pintarlos, por si se había producido algún error en el momento del enlace... pero no conseguimos nada.

»Maese Belban, sin embargo, estaba convencido de que tenía que funcionar. La bodarita azul presentaba las mismas cualidades que la granate; tanto él como maese Kalsen habían realizado multitud de experimentos con ambas muestras y las dos reaccionaban igual en todos los casos. Así que él dijo que era cuestión de tiempo que descubriera dónde estaba el problema. De hecho –añadió, pensativa–, la segunda vez que nos vimos comentó que ya tenía una teoría al respecto.

–¿Y cuál era esa... hummm... teoría?

–No la compartió conmigo, maese Maltun –respondió Cali; recordó el esmero con el que maese Belban tomaba notas en su diario de trabajo, un voluminoso libro del que nunca se separaba, y que en aquel momento había sentido una gran curiosidad por saber qué estaba escribiendo allí.

El rector permaneció un rato en silencio, cavilando.

–¿Cuándo fue la última vez que viste a maese Belban, estudiante Caliandra?

–Hará unos diez días, maese.

El rector le dirigió una mirada penetrante.

–¿Estás segura? ¿No serían menos?

Cali se detuvo un instante antes de responder:

–Sí, estoy segura, hace diez días que no lo veo. Pero he hablado con él a menudo –añadió–, a través de la puerta de su despacho. Llevo toda la semana llamando, pero nunca me abre y, a veces, ni siquiera me contesta. Imagino que estará muy ensimismado en su investigación.

El rector respiró hondo antes de preguntar:

–¿Te dijo si tenía pensado ausentarse? ¿Te dijo a dónde iba, o cuándo volvería?

–No, maese.

«Ya entiendo», comprendió Cali. «Maese Belban se ha ido sin avisar a nadie. No ha dejado constancia en el libro de registro de que salía, ni ha dicho a dónde iba ni cuándo tenía pensado volver. Y eso no solo supone una falta de consideración hacia el resto de la comunidad académica sino que, además, es muy extraño en él.»

–Bien –dijo el maese Maltun, mirándola fijamente–, estudiante Caliandra, como ya habrás podido adivinar, maese Belban falta de la Academia desde hace varios días.

«Exactamente tres», pensó Cali. Lo había averiguado gracias

a su incursión en la zona del servicio, donde, apenas un rato antes, Tash y ella habían dado con la muchacha que solía subir las comidas a maese Belban. Esta no había tenido inconveniente en decirles cuánto tiempo llevaba retirando las bandejas intactas.

—Tampoco solicitó permiso ni informó a nadie de que tenía intención de marcharse de la Academia. Probablemente no sea nada importante —añadió el rector— y simplemente se le olvidó comunicarlo; pero, si conoces a alguien que pueda darnos noticias de él, o si recuerdas algo que pudiera darnos alguna pista, te agradecería que me lo notificaras. —Exhaló un profundo suspiro—. Quizá no te lo transmitiera en su momento, pero la investigación que está llevando a cabo es... hummm... de gran importancia para la Academia; no conviene que sufra retrasos.

Caliandra asintió. El rector le indicó que podía marcharse, y la joven así lo hizo, pensativa. No había llegado a conocer a maese Belban lo suficiente como para poder hacer conjeturas sobre sus planes o motivaciones, pero, aunque a Tash no le caía bien, Cali sentía cierta afinidad hacia el excéntrico profesor. «Espero que no le haya sucedido nada malo...», pensó.

Interrumpió sus pensamientos otro estudiante que llegaba, de forma un tanto precipitada, a la puerta del despacho de maese Maltun. Cali lo reconoció: era Tabit.

Era extraño, se dijo Caliandra, cómo de pronto, en tan pocos días, se estaba topando con él tan a menudo, cuando en cuatro años de Academia habían hecho todo lo posible por ignorarse cordialmente el uno al otro. Primero, ella había ganado el puesto de ayudante que Tabit tanto ansiaba; en segundo lugar, tras la confusión de la noche en que había llegado Tash, Cali había tenido que alojarla en su propia habitación; y, por último, se daba la circunstancia de que el portal prometido a Yunek, el joven a quien había «rescatado» en Administración, había sido el proyecto de Tabit.

—Parece que últimamente ayudo a tus amigos más que tú —comentó al verlo pasar, sin poder evitarlo.

Tabit se detuvo y la miró desconcertado.

—Perdón, ¿cómo dices?

Siempre tenía aquel aspecto de no saber muy bien dónde se encontraba, quizá porque su mente estaba ocupada en docenas de ideas a la vez. Y, sin embargo, su aire despistado era totalmente engañoso, porque Tabit era una de las personas más lúcidas que Cali había conocido en su vida.

La joven ladeó la cabeza, lamentando ya haberlo entretenido.

–Oh, no era importante. Hacía alusión al hecho de que Tash sigue viviendo en mi cuarto, y de que hoy he tenido que echar una mano a tu amigo, el uskiano, porque maesa Berila estaba a punto de echarlo de Administración a patadas.

Tabit cerró los ojos un momento.

–Ahora no tengo tiempo para esto, Caliandra –replicó–. Si tienes alguna queja, ya lo hablaremos a la hora de la cena. Y, además –añadió cuando casi se iba–, ni Yunek ni Tash son amigos míos.

–Pues, para no serlo, te tomas muchas molestias por ellos –comentó Cali.

Tabit no contestó. Se despidió con un gesto, y estaba a punto de marcharse cuando ella añadió:

–A propósito, quizá te interese saber que maese Belban ha desaparecido.

Tabit se detuvo en seco.

–¿Desaparecido? ¿Qué quieres decir?

–Hace tres días que nadie sabe nada de él. Se ha ido, y no ha dicho a dónde, ni cuánto tiempo estará fuera.

–Pero habrá constancia de su permiso en el libro de registro –razonó Tabit–. ¿Qué? ¿Que no pidió permiso siquiera? –preguntó, horrorizado, al ver que Cali negaba con la cabeza.

–No es un crimen olvidarse de pasar por Administración antes de salir de viaje, ¿sabes? Solo se trata de una falta menor.

Tabit la ignoró.

–Qué coincidencia tan peculiar –comentó–, que desaparezca un maese, casi en el mismo momento en que también desaparece un portal.

–¿Un portal? –repitió Cali–. ¿Qué quieres decir?

Tabit la miró fijamente, como evaluándola. Después, respiró hondo antes de decir:

–Seré franco: no me caes bien, por una serie de razones que no vienen al caso y que no voy a detallar ahora.

–¿Como, por ejemplo, que me dieron a mí el puesto de ayudante de maese Belban?

–Sí, esa era una de ellas. Pero no voy por ahí, Caliandra.

–Cali.

–Caliandra –repitió él–, creo que deberíamos ir a algún sitio tranquilo y hablar largo y tendido. Hay demasiadas cosas... irregulares a mi alrededor últimamente. Gente relacionada de algún modo con la Academia que trae información extraña. Un guardián que se queda sin portal que guardar... un cliente al que de repente no le van a pintar el portal prometido... incluso... una muchacha minera que abandona su aldea porque los túneles son improductivos.

–¿Improductivos? –repitió Cali–. No exactamente: parece que tienen una veta de un tipo de bodarita de color azul.

–¿Bodarita azul? –Tabit recordó que Cali había comentado algo al respecto en el jardín–. Entonces, ¿no era una broma?

Cali sacudió la cabeza.

–Para nada. De hecho, es el eje de la nueva línea de investigación de maese Belban. Por eso requirió un ayudante, y en eso estaba trabajando cuando... bueno, se marchó.

Los dos jóvenes se miraron. Tabit alzó las cejas significativamente. Cali suspiró.

–De acuerdo, me has convencido –aceptó–. Tenemos que hablar.

Una investigación en la Academia

«Próxima práctica con maesa Ashda: restaurar el viejo portal del palacio del terrateniente Belris en Esmira.
Repasar manual y apuntes de Arte sobre el estilo de maese Veril de Belesia.
Me toca en el grupo de Kelan. ¡Bien! ♥»

Anotación en la agenda de tercer curso
de la estudiante Caliandra

Tabit llegó puntual a su cita con Caliandra. Habían quedado en encontrarse después de clase frente a la puerta del estudio de maese Belban, que seguía cerrada a cal y canto. El joven probó a llamar un par de veces, con suavidad, pero no obtuvo respuesta. Se encogió de hombros. De todas formas, no esperaba que el profesor se hallase en su estudio cuando parecía evidente que se había ausentado de la Academia de forma indefinida.

Oyó pasos ligeros en el corredor, y se incorporó, esperando ver aparecer a Caliandra. Sin embargo, se llevó una sorpresa al comprobar que la persona que doblaba la esquina no era otra que Tash.

—¿Qué estás haciendo aquí? —le preguntó, sin poder contenerse, cuando la chica se detuvo junto a él.

—¿Qué pasa? —replicó ella con desparpajo—. ¿Te molesto?

—No tienes permiso para rondar por esta zona, Tash. El reglamento dice...

—Pero Cali me ha dicho que viniera —cortó la chica con cierta fiereza—. Además, no pienso marcharme sin mis piedras.

Tabit sacudió la cabeza.

—Muy bien, como quieras —capituló—. Eres la invitada de Caliandra y estás bajo su responsabilidad. Ella sabrá lo que hace.

Cali no tardó en reunirse con ellos en el pasillo. Tabit le señaló a Tash con un gesto, como pidiendo una explicación. Pero ella se encogió de hombros y se limitó a volver la mirada hacia la puerta cerrada.

—No está, ¿verdad? —Tabit negó con la cabeza—. Entonces, ¿por qué nos has citado aquí?

—En realidad, te había citado a ti solamente —respondió el joven, visiblemente incómodo—. Tash, ¿te importaría vigilar que no venga nadie, por favor?

—No hace falta que inventes excusas para librarte de mí —protestó ella.

—Ve. Ahora —insistió Tabit en un tono que no admitía réplica, y la chica se fue a montar guardia al recodo del pasillo.

—No deberías ser tan duro con ella —lo reconvino Cali—. Después de todo, fuiste tú quien la trajo aquí.

—Porque no tenía ningún otro sitio a donde ir, y solo como medida temporal. Pero eso no significa que debamos compartir con ella información importante sobre la Academia.

Cali pasó por alto sus quejas y se fijó en que Tabit examinaba la puerta cerrada con aire experto.

—¿Qué vas a hacer? —le preguntó; sus ojos brillaban, divertidos—. ¿Algo que merecería una amonestación?

Tabit se mordió el labio inferior, preocupado. Echó un vistazo a Tash, y luego a Cali, mientras sus manos se movían con destreza sobre la cerradura. Después giró el picaporte suavemente... y este hizo «clic», y la puerta se abrió ante ellos.

Cali contuvo una exclamación de sorpresa mientras Tabit volvía a ocultar la ganzúa en la manga de su hábito.

—No sé qué me deja más perpleja —comentó—, si verte a ti forzando la cerradura del cuarto de un profesor o el hecho de que sepas cómo se hace.

—No tiene importancia —murmuró él, profundamente avergonzado—. Vamos, entremos antes de que venga alguien.

—No, en serio, ¿dónde has aprendido a hacer eso?

—Deja el tema, ¿quieres? No es algo de lo que me sienta orgulloso, ¿sabes?

Cali entró en el estudio tras él, con una sonrisa traviesa en los labios.

—Eres una caja de sorpresas, estudiante Tabit.

—En serio, Caliandra, déjalo ya.

Los dos se detuvieron en el centro de la estancia y miraron alrededor.

El estudio estaba tal y como el profesor lo había dejado, o, al menos, eso parecía. La cama estaba deshecha, y la mesa, abarrotada de papeles llenos de notas garabateadas a toda prisa. Cali rebuscó entre los documentos en busca de alguna pista; pero maese Belban, al parecer, se había llevado su diario de trabajo consigo. Tabit se detuvo frente a la pared en la que el profesor había pintado su portal azul, un enorme sol que parecía brillar con luz propia.

–¿No es ese tu diseño? –preguntó. No le había costado trabajo reconocerlo; tuvo que admitir, aunque no lo dijo en voz alta, que había quedado espectacular.

Caliandra asintió.

–Maese Belban dijo que lo había elegido porque era diferente a todos los demás –explicó–. Para asegurarse de que no interfería con ningún otro portal.

–En teoría, no tiene por qué –dijo Tabit–, si las coordenadas están bien calculadas. –Deslizó la yema de los dedos por los símbolos trazados alrededor del portal–. Su gemelo es ese de ahí, ¿no? –añadió, señalando otro sol azul dibujado en la pared contigua.

–Sí; es básico –dijo ella–. Si se produce el enlace, entras por el portal de esta pared y sales por ese otro, apenas unos pasos más allá. No es que te lleve muy lejos, pero solo se trataba de comprobar si un portal realizado con pintura de bodarita azul funciona igual que los demás.

Tabit seguía examinando el portal. Tenía todas las coordenadas en su sitio y no estaba protegido por ninguna contraseña; sin embargo, los trazos azules permanecían apagados.

–En principio, parece que todo está correcto –comentó–. Podríamos volver a hacer la medición, pero estoy seguro de que maese Belban no cometería errores en algo tan sencillo. Así que solo podemos pensar que el mineral azul no funciona. Es tan simple como eso.

Caliandra sacudió la cabeza.

–¿Tú crees? –preguntó, dudosa–. Le han encargado una investigación sobre el tema a maese Belban, que se ha tomado la molestia de solicitar un ayudante... después de todos estos años. ¿Te parece que la Academia invertiría tiempo y recursos en algo que parece evidente que no funciona?

–¡Mis piedras! –exclamó entonces la voz de Tash.

La muchacha había entrado en el estudio, tras ellos, y se había abalanzado sobre su saquillo, que descansaba olvidado sobre un estante.

–Has tenido suerte –comentó Cali–. Parece que maese Belban no se las ha llevado, ni ha tenido tiempo de fabricar más pintura con ellas.

–¿Me dejas verlas? –le pidió Tabit.

Tash le lanzó una mirada desconfiada.

–Te las devolveré enseguida –le aseguró él–. Solo quiero echarles un vistazo.

–Eso mismo dijo el *granate* loco –refunfuñó Tash; pero le tendió el saquillo.

Tabit lo vació en la palma de su mano y examinó, a la luz que se filtraba por la ventana, los guijarros azules que contenía.

–Es asombroso –comentó–. Parece bodarita de verdad, solo que... de otro color. ¿Cómo es posible?

–*Es* bodarita de verdad –replicó Cali–. Maese Kalsen estuvo trabajando con ella y dijo que presentaba todas las características de la bodarita original... salvo el color, claro. Y maese Belban también realizó pruebas con las muestras de que disponía...

–Pero eso fue hace tiempo, ¿no? –dijo Tabit, devolviendo las piedras a la bolsa y tendiéndosela a Tash, que la aferró con ferocidad–. ¿De dónde ha sacado esas muestras la Academia?

–Hace varias semanas, no sabría decirte cuántas... llegaron algunos fragmentos de bodarita azul procedentes de las minas de Uskia. Parece que, tras un estudio preliminar, se llegó a la conclusión de que ese mineral podría servir para pintar portales, igual que la bodarita original. No sé mucho más; solo que se encargó la investigación a maese Belban. –Se encogió de hombros–. Y poco después llegó Tash con más piedras azules. Por lo que tengo entendido, de momento solo se han encontrado en Uskia. Pero podría haber más vetas en otras partes.

Tabit echó un vistazo crítico al portal azul.

–Bueno, es bastante vistoso, pero, si no funciona... no veo por qué la Academia debería seguir perdiendo el tiempo con esto.

–¿Me estáis diciendo que las piedras azules no valen nada? –intervino Tash, mirándolos con mala cara–. ¿Que la pintura que hacéis con ellas no sirve para hacer portales? No me lo creo.

Tabit se encogió de hombros.

—Es lo que parece, Tash. Lo siento.

—No me lo creo —repitió ella, en voz más alta—. Recuerdo a los dos *granates* que vinieron a la mina. Uno gordo, y el otro viejo y larguirucho. Querían ver la veta azul, hasta me pidieron que los llevase a los túneles. Pero no se atrevieron a entrar en la galería. *Granates* estúpidos —añadió, y escupió en el suelo para subrayar su disgusto, ante el horror de Tabit, que se apresuró a reñirla por ello.

—Maese Kalsen fue a la mina —murmuró Cali, que había reconocido al profesor de Mineralogía en la descripción de Tash—. ¿Quién sería el otro, el hombre grueso?

—No tiene nada de particular que maese Kalsen visite un yacimiento —razonó Tabit—. ¿Has leído el manual *Minas y Explotaciones de la Academia* que hay en la biblioteca? Lo escribió él.

—Claro que sí; de hecho, elegí su asignatura como optativa.

—Pues era la primera vez que lo veíamos en nuestra mina —resopló Tash—. El *granate* que suele venir a hacer la inspección nunca baja a los túneles, solo se reúne con el capataz, miran juntos los libros de cuentas y ya está. Pero, después de la visita de estos dos —añadió—, el capataz encargó a mi padre que formara una cuadrilla entera solo para rascar en el túnel del mineral azul. Así que no vais a engañarme: sé que a los *granates* os interesan estas piedras, y mucho.

—Bueno, pues serán otros maeses los interesados —dijo Tabit, que empezaba a sentirse molesto por el tono agresivo de Tash—, porque te aseguro que yo no tengo ni la menor idea de por qué puede ser importante un tipo de bodarita que no sirve para hacer pintura de portales. Por eso hemos venido aquí, para preguntarle a maese Belban; pero no está, y tampoco pudo marcharse a través de este portal azul, primero porque no funciona, y segundo porque, aun en el caso de que lo hiciera, es una especie de bucle, ambas entradas conducen a esta misma habitación. Así que me parece que no vamos a encontrar nada por aquí. Además, ya has recuperado tus piedras, así que sugiero que nos vayamos antes de que alguien nos encuentre.

Cali se resistía, sin embargo, a dejar la estancia.

—Quizá deberíamos estudiar el portal azul con más calma. Volver a hacer la medición y todo eso.

—¿Crees de verdad que maese Belban se equivocaría al calcular las coordenadas?

Cali se mordió el labio inferior.

–Ya no sé qué pensar.

–Podría haber utilizado cualquier salida del patio de portales –razonó Tabit–. Ahora mismo, podría estar en cualquier parte. No sé qué te llama tanto la atención de un portal que no funciona. Aparte de que es azul, claro.

–No lo sé. Llámalo corazonada, tal vez.

Los tres salieron de nuevo al pasillo. Tash apretaba contra su pecho el saquillo de bodarita azul. Cali se había llevado consigo algunas de las notas de maese Belban para examinarlas por su cuenta. Tabit cerró la puerta tras de sí, pero se aseguró de que podía abrirse de nuevo desde fuera sin mayor problema.

–Así que, al final... no sabemos lo que valen las piedras, ¿verdad? –preguntó Tash.

Tabit sacudió la cabeza.

–Mientras no estemos seguros de si sirven o no para hacer portales, me temo que no podemos saberlo. Tal vez maese Belban tuviera alguna idea al respecto, pero no tenemos modo de preguntárselo.

Tash suspiró.

–Pues yo no puedo quedarme aquí más tiempo. Ya estoy cansada de este sitio. Así que me iré a buscar trabajo a alguna mina, que es lo que debería haber hecho desde el principio. Vosotros ya sabéis que tengo un poco de mineral azul –añadió–. Cuando queráis comprarlo, me buscáis en la mina y me lo decís.

Tabit se mordía la uña del dedo pulgar, pensativo.

–Oye, Tash, has dicho que en tu mina estaban extrayendo más bodarita azul por encargo de la Academia, ¿no?

–Sí, ¿y qué?

–A lo mejor los maeses que gestionan los envíos desde las minas están dispuestos a comprarte tus piedras, aunque sea solo como material experimental. Podríamos preguntarle a maese Kalsen, el profesor de Mineralogía, si es él quien se encarga de eso.

–Y, si no –intervino Cali–, seguro que habrá alguien en el almacén que nos pueda orientar al respecto.

–¿Te refieres al almacén de préstamo de material? ¿El que administra maesa Inantra?

–No, me refiero al almacén del sótano, donde se guarda la bodarita. ¿No has hecho prácticas de Elaboración de Pintura con maese Orkin?

–Claro, como todo el mundo.

–¿Y de dónde crees que vienen los sacos de bodarita que llegan al taller antes de cada clase?

–No lo había pensado.

Tash los miraba, aburrida.

–¿Y ahora, qué? –interrumpió–. ¿Vais a llevarme a ver a otro *granate* loco?

–Deja de llamarlos así, ¿quieres? –protestó Tabit, molesto; pero Cali sonrió.

–Ya está atardeciendo, Tash –hizo notar–. Quédate en la Academia al menos una noche más. Mañana iremos al almacén, a ver si puedes venderles la bodarita.

–Después, si quieres –añadió Tabit–, yo mismo te acompañaré a la Plaza de los Portales y te explicaré cuál debes cruzar para llegar a las minas más cercanas... si aún quieres ir, claro.

–¿Y por qué no iba a querer ir?

–Bueno... eres una chica y tienes que hacerte pasar por chico para poder trabajar en cualquier mina. Además, es un trabajo duro y muy sacrificado. ¿Nunca has pensado en buscar un futuro en otra parte?

–¿En qué otra parte? –replicó ella–. He estado picando en la mina desde que tengo memoria. Es lo único que sé hacer. Además –añadió–, si las cosas estaban mal en casa es porque la mina estaba ya casi agotada. Simplemente me fui antes de que la cerraran. Pero en el norte todo será diferente; allí los mineros no se tienen que dejar la piel para sacar el mineral.

–Si la bodarita azul realmente sirve para algo –dijo Cali–, entonces quizá la Academia no tenga que cerrar la mina, Tash. Tu gente no se quedará sin trabajo.

No siguieron hablando del tema, porque acababan de entrar en el comedor. Tabit localizó a sus amigos en una mesa cercana. Sonrió al comprobar que Relia ya había regresado de su viaje. Se sirvió en el mostrador un plato de guiso de pollo y se sentó junto a ellos, con un suspiro de alivio.

–¡Vaya, ya estás aquí! –saludó Unven con exagerada alegría–. ¿Dónde te has metido toda la tarde?

–He estado ocupado –respondió Tabit evasivamente; aún no había decidido si era buena idea contarles lo que había estado investigando–. ¿Cómo te ha ido en Esmira, Relia?

La muchacha iba a contestar, pero calló de repente y clavó

su mirada en dos figuras que se dirigían hacia su mesa. Los tres amigos de Tabit contemplaron, estupefactos, cómo Tash y Caliandra se sentaban junto a ellos.

—Buenas noches —saludó Cali con una amplia sonrisa—. No os importará que nos quedemos aquí, ¿verdad?

—¡En absoluto! —se apresuró a responder Zaut—. Mira, Relia, este es Tash. Viene de las minas de Uskia. Dicen que es una chica, pero, la verdad, a mí no me lo parece...

—Cierra el pico, Zaut —protestó Unven—. ¿Por qué siempre tienes que ser tan bocazas?

Relia miraba a sus amigos y a las recién llegadas con un brillo de sospecha en sus inteligentes ojos castaños.

—Parece que han pasado muchas cosas en mi ausencia —comentó—. ¿Seríais tan amables de ponerme al día?

Tabit dudó. Cruzó una mirada con Cali, que se encogió de hombros.

—No es ningún secreto, ¿no? —dijo—. Además, maese Maltun me pidió que le informara si descubría algo sobre maese Belban. Creo que eso implica que podemos preguntar a otras personas.

—No estoy seguro de que maese Maltun pensara precisamente en Zaut cuando te lo comentó —gruñó Tabit—. Una cosa es hacer alguna pregunta puntual sobre el tema y otra, bien distinta, que mañana lo sepa toda la Academia.

—¿Qué insinúas? —protestó Zaut.

—Pero bien, de acuerdo, bajo tu responsabilidad —prosiguió Tabit sin hacerle caso—. Después de todo, seis cabezas piensan mejor que tres.

De modo que, entre Cali y Tabit, relataron a los demás todo lo que había sucedido en los últimos días: la bodarita azul, la desaparición de maese Belban, el portal perdido de Serena, la agonía de las minas de Uskia e, incluso, la presencia de Yunek en la ciudad.

—¿Así que tu campesino ha venido hasta Maradia para exigir su portal? —comentó Zaut—. Hay que tener valor.

—Valor y, sobre todo, mucho tiempo que perder —suspiró Relia—. De aquí a que el Consejo tome una decisión al respecto pueden pasar meses. Eso si toman algún tipo de decisión, claro.

—¿Tú crees? —preguntó Tabit, inquieto; sospechaba que Yunek no se marcharía a su casa hasta que le dieran una respuesta.

Relia asintió.

—El Consejo se reúne solo una vez al mes —dijo—, y normalmente tratan asuntos de trámite, temas económicos, nuevas peticiones... Si ya cancelaron su encargo, no sé si se molestarán en volver a revisar su caso. Sobre todo si tienen que enfrentarse a otras cosas como profesores y portales desaparecidos.

—¿Sabéis...? —dijo de pronto Unven—, esa historia del portal de los pescadores me recuerda a algo que oí hace tiempo, en casa de mis padres. —Arrugó el entrecejo, pensativo—. Era una de esas veladas largas y aburridas en que los terratenientes de Rodia se reúnen para contar batallitas del pasado, ya me entendéis. Alguien comentó que tenía en casa un portal antiquísimo que conducía a una mansión abandonada. Parece ser que, hace un par de siglos, un noble lo mandó pintar en la alcoba de su amante para poder reunirse con ella sin que nadie lo supiese. Pero la familia de él, o la de ella, no recuerdo bien, cayó en desgracia, tuvieron que dejar sus propiedades y mudarse a otra ciudad, no sé si a Esmira, o Maradia, bueno, qué más da. —Agitó la mano en el aire, cada vez más entusiasmado—. El caso es que el portal dejó de usarse. Y hace unos años, el dueño de la otra casa, descendiente de uno de los amantes, quiso mostrarlo a un invitado, posiblemente para impresionarlo, o porque la historia le parecía muy picante, o qué sé yo. Y resultó que el portal no se activaba. Así que, escamado, el terrateniente se desplazó hasta la casa abandonada y buscó el portal gemelo... y no lo encontró.

—Parece una de esas historias absurdas que la gente cuenta sobre los pintores de portales —comentó Tabit—. Ya sabéis, el Invisible y todas esas cosas.

—Eso pensé yo —asintió Unven—. Además, casi todas las anécdotas que se relatan en este tipo de reuniones son inventadas o están muy exageradas. Me pareció que aquella no tenía mucho fundamento, y no me molesté en informar a la Academia. Quiero decir... los portales no desaparecen así como así, ¿no?

—En teoría, no —murmuró Tabit—; pero os aseguro que el portal de los pescadores ha desaparecido. Alguien lo ha borrado, sin más.

Relia frunció el ceño, pensativa.

—Pero los volverán a pintar, ¿verdad?

—El del Gremio de Pescadores sí deberían pintarlo otra vez

–dijo Tabit–. Aunque solo sea para evitar el caos de tráfico que hay en la plaza desde que ya no está.

–¿Creéis... que hay más? –preguntó de pronto Cali.

–¿Más qué?

–Más portales desaparecidos. Quiero decir... Tabit dijo que alguien había borrado el portal de los pescadores. ¿Y si ese alguien borró también el de la casa abandonada de Rodia? Quizá han hecho desaparecer más portales y no nos hemos dado cuenta –añadió, sorprendida ante su propia idea.

Relia negó con la cabeza.

–Si fuera así, maesa Ashda lo sabría.

–¿Maesa Ashda? –repitió Unven–. ¿La profesora de Arte?

–También imparte Restauración. –Relia paseó la mirada por sus compañeros–. ¿Ninguno de vosotros ha cursado la asignatura de Restauración de Portales?

Cali bajó la mirada, un poco sonrojada, pero no respondió.

–¿Restauración, dices? –bufó Zaut con desdén–. ¿Para qué pasar horas enteras repasando portales que otros han pintado, en lugar de diseñar los tuyos propios?

–Sospecho que no es una materia muy popular –comentó Tabit.

–Bien –prosiguió Relia–, yo sí hice Restauración el año pasado. Ya sabéis que hay portales antiguos que se estropean con el tiempo, se desdibujan... Entonces la Academia envía a maesa Ashda y sus ayudantes a repintarlos. Yo estuve con ellos en una práctica. Consultan el diseño original y repasan la pintura en las zonas en las que se ha borrado. Sobre todo les toca restaurar portales pintados al aire libre, que están sometidos a las inclemencias del tiempo.

–Pero –insistió Caliandra, remisa a abandonar su idea–, si hay alguien que está borrando portales... abandonados, o poco utilizados... es posible que esas desapariciones no hayan llegado a oídos de la Academia.

Unven asintió, pensativo.

–Tiene parte de razón –comentó–. A mí, por ejemplo, no se me ocurrió informar de la pérdida del «portal de los amantes».

–¿Y por qué no le preguntáis al guardián? –dijo de pronto Tash.

Los cinco estudiantes se volvieron hacia ella.

–¿A qué guardián?

—Al que vigilaba ese portal que ha desaparecido, el que vino para quejarse. En la mina teníamos un portal —explicó—. Y Raf *el Gandul* estaba sentado junto a él todo el día. Si alguien se llevase ese portal, lo borrase o lo que sea... Raf lo sabría. Además, he visto a los guardianes haraganeando en la plaza de la ciudad. Cuando sus portales no se usan, se pasan el tiempo contándose chismes unos a otros. Así que, aunque ese guardián de los pescadores no sepa nada, quizá conozca a otros guardianes que hayan oído historias parecidas.

—Valdría la pena investigar un poco —asintió Unven—. Tengo pendiente un viaje a casa. Hace semanas que mi madre insiste en que vaya a conocer al prometido de mi hermana, y me he estado escaqueando... pero, si vuelvo a Rodia con esa excusa, tal vez pueda echar un vistazo al «portal de los amantes». Y tú podrías venir conmigo, Relia —añadió, súbitamente inspirado—, ya que eres la única de nosotros que sabe algo de Restauración.

Pareció que Cali iba a decir algo al respecto, pero en el último momento decidió guardar silencio y esperar a que Relia respondiera a la propuesta de su compañero.

—Bueno, yo... —vaciló ella—, acabo de volver de un viaje, y no sé si me puedo permitir perder más clases...

—¡Claro que sí! —exclamó Unven, cada vez más emocionado—. Eres muy lista, seguro que no tendrás problema en ponerte al día.

Cali esbozó una sonrisilla. Zaut abrió la boca para hacer algún comentario, pero Tabit lo calló de un codazo.

—Entonces, ¿iréis vosotros a Rodia a ver ese portal? Nosotros podemos preguntar a maesa Ashda, y también decirle a Rodak que investigue entre los guardianes.

—¿Y qué hay de maese Belban? —les recordó Cali—. Aún no sabemos dónde está, por qué se ha ido ni por dónde empezar a buscarlo.

Nadie supo qué contestarle.

—Me temo que no podemos ayudarte en eso —dijo Relia—. Si yo me encontrara con maese Belban por los pasillos, ni siquiera lo reconocería. Es como un ermitaño; casi nunca se deja ver.

—Aunque no lo reconocieras, te llamaría la atención —dijo Tabit—, porque lleva el pelo suelto y revuelto. En realidad, que yo recuerde, nunca lo he visto con la trenza.

—¡Anda! ¿Maese Belban es el tipo de los pelos de loco? —se carcajeó Zaut.

—¿Por qué os importa tanto el peinado que lleve? —preguntó Tash.

—Según la normativa —explicó Tabit—, todos los maeses deben llevar el pelo recogido; parece ser que en el pasado hubo problemas con algunos portales que no funcionaban bien, debido a que al pintor se le había caído algún pelo en la pintura, o había rozado sin querer el trazo con las puntas de los cabellos al inclinarse para dibujarlo... Así que se decidió que todos los maeses debían llevar el pelo recogido, y al final se adoptó la trenza como peinado «oficial», podríamos decir. Como parte del uniforme, igual que el hábito granate y las sandalias.

—Pero vosotros no lleváis trenzas —observó Tash.

—Porque no somos maeses todavía. Afortunadamente —suspiró Zaut, pasándose una mano por su media melena, rizada y pelirroja, de la que estaba muy orgulloso.

—A lo mejor por eso no funciona su portal azul —comentó Tash—. Porque el *granate* loco ha llenado la pintura de pelos.

Su ocurrencia fue acogida con una carcajada por parte de los estudiantes. La única que no se rió fue Caliandra.

—No tiene ninguna gracia —protestó—. Ya sé que bastantes pensáis que maese Belban está loco, pero yo estoy preocupada por él.

—No era un chiste —se defendió Tash—. Lo he dicho en serio, ¿sabéis?

—Y yo no creo que esté loco —añadió Tabit—. Yo creo que es un genio.

—Doy fe de que lo crees —corroboró Unven.

Cali sacudió la cabeza.

—Mirad, todo eso de la desaparición de los portales es muy interesante, pero creo que nos olvidamos de que lo más urgente es encontrar a maese Belban. Así que, si me disculpáis —añadió, levantándose de la mesa—, me iré a mi estudio a repasar sus notas, y mañana volveré a su habitación para seguir estudiando ese portal.

—Para ver si hay pelos, claro —comentó Zaut, tratando de contener la risa.

—Estoy segura de que encontraría más pelos en tu plato, Zaut —replicó Cali mordazmente antes de alejarse.

El joven calló enseguida, se pasó una mano por el cabello y contempló su escudilla con cierta suspicacia.

～

A la mañana siguiente, Tash fue a buscar a Tabit a la salida de su clase de Lenguaje Simbólico.

—Buenos días —la saludó él—. ¿Qué haces aquí? ¿Y Caliandra?

—Se levantó temprano esta mañana y se fue a mirar el portal azul. Dijo que tú me acompañarías al almacén, a vender mis piedras.

—¿Eso dijo? Bien, supongo que no hay problema. Pero primero tengo que ir a hablar con maesa Ashda. Vamos, acompáñame.

Tash siguió a Tabit a través de los pasillos del círculo intermedio de la Academia, entre estudiantes que entraban y salían de las diferentes aulas. Muchos los miraban de reojo, porque Tash, como persona ajena a la Academia, no tenía permiso para estar allí. Tabit también era consciente de ello; pero no dejaba de repetirse a sí mismo que, después de todo, la chica minera era la invitada de Caliandra y estaba, por tanto, bajo su responsabilidad.

Finalmente, ambos entraron en una sala amplia, de techo bajo, cuyas paredes estaban recubiertas de paneles de madera. Varios estudiantes dibujaban portales sobre los paneles, dirigidos por una maesa bajita y enérgica, de cabello castaño, recogido en una corta trenza.

Tabit se detuvo junto a la puerta, para no interrumpirlos. Tash se quedó a su lado.

Contemplaron cómo los estudiantes trazaban afanosamente sus portales. Dos de ellos habían optado por diseños florales, mientras que otros tres habían elegido modelos poligonales, un pentágono y dos octógonos, respectivamente. Tabit observó con curiosidad el último de los portales, diseñado sobre la base de una estrella de siete puntas. Los modelos estelares eran poco habituales, porque el resultado final era muy parecido al de las bases poligonales y, sin embargo, requerían bastante más trabajo.

La voz de Tash interrumpió sus pensamientos.

—¿A dónde llevan esos portales que están pintando? —le susurró la muchacha.

—A ninguna parte —respondió él en el mismo tono—. Esto es una clase de prácticas. Los estudiantes están utilizando pintura roja corriente. La pintura de bodarita se emplea solo para los portales de verdad, no para los ejercicios de clase.

—Ah —dijo ella—. Pues parece que les va a llevar bastante tiempo, ¿no?

—Es un trabajo muy laborioso —asintió él—. Un pintor competente puede tardar hasta dos semanas en dibujar un portal de tamaño medio y no demasiado complejo. Y eso sin contar con el tiempo empleado en la medición de las coordenadas, el diseño...

Se quedaron allí, junto a la puerta, hasta que la clase terminó. Entonces aguardaron hasta que todos los estudiantes hubieron recogido sus bártulos y abandonado el aula. La profesora y su ayudante, por su parte, se quedaron a despejar la sala, retirando hasta un rincón los paneles de madera a medio pintar. Tabit se acercó.

—Buenos días, maesa Ashda —saludó.

—Hola, estudiante Tabit —sonrió ella—. Te has equivocado de clase, ¿no? El primer nivel de prácticas de Dibujo lo superaste hace tres años por lo menos. Y con nota, si no recuerdo mal.

Tabit le devolvió la sonrisa.

—En realidad, no he venido a clase, maesa Ashda. —Una parte de su mente le recordó que le tocaba Teoría de Portales con maese Denkar, pero descartó rápidamente aquel pensamiento—. Quería hablar con vos.

La pintora inclinó la cabeza, dándole a entender que estaba prestándole toda su atención. Tabit le relató entonces su encuentro con el guardián del portal del Gremio de Pescadores, su viaje hasta Serena y las conclusiones que había sacado tras examinar el muro del portal. Maesa Ashda escuchaba en silencio mientras, no lejos de ellos, su ayudante terminaba de recoger los paneles.

—Salta a la vista que se trata de una gamberrada, Tabit —dijo ella finalmente—. Yo no le concedería mayor importancia.

—Pero los pescadores necesitan ese portal...

—Naturalmente. Pero el Consejo debe discutir primero sobre la conveniencia de su restauración. Hasta que no lo haga, no podemos volver a dibujarlo.

—¿Qué hay que discutir? El portal ya no está.

—Hay que determinar quién es el responsable. El portal estaba vigilado por un guardián. Si, pese a ello, alguien ha tenido ocasión de borrarlo del todo, significa que no estaba haciendo bien su trabajo. A los guardianes los forma la Academia, pero su sueldo lo pagan los clientes a través de la tasa anual. Así que hay que ver si la negligencia de este guardián en particular debe ser reparada por la Academia o por el Gremio de Pescadores. –Movió la cabeza, pensativa–. Naturalmente, habrá que averiguar cuál de los dos guardianes estaba fuera de su puesto en el momento en que fue borrado el portal. Se le despedirá, por descontado, y la Academia se encargará de asignarles otro. Pero alguien tiene que pagar la restauración de ese portal, y, por lo que sé, el Gremio no está dispuesto a hacerlo.

–Oh. Entiendo –murmuró Tabit.

Maesa Ashda suspiró.

–Cualquier negociación resulta ardua, pero, cuando se trata de gremios y de comerciantes, se vuelve todavía peor. Son muy tacaños; primero exigirán que la Academia restaure su portal inmediatamente y, además, gratis; luego, cuando admitan que no les queda más remedio que pagar, protestarán porque pensaban que la restauración del portal les iba a costar lo mismo que cuando se pintó por primera vez, hace ciento sesenta años.

Tabit se percató de que maesa Ashda conocía muy bien la situación del portal de Serena.

–¿Ya sabíais que alguien ha borrado el portal, maesa?

Ella rió con suavidad.

–Naturalmente –respondió–. Hemos recibido quejas por varias vías distintas. Pero, como ya te he dicho, no podemos correr a restaurar un portal cuando no sabemos quién lo ha borrado, ni por qué, y, además, ni siquiera tenemos garantías de que el Gremio vaya a sufragar los gastos.

Tabit vaciló un momento antes de preguntar:

–¿Y ha... sucedido esto antes?

–¿Qué quieres decir?

–¿Es habitual que se borre un portal?

–Siempre ha habido gamberros en todas partes, estudiante Tabit. Gente que ensucia las paredes, destroza las estatuas u orina en las fuentes. Los portales tampoco están a salvo de ellos. ¿Verdad, Kelan? –añadió, volviéndose hacia su ayudante.

El joven se adelantó, mientras se limpiaba con un trapo las manos manchadas de pintura roja, con un suspiro de resignación. Era un estudiante de último curso, alto, de cabello castaño oscuro, semblante atractivo y mirada perspicaz. Tabit lo conocía de vista; habían coincidido en alguna asignatura. Sabía de él que tenía manos hábiles y que era el alma del grupo de restauración dirigido por maesa Ashda.

—No, desde luego —convino Kelan—. Es desesperante. ¡Con lo que cuesta dibujar un portal, y lo poco que lo aprecian algunos individuos...! —movió la cabeza con desaprobación—. El año pasado tuvimos que restaurar un portal en Yeracia porque alguien había tenido la ocurrencia de dibujar con brea una cara sonriente justo en el centro.

Tabit lo contempló con horror, incapaz de creer que fuera verdad.

—Y lo que más me molesta —prosiguió Kelan— es que ese portal tenía un guardián. Como algunos otros que hemos tenido que restaurar. No es tan difícil vigilar un portal, ¿no? Después de todo, para eso se les paga.

Calló de pronto y miró a maesa Ashda, temiendo haberse propasado con el tono de su protesta. Ella adoptó una expresión severa cuando dijo:

—El trabajo de los guardianes consiste no solo en controlar quién atraviesa los portales, sino también en protegerlos de todo tipo de agresiones. Pero, volviendo a tu pregunta, estudiante Tabit, confieso que es extraño que alguien se tome la molestia de borrar un portal de forma tan concienzuda... aunque todo puede ser. Y todo el mundo tiene enemigos. Por ejemplo, los pescadores de Serena siempre han competido por el control de la bahía con la flota de las islas de Belesia. No sería de extrañar que se tratara de un sabotaje.

Tabit ladeó la cabeza, considerando aquel nuevo punto de vista.

—¿Podría ser una venganza personal, entonces? —preguntó—. ¿O podría ser obra de alguien que quiere perjudicar al Gremio por motivos comerciales?

—O podría tratarse de un gamberro. No le des más vueltas, Tabit. ¿Por qué te preocupa tanto el portal de los pescadores?

—Conocí al guardián que se topó con el muro vacío al comenzar su turno —murmuró Tabit—. Estaba desolado. Era su primer día —añadió.

Maesa Ashda sonrió compasivamente.

—Pobre chico —comentó—. No te preocupes, Tabit. Tarde o

temprano llegaremos a un acuerdo con el Gremio y restauraremos su portal. Y no creo que se demore mucho.

—No —coincidió Kelan, con una sonrisa traviesa—. Después de todo, a la gente no le hace gracia que la Plaza de los Portales de Serena apeste a pescado.

Tabit dio las gracias a la profesora por la información y salió del aula, con Tash pisándole los talones.

Lo que maesa Ashda le había dicho tenía bastante sentido. Cualquiera de las dos explicaciones, en realidad. Así que quizá, después de todo, la historia del «portal de los amantes» desaparecido no fuera otra cosa que un rumor sin fundamento, y Unven y Relia habían viajado hasta Rodia para nada. «O tal vez no», pensó, con una sonrisa, recordando lo ilusionado que estaba su amigo ante la posibilidad de que Relia lo acompañara.

En el pasillo se encontraron con maese Eldrad y maesa Ornia que, como siempre, venían discutiendo sobre alguna cuestión lingüística. Tabit sonrió. Él impartía Lenguaje Simbólico, y ella era la profesora de Lenguaje Alfabético. Se llevaban muy mal, y corría el rumor de que aquella rivalidad tenía su origen en su época de estudiantes, en una clase de Teoría de los Portales en la que habían debatido sobre cuál de los dos lenguajes secretos de la Academia era más importante. Había quien decía que habían obtenido su plaza como profesores de aquellas materias solo para poder seguir discutiendo al respecto.

Tabit los interrumpió cuando maesa Ornia ya empezaba a acalorarse y el tono de maese Eldrad se volvía más agudo de lo habitual, y les preguntó por el almacén de bodarita. Ellos le indicaron el camino, pero no tardaron en volver a enfrascarse en su disputa. Tabit y Tash los dejaron atrás; siguiendo sus instrucciones, descendieron por unas escaleras hasta un sótano que Tabit no había visitado nunca. Allí, al final de un corto corredor, había una mesa tras la que estaba sentado maese Orkin.

Tabit lo conocía; había sido él quien, en su segundo año en la Academia, le había enseñado a fabricar pintura de bodarita a partir del mineral en bruto. Apenas había coincidido con él desde entonces, hasta el punto de que casi había llegado a olvidarse de su existencia. Pero en realidad, tal y como estaba descubriendo en los últimos días, los cometidos de maese Orkin en la Academia eran mucho más variados.

A la luz de una lámpara de aceite, el profesor anotaba algo

en un libro de cuentas con gesto reconcentrado. A su espalda se abría una amplia cámara llena de filas y filas de contenedores y carretillas. Ante él, un viejo pintor de portales refunfuñaba por lo bajo mientras depositaba varias monedas sobre la mesa. Maese Orkin contó el dinero y le entregó dos frascos de pintura de bodarita. El pintor se lo quedó mirando.

–¿Esto es todo? –protestó–. ¡Esperaba por lo menos tres!

–Por esta cantidad de dinero, maese, es todo lo que os puedo dar –respondió maese Orkin con sequedad–. Ya sabéis que los precios se incrementan cada año.

–¡Esto es un abuso! Tengo un encargo importante y no podré dibujar el portal con tan poca pintura.

Maese Orkin se encogió de hombros.

–Si queréis más, tendréis que pagarla –replicó–. O hacer un diseño más sobrio, sin florituras innecesarias.

Pareció que el pintor iba a seguir protestando, pero finalmente dejó caer los hombros, sacudió la cabeza con un suspiro y se llevó los dos frascos. Maese Orkin volvió a sus libros de cuentas, y Tabit y Tash esperaron a que el visitante se marchara para acercarse a su mesa. Cuando maese Orkin alzó la cabeza y los miró fijamente, Tash dio un respingo y se ocultó detrás de Tabit con disimulo. Este se quedó mirándola, sin comprender su reacción, hasta que el encargado del almacén le dijo:

–¿Buscas algo, estudiante?

Tabit reaccionó.

–Sí, yo... Este es el almacén de bodarita, ¿verdad?

Maese Orkin alzó las cejas. Era un hombre de mediana edad y rasgos vulgares. Llevaba el cabello, de color castaño veteado de gris, recogido en una trenza corta.

–¿Te has perdido?

–No, yo... –Tabit se volvió hacia Tash, que le tendió la bolsa de la bodarita azul, sin una palabra, y aún con la cabeza gacha–. Mi amiga encontró estas piedras –dijo, vaciando el contenido del saquillo en la palma de su mano. Dejó que el maese las examinara antes de añadir–: Pensó que nos serían útiles en la Academia, y por eso ha venido aquí, para venderlas.

El maese les disparó una mirada llena de fastidio.

–¿Qué os hace pensar que podríamos estar interesados en esto?

–Es bodarita –dijo Tabit.

El pintor seguía con la vista clavada en ellos.

—Es azul —dijo, muy despacio, como si estuviera hablando con alguien corto de entendederas—. La bodarita tiende a presentar una bonita tonalidad granate.

Tabit suspiró con impaciencia y decidió poner todas las cartas sobre la mesa.

—Procede de las minas de Uskia —dijo sin rodeos—. Allí hay una veta de bodarita azul. Hace unas semanas llegaron a la Academia unas muestras como estas y maese Kalsen dijo que era bodarita y que, por tanto, se podía pagar al precio de la bodarita de siempre.

El maese entornó los ojos. Se fijó entonces en Tash, que seguía esforzándose por pasar inadvertida, aunque sin demasiado éxito.

—Ya veo —dijo, despacio—. Yo no trato con mineros de a pie, chico —le espetó—. ¿Te envía tu capataz, o es que acaso has robado esas piedras del cargamento semanal?

—Yo no... —empezó Tash, indignada; pero los interrumpió la llegada de un par de estudiantes que arrastraban pesadamente un contenedor escaleras abajo, armando un escándalo considerable.

—¡Maese Orkin! —llamó uno de ellos—. Aquí está el envío de Kasiba. ¿Dónde lo dejamos?

El pintor se levantó de su sitio, con un suspiro cargado de exasperación. Era menudo, pero destilaba energía y mal humor. Incluso Tabit, que, a pesar de que no era muy alto, le sacaba una cabeza, dio un respingo y se apartó para dejarle paso.

—¿Cuántas veces os he dicho que uséis el montacargas? —ladró.

Acudió al encuentro de los estudiantes para ayudarlos con el contenedor. Por fin, consiguieron dejarlo apoyado contra la pared, no lejos de la mesa.

—Eh, eh, no tan deprisa —los detuvo maese Orkin cuando ya se marchaban—. Colocadlo en su sitio —ordenó, señalando el interior del almacén.

—Es que aún falta otra caja —dijo uno de ellos, subiendo las escaleras de dos en dos.

—¡Pues bajadla por el montacargas! —les gritó él cuando ya había desaparecido escaleras arriba—. ¿Me oís? ¡Por el montacargas!

Sacudió la cabeza, mascullando por lo bajo, y volvió a sentarse ante su escritorio.

−¿Dónde estábamos? Ah, sí, el pequeño ladrón de bodarita.

−Yo no he robado nada −replicó Tash de malos modos−. Estas piedras las saqué yo mismo de la mina. De la veta que encontré. Tengo más derecho a venderlas que el capataz.

Maese Orkin se rascó una oreja con el extremo seco de la plumilla.

−Bien, ¿sabes qué? En el fondo me da igual de dónde hayan salido las muestras. Te las peso, te las pago y te largas de aquí con viento fresco, ¿de acuerdo?

Mientras el profesor colocaba una pequeña báscula sobre la mesa y vaciaba el saquillo de Tash en uno de los platos, Tabit contempló el contenedor con curiosidad. Se asomó al interior, aprovechando que maese Orkin estaba distraído, y descubrió que estaba prácticamente vacío. Los fragmentos de bodarita que descansaban en el fondo del depósito no bastarían para llenar media carretilla. Se fijó en el color: era granate, naturalmente. No encontró ni un solo guijarro azul entre aquel mineral.

Se apartó del contenedor cuando oyó el tintineo de las monedas. Se volvió hacia Tash, que se embolsaba el resultado de su transacción, muy satisfecha.

−Y ahora, fuera de aquí los dos −gruñó maese Orkin−. Tengo mucho que hacer.

−¿Lo conocías de antes? −le preguntó Tabit a la chica en voz baja, mientras subían las escaleras.

Ella asintió enérgicamente.

−Es el *granate* que viene todos los años a la mina a revisar los libros de cuentas. El que controla la cantidad de mineral que enviamos, y todo eso. El que nos paga, también −añadió tras un instante de reflexión.

Tabit frunció el ceño. Una idea empezaba a pergeñarse en el fondo de su mente.

−Y ahora, ¿me dices por dónde se va a la mina más cercana? −exigió Tash con impaciencia.

Tabit volvió a la realidad.

−Claro −asintió−. Te dije que te acompañaría hasta la Plaza de los Portales, y eso haré. Pero me gustaría pedirte una cosa. Cuando estés en la mina... ¿podrías fijarte en si es... digamos... una explotación próspera?

—¿Qué quieres decir?

Tabit vaciló antes de explicar, en voz baja:

—Creo que la mina de Kasiba también se está agotando. No tengo noticias de que haya problemas similares en Ymenia o en Yeracia, y no sé si tengo permiso para ir a investigar, pero... si consigues trabajo allí... ¿podrías echar un vistazo a los cargamentos que envían a Maradia?

—¿Y qué esperas encontrar allí? —preguntó Tash, aún desconcertada—. ¿Y cómo voy a contártelo después?

—Solo quiero saber si se extrae más mineral de allí que de la mina en la que trabajabas. En cuanto a cómo me pondré en contacto contigo... Bueno, ya te conté que en la Academia tenemos portales que conducen a todas las minas de bodarita que hay en Darusia.

—Es verdad. ¿Y por qué no puedo cruzar uno de esos portales en lugar de dar tantas vueltas?

—Porque no tienes permiso para usar los portales de la Academia, Tash, ya lo sabes.

—Pero podría ir contigo —insistió Tash—. Como cuando nos conocimos, ¿te acuerdas? Yo no debía cruzar el portal que había en la casa de ese cerdo arrogante, pero tú me llevaste contigo...

—Era una emergencia —se apresuró a responder Tabit—. En realidad, podría haberme metido en líos por eso.

—Bueno —dijo Tash, un poco cortada—. Entiendo. Gracias, entonces.

Tabit no supo qué contestar. Ninguno de los dos había vuelto a mencionar las circunstancias de su primer encuentro. Tash era una chica de modales tan desenvueltos y masculinos que a Tabit le costaba trabajo recordarla como la víctima del terrateniente Darmod. A veces, incluso, le parecía que se trataba de dos personas diferentes.

—Podríamos intentarlo de noche —dijo entonces Tabit en voz baja—, cuando no haya nadie en el patio de portales. Quizá entonces podamos ir juntos a las minas de Ymenia, sin que nadie nos vea.

Pero Tash sacudió la cabeza.

—No; ya tengo algo de dinero, me las arreglaré. Ya has hecho mucho por mí.

Tabit cabeceó, conforme.

Pasaron un momento por la habitación de Caliandra, para

que Tash recogiera sus escasas pertenencias, y se encaminaron a la entrada principal de la Academia.

Allí se encontraron de nuevo con Yunek, que descansaba, sentado en el suelo, con la espalda apoyada contra el muro. Tabit lo saludó.

–¿Qué haces aquí todavía? –le preguntó.

El muchacho alzó la cabeza para mirarlo, pero no se molestó en levantarse.

–¿A ti qué te parece? Esperar a que alguien me diga algo sobre mi portal.

Tabit respiró hondo.

–¿Sabes que podrían pasar semanas antes de que el Consejo tome una decisión al respecto? –le dijo con delicadeza.

Aquella noticia cayó sobre Yunek como un jarro de agua fría.

–Pero... pero... pero tu amiga dijo...

Tabit miró a Tash, que se encogió de hombros.

–La chica que iba con él –trató de explicarse Yunek, señalando a Tash–. La pintora del pelo negro. Ella... bueno, ella me ayudó a presentar mi queja. Dijo que los maeses me ayudarían.

–No dijo eso –replicó Tash–. Dijo que no perdieras la esperanza.

Tabit movió la cabeza.

–Seguro que Caliandra tenía buena intención y que solo pretendía animarte, pero...

–¡Maese Tabit! –exclamó de pronto una voz tras ellos.

Al volverse, vieron la alta figura de Rodak, que corría por la calle, muy alterado.

–¡Me van a despedir! –gimió el guardián en cuanto llegó a su lado–. ¡Y seguimos sin portal!

Tabit se masajeó las sienes con las yemas de los dedos, preguntándose cómo era posible que todo el mundo creyera que él tenía la clave para solucionar sus problemas.

–Ya estoy al tanto de la situación –dijo, evocando su conversación con maesa Ashda–. Pero, escucha, aunque fuiste tú quien se encontró el muro vacío... debieron de borrar el portal en el turno anterior, ¿no? Cuando estaba el otro vigilante.

El rostro de Rodak se iluminó, esperanzado... para ensombrecerse inmediatamente después.

–Tampoco quiero que despidan a Ruris –dijo.

–Bueno, vamos a ver, no nos pongamos nerviosos –murmuró Tabit–. Por lo que sé, el Gremio de Pescadores y el Consejo de la Academia aún tardarán en ponerse de acuerdo sobre los términos de la restauración.

–¿Y qué voy a hacer yo mientras tanto?

Tabit abrió la boca para sugerirle que fuera a casa y se tomara un descanso, pero entonces recordó la conversación que había mantenido la noche anterior con sus amigos.

–¿Conoces a otros guardianes? –le preguntó al muchacho.

Rodak asintió.

–¿Podrías... hablar con ellos? –sugirió Tabit–. Preguntarles... no sé... si han oído hablar de algo parecido. De algún lugar en el que alguien haya hecho desaparecer un portal.

Rodak arrugó el entrecejo.

–Pero vos dijisteis que el Invisible...

–No estoy hablando del Invisible –cortó Tabit–; solo quiero saber si, quienquiera que ha borrado vuestro portal... lo ha hecho por algún motivo en concreto. Si tenía algo en contra del Gremio de Pescadores en particular... o si ha borrado más portales en otros sitios.

Rodak asintió.

–Entonces, ¿lo harás? –quiso asegurarse Tabit.

El guardián cabeceó de nuevo. Parecía contento por tener algo que hacer.

–¿Puedo ir contigo? –preguntó Yunek inesperadamente.

Rodak se quedó mirándolo, sin saber qué responder.

–Me paso aquí todo el día –prosiguió Yunek–, perdiendo el tiempo, esperando que alguien me diga que voy a tener el portal que encargué. Y no soporto estar parado. Quisiera entender qué está pasando aquí. Si es normal que los pintores no quieran dibujar un portal en mi casa. Me dicen que esto sucede a veces, pero me da la sensación –añadió, mirando a Tabit– de que hay algo más. Y quiero ayudar a descubrir qué es. Así, por lo menos... podré sentirme útil.

Rodak asintió.

–De acuerdo –dijo solamente–. Vamos.

Los cuatro se dirigieron, juntos, a la Plaza de los Portales.

No hablaron demasiado. Yunek empezó a hacer preguntas, pero Rodak no contestaba, y Tabit, que no quería hablar abiertamente de sus pesquisas con él, le respondía con evasivas. Tash se había encerrado en su habitual silencio hosco y desafiante, mientras fingía que no se daba cuenta de que Rodak la miraba de reojo. Tabit se sentía violento; conocía a sus tres acompañantes, pero ellos no se conocían entre sí, y no sabía si valía la pena presentarlos o no. Se sintió aliviado cuando llegaron por fin a la plaza, y Yunek y Rodak se acercaron a un guardián que parecía aburrido, con intención de darle conversación. Tabit se despidió de ellos y aguardó junto a Tash a que llegara su turno de cruzar el portal que la llevaría hasta la ciudad de Rodia.

–Desde Rodia –le explicó–, no hay ningún portal público que te conduzca hasta las minas de Ymenia, pero puedes unirte a alguna caravana que pase por un pueblo que se llama Trandon. Acuérdate bien: Trandon. Allí tienen un portal que utilizan para llevar las reses hasta la ciudad de Ymenia los días de mercado. Posiblemente tengas que pagar un peaje, pero no será muy caro. Trandon es un pueblo, no una gran ciudad.

–Trandon –repitió Tash–. ¿Estás seguro de que desde allí podré llegar a las minas?

–Completamente. El otro día pasé un buen rato en la Sala de Cartografía buscando un itinerario que pudieras utilizar. Desde Ymenia seguro que encontrarás algún carretero que pueda acercarte hasta las montañas, donde están las minas. Y el resto, bueno... depende de ti.

Tash asintió. Los dos, el joven estudiante y la chica minera, cruzaron una mirada. Después, Tabit la abrazó con cierta torpeza.

–Buena suerte –le deseó–. En unos días me pasaré por allí para ver si estás bien.

–Bien, pues... gracias. Por todo. Y despídeme de Cali, ¿quieres? Esta mañana salió tan deprisa que no pude decirle adiós. Creo que ni siquiera se acordó de que me marchaba hoy.

Tabit asintió.

Finalmente, Tash cruzó el portal a Rodia, y el resplandor rojizo envolvió su cuerpo menudo durante un breve instante. Después, desapareció.

Tabit suspiró. Estaba preocupado por ella, pero, por otro lado, también era un alivio ver que la muchacha continuaba su camino y no seguiría rondando por la Academia. Después de todo, se había convertido en una responsabilidad, para él y para Caliandra, desde la misma noche en que la había rescatado de las garras del terrateniente.

Se dio la vuelta y paseó la mirada por la plaza; localizó a

Yunek y Rodak ya inmersos en una conversación con un par de guardianes. «Otra cosa menos», pensó.

Mientras regresaba a la Academia con paso tranquilo, se preguntó qué iba a hacer a continuación. Caliandra estaba examinando la bodarita azul y los últimos portales que había pintado maese Belban antes de desaparecer; Unven y Relia habían partido a Rodia para investigar la historia del «portal de los amantes»; Tash iba camino de las minas de Ymenia, donde, si nadie descubría que era una chica, probablemente conseguiría trabajo, y también trataría de averiguar si la mina era o no productiva. Por otro lado, Yunek y Rodak preguntarían a los otros guardianes para descubrir si alguien había oído hablar de más portales desaparecidos.

En cuanto a él... tenía varias ideas que estaba deseando investigar.

La principal de ellas estaba relacionada con la bodarita azul. Tenía la vaga sensación de que, si existía realmente aquella variedad de mineral, estaría registrado en alguna parte. Quizá habría alguna anécdota recogida en los libros de historia, o en algún documento antiguo, que hiciera referencia al tema. Tal vez los primeros maeses habían investigado ya sobre ello. En tal caso, debería existir alguna mención en algún sitio; y, si no la había, tampoco le vendría mal refrescar sus conocimientos sobre la materia.

De modo que, al llegar a su destino, tomó un almuerzo ligero y después se encerró en la biblioteca. Le pidió a maese Torath, el archivero, que era también el profesor de todas las materias relacionadas con la Historia de la Academia, que le prestase tratados y monografías sobre la bodarita y los orígenes de la ciencia de los portales.

Pronto se halló inmerso en la lectura.

Repasó lo que ya sabía: que, mucho tiempo atrás, había existido en las tierras de Scarvia una tribu de feroces guerreros que eran célebres por su capacidad de aparecer y desaparecer como fantasmas en la niebla. Todos temían a los Caras Rojas, como se les llamaba entre la gente civilizada. Nadie había logrado conquistar su territorio, y sus costumbres estaban envueltas en un halo de misterio y leyenda. Se decía que los Caras Rojas se pintaban la piel con la sangre de sus enemigos muertos, y ese ritual era la fuente de su poder. Se contaba también que los chamanes de la tribu invocaban a los espíritus de sus grandes héroes, que regresaban de la tumba para luchar en cada batalla. Había también, naturalmente, explicaciones más racionales ante el hecho asombroso de que los Caras Rojas fueran capaces de desvanecerse como el humo. Los eruditos decían que utilizaban en su favor su conocimiento del terreno y las nieblas perpetuas de su región para confundir los sentidos de los extranjeros.

Pero fue un viajero, muy curioso y sagaz, quien descubrió la verdad.

Su nombre era Bodar de Yeracia. Siendo apenas un muchacho, se perdió en las montañas, y permaneció varios días a la intemperie, en pleno invierno, hasta que, más muerto que vivo, fue capaz de hallar un paso entre las nieves que lo condujo hasta las tierras de Scarvia. Se desplomó, al límite de sus fuerzas, en una llanura nevada; y algunos miembros de la tribu de los Caras Rojas lo encontraron y se lo llevaron consigo.

Bodar permaneció con ellos el resto del invierno. Allí se repuso de su experiencia y aprendió algunas palabras de su lengua, así como la forma en que preparaban sus pinturas rituales. Descubrió que los guerreros eran de carne y hueso, y la pintura era pintura, y no sangre.

Pero no llegó a ninguna otra conclusión, porque los Caras Rojas no compartieron más secretos con él. Al llegar la primavera, lo acompañaron de vuelta a su tierra, a través de los pasos de las montañas; allí, en la frontera, se despidieron de él, dieron media vuelta y se perdieron en la niebla.

Bodar no volvió a verlos en mucho tiempo. Creció y se convirtió en un incansable viajero y explorador. Cruzó toda Darusia, y llegó también hasta Rutvia y la lejana Singalia. Pero nunca olvidó su experiencia con los Caras Rojas y, un buen día, cuando era ya un hombre maduro, dio la espalda a todo cuanto conocía y volvió a internarse en las montañas, en busca de sus amigos perdidos.

Estuvo fuera más de cuatro años y, cuando volvió, vestía como los salvajes scarvianos y hablaba casi igual que ellos. Pero traía en su macuto unas piedras de color granate que, según explicó, poseían el secreto de las extraordinarias habilidades de los Caras Rojas.

De vuelta a la civilización, Bodar consagró el resto de su vida a estudiar el mineral que se había traído de Scarvia, y que, en su honor, se bautizaría más tarde como bodarita. Descubrió que tenía la propiedad de romper la continuidad del espacio, de crear enlaces entre sitios distantes. Los Caras Rojas lo habían averiguado por casualidad, y habían aprendido a extraer de él un pigmento con el que elaboraban una pintura de guerra que les permitía aparecer y desaparecer al instante. Sin embargo, estos saltos en el espacio eran imprevisibles e incontrolados. Bodar sospechaba que debía de existir alguna manera de utilizar las propiedades de la bodarita de una forma más útil. Viajó hasta Maradia y allí se rodeó de personas interesadas en sus estudios.

Años más tarde, otro investigador destacado, Vanhar de Maradia, inventó el medidor de coordenadas. Más adelante, un grupo de sabios conocido simplemente como «El Círculo» empezó a pintar portales con pintura de bodarita. Vanhar se unió a ellos y les proporcionó la precisión de sus mediciones. Y de ahí nació la Academia y el arte de pintar portales de viaje.

Pero todo había comenzado con la bodarita.

Tabit se olvidó de comer. Pasó el resto del día en la biblioteca, leyendo tratados sobre el tema. Sin embargo, no encontró ninguna mención a la bodarita azul.

Apartó un enorme mamotreto, con un suspiro de cansancio, y se frotó los ojos. Tenía la esperanza de que, en algún momento de su historia, la Academia hubiese experimentado ya con bodarita azul, o que hubiesen aceptado, de forma excepcional, algún cargamento de aquella variedad procedente de alguna mina. Pero no había ninguna referencia al respecto, y eso solo podía significar que, en realidad, la bodarita azul no servía para pintar portales.

Se preguntó si valía la pena empezar a leer manuales de Arte de Portales, por si en alguna parte existiera algún antiguo portal de color azul, pero desechó la idea.

—¡Tabit, estás aquí! —dijo entonces una voz junto a él, sobresaltándolo—. Te he buscado por todas partes.

El joven se volvió. A su lado estaba Caliandra, con los ojos relucientes de emoción.

—Creo que he descubierto algo —le dijo, sin ceremonias.

—Ah, pues ya has tenido más suerte que yo —gruñó él.

Cali examinó el título del libro que había estado leyendo su compañero:

—¿*Bodar de Yeracia: vida y semblanza*? ¿Estás haciendo alguna clase de trabajo para maese Torath? ¡Pero si Historia de los Portales es una asignatura de primer curso!

–Buscaba pistas sobre la bodarita azul –suspiró Tabit–, pero no ha sido una buena idea.

–Yo, en cambio, creo que he encontrado algo en el portal que dibujó maese Belban. Ven, te lo enseñaré.

∽

Yunek y Rodak recorrían con paso cansino la Plaza de los Portales de Maradia. El trasiego que había invadido el lugar durante todo el día comenzaba a acallarse, porque atardecía ya, y la mayoría de la gente había regresado a sus ciudades y pueblos de origen.

–Deberíamos haber tomado notas –dijo entonces Rodak, que llevaba un rato en silencio, pensando intensamente.

–No te preocupes, yo lo he anotado todo aquí –respondió Yunek, señalándose la sien–. Me fío de mi memoria y no necesito escribir mis recuerdos en ninguna parte.

Rodak no hizo ningún comentario, pero asintió, conforme.

Se pusieron a la cola para cruzar el portal público que los conduciría hasta Serena.

Habían pasado todo el día deambulando de portal en portal, hablando con los guardianes en cuanto tenían un momento libre. La mayoría de ellos apenas les había prestado atención, y otros estaban tan ocupados que los habían alejado con cajas destempladas. Pero, pese al bullicio reinante en la plaza, de vez en cuando habían tenido la suerte de topar con algún guardián ocioso con ganas de conversación. Y así, poco a poco, habían ido recogiendo algunos retazos de información.

Al principio, los guardianes se mostraban reacios a propagar habladurías, y más si tenían que ver con el Invisible o con portales desaparecidos. Además, Rodak no era muy bueno interrogando a la gente. Solía hacer preguntas cortas y bruscas, directas al grano, y callaba muy a menudo, mientras meditaba sobre la información recibida. Yunek, que inicialmente había optado por dejarle hablar a él, se veía obligado a intervenir para llenar de charla intrascendente aquellos incómodos silencios. Hacia el final de la jornada, cuando Yunek ya había comprendido más o menos qué era lo que Rodak estaba buscando y qué esperaba descubrir, empezó a llevar la voz cantante en las conversaciones. Al joven guardián no pareció importarle. Se limitaba a escuchar, con el entrecejo fruncido, y a pensar. De vez en cuando dejaba caer alguna pregunta, pero por lo general permitía que fuera Yunek, que tenía más labia, el que dialogara con los guardianes.

Pero estos se estaban cansando ya de verlos rondar por la plaza, por lo que Rodak había sugerido que regresaran a Serena para hablar con los guardianes de allí, a los que conocía mejor. Por la noche tenían poco trabajo y solían estar más receptivos a charlas y preguntas. Además, así podrían contrastar los rumores que corrían por ambas ciudades y comprobar si había algún relato que se repitiera.

—Está esa historia sobre un portal que dejó de funcionar de la noche a la mañana —empezó Yunek, alzando los dedos a medida que enumeraba—; luego, esa otra sobre un audaz robo del Invisible en Vanicia, utilizando nada menos que el portal privado del presidente del Consejo de la ciudad.

Rodak meneó la cabeza.

—Poco probable.

—... Un asalto a una caravana de singaleses que cayó en un gigantesco portal que la gente del Invisible había pintado en el suelo...

Rodak negó con la cabeza con energía.

—Y la historia de esos dos pueblos que se alzaban a ambas márgenes de un río bravo —prosiguió Yunek—. Esa era curiosa, ¿te acuerdas? Tenían un portal que los unía porque en su día les salía más a cuenta encargar uno a la Academia que hacer construir un puente, y décadas después hubo una crecida, los pueblos se inundaron y los portales se borraron. Y el precio que tenían que pagar a la Academia por pintarlos de nuevo era tan elevado que al final terminaron por construir un puente —concluyó, indignado.

Rodak inclinó la cabeza.

—Esa podría ser cierta.

—Bien —asintió Yunek—. Nos quedan dos muy parecidas: la de aquella casa de Yeracia en la que entraron unos ladrones y se lo llevaron todo, incluso el portal, y la del terrateniente kasibano que iba a recibir una herencia en la otra punta de Darusia; tenía un portal privado que lo comunicaba con las tierras que debía heredar, pero algún familiar lejano contrató a unos matones que entraron en su casa y lo borraron, y entonces su abuelo cambió de idea y dejó la herencia a otro nieto que vivía más cerca.

—No son dos historias similares —dijo entonces Rodak—. Es la misma historia.

—¿Tú crees? —preguntó Yunek, dudoso—. Una transcurre en Yeracia, y la otra, en Kasiba. Son dos lugares muy alejados.

Rodak negó con la cabeza.

—Es la misma historia contada por dos personas diferentes. Cuantas más veces se relata algo, más cambian los detalles. Pero lo básico sigue igual: entran en casa de alguien para robar y se llevan su portal. Alguien con dinero. Si entras a robar en una casa así, no pierdes el tiempo con un portal. Salvo que hayas entrado con la intención de borrar el portal, y te lleves más cosas para que parezca un robo normal.

—Entiendo —asintió Yunek, impresionado—. Es decir, que tú crees que a ese hombre le quitaron el portal para que no pudiera recibir su herencia, pero la persona que lo hizo fingió que era un robo normal para que no le descubrieran.

Rodak se encogió de hombros.

—O algo así. Cualquiera de las dos explicaciones podría valer, y por eso se han convertido en dos historias distintas.

—Pero ¿cómo investigamos eso, si no sabemos si sucedió en Yeracia o en Kasiba?

—Hay un patrón —dijo entonces Rodak inesperadamente—. ¿Cómo era la historia esa del derrumbamiento?

Yunek hizo memoria.

—En un pueblo del sur de Esmira, casi en la frontera con Rutvia —dijo—, los soportales de la plaza del mercado se derrumbaron, sepultando debajo la pared con el portal que unía la aldea con la capital de la región desde hacía siglos. Cuando buscaron entre los cascotes, no encontraron ni uno solo pintado de granate.

—Un derrumbamiento. Una inundación. Un robo —enumeró Rodak—. Siempre hay otras cosas que encubren la desaparición de un portal.

—Entiendo —dijo Yunek—. ¿Crees, entonces, que han desaparecido más portales de los que pensamos? ¿Y que nadie se ha dado cuenta?

—Si yo quisiera borrar portales —razonó Rodak—, elegiría algunos que estuviesen abandonados, o en lugares pequeños, o muy alejados, o que se utilizasen poco. No se me había ocurrido la idea de taparlo con otro acontecimiento para distraer la atención de la gente, pero es una buena jugada. Luego, la noticia llega a las ciudades con tantos detalles distorsionados o exagerados que nadie se la cree.

–Pero el portal del Gremio de Pescadores de Serena –hizo notar Yunek– se usaba todos los días, en ambos sentidos, y estaba en una ciudad grande.

Rodak no dijo nada. En aquel momento les llegaba el turno de atravesar el portal, de modo que no retomaron la conversación hasta que pusieron los pies en la Plaza de los Portales de Serena.

Rodak miró a su alrededor. Descubrió, en la esquina de siempre, un corrillo de guardianes que se habían reunido para cenar en torno a una pequeña hoguera, como hacían todas las noches. Lo que ya no era tan normal era la agitación que se adivinaba entre ellos. Una guardiana les explicaba algo a los demás, gesticulando mucho y hablando muy deprisa. Rodak se acercó a ellos, y Yunek le siguió.

Cuando los guardianes los vieron acercarse y reconocieron al joven a la luz de la hoguera, callaron de repente.

–¡Rodak! –dijo el guardián del portal del Gremio de Labradores de Ymenia–. ¿Dónde has estado, muchacho? ¡Tienes que volver a la lonja enseguida!

–¿Por qué? ¿Qué ha pasado?

–Han encontrado a Ruris... pero ve –lo apremió–, el alguacil te está buscando.

Con el corazón latiéndole con fuerza, Rodak echó a correr hacia el puerto. Yunek lo siguió.

–¿Qué pasa? ¿Quién es ese Ruris?

–El otro guardián de mi portal –respondió Rodak.

No dio más explicaciones, pero a Yunek le bastó para sobreentender muchas cosas.

Cuando llegaron a la lonja, la encontraron sorprendentemente concurrida para la hora que era. Uno de los alguaciles de Serena estaba tratando de despejar la zona de los pescaderos y vecinos que, entre curiosos y horrorizados, se habían reunido en el lugar. Un segundo alguacil hablaba con seriedad con el líder del Gremio de Pescadores, mientras otros dos hombres se llevaban un fardo que Rodak reconoció, con espanto y consternación, como el cuerpo de Ruris, el otro guardián del portal desaparecido. Las lámparas que portaban los alguaciles y algunos pescaderos no emitían suficiente luz como para que pudiera ver los detalles, y el muchacho lo agradeció, porque, pese a ello, había advertido que el cadáver del guardián estaba cubierto de sangre, y su rostro, congelado para siempre en una mueca de sorpresa y espanto, mostraba unos ojos abiertos, vacíos y muertos.

–¡Rodak!

El joven, pese a lo grande que era, casi se tambaleó cuando su madre se abalanzó sobre él y lo estrechó entre sus brazos. Le devolvió el abrazo, todavía aturdido.

–Oh, hijo, ¡qué miedo he pasado! –suspiró ella, con los ojos llenos de lágrimas–. Ruris...

–¿Quién... cómo ha sido? –pudo balbucear él.

–Esperaba que tú pudieras contestar a esa pregunta –gruñó el alguacil que estaba junto al presidente del Gremio, volviéndose hacia él–. ¿Dónde has estado todo el día?

–En Maradia, hablando con otros guardianes en la Plaza de los Portales.

–Es verdad –corroboró Yunek–. Yo he estado con él. Y una docena de guardianes podrán confirmarlo también.

El alguacil gruñó en señal de conformidad, pero estudió a los dos jóvenes con suspicacia a la luz del farol.

–¿Qué le ha pasado a Ruris? –preguntó Rodak.

–¡Lo han matado! –gimió su madre–. ¡Y temíamos que te hubiese pasado algo a ti también!

Rodak fue incapaz de decir palabra, mientras las implicaciones de aquello se encadenaban en su mente, una tras otra, formando un tapiz de consecuencias inquietantes.

–Y... ¿no sabéis quién ha sido? –se atrevió a preguntar Yunek, intimidado.

El alguacil negó con la cabeza.

–El que lo hizo no le tenía mucho cariño –dijo–. Lo degolló como a un cerdo y luego lo dejó apoyado ahí, para que todos lo vieran –añadió, señalando la pared del fondo.

Rodak ya intuía, sin necesidad de mirar, que el cadáver de Ruris había aparecido en el mismo lugar en el que había estado el portal. Pero no estaba preparado para lo que vio cuando volvió la cabeza hacia allí.

En el suelo había una enorme mancha de sangre. Y, con aquella sangre, la sangre del guardián asesinado, la mano de su verdugo había escrito sobre el muro unas palabras que relucían bajo la luz de las lámparas casi como, en su día, habían brillado los trazos del portal eliminado.

–¿Qué... qué es lo que dice? –preguntó Yunek en voz baja.

Rodak no respondió. Se había quedado pálido, incapaz de moverse, con la vista fija en el mensaje del muro:

MUERTE A TODOS LOS TRAIDORES

Un resplandor azul

«... De todo lo anterior se deduce que, en realidad, el portal gemelo es redundante.

El doble círculo de coordenadas debería bastar, en teoría, para activar un portal, si el punto de partida y el de destino están bien calculados, sin necesidad de replicarlo al otro lado.

Y, aunque ello requiriese aumentar el número de coordenadas con el fin de definir al máximo ambos puntos, valdría la pena investigarlo, porque, si descubriéramos un método que lo permitiera, el ahorro de tiempo, energías y pintura sería espectacular, y nuestra ciencia avanzaría enormemente.»

Disquisiciones en torno al cálculo de coordenadas,
maese Belban de Vanicia.
Capítulo 12: «Posibilidad de viajar con un único portal»
(también conocido como «la hipótesis Belban»)

Si no hubieseis estado hablando ayer de portales borrados y todas esas cosas –dijo Cali–, probablemente esto se me habría pasado por alto.

Tabit asintió, pero apenas la escuchaba.

Se encontraban, de nuevo, en el estudio de maese Belban. El joven se había inclinado para examinar uno de los portales azules, concretamente una zona situada en la parte inferior del círculo externo del trazado.

–¿Lo ves? Ahí había algo escrito. En el círculo de coordenadas.

–Sí –coincidió Tabit tras un instante–. Y lo borraron. Pero no se me ocurre qué puede ser –admitió, levantándose y retrocediendo nuevamente para contemplar el portal en su totalidad.

Empezó a contar los símbolos para asegurarse de que no faltaba ninguno, pero Cali lo interrumpió:

–Ya lo he comprobado yo. Cuando vi el borrón pensé que quizá no funcionaba porque habían eliminado una coordenada, pero están todas.

–¿Has repetido...?

–¿... la medición? –completó ella–. ¡Claro que sí! Y está todo bien. Pero puedes comprobarlo por ti mismo, si quieres –concluyó, encogiéndose de hombros–. Después de todo, siempre has sido mejor que yo en Cálculo de Coordenadas.

Tabit cogió el medidor que Cali le tendía, reprimiendo una sonrisa al comprobar que, pese a la despreocupación que fingía con respecto a sus estudios, en el fondo su compañera también parecía competir con él, a su manera. Pero no hizo ningún comentario al respecto.

–Bien –dijo, fijando el medidor de Caliandra en el centro exacto del portal azul–, te voy a ir recitando los resultados. Comprueba tú que son los mismos.

Ella asintió y se situó al inicio de la retahíla de símbolos que enmarcaba el portal.

Tabit ajustó las ruedas y esperó.

–Tierra... treinta y siete.

–Correcto –asintió Cali.

Tabit hizo girar la siguiente rueda y aguardó a que la aguja se detuviera de nuevo.

–Agua: veintitrés.

–Correcto.

Tabit repitió la operación con la siguiente rueda.

–Viento: quince.

–Correcto.

Prosiguieron con el resto de variables, y todos los resultados coincidían con los que había calculado el profesor Belban. Los únicos que no se ajustaban a los suyos eran los correspondientes a las variables de Luz y Sombra, algo que los dos estudiantes ya habían previsto que sucedería, porque solían depender del momento del día en que se realizaba la medición.

–Piedra... setenta y cinco –prosiguió Tabit.

–Correcto.

–Metal... diecisiete.

–Correcto.

–Madera... veintiocho.

–Correcto también –suspiró Caliandra–. ¿Lo ves? Ya te dije

que estaba todo bien. Si quieres, podemos ajustar las coordenadas lumínicas, a ver si con eso conseguimos activar el portal, pero...

—Espera —la detuvo Tabit; se había quedado contemplando el aparato con gesto reconcentrado—. Caliandra, ¿este medidor es tuyo?

—Claro —respondió ella—. ¿De quién iba a ser, si no? Venía en la lista de material necesario para la asignatura de Cálculo de Coordenadas, ¿no te acuerdas? Todos nos compramos uno entonces.

—Todos menos yo, supongo —murmuró Tabit; volvió a fijarse en el borrón de la pared y, después, alzó la cabeza para mirar a Cali a los ojos—. Como no podía permitírmelo, siempre he usado uno prestado del almacén de material. ¿Sabías que antiguamente los medidores Vanhar tenían doce variables?

—¿Doce? —se rió Cali—. Me tomas el pelo.

—Sí, eso dije yo cuando vi la antigualla que me prestó maesa Inantra. Me explicó que el medidor que Vanhar diseñó originalmente tenía doce variables, una por cada miembro del Consejo, pero que la duodécima en realidad no servía para nada.

—¿Quieres decir que no importaba qué cantidad indicase...?

—Quiero decir que no importaba que pusieras o no un duodécimo símbolo en el portal, porque funcionaba de la misma manera, con o sin él. Y por eso, me explicó maesa Inantra, hace por lo menos cien años que los medidores que fabrican en el taller de Mecánica tienen solo once variables.

Cali ladeó la cabeza y silbó con admiración.

—¿Así que siempre has usado un medidor centenario para tus cálculos? ¡Y aun así eras el primero de la clase!

Tabit agitó la mano, incómodo.

—Eso no es importante ahora. Lo que quiero decir es que tal vez maese Belban utilizó también un medidor antiguo, y quizá colocó doce símbolos, y no once, en torno al portal.

Caliandra lo pensó un momento.

—Pero eso no cambiaría nada, ¿verdad? Porque, según dices, la duodécima variable no tiene ninguna utilidad.

Tabit se desinfló de pronto.

—No, tienes razón —admitió—. Si el portal no funciona con once coordenadas, tampoco lo hará con doce.

—O tal vez sí —replicó Cali, que se había quedado contemplando el portal con los ojos entornados–, porque este portal es diferente. Si fuera como los demás, funcionaría con once coordenadas. Tal vez, precisamente por estar hecho con un tipo de bodarita distinto, necesite esa duodécima coordenada para activarse.

–Es una teoría traída por los pelos –opinó Tabit–. Además, ¿a qué podría corresponder esa duodécima variable?

–No lo sé, pero podemos tratar de averiguarlo. Anda, vamos, no te quedes ahí parado. Trae tu medidor centenario y repitamos el cálculo otra vez –lo apremió, sin poder contener la emoción–. Si te das prisa, tal vez puedas llegar al almacén antes de que se vaya maesa Inantra.

Tabit se mostró reticente, porque quería pensar en aquello con calma, pero Cali no se lo permitió. De modo que, renegando por lo bajo, el joven salió del estudio del profesor Belban y recorrió los pasillos con paso ligero hasta llegar a su destino.

Tuvo suerte; maesa Inantra, la profesora de Mecánica y encargada del almacén, estaba a punto de marcharse, pero no lo había hecho aún. Algo perpleja, le prestó a Tabit el medidor que él le pidió.

–¿A qué vienen tantas prisas? –le preguntó–. ¿No podías esperar hasta mañana?

–Sí –rezongó Tabit–. Bueno, no. Es una larga historia.

Regresó, pues, al despacho de maese Belban, donde lo esperaba Caliandra, casi dando saltitos de la emoción.

–¡Vamos, vamos, haz la medición!

Un poco intimidado por su entusiasmo, Tabit colocó el aparato en el centro del portal.

Repitieron la medición; Caliandra había hallado un frasco de pintura azul en la alacena, y ya había borrado de ambos portales los símbolos correspondientes a las variables lumínicas, de modo que anotaron las de aquel preciso instante para poder dibujarlas después en los círculos de coordenadas. Cuando llegaron al duodécimo símbolo, los dos contemplaron el medidor con expectación.

La aguja giró un par de veces y después se detuvo.

–Sesenta y dos –leyó Tabit–. Un cifra bastante elevada. Me pregunto a qué corresponderá.

Acarició el símbolo grabado en la duodécima rueda del medidor. Significaba «Indefinido». Un indicio más de que aquella variable estaba ahí solo para completar el círculo, y no porque tuviera ninguna relevancia especial. O eso había creído hasta el momento.

Cali ya estaba pintando los símbolos en la pared para completar el círculo de coordenadas del portal.

—Vamos, coge un pincel y ayúdame —apremió a su compañero.

Tabit la miró y dejó escapar una exclamación horrorizada. Ella se detuvo, con el pincel en alto, y se quedó mirándolo, asustada.

—¿Qué pasa?

—¡Llevas el pelo suelto! —acusó Tabit—. ¡Y largo!

Cali parpadeó un momento, mientras asimilaba lo que él había dicho. Entonces sonrió, entre aliviada y avergonzada.

—Sí, lo siento, lo olvidé. —Se trenzó el cabello rápidamente, aunque el resultado no quedó muy firme ni muy airoso—. ¿Mejor así?

Tabit, que, a pesar de llevar su pelo negro cortado a la altura de la nuca, ya se había hecho una trenza tiesa y prieta, la miró con cierto aire de reproche.

—Vamos, relájate —se defendió ella—. Solo son unos cuantos símbolos.

Trabajaron en silencio. Tabit era meticuloso y concienzudo. Cali, por el contrario, dibujaba con mano firme y rápida. Por supuesto, ella terminó antes, y Tabit comprobó, no sin cierta envidia, que su trazo era más que notable.

—Vamos —lo animó ella—. Cierra el enlace ya.

Tabit asintió y, tras fijarse bien en la forma en que estaba dispuesta la última cenefa en el portal gemelo, la reprodujo en el suyo con toda la fidelidad de que fue capaz.

Y entonces, cuando la última pincelada se deslizó sobre el muro de piedra, uniendo dos trazos sueltos en una espiral perfecta, el portal, de repente, se activó.

Tabit dio un respingo, sorprendido, cuando un suave resplandor azul lo bañó de pies a cabeza. Retrocedió, trastabillando, y cayó de espaldas al suelo. Desde allí, sentado sobre las baldosas de piedra, contempló maravillado los dos portales gemelos, que se habían encendido a la vez.

—Aquí tienes —dijo Caliandra, orgullosa—. La bodarita azul funciona. Para que estos portales se activen, solo hay que calcular una coordenada más.

–Es... –Tabit sacudió la cabeza, aún sin saber qué decir–. Es asombroso –acertó a desgranar–. Pero ¿por qué...? ¿Y qué...? ¿Y cómo...? –se le acumulaban las preguntas, incapaz de formular ninguna completa.

Cali estaba exultante.

–¡Y lo hemos descubierto nosotros, Tabit! –exclamó–. ¿Te imaginas lo que dirá maese Maltun cuando lo sepa?

–Aún no estamos seguros de que funcione –objetó Tabit, tratando de contener un poco el entusiasmo de la chica.

Ella lo miró, con los brazos en jarras y un mohín de enfado.

–¿Cómo que no? ¡Ahora verás!

Y, antes de que Tabit pudiera reaccionar, saltó al interior de uno de los portales azules.

–¡Calian...! –empezó Tabit, horrorizado; pero, cuando ya decía «... dra!», la joven reapareció, casi instantáneamente, a través del segundo portal.

–¿Lo ves? –le dijo; señaló los dos círculos azules–. Dos portales gemelos, perfectamente conectados.

Tabit se levantó, aún con el corazón latiéndole con fuerza.

–No vuelvas a hacer eso –le reprochó–. Me has dado un buen susto. Además –añadió, antes de que Cali pudiese replicar–, hay algo que no me cuadra. No puede ser tan sencillo.

–¿El qué? Lo hemos hecho, ¿no?

–¿Y no crees que al profesor Belban ya se le habrá ocurrido esto mismo? Está claro que dibujó el duodécimo símbolo y que, por tanto, activó los portales. Pero ya ves que no llevaban muy lejos y, además, ¿por qué borraría el símbolo después?

Cali frunció el ceño, pensativa, y después se volvió hacia la mesa, donde había intentado ordenar, con escaso éxito, los papeles de maese Belban.

–Hay algo de eso por aquí –dijo–. No he conseguido entender la mayoría de sus anotaciones; creo que usa un código personal y secreto que habría que descifrar para poder leerlo. Pero en alguna parte –añadió–, estaba el cálculo de coordenadas de los portales. Ya antes me llamó la atención que había una cifra que no me cuadraba. Sesenta y dos, ¿verdad? –Tabit asintió–. Sí, aquí está. –Alzó una hoja repleta de cálculos, escrita en el lenguaje simbólico de la Academia–. Todo esto son divagaciones sobre el sesenta y dos. No he entendido gran cosa, pero tal vez tú puedas encontrarle algún sentido.

El misterio encendió la curiosidad de Tabit.

–Déjame ver. –Examinó con interés el papel que Cali le entregó–. Todo esto no está muy ordenado, ¿verdad?

–Sé que maese Belban escribía todos sus progresos y conclusiones en un diario de trabajo –respondió Cali–, pero no lo he encontrado por ningún sitio. Probablemente esos papeles sean solo apuntes en sucio.

–Aun así, son cálculos muy complejos, y no estoy seguro de entender qué representan. Si supiera qué estaba buscando exactamente...

Cali trasteaba con el medidor de Tabit y apenas lo estaba escuchando. Mientras el joven trataba de descifrar los apuntes de maese Belban, ella realizó diversas mediciones en distintos puntos de la estancia. Hasta salió al pasillo para seguir probando allí.

Cuando regresó, Tabit había bajado la hoja y la contemplaba con extrañeza.

–¿Qué estás haciendo?

Ella se encogió de hombros.

–Intentaba averiguar a qué corresponde la duodécima variable midiendo coordenadas en sitios diferentes, pero... la verdad, entiendo que terminaran por eliminarla. No es una variable, sino una constante. Siempre da sesenta y dos.

–¿Estás segura? –preguntó Tabit, vivamente interesado.

–Bueno, habría que hacer más mediciones, a ser posible lejos de la Academia, incluso en otras ciudades... pero intuyo que siempre obtendremos el mismo resultado.

Tabit arrugó el entrecejo.

–¿Por qué llamar «Indefinida» a una coordenada que nunca cambia? –se preguntó en voz alta.

–Oye, y tú, que has utilizado medidores viejos todo este tiempo... ¿nunca te has fijado en lo que marcaba la duodécima coordenada?

Tabit había vuelto a los apuntes, pero contestó, distraído:

–Sí, la primera vez hice la medición, por curiosidad. Pero, como maesa Inantra me había dicho que no servía para nada, no volví a intentarlo más. Pero escucha, Caliandra, ya sé qué es este papel: el profesor Belban intentaba hacer lo mismo que estás haciendo tú: encontrar variables en la constante. Solo que tú has estado probando al azar y él usaba cálculos matemáticos.

–¿De verdad? ¿Y descubrió algo?

—No lo sé. Tendría que estudiarlo con más calma.

—Vale —asintió ella—. Tú sigue por ahí, que yo investigaré a mi manera.

Tabit no la escuchaba. Pero alzó la cabeza cuando, de pronto, el brillo azulado de la estancia menguó considerablemente.

—¿Qué has hecho?

Cali se había arrodillado junto a uno de los portales, que se encontraba de nuevo inactivo.

—He borrado el duodécimo símbolo del círculo de coordenadas —replicó ella—, para probar algo distinto. Pero... mira, Tabit. El segundo portal no se ha apagado.

El joven se incorporó bruscamente.

—No puede ser —murmuró.

Pero la evidencia lo golpeó con la fuerza de una maza. Cali había desactivado uno de los portales al eliminar la duodécima coordenada, pero el otro, con sus doce símbolos aún dibujados en torno a él, seguía brillando tenuemente.

—Debería haberse desactivado —dijo—. Hemos roto el enlace, los dos portales ya no son iguales ni tienen las mismas coordenadas.

Cali sacudió la cabeza.

—Tabit, Tabit... —lo regañó—. ¿Aún no te has dado cuenta de que los portales azules no funcionan de la misma manera que los demás? Habrá que revisar todo lo que sabemos al respecto y buscar nuevas leyes para ellos.

Tabit acercó la mano al portal activo, maravillado, sin atreverse a tocarlo. Los trazos ondulantes del diseño de Cali tenían un aspecto hipnótico. Casi parecía un pequeño sol azul engastado en la pared de piedra.

—Pero... ¿a dónde conducirá? —se preguntó—. Tal vez nos hayamos equivocado, y estos no sean portales gemelos. Quizá sus gemelos estén en otra parte. Quizá...

—Se han activado a la vez, Tabit —le recordó Caliandra mientras se afanaba de nuevo con el pincel empapado de pintura azul.

—Quizá no deberíamos malgastar tanta pintura en experimentos al azar —comentó él con cierta preocupación.

Cali sacudió la cabeza. La trenza se le deshizo un poco más, y las puntas de su flequillo casi rozaron peligrosamente la pared.

—Estamos a punto de descubrir algo importantísimo —le recordó–. Y Tash dijo que en su mina había toda una veta de bodarita azul.

–Pero, que sepamos, no existe en ninguna otra explotación. Ni hay constancia en los anales de la Academia de que alguna vez se haya encontrado algo semejante. Probablemente es mucho más rara que la bodarita normal, ¿sabes?

Caliandra no respondió. Terminó de trazar el símbolo y el portal se activó de nuevo.

–¡Eh! ¿Lo ves?

–¿Has vuelto a pintar el sesenta y dos? –preguntó Tabit, frunciendo el ceño–. Si eso no es malgastar pintura, sea roja o azul, no sé...

–No –negó ella–. No soy tan tonta, ¿sabes? He probado con otra variable. He escrito sesenta y uno.

–No puede ser –dijo Tabit otra vez, y tuvo la extraña sensación de que, con aquellos portales azules, iba a repetir aquella frase con más frecuencia de la que le gustaría–. No pueden estar conectados si no coinciden todas las coordenadas.

Caliandra se había levantado y retrocedió un poco para mirar ambos portales.

–Dijiste que los portales normales no dependían de la duodécima variable, ¿verdad? –comentó–. Que funcionaban igualmente, la pusieras o no. A lo mejor estos portales azules necesitan esa coordenada, pero no importa qué coordenada sea, siempre que escribas algo ahí. Por eso es «Indefinida».

Tabit negó con la cabeza.

–Eso no tiene ningún sentido.

Caliandra suspiró.

–Está bien, lo haremos otra vez –dijo–, solo para demostrarte que tengo razón.

Y saltó al interior del portal que tenía anotado el símbolo que había indicado el medidor. Tabit esperó, maldiciéndose a sí mismo por no haber sido lo bastante rápido como para detenerla... otra vez.

Un instante después, Cali reapareció por el mismo portal por el que había entrado.

–¿Lo ves? –dijo, triunfante; después se volvió y le cambió la expresión–. Un momento...

A Tabit estaba a punto de estallarle la cabeza.

–Esto no puede ser –dijo–. ¿Dónde has estado?

–En ninguna parte –respondió ella, no menos estupefacta que él–. He entrado y salido... por el mismo portal.

Tabit se frotó las sienes con las yemas de los dedos.

–A ver, pensemos con lógica. Has cambiado la duodécima coordenada en uno de los portales y, por tanto, y como yo ya suponía, el enlace entre ellos se ha roto. Pero, en tal caso, no debería funcionar ninguno de los dos. Porque el portal de entrada no puede ser el mismo que el de salida.

–Ya lo has visto –respondió Cali–. He salido por donde entré, ¿verdad?

–Eso me ha parecido.

–Lo voy a probar otra vez... solo para estar seguros.

–¡No! –la detuvo él–. Ni se te ocurra. Con estas cosas no se juega, ¿sabes? Si no tienes ni idea de a dónde conduce un portal, no hay que cruzarlo nunca, ya lo sabes. Podría no estar bien enlazado... Y no sabemos cómo se comportan estos portales azules. Quién sabe si maese Belban no se cansó de hacer cálculos y decidió hacer experimentos por su cuenta... y se perdió en algún lugar entre portales.

–¿Existen esos sitios? Pensaba que eran cuentos para asustar a los nuevos.

–Parece ser que ha habido gente, a lo largo de la historia, que ha atravesado portales mal enlazados y no ha aparecido nunca más. O ha aparecido... a trozos –se estremeció.

–¿Cómo que a trozos? –se extrañó ella–. ¿Como, por ejemplo, el torso en Belesia, las piernas en Uskia y la cabeza en Rodia, o algo así?

–O algo así –asintió él.

–No me lo creo.

–Bueno, puede que eso sí sea una especie de leyenda sin fundamento, pero es cierto que ha habido maeses que se han perdido entre portales y nunca más se ha sabido de ellos.

Tabit esperaba que aquellas palabras asustaran a Caliandra, pero tuvieron en ella un efecto muy distinto al que había calculado. La muchacha contemplaba el portal azul, pensativa.

–Quieres decir que tal vez maese Belban esté vagando en medio de ninguna parte. En tal caso –añadió, alzando la cabeza con decisión–, eso es un motivo más para ir en su busca. Deséame suerte.

Tabit se lanzó hacia delante, tratando de detenerla, pero apenas logró rozar su hábito con la punta de los dedos antes de que Caliandra desapareciera por el otro portal, aquel cuya duodécima coordenada era «sesenta y uno».

En el fondo, Cali estaba aterrorizada, pero no se había parado a pensar en su decisión, porque sabía que, si lo hacía, jamás se atrevería a cruzar el portal, no después de las advertencias de Tabit. Sintió aquel tirón familiar en el estómago, un leve mareo y, de pronto, salió del portal... de nuevo, al estudio de maese Belban.

–¡Vaya! –comentó, desencantada–. Al final sí será verdad que la duodécima variable es en realidad una constante.

La figura envuelta en un hábito granate, que ella en la penumbra había tomado por Tabit, dio un respingo al oírla y se volvió, estupefacto.

–¿Quién eres tú? ¿Y qué haces aquí?

Cali fue consciente entonces de las diferencias que se le habían pasado por alto hasta el momento. La habitación de maese Belban no era exactamente la misma. La chimenea estaba encendida y, a la luz de las llamas, la joven pudo ver que tanto la cama como el arcón habían desaparecido; además, el escritorio se encontraba al fondo de la estancia, y no apartado junto a la pared. Era noche cerrada, y la persona que la contemplaba, como si hubiera visto un fantasma, desde luego no era Tabit.

–¿Maese... maese Belban? –pudo decir ella.

El profesor parecía no haber dormido en mucho tiempo. Unas profundas ojeras marcaban su rostro cansado, y daba la sensación de que no se había cambiado de ropa en varios días. Cali no dejó de notar que, en contra de su costumbre, su cabeza lucía la trenza reglamentaria, aunque ya algo deshecha, como si hiciera tiempo que no se peinaba. Además, su pelo era gris, y no blanco.

–Maese... Belban –repitió Cali–. Pero ¿cómo...? ¿Dónde habéis estado todo este tiempo?

–¿Yo? –El pintor de portales parpadeó, desconcertado–. He estado aquí mismo, jovencita, toda la tarde. ¿Y quién eres tú? ¿Y cómo has entrado aquí?

–Soy... Caliandra, vuestra ayudante. ¿No me recordáis? He venido...

Sacudió la cabeza, confusa. Se volvió hacia la pared, pero, ante su sorpresa, descubrió que allí ya no había dos portales azules, sino uno solo, el que acababa de atravesar. Y ni siquiera podía asegurar que fuese un portal, porque no estaba pintado en ninguna parte: era solo un tenue brillo que seguía el patrón del diseño que ella había hecho y que el propio maese Belban había dibujado en la pared de su estudio... ¿o no?

—Yo... no lo entiendo —balbuceó.

También el profesor se había quedado contemplando aquel portal que no era un portal, fascinado. Parecía la huella fantasmal del portal azul, apenas un resplandor etéreo, sin unos trazos firmes de pintura que lo sostuvieran.

Y, como si del espíritu del portal se tratase, como una estrella entre la niebla, la luz azul del portal empezó a desvanecerse lentamente.

Él reaccionó.

—¡Seas quien seas, no puedes quedarte aquí! ¿No lo ves? ¡Va a desaparecer!

Cali seguía sin entender gran cosa, pero lo peculiar de la situación y el tono apremiante de maese Belban la inundaron de pánico de repente. En vistas de que parecía incapaz de moverse, el profesor la empujó de golpe y la precipitó hacia el círculo de luz azul. Cali gritó, pensando que chocaría contra el muro de piedra.

Sin embargo...

... atravesó el portal de luz, el portal que no estaba pintado en ninguna pared, perdió el equilibrio y cayó de bruces...

... sobre el suelo del estudio de maese Belban.

—¡Cali! —oyó de pronto la voz de Tabit.

La joven, aturdida, apenas sintió cómo él se abalanzaba sobre ella para sostenerla. Aún temblaba de miedo.

—¿Dónde has estado? —le preguntó Tabit, ansioso—. ¿Por qué has tardado tanto?

Ella lo miró, tratando de asimilar que estaba de nuevo donde debía estar, o eso parecía. Paseó la mirada por la estancia y lo encontró todo tal y como estaba antes de atravesar el portal azul.

—Yo... —musitó—. He visto a maese Belban.

Tabit la soltó y la miró fijamente, boquiabierto.

—¿Qué? ¿Dónde?

—Aquí —pudo decir ella; Tabit se volvió de pronto, como si esperara verlo aparecer a su espalda—. Pero no era... aquí. No lo sé. No me conocía. No sabía quién era yo. Me dijo...

Parpadeó para retener las lágrimas. Tabit la abrazó con cierta torpeza.

–Aquí no ha estado maese Belban, Caliandra. ¿No será que has sufrido algún tipo de alucinación?

Ella negó con la cabeza. Cuando logró tranquilizarse, le explicó a Tabit todo lo que había pasado. Él la escuchó, sin decir una sola palabra. Cuando acabó, contempló los dos portales azules con gesto serio.

–Creo que ya hemos hecho bastante por hoy –decidió–. Y me parece que hasta se nos ha hecho tarde para cenar. Sugiero que vayamos a dormir, y ya pensaremos en esto mañana.

Cali asintió, sin fuerzas para oponerse. Tampoco dijo nada cuando Tabit cogió un paño y restregó el duodécimo símbolo de cada uno de los portales azules, emborronando la pintura, que todavía estaba húmeda. Ambos se apagaron al instante.

–Esta vez, dejaré bien cerrada la puerta –declaró Tabit–, para que no se te ocurra venir en plena noche a seguir haciendo experimentos descabellados.

Cali no dijo nada.

Ya acababa de anochecer cuando los dos salieron al pasillo y dejaron atrás el estudio de maese Belban, y, con él, un misterio mucho más insondable de lo que ninguno de ellos había alcanzado a imaginar.

A la mañana siguiente Tabit, bastante más despejado, llegó temprano al comedor, considerablemente hambriento, puesto que la noche anterior no había cenado. Había poca gente, de modo que se sentó en una mesa solitaria y, después de dar cuenta de su desayuno, y dado que tenía un rato libre antes de su primera clase, volvió a sumergirse en los apuntes de maese Belban.

Tal y como Caliandra le había anticipado, estaban escritos en una especie de clave, y Tabit se preguntó qué necesidad tendría el profesor de hacer algo así. Los cálculos en torno al número sesenta y dos, en cambio, estaban realizados con los signos matemáticos de siempre, un entramado de puntos trenzados en torno a los símbolos que ya conocía. Trató de reproducirlos mentalmente, pero seguía encontrándose con el problema de que no tenía ni la menor idea de lo que estaba buscando. Entendía las operaciones matemáticas, pero no su finalidad. Y no ayudaba en nada el hecho de que aquel símbolo «Indefinido» estuviera por todas partes.

Estaba tan ensimismado en el estudio de aquellos papeles que se sobresaltó cuando alguien se sentó frente a él. Alzó la cabeza y vio a Caliandra.

Se encontraba en un estado lamentable, pálida, despeinada, con los ojos hundidos y con aspecto de no haber dormido en toda la noche. Sostenía entre sus manos un tazón humeante y se aferraba a él como si fuera a desplomarse encima.

Con todo, temblaba de excitación, y su mirada presentaba ese brillo decidido que Tabit ya estaba aprendiendo a temer.

–Buenos días –empezó él–. ¿Cómo...?

–Ya sé lo que está pasando, Tabit –cortó ella.

El joven la miró sin comprender.

–¿Lo que está pasando? ¿Te refieres a la desaparición de los portales?

Pero Cali agitó la mano en el aire, impaciente.

–¡Por favor! –le reprochó–. ¿Descubrimos cómo funciona un tipo de portal totalmente nuevo y a ti solo te preocupa la desaparición del portal de los pescadores?

–Es importante para ellos –se defendió Tabit, molesto.

Cali se detuvo y se obligó a sí misma a respirar hondo.

–Lo sé –dijo, con más suavidad–. Lo siento. Es que estoy emocionada.

Tomó un largo sorbo de su infusión, y Tabit no pudo reprimir una mueca de dolor, porque parecía estar demasiado caliente como para tocar la taza siquiera. Sin embargo, Cali no dio muestras de haberse quemado la lengua. Cuando volvió a dejar el tazón sobre la mesa, Tabit observó que le temblaban ligeramente las manos.

–Ya lo veo –comentó–. ¿Eso es algún tipo de infusión estimulante? Porque no sé si es lo que más te conviene ahora mismo.

Cali sacudió la cabeza.

–Nos estamos yendo por las ramas –dijo–. Empecemos otra vez: hola, Tabit, ya sé para qué sirven los portales azules, ya sé qué significa la duodécima variable y sé, también, a dónde fui anoche, cuando atravesé el portal.

–En cuanto a eso... tengo una teoría. Pienso que el portal no estaba bien enlazado; probablemente ni siquiera tenía que haberse activado, y por eso hacía cosas raras. Seguramente el hecho de atravesarlo te trastornó un poco y...

Pero Cali sacudió la cabeza con energía.

—¡No, no, no! Deja de ser tan cuadriculado, Tabit. Piensa en las posibilidades. Atrévete a ir un poco más allá. Déjate llevar por tu intuición.

Aquellas palabras recordaron a Tabit lo que maese Belban le había dicho ante el despacho del rector, cuando le había explicado por qué había escogido a Caliandra como ayudante, y no a él. Pero reprimió su irritación y logró decir, esforzándose por ser amable:

—Muy bien. ¿Cuál es tu teoría, pues?

Caliandra inspiró hondo antes de inclinarse hacia delante y decir, en voz baja:

—Lo he pensado mucho, Tabit. Yo vi ayer a maese Belban en su estudio cuando crucé el portal... pero ni la habitación era exactamente la misma, ni maese Belban parecía reconocerme.

—Bueno, tienes que admitir que a veces se comporta de forma un tanto... excéntrica.

Cali negó con la cabeza.

—Pero él tenía razón al sorprenderse. Era verdad que no me conocía... aún.

—¿Qué quieres decir?

—Piénsalo: las once variables señalaban el mismo sitio. Solo cambiamos la duodécima. Así, cuando el portal se activó... no me condujo a un lugar diferente, sino al mismo... pero en otro tiempo.

Tabit se irguió, atónito, mientras trataba de comprender todas las implicaciones de aquella declaración.

—Hace meses, o incluso años —prosiguió Cali, cada vez más entusiasmada—, el profesor Belban ya trabajaba en ese mismo estudio, pero todavía no me conocía, ni había pintado el portal azul en la pared. Pienso que, igual que con la bodarita granate podemos dibujar portales que nos permiten desplazarnos en el espacio... la bodarita azul genera portales con los que podemos viajar en el tiempo.

Tabit inspiró hondo, con los ojos muy abiertos.

—Pero eso es una locura...

—No lo es tanto. Piensa en las mediciones que hicimos. El presente es siempre el mismo, por eso la duodécima variable no parecía cambiar. Por eso, si dibujas un portal azul solo con las coordenadas del «aquí», no se activará; pero, si le añades la duodécima coordenada, la del «ahora», se activará para devolverte exactamente al mismo lugar en el que estás, y al mismo tiempo. Si, por el contrario, cambias la coordenada y señalas como destino un tiempo diferente... el portal azul te llevará al «aquí», sí, pero será un «aquí» situado en algún punto del «ayer»... o del «mañana» –añadió de pronto, como si acabase de ocurrírsele, con los ojos muy abiertos.

–Pero eso es imp...

–No vuelvas a decir que es imposible, Tabit, por favor, porque así no vamos a avanzar –se quejó ella–. Imagina que esto es una clase de Teoría de los Portales, ¿vale? Imagina, por un momento, que, en efecto, existiera una variedad de bodarita con esas propiedades. Que pudiéramos utilizarla para pintar portales temporales. Que la duodécima coordenada, que podríamos llamar «Tiempo», nos marcase el punto exacto de la historia al que podemos llegar.

Tabit cerró los ojos un momento y reordenó sus esquemas mentales, como pudo, con aquella nueva información.

–Bien –dijo finalmente, exhalando aire con lentitud–, bien. Imaginémoslo, como si fuera un debate de Teoría de los Portales, de acuerdo. Has dicho que la duodécima coordenada es el Tiempo, ¿no? ¿Y por qué llamarla «Indefinida», pues? ¿Por qué no utilizar en el medidor el símbolo correspondiente al Tiempo?

–Puede que maese Vanhar y sus sucesores no supieran realmente a qué correspondía la duodécima variable –argumentó ella–. O tal vez... –añadió, y los ojos se le iluminaron de pronto–, tal vez hayamos interpretado mal el símbolo. Quizá no signifique exactamente «Indefinido»...

–Es exactamente lo que significa, Caliandra –cortó Tabit–. Me he tomado la molestia de mirarlo en el diccionario, solo para asegurarme. «Indefinido, indeterminado, impreciso» –recitó de memoria–. Literalmente.

Cali arrugó el ceño y se mordisqueó la punta de la trenza, pensativa.

–Indefinido –repitió–. Sin definir. Sin delimitar. Ilimitado. Infinito. Eterno. ¿Lo ves? –añadió, con una radiante sonrisa–. Sigue siendo el Tiempo: infinito, hasta que le añades la variable numérica y lo sitúas en el «Ahora». Es otra interpretación del símbolo.

—No es lo que pone en el diccionario... –protestó Tabit, pero Cali lo interrumpió:

—¡Los diccionarios académicos solo incluyen las definiciones más comunes de cada símbolo! Maese Eldrad lo repite constantemente en clase. El lenguaje simbólico no es tan preciso como el alfabético, pero en su origen era mucho más rico y complejo que la variante que usamos ahora. El diccionario básico es una herramienta de trabajo; es fundamental para crear y traducir contraseñas, y con los años lo hemos reducido a eso, pero los diccionarios más antiguos contenían muchísimos más matices y acepciones.

—De acuerdo, no te lo discuto. Pero ¿de dónde te has sacado que este símbolo en concreto puede interpretarse como «Tiempo»? ¿Has consultado algún diccionario antiguo en el que aparezca algo así?

Cali se ruborizó levemente; pese a ello, respondió con dignidad:

—Lo he deducido yo sola.

—Te lo has inventado, que no es lo mismo –replicó Tabit, que empezaba a perder la paciencia–. Piensa con un poco de lógica por una vez: nuestro lenguaje ya posee un símbolo para representar el concepto «Tiempo». ¿Por qué no lo emplearon en los medidores primitivos? ¿Por qué razón iban a utilizar un símbolo que signifique «Indefinido» y que quizá, tal vez, a lo mejor... puede interpretarse como «Tiempo»?

—Han pasado siglos desde que se fabricaron los primeros medidores, Tabit –señaló ella–. El lenguaje cambia, evoluciona. Tampoco el símbolo que utilizamos en los medidores para el concepto «Agua» es el más habitual. Todos sabemos que es un símbolo arcaico que, fuera de la relación de coordenadas, no se utiliza para nada más en la actualidad. Pero sabemos que significa «Agua» porque esa coordenada la usamos constantemente. Y ahora imagina que los antiguos ya previeron una coordenada «Tiempo» y la marcaron con ese símbolo. Y con el tiempo se olvidó lo que significaba, porque, como muy bien dijiste, no hace falta poner la duodécima coordenada para que un portal funcione... al menos, en el caso de los portales granates de siempre. Pero estamos hablando de portales azules.

Tabit iba a replicar, pero se detuvo un instante a meditar sobre lo que ella proponía.

–Es una hipótesis muy rebuscada, pero tiene su lógica –aceptó–. Te podría valer en una clase de Teoría de los Portales. Ahora bien, de ahí a que se corresponda con la realidad...

–Entonces, ¿partimos de la base de que la duodécima coordenada, «Indefinido» o «Infinito», corresponde en realidad al Tiempo? –se impacientó Cali.

–Si es la base de tu argumentación, sí, partamos de ahí. Pero, si la duodécima coordenada es el Tiempo... no sé, ¿cómo mides algo así?

–De la misma manera que mides los factores Fuego, Metal o Luz de un lugar en concreto –replicó Cali–. En una escala del uno al cien.

–Pero, del uno al cien... ¿desde cuándo y hasta cuándo? Porque sabes que un lugar que tenga un valor de uno en, por ejemplo, Agua, implica una carencia casi total. ¿Cuál sería el valor uno del Tiempo? ¿Y el cien?

Cali se mordisqueó el labio mientras pensaba intensamente.

–Tal vez el principio de los tiempos. O la activación del primer portal. O la formación de la primera veta de bodarita. No tengo ni idea. Pero el cien, desde luego, podría ser algo parecido al fin del mundo. Desde ese punto de vista –añadió, más animada–, es un alivio que nuestro Tiempo sea sesenta y dos. Aún nos queda un trecho hasta llegar al cien.

Tabit negaba con la cabeza, no muy convencido.

–Pero ¿cuál es el intervalo entre los distintos valores consecutivos? Por ejemplo, ¿cuántos años hay entre el sesenta y uno y el sesenta y dos? ¿O días, o meses? ¿O siglos?

–No tengo ni idea –admitió Caliandra–, pero puede que fuera lo que maese Belban estaba tratando de calcular ahí –añadió, señalando los papeles que reposaban sobre la mesa, delante de Tabit.

El joven se detuvo un instante, perplejo, y después contempló las hojas garabateadas por Belban con un renovado respeto.

–Sí... podría ser –reconoció–. Pero hay muchas cosas que no me cuadran. En primer lugar, que necesitemos once coordenadas para definir un punto espacialmente, y solo una para situarlo en el tiempo.

–Quizá por eso la medición es tan imprecisa –sugirió Caliandra–. Quiero decir que si, por ejemplo, yo quisiera pintar un portal que me condujera a un año en concreto, o a un momento mucho más delimitado incluso, como, pongamos, el día de mi nacimiento...

—Entiendo lo que quieres decir. Parece que una escala de cien puntos no basta para recoger todas las posibilidades temporales que podríamos llegar a necesitar. Y puede que de eso precisamente traten estas notas. Pero, entonces, si Belban lo había descubierto... —Tabit calló un momento, pensando, y luego sacudió la cabeza—. No puede ser, Cali, tu teoría no se sostiene. Si ayer viajaste en el tiempo y te encontraste con maese Belban en algún punto del pasado, él ya te conocería en el presente, habría visto el portal azul, sabría...

—¿Y quién te dice que no es así? —lo interrumpió Cali, cada vez más excitada—. ¡No es tan descabellado! Imagina que maese Belban tuvo, en el pasado, un extraño encuentro con una estudiante desconocida que entró en su habitación a través de un misterioso portal azul. Imagina que ha pasado años dándole vueltas al asunto. Y de pronto llega a sus manos una muestra de bodarita azul, y el Consejo le encarga investigarla, o él se presenta voluntario para hacerlo, y solicita un ayudante... ah, vaya, yo le dije en el pasado que era su ayudante —recordó de pronto, perpleja—. Y vio la huella luminosa del portal azul en su pared. ¿Y si... vio el diseño que presenté y lo reconoció? ¿Y si...?

—¿... Y si, cuando te presentaste ante él por primera vez, te reconoció, porque ya te había visto antes, aunque tú a él aún no? —completó Tabit—. ¡Y quizá por eso te eligió a ti como ayudante! —concluyó, sin poder disimular su alegría.

—Eh, eh, no tan deprisa —protestó ella—. Me eligió a mí porque le gustó mi proyecto, no porque me reconociera de...

—Si te encontraste con él en el pasado —cortó Tabit con rotundidad—, es algo que ya ha sucedido y no se puede cambiar y, por tanto, forma parte de las vivencias de maese Belban, así que, sí, es altamente probable que te reconociera cuando presentaste tu proyecto, que recordara que le dijiste que eras su ayudante, y que te eligiera por eso. Y —añadió, antes de que Cali pudiera replicar— si de verdad crees que él no te conocía de antes, y que te escogió solo por tus méritos, entonces tienes que admitir que tu teoría del viaje temporal no se sostiene y que entra dentro de lo posible que sufrieses algún tipo de extraña alucinación. Fin del debate, gano yo —concluyó, ceñudo, cruzándose de brazos.

Caliandra se quedó con la boca abierta.

—Vaya –fue lo único que pudo decir–. Se te da bien esto, ¿sabes? ¿Cómo es que siempre haces el ridíc... quiero decir, cómo es que no lo demuestras en Teoría de Portales?

Tabit enrojeció de pronto y se revolvió el pelo, incómodo.

—Hago el ridículo en los debates, puedes decirlo tranquilamente –farfulló, inseguro de pronto–. Es por toda esa gente que me está mirando cuando hablo. Me pone nervioso.

Cali tuvo el detalle de no reírse, aunque le hacía gracia la situación.

—Entiendo –se limitó a comentar, con amabilidad–. Bueno, reconozco que no tengo nada con qué rebatirte. Ya sé que mi teoría es una locura, pero... es la única que tiene algo de sentido.

Tabit se rascó la cabeza, pensativo, mientras volvía a examinar los cálculos del profesor.

—Entonces, si no he entendido mal, tú piensas que maese Belban atravesó uno de esos portales azules y ahora anda perdido en el pasado...

—...O en el futuro –apostilló Cali, pero Tabit negó con vehemencia.

—Prefiero ir paso a paso, si no te importa. Pensar en viajar al pasado ya me produce vértigo, y si hablamos del futuro... uf –se estremeció.

—Bien, pues supongamos que maese Belban está en algún lugar en el pasado, si eso te hace sentir mejor.

—No demasiado, pero gracias. –Tabit había sacado su cuaderno y tomaba notas, tratando de ordenar sus pensamientos; alzó la cabeza de pronto–. Pero, si maese Belban hubiese atravesado el portal azul y no hubiese regresado... no habría podido borrar el duodécimo símbolo de la pared, como sabemos que hizo.

—¿Y si no fue él? –dijo de pronto Cali, con los ojos muy abiertos–. ¿Y si alguien borró el símbolo del portal y lo dejó atrapado para siempre en el pasado? –gimió, angustiada.

—¿Quién iba a querer hacer eso? En cualquier caso –añadió, cambiando de tema, porque la idea sugerida por Cali le parecía muy inquietante–, creo que podríamos tratar de averiguar a dónde fue exactamente si desciframos estos papeles. Quizá anotó en alguna parte las coordenadas de sus viajes experimentales. Quizá podamos seguirlo y encontrarlo. Independientemente de que esos viajes lo llevaran o no al pasado... podría ser una pista.

—Me parece bien.

—De acuerdo —asintió Tabit, levantándose—. Voy a ir entonces a hablar con maese Maltun para contarle todo lo que hemos descubierto.

Cali tardó apenas unos instantes en reaccionar, pero, cuando lo hizo, se incorporó y lo retuvo, horrorizada.

—¿Al rector? ¿Qué dices? ¡Ni hablar!

—¿Por qué no? Tenemos una pista y hemos descubierto cómo activar los portales azules. Es muchísima información importante y deberíamos compartirla.

—¡Pero, si le cuentas todo lo que sabemos, los maeses querrán investigarlo ellos y...! —se interrumpió, comprendiendo que aquel no era el argumento adecuado para convencer a Tabit—. Además, todavía no estamos seguros de tener razón —le recordó—. Si estás en lo cierto y lo que vi fue una alucinación... —no terminó la frase, pero Tabit se imaginó lo demás, y se dejó caer de nuevo en el asiento, indeciso.

—Pero, entonces... ¿qué hacemos?

—Lo que estábamos haciendo hasta ahora: investigar. Creo que se nos da muy bien.

Tabit sacudió la cabeza.

—No, no, ni hablar. Sé lo que pasará después: te pondrás a pintar coordenadas temporales en el portal azul y a atravesarlo alegremente sin ninguna precaución, y yo no quiero volver a pasar por eso, ¿sabes? La última vez casi me matas del susto.

—Eres un exagerado y un timorato, Tabit —protestó ella.

—Y tú, una atolondrada y una irresponsable —contraatacó él.

Los dos habían alzado la voz sin darse cuenta. Se detuvieron de pronto, cohibidos, al percatarse de que el comedor de estudiantes estaba bastante más lleno ahora, y de que muchos los miraban sin disimulo. Para colmo, Zaut estaba de pie, a tres pasos de su mesa, contemplándolos con un brillo de diversión en los ojos.

—Eh, eh, ¿qué pasa aquí? —dijo, inclinándose junto a ellos—. ¿Una pelea de enamorados? ¿Cómo no me había enterado de que estabais juntos?

Tabit respiró hondo, tratando de calmarse, y recogió los papeles de maese Belban, aparentando indiferencia.

—No estamos juntos —replicó, cortante.

—Es solo una práctica de debate para Teoría de los Portales

que se nos ha ido un poco de las manos –masculló Cali, mirando hacia otro lado.

Tabit se sintió aliviado al advertir que Caliandra había optado tácitamente por no hacer partícipe a Zaut de sus últimos descubrimientos. Le pareció bien; apreciaba mucho a su amigo, pero no era precisamente el estudiante más discreto de la Academia.

–Bueno, he venido a decirte que tienes visita –prosiguió Zaut–. Hay un tipo que quiere verte. No quiso esperar en la entrada, e insistió tanto que me han encargado que lo acompañara hasta aquí. Mira, está ahí, en la puerta. ¿De verdad lo conoces?

Tabit se volvió hacia el lugar indicado por Zaut y suspiró al descubrir allí a Yunek, que aguardaba, visiblemente incómodo, apoyado contra el marco de la puerta del comedor.

–Sí, es el chico que encargó el portal de mi proyecto –dijo.

Cali también lo vio. Al reconocerlo, su corazón latió un poco más deprisa.

–¿El granjero uskiano? –Zaut se volvió para contemplar a Yunek con descaro–. Sí que es insistente, por no decir pesado.

Tabit no respondió. Se había dado cuenta de que Yunek se mostraba pálido y agitado, e intuyó que tenía algo importante que decirle. Algo que quizá no tuviera nada que ver con sus reclamaciones a la Academia.

–Voy a ver qué quiere –murmuró, inquieto; recogió sus papeles y se levantó de la mesa.

–Voy contigo –dijo enseguida Cali.

–Eh, yo venía a desayunar con vosotros –se lamentó Zaut.

–Ya hemos terminado –se disculpó Tabit–. Hasta luego, Zaut. Nos vemos en el almuerzo, ¿de acuerdo?

Zaut suspiró y los observó mientras se alejaban.

–Y luego dicen que no hay nada entre ellos –rezongó.

Yunek vio llegar a Tabit y se enderezó inmediatamente.

–¡Tabit! –lo saludó–. Escucha, tenemos un problema muy serio. Rodak... –se interrumpió de pronto cuando descubrió a Cali junto al pintor de portales.

–Esta es Caliandra, una compañera de estudios –la presentó Tabit; se volvió hacia ella–. Él es Yunek; viene de Uskia, y está aquí porque el Consejo ha cancelado el portal que encargó.

–Lo sé –respondió Cali con una media sonrisa–. Ya nos conocemos.

—¿En serio? Ah, es cierto, os encontrasteis en Administración.

—Pero no habíamos sido formalmente presentados. Yunek... puedes llamarme Cali –le dijo, aún sonriendo.

Yunek le devolvió la sonrisa. Hubo un silencio mientras los dos se miraban a los ojos. Tabit, ajeno a la conexión invisible que parecía existir entre ellos, devolvió al uskiano a la realidad:

—Bueno, Yunek, ¿qué es eso que tenías que decirme? Puedes hablar delante de Caliandra; estamos en esto juntos –añadió, malinterpretando la mirada que el joven había dirigido a Cali.

Yunek miró a su alrededor. Era muy consciente de que en aquel lugar, repleto de hábitos granates, llamaba mucho la atención.

—¿Podemos ir a hablar a un lugar más discreto? Ha pasado algo serio en Serena. No tardarán en llegaros las noticias, pero preferiría contároslo en persona.

—Claro –asintió Tabit–. Podemos usar mi sala de estudio, si quieres. La comparto con otros tres chicos, pero Unven todavía no ha vuelto de Rodia, y los otros dos están en un grupo de prácticas de Observación de Portales y pasarán toda la mañana fuera.

—Eso será perfecto –asintió Cali.

Un rato más tarde, reunidos los tres en torno a la mesa del estudio de Tabit, Yunek les contó lo que había sucedido la noche anterior en la lonja del puerto de Serena.

—El alguacil ha ordenado a Rodak que no salga de casa –concluyó Yunek–, pero su madre teme por él. Piensa que quien mató a Ruris podría tener algo contra los guardianes del portal, y que Rodak podría ser el próximo. –Se estremeció–. Aunque no lo parece, por ser tan alto y grande, el chico solo tiene dieciséis años. Su madre me ha invitado a quedarme en su casa, así que estaré con ellos, de momento, aunque solo sea para que ella se sienta un poco más segura. Y, mientras tanto, intentaré descubrir quién está detrás de todo esto.

—No sé –respondió Tabit, dudoso–. ¿Crees que es una buena idea?

—Alguien ha matado a un guardián, y Rodak podría estar en peligro —le recordó Yunek—. A mí me parece un asunto bastante serio.

—Lo es —asintió Tabit con cansancio—, pero estoy seguro de que los alguaciles de Serena sabrán encontrar al asesino, y que los maeses también colaborarán. No creo que debamos entrometernos en algo así, la verdad. Precisamente porque es un asunto bastante serio.

—Pero ¿quién podría querer matar al guardián de un portal de pescadores? —se preguntó Cali, aún impresionada por el relato de Yunek.

El joven sacudió la cabeza.

—Rodak y yo estuvimos hablando acerca de eso —dijo—. Tenemos varias ideas. Pensad que el muerto tenía a su cargo el portal robado. Así que podría haberlo matado alguien del Gremio, como escarmiento. O, incluso... algún pintor de portales al que no le ha sentado bien que Ruris faltara a su deber.

—Eso es absurdo —declaró Tabit, indignado—. Ningún maese degollaría a un guardián por encontrarse indispuesto.

—¿Y si no estaba indispuesto? —apostilló Yunek—. Piensa en lo que el asesino escribió en la pared: «Muerte a todos los traidores». ¿Y si el guardián estaba compinchado con los ladrones de portales, y fingió estar enfermo para marcharse a su casa y dejarles el campo libre?

—¿Y qué ganaría él con eso?

—Por supuesto, ese tipo de favores se pagan.

—¿Tú crees? ¿Y qué opina Rodak de todo eso?

Yunek suspiró.

—Es tan leal a la Academia como tú. Opina que ningún guardián faltaría a su deber, por mucho que le pagasen. Y, hablando de eso... con todo lo del asesinato, no os he contado lo que descubrimos ayer preguntando a los otros guardianes.

Les resumió, en pocas palabras, los relatos que habían ido recogiendo. Les habló también de la teoría de Rodak, según la cual había alguien que, en efecto, estaba haciendo desaparecer discretamente algunos portales en distintas partes de Darusia, portales abandonados o situados en poblaciones pequeñas, y utilizaba a menudo diversos métodos para hacer pasar sus actividades por accidentes de diversas clases.

—Pero es que sigo sin entender por qué querría nadie ir borrando portales aquí y allá –comentó Cali–. ¿Para fastidiar a la Academia, tal vez?

Yunek miró a Tabit significativamente. Este calló un momento, con la mirada fija en la mesa. Después dijo:

–No los borran por capricho. Están robando pintura de bodarita.

–¿Y para qué? La pintura por sí sola no sirve para nada a menos que esté en manos de un maese que sepa utilizarla. Y no tiene sentido intentar venderla a la Academia, porque todas las minas de bodarita que hay en Darusia nos pertenecen. Mira, te voy a poner un ejemplo: entre otras muchas cosas, mi padre es propietario de una factoría de sedas en Singalia. ¿Te imaginas que un ladrón de tres al cuarto le robara un vestido a una dama esmirana para tratar de vendérmelo a mí? ¿A ti te parece que yo me molestaría en comprarlo?

Tabit no respondió. Parecía tener una idea al respecto, pero Cali tuvo la sensación de que se resistía a compartirla con ellos.

Yunek se aclaró la garganta. No se atrevió a mirar a la muchacha, aún impresionado por aquella revelación sobre su familia.

–Cerca de donde yo vivo –dijo, un tanto cohibido–, había un hombre que criaba gallinas. Era el mayor vendedor de pollos y huevos de la zona, y solo había otro que podía competir con él, cinco aldeas más allá.

–Perdona –le interrumpió Cali–, pero, ¿qué tiene eso que ver...?

–Déjame acabar, por favor –cortó Yunek, con cierta brusquedad.

Cali miró a Tabit, pero este no dijo nada. Seguía concentrado en contemplar el dibujo que las vetas de la madera formaban en la superficie de la mesa, como si fuera algo absolutamente fascinante.

–Está bien, sigue –suspiró ella–. Te escucho.

–Resultó que un día –continuó Yunek–, las gallinas enfermaron y, en poco tiempo, murieron casi todas. El dueño no se lo contó a nadie, porque tenía miedo de que la gente dejara de comprarle huevos si se corría la voz. Se deshizo de los animales muertos, limpió bien el corral y fingió que no había pasado nada.

»Pero, como ya casi no le quedaban gallinas, no tenía suficientes huevos para todos sus clientes. Empezó por venderlos más caros; además, puso a criar a la mayoría de sus gallinas ponedoras para repoblar el corral, así el precio de los huevos subió aún más. Mientras tanto, él y su familia se privaban de muchas cosas para ahorrar el dinero que necesitaban para comprar más animales.

»Todo esto, claro, de puertas para adentro; pero de todas formas perdieron clientes, porque no tenían género para todos y porque muchos de ellos dejaron de comprarles después de la subida de precios. Así que terminaron por vender solo a los más ricos, a los que no les importaba pagar un poco más por los huevos, los pollos y las gallinas de la granja.

»Pero entonces alguien en el pueblo descubrió los apuros por los que estaban pasando, y, de pronto, los vecinos que tenían gallineros particulares empezaron a sufrir ataques de zorros, que entraban en los corrales y se llevaban una o dos gallinas cada vez. Al principio, todo el mundo creyó que de verdad eran zorros; pero, con el tiempo, y como las trampas no funcionaban, la gente empezó a hacerse preguntas...

—¿Quieres decir...?

Yunek asintió.

—Había un ladrón que robaba los animales de los corrales y después los vendía baratos al criador de pollos. No le explicaba de dónde los había sacado, y él no preguntaba, aunque yo creo que, en el fondo, lo sabía muy bien.

—¿Y qué pasó al final?

—¿Qué iba a pasar? Se descubrió el pastel. La familia quedó en la ruina, porque, aunque no hubiesen robado aquellas gallinas, la gente les echó la culpa a ellos y empezó a comprar los huevos al otro granjero; además, para entonces ya les salía a cuenta hacer el viaje hasta su aldea, aunque estuviese más lejos, porque sus productos eran mucho más baratos.

—¿Y la moraleja de la historia es...?

Yunek suspiró.

—Explícaselo, Tabit —le pidió al estudiante; como él no contestó, el joven se volvió hacia Caliandra para mirarla fijamente a los ojos antes de decir—: lo que estoy intentando que entiendas es que os estáis quedando sin material, Cali. La pintura que usáis para los portales... la hacéis con un mineral especial, ¿verdad? Bueno, pues se está agotando.

—¿Qué dices? —se extrañó ella—. ¿Cómo va a agotarse la bodarita? ¿De dónde has sacado esa idea?

—Bueno, no es difícil de adivinar. Ese chico que fue ayer con Tabit a la plaza, el minero... iba en busca de trabajo, ¿no?

—Pero hay más minas. La de Uskia no es la única que posee la Academia.

—Y, sin embargo, los precios de los portales suben año tras año —señaló Yunek—, y cada vez se aceptan menos encargos. Algunos, como el mío, se echan atrás. —Cali iba a replicar, pero Yunek alzó la mano para indicarle que no había terminado de hablar—. Mientras tengas huevos, no dejarás de venderlos, ¿entiendes? No hay razón para decirle a alguien que no puedes atender su pedido, si está dispuesto a pagar el precio... salvo que, en realidad, no tengas huevos para venderle. Puedes hacer creer a la gente que solo quieres vender a clientes ricos pero, en realidad, el dinero de un campesino vale lo mismo que el del presidente del Gremio de Comerciantes de Esmira.

Cali se sonrojó violentamente.

—Yo jamás he insinuado lo contrario —se defendió, muy digna.

Tabit alzó al fin la cabeza, con un suspiro.

—El padre de Caliandra es el presidente del Gremio de Comerciantes de Esmira —le explicó a Yunek.

En esta ocasión, fue el uskiano quien enrojeció.

—Yo... vaya... —balbuceó—. No quería decir... No lo sabía... Era solo un ejemplo...

—Dejad de hablar ya de gallinas y de comerciantes —dijo entonces Tabit—. Me temo que lo que dice Yunek es verdad, Caliandra: la bodarita se está agotando.

Cali lo miró, incrédula, pero no dijo nada.

—¡Sabía que tú también te habías dado cuenta! —exclamó Yunek, triunfante.

—También a mí me pareció extraño que anularan el encargo de un cliente dispuesto a pagar —prosiguió Tabit—. Y era evidente que habían borrado el portal de los pescadores para llevarse la pintura. Además, no es solo la mina de Tash la que está casi agotada. Ayer, en el almacén, vi el cargamento procedente de la explotación de Kasiba. Los contenedores iban casi vacíos.

—¿Y por eso has enviado a Tash a Ymenia? —comprendió Cali—. ¿Para que compruebe si pasa lo mismo allí?

—Bueno, se ha ido porque buscaba trabajo. Pero sí, le he dicho que me acercaré por la mina en unos días para preguntarle cómo está la situación allí.

—Pero la bodarita... no puede acabarse. ¿Cómo vamos a elaborar la pintura entonces? Y, sin pintura, ¿cómo vamos a dibujar portales?

—Exacto —asintió Tabit.

Los tres permanecieron un instante en silencio. Después, Cali dijo a media voz:

—¿Cuánto hace que lo sabías, Tabit? ¿Y por qué no has dicho nada?

—No lo sabía, en realidad, pero lo sospechaba —respondió él—. Y no he dicho nada porque... bueno, porque hay muchas cosas de las que no estoy seguro. Por ejemplo, no sé si maese Maltun o alguien en el Consejo tiene idea...

—Por supuesto que lo saben —interrumpió Yunek—. Hasta yo me he dado cuenta de lo que pasa, y eso que no soy pintor de portales. Si no lo han hecho público es porque tienen miedo de lo que diga la gente.

—¿Y quién no? —murmuró Cali—. Sin pintura, la Academia no significa nada. Quizá en pocos años ya no podamos pintar ningún portal. Y entonces... no tendrá sentido enseñar a más personas el arte de los portales.

—Sin contar con el hecho de que, sin pintura, todos los maeses nos quedaremos sin trabajo —añadió Tabit, profundamente abatido—. Y todos estos años de estudios no habrán servido para nada.

Cali y Yunek se quedaron mirándolo, pero solo la joven comprendió lo que aquella noticia suponía para él, y que lo afectaría mucho más que a cualquier otro estudiante de la Academia.

—Oh, Tabit...

Pero él sacudió la mano con energía y frunció el ceño.

—No, no me compadezcas. Ahora hay otros asuntos más urgentes. Si la bodarita se está agotando y es tan evidente como dice Yunek, debe de haber más personas enteradas. Más de las que al Consejo le gustaría, quiero decir. Y por eso se están borrando portales. Dentro de muy poco, la pintura de bodarita será valiosísima. Quien la acumule ahora obtendrá grandes beneficios más adelante; cuando se agote del todo, podrá poner el precio que quiera, y la Academia no tendrá más remedio que pagarlo.

—También eso explicaría por qué el Consejo está tan interesado en la bodarita azul —apuntó Cali, un poco más animada—. Si funciona, la mina de Uskia seguirá siendo productiva.

–Eso sería una buena noticia, especialmente para la gente de allí –admitió Tabit–. Y, si lo único que hay que hacer para que funcionen los portales azules es incluir la duodécima coordenada... Pero no, no lo creo –añadió de pronto, desilusionado–. Si la bodarita azul fuera abundante, estaríamos recibiendo visitantes del futuro constantemente, ¿no te parece?

–Mirad, no sé de qué estáis hablando –intervino Yunek–, pero hay que hacer algo con los ladrones de portales. Os recuerdo que Rodak está en peligro y, por si fuera poco, los alguaciles de Serena creen que él podría ser el asesino.

–Tienes razón –admitió Tabit–, deberíamos centrarnos en el tiempo presente, en lugar de construir castillos en el aire. Por eso –añadió–, os agradecería que no fuerais comentando esto por ahí. Será mejor que, por el momento, nuestras sospechas queden entre nosotros.

–¿Tampoco se lo vas a decir a tus amigos? –preguntó Caliandra.

Tabit negó con la cabeza.

–Especialmente a ellos. A Zaut, ya sabes por qué, y en cuanto a Unven y Relia... –dudó un momento antes de añadir–, la verdad, espero que hayan intimado en Rodia y estén lo bastante ocupados como para olvidarse de todo este asunto.

Cali dejó escapar una carcajada.

–¡No me digas que por eso los has enviado a investigar allí!

–Se ofrecieron ellos solos –le recordó Tabit–. Pero estoy hablando en serio: aún no tenemos la certeza de que la bodarita se esté agotando, así que no vale la pena preocupar a los otros estudiantes por esto. ¿De acuerdo?

Ellos no parecían del todo convencidos, pero asintieron.

–¿Qué vas a hacer tú, Yunek? –preguntó entonces Cali, tras un instante de vacilación.

El joven también titubeó antes de responder:

–Supongo que, como está claro que no van a pintar mi portal... debería volver a mi casa, en Uskia. Sin embargo –añadió–, creo que me quedaré unos días con Rodak, para ver si puedo ayudarlo a descubrir quién está detrás del robo del portal.

Ella no pudo reprimir una sonrisa, pero Yunek no la vio, porque tenía la cabeza gacha, como si no fuese capaz de sostenerle la mirada.

Una seria amenaza

> «Marino que zarpa sin decir adiós
> o es necio o no conoce el amor.»
>
> Proverbio belesiano

Tash soportó con estoicismo el escrutinio del capataz de la explotación, tratando de adoptar el gesto resuelto y confiado de quien no tiene ninguna duda de su valía. Sin embargo, el capataz dijo exactamente lo que ella temía:

–Eres un poco canijo para trabajar en una mina, ¿no?

Tash se encogió de hombros, aparentando indiferencia.

–Dadme una oportunidad y demostraré lo que puedo hacer.

El capataz entornó los ojos. Era un hombre robusto, más alto y ancho que Tembuk, el encargado de las minas de Uskia; lucía una barba negra enmarañada, y su vozarrón resultaba bastante imponente. Pero Tash no estaba dispuesta a permitir que él se diera cuenta de lo intimidada que se sentía.

Había tardado varios días en realizar el trayecto desde Maradia a las minas de Ymenia. El portal que había atravesado en Maradia la había llevado de forma instantánea hasta la ciudad de Rodia, en el norte de Darusia, justo en el extremo opuesto al lugar del que procedía. Una vez allí, había tardado apenas unas horas en dar con una caravana que pasaba cerca del pueblo que Tabit le había indicado. El viaje le había resultado largo y lento en comparación con la vertiginosa inmediatez que proporcionaban los portales. Pero en aquel lugar, y tal y como Tabit le había dicho, el Gremio de Ganaderos poseía un portal que conducía a la ciudad de Ymenia. Utilizarlo le había costado el resto del dinero que le quedaba de la venta de sus piedras azules, así que había llegado hasta las minas sin una sola moneda. Si no le daban trabajo, ya no sabría qué hacer, y tampoco tendría posibilidad de volver atrás.

—¿Dices que tienes experiencia? —quiso saber el capataz.
—Vengo de las minas de Uskia. He trabajado allí toda mi vida.
—¿Y en Uskia permiten que los niños bajen a los túneles?
—No soy un niño —replicó Tash, ofendida—. Tengo casi dieciséis años. Es solo que aún no he dado el estirón.

Había recitado aquellas palabras muchas veces en los últimos tiempos, pero en aquel momento, por primera vez, dudó. Días atrás le había contado a Cali cómo se las había arreglado para trabajar en la mina como si fuera un muchacho más. Había relatado su experiencia con orgullo, y por eso la reacción de la joven la dejó descolocada.

—Pero ¿hasta cuándo piensas seguir así? —le había preguntado ella, horrorizada—. Cuando tengas veinte años, ¿todavía intentarás hacer creer a la gente que «aún no has dado el estirón»?

Tash le había replicado de malos modos, diciéndole que aquello no era asunto suyo. Pero lo cierto era que, en el fondo, nunca se lo había planteado. Durante todo aquel tiempo se había limitado a vivir al día, alargando el engaño un poco más, un poco más... Quizá por eso había conseguido engañarse también a sí misma, como hacía su padre, creyendo de verdad que podría mantener aquella situación indefinidamente.

—Hum —gruñó el capataz, no muy convencido—. No sé. No te habrán echado de allí por causar problemas, ¿verdad?

—No, señor —le aseguró ella—. Me he marchado yo porque no había trabajo.

El hombretón la miró con suspicacia.

—¿Ah, no?

—La mina está casi agotada —explicó—. No hay futuro allí para los mineros jóvenes como yo. Por eso he venido desde tan lejos, en busca de una oportunidad para seguir haciendo lo que mejor se me da.

—Bueno, muchacho, lo cierto es que tampoco andamos sobrados de trabajo por aquí, ¿sabes?

A Tash se le cayó el alma a los pies.

—¿También se ha agotado ya el mineral en Ymenia? —se atrevió a preguntar; pero el capataz la hizo enmudecer con una mirada feroz.

—Por supuesto que no. Solo estamos pasando por una mala racha, pero en cualquier momento daremos con una nueva veta. Es solo cuestión de tiempo.

–Ya –murmuró Tash, abatida. Había oído aquel mismo argumento demasiadas veces como para tomárselo en serio.

El capataz la observó un momento, con el ceño fruncido, y entonces le palmeó el hombro con brusquedad, cortándole la respiración.

–¿Sabes qué? –le dijo–. Puedes quedarte. –Tash reprimió un suspiro de alivio–. Te buscaré alojamiento en la aldea. Mientras tanto, estoy seguro de que habrá algún rincón libre para ti en la cabaña del guardián.

Tash cabeceó, conforme.

–Pero trabajarás en superficie –añadió el capataz–. En labores de desescombro.

–¿Qué? –protestó Tash–. ¿Con los *niños*? ¡Pero yo soy un trabajador de túneles!

–Eso es lo que tú dices, chico. No has traído referencias, ¿verdad?

Tash no contestó.

–Lo que me imaginaba –asintió el capataz–. Muchacho, si quieres quedarte aquí, trabajarás donde, cuando y como yo diga. Y, de momento, te quedarás en la escombrera, tal y como te he dicho. Con el tiempo irás bajando a los túneles para hacer recados, como todos, y cuando des el estirón, como tú dices, ya hablaremos de ponerte un pico en las manos. ¿Queda claro?

Tash se tragó su rabia y su frustración.

–Sí, señor –murmuró–. Pero... si no se me da la oportunidad de sacar mineral, ¿cómo voy a ganar dinero?

El capataz respondió con una risotada.

–Vaya, veo que de verdad sabes cómo funcionan las cosas aquí. De momento tendrás que conformarte con casa y comida, chico. Y más adelante... ya veremos. A no ser, claro... que tengas otros planes.

Tash pensó en el tiempo que había permanecido en la Academia, en la habitación de Caliandra, durmiendo en una cama blanda y comiendo con los demás estudiantes. Sabía que aquella noche dormiría en un rincón de la cabaña del guardián, probablemente en el suelo, sobre alguna manta vieja. Casi con toda seguridad, la cena del guardián sería mejor que la de cualquier familia de mineros, sobre todo si la situación de aquella explotación resultaba ser solo la mitad de penosa que la que se vivía en su aldea natal, pero era consciente de que no se quedaría en aquella cabaña mucho tiempo. De pronto, la idea de volver a la rutina de la mina no le pareció tan atractiva. La perspectiva de trabajar en la escombrera tampoco la seducía. No era una labor tan dura como la de los túneles, y vería la luz del sol, pero tampoco ganaría dinero y, además, su orgullo se rebelaba contra la idea de tener que hacer el trabajo que habitualmente se reservaba a los más pequeños.

Sin embargo, la vida en la Academia tampoco era para ella. Y, aunque no pudiera hacerse pasar por un hombre para siempre... los *granates* no le habrían permitido quedarse con ellos de forma indefinida.

Tash respiró hondo.

—No —respondió, en voz baja—. No tengo otros planes.

«Ni los tendré nunca», pensó de pronto.

Por alguna razón, aquella idea le pesaba en el corazón como un capazo de rocas cargado a la espalda.

※

Caliandra se recogió el pelo en una trenza apresurada y revolvió los estantes en busca de su cuaderno de notas.

—Vamos, vamos... —murmuró—. Sé que tienes que estar por aquí.

Entonces sonó la campana del edificio principal. Cali gimió para sus adentros. Se trataba del primer aviso. El tercero señalaba inexcusablemente el comienzo de las clases de la mañana.

«No puedo retrasarme otra vez», se recordó.

Maese Eldrad, el profesor de Lenguaje Simbólico, le había dejado muy claro que, si volvía a entrar por la puerta después de la tercera campanada, no hacía falta que se molestase en regresar a su clase.

Cali resopló para apartarse un mechón de pelo negro de la frente. En el cuaderno perdido estaba el ejercicio de traducción que debía entregar aquella mañana. Se preguntó si valía la pena llegar a clase puntual, aunque sin la tarea hecha, o arriesgarse a presentarse con ella, pero tarde.

Lo cierto era que a Caliandra se le daba bastante bien aquella materia. Tenía un instinto especial para entender lo que decían los símbolos en conjunto, sin necesidad de tener que buscarlos uno por uno en los registros que los estudiantes consultaban mientras, año tras año, iban aprendiendo de memoria aquellas largas retahílas de caracteres catalogados en cinco niveles de dificultad.

Eso era precisamente lo que a ella le resultaba más complicado: memorizar. Tampoco tenía paciencia para buscar en los registros los símbolos que no conocía; debido a ello, siempre se le escapaban algunos detalles y, aunque sus traducciones solían ser buenas en general, no eran perfectas. Desde luego, no como las de Tabit, que, como solía hacer con todo, se aplicaba a ellas con una diligencia y un esmero exasperantes.

Caliandra suspiró mientras revolvía en su arcón. Había aprendido las bases de los dos lenguajes secretos con relativa facilidad, tenía buena mano para el pincel y sus diseños eran bellos, elegantes y, al mismo tiempo, originales y atrevidos. No se las arreglaba demasiado bien con el medidor de coordenadas, pero sí era muy buena interpretándolas, mejor que Tabit, incluso, que necesitaba estudiar los resultados uno por uno para deducir cómo era una determinada localización, mientras que ella podía imaginarlo al primer vistazo.

Sin embargo, y a pesar de la habilidad de Cali en algunas materias, Tabit siempre la superaba en casi todo. Porque era serio y constante, porque estudiaba mucho, porque prestaba atención a los detalles, porque su trabajo era siempre impecable.

Y por eso todo el mundo dio por sentado que maese Belban lo elegiría a él como ayudante.

En realidad, Cali había presentado su solicitud porque maesa Ashda, que era su profesora de Arte, la había animado a ello. «Bueno», le había dicho, tras una breve vacilación, al ver el último boceto que ella había realizado, «es un poco... inusual. No sé si puedo aprobártelo, estudiante Caliandra; no se ajusta a ninguno de los siete modelos básicos, y eso podría influir de forma negativa en tu calificación final, lo cual, la verdad, sería una pena». Entonces le había contado que maese Belban estaba buscando un ayudante y que, dado que tenía fama de excéntrico, seguramente no le importaría que ella le presentara un proyecto con un diseño peculiar. «Puede que hasta le guste más precisamente por eso», había añadido.

De modo que, para no perder el trabajo que ya había hecho, Cali siguió el consejo de maesa Ashda. Jamás, en ningún momento, había imaginado que tuviera alguna posibilidad contra

Tabit. Ni había pretendido robarle el puesto que tanto deseaba obtener.

Por eso, tras ser elegida por maese Belban, le había dicho en su primera reunión que estaba dispuesta a renunciar en favor de Tabit. Pero el viejo profesor la había mirado con una mezcla de ironía y enfado brillando en sus ojos azules y se había limitado a responder, agitando el proyecto ante ella: «Quiero a la pintora que ha hecho esto. Si no eres tú, ya puedes marcharte de aquí. Pero, si es obra tuya, no intentes endosarme a otro, porque no va a funcionar. O tú, o nadie».

Y a Caliandra no le había quedado más remedio que aceptar. Pero ahora maese Belban había desaparecido. Y ella...

Unos golpes en la puerta interrumpieron sus reflexiones. Cali respiró hondo y decidió que no le quedaba ya tiempo para seguir buscando su cuaderno: se presentaría en clase sin él. Guardó en su bolsa otro cuaderno para tomar notas, una pluma, su pincel favorito para la clase de prácticas, su medidor Vanhar y un libro que tenía que devolver en la biblioteca, y abrió la puerta.

Se quedó paralizada al encontrar allí a Yunek.

–Ah... Cali –dijo él, y sonrió–. Buenos días.

Ella no supo cómo reaccionar, en principio. Y no había mucha gente capaz de dejarla sin palabras.

–He venido a ver si estabas bien –prosiguió el joven–, porque ayer no acudiste a nuestra cita.

–No sabía que tuviéramos una cita –replicó Cali, evasiva; aunque, para su vergüenza, sospechaba que se había ruborizado levemente.

Yunek, por su parte, se puso rojo hasta las orejas.

–No, no, por supuesto que no –se apresuró a contestar–. Es que me había acostumbrado a verte todos los días en Serena, eso es todo. En ningún momento quise insinuar que tú y yo... –le falló la voz, y Cali se compadeció de él. Después de todo, no había pretendido que su respuesta sonase tan brusca.

Además, él había acudido a verla desde Serena. Para haberse presentado en la Academia a una hora tan temprana, probablemente habría tenido que levantarse antes del alba, ya que no contaba con el privilegio de poder utilizar los portales privados y, por tanto, le habría tocado hacer cola en la plaza durante horas. También habría tenido que convencer al portero del edificio para que lo dejara pasar y, ahora que lo pensaba, estaba casi segura de que en ningún caso le habrían permitido entrar en el área de los dormitorios femeninos. Se estaba tomando muchas molestias por ella. Por verla. Para comprobar que estaba bien.

Se sintió tentada de echarse en sus brazos y olvidarse de las clases y de todo lo demás. Pero había tomado una decisión, y sabía que era la correcta. Respiró hondo.

–Lo siento, Yunek –se disculpó, y lo decía en serio–. Tendría que haberte avisado. Es que no puedo seguir así, ¿entiendes? No puedo perderme más clases. Ya he recibido advertencias de tres profesores diferentes.

Yunek era, de hecho, el motivo por el cual había faltado tanto a clase los últimos días. Tabit pasaba el tiempo encerrado, bien en su estudio, bien en la biblioteca, examinando las notas de maese Belban y haciendo cálculos que Cali solo comprendía a medias. Ella había imaginado que Tabit tardaría muy poco en descifrar los papeles de maese Belban, y no quería estar lejos cuando eso sucediera. Sin embargo, los días pasaban, y él no parecía hacer progresos.

Cali se moría por hacer algo, lo que fuera. No soportaba seguir esperando, y el portal azul del despacho de maese Belban le resultaba cada vez más tentador. Por tal motivo, el primer día libre que tuvo después de su excursión al pasado decidió pasarlo bien lejos de la Academia, para no sucumbir al deseo de cruzarlo de nuevo y seguir buscando al profesor perdido. De modo que se fue al patio de portales y cruzó el que conducía a Serena, para ir a ver a Yunek y a Rodak.

Allí se encontró con que Rodak apenas podía salir de su casa, porque su madre creía que corría peligro, y porque los alguaciles querían tenerlo controlado. Pero Yunek no tenía ningún motivo para quedarse encerrado, y le propuso a Cali que lo acompañara.

Y aquel había sido el primero de los muchos encuentros semicasuales que Yunek, en un desliz, había llamado «citas».

Al principio, parecía que no tenían nada de qué hablar, y pasearon juntos por las calles mientras mantenían a duras penas una conversación torpe y forzada. Entonces él hizo un comentario asombrado sobre el tocado inverosímil de una dama maradiense que cruzaba la Plaza de los Portales, muy digna, seguida por una nube de sirvientes. Cali contempló aquella torre de pelo elaborada según la última moda de Esmira y recordó que, la última vez que había visto a su hermana, lucía un peinado similar. Y no pudo contenerse: se echó a reír a carcajadas. Yunek la contempló un instante, perplejo, y rió también. Y el abismo que parecía existir entre ellos desapareció como por arte de magia.

Habían pasado el resto del tiempo compartiendo historias familiares. Yunek se mostraba incómodo cuando hablaba de sus orígenes humildes, pero ella lo escuchaba sin el menor asomo de desprecio, arrogancia o conmiseración. Caliandra sentía una gran curiosidad hacia la gente que vivía de modo diferente al suyo, y atendía a las palabras de Yunek como si este le estuviese relatando una novela apasionante. Cali pensaba que las personas eran como los portales: una ventana abierta a lugares lejanos. Por eso, cuanto más se diferenciaran de ella, tanto más la intrigaban e interesaban. Por todo lo que podían contarle. Por lo mucho que podían ampliar su visión del mundo.

Quizá por eso, reflexionaba a veces, no sin cierto rubor, el muchacho campesino le llamaba tanto la atención. En casa de su padre había conocido a gente procedente de todos los rincones del mundo conocido. Pero todos aquellos tenían cosas en común. Independientemente de las costumbres particulares de cada lugar, las personas con las que su familia se relacionaba eran todas adineradas, y compartían actitudes y puntos de vista similares.

Sin embargo, Yunek era diferente. No había en él nada banal, falso o artificioso. Era exactamente lo que parecía: un campesino iletrado de la remota región de Uskia que, no obstante, poseía una extraña dignidad que defendía con feroz orgullo.

Juntos, pues, habían comenzado a recopilar información sobre el asesinato en la lonja, mientras iban, poco a poco, conociéndose mejor. Después de aquella primera «cita», la joven había tomado por costumbre desplazarse hasta Serena todos los días, dejando a un lado clases, estudios y trabajos académicos. Yunek, por su parte, se había aplicado a la investigación con un celo que a Cali le había recordado el que Tabit ponía en todos sus proyectos. Durante aquella semana habían recorrido el puerto y el mercado de Serena, hablando con distintas personas. Se habían entrevistado con los familiares del guardián fallecido y habían prestado atención a los cotilleos de las pescaderas y a las historias que se contaban en la taberna del puerto. Después,

Yunek contaba a Rodak todo lo que habían averiguado, y el muchacho callaba y pensaba.

Cali no estaba segura de que todo aquello fuese a servir para algo; además, empezaba a faltar a demasiadas clases, y tenía que admitir que no podía permitírselo. Aquel debía ser su último año de estudios. Si no obtenía buenos resultados en todas las materias, no le permitirían empezar a trabajar en su proyecto final y, por tanto, tendría que quedarse en la Academia un curso más.

Cali no se había planteado todavía qué haría cuando fuera maesa. Le gustaba la vida de estudiante, y no la seducía la idea de regresar a la casa de su padre en Esmira.

Pero tampoco quería quedarse atrás en sus estudios.

Ni quería, susurraba una vocecilla desde el fondo de su mente, volver a enamorarse como una tonta. Como aquella única y desastrosa vez.

Aunque eso no lo admitiría nunca en voz alta.

—Hoy quiero cumplir mi horario de principio a fin, ¿comprendes? —le explicó a Yunek—. Y tengo clase hasta el final de la tarde.

Una sombra de desilusión cruzó el rostro moreno del joven.

—Lo entiendo —dijo él—. Otro día, pues.

—Otro día —asintió ella.

Sus miradas se cruzaron, y Cali se sintió, de nuevo, sobrecogida ante los ojos pardos de Yunek, que asomaban por debajo de algunos mechones revueltos de pelo castaño. Este era otro de los detalles que a Cali le atraían del joven uskiano. En Esmira, todo el mundo se vestía y se peinaba siguiendo los caprichos de la moda del momento, y Cali nunca había encontrado interesantes a los jóvenes que se esmeraban en ser todos tan artificiosamente similares. En la Academia, los maeses llevaban la trenza reglamentaria, y muchos estudiantes, previendo quizá un futuro en el que no tendrían más opciones al respecto, exhibían gran variedad de peinados, se dejaban el pelo largo o muy corto, se lo rizaban o se lo recogían en vistosas colas de caballo. Algunos, incluso, se lo teñían, aunque no era algo habitual; después de todo, la moda en Maradia era bastante más sobria y menos voluble que la de la sofisticada Esmira, y nadie quería hacer el ridículo en sus excursiones fuera del recinto académico.

Pero esa era la tónica habitual: de nuevo, el artificio, la apariencia. Incluso el año en que se impuso la tendencia del «despeinado», que confería un cierto aire salvaje y rebelde a los que la seguían, se trataba de un nuevo fingimiento: había estudiantes que podían pasarse fácilmente una hora arreglándose el pelo solo para simular que no se habían molestado en peinarse.

Por eso a Cali la maravillaba el hecho de que Yunek no parecía peinarse nunca y, si lo hacía, probablemente se limitara a pasarse los dedos por el pelo de cualquier manera. Seguramente se acordaba de cortárselo solo cuando empezaba a molestarle, y no debía de aplicarse mucho a ello, a juzgar por la gran cantidad de trasquilones que lucía. Sus manos, callosas y morenas, no habían conocido jamás las cremas y los polvos que utilizaban los jóvenes adinerados para conservar las suyas blancas y suaves. Mantenía su ropa limpia y bien cuidada, pero eran prendas viejas y gastadas por el uso. Siguiendo los dictados de ese sentido común inherente a la gente humilde, no se le ocurriría cambiarlas mientras pudiera utilizarlas, por mucho que otros sintieran la necesidad de renovar por completo su vestuario con la llegada de cada nueva estación.

Pero Cali no dejó de notar que aquella mañana en concreto se había esforzado por mostrarse ante ella un poco más presentable, alisando las arrugas de su vieja camisa y tratando de poner algo de orden en su cabello revuelto. Le pareció muy tierno, y, por un momento, su determinación de volver a ser una estudiante aplicada osciló como la aguja de un medidor Vanhar en busca de una coordenada fiable.

Sin embargo, algo en su interior se resistía aún. Quizá no estuviera preparada todavía, se dijo. Y no le gustó aquella idea. Porque ella quería vivir la vida y dejarse llevar por sus sentimientos y, sin embargo, hacía ya mucho que nadie conseguía rebasar las defensas que había alzado en torno a su corazón. Al mismo tiempo, la aterraba la posibilidad de quedarse así para siempre, herida, encerrada en sí misma, incapaz de volver a confiar en alguien. Se rebeló contra aquella perspectiva. Abrió la boca para decirle a Yunek que había cambiado de idea...

...Y entonces las campanas sonaron de nuevo, y Cali volvió bruscamente a la realidad.

–¡Ay! –exclamó, sobresaltada–. ¡Qué tarde se me ha hecho! Lo siento, ¡tengo que irme!

Yunek la retuvo cuando ya salía corriendo.

–¡Espera, Cali! También venía a devolverte esto –añadió,

tendiéndole a su amiga el cuaderno que había estado buscando–. Te lo dejaste ayer en casa de Rodak.

Ella dejó escapar un grito de alegría.

–¡Lo has encontrado! ¡Y me lo traes justo a tiempo! ¡Muchísimas gracias! –añadió con fervor y, poniéndose de puntillas, estampó un beso en su mejilla.

Yunek se puso colorado, y Caliandra no dejó de notar que también se había afeitado.

–¡Adiós! –se despidió, con una amplia sonrisa–. ¡Te veré mañana, en Serena!

Yunek fue a decir algo, pero no reaccionó a tiempo: cuando quiso darse cuenta, Cali ya era solo una figura que corría pasillo abajo, en medio de un revoloteo de hábitos de color granate, con el cabello negro ondeando tras ella.

Suspiró para sus adentros, decepcionado. Disfrutaba mucho con la compañía de la joven pintora, tan inteligente y espontánea, con su sentido del humor y con la forma que tenía de tratarlo de igual a igual, ni evaluándolo como a un potencial marido, como hacían las muchachas de su aldea, ni ignorándolo como a un insecto, como casi todas las mujeres de la ciudad, y muy especialmente el resto de estudiantes de la Academia.

Sacudió la cabeza y trató de ver el lado bueno del súbito arranque de responsabilidad de Caliandra. En los últimos días, Yunek había empezado a ser consciente de que aquella chica le gustaba, y mucho, por lo que le costaba trabajo concentrarse en la investigación que estaba llevando a cabo. Y no debía perder de vista su objetivo principal. Aunque, ahora que vivía en casa de Rodak, ya no tenía que gastar dinero en alojamiento, lo cierto era que no podría quedarse en Serena indefinidamente. Los días pasaban, y pronto tendría que regresar a casa, no solo por motivos económicos: Uskia estaba muy lejos, y había dejado solas a su madre y a su hermana. Había trabajo que hacer en la granja y, además, si a alguna de ellas le sucediese algo, no tendría modo de saberlo.

De modo que el joven respiró hondo y decidió que aprovecharía al máximo aquel día para averiguar todo lo que pudiese. Se encaminó, pues, a la Plaza de los Portales de Maradia, y se puso a la cola de la gente que se dirigía a Serena.

Dado que el portal del Gremio de Pescadores aún no había sido restaurado, el tráfico entre ambas ciudades seguía siendo más caótico que de costumbre. Tanto el Consejo de Serena como el de Maradia habían dispuesto en las Plazas de los Portales un contingente extra de alguaciles para que pusieran orden en el lugar. Los cargamentos de pescado seguían llegando por el portal público, entorpeciendo los desplazamientos en ambos sentidos, pero Yunek no dejó de notar que la gente parecía estar acostumbrándose a ello, adaptándose a la nueva situación con estoica resignación. Por supuesto, el asesinato de Ruris había retrasado y enrarecido las negociaciones entre el Gremio y la Academia; probablemente, la restauración del portal de los pescadores tendría que esperar hasta que se esclareciera aquel espinoso asunto.

Mientras esperaba su turno, Yunek repasó mentalmente todo lo que había averiguado en los últimos días.

Los alguaciles de Serena sospechaban que detrás de la desaparición del portal podía estar algún simpatizante del Gremio de Pescadores de Belesia, que desde tiempo inmemorial rivalizaba con los marineros de Serena por la explotación de los bancos de la bahía. Del mismo modo, pensaban que Ruris les había facilitado la tarea, fingiendo una indigestión para abandonar su puesto y dejar, de esa manera, vía libre a los delincuentes. Los alguaciles creían que alguien del Gremio había descubierto la alianza de Ruris con los pescadores belesianos y, en consecuencia, lo había castigado por su traición.

Pero Rodak estaba seguro de que había algo más. Tal y como le había dicho a Yunek, parecía que existía un patrón, y que alguien se dedicaba a borrar portales en toda Darusia; alguien que, probablemente, no tenía nada personal contra los pescadores de Serena.

Yunek, por su parte, y haciendo caso omiso de las advertencias de Tabit, le había contado a Rodak que sospechaba que la bodarita se estaba agotando y que, por tanto, la pintura de los portales acabaría por convertirse en un bien inestimable. Ambos habían llegado a la conclusión de que alguien se había percatado de ello y había llegado a crear, de alguna manera, una red que operaba por toda Darusia eliminando portales que nadie echaría de menos.

El gran defecto de aquella teoría consistía en el hecho evidente de que el portal de los pescadores de Serena *sí* se estaba echando en falta, y mucho.

—Eso es que han cometido un error –había dicho Rodak, tras meditar largo rato sobre ello.

Entonces le había indicado una serie de personas con las que debía hablar. Estaba convencido de que nadie podría borrar el portal de la lonja sin que alguien lo supiese en alguna parte; de que, tanto si se trataba de un complot belesiano como si había sido obra de los ladrones de portales, alguien tenía que haber oído algo al respecto.

—Antes que nada –le había dicho el joven guardián–, tienes que ir a ver a Brot.

Según le había explicado, Brot era un curtido marinero que solía recorrer toda la costa de Darusia en su viejo barco, el *Dulce Enora*, realizando diversos encargos y trabajos, algunos de ética dudosa. También hacía frecuentes viajes a Belesia, y mantenía relaciones con pescadores y marineros de ambos puertos.

Yunek, obediente, había ido a buscar a Brot en su primera tarde de investigación en Serena. Pero le habían dicho que el *Dulce Enora* había salido del puerto días atrás, y nadie sabía cuándo volvería.

De modo que, mientras tanto, Yunek se dedicaba a recorrer la ciudad, preguntando a unos y a otros, a veces solo, en otras ocasiones acompañado por Cali. Todos los días hacía una visita al puerto, para ver si Brot había regresado, pero siempre obtenía una respuesta negativa. Por lo que parecía, era habitual que zarpara sin decir nada a nadie y regresara al cabo de un tiempo, que podía ser una semana, un mes, o varios. Nadie sabía qué andaba haciendo, y nadie preguntaba al respecto.

Yunek estaba ya cansado de regresar del puerto de Serena con las manos vacías. Pero tampoco estaba obteniendo resultados por ninguna otra vía. De nuevo, lo único que había conseguido hasta el momento era coleccionar una serie de relatos más o menos inverosímiles sobre malcarados pescadores belesianos, esbirros del Invisible y contrabandistas de todos los pelajes.

Cuando llegó su turno, cruzó el portal, y enseguida lo recibió una súbita bofetada de aire marino.

No terminaba de acostumbrarse a aquellos viajes instantáneos. Hasta hacía poco, sus experiencias con portales podían contarse con los dedos de una mano. Estaba más habituado a desplazarse a pie o en carreta, o en la vieja mula que habían tenido en la granja, antes, claro, de que se vieran obligados a venderla para reunir dinero para el portal de Yania.

Tampoco se sentía a gusto en las grandes ciudades. Maradia le resultaba asfixiante, comparada con los amplios espacios abiertos y los interminables campos y praderas que se divisaban desde su casa, en Uskia. Serena tampoco era un destino mejor. Las calles seguían pareciéndole estrechas, y los edificios que las flanqueaban, demasiado altos. Por supuesto, el puerto le devolvía el horizonte infinito que la ciudad le había arrebatado, pero el mar, aquella enorme extensión azul, le producía un extraño desasosiego. Nunca había visto tanta agua junta, y se sentía pequeño y frágil ante tamaña inmensidad.

A Cali, por el contrario, le encantaba el mar. No en vano procedía de Esmira, una ciudad costera, y la continental Maradia le parecía demasiado fría y gris.

Yunek sonrió para sus adentros. Con tal de estar con Caliandra, pensó, volvería al puerto todas las veces que hiciera falta.

Se dio cuenta entonces de que sus pasos lo habían devuelto allí, por pura costumbre, pese a que en aquella ocasión la joven pintora no lo acompañaba. Bien, pensó. Ya que estaba en el puerto, volvería a preguntar por el *Dulce Enora* y su esquivo propietario.

No hizo falta, sin embargo. En cuanto se acercó a un grupo de estibadores que estaba descargando un barco en el muelle, uno de ellos le soltó, antes de que tuviera ocasión de abrir la boca:

—¡Brot no ha vuelto aún, chico de secano! ¿Por qué no te pasas por aquí dentro de un mes, por ejemplo, en lugar de venir a dar la paliza todos los días? ¡No todos podemos permitirnos el lujo de estar ociosos, como tú!

—No tenía intención de molestar —se defendió Yunek—. Y sí tengo trabajo que hacer. Solo... —se interrumpió, aguijoneado por las punzadas del remordimiento. Recordó que, mientras él paseaba por el puerto de Serena con una encantadora estudiante de la Academia, su madre y su hermana estarían a punto de comenzar la temporada de siembra sin él. «Esto lo hago por ellas», se recordó a sí mismo—. No importa —concluyó, con un suspiro—. Gracias por la información. Si el *Dulce Enora* vuelve a puerto, o si veis a Brot...

—Le diremos que su novio lo está buscando desesperamente –completó otro de los estibadores, arrancando una carcajada a los demás.

Yunek esbozó una sonrisa de disculpa, pensando que, sin duda, se lo merecía por ser tan insistente, y se hizo el firme propósito de no regresar al puerto hasta la semana siguiente por lo menos, por mucho que Rodak reiterara la importancia de hablar con Brot cuanto antes.

Dio media vuelta para marcharse y enfiló por la estrecha callejuela que conducía a la plaza del mercado. Pero entonces, cuando pasaba junto a un soportal en sombras, una voz le susurró:

–Ellos no podrán decirte nada. No saben nada, ni quieren saberlo. Pero yo sí te puedo contar lo que le ha pasado a Brot.

Yunek se volvió, desconcertado. La calle estaba desierta, a excepción de una mujer que se encogía junto a la pared, en la penumbra del soportal.

El joven había pasado suficiente tiempo en la ciudad como para reconocer a una prostituta cuando la veía. Lo que más le llamaba la atención de aquellas mujeres no eran sus ropas provocativas, sus cabellos sueltos, sus rostros pintados o sus modales desenvueltos, sino la mirada vieja y cansada que mostraban los ojos de la mayoría de ellas. Y aquella no era una excepción.

–¿Conoces a Brot? –le preguntó.

Ella miró hacia todos lados, temerosa, y después le hizo una seña para que lo siguiera. Intrigado, Yunek lo hizo, aunque no pudo evitar preguntarse si no se trataría de una treta para atraerlo a su cama.

La mujer lo condujo hasta su casa, un único cuartucho mal iluminado y peor ventilado. Con una sonrisa avergonzada, corrió la cortina que dividía la estancia en dos, ocultando un jergón medio deshecho. En un rincón, sentados sobre una manta vieja, dos niños que no pasarían de uno y dos años, respectivamente, los contemplaban con los ojos muy abiertos.

Había dos sillas que parecían relativamente nuevas. La prostituta lo invitó a sentarse, y Yunek obedeció.

–Fueron un regalo de Brot –dijo ella, acariciando con cariño la madera pulida–. Demasiado elegante para esta casa, le dije. Entonces él me prometió que me traería una cama nueva que hiciera juego con las sillas. Fabricada con madera de los fuertes robles de Vanicia, me dijo. Yo le contesté que, antes que una cama, nos vendría bien una cuna para los niños. Ahora duermen conmigo, pero... –suspiró–, preferiría que no lo hicieran. Por mi trabajo, ¿sabes?

Yunek no supo qué contestar.

–Me llamo Nelina –dijo ella, cambiando de tema al advertir su incomodidad–. Conocí muy bien a Brot. Estábamos juntos, ¿entiendes? Quiero decir que no le cobraba.

–Eras... ¿su novia o algo así?

Nelina respondió con una carcajada.

–Si quieres llamarlo así... Entre nosotros había algo especial; yo no lo llamaría amor, pero sí, quizá, cariño, apego... Confiaba en mí, venía a verme nada más llegar a puerto, trataba a mis hijos como si fuesen suyos. Si los dos fuésemos de otra manera, quizá sí podríamos haber empezado algo más formal. Pero yo no me hago ilusiones. Lo conocía bien; sé que tenía más «novias» en otros puertos. Pero ninguna mujer oficial, de eso estoy segura.

–Salvo Enora, ¿no? La mujer que dio nombre a su barco.

De nuevo, Nelina rió.

–Enora... era su madre. Lo sé, la conocí. Aunque Brot pasase tanto tiempo en el mar, de aquí para allá, nació en Serena.

–¿Por qué hablas de él como si... ya no estuviera aquí?

Ella sacudió la cabeza, y en sus ojos brilló un destello de amarga tristeza.

–Porque es así. No sé quién eres ni lo que buscas, pero pareces buen muchacho, y eres el único que ha preguntado por él estos días. A Brot lo mataron, ¿sabes? Fue hace cosa de dos semanas. Brot estaba muy animado; decía que andaba detrás de un negocio importante y que tenía grandes planes para nosotros. Fue entonces cuando me prometió que me compraría muebles nuevos y otras cosas bonitas. Con el dinero que esperaba ganar, ¿entiendes?

»Pero luego desapareció el portal de la lonja y mataron a ese guardián, y Brot se puso nervioso. Intentaba fingir que no pasaba nada, aunque yo podía ver muy bien que estaba preocupado. Le pregunté si le ocurría algo, pero no me lo quiso contar. La última vez que lo vi, me besó y me dijo que no quería ponerme en peligro. Que lo estaba preparando todo para marcharse lejos porque iban a por él. Y que nuestros planes tendrían que esperar hasta que todo se calmara un poco.

—¿Quién iba a por él? —preguntó Yunek con un estremecimiento.

—No me lo dijo tampoco. Pero tenía mucho miedo. Nunca antes lo había visto así. Cuando se fue, nos prometió que regresaría por la mañana, antes de partir en el *Dulce Enora*, para darles a mis niños un juguetito que les había traído de Kasiba. Pero nunca más volvió.

—Y... —empezó Yunek; vaciló un momento, pero finalmente se atrevió a formular la duda que le rondaba por la cabeza—. ¿Y no existe la posibilidad de que... ya sabes... simplemente decidiera partir antes de tiempo?

Nelina negó con la cabeza.

—Brot no hacía muchas promesas. Pero las que hacía, siempre las cumplía. Y nunca les falló a mis niños. Ni una sola vez. En todo el tiempo que estuvimos juntos, jamás les faltó comida ni abrigo cuando él estaba en la ciudad.

—Entiendo —asintió Yunek—. Pero, si hubiesen matado a Brot, el *Dulce Enora* seguiría en el puerto.

—Lo hundieron. Estoy convencida de que se lo llevaron a aguas más profundas y allí lo dejaron, quizá a la deriva, o con un agujero en el casco. Pero nadie lo encontrará jamás. Brot siempre decía que ellos no dejan cabos sueltos.

—¿Y qué esperan que piense la gente cuando vean que pasa el tiempo y Brot no regresa?

—Nadie pensará nada. Brot iba y venía cuando le venía en gana, y no decía nunca cuándo tenía intención de volver. Quizá dentro de un año, o dos, alguien se pregunte qué habrá sido de él. Pero esto es una ciudad marinera. En ocasiones, los barcos no regresan a puerto. Todo el mundo lo sabe. —Sonrió con amargura—. La mar es una amante caprichosa y despiadada.

Yunek asintió.

—Entiendo —murmuró—. Pero, dime, ¿por qué me has contado todo esto a mí?

—Porque estás haciendo preguntas. Sé que quieres descubrir qué ha pasado en la lonja, y también estás buscando a Brot, todo el mundo lo sabe. Pensé que... —Vaciló—. No sé, sabía que los alguaciles no me escucharían, que dirían que son figuraciones mías, que nadie ha encontrado el cuerpo de Brot y... bueno, tú preguntabas por él. Quizá... quizá me equivoqué, pero pensé...

Su voz se apagó, y sus ojos parecieron hacerlo también.

Aún alargaron un poco la conversación, pero no había mucho más que hablar. Nelina no sabía quién amenazaba a Brot, ni por qué, aunque pensaba que estaba relacionado con la muerte del guardián y la desaparición del portal de los pescadores.

Yunek se despidió de ella y se encaminó a la plaza del mercado, sumido en hondas reflexiones. De nuevo, pensó, no sin cierta frustración, lo único que tenía eran conjeturas. No sabía con certeza si Brot estaba vivo o no; quizá todo fueran imaginaciones de Nelina, y en todo caso, ¿quién iba a querer asesinar al patrón del *Dulce Enora*, y qué relación tenía con la muerte de Ruris y el robo del portal... si es que había alguna?

Dobló una esquina cuando, de pronto, una figura se deslizó tras él, lo aferró con fuerza y lo arrastró a las sombras. Quiso debatirse, pero sintió la fría mordedura de un filo contra su cuello, y se quedó quieto, con el corazón latiéndole con fuerza.

—Así me gusta —susurró una voz áspera junto a su oído.

Yunek tragó saliva. Al hacerlo, la hoja del cuchillo se hundió un poco más en su piel.

—No tengo dinero —pudo decir, lo cual era cierto; como no le gustaba andar por ahí cargando con los fondos que había reunido para el portal de Yania, se había acostumbrado a dejar su saquillo a buen recaudo en casa de Rodak.

—No quiero tu dinero —replicó la voz—. Solo quiero que dejes de husmear en lo que no te importa.

—¿Qué?

—Tú y tus amigos pintapuertas —prosiguió su atacante sin hacerle caso—. Dejadlo todo como está, o iremos a por vosotros.

Yunek jadeó, sin poder asimilar lo que oía.

—¿No me crees? —susurró de nuevo la voz—. No estoy bromeando. Pregúntaselo a la chica pintapuertas. Aunque no podrá responderte, claro —añadió con una risita repulsiva—, porque ya nos hemos encargado de ella.

Un miedo espantoso estalló de pronto en las entrañas de Yunek. Un miedo que no tenía nada que ver con el filo que amenazaba su garganta.

—¡Cali! —exclamó, furioso—. ¿Qué le habéis hecho?

Se volvió con brusquedad, sin preocuparse ya por la presencia del cuchillo.

Pero este había desaparecido, y la sombra que lo empuñaba, también.

Yunek no se entretuvo en buscarla. Corrió, desesperado, a la Plaza de los Portales, y una vez allí se abrió paso a codazos entre la gente que aguardaba ante el portal de Maradia. Levantó un coro de protestas, insultos y amenazas, pero no se detuvo a responder, y se zafó de los alguaciles para precipitarse a través del resplandor rojizo.

Cayó de bruces sobre el empedrado de la Plaza de los Portales de Maradia, ante la mirada desconcertada de la gente que se encontraba a su alrededor. Apenas se había puesto en pie cuando asomó por el portal uno de los alguaciles de Serena.

—¡Detenedlo! —gritó—. ¡Es un alborotador!

Pero Yunek, que solo pensaba en Cali, ya había echado a correr hacia la Academia.

El portero, que ya lo conocía, lo dejó pasar, aunque a regañadientes, y advirtiéndole de que solo tenía permiso para entrar en el círculo exterior del edificio, donde se encontraban las habitaciones de los estudiantes, el comedor y otros espacios comunes. En teoría, no estaba bien visto que los visitantes masculinos rondaran el pasillo de las chicas, pero Yunek ya se había saltado la norma aquella misma mañana para ir a buscar a Cali, y no le importó hacerlo por segunda vez.

En su precipitación, casi resbaló ante la puerta de la habitación de la muchacha, pero recuperó el equilibrio y llamó con urgencia.

—¡Cali! ¡Caliandra! ¿Estás bien?

No hubo respuesta.

Yunek insistió, sin resultado. Cuando estaba planteándose seriamente la posibilidad de echar la puerta abajo, oyó la voz de Caliandra tras él.

—¿Yunek? ¿Qué haces?

El joven se volvió, y de nuevo lo asaltó aquel intenso terror cuando descubrió una mancha de sangre en el rostro de la chica.

—¿Yunek? —repitió ella—. ¿Te encuentras bien? Parece que hayas visto un fantasma...

Entonces Yunek se dio cuenta de que lo que había tomado por sangre no era más que una mancha de pintura roja, que embadurnaba la mejilla izquierda de Cali, y quiso llorar y reír de alivio. En lugar de eso, la abrazó, incapaz de decir una palabra.

Cali soltó su bolsa, sorprendida, sin comprender lo que estaba pasando. Alzó las manos, que también mostraban algunos restos de pintura, y, tras un breve titubeo, le devolvió el abrazo. Pero enseguida se estremeció, como si no se sintiera cómoda con aquel contacto tan íntimo. Yunek detectó que se ponía tensa; se apresuró a separarse de ella y la miró a los ojos.

—Tienes... pintura en la cara —fue lo único que pudo decirle.

Alzó los dedos para tocarle la mejilla.

—Sí, es que... he tenido una clase de prácticas. ¿Qué es, Yunek? ¿Qué pasa?

El joven pareció volver a la realidad. Se apartó de ella, un tanto cohibido.

—Yo... he estado en Serena y... —Sacudió la cabeza, en un intento por poner en orden sus pensamientos y volver a empezar—. Tengo que volver; he de hablar con Rodak —dijo.

—Espera, espera, no puedes marcharte así. Cuéntame lo que ha pasado.

—Bien; acompáñame de vuelta a Serena y te lo diré por el camino.

—¿A Serena? Pero... ahora no puedo. Tengo clase de Cálculo de Coordenadas con maese Saidon, y no sé si...

—Es importante —insistió él.

Cali lo miró a los ojos y comprendió que, en efecto, lo era. Asintió, sin una palabra, y lo acompañó pasillo abajo.

En el descansillo de la escalera se encontraron con Tabit, que subía fatigosamente. El joven se detuvo, sin embargo, al verlos llegar juntos por el corredor.

—¿Yunek? ¿Qué haces aquí? No sabía que...

Lo interrumpió, de pronto, alguien que subía tras él a toda velocidad. Los dos estudiantes se quedaron sorprendidos al ver que se trataba de Unven, que corría hacia ellos, pálido y con gesto desencajado. Tras él venía Zaut, más serio de lo que era habitual en él.

Unven se detuvo junto a Tabit, pero, antes de que este pudiera saludarlo, su amigo lo aferró por los hombros y lo sacudió con violencia; dado que era más alto y fuerte que Tabit, los demás temieron que lo echara a rodar escaleras abajo.

—¡No vuelvas a meternos en tus líos! —vociferó, furioso—. ¿Me oyes? ¡Nunca más!

Tabit se quedó mirándolo, perplejo.

—No... no sé de qué me hablas —balbuceó—. ¿Cuándo has vuelto de Rodia?

Unven respondió con una amarga carcajada. Parecía desquiciado, como si hubiera perdido la razón.

–Es Relia –dijo Zaut con gravedad, deteniéndose junto a ellos–. Ella y Unven fueron a examinar un portal que había desaparecido, y alguien les tendió una especie de emboscada y los atacó. Ella...

Tabit y Cali lo miraron, horrorizados.

–¿Está...? –se atrevió a preguntar Tabit.

Unven sollozó.

–Está gravemente herida –dijo Zaut en voz baja–. La han llevado a Esmira, a casa de su padre, pero no despierta, y los médicos no saben si lo hará alguna vez.

–Todo esto es culpa tuya –susurró Unven, mirando a Tabit con un odio que lo dejó helado.

–No –intervino Yunek inesperadamente–. Es culpa mía. Por hacer demasiadas preguntas en Serena. –Calló un momento antes de añadir, sorprendido–. Y porque estaba encontrando respuestas.

Unven quería regresar a Esmira inmediatamente para cuidar de Relia, pero sus amigos lo convencieron para que se quedara a cenar con ellos y recuperara fuerzas. De modo que ocuparon una mesa en el comedor y escucharon su historia, sobrecogidos.

Toda su ira parecía haberse esfumado, dejando paso a un profundo abatimiento. Con voz apagada les contó que habían ido a investigar el «portal de los amantes» de Rodia. Habían hablado con el dueño de la casa, pero este les había dicho, desconcertado, que ya no existía ningún portal. Dado que el de la mansión a la que conducía había desaparecido y, por tanto, el suyo propio ya no servía para nada, tiempo atrás se había presentado en su casa un maese de la Academia y se había ofrecido a eliminarlo; incluso le había pagado por las molestias.

Los estudiantes escucharon aquella historia sin dar crédito a lo que oían.

–¿Quieres decir... que los portales los borra la gente de la Academia? –preguntó Yunek, estupefacto.

–No, eso no puede ser –dijo Cali–. La Academia jamás destruye portales. Cada uno de ellos es una obra de arte y, si además son antiguos, con mayor motivo. Forman parte de nuestra historia. –Suspiró–. A maesa Ashda le daría un ataque si se enterase.

–Relia opinaba igual –murmuró Unven–, de modo que examinamos la pared en la que había estado el portal, y luego fuimos a la mansión abandonada, donde desapareció su gemelo el año pasado. Los dos habían sido borrados de forma parecida.

–¿Sin dejar un solo resto de pintura, ni en la pared ni en el suelo? –adivinó Tabit.

Unven asintió.

–Nosotros estamos convencidos de que el maese que borró el «portal de los amantes» no era un verdadero maese –explicó–. Por lo que sabemos, vestía la túnica granate, lucía la trenza y las sandalias, llevaba el zurrón con el instrumental... pero, por dos o tres cosas que le dijo al dueño, sospechamos que era un impostor. Alguien que se hizo pasar por un pintor de la Academia para que le franquearan el paso hasta el portal, y así poder borrarlo sin despertar sospechas.

Tabit se pasó la mano por el pelo, inquieto.

–Están muy organizados –comentó–. Demasiado para tratarse de ataques esporádicos.

Unven asintió.

–Relia pensaba que la red podría estar relacionada con los tradicionales ataques a las minas de bodarita.

–Tiene sentido –dijo Cali–. Todo el mundo sabe que los cargamentos de bodarita han sufrido ataques de bandidos desde que se abrieron las minas. Por eso se pintaron portales directos entre la Academia y cada una de las explotaciones, para evitar que se perdieran contenedores por el camino. Eso redujo el bandidaje en torno a las minas, pero aún quedan algunas cuadrillas lo bastante osadas como para asaltar algún yacimiento de vez en cuando. Si todos esos grupos están organizados, imagino que se habrán dado cuenta de que las minas de Uskia y Kasiba producen menos mineral... y quizá por eso, para mantener a flote su negocio, han comenzado a borrar portales abandonados o marginales.

–¿Por toda Darusia? –Tabit sacudió la cabeza–. Estamos hablando entonces de una organización criminal muy extensa...

–O muy bien coordinada. Y muy bien dirigida, porque, si es cierto que llevan tanto tiempo traficando con bodarita sin que nadie se haya dado cuenta, eso significa que son condenadamente buenos.

–Y nosotros vamos tras sus pasos –dijo Yunek–. Y se sienten amenazados. Por eso han atacado a vuestra amiga. Pero ¿qué pasó exactamente?

Unven suspiró y cerró los ojos con cansancio, como si tuviera que hacer un enorme esfuerzo para seguir recordando.

–Pasamos unos días en casa de mi familia –rememoró–, pero Relia no se sentía del todo a gusto. Ya sabéis, mi madre es muy entrometida, y mi padre es de la vieja escuela, y por alguna razón pensaron que ella y yo... bien, no importa, el caso es que no les gustó enterarse de que Relia no descendía de la antigua nobleza. –Suspiró–. Como si eso tuviera alguna importancia hoy día.

–Ninguna en absoluto –coincidió Cali.

–Ya no teníamos nada que hacer en Rodia, porque el portal que habíamos ido a examinar ya no existía. Así que pensamos en regresar a la Academia. Pero entonces mi tío nos contó que un amigo suyo de Kasiba tenía en casa un antiguo portal que ya no utilizaba, y que un maese de la Academia se había ofrecido a borrarlo y hasta le pagaría por ello.

–Como le sucedió al dueño del «portal de los amantes» –murmuró Tabit.

–Eso dijo Relia también. De modo que decidimos pasar por Kasiba antes de volver a la Academia. Allí, nos entrevistamos con el amigo de mi tío y descubrimos que no hacía ni tres semanas que el falso maese había borrado su portal. Pensamos ir a la casa donde se encontraba el portal gemelo, pero, cuando nos dirigíamos hacia allí, un grupo de matones nos atacó en un callejón oscuro. Forcejeamos; no pude impedir que golpearan a Relia, y quién sabe lo que nos habrían hecho si los alguaciles no llegan a aparecer en ese momento. Los matones se llevaron mi bolsa, así que los tomaron por simples ladrones. Pero yo sé que no lo eran. Antes de salir huyendo, uno de ellos nos amenazó y nos dijo que, si seguíamos metiendo las narices en sus asuntos, la próxima vez nos matarían.

La voz se le quebró, y no pudo seguir hablando. Zaut le palmeó el hombro en un gesto de consuelo, mientras Unven hundía el rostro entre las manos.

–Y eso es todo, más o menos –concluyó, sobreponiéndose–. Llevé a Relia a casa de su padre, y he vuelto solo para informar en Administración de que ni ella ni yo volveremos a clase hasta que... bueno, hasta que las cosas mejoren. Lo que sí tengo claro es que para nosotros se acabó el juego. Si alguien está borrando portales, que les aproveche. Yo no quiero saber nada más.

Y se cruzó de brazos mientras clavaba la mirada en Tabit, como desafiándolo a tratar de convencerlo de lo contrario.

Sin embargo, su amigo asintió, pesaroso.

–Lo entiendo –dijo–. Y me parece bien. En realidad, tras el asesinato del guardián de Serena ya me quedó claro que esa gente es muy peligrosa; será mejor que nos mantengamos alejados de ellos en lo sucesivo.

Unven se mostró desconcertado, y también Zaut lo miró con los ojos muy abiertos.

–¿Asesinato? ¿De qué estás hablando?

Tabit suspiró, recordando, de pronto, que no había compartido con ellos todo lo que sabía. Ni por asomo.

–Poco después de que borraran el portal del Gremio de Pescadores de Serena –explicó–, uno de sus guardianes apareció allí, asesinado. Os ahorraré los detalles, porque no son agradables. Los alguaciles aún están intentando averiguar quién está detrás, pero es muy probable que se trate de las mismas personas que os atacaron en Kasiba.

Unven sacudió la cabeza, sin poder creerlo.

–¿Me estás diciendo que sabías que esos tipos son unos asesinos? ¿Y no me lo habías contado?

–Ya os habíais marchado a Rodia cuando pasó todo eso –se defendió Tabit–. Además, ¿cómo iba a imaginar que algo que sucedió en Serena podía afectaros a vosotros en Rodia... o en Kasiba?

–Esto es Darusia –le recordó su amigo con sequedad–, la tierra de los portales. No existen las distancias para quien pueda utilizarlos a voluntad.

Tabit no fue capaz de responder, y los demás optaron, prudentemente, por no intervenir. Unven suspiró y se levantó de la mesa. Parecía fatigado y lento como un anciano.

–Me marcho a Esmira –anunció–. Quiero estar cerca de Relia cuando despierte... o en el caso de que...

No fue capaz de completar la frase.

–Te acompaño al patio –se ofreció Tabit, haciendo ademán de incorporarse; pero Unven lo detuvo.

–No; quédate aquí, conspirando con tus amigos. La gente que vive en el mundo real... tiene preocupaciones del mundo real, ¿sabes?

Tabit acusó el golpe. Se dejó caer de nuevo en el banco.

–Te has pasado, Unven –le reprochó Cali.

–No, déjalo –murmuró Tabit–. Seguramente tiene razón.

–Yo te acompañaré –dijo Zaut–. No tengo el menor interés en «conspirar», y mucho menos en acabar como... –iba a decir «como Relia», pero se corrigió a tiempo–, como ese guardián del pescado.

Tabit y Cali murmuraron unas palabras de despedida, mientras Yunek, que se sentía incómodamente fuera de lugar, miraba hacia otro lado.

Unven y Zaut se marcharon. En la mesa reinó un largo silencio, que Tabit se atrevió a romper al cabo de un rato.

–Yo... no me esperaba esto –confesó–. No quería que le pasara nada a Relia.

–Ni tú, ni nadie –murmuró Cali.

–Pues yo no lo lamento –dijo entonces Yunek–, porque por un momento creí... –se detuvo, pero por fin se atrevió a continuar, enrojeciendo levemente–, pensé que era Cali la chica a la que habían atacado.

Les relató sus experiencias en Serena; les habló de su visita al puerto, de su conversación con Nelina y de la amenaza del desconocido. Pero todo aquello solo sirvió para reafirmar a Tabit en la idea de que seguir investigando por ahí era algo muy peligroso.

–Además, ya sabemos lo que pasa: hay una red de traficantes de bodarita que se dedica a borrar portales para acumular pintura. Con esa información ya podemos ir a hablar con el rector y desentendernos del asunto.

–¿Y ya está? –preguntó Yunek, incrédulo–. ¿Piensas dejarlo así?

–¿Y qué más quieres que hagamos? Esas personas son peligrosas, ya lo has visto. Puede que no te importe lo que le ha pasado a Relia, porque no la conoces, pero piensa en el tipo que te ha amenazado en Serena. El próximo podrías ser tú. –Yunek iba a replicar, pero Tabit añadió–: O podría ser Caliandra. ¿Serías capaz de soportar eso sobre tu conciencia?

Yunek no dijo nada. Sin embargo, aquel gesto obstinado no

desapareció de su rostro. Tabit no se dio cuenta, pero Cali, que empezaba a conocer bien al joven uskiano, lo interpretó correctamente.

—Yunek, ¿por qué insistes en seguir removiendo todo esto? —le preguntó, inquieta—. ¿Qué esperas conseguir? ¿Tu portal? Sabes que, por mucho que desenmascares a los ladrones de bodarita, eso no hará que el Consejo cambie de opinión.

—Quizá deberías ir considerando la posibilidad de volver a casa —sugirió Tabit con suavidad.

Yunek resopló, molesto.

—Tampoco es que estés ayudando mucho, precisamente —le reprochó.

—¿Y qué quieres que haga? Soy solo un estudiante.

—Y yo soy solo un granjero y, sin embargo, tengo más agallas que tú —le espetó Yunek—. Si salieses de vez en cuando de tu biblioteca y tus libros, quizá habrías podido hacer algo más que quedarte sentado mirando cómo mataban al guardián y atacaban a tu amiga.

En cuanto hubo pronunciado aquellas palabras comprendió, por la expresión de Tabit, que estaba siendo injusto con él, y que sus palabras lo habían herido.

—Se acabó —dijo el estudiante con gesto cansado—. No pienso seguir discutiendo contigo, Yunek. Haz lo que te dé la gana.

El uskiano se dio cuenta de que también Caliandra lo miraba con horror, como si no acabase de creer lo que acababa de escuchar, y eso le resultó tan insoportable que la disculpa brotó espontáneamente de sus labios:

—No quería decir eso, Tabit. Lo siento mucho. Y siento también haberte echado de mi casa aquella noche —añadió de pronto—, y más teniendo en cuenta la tormenta que cayó después.

El estudiante se estremeció, recordando la noche en que había conocido a Tash en casa del terrateniente Darmod.

—No tiene importancia —murmuró—. Hace mucho tiempo de eso.

—Pero yo no me había disculpado aún —insistió Yunek—. No he sido muy amable contigo, y eso que siempre has intentado ayudarme.

Tabit desvió la mirada, incómodo.

—En la medida de mis posibilidades —le recordó—. Lo cierto es que tienes razón al decir que debería implicarme más. Pero no me veo capacitado para enfrentarme a gente que roba portales, asesina guardianes y apalea estudiantes. En toda mi vida solo he sido bueno en dos cosas: huir y estudiar. Así que esto es lo único que puedo ofrecer –añadió, dejando caer sobre la mesa un fajo de papeles repletos de cálculos y símbolos matemáticos–. Y me conformo con que nos ayude a descubrir, al menos, qué le ha pasado a maese Belban.

Cali lo contempló con interés.

–¿Has hecho algún avance?

Tabit le devolvió una mirada confundida.

–Claro, ya os he dicho que he averiguado a qué momento temporal estaba intentando viajar cuando desapareció. ¿No os lo he dicho? –preguntó, desconcertado, al ver que Caliandra abría mucho los ojos–. Ah, claro... con todo lo de Relia... Veréis, es muy curioso, porque maese Belban desarrolló una escala numérica totalmente nueva... y todo para conseguir una gradación temporal más precisa que le permitiera elegir el momento exacto al que quería desplazarse.

–No entiendo ni una palabra –declaró Yunek–, ni tengo la más remota idea de lo que estáis hablando.

–He conseguido descifrarla –prosiguió Tabit sin hacerle caso–. Su punto de destino se sitúa hace exactamente veintitrés años.

–¿Eso fue antes o después de que yo me lo encontrara en el pasado? –preguntó Cali, fascinada.

–Poco antes. Unos meses antes, de hecho. Y, mirad, he estado preguntándome por qué querría volver a ese momento en particular. Claro que no conozco los detalles de la vida de maese Belban, pero se me ha ocurrido que fue aproximadamente en aquella época cuando escogió a su último ayudante. Más tarde pasó algo –y corren muchos rumores siniestros al respecto–, y después de eso maese Belban no volvió a aceptar ningún ayudante ni a dar clases, se encerró en su estudio y fue, poco a poco, convirtiéndose en el ermitaño excéntrico que conocemos.

–Ah, yo también he oído esa historia –asintió Cali–. Era inevitable que me la contaran, sobre todo cuando se corrió la voz de que había presentado un proyecto para trabajar con él. Dicen que maese Belban mató a su último ayudante. Según a quién preguntes, te dirá que fue un accidente o que lo hizo a propósito.

¿Quieres decir que estaba intentando volver atrás, al momento en que murió ese chico?

—Es lo primero que se me ha ocurrido; aunque no sé por qué razón querría revivir algo así.

—¡Pues está claro! —respondió Caliandra, emocionada—. ¡Para tratar de evitar su muerte!

Yunek se quedó contemplando, incómodo, cómo los dos estudiantes se enfrascaban con entusiasmo en una discusión acerca de cosas que él no entendía. Se sentía completamente fuera de lugar, y se dio cuenta de que había algo más que lo alejaba irremediablemente de Cali, algo que no tenía nada que ver con la posición social de ella o con el dinero de su familia. Abatido, murmuró unas palabras de despedida, pero ellos apenas lo escuchaban, inmersos como estaban en un acalorado debate sobre las consecuencias de los propios actos, y sobre si se puede o no cambiar aquello que ya está hecho.

Yunek salió de la Academia y se encaminó a la Plaza de los Portales para regresar a Serena.

Llegó a casa de Rodak cuando ya hacía rato que había anochecido. Se sintió culpable, porque no solo había estado fuera todo el día, sino que ni siquiera había traído nada para la cena. Dado que Rodak y su familia lo alojaban sin pedirle nada a cambio, él había adoptado la costumbre de llevarles algo del mercado, ya fuera carne o verdura fresca, puesto que se le daba muy bien regatear y sabía valorar el género mucho mejor que ellos, que solo entendían de pescado. Sin embargo, aquel día no había tenido tiempo de hacer la compra.

A pesar de ello, la madre de Rodak lo recibió con la calidez de siempre. Aunque la familia ya había comenzado a cenar, le hicieron un sitio en la mesa, entre Rodak y su abuelo, y descubrió que le habían guardado una ración. Se sintió conmovido. La amabilidad de su anfitriona le recordaba a la de su propia madre, y le hizo sentir nostalgia de su hogar.

Se esforzó, no obstante, por no dejarse llevar por la melancolía. Tenía cosas que hacer allí, tanto en Serena como en Maradia, y no podía regresar sin haber solucionado el asunto que lo había llevado tan lejos de casa

—He de hablar contigo —le dijo a Rodak al finalizar la cena.

El muchacho asintió, mostrándose de acuerdo, y ambos salieron a la terraza.

La casa de Rodak estaba situada junto al puerto, y en la parte posterior tenía una pequeña galería descubierta que gozaba de una amplia panorámica sobre el mar. Los dos jóvenes tomaron asiento en el banco y, mientras contemplaban las luces de los barcos que faenaban en altamar bajo el aterciopelado cielo nocturno, Yunek le relató todo lo que había sucedido a lo largo del día. Rodak escuchó en silencio, como solía hacer. Solo fueron interrumpidos en una ocasión, cuando su madre salió a llevarles un par de mantas, por si tenían frío. Se despidió luego con una sonrisa; alentaba la amistad entre ellos con pequeños gestos como aquel, y Yunek no pudo evitar preguntarse si era una actitud inteligente. Después de todo, él mismo se marcharía de vuelta a Uskia, tarde o temprano, y tendrían suerte si volvían a verse en alguna otra ocasión. Si la madre de Rodak necesitaba un hermano mayor para su hijo, pensó, debería buscarlo en otra parte.

–Todo se va complicando –murmuró entonces Rodak, sobresaltándolo.

–¿Cómo dices?

–Todo este asunto –dijo Rodak, sacudiendo la cabeza–. Hasta ahora tenía la sensación de que no estábamos llegando a ninguna parte, pero lo que les ha pasado a los amigos de maese Tabit en Kasiba... no sé. Nadie se molestaría en amenazarlos si no se hubiese sentido amenazado a su vez.

–Pero a mí no me parece que hayamos descubierto nada importante –señaló Yunek–, a no ser que nos tomemos en serio lo que me dijo esa prostituta, Nelina.

–Yo sí me lo tomo en serio –respondió Rodak con gravedad; tras un largo silencio, añadió, con la mirada clavada en la insondable negrura del mar–: Pobre Brot.

Yunek quiso preguntar si lo había conocido mucho, o desde hacía mucho tiempo; pero, por alguna razón, decidió que las palabras estropearían el reflexivo silencio de Rodak, y optó por callar.

Ninguno de los dos dijo nada más aquella noche; tenían demasiadas cosas en qué pensar.

Una excursión al pasado

«... El joven Doril de Maradia, hijo del muy respetado Meril de Maradia, presidente del honorable Consejo de nuestra ciudad, ha sido hallado hoy asesinado en las dependencias de la Academia. Yacía en un charco de su propia sangre y un desaprensivo le había destrozado la cabeza a golpes.
Los primeros testimonios recogidos sobre el suceso han resultado ser confusos y contradictorios.»

*Informes de Incidencias
de la Casa de Alguaciles de Maradia.
Volumen 74, sección 4.ª, relación n.° 23*

Bah, se cuentan muchas historias sobre eso –dijo Emin, agitando la mano con indolencia–, pero yo sé lo que pasó en realidad.

Cali dirigió a Tabit una mirada que venía a significar «Te lo dije», pero el joven no se dio por vencido.

Emin era un estudiante de tercer año, cuya altanería resultaba a menudo cargante para sus amigos, e insoportable para los que no lo eran. Se jactaba de saber más cosas que nadie acerca de la Academia, porque era sobrino de maese Askril, el profesor de Geometría y Diseño de Portales, que, según decía, le había desvelado muchos de sus secretos cuando él no era más que un niño. Presumía, también, de tener un futuro asegurado en el Consejo gracias a aquel ascendiente familiar, a pesar de que sus calificaciones eran mediocres, y de que el propio maese Askril, si bien reconocía que eran parientes, se negaba a que lo relacionaran con él más allá de lo imprescindible.

–¿Te contó tu tío, entonces, qué le pasó al ayudante de maese Belban?

–Con pelos y señales –asintió Emin.

–Vamos, ¡pero si, cuando él murió, tú aún no habías nacido! –protestó Cali.

–Déjalo terminar, Caliandra –le pidió Tabit.

La joven asintió, pero no pudo reprimir un gesto de impaciencia. Si de ella dependiera, se habrían limitado a atravesar el portal azul marcando la coordenada temporal que había calculado maese Belban en sus notas. Pero, como de costumbre, Tabit había optado por tomárselo con calma. Decía que, dado que no sabían qué se iban a encontrar al otro lado, lo mejor era recopilar toda la información posible antes de correr el riesgo de cruzarlo.

–No vas a encontrar nada más que rumores –le había advertido Cali–. Todos los maeses que estaban en la Academia hace veinte años se niegan a hablar de ello, y los estudiantes no saben nada en realidad, porque no se encontraban aquí. Si quieres saber qué pasó, atraviesa el portal y lo verás con tus propios ojos.

Pero Tabit había insistido y, dado que solo él conocía la coordenada que había que pintar en el portal azul para llegar al momento adecuado, a Cali no le había quedado más remedio que hacer las cosas a su manera. De modo que ahí estaban, escuchando las fanfarronadas de Emin, que estaba encantado de tener un público diferente al habitual.

–Pues veréis, la cosa fue así, según me contó mi tío –empezó el joven, deleitándose por adelantado con el chisme que estaba a punto de contar–: hace veinte años, el ayudante de maese Belban murió misteriosamente, y se dice que fue asesinado. Nadie sabe quién lo mató.

Cali bufó.

–Espero que tengas algo mejor. Esa historia la conoce todo el mundo.

–Pero no con tantos detalles como yo, mi querida Caliandra –se pavoneó Emin–. Al ayudante del profesor Belban lo encontraron una mañana muerto en el almacén de material. Le habían abierto la cabeza a golpes con un compás.

Tabit se estremeció al imaginar al asesino blandiendo uno de aquellos enormes instrumentos que los pintores utilizaban para trazar las circunferencias de sus portales. No pudo evitar preguntarse si alguna vez habría tomado prestado aquel mismo compás del almacén.

–Pero ¿quién lo mató? –se atrevió a preguntar.

–Nadie lo sabe. Dicen que fue el propio maese Belban, pero

nunca se pudo probar. Aunque hay quien dice que lo asesinó otro estudiante, e incluso sospecharon del encargado del almacén.

—¿De maesa Inantra, la profesora de Mecánica? —Cali sacudió la cabeza—. No me lo creo.

—No, ella no; me refiero al encargado que había antes, que resulta que tenía mucha amistad con mi tío.

Emin siguió parloteando, pero no dijo nada más que les resultara de interés. Sin embargo, cuando se despidieron de él, Tabit insistió en que debían hablar con maesa Inantra.

—Pero ya has oído a Emin —arguyó Caliandra—. Maesa Inantra no era la encargada del almacén cuando murió ese pobre chico.

—Pero era estudiante —le recordó Tabit—. Y, sin embargo, ahora trabaja en el almacén de material, así que, con un poco de suerte, no tendrá tantos reparos en hablar del tema.

Cali tuvo que reconocer que aquello sonaba bastante lógico.

Encontraron a maesa Inantra en sus dominios, como de costumbre, inclinada sobre la mesa de trabajo, escrutando los engranajes de un medidor de coordenadas estropeado.

A Tabit lo ponía nervioso el almacén, a pesar de que tenía que ir allí a menudo para pedir prestado material que no podía permitirse comprar. No era una habitación muy grande, pero sus estantes estaban abarrotados de compases, medidores, botes de pintura roja, pinceles de todos los tamaños, reglas, escuadras y otros instrumentos para diseño, cuadernos de dibujo, cuadernos de notas, plumas y tinteros, herramientas para montar, desmontar y ajustar medidores, cajas llenas de agujas y engranajes... Para maesa Inantra, una pintora algo entrada en carnes, de larga trenza rubia y amplia sonrisa, la disposición de los elementos de aquel lugar debía de tener algún sentido, puesto que siempre encontraba lo que necesitaba sin la menor dificultad. Tabit, sin embargo, debía reprimir el impulso de ordenar aquel alegre caos, aunque solo fuera porque, cada vez que entraba en el almacén, tenía la sensación de que aquellos montones de trastos en precario equilibrio terminarían por precipitarse sobre él desde los estantes.

—Hola, estudiantes —saludó maesa Inantra con calidez, aunque sin apartar la vista del mecanismo del medidor—. ¿Qué necesitáis?

—No hemos venido a buscar material —respondió Tabit.

–Entonces, os habéis equivocado de sitio –señaló ella–, porque esto es el almacén de material, como bien se deduce del cartel que hay en la puerta.

Cali sonrió, pero Tabit no le encontró gracia al chiste.

–Venimos a hablar con vos, maesa Inantra, acerca del estudiante que murió aquí, hace veinte años. El que era ayudante de maese Belban.

La pintora de portales alzó bruscamente la cabeza y miró por primera vez a los estudiantes. Sus ojos azules se clavaron en ellos, con seriedad.

–¿A qué viene eso ahora?

–Yo soy la nueva ayudante de maese Belban –le explicó Cali–. Se cuentan muchas cosas, dicen... bueno, supongo que ya sabréis lo que dicen.

–Sí, lo sé. Pero a los estudiantes les gusta contar chismes. No deberías creer todo lo que se oye por ahí.

–Cuando el portal se activa, es que las coordenadas no son incorrectas –señaló Tabit, citando un conocido refrán de los pintores de portales.

Maesa Inantra suspiró.

–Está bien –dijo; barrió con la mano las piezas del medidor que estaba arreglando, sin el menor cuidado, y Tabit temió que alguna se perdiera–. Eres la primera ayudante que acepta maese Belban desde entonces; seguro que te han contado cosas espeluznantes, pero no fue para tanto.

–¿No le sacaron las tripas con la punta de un compás? –preguntó Cali, con los ojos muy abiertos.

Tabit puso tal cara de asombro y extrañeza que la joven temió que echara a perder su estrategia interrogadora. Pero maesa Inantra estaba más pendiente de ella, y no lo notó.

–¡Dioses, no! –exclamó, y se echó a reír–. ¿Quién te ha contado eso?

–Emin, de tercero –respondió Cali, sonriendo inocentemente–. Entonces, ¿no hubo un compás de por medio?

Maesa Inantra sacudió la cabeza. Se levantó, con un suspiro, y se inclinó hacia ellos sobre el mostrador.

–Mirad, yo no era encargada del almacén cuando pasó todo eso. Ni siquiera era maesa todavía, solo una estudiante de primero, y al chico que murió no lo conocía. Pero se habló mucho entonces de lo que había pasado, claro, aunque los profesores intentaron acallar los rumores, por respeto a la familia y a maese Belban, que estaba muy afectado. Años más tarde, cuando maese Adsen se retiró y me quedé al cargo del almacén, me explicó lo que había sucedido, para que no creyese todo lo que se contaba por ahí. Por eso pienso que tú, estudiante Caliandra, mereces que te lo cuenten, igual que, en su día, maese Adsen me lo relató a mí.

Tabit y Cali contuvieron el aliento. Maesa Inantra prosiguió:

–Pero no hay mucho que contar, en realidad. Maese Belban tenía a su ayudante ocupado en un proyecto que debía entregar en un plazo muy corto, de modo que el chico se quedó a trabajar en su estudio hasta muy tarde. En plena noche fue al almacén de material a buscar alguna cosa que necesitaba, olvidando que estaba cerrado. No sé en qué estaría pensando, pero por lo visto forzó la puerta para poder entrar, en lugar de regresar al día siguiente, cuando estuviese maese Adsen...

–... que habría sido lo más sensato –apuntó Tabit.

–Sí –asintió maesa Inantra–. Supongo que llevaba retraso con su proyecto y no podía permitirse perder unas cuantas horas. Lo siguiente que sabemos es que el muchacho apareció muerto en el suelo del almacén. Alguien lo había matado a golpes con un medidor de coordenadas.

–¿En serio? –Cali observó las piezas del medidor que yacían sobre la mesa de maesa Inantra–. Nadie diría que es un arma mortal. Casi me gustaba más la historia del compás.

La maesa sonrió levemente, pero luego se puso seria.

–No bromees con eso. Un medidor no es muy grande, pero es relativamente pesado, y tiene aristas. De todas maneras, lo golpearon repetidas veces, con saña, hasta que lo mataron. Maese Adsen encontró su cuerpo al día siguiente, cuando fue a abrir el almacén, como todas las mañanas.

–Pero ¿quién podría hacer algo así? –murmuró Tabit.

Maesa Inantra se encogió de hombros.

–Hubo quien culpó a maese Belban, y otros incluso sospecharon de maese Adsen. Pero maese Belban permaneció en su habitación toda la noche, y maese Adsen era ya anciano y le costaba trabajo desplazarse, así que era improbable que se hubiese levantado de madrugada para ir hasta el almacén y matar a golpes a un estudiante. Los profesores intentaron llevar el asunto con discreción, pero la gente empezó a difundir los rumores más peregrinos. –Sonrió con ironía–. Mi favorito era la historia de una criada que afirmó haber visto al espectro de maese Belban rondando por los pasillos con las manos ensangrentadas.

»Sin embargo, las primeras investigaciones apuntaron a un desconocido que entró de alguna manera en la Academia, haciéndose pasar por estudiante. Pero solo lo vio una persona, y, por más que buscaron, no llegaron a encontrarlo nunca. No entró por la puerta principal, ni debería haber podido activar ningún portal...

–... Salvo que fuera un maese –murmuró Tabit, con los ojos muy abiertos.

Maesa Inantra asintió.

–Dicen, de hecho, que así fue como escapó: por el patio de portales. Y ahora quizá comprendáis por qué los maeses no hablan de esto: porque no sabrían qué decir. El misterio nunca se resolvió, y maese Belban no volvió a ser el de antes, pobre hombre. Se sentía culpable por haber presionado tanto a su ayudante, aunque, la verdad, no podía prever lo que pasaría aquella noche.

Los dos jóvenes callaron, impresionados. Tabit reflexionó sobre lo que maesa Inantra les había relatado, y después preguntó:

–¿Podría ser ese episodio el origen de las historias sobre el Invisible?

–No me sorprendería –suspiró ella–. Aunque hay quien dice que el Invisible lleva mucho más tiempo haciendo de las suyas, pero claro, podrían ser solo rumores.

–¿Y qué pensáis vos del Invisible? –quiso saber Cali.

Maesa Inantra parpadeó, desconcertada ante aquella pregunta tan directa.

–¿Yo...? No sabría qué decir. Como bien decís, cuando el portal se activa, es que las coordenadas no son incorrectas. Puede que haya algo de verdad en todo esto. Pero, en cualquier caso, se cuentan tantas cosas, y algunas tan peregrinas, que es difícil separar lo real, si es que hay algo, de los simples rumores. Lo único que sé es que yo, personalmente, no he conocido a nadie que haya sufrido algún asalto atribuido al Invisible. Todo lo que me ha llegado son historias relatadas por terceros, ya sabéis: «Al cuñado del primo de mi vecina le pasó tal cosa», y todo eso. Pero ya hemos hablado bastante del tema –concluyó de pronto, dando una palmada que sobresaltó a Tabit–. Estudiante Caliandra, ya sabes qué pasó, así que espero que tu relación con maese Belban no se vea influenciada por las historias truculentas que te puedan contar por ahí. Estudiante Tabit –añadió, dirigiéndose a él–, tengo un alto concepto de ti. Sé que eres sensato y discreto. No necesito decir nada más, ¿verdad?

Cali y Tabit negaron con la cabeza.

Cruzaron unas cuantas palabras de despedida con la profesora y salieron del almacén, pensativos.

–Bueno –dijo Cali cuando subían las escaleras–, creo que ya tenemos suficiente información. Ahora lo único que nos queda por hacer es atravesar ese portal azul.

Esperaba que Tabit planteara más objeciones pero, para su sorpresa, el joven asintió, pesaroso.

–Sí, me temo que sí. Pero lo haré yo –decidió, alzando la cabeza para mirarla a los ojos.

Cali le devolvió una mirada llena de estupor.

–¿Qué? ¿Tú? ¿Por qué? Se supone que soy la ayudante de maese Belban, así que soy yo quien debería...

–No –cortó él–. No voy a permitirlo. Si, como me imagino, maese Belban viajó al pasado, a la noche que asesinaron a su ayudante, el responsable podría andar todavía por allí. –Se interrumpió un momento, confuso–. Si es que podemos utilizar las palabras «allí» y «todavía» en este contexto, claro.

–Déjate de sutilezas semánticas y no te desvíes del tema. ¿Qué te hace pensar que tú estás mejor preparado que yo para enfrentarte a él?

Ante su sorpresa, Tabit le dirigió una dura mirada.

–Es verdad, Caliandra, que no eres tan remilgada como otras chicas de buena familia –replicó–. Pero eso no significa que no te hayan criado entre algodones. Créeme: si alguno de los dos ha tenido la ocasión de toparse con gente poco recomendable, ese soy yo.

Cali abrió la boca para dispararle un comentario escéptico, pero el gesto duro y sombrío de Tabit, tan impropio de él, la intimidó. Mientras lo seguía en silencio por el corredor, reflexionó sobre las palabras de su compañero. Comprendió que, en realidad, apenas sabía nada de él, salvo que era el mejor estudiante de la Academia, que era pobre y que, por tanto, estaba allí gracias a una beca. «Pero», pensó Cali de pronto, «aunque los estudiantes residimos habitualmente aquí, en la Academia, todos tenemos un hogar al que volver, una familia que nos espera, a la que podemos visitar si pedimos permiso, y con la que regresaremos cuando acabemos nuestra formación. Sin embargo, Tabit...».

Tabit estaba solo, comprendió de pronto. No tenía nada. No tenía a nadie. Nunca venían familiares a visitarlo ni, por lo que sabía, pedía permisos a menudo. Actuaba como si la Academia fuese su casa, y a Cali se le ocurrió entonces que tal vez no estuviese actuando, que quizá la Academia *era* realmente su casa. Pero, en ese caso... ¿cómo había preparado el examen de acceso? ¿Dónde había estudiado para obtener el mejor resultado, el único que podía garantizarle la beca? Porque Tabit no obtenía buenas calificaciones debido solo a su inteligencia. Tabit estudiaba muchísimo. Y cualquiera que se hubiese preparado aquel examen con tanta concentración y diligencia habría necesitado, en primer lugar, acceso a una buena biblioteca; en segundo lugar, tiempo libre para poder dedicarlo a estudiar, algo que no habría conseguido de tener que trabajar para ganarse la vida; y, por último, algún tipo de tutor, alguien que lo orientase en el mundo de los portales de viaje, ya que iniciarse en el estudio de aquella disciplina sin unas nociones básicas era como tratar de pintar un portal funcional sin un medidor de coordenadas. Porque, si bien los estudiantes que se matriculaban en primer curso empezaban desde cero, a los aspirantes a obtener una beca se les exigían ciertos conocimientos que solo un maese podría enseñarles.

—Tabit —dijo entonces Caliandra, intrigada—, ¿qué hacías antes de ser estudiante en la Academia?

—Estudiar para entrar en la Academia —respondió él sin mirarla.

—¿Y antes de eso?

—No es asunto tuyo —replicó Tabit con sequedad—. Bueno, ¿quieres que vayamos a buscar a maese Belban, o no? Si es así, nos veremos en su estudio después de la cena. Pero solo pintaré la coordenada que falta con la condición de ser el único que atraviese el portal.

—¿Ni siquiera voy a poder acompañarte? —protestó ella.

—No; creo que es importante que alguien se quede atrás, por si algo saliera mal.

Cali asintió, reconociendo la sensatez que había en aquellas palabras. Por un momento echó de menos a Yunek, a quien no había visto en todo el día, pero trató de apartarlo de su mente para pensar con la lógica de Tabit: por agradable que le resultara su compañía, lo cierto era que Yunek no podía ayudarlos en aquello. No sabía leer coordenadas, y mucho menos pintarlas en un portal, y tampoco entendería lo que estaban haciendo, ni la naturaleza de la investigación de maese Belban.

Sin embargo, y a pesar del consejo de Tabit, el joven campesino no parecía dispuesto a regresar todavía a su Uskia natal. Parecía que estaba a gusto en Serena y se llevaba bien con Rodak, pero Cali sabía muy bien que no olvidaba, ni por un momento, lo que había ido a hacer allí.

«Espero que Yunek no se meta en problemas», pensó Cali, preocupada al recordar que a su amigo lo habían amenazado de muerte en Serena. «Ojalá no fuera tan cabezota.»

Yunek se detuvo en la Plaza de los Portales de Maradia, indeciso. En un principio, su plan había parecido muy sencillo: no tenía más que usar los portales públicos para llegar hasta su destino y, con un poco de suerte, estaría de vuelta en Serena antes del anochecer.

Sin embargo, no había contado con el hecho de que, una vez en Maradia, no sabía qué portal debía utilizar a continuación. Todos los portales públicos, incluso muchos que no lo eran, mostraban en la parte superior unas palabras, escritas en darusiano, que indicaban el lugar al que conducían.

Palabras. Yunek maldijo en voz baja su propia ignorancia. Había trabajado como una mula desde que era niño, y sabía mucho acerca del campo, de las épocas de siembra y recogida, del cuidado de los animales domésticos, de la meteorología... Pero no sabía leer. Su padre no lo consideró necesario en su momento, y más adelante no había encontrado tiempo para aprender.

Tragándose su orgullo, se dispuso a acercarse a uno de los guardianes para preguntarle; pero entonces una mano palmeó su hombro, sobresaltándolo. Al volverse, descubrió allí a Rodak, que lo miraba con curiosidad.

—¿Qué...? ¿Cómo...? ¿Qué haces aquí? —pudo decir.

—Me he cansado de estar encerrado en casa. Te seguí —respondió el muchacho por toda explicación. Señaló uno de los portales del muro y añadió—: El portal que conduce a Kasiba es ese de ahí. Pero es privado. Los que no son miembros del Gremio de Tejedores de Kasiba o no pertenecen a ningún otro gremio que les pague la tasa de uso del portal, tienen que conformarse con llegar hasta allí vía Rodia. –Cabeceó hacia el portal por el que, según recordaba Yunek, el muchacho minero se había marchado hacía ya varios días.

–¿Qué te hace pensar que quiero ir a Kasiba? –le espetó a Rodak de malos modos; aunque en realidad estaba molesto consigo mismo por no haber sabido ocultar mejor su planes.

–A la amiga de maese Tabit la atacaron en Kasiba –dijo el guardián–. Y Nelina te dijo que Brot acababa de regresar de Kasiba cuando desapareció.

Yunek lo miró con sorpresa.

–Lo de Relia sí lo había pensado –admitió–, pero no se me había ocurrido que Brot...

Rodak se encogió de hombros.

–He estado pensando –dijo solamente–. Si Brot ha sido asesinado por los mismos que borraron mi portal, ¿qué relación tenía con ellos? Puede que descubriera algo que ellos no querían que contara. O puede que perteneciera al grupo y cometiera un error. En todo caso, el último sitio donde estuvo antes de regresar a Serena fue Kasiba. Así que ya ves. Todos los indicios apuntan ahí.

–Pues yo no había pensado en que eso fuera un indicio –comentó Yunek, impresionado; lo miró con un nuevo respeto–. ¿Para qué has venido, pues? ¿Quieres acompañarme?

–Sí –asintió Rodak–. No es como si me hubiese escapado; dejé una nota a mi madre y tengo intención de volver al anochecer.

Yunek se animó al imaginar las posibilidades.

–Entonces, ¿podemos usar el portal privado?

–No; solo los maeses tienen permiso para utilizar cualquier portal, y yo soy un simple guardián. Pero sé cómo llegar hasta Kasiba por los portales públicos. Aunque de Rodia a Kasiba hay que pagar un peaje –añadió con cierta preocupación–. Y, como yo aún no he podido empezar a trabajar como guardián...

Yunek suspiró. Sus reservas de dinero estaban menguando cada vez más, y por un instante acarició la idea de abandonar aquella búsqueda y regresar a casa. «Pero no puedo», se recordó a sí mismo. Volvió a mirar en derredor, a la gente que hacía cola ante los portales públicos o se apresuraba a través de los portales privados. Contempló con amargura las indicaciones escritas sobre cada uno de ellos, y tomó una decisión. «Yania tendrá su portal», pensó. «Y no será una pobre campesina ignorante como yo.»

–Está bien –asintió–. Vamos a Kasiba, Rodak. Yo invito.

~

Cali y Tabit se reunieron en el estudio del profesor Belban después de las clases. La muchacha temblaba de emoción; Tabit, en cambio, parecía sereno, aunque estaba muy pálido.

–Si cambias de idea –le dijo ella–, ya sabes, sobre lo de acompañarte...

Pero él negó con la cabeza.

Se había pertrechado como si fuese a realizar una excursión de varios días. Llevaba su capa de viaje puesta y su zurrón a rebosar. Cali contempló a Tabit en silencio mientras revisaba su contenido y comprobó, con sorpresa, que llevaba no solo agua y víveres, sino también una muda de ropa, pinceles, un bote de pintura de bodarita azul y un viejo medidor de coordenadas.

–¿A dónde crees que vas? –le preguntó, estupefacta–. ¿A los confines de Scarvia?

–Si fuera así, me llevaría también unas buenas botas y un abrigo de piel –respondió él con una calmada sonrisa–. No; sé muy bien que apareceré en la Academia, hace veintitrés años. Pero tú dijiste que, cuando atravesaste el portal azul, este desapareció al cabo de unos instantes. Creo que es porque no tenía un portal gemelo en el pasado, y por eso solo pudo permanecer activo durante un tiempo muy limitado. Pero yo no quiero quedarme atrapado allí, de modo que si, por lo que fuera, no pudiera regresar por el mismo portal... tendría que dibujar uno nuevo. Por eso me llevo el instrumental necesario.

–Ah, bien –asintió ella con tono desenfadado–. Entonces ya solo te falta el compás.

–No voy a llevarme un compás, es demasiado aparatoso. Tendré que trazar la circunferencia como pueda. –Parecía consternado ante la sola idea de dibujar un portal que no fuera perfectamente circular; entonces advirtió el gesto burlón de Caliandra y comprendió que le estaba tomando el pelo–. ¿Qué tienes en contra de planificar las cosas? –le espetó, molesto–. Tú habrías cruzado el portal con las manos vacías, como hiciste la última vez.

—Sí, y ya ves que no me fue tan mal —replicó ella, con los brazos en jarras—. De verdad, Tabit, a veces eres exasperante. Y no me mires así, como si hubiese dicho algo horrible.

—Es que no entiendo por qué nunca te paras a pensar en cómo hacer las cosas de la mejor manera posible —se defendió Tabit—. Ni a plantearte cuáles podrían ser las consecuencias de tus acciones. Si yo fuera el ayudante de maese Belban... —se interrumpió de pronto, pero Cali había captado lo que quería decir.

—¿Qué? ¡Atrévete a terminar la frase! —lo retó, roja de ira—. ¿Insinúas que, si maese Belban te hubiese elegido a ti, no habrías permitido que desapareciera sin dejar ni rastro?

Tabit palideció, pero no respondió a la provocación.

—Quizá habría estado más pendiente, sí —admitió con tono tranquilo—. No te sulfures, Caliandra. Sabes que es verdad. Y tampoco comprendo por qué no eres capaz de reconocer que esto es una buena idea —añadió, señalando su morral cargado.

Cali respiró hondo y trató de calmarse. Reflexionó unos instantes sobre lo que Tabit había dicho y recordó el momento en el que se había encontrado con una versión más joven de maese Belban. Tabit tenía razón: la huella del portal azul había empezado a desaparecer entonces, y, si el profesor no hubiese reaccionado a tiempo, empujándola hacia la pared, la muchacha se habría quedado atrapada para siempre en un pasado en el que aún no se había encontrado la bodarita azul y, por tanto, no habría tenido ninguna posibilidad de volver a su propio tiempo.

Las implicaciones de aquella idea la hicieron estremecer.

—Es verdad, Tabit —admitió—. La pintura azul es imprescindible. Aunque sabes que podrás encontrar pinceles y medidores viejos en la Academia de hace veintitrés años.

—¿Y ponerme a rebuscar en el almacén de material la misma noche en que asesinaron al ayudante del profesor Belban? No, gracias.

Cali suspiró; empezaba a enfadarse otra vez.

—Vale, de acuerdo. ¿Por qué siempre tienes razón en todo?
—Porque *pienso*, Caliandra.

Pero Cali no lo estaba escuchando. Su mirada se había quedado prendida en el medidor que asomaba del zurrón de Tabit.

—Si tuvieras que pintar tu propio portal desde el pasado para regresar al presente –dijo entonces–, ¿qué coordenada temporal utilizarías? ¿Sesenta y dos?

Tabit pareció inseguro de pronto.

–Con esa coordenada –dijo a media voz– podría aparecer en cualquier momento de los últimos veinte años y los próximos diez, según mis estimaciones. Así que he utilizado el método y la nueva escala de maese Belban para calcular un destino temporal más exacto. Espero... –vaciló–, espero no haberme equivocado. Pero prométeme una cosa: si, por alguna razón, no regreso inmediatamente... prométeme que aguardarás al menos tres días antes de seguirme o de hacer cualquier otra insensatez de las tuyas.

–¿Tres días?

–Es el margen de error que he calculado –asintió Tabit, casi con timidez.

Cali lo contempló, sobrecogida. Empezaba a entender cuáles podían ser las consecuencias de lo que estaban a punto de hacer, y también el titánico trabajo que había realizado Tabit para preparar aquel momento. Se arrepintió de haberse burlado de él. Lo abrazó, emocionada.

–Te prometo que no cometeré insensateces –le aseguró, con una sonrisa–. Pero tú ten cuidado, ¿de acuerdo?

Tabit, sorprendido por el impulsivo abrazo de ella, tartamudeó, colorado hasta las orejas:

–S-sí, claro. Ya sabes que siempre lo tengo. O, al menos, eso intento.

Cruzaron una última mirada; entonces Tabit, respirando hondo, se volvió hacia uno de los portales azules y repasó sus coordenadas por enésima vez.

Cali lo contempló mientras trazaba la duodécima coordenada con pintura azul. Después dibujó varios puntos en torno al símbolo del Tiempo, que ella reconoció solo en parte. En principio correspondían al número sesenta, pero Tabit había añadido algunos trazos más, que representaban algo así como una fracción, un punto intermedio entre el sesenta y el sesenta y uno. La muchacha identificó la nueva escala inventada por maese Belban, que había visto representada en sus notas, pero no había sabido interpretar. «Quizá lo habría conseguido», comprendió de pronto, «si hubiese tenido tanta paciencia como Tabit». Suspiró, sintiendo, una vez más, que no estaba en el lugar que le correspondía: maese Belban debía haber elegido a Tabit, era tan evidente que no conseguía adivinar por qué no lo había hecho. A no ser, claro, que él tuviese razón, y el profesor la hubiese reconocido de su breve encuentro en el pasado. «Bueno», reflexionó Caliandra. «Quizá sea mejor así.»

El portal se activó de pronto, interrumpiendo sus meditaciones. Una fría luz azul bañó a los dos estudiantes, que se quedaron contemplándolo, sobrecogidos.

Cali reaccionó.

–Vamos, deprisa –urgió–. No tienes mucho tiempo. ¡Y buena suerte!

Tabit le dirigió una sonrisa antes de atravesar el portal. Caliandra vio su figura recortada contra el círculo de luz azul, apenas un instante antes de que se difuminara y desapareciera por completo.

La joven no se movió. Permaneció con los ojos fijos en el portal durante unos momentos que se le antojaron eternos, sin parpadear siquiera, aunque la luz azul hería sus pupilas, aunque deseaba con toda su alma encontrar un punto de apoyo, porque el cuerpo le temblaba con violencia.

Se obligó a sí misma a permanecer atenta, esperando.

Y, entonces, de pronto, el portal se apagó. Cali exhaló el aire que había estado reteniendo. Sus piernas no la sostuvieron más, y se dejó caer sobre el suelo de piedra. Se quedó un momento así, sentada, contemplando el portal azul, tratando de asimilar lo que había sucedido. Tabit lo había anticipado con gran acierto, pero ella había llegado a creer que sería tan sencillo como atravesar el portal, encontrar a maese Belban y regresar inmediatamente antes de que se cerrara.

Sin embargo, Tabit no había vuelto, lo que significaba que no había hallado al profesor en su estudio, como había hecho ella, y se había visto obligado a buscarlo en otra parte, demasiado lejos como para regresar a tiempo.

Recordó la petición de su compañero y suspiró.

Los próximos tres días iban a ser muy, muy largos.

Tabit trastabilló y estuvo a punto de caer de bruces al otro lado del portal. Logró afirmar los pies y, cuando recuperó el equilibrio, miró a su alrededor.

Tardó un poco en acostumbrarse a la penumbra. Era de noche, la chimenea estaba apagada y la estancia se hallaba vacía. Se estremeció, alegrándose de haberse llevado su capa de viaje.

Se encontraba en el estudio de maese Belban. Pero estaba distinto: más limpio y ordenado, más similar a los de otros profesores, que separaban su vida privada de su actividad académica y, por tanto, dormían en sus habitaciones del círculo interior y trabajaban en sus despachos, situados en el piso superior del círculo medio, donde estaban también las aulas. Tabit se preguntó en qué momento había decidido maese Belban consagrarse a su investigación hasta el punto de llevarse allí su cama y su baúl, transformando así su estudio en la abigarrada habitación que él conocía.

Pero no tenía tiempo de pensar en eso. Se dirigió a la puerta y, al tantear el picaporte, se encontró con que estaba cerrado por fuera. Eso no tenía nada de particular, y ya había contado con ello. Sacó la herramienta adecuada del zurrón y tardó apenas unos momentos en abrir la puerta. Sin embargo, para cuando lo consiguió, la huella luminosa del portal que acababa de atravesar había desaparecido ya de la pared.

Tabit trató de controlar el pánico que lo atenazó de pronto. Respiró hondo. Sabía que había muchas posibilidades de que ocurriera aquello, lo tenía asumido y estaba preparado. Aun así, necesitó un rato para calmarse. Examinó la pared, ahora completamente desnuda, y consideró sus opciones. Estaba atrapado en el pasado, probablemente en la misma noche que habían asesinado al ayudante de maese Belban. Pero se había traído consigo el instrumental necesario para pintar otro portal temporal, y conocía de memoria las coordenadas de destino. Ahora, lo único que debía hacer era tratar de encontrar a maese Belban. Decidió que daría una vuelta por la Academia, y después, tanto si lo conseguía como si no, buscaría un lugar discreto para dibujar un portal básico y regresaría a casa.

Salió al pasillo, con precaución. Era ya de noche, de modo que todo estaba en silencio. Se preguntó, con un estremecimiento, si de verdad habría aparecido en la misma noche del asesinato. Maese Belban bien podía haber calculado las coordenadas para llegar uno o dos días antes. Se encogió de hombros. No podía saberlo con exactitud, así que sería mejor que no perdiera el tiempo con conjeturas.

Se deslizó por el corredor, sin hacer el menor ruido, a la tenue luz de las estrellas que se filtraba por los ventanales. De niño, aquello se le había dado muy bien, y no tardó en comprobar que no había perdido facultades; eso lo tranquilizó un poco.

Tenía algo parecido a un plan. Dando por supuesto que había llegado la noche del asesinato, el maese Belban de aquella época estaría en su dormitorio. Tabit no tenía ningún interés en tropezarse con él, de modo que había decidido que no iría a buscarlo.

Por el contrario, si el maese Belban desaparecido había ido a parar allí... probablemente iría a la habitación de su ayudante, para tratar de impedir que fuera al almacén de material... o intentaría interceptarlo directamente allí.

Como Tabit no había averiguado el nombre del muchacho que iba a ser asesinado aquella noche, ni mucho menos cuál era su habitación, optó por ir al almacén. Recorrió pues, en silencio, las oscuras y solitarias dependencias de la Academia. Descendió por la escalinata que conducía a la planta baja y se internó por el pasillo circular. Un poco más allá, al final de una hilera de aulas de prácticas, se encontraba lo que unos años más tarde serían los dominios de maesa Inantra.

Tabit respiró hondo y se pegó a la pared. Mientras avanzaba, lentamente y de puntillas, descubrió que una de las aulas estaba abierta. Asomó la cabeza, con precaución, pero no vio a nadie. Entonces se le ocurrió que podía dejar allí su pesado zurrón, al menos mientras registraba el almacén, para que no le estorbase. Siempre podría recogerlo más tarde y, por otro lado, a nadie le llamaría la atención, porque los estudiantes solían dejar objetos en las aulas, a menudo morrales enteros llenos de cosas, si tenían clase en el mismo sitio al día siguiente.

De modo que se deshizo de sus pertenencias y las ocultó tras un enorme tablón de madera, de los que solían utilizarse para pintar portales de práctica en clase de Dibujo. Sintió una cierta angustia al abandonarlo todo allí, pero ahora iba mucho más ligero, y encontraría más facilidades para escapar si se veía obligado a hacerlo.

Llegó hasta la puerta del almacén. Estaba cerrada, y exhaló un breve suspiro de alivio. Había llegado a tiempo.

Sin embargo, al apoyarse brevemente en ella, la puerta cedió y se abrió de golpe. Tabit, sorprendido, cayó hacia delante, y se aferró al dintel para no perder el equilibrio. Con el corazón latiéndole con fuerza, alzó la cabeza y echó un vistazo al interior.

El almacén estaba en penumbra, iluminado solo por la vacilante luz de un candil situado en lo alto de un estante. Tabit tuvo tiempo de apreciar que la estancia estaba más ordenada que en los tiempos de maesa Inantra... antes de descubrir el cuerpo que yacía de espaldas en el suelo, sobre un charco de sangre.

Reprimió un jadeo horrorizado y retrocedió un paso, sin poder apartar la mirada del cadáver. Su rostro quedaba en sombras, pero llevaba hábito de estudiante. Incluso en aquella semioscuridad, Tabit pudo adivinar que tenía la cabeza destrozada. Junto a él, en el suelo, reposaba un viejo medidor ensangrentado.

Era el ayudante de maese Belban.

«He llegado demasiado tarde», pensó Tabit.

Dio otro paso atrás; su espalda tropezó con la puerta, y una parte de él pensó que debía salir de allí cuanto antes. Pero su mirada seguía atrapada por el cuerpo sin vida de aquel joven.

Entonces oyó un ruido procedente de las escaleras, y volvió a la realidad. Aún temblando, salió de nuevo al pasillo y cerró la puerta. Logró ordenar sus ideas lo suficiente como para comprender que no tenía nada más que hacer allí. Sin ninguna pista sobre dónde encontrar a maese Belban, lo más sensato era tratar de regresar a su tiempo cuanto antes.

Aún sin poder sacarse de la cabeza la imagen del joven asesinado, Tabit recogió sus cosas del aula vacía y salió de nuevo al pasillo. Lo había pensado mucho, y había decidido que no podía dibujar el portal de regreso en el estudio de maese Belban, porque alguien podría verlo antes de tiempo. Al planificar aquel viaje había sopesado diversas opciones y estudiado planos de la Academia, y había decidido que el mejor lugar sería el desván del círculo exterior, que estaba situado justo encima de las habitaciones de los criados. Por lo que tenía entendido, no era más que un trastero lleno de polvo y muebles viejos al que casi nunca subía nadie. Era poco probable que alguien encontrara allí su portal azul. Pese a ello, el plan dejaba demasiados detalles en el aire, y Tabit se ponía nervioso solo de pensar en la gran cantidad de cosas que podían salir mal.

Llegó a la escalinata y se arriesgó a abandonar la protección de las sombras para cruzar el amplio espacio que se abría entre los primeros peldaños y el pasillo que lo conduciría hasta el círculo exterior. Pero entonces oyó una especie de jadeo ahogado, y se quedó quieto, con el corazón latiéndole con fuerza. Se volvió, lentamente, hacia la escalinata, y distinguió allí una figura acurrucada contra la pared. Tabit hizo ademán de regresar a las sombras, pero su movimiento fue detectado por el desconocido de la escalera, que alzó la cabeza para mirarlo. Su rostro quedó iluminado por la luz de la luna que entraba por un ventanal, y Tabit lo reconoció: era maese Belban.

Se acercó a él, sin preocuparse ya por nada más, y se inclinó a su lado.

—¿Maese Belban? —susurró.

El profesor lo miró con ojos extraviados.

—Tú... no deberías estar aquí —musitó.

—Y vos... ¿qué hacéis aquí? —preguntó Tabit a su vez.

Maese Belban alzó las manos con un suspiro. Tabit comprobó con horror que las tenía embadurnadas de algo que parecía sangre.

—No he podido... no he sido capaz —farfulló maese Belban—. Pero ya da igual. No puede cambiarse, ¿entiendes? Lo que está hecho... no puede cambiarse.

Tabit reprimió un escalofrío. Escrutó con atención el rostro del pintor de portales y lo vio cansado y ajado. Aquel era el maese Belban que él conocía, el que había desaparecido en su propio tiempo. ¿Habría matado él a su ayudante? ¿Había llegado desde el futuro solo para deshacerse de él? Tabit sintió que se mareaba. Aquello parecía un bucle infinito de acontecimientos que no tenía ningún sentido porque, de ser así, ambos hechos —la muerte del estudiante y el viaje al pasado de maese Belban— estarían tan íntimamente relacionados que ninguno de ellos se habría producido sin el otro. Pero, en aquel caso, ¿cuál era el origen de todo?

Tabit decidió que no tenía tiempo de pensar en aquello. Trató de incorporar a maese Belban para llevarlo consigo de vuelta a casa. El viejo profesor lo dejó hacer, pero, una vez en pie, volvió a mirar a Tabit, esta vez con mayor detenimiento. Aquel destello de inteligencia que el joven ya conocía volvió a brillar en sus ojos.

—Tú no deberías estar aquí —repitió, y esta vez lo dijo con convicción y algo de suspicacia—. ¿Cómo has conseguido encontrarme?

Tabit se sintió orgulloso de poder contárselo.

–Descifré vuestras notas, maese Belban. Caliandra y yo descubrimos para qué servían los portales azules, y yo comprendí vuestra nueva escala de coordenadas...

Belban entrecerró los ojos.

–El portal –lo cortó con brusquedad–. Debo volver cuanto antes.

–Pero... –farfulló Tabit.

Maese Belban se desembarazó de él con una fuerza que Tabit no habría creído posible en alguien de su constitución. Lo empujó con violencia y le hizo perder el equilibrio. El joven se tambaleó, a punto de caer por las escaleras, mientras el profesor se apresuraba hacia el piso superior, de vuelta a su estudio. Tabit logró recobrar la estabilidad y lo siguió, a trompicones.

–¡Maese Belban! –lo llamó; pero él no se detuvo.

Ambos iniciaron una persecución por los pasillos de la Academia. Tabit había olvidado ya toda precaución, y maese Belban se comportaba como si no le hubiese importado nunca. Tabit alcanzó, por fin, el estudio del profesor y se precipitó al interior, a tiempo para ver cómo este cruzaba un portal azul que empezaba a difuminarse. El joven trató de seguirlo, pero entonces el portal se apagó del todo, y él se quedó se pie en el estudio, perplejo y jadeante.

No podía creer lo que acababa de ver. Maese Belban había llegado desde el futuro, desde su propio tiempo, a través de un portal dibujado exactamente en el mismo sitio que el que él mismo había cruzado hacía un rato. ¿Se habría encontrado con Caliandra en el estudio? No, comprendió; en tal caso, ella le habría explicado que Tabit había ido al pasado a buscarlo, por lo que él no se habría extrañado al verlo.

Se apoyó contra la pared, mareado. Sí, ambos habían utilizado el mismo portal, pero maese Belban lo había hecho semanas antes de que Cali y él reconstruyeran la duodécima coordenada, que él probablemente borraría nada más regresar, y lo activaran de nuevo. Pero ¿cómo era posible que su portal hubiese tardado tanto en cerrarse, cuando, al activarlo Tabit, solo había logrado que permaneciese unos instantes encendido?

El joven sacudió la cabeza, desconcertado. No entendía gran cosa, pero se le ocurrió de pronto que no podía entretenerse más allí: debía regresar a su tiempo cuanto antes.

Retomó, pues, el plan que había concebido. Bajó de nuevo la escalinata y se apresuró por el corredor que lo llevaría hasta el círculo exterior...

...Y, de repente, se topó con una chica que llevaba un candil encendido. Se detuvo de golpe. Ella, sobresaltada, gritó.

Tabit, aterrado al verse descubierto, dio media vuelta. Halló abierta una puerta acristalada que conducía al exterior, y se precipitó por ella.

Oyó pasos tras él. Alzó la cabeza, desesperado, y se encontró con que estaba en el patio de portales. Todos estaban apagados, y el joven calibró sus opciones rápidamente. La estudiante y aquellos que acudieran a su llamada de socorro le bloquearían el paso hacia el círculo exterior y, por tanto, hacia la buhardilla donde había planeado refugiarse. Y, de todos modos, si lo buscaban por la Academia, no tardarían en encontrarlo. Entonces se vería obligado a dar muchas explicaciones incómodas, en el mejor de los casos.

Y en el peor...

Tabit se estremeció, recordando que se había cometido un asesinato en la Academia aquella noche.

Y no se lo pensó más.

Corrió hacia el portal más cercano. Todos tenían contraseñas sencillas, consistentes únicamente en el símbolo del destino al que conducía cada portal, porque, aunque se hallaran dentro del recinto de la Academia, debían mantenerse cerrados para que no pudieran ser utilizados por criados, visitantes y estudiantes de primer y segundo curso.

«Vanicia», leyó Tabit. Sacó, con dedos temblorosos, un pellizco de polvo de bodarita de su saquillo. Tras él oyó voces, pero se esforzó por dominar el pánico y logró trazar el símbolo correspondiente en la tabla sin ningún error.

El portal se activó. Tabit suspiró, agradeciendo su familiar resplandor rojizo, antes de penetrar en él.

Apareció en el vestíbulo de la sede de la Academia en Vanicia. Se volvió rápidamente, para asegurarse de que nadie lo seguía, y esperó unos angustiosos instantes hasta que el portal se apagó. Suspiró de nuevo y cerró los ojos, agotado. Al volver a abrirlos, descubrió ante él a un desconcertado conserje que lo miraba con los ojos muy abiertos.

—Buenas noches —saludó Tabit.

El conserje reaccionó.

—Bu-buenas noches —respondió.

Tabit enderezó los hombros y salió del edificio con paso firme, aunque por dentro estaba temblando como una hoja. En la Academia, sus perseguidores no tardarían en reponerse de la sorpresa de haberlo visto activando un portal y, si había algún profesor entre ellos, probablemente se arriesgaría a seguirlo hasta allí.

Una vez en la calle, echó a correr hasta que encontró un rincón oscuro donde esperaba poder pasar desapercibido. Se acurrucó tras una vieja carreta y, tras asegurarse de que no había nadie cerca, revolvió el contenido de su morral hasta dar con la redoma de pintura azul y el medidor de coordenadas; respiró hondo, aliviado. No había perdido lo que necesitaba para regresar a casa. Las cosas aún podían arreglarse.

Esperó un buen rato, pero nadie acudió a buscarlo. Reflexionó.

Estaba en Vanicia, una pequeña capital del sur de Darusia que él conocía muy bien. Por supuesto, podía buscar una pared apartada, al fondo de algún granero abandonado, en el muro de algún templo derruido, incluso bajo algún puente, para dibujar su portal azul. Sin embargo, se le ocurrió de pronto que, ya que estaba allí, podía aprovechar para hacer una pequeña visita a alguien a quien hacía mucho tiempo que no veía.

Alguien que, de hecho, no lo reconocería, porque Tabit, en realidad, no había nacido aún.

~

Yunek y Rodak estaban apoyados en el pretil de piedra de uno de los puentes que salpicaban los tres brazos del estuario. Habían pasado el día recorriendo la ciudad de Kasiba, visitando tabernas y hablando con gente de todo tipo; en un par de ocasiones, de hecho, habían tenido que salir huyendo porque a más de uno le había parecido que estaban haciendo demasiadas preguntas.

Al principio, no les había costado trabajo seguir el rastro de Brot. El marinero desaparecido había estado, en efecto, hacía pocas semanas en la ciudad. Era un hombre de costumbres fijas y solía acudir siempre a los mismos establecimientos y visitar a los mismos amigos y clientes. Los dos jóvenes habían llegado a hablar con cinco personas que se habían encontrado con él durante su última visita, pero ninguno de ellos les había contado nada interesante.

Ahora, contemplando cómo el sol se hundía lentamente en el mar, más allá de la desembocadura del río, se sentían cansados y, sobre todo, desanimados. Yunek maldecía su suerte por lo bajo; Rodak no pronunciaba palabra, pero su rostro reflejaba también un profundo desaliento.

—Ya no sé qué más hacer —murmuró el uskiano—. Si el Invisible está detrás de todo esto, debe de ser realmente invisible. Nadie ha visto nada, nadie sabe nada... Es desesperante.

Rodak no respondió.

—Pero tiene que haber algo que podamos averiguar —siguió diciendo Yunek—. Dicen que hablaron con Brot de esto y de aquello, pero nadie parece haber cerrado ningún tipo de trato con él. Y no me creo que viniera a Kasiba solo para hacer visitas de cortesía.

—Se protegen unos a otros —murmuró Rodak; alzó la cabeza y miró a Yunek a los ojos—. Voy a volver a Serena; pero tú deberías quedarte aquí esta noche.

El joven le devolvió una mirada estupefacta.

—¿Qué? ¿Por qué?

Rodak sacudió su uniforme de color granate.

—Porque, aunque yo soy solo un guardián, todos me consideran parte de la Academia. Nunca confiarán en mí.

—Entonces, ¿por qué has venido con esa ropa? —inquirió Yunek, molesto ante la posibilidad de que aquello hubiese arruinado su investigación.

—Precisamente porque quería mantener alejada a la gente del Invisible. Esperaba que la túnica de guardián inspiraría confianza a quienes conocen sus actividades, pero no forman parte de la organización.

Yunek sacudió la cabeza.

—Si fuese tan fácil —dijo—, los pintores de portales los habrían descubierto ya.

—Es que me da la sensación de que no los han buscado. Ya oíste a maese Tabit: según la Academia, el Invisible no existe.

Yunek reflexionó.

—¿Crees que hablarán conmigo si vuelvo a la taberna del puerto sin ti?

Rodak asintió.

—Entonces —decidió Yunek—, deberías irte ya, antes de que cierren los portales públicos de la plaza.

Volvieron, pues, sobre sus pasos, y llegaron a la Plaza de los Portales de Kasiba cuando ya casi anochecía. Antes de marcharse, Rodak dirigió a su compañero una mirada inquisitiva.

—¿Estás seguro de que quieres hacerlo? —le preguntó—. Podrías meterte en problemas, ¿sabes? Estos tipos son como tiburones; se alimentan de todos los peces más pequeños.

Yunek se encogió de hombros. No sabía lo que era un tiburón, pero entendió el sentido general de la analogía.

—Estoy acostumbrado a ser un pez pequeño. Verás, Rodak, cuando yo tenía doce años... todos en mi familia caímos enfermos. —Se detuvo un momento, inmerso en sus recuerdos; después, continuó—. Mi hermana tenía solo tres años y mi madre estaba embarazada, pero fue mi padre el que murió. Mi madre perdió, casi al mismo tiempo, a su marido y al bebé que esperaba, y le costó mucho superarlo. Así que yo me convertí en el cabeza de familia.

»Había otros granjeros que quisieron aprovecharse de nosotros. Querían comprar nuestras tierras y nuestros animales por mucho menos de lo que valían. Decían que no seríamos capaces de sacar nuestra granja adelante. Mi madre tardó mucho en curarse del todo. Yo tuve que cuidar de ella y de mi hermana y mantener alejados a todos esos... ¿cómo los has llamado?

—Tiburones —respondió Rodak.

—No querían negociar con un muchacho de doce años —prosiguió Yunek—. Hubo uno que, incluso, pretendió a mi madre pocos días después de que muriera mi padre. Pero no por amor, ni siquiera por lujuria; solo quería quedarse con nuestra propiedad.

»Y eso que tampoco teníamos gran cosa. Pero hay que trabajar mucho en una granja para que sea productiva. La gente pensó que no podríamos hacerlo. Que necesitábamos la protección de otras personas.

—Pero los sacaste a todos adelante —anticipó Rodak.

Yunek asintió.

—Y fue así como aprendí a negociar sin dar mi brazo a torcer. Créeme: sé sortear a los tiburones. Una de las ventajas de ser un pez pequeño es que nunca se esperan que vayas a devolver el mordisco.

Rodak se encogió de hombros.

—Como quieras —dijo—. Buena suerte, entonces.

—Gracias —contestó Yunek—. Ah, y... Rodak... Si tardo en volver, y Caliandra viene a preguntar por mí... por favor, no le digas dónde estoy.

El muchacho lo observó con extrañeza. Yunek respondió a su muda pregunta:

—Quizá tenga que mezclarme con gente poco recomendable. Ya han atacado a una estudiante de la Academia; no me gustaría poner a Cali en peligro también. —Se estremeció al recordar el terror que había sentido al creer que la gente del Invisible le había hecho daño a su amiga. No quería volver a pasar por eso.

Rodak asintió, mostrando su conformidad. Los dos se despidieron y acordaron encontrarse en casa del guardián un par de días más tarde. Después, Rodak pagó el peaje y desapareció a través del portal.

Yunek se quedó solo. Se sintió, por primera vez en mucho tiempo, inseguro y desvalido; al contarle su historia a Rodak, una parte de su mente había regresado a la época de la muerte de su padre, y se había visto de nuevo como aquel muchacho de doce años que había tenido que madurar de golpe.

Sacudió la cabeza y trató de alejar aquellos pensamientos. Todo eso quedaba ya muy atrás. Y tenía que resolver aquel asunto de una vez por todas, se dijo.

De modo que dio la espalda a la plaza y se internó por las callejuelas de la ciudad.

Kasiba le había impresionado casi tanto como Maradia. La mayoría de los edificios eran de piedra gris, sobrios y severos y, al mismo tiempo, imponentes y majestuosos; algunos de ellos estaban coronados por altas torres que se alzaban hacia el cielo neblinoso, como si quisieran atravesar la capa de nubes en busca de algunos rayos de sol. La ciudad también poseía un activo puerto de mar, pero vivía prácticamente de espaldas a él, extendiéndose a ambas orillas del río que desembocaba en sus costas. A diferencia de Serena, cuyo puerto estaba situado en una amplia bahía, los barcos de Kasiba navegaban en mar abierto y estaban expuestos a fuertes corrientes, vientos gélidos y violentas tempestades. Quizá debido a aquel clima del norte, más frío, y por estar lejos de las rutas comerciales de lugares lujosos y exóticos, como Singalia o las costas del sur de Rutvia, los kasibanos eran gente seria, austera y poco habladora.

Sin embargo, les gustaba la bebida. El licor calentaba sus gargantas y corazones en las noches de invierno, cuando el viento aullaba sobre los tejados con las voces de todos los marinos perdidos en el océano. Las tabernas, que de día estaban vacías, se llenaban al ponerse el sol. Pero los kasibanos bebían en silencio. No estaban habituados a vociferar canciones soeces, a compartir chistes o chascarrillos ni a celebrarlos con estruendosas carcajadas. Como mucho, se reunían en torno al fuego y, cuando la bebida desataba sus lenguas, contaban historias y compartían experiencias, como si el acto de reunirse allí y de brindar juntos los hermanase más que cualquier otra cosa.

Por eso, cuando Yunek se sentó con ellos, al principio lo miraron con recelo. Pero al cabo de un rato, y después de un par de rondas que el uskiano pagó generosamente, le hicieron un sitio en la mesa más cercana al fuego.

Y más tarde, cuando algunos parroquianos empezaron a retirarse, los que quedaban invitaron a Yunek a acompañarlos una ronda más.

—Muchas gracias, amigos —dijo él—. Me alegro de haber vuelto a la taberna esta noche. —Dio un sorbo lento a su jarra y añadió, sacudiendo la cabeza—: Ese condenado pintapuertas no lo habría visto con buenos ojos. Tienen normas muy estrictas en la Academia.

—¿Y qué se te ha perdido a ti con los que visten el granate? —le preguntó un fornido marinero, sonriente—. No pareces uno de ellos.

—No lo soy —respondió Yunek; bajó la voz para añadir—: Solo... hice algunas preguntas en Maradia y en Serena y llamé la atención de la gente de la Academia. Tuve que hacerles creer que estaba buscando lo mismo que ellos, pero ahora tengo a uno de esos guardianes pegado a mis talones. —Suspiró—. Ojalá no hubiera abierto la boca.

—No sé qué buscan aquí, la verdad —dijo otro marino, encogiéndose de hombros—. En Kasiba somos gente seria y trabajadora. Lo que hagan individuos como Brot no es asunto nuestro.

–¿Y por qué preguntas por él? –quiso saber el tabernero.

Yunek fingió que dudaba antes de responder.

–Yo... bueno, es que me prometió que me pondría en contacto con alguien; pero ahora se ha esfumado y no hay manera de conseguir esa información.

Algunos parroquianos lo miraron con mala cara.

–Créeme –dijo uno de ellos–, es mejor para ti que Brot te dé esquinazo. No te traería más que problemas.

Yunek se rascó la cabeza, pensativo.

–Puede que tengáis razón –dijo por fin–. Aunque me hacía mucha falta ese favor que me prometió. Ojalá tuviera otra opción... pero no la tengo. –Apuró su jarra y concluyó–: Ha sido un placer, amigos. Gracias por todo.

Pagó lo que debía y salió de la taberna. Paseó lentamente por el muelle, como si estuviese sumido en hondas reflexiones, mientras el corazón le latía con fuerza. Sabía que podían suceder varias cosas en aquel momento: quizá nadie le había prestado atención, en cuyo caso todo seguiría igual. Pero también podría ser que sus comentarios hubiesen llegado a los oídos apropiados, y entonces... quizá acabara en el fondo del mar, siendo pasto de los peces. O tal vez...

–¡Pssst, forastero! –lo llamó entonces una voz.

Yunek se volvió a todas partes.

–¿Quién anda ahí?

La voz había surgido de un oscuro callejón, pero no se veía a nadie.

–¿De verdad estás interesado en los contactos de Brot?

–¿Quién quiere saberlo?

La voz rió sofocadamente.

–No tan deprisa, muchacho. Tengo entendido que necesitas que te hagan un favor.

–Necesito muchas cosas. ¿Cómo sé que tú eres la persona con la que he de hablar?

–Tendrás que arriesgarte.

–Está bien, me arriesgaré: estoy buscando al Invisible.

La voz se rió de nuevo.

–¿Y crees de verdad que vamos a llevarte ante él?

–No me importa ante quién me llevéis. Sé lo que me prometió Brot, y quiero que lo cumpla. Si no es él ni el Invisible, que sea cualquier otro.

–¿Y qué te prometió Brot, exactamente?
Yunek respiró hondo.
–Un portal –dijo.
Reinó el silencio durante tanto tiempo que Yunek temió haber ido demasiado lejos. Cuando ya creía que el desconocido había desaparecido, su voz se oyó de nuevo:
–Nosotros contactaremos contigo –le dijo–. Pero aléjate de esos condenados pintapuertas, ¿me has oído?
Yunek asintió. Esperó un rato más, pero la voz no volvió a hablar. Cuando se internó en el callejón, el muchacho descubrió que no había nadie.
Sin embargo, estaba casi convencido de haber reconocido en aquella voz un acento, una inflexión, que había escuchado un rato antes en la taberna. Tenía muy buena memoria, y había anotado mentalmente los rasgos distintivos de la mayoría de gente con la que había hablado a lo largo del día.
Estaba seguro de poder identificar al dueño de aquella voz si volvía a verlo.

⁂

Veintitrés años atrás, una soleada mañana de otoño, un joven estudiante de la Academia, cargado con un voluminoso zurrón, paseaba por las calles de la ciudad de Vanicia.
Era día de mercado. Los portales de la plaza permanecían activos y muy concurridos. Representantes de distintos gremios de toda Darusia los atravesaban cargados de cestas y carretas llenas de productos y materias primas. Las calles adyacentes y la plaza del mercado estaban flanqueadas por multitud de puestos y tenderetes.
El estudiante se movía entre el gentío como si se dejase arrastrar por él. Tenía la expresión ausente del que está perdido en sus pensamientos. Sin embargo, un observador avisado se habría dado cuenta de que su rumbo no era casual. Pese a su aspecto ensimismado, sabía muy bien hacia dónde se dirigía.
Al fondo de una plazoleta, no lejos del caño de una fuente, estaba sentado un tahúr. Había colocado ante él una mesita baja y efectuaba diversos trucos de cartas. Un pequeño grupo de gente se había reunido a su alrededor. La mayoría solo miraba, pero algunos probaban suerte con los juegos que él proponía.

Al principio, la fortuna les sonreía, pero el balance final acababa siéndoles desfavorable y se marchaban, con menos dinero que antes y un gesto de desencanto pintado en el rostro.

El estudiante se detuvo ante el jugador y contempló cómo sus ágiles dedos bailaban entre las cartas. Era un hombre delgado, de rostro zorruno, cabello negro desordenado y barba de varios días. Descubrió que el joven lo estaba mirando y le sonrió, mostrando un diente mellado.

–¿Queréis tentar a la suerte, maese?

El estudiante declinó la invitación. Seguía observando fijamente al tahúr, con tanta seriedad que este empezó a sentirse incómodo, desvió la mirada y buscó a otra víctima entre la multitud.

Pronto, todos estuvieron pendientes de la nueva partida. Los ojos del joven vestido de granate también estaban fijos en las cartas. Pero, de improviso, su mano se movió con la rapidez de una serpiente y atrapó algo al vuelo. Hubo una exclamación ahogada, un forcejeo... El estudiante contempló, con una mezcla de pena y compasión, al golfillo que acababa de capturar. Tenía el pelo rubio y sucio, la ropa hecha jirones y la mirada hambrienta. Su mano, pequeña y ágil, se abría y cerraba como una garra mientras retorcía la muñeca, tratando de escapar.

–No esperaba que hubiera empezado tan pronto –murmuró el estudiante.

–Soltadme, señor... maese –pudo decir el muchacho–. Yo no he hecho nada...

Dado que el estudiante acababa de pillarlo con la mano dentro de su zurrón, aquella mentira era demasiado obvia. Sin embargo, no se lo tuvo en cuenta, porque sabía que tenía que intentarlo. Él habría hecho lo mismo en su lugar.

–Dime, ¿dónde te encontró? –le preguntó, señalando al tahúr con la barbilla–. ¿Eres su hijo de verdad? –Frunció el ceño–. ¿Acaso lo era yo también?

El ladronzuelo gimió.

–Señor, por piedad...

Varias personas los miraban con asombro y disgusto. El estudiante volvió entonces a la realidad y se dio cuenta de que se había formado un círculo de curiosos a su alrededor. Soltó al chiquillo pero, cuando este se dispuso a salir corriendo, se dio de bruces contra un alguacil.

–¡Vaya! ¿Conque intentando apropiarte de lo que no es tuyo?

Lo agarró por el pescuezo. El estudiante trató de interceder por él:

–No, señor, se trata de un error. El chico...

–¡Estaba intentando robar al maese! –acusó una mujer–. ¡Yo lo he visto todo!

Un coro de voces corroboró aquella versión. El muchacho gimió y se debatió, desesperado, tratando de escapar.

–¡Padre! –llamó, mirando al tahúr con ojos suplicantes.

El estudiante siguió la dirección de su mirada.

Pero el hombre de las cartas se limitó a contemplar al chico con asco y disgusto y a sacudir la cabeza.

–¡Qué vergüenza! –exclamó; barajó las cartas y proclamó, una vez más–: ¡Probad vuestra suerte, hermosas señoras, distinguidos caballeros! ¡La fortuna puede estar hoy de vuestro lado!

El alguacil se llevó a rastras al muchacho sollozante. En apenas unos instantes todo volvió a la normalidad. El tahúr no mostró el menor signo de lástima o compasión, como si, en efecto, no conociera de nada al ladronzuelo al que la justicia acababa de capturar.

El estudiante se quedó allí un momento, inmóvil. Entonces avanzó entre la multitud hasta detenerse ante el hombre de las cartas.

–¿En qué puedo serviros, maese? –le preguntó este con una larga sonrisa.

El joven no respondió. Con un solo gesto, brusco e inesperado, volcó la mesita y agarró al jugador por el cuello, empujándolo con violencia contra la pared en un revoloteo de cartas.

–Qu... qu... –empezó a decir el hombre, aterrorizado.

–Debería matarte –dijo el estudiante con tranquilidad.

A su alrededor oyó revuelo, gritos, gente que llamaba a los alguaciles. Pero no se alteró.

–M-maese –tartamudeó el tahúr, entre jadeos–. ¿Por qué? ¿Q-qué os he hecho yo?

–No me has hecho nada... aún –replicó el joven–. Pero lo harás. –Sacudió la cabeza, y por un instante pareció confuso e inseguro como un niño–. Y, sin embargo, no puedo matarte. Porque, si lo hiciera, yo mismo no existiría, y por tanto no podría regresar para matarte.

Aprovechando aquel momento de vacilación, el tahúr se soltó de su presa. Jadeó, tratando de recuperar el aliento, y lo miró como quien contempla a un loco.

—Aunque pudiera —dijo el joven, y sus ojos llamearon súbitamente, repletos de determinación—, no lo haría. Porque no quiero ser como tú. Recuerda esto. Recuérdalo siempre: no voy a ser como tú. Nunca.

En aquel momento llegaron los alguaciles. El jugador los contempló con alarma, pero enseguida adoptó una actitud pretendidamente inocente y servil.

—¡A mí, la justicia! —clamó—. Este chico se ha vuelto loco.

Los alguaciles miraron al estudiante, indecisos, sin pasar por alto su hábito de color granate.

—Es un estafador —dijo él con frialdad—. Todo el mundo sabe que hace trampas.

Sacudió la cabeza con repugnancia y se alejó de allí sin mirar atrás. Nadie lo detuvo ni le pidió explicaciones. Sabía que, aunque se quedara para mantener su acusación, no serviría de nada, porque no podría demostrarlo: el tahúr era lo bastante hábil como para ocultar bien sus bazas.

«No», pensó mientras se alejaba. «No lo atraparon aquí. Ni lo harán en los próximos diez años, por lo menos.»

¿Por qué, entonces, se había tomado la molestia de buscarlo? No lo sabía. Nada de lo que pudiera hacer iba a cambiar las cosas, porque no lo había hecho.

Pero recordó de pronto que aquel hombre, al que, tiempo atrás, había llamado «padre», había mostrado siempre un intenso e irracional recelo hacia los hábitos de color granate. Y sonrió para sí.

Respiró hondo. Había llegado el momento de pintar, en algún lugar discreto, un portal azul para regresar a casa.

Una reunión con el rector

«... Entonces, una vez superado el ritual de iniciación, y al constatar que Bodar había regresado con vida de su primera traslación espacial incontrolada, los Caras Rojas limpiaron los restos de pintura de su piel y su líder accedió por fin a mostrarle el modo en que la elaboraban.

Después lo guió a través de un laberinto de túneles por las entrañas de la cordillera hasta llegar a la caverna donde, con métodos y herramientas rudimentarios, los salvajes explotaban el primer yacimiento de bodarita del que tenemos noticia.»

Bodar de Yeracia: vida y semblanza,
maesa Vinara de Serena.
Capítulo 15: «Cómo maese Bodar de Yeracia descubrió el secreto de los salvajes»

Tash ya había decidido que no iba a pasar el resto de su vida en aquella mina.

Cuando era pequeña, nunca se había planteado qué iba a hacer en el futuro. Su padre se empeñaba en hacerla pasar por un minero más, en que continuara con la tradición familiar, y ella jamás lo había cuestionado. De hecho, al huir de casa, el único futuro que había sido capaz de imaginar pasaba por buscar otra mina donde seguir haciendo lo mismo de siempre.

Su nuevo capataz, sin embargo, le había encomendado una tarea que no realizaba desde que tenía ocho años. Al principio, se había sentido furiosa y humillada, y se había unido a la tropa de chiquillos con gesto desdeñoso. Pero no había tardado en darse cuenta de que estaba desentrenada; los capazos de escombros pesaban más de lo que recordaba, los cascotes se le clavaban en las manos al recogerlos, manejar la pala le producía ampollas en los dedos y el sol quemaba y la hacía sudar incluso más que el ambiente asfixiante de los túneles. Para no quedar en ridículo delante de los niños, que la miraban de reojo con una sonrisa de suficiencia en los labios, Tash se concentró en su trabajo y se olvidó de todo lo demás. Así, al cabo de unos días ya tenía callos en las manos y había recordado cómo incorporarse con los capazos cargados sin dañarse la espalda. Además, le habían prestado un viejo sombrero de paja trenzada, y había terminado por acostumbrarse al calor.

De modo que, cuando el trabajo se convirtió en algo rutinario, dejó de prestarle atención; y, mientras acarreaba escombros de forma mecánica, su mente volaba lejos, y ella pensaba.

Había algo reconfortante en aquel ambiente. Una parte de ella se sentía como en casa, y a menudo se veía asaltada por punzadas de nostalgia. Pensaba, sobre todo, en su madre y en sus amigos; a veces, también en su padre, aunque procuraba reprimir aquellos recuerdos, porque le producían cierta angustia.

En alguna ocasión, hasta se había planteado la posibilidad de regresar a su aldea natal en Uskia. Pero enseguida rememoraba sus últimas horas allí y comprendía que no se sentiría capaz de afrontar la reacción de sus amigos y conocidos cuando se enteraran de que era una mujer.

Así que, al final, siempre concluía que lo mejor era comenzar de nuevo en aquel lugar, aunque fuera realizando un trabajo de niños.

Se había preguntado a menudo si aquello era una especie de prueba; si, cuando el capataz comprobara que era una buena trabajadora, seria y responsable, la destinaría a los túneles, encargándole labores más complejas, o si, por el contrario, había dicho en serio lo de esperar a que «diera el estirón».

Y no podía dejar de pensar en su conversación con Cali. En casa se había dejado llevar por el plan de su padre, había confiado ciegamente en que él sabría qué hacer cuando ella creciera, o cuando fuera evidente que no lo hacía como los demás muchachos. Había creído que, pasara lo que pasase, su padre siempre la protegería.

Pero allí, en las minas de Ymenia, estaba sola.

Por el momento, vivía en la cabaña del guardián del portal. Se trataba de una choza pequeña, pero aseada, y el guardián, un hombre que ya peinaba canas, la había tratado con bastante amabilidad. Le había preparado un jergón en un rincón de la habitación y había compartido su cena con ella. No obstante, Tash había pasado la primera noche en vela, inquieta, preguntándose si aquel hombre habría descubierto su secreto y aprovecharía la oscuridad para tratar de abusar de ella de alguna manera, como ya le sucediera en otra ocasión.

Sus temores resultaron ser infundados. El guardián no solo durmió profundamente toda la noche, sino que, además, Tash descubrió al día siguiente que era bastante corto de vista. No tendría problemas, por tanto, en hacerle creer que era un muchacho.

Sin embargo, tarde o temprano le asignarían una familia en el pueblo. Tash sabía cómo funcionaban las cosas: si el capataz decidía destinarla a los túneles, empezaría a ganar algo de dinero, con lo que sería más fácil encontrarle otro alojamiento, ya que podría contribuir a la economía del hogar. Pero, en ese caso, también habría más probabilidades de que descubriesen su secreto.

En cierto modo, estaba bien como estaba, al menos a corto plazo. Trabajaba duro, sí, pero obtenía a cambio techo y comida. Era verdad que no le pagaban; pero tampoco corría los mismos riesgos que los mineros adultos, que se jugaban la vida en los túneles.

Sin embargo, Tash trataba de imaginarse a sí misma en aquella situación durante mucho tiempo... y no lo conseguía.

Una tarde, mientras llenaba una carretilla, vio pasar los contenedores destinados a la Academia y se acordó de lo que le había prometido a Tabit.

Se detuvo un momento y se apoyó en la pala, fingiendo descansar. Observó por el rabillo del ojo cómo el capataz discutía con otro minero bajo y robusto. Le pareció entender que el hombre pretendía enviar el cargamento a Maradia inmediatamente, pero su jefe era partidario de esperar hasta el día siguiente. Tash sonrió para sus adentros. El capataz se aferraba con obstinación a la remota posibilidad de que su gente encontrara una nueva veta en cualquier momento. Pero la muchacha sabía que eso no iba a suceder. Aunque allí la situación no parecía tan desesperada como en su aldea de origen, ella no se hacía ilusiones al respecto. Así había comenzado todo en las minas de Uskia: la veta principal se había agotado, y al principio la comunidad subsistía gracias al mineral que extraían de los túneles secundarios, a la espera de encontrar otro filón importante en cualquier momento. Pero los días pasaban, el mineral era cada vez más escaso y las vetas secundarias también iban agotándose, una tras otra..., hasta que ya no quedaba nada.

Tash sabía que allí, en los yacimientos de Ymenia, todavía estaban extrayendo mineral. Pero no en grandes cantidades. Se notaba, en cualquier caso, que la gente se estaba viendo obligada a apretarse el cinturón.

Pese a ello, tampoco estaba segura de poder diagnosticar con exactitud la situación de la mina. Quizá, si pudiera curiosear en el interior de aquellos contenedores...

Prestó mucha atención. Parecía que el capataz se había salido con la suya, y que enviarían el cargamento al día siguiente por la mañana. De modo que empujaron los contenedores hasta situarlos junto al portal, que permanecía inactivo, y allí los dejaron.

Tash sonrió de nuevo. La casa del guardián estaba muy cerca del portal. No le costaría nada acercarse por la noche, cuando todos durmieran, y echar un vistazo al cargamento.

～

Cuando, horas más tarde, se levantó del lecho en silencio y se deslizó al exterior de la cabaña, recordó la noche en que había salido de su casa, también de forma furtiva, para trabajar en los túneles por su cuenta. Se maravilló de que en algún momento le hubiera parecido una buena idea. «¿En qué estaría pensando?», se preguntó. Parecían haber pasado años desde entonces, aunque solo hubiesen sido unas pocas semanas; sin embargo, tenía la sensación de haber crecido y madurado mucho en aquel tiempo.

«Y ahora lo vuelvo a hacer», pensó de pronto. «Escaparme de noche, como un ladrón...» Se estremeció al evocar lo que había sucedido aquella última vez, el derrumbamiento en el túnel, la forma en que su secreto había salido a la luz... «Pero esto no es tan peligroso», se tranquilizó a sí misma. «Ni siquiera bajaré a la mina. Solo miraré dentro de los contenedores...»

La noche era lo bastante clara como para que pudiera moverse sin necesidad de ningún tipo de lámpara; pero hacía mucho frío, y Tash lamentó enseguida no haber cogido nada de abrigo. En aquella región, el sol golpeaba con fuerza durante el día, pero las noches eran heladoras, y ella aún no se había acostumbrado a aquellos cambios tan bruscos de temperatura. Dudó un momento, pero finalmente decidió no volver atrás. Cuanto antes terminara, antes estaría de regreso en su jergón.

Los contenedores seguían donde los mineros los habían dejado, justo al lado del portal. Tal y como Tash había anticipado, apenas se había extraído mineral aquella tarde, así que, en realidad, habrían podido enviar el cargamento a Maradia en su momento, sin necesidad de esperar un día más.

La muchacha se deslizó junto al primer contenedor, levantó la lona y se asomó al interior. No vio gran cosa en la oscuridad, por lo que introdujo la mano y palpó hasta que sus dedos rozaron los fragmentos de bodarita. Hubo de ponerse de puntillas para alcanzarlos, y a punto estuvo de caerse dentro. Se incorporó y volvió a tapar el contenedor, frunciendo el ceño. Estaba casi vacío. Allí había bastante menos mineral del que había esperado encontrar. Extrañada, examinó el interior del segundo contenedor; pero no había mucha más bodarita que en el primero. De hecho, todo el cargamento habría cabido en un solo contenedor, y apenas ocuparía una cuarta parte de su espacio. Pero era tradición que se enviaran dos depósitos semanales; siempre había sido así, desde que Tash tenía memoria, y su padre le había contado que estaba estipulado en los estatutos fundacionales de la explotación. En el pasado, le había explicado con orgullo, los contenedores iban rebosantes de mineral; había tanto, de hecho, que podrían haber entregado a los *granates* hasta cuatro depósitos semanales, y si no lo hacían era porque en el almacén de la Academia no tenían espacio para más, ni podían gastarlo a la velocidad con la que ellos lo extraían.

Pero aquellos tiempos quedaban muy atrás.

De pronto, el portal se activó. Tash retrocedió de un salto, aterrorizada ante el súbito resplandor rojizo que la bañó de pies a cabeza. ¿Qué significaba aquello? ¿Por qué se encendía el portal en plena noche? Estuvo tentada de salir corriendo, pero entonces vio la figura oscura que empezaba a recortarse contra el círculo luminoso, y comprendió que era demasiado tarde. De modo que hizo lo primero que se le ocurrió: saltó al interior del contenedor y se cubrió con la lona.

Se echó como pudo sobre el lecho de piedras. Descubrió que, si se tendía boca abajo, la postura le resultaba un poco menos incómoda. Al hacerlo, halló una rendija por la que se colaba un rayo de luz roja. Se incorporó un poco y se acercó a mirar. Apenas un instante antes de que el resplandor se apagara, pudo ver unos pies calzados con unas sandalias, que asomaban por debajo de un hábito color granate.

Tash contuvo el aliento, preguntándose qué razones podría tener un pintor de la Academia para presentarse en la mina a aquellas horas intempestivas. Por lo que ella sabía, el único *granate* que solía personarse en las explotaciones era ese tal maese Orkin que le había comprado sus piedras azules. Pero siempre llegaba de día, y solamente lo hacía una vez al año.

Intentó mirar un poco más arriba para tratar de vislumbrar los rasgos del recién llegado, pero entonces el portal se apagó y todo quedó sumido de nuevo en la oscuridad.

El pintor de portales masculló algo en voz baja y se apoyó en el contenedor. Tash se quedó muy quieta, con el corazón latiéndole con violencia. Se preguntó si el maese habría venido a llevarse los contenedores a la Academia, y si tendría intención de examinar previamente el mineral que había en su interior. En ese caso, no tardaría en descubrirla.

En aquel momento, el *granate* se enderezó, y el contenedor se balanceó un poco. Tash se contuvo para no lanzar una exclamación de miedo.

–Llegas tarde –dijo el maese. Hablaba en voz baja y Tash apenas podía oír lo que decía, porque los sonidos del exterior le llegaban muy amortiguados; pero le gustó su tono juvenil, suave y bien modulado.

–Quizá vos habéis llegado demasiado pronto –gruñó otra voz en respuesta; Tash reconoció, no sin asombro, al capataz.

–Yo llego cuando tengo que llegar –replicó el maese, imperturbable–. Y no me gusta perder el tiempo. ¿Me has reservado lo que te pedí, o no?

Pareció que el capataz vacilaba.

–Quizá deberíamos volver a hablarlo –respondió finalmente.

El pintor de portales rió con suavidad.

–¿Te han entrado escrúpulos de repente? ¿A estas alturas?

–No es eso –replicó el capataz con ferocidad–. Es que... los contenedores ya van demasiado vacíos. No sé si debería descargarlos más.

–¿Qué más te da? Vas a cobrar igualmente, ¿no?

–Sí, pero... También hasta aquí llegan los rumores, ¿sabéis? Dicen que van a cerrar las minas de Uskia, que son improductivas. ¿Qué pasará si los maeses piensan que aquí ya no sacamos suficiente mineral?

–Ese no es mi problema –respondió el pintor de portales con indiferencia–. Te repito lo que ya te dije en su momento: te pagaré por la bodarita el doble de lo que paga la Academia. Nada más. O lo tomas, o lo dejas. Pero, si me traicionas, o si decides que nuestra... relación de negocios... ya no te interesa... no volverás a verme jamás.

Mientras el capataz parecía inmerso en una lucha contra su propia conciencia, Tash trataba de comprender las implicaciones de lo que estaba escuchando. Aquel joven *granate* compraba mineral a un precio más alto de lo normal. ¿Qué significaba aquello? ¿Se quedaba el capataz con el dinero que obtenía de aquellos tratos? ¿Enviaba a Maradia menos mineral del que se extraía? ¿Pensaban los demás maeses que el yacimiento de Ymenia era menos productivo de lo que en realidad era? De repente, a Tash se le ocurrió que aquello mismo podía estar pasando en otras explotaciones de Darusia. Pero ¿quién era aquel *granate* que parecía actuar a espaldas de su propia gente, y por qué lo hacía?

–Está bien –dijo finalmente el capataz–. No tengo intención de romper nuestro acuerdo.

El maese exhaló un suspiro de impaciencia.

–Ya era hora –comentó–. ¿Y bien? ¿Dónde está mi mercancía, pues?

El capataz se acercó a los contenedores. Tash oyó el sonido de sus botas sobre la gravilla y se encogió de miedo. Pero el hombre levantó la lona del otro contenedor y rebuscó en su interior.

–Aquí tenéis –dijo entonces–. Vuestra parte, tal y como habíamos acordado.

Tash oyó cómo el pintor de portales sopesaba un par de saquillos.

–Parece correcto –comentó.

De nuevo se escuchó el sonido de las bolsas al cambiar de manos, pero en esta ocasión iba acompañado del tintineo de las monedas. Los dos hombres se mostraron conformes con la transacción y se despidieron con un par de frases breves. El pintor se volvió hacia el portal, escribió la contraseña en la tabla y, de nuevo, el círculo se iluminó.

—Siento curiosidad —dijo entonces el capataz, antes de que el *granate* cruzara el portal—. ¿Por qué hacéis esto?

Tash vio que el hábito del maese se agitaba un instante cuando miró a su interlocutor.

—No es asunto tuyo —le respondió—. Y harías bien en recordar los términos de nuestro acuerdo: nada de preguntas.

—Oh, sí. Tenéis razón. Es solo que...

Pero el *granate* no llegó a escuchar el final de la frase: se volvió hacia el portal y lo atravesó con decisión. Cuando se quiso dar cuenta, el capataz estaba hablando solo.

Tash lo oyó maldecir y refunfuñar por lo bajo. Cuando el portal se apagó y todo volvió a estar a oscuras, el hombre se alejó por el camino, de vuelta a la aldea, llevándose consigo las monedas que acababa de ganar.

La muchacha esperó unos instantes antes de atreverse a respirar hondo y relajarse un tanto. Se estiró como pudo en el interior del contenedor. Tenía una roca clavada en el estómago, y otro fragmento de mineral, especialmente afilado, le estaba despellejando la rodilla izquierda. Decidió que aguardaría un rato más antes de salir, por si al capataz le daba por regresar de improviso. Mientras tanto, se puso a reflexionar sobre lo que había escuchado. Pensó de pronto que a Tabit le interesaría saberlo. Pensó también en Caliandra, pero desechó la idea: a aquella *granate* solo le preocupaban su adorado profesor y el mineral azul, y por allí no había visto ningún fragmento que no fuese del color adecuado. Por otro lado, Tabit le había dicho que se pondría en contacto con ella, mientras que Cali ni siquiera se había molestado en despedirse.

Sin embargo, habían pasado ya varios días desde que partiera de Maradia, y aún no tenía noticias de ninguno de los dos.

Suspiró. Se preguntó si de verdad quería quedarse allí a esperar que se acordaran de ella. Pero no tenía dinero para regresar a Maradia ni para ir a ninguna otra parte.

Quizá lo mejor sería olvidar todo aquel asunto.

Se incorporaba ya para retirar la lona y salir del contenedor cuando de repente se le ocurrió que, en realidad, no necesitaba dinero para viajar. Ni siquiera necesitaba sus pies, pensó con una sonrisa traviesa.

Todo lo que debía hacer para regresar a la Academia en un instante era quedarse exactamente donde estaba.

Aún sonriendo, volvió a tenderse sobre el fondo de piedras y se preparó para pasar la noche lo mejor que pudiera.

Cali contempló, desalentada, el portal azul de la pared. Pasaba por el estudio de maese Belban varias veces al día, antes de comenzar las clases, al acabarlas o en cuanto tenía un momento libre, pese a que sabía que Tabit no tenía por qué regresar a través de él. Pero era lo único que podía hacer, al menos por el momento.

Nunca había desarrollado la virtud de la paciencia. Por tal motivo, los tres días que había prometido esperar acabaron por convertirse para ella en una auténtica tortura. Había contado con que podría visitar a Yunek en Serena; pero Rodak le había dicho que se había marchado, y no había querido explicarle adónde, ni tampoco cuándo volvería. Cali temió que hubiese regresado a Uskia sin despedirse, quizá porque ella no había querido acompañarlo el día en que había ido a buscarla a la Academia.

Todo aquello la sacaba de quicio: el hecho de no saber dónde estaban Yunek y Tabit, ni si se encontraban bien, ni cuándo volverían, si es que volvían... y, mientras tanto, verse obligada a permanecer allí, sin recibir noticias ni poder hacer nada al respecto.

Sin embargo, le había prometido a Tabit que esperaría antes de hacer ningún movimiento, y, pese a que le costó un enorme esfuerzo, cumplió su palabra. No solo eso: aún aguardó un cuarto día, por si los cálculos de Tabit no eran del todo exactos, y tardaba unas horas más de lo que había previsto en regresar a su propio tiempo.

Pero allí estaba; era la mañana del quinto día desde la desaparición de su compañero, y aún no había rastro de él, ni de maese Belban... ni tampoco de Yunek, aunque esa era otra cuestión.

Cali apoyó ambas manos en el escritorio e inspiró profundamente. Por supuesto, su primer impulso habría sido cruzar el portal azul en busca de Tabit. Pero probablemente no era una buena idea. ¿Qué habría hecho él en su lugar?

«Hablar con el rector», pensó. «Lo más sensato. Lo más prudente.»

Se estremeció solo de pensarlo. No tenía nada en contra de maese Maltun, pero temía que los profesores decidieran apartar a los estudiantes de todo aquel asunto. Caliandra se sentiría muy decepcionada si, después de todo lo que habían descubierto, el rector les ordenaba abandonar la investigación. «Pero Tabit tiene razón», pensó. «Ni siquiera somos maeses, y se trata de algo tan grave que quizá nos venga demasiado grande.» Después de todo, Tabit y maese Belban habían desaparecido, y Relia, por lo que ella sabía, continuaba debatiéndose entre la vida y la muerte en Esmira.

De modo que suspiró, alzó la cabeza con resolución y, tras echar un último vistazo al portal azul –solo por si acaso–, salió del estudio de maese Belban, en dirección al despacho del rector.

Rodak había salido de casa temprano aquella mañana. Afortunadamente, parecía que los alguaciles de Serena se habían olvidado de él, o tenían otras cosas en qué pensar, porque resultó que a nadie le había importado que se marchara a Kasiba con Yunek unos días atrás. A nadie, salvo a su madre, claro. Rodak no podía reprochárselo: después de todo, la mujer había perdido a su marido y a su primogénito en el mar, y se había consolado pensando que, al menos, el hijo que le quedaba ejercería un oficio exento de riesgos y peligros. Rodak no podía ni imaginar lo que había supuesto para ella el brutal asesinato de Ruris y el hecho de que hubiese sucedido, precisamente, cuando él debía ocupar el lugar de su abuelo como guardián del portal.

De modo que no la contradijo, ni tampoco protestó por que lo riñera como a un niño pequeño. Se limitó a escuchar, en silencio; y, cuando ella acabó de hablar, le dio un abrazo consolador que la desarmó por completo.

Pero no le había prometido que no volvería a hacerlo, y por ello aquella mañana había vuelto a marcharse, aunque en esta ocasión, le dijo, se dirigía a la Academia. No le explicó por qué, aunque le aseguró que estaría de vuelta a la hora de la cena. Su madre no trató de impedir que saliera de casa. Era consciente de que no lo habría conseguido.

En realidad, Rodak estaba preocupado porque hacía bastante tiempo que no sabía nada de Yunek. Habían acordado que él se quedaría en Kasiba un par de días, pero habían pasado algunos más, y el uskiano no daba señales de vida. Rodak tenía la esperanza de obtener noticias de él en la Academia; posiblemente se había puesto en contacto con Tabit o con Caliandra. Y, si no lo había hecho, Rodak estaba seguro de que al menos uno de los dos accedería a acompañarlo hasta Kasiba para tratar de averiguar qué había sido de Yunek.

El muchacho se permitió una sonrisa maliciosa. No se le había pasado por alto que la relación entre Yunek y Caliandra iba madurando al calor de una atracción que ambos compartían. De hecho, al guardián le parecía que se lo tomaban con demasiada calma, probablemente debido a las dudas de Yunek, que no podía evitar sentirse inferior a su amiga, por muchos motivos. Rodak lo entendía, pero no estaba de acuerdo con él. «Si yo encontrara a alguien especial», se dijo, «no perdería tanto el tiempo».

Cali era más atrevida, pero parecía sentirse cómoda con aquella amistad, como si no hubiese decidido todavía si le interesaba o no que las cosas fuesen a más. Rodak sospechaba que su actitud desenvuelta era solo aparente; que, en realidad, Cali guardaba su corazón bajo siete llaves.

Sin embargo, no le cabía duda de que, si le insinuaba que Yunek podría estar en peligro en Kasiba, ella no vacilaría en acudir corriendo en su ayuda. Era cierto que el uskiano le había pedido que no involucrase a Caliandra en todo aquello. Pero ella era una maesa, o casi, y Rodak estaba convencido de que sería muy capaz de cuidarse sola y, de paso, echar una mano a su obstinado amigo.

Se presentó, pues, ante las puertas de la Academia, y preguntó por el estudiante Tabit. Aunque aún se sentía intimidado por aquel imponente lugar, trató de no dejarlo traslucir, confiando en que su uniforme de guardián serviría para abrirle algunas puertas o, al menos, para que no lo echaran a patadas.

El portero, de hecho, fue bastante amable, pero le informó de que el estudiante Tabit no se encontraba en la Academia: había pedido un permiso de varios días y no se sabía cuándo pensaba regresar.

Rodak preguntó entonces por la estudiante Caliandra. El

portero envió a alguien a buscarla y, entretanto, lo hizo pasar a una salita de espera.

Cuando el muchacho cruzó por primera vez el dintel de la Academia, no pudo evitar contener el aliento, sobrecogido. Aunque la sala a donde le condujo el portero no estaba muy lejos de la puerta, a Rodak le pareció que acababa de entrar en un nuevo mundo, insondable y misterioso.

Tash despertó de un sueño incómodo y poco profundo con las primeras luces del alba, cuando oyó las voces de los hombres que enfilaban el camino en dirección a la bocamina. Helada y entumecida, Tash se estiró como pudo en el interior del contenedor, y escuchó con atención, sin atreverse a hacer el menor ruido.

Pero los dos contenedores de mineral permanecieron olvidados junto al portal buena parte de la mañana, como si el capataz hubiese perdido interés por ellos. Tash oyó su voz a primera hora, exhortando a los últimos rezagados para que se dieran prisa, y después ya solo le llegaron, muy amortiguados, los sonidos procedentes de la actividad habitual de la mina y sus alrededores.

A media mañana regresó el capataz. Tash oyó su vozarrón despertando a gritos al guardián:

—¿Has vuelto a quedarte dormido, viejo holgazán? ¡Vamos, date prisa, que ya llevamos retraso!

Tash oyó los vacilantes pasos del guardián sobre la grava del camino.

—Yo... pensaba que el muchacho me despertaría —murmuró, aún adormilado.

La chica se quedó helada. Había tomado por costumbre avisar al guardián cuando salía el sol, por las mañanas. Como aquel día no lo había hecho, el hombre había dormido hasta tarde y, por descontado, había notado su falta.

—Tendría prisa por pelarse el trasero amontonando piedras —rezongó el capataz—. Si no eres capaz de cumplir con tu trabajo, no eches la culpa a los demás. Solo necesitamos que abras ese condenado portal una vez a la semana; el resto del tiempo puedes hacer lo que te plazca; por mí, como si te arrojas a un pozo sin fondo. Pero el día del envío te quiero en tu puesto como un clavo, ¿me has entendido?

El guardián murmuró algo en voz tan baja que Tash no pudo oír lo que decía. Lo sintió acercarse al portal; instantes después, un súbito resplandor rojizo se coló por las rendijas del contenedor. El corazón de Tash empezó a latir más deprisa.

—¡Vamos, vamos, gandules! —voceó el capataz—. ¡Sacad esos trastos de aquí!

Se oyó un ruido de pasos ligeros que correteaban en torno a los contenedores y, de pronto, Tash notó que la empujaban.

—¡Uf! —jadeó una voz infantil—. ¡Este pesa un montón!

—Eres un blandengue —le respondió otro de los chicos, burlón—. A ver si vamos a tener que cambiar tu capazo por uno más pequeño.

Un coro de risas secundó la ocurrencia. Pero el capataz las acalló de golpe:

—¡Silencio, charlatanes! ¡A trabajar y a callar!

Tash no oyó nada más. Hubo una nueva sacudida y, de pronto, todo a su alrededor pareció sumergirse en aquella luz granate, que se hizo tan intensa que la obligó a cerrar los ojos... Contuvo el aliento, mientras se encogía sobre sí misma, tratando de controlar las náuseas que, de pronto, habían invadido su estómago.

Luego, la luz se apagó. Tash abrió los ojos. Oyó voces juveniles y alguna risa en el exterior, y a alguien que decía:

—¡Avisad a maese Orkin! ¡Ha llegado una nueva remesa!

—¡Eh, tú! Eres de primero, ¿verdad? Ve al almacén del sótano y di a maese Orkin...

—¡Pero ahora tengo clase de Geometría!

—Pues ya estás tardando. Cuanto antes vayas, menos tiempo de clase perderás.

Tash sonrió para sí. En realidad, aquella no era la mejor manera de regresar a la Academia, ni tampoco la más airosa; y, aunque sospechaba que se metería en problemas por eso, se daba cuenta de que había echado de menos aquel ambiente. Había algo reconfortante en la rutina académica, en las discusiones entre estudiantes, en su aparente despreocupación. Una parte de ella quiso salir inmediatamente de aquel incómodo contenedor y unirse a ellos; pero se contuvo, porque era consciente de que no sería lo más prudente. Si su memoria no le fallaba, los envíos de todas las minas de Darusia llegaban a la Academia a través del patio de portales, que a aquella hora del día solía estar muy transitado. No; era mejor aguardar a que llevasen los contenedores al almacén. Tal vez allí tuviese una oportunidad de salir de su escondite sin que nadie lo advirtiera.

Unos nuevos pasos interrumpieron sus pensamientos.

—De Ymenia —dijo una nueva voz, esta vez femenina—. Es el último que faltaba.

—Pues llega con retraso —respondió otro estudiante—. Maese Orkin estará subiéndose por las paredes.

De nuevo, los contenedores se pusieron en marcha. La chica resopló.

—Vaya, esta vez va cargado.

—Te lo cambio —respondió su compañero con galantería.

Ella no se hizo de rogar. Tras un instante de inmovilidad, Tash sintió que circulaban otra vez.

—Oye, tengo una tarde libre mañana —dijo entonces el estudiante—. Había pensado salir a despejarme un poco. Dicen que hay fiestas en el barrio alto de Esmira, ¿te apuntas?

Su compañera dejó escapar una risita aguda.

—No, gracias. No tendría tiempo de arreglarme de forma apropiada, y no soportaría que mis amigas de Esmira me vieran con el hábito puesto, con lo espantoso y ridículo que es.

—A ti te queda bien cualquier cosa que lleves —la halagó el joven con voz melosa.

En el interior del contenedor, Tash puso los ojos en blanco. Se preguntó cómo había sido capaz de pensar, siquiera por un momento, que podría llegar a tener algo en común con aquella pareja de memos.

Entonces la voz de la chica la puso en alerta.

—Oye, oye, espera... ¿no había un montacargas o algo así?

—Sí, en la parte trasera del edificio —respondió su compañero con indolencia—. Pero esto es más rápido. Y más divertido —añadió, con una risilla traviesa.

Tash recordó de pronto su última visita al almacén; evocó a maese Orkin vociferando: «¿Cuántas veces os he dicho que uséis el montacargas?», mientras la imagen de los contenedores rebotando por las escaleras la asaltaba con escalofriante claridad.

—¡No, no, n...! —empezó a chillar, pero era demasiado tarde.

—¡Remesa va! —anunció el estudiante, antes de dar el último empujón.

De pronto, las ruedas del contenedor resbalaron escaleras abajo, y Tash se precipitó al vacío entre una nube de piedras de bodarita.

~

Rodak llevaba ya un buen rato esperando, pero nadie acudía a buscarlo. Se preguntó si se habrían olvidado de él. Al principio había pensado que era lógico que tardaran tanto en avisar a Caliandra; después de todo, la Academia era muy grande. Pero entonces oyó voces y pasos apresurados, y el sonido de la enorme puerta de doble hoja que se cerraba de golpe, y sintió pánico de pronto. Salió al corredor y se apresuró a regresar al vestíbulo. Lo encontró en penumbra, porque, en efecto, la puerta principal de la Academia estaba cerrada. También estaba desierto y silencioso; Rodak miró en derredor, en busca del portero, pero no lo encontró.

–¿Esperas a alguien? –preguntó entonces una voz a sus espaldas, sobresaltándolo.

Rodak se volvió y descubrió que se trataba de un estudiante que lo contemplaba con curiosidad. Se aclaró la garganta, sintiéndose estúpido.

–Sí, eh... A maesa Caliandra.

–¿Maesa...? Ah, ya, te refieres a Caliandra, la estudiante de último año, ¿verdad?

Rodak recordó que a Tabit no le gustaba que confundiera a los estudiantes con maeses ya graduados. Le resultaba difícil acordarse; para él, todos aquellos que vestían el hábito granate pertenecían a la misma clase: la de los iniciados en los misterios de los portales de viaje.

–Precisamente vengo de buscarla –siguió diciendo el estudiante–, pero me han dicho que está en el despacho del rector. –Sacudió la cabeza–. Ni te imaginas la de vueltas que he tenido que dar para enterarme. De todas formas, no se les puede interrumpir hasta que terminen su reunión, así que me temo que tendrás que esperar un poco más.

–¿Dónde está el portero?

El chico se encogió de hombros.

–No tengo ni idea. Lo he visto pasar corriendo con maese Saidon. Creo que han ido a sofocar algún tipo de alboroto. –Suspiró–. Bueno, mira, yo tengo cosas que hacer. He perdido toda mi hora libre haciendo de recadero, y no pienso...

Pero no llegó a terminar la frase. Justo en ese momento se oyó un bullicio procedente del patio. Rodak y el estudiante vieron llegar a dos hombres arrastrando a un muchacho que se debatía y retorcía como una lagartija. Rodak reconoció al portero; el otro, un hombre alto y fornido que vestía el hábito granate, debía de ser maese Saidon. El corazón le dio un vuelco al descubrir que el chico que forcejeaba entre ellos era Tash.

–¡Soltadme, malditos seáis! –aullaba–. ¡Dejadme en paz!

–Cierra la boca, polizón –gruñó el portero–. Las explicaciones y las exigencias, al alguacil. Yo no... ¡ay! ¡Me ha mordido!

Tash aprovechó el momento para salir corriendo, pero maese Saidon la retuvo del brazo con violencia y ella trastabilló y cayó de bruces al suelo. Rodak se precipitó a ayudarla.

–¿Te encuentras bien? –le preguntó en voz baja, interponiendo toda su envergadura entre ella y sus captores.

Tash lo miró con ojos entornados.

–Te conozco, ¿verdad?

Rodak sonrió.

–Te vi con maese Tabit hace unos días –dijo–. Pensé que te habías marchado. A Ymenia, ¿no?

–Sí –asintió ella, devolviéndole la sonrisa–. Pero he encontrado un modo rápido de volver, y a los *granates* no les ha gustado. Quiero decir... –balbuceó, dándose cuenta de que el uniforme de Rodak era del mismo color que los hábitos de los pintores de portales–. No me refería a...

–Está bien –dijo Rodak con suavidad. Su mirada se desvió hacia la frente de la chica, donde encontró una herida que rozó con las yemas de los dedos. Tash reprimió un gesto de dolor, y Rodak frunció el ceño–. No deberían haberte hecho daño.

–¿Qué...? –murmuró Tash–. Oh, no, ellos no... –Calló, al darse cuenta de que él la miraba intensamente a los ojos. Algo en su interior se estremeció. Por un instante pensó que era una sensación deliciosa, pero apenas duró; de pronto, el pánico se apoderó de ella, y se apartó del guardián con más brusquedad de la que había pretendido.

El muchacho compuso un breve gesto de decepción, pero se recuperó enseguida; carraspeó y se apartó para permitir que Tash se levantara por sí misma, cosa que ella agradeció, en primer lugar porque no quería que la creyeran débil y desvalida, pero también porque la presencia tan cercana de Rodak la confundía enormemente.

Mientras tanto, el portero había regresado a su puesto junto a la entrada para seguir recibiendo a los visitantes, como era su obligación; pero también, advirtió Tash, para interponerse entre ella y su vía de escape.

–¿Conoces a este chico, guardián? –preguntó maese Saidon.

Rodak se alzó en toda su estatura. Pese a su juventud, era casi tan alto como su interlocutor, y le sacaba media cabeza al portero.

–¿Por qué lo habéis golpeado? –exigió saber.

–No lo hemos golpeado –gruñó maese Saidon–. Todas esas heridas y magulladuras se las ha hecho él solo, por meterse donde no debía. Literalmente.

Rodak miró a Tash, que se encogió de hombros.

–Bueno –dijo el muchacho lentamente–, yo respondo por él. No lo volverá a hacer.

–Por supuesto que no –replicó el maese–; los alguaciles se encargarán de ello.

Tash reaccionó.

–¿Qué...? No, no, no podéis echarme –se rebeló–. No voy a marcharme sin hablar antes con Tabit. Es importante.

–¿Por qué quieres hablar con Tabit? –quiso saber el portero, intrigado.

–Eso –respondió una voz desde la entrada–. ¿Por qué quieres hablar conmigo?

Tash advirtió de pronto que el portero acababa de dejar pasar, en efecto, al joven estudiante, y sintió una oleada de alivio. De nuevo, Tabit acudía en su ayuda cuando más lo necesitaba.

–Ah, maese Tabit –dijo Rodak al verlo–. Quiero decir... Tabit –se corrigió–. También yo querría hablar contigo.

–Bienvenido, estudiante Tabit –dijo maese Saidon; esbozó una media sonrisa entre irónica y divertida–. Parece que estás muy solicitado hoy.

El estudiante se acercó a ellos; su expresión se dividía entre la preocupación que reflejaba su entrecejo, levemente arrugado, y la alegría que manifestaba con una tímida sonrisa. Rodak advirtió que, en efecto, parecía regresar de un largo viaje. Venía cargado con un enorme zurrón, con aspecto cansado, sin afeitar y con el pelo revuelto, casi como si hubiese dormido en un pajar o algún sitio peor.

—Tash, ¿qué haces aquí? —le preguntó.

Ella recobró parte de su compostura perdida.

—Me cansé de esperarte —replicó, cruzándose de brazos—, y decidí venir a buscarte.

Tabit la miró, con una curiosa mezcla de pánico y desconcierto.

—¿Qué...? ¿Por qué? ¿Cuánto tiempo ha pasado?

—¿Desde que me fui a Ymenia, quieres decir? Casi dos semanas.

Tabit exhaló un profundo suspiro de alivio. Aquella no era la respuesta que Tash había estado esperando, por lo que continuó:

—Quedamos en que vendrías al cabo de una semana —le recordó—. Y yo tengo cosas que contarte —añadió, alzando las cejas significativamente—. Muchas cosas.

Tabit tardó un momento en entender a qué se refería.

—¿Ah, sí? ¡Ah...! ¡Claro, por supuesto! Sí, sí, tenemos que hablar.

—Yo también tengo que decirte algo —le recordó Rodak.

Tabit asintió, suspiró nuevamente y se pasó una mano por el pelo, sin duda echando de menos su cama y un buen baño. Pero Tash no podía esperar.

—¿Tabit?

—Sí, sí, claro. —Se volvió hacia maese Saidon, que los contemplaba con el ceño fruncido y los brazos cruzados—. Son amigos míos. Pueden entrar conmigo, ¿verdad?

Pero él sacudió la cabeza.

—El guardián puede pasar —decretó, señalando a Rodak—, pero este gamberro —añadió, cabeceando hacia Tash— tiene que salir de aquí inmediatamente. Y si no lo echas tú, estudiante Tabit, lo haré yo.

—¿Qué? Maese, por favor, vienen conmigo...

—Y solo por esa razón no lo denunciaré a los alguaciles. Tu «amigo», estudiante Tabit, se ha colado en la Academia metido en un contenedor de bodarita.

Tabit miró a Tash, estupefacto.

—¡Yo solo venía a hablar con Tabit! —se defendió ella.

—¿Y no podías usar la puerta, como todo el mundo? —refunfuñó el portero.

—Bueno, bueno, basta ya —cortó Tabit—. Tenéis razón, maese Saidon. Ya nos vamos.

El portero les abrió las puertas de par en par y les hizo una burlona reverencia, invitándolos a salir del edificio. Tash le respondió con un gesto grosero.

—Tash, no empeores las cosas —la riñó Tabit, mientras Rodak trataba de contener una sonrisa.

Ella masculló algo parecido a «Él se lo ha buscado». Maese Saidon contempló al trío y comentó con sorna:

—Estudiante Tabit, quizá deberías escoger mejor tus amistades. Salta a la vista que su compañía no te está sentando bien.

Tabit suspiró por tercera vez y se limitó a contestar:

—Ya.

Encontraron una mesa libre en una taberna no lejos de la Academia. A pesar de que aún estaban en horario de clases, el local se encontraba repleto de estudiantes que charlaban y reían animadamente. Se trataba de un lugar muy popular entre ellos, por un motivo muy simple: en el comedor de la Academia no servían alcohol, porque el Consejo consideraba que los estudiantes debían mantener sus mentes despejadas y alejadas de los vapores etílicos. También era una forma muy eficaz de controlar los altercados, las borracheras y las juergas nocturnas dentro del recinto académico.

Tabit no había sentido nunca la necesidad de beber alcohol; siempre le había bastado con la comida y bebida que servían en el comedor que, además, era gratuito para los estudiantes. Por tal motivo nunca había visitado aquella taberna con anterioridad, y contempló con incredulidad cómo Tash apuraba su bebida de un trago y sin inmutarse, a pesar de que sabía que era fuerte.

Pero decidió que no estaba allí para hacer de hermano mayor y, de todas formas, la chica sabía cuidarse sola.

Aún se sentía perplejo por la historia que ella acababa de contar. Se preguntó si él mismo sería capaz de esconderse en un contenedor de bodarita para infiltrarse en la Academia con tanto descaro. Después recordó que había hecho algo todavía más audaz: atravesar un portal temporal para viajar al pasado.

Todavía no había terminado de analizar todas las implicaciones de lo que había vivido aquella noche, hacía veintitrés años. Había repasado una y otra vez los detalles de su incursión nocturna en aquella Academia del pasado, y no terminaba de comprender todo lo que había visto. Se moría de ganas de reencontrarse con Caliandra para comentarlo con ella; estaba seguro de que el punto de vista de la joven lo ayudaría a encajar todas las piezas de aquel complejo rompecabezas.

Pero saltaba a la vista que, una vez más, tendría que posponer sus proyectos para dar prioridad a la solución de otros problemas.

–¿Y dices que viste cómo tu nuevo capataz vendía bodarita a un maese fuera del canal habitual? –quiso asegurarse.

–No lo vi, ya te lo he dicho –se impacientó Tash–. Yo estaba dentro del contenedor. Pero lo oí todo desde allí.

–¿Seguro? Quizá lo soñaste...

–Sé muy bien lo que oí. Es verdad que no pude verle la cara al *granate*, pero le vi los pies, y llevaba la ropa que lleváis todos vosotros. Y vino a través del portal. Un portal que lleva hasta la Academia. Yo mismo lo comprobé esta mañana.

Tabit suspiró al darse cuenta de que Tash había recaído en el hábito de hablar de sí misma como si fuera un varón; consecuencia, sin duda, de las dos últimas semanas que había pasado en el yacimiento de Ymenia, fingiendo que lo era.

–Has encontrado a nuestros traficantes de bodarita –dijo entonces Rodak–. Yunek y yo hemos pasado tanto tiempo recorriendo las calles... y tú te topas con ellos casi por casualidad. –La contempló con un brillo de admiración en la mirada.

Tash se sintió incómoda, así que fingió que no se había dado cuenta.

–En realidad, ni siquiera sé quién era ese *granate* –reconoció–, ni estoy seguro de poder reconocerlo si volviera a encontrármelo.

–Pero sí sabemos que se trata de un maese de la Academia –declaró Rodak, abatido–. Yunek me lo decía, pero yo no quería creerlo.

A Tash no le gustó verlo triste. Vacilante, colocó una mano sobre su brazo, ofreciéndole consuelo, y él se lo agradeció con una sonrisa.

–No, no, no puede ser –replicó Tabit–. Los traficantes de bodarita se han hecho pasar por maeses en otras ocasiones. Sin duda se trataba de un disfraz...

—Vino desde un portal que está en la Academia, Tabit –le recordó Tash, exasperada–. Abre los ojos de una vez: algo huele a podrido entre los *granates*.

Tabit no replicó. No tenía argumentos para contestarle, de modo que decidió cambiar de tema.

—Pensaré en ello –prometió–. ¿Y tú, Rodak? ¿Para qué querías hablar conmigo?

—Ah. Bueno, no era demasiado importante. Es solo que hace días que no sé nada de Yunek.

—¿Se ha marchado a Uskia por fin? –preguntó Tabit, esperanzado.

—No; se fue a Kasiba buscando a los borradores de portales. Pero hace ya dos o tres días que tendría que haber vuelto, y no sé... –De pronto, pareció inseguro, y Tabit recordó lo joven que era en realidad. Su recia constitución le hacía olvidar a menudo su verdadera edad.

—Ah, comprendo. Entonces ¿querías que te acompañase a Kasiba para buscar a Yunek? –Tabit lo miró con cierta ironía.

Rodak sonrió.

—Sabía que sería más fácil convencer a Caliandra –comentó.

—¿A Caliandra? ¿Y eso por qué?

Esta vez le tocó a Rodak dedicarle al estudiante una mirada socarrona. Pero de pronto se acordó de algo y dijo, inquieto:

—Tabit... Confías en ella, ¿verdad?

—Por supuesto –respondió Tabit, descartando la insinuación con un solo gesto–. ¿Cómo se te ocurre pensar...?

—Antes, en la Academia –cortó Rodak–, me dijeron que estaba hablando con el rector.

Tabit lo miró, sin entender lo que quería decir. Entonces, poco a poco, la comprensión se extendió por su rostro.

—Claro –murmuró–. Le dije que esperara tres días, pero mis cálculos no eran exactos y he tardado algo más... Y ella... ella ha hecho algo sensato, por una vez.

Tash ladeó la cabeza y lo contempló con escepticismo.

—¿Sensato? ¿Te parece sensato ir a hablar con el Gran Capataz de los *Granates* cuando sabes que uno de ellos está metido en negocios sucios?

—Y no puedes estar seguro de que esa gente no tenga nada

que ver con *la otra* gente –apuntó Rodak–. Ya sabes, los que asesinan a guardianes y asaltan a estudiantes en callejones oscuros.

Tabit hundió la cara entre las manos.

–Tenéis razón –murmuró con voz ahogada–. Y lo peor es que yo mismo le sugerí que fuera a hablar con el rector, para contarle todo lo que habíamos averiguado.

Tash se puso en pie de un salto.

–¿Y a qué estás esperando? ¡Vamos a buscarla!

Tabit se incorporó a su vez. Alzó la cabeza con decisión y les dirigió una larga mirada.

–Me voy a la Academia. A ti, Tash, no te permitirán entrar. Rodak, ¿se puede quedar contigo? No tiene a donde ir.

–Claro –asintió el muchacho.

–No necesito niñeras –masculló Tash. Pero no lo dijo muy alto.

Tabit se despidió de ellos y salió corriendo de vuelta a la Academia. Aún no sabía si la desaparición de maese Belban y los portales azules tenían algo que ver con la muerte del guardián de Serena y los traficantes de bodarita, pero, por si acaso, convenía no divulgar lo que habían averiguado. Quizá Caliandra se limitara a decirle a maese Maltun que habían aprendido cómo viajar en el tiempo gracias a la bodarita azul, y no le contara nada acerca de los ladrones de portales, pero... ¿y si lo hacía? ¿Y si el mismo rector estaba implicado? ¿La silenciaría de la misma manera que a Relia o al guardián asesinado?

Tabit no quería ni pensar en ello. Solo deseaba no llegar demasiado tarde.

∼

Caliandra terminó de hablar y aguardó, expectante, la reacción de maese Maltun. El rector no la había interrumpido ni una sola vez a lo largo de su relato, y la joven se preguntó si sería una buena señal. Una parte de ella deseaba que no la creyera; en tal caso, y aunque perdería una ayuda valiosísima para encontrar a Tabit y a maese Belban, por lo menos las cosas seguirían como hasta entonces, y aún podrían seguir fingiendo que todo aquello no era más que un juego emocionante.

Solo que hacía mucho tiempo que había dejado de serlo. Y Cali, en el fondo, era muy consciente de ello.

Tras un largo silencio, maese Maltun clavó en ella una mirada penetrante.

–Bravo, estudiante Caliandra –dijo–. Has desvelado uno de los secretos mejor guardados de la Academia.

–El mérito no es solo mío –murmuró ella–. Si no hubiera sido por Tabit... –Se interrumpió–. Un momento: ¿vos lo sabíais? –preguntó con incredulidad.

Maese Maltun rió suavemente.

–¿Si sabía que la bodarita se está agotando, que los portales azules sirven para viajar en el tiempo y que maese Belban ha atravesado uno de ellos? Por supuesto que sí. ¿Qué clase de rector sería si no estuviera al tanto de lo que ocurre entre los muros de mi propia Academia? Aunque he de reconocer –añadió– que no tenía la certeza de que maese Belban hubiese decidido probar personalmente uno de esos portales azules. Ni que hubiese regresado al momento de aquel trágico incidente. Pero lo sospechaba.

–¿Entonces...? Disculpad, maese Maltun... pero no entiendo nada.

–Por supuesto que sabemos que los yacimientos se están agotando. El de Yeracia fue el primero en hacerlo, y le siguieron los de Uskia y el sur de Maradia. Las vetas de Ymenia y Kasiba no tardarán en extinguirse también.

Una sospecha empezó a germinar en la mente de Cali.

–¿De modo que por eso borra la Academia los portales antiguos? ¿Para hacer acopio de pintura en previsión de lo que pueda suceder?

–Oh, no, no, estudiante Caliandra. Nosotros no borramos portales. Solo... a veces... compramos mineral o pintura a otros... humm... proveedores.

–El Invisible –adivinó Caliandra en voz baja.

–Así se hace llamar, sí. Debo decir que hace honor a su nombre, porque ni yo mismo sé qué aspecto tiene, ni cómo se llama de verdad. Pero de vez en cuando nos consigue pintura de bodarita, y eso no nos viene mal.

–¿Estáis de broma? ¡Pero si roban el mineral de los propios yacimientos de la Academia!

El rector carraspeó.

–No podemos impedir eso, estudiante Caliandra. Cuando llegué al rectorado, hace ocho años, descubrí que mi antecesor ya había luchado en vano contra los traficantes de bodarita. El éxito de nuestra Academia se basa en el hecho de que nadie más que nosotros puede pintar portales. Controlamos a los maeses que incumplen las normas castigándolos de manera que ya no puedan ejercer su profesión. Controlamos el mercado negro de bodarita siendo los que más pagamos por ella. Es un mal necesario.

Cali empezaba a montar en cólera.

–¿Y qué hay de Relia? ¿También su estado es un mal necesario?

El rector se mostró sinceramente apenado.

–Lamento mucho la situación de la estudiante Relia. De verdad que sí. Pero aún no se ha demostrado que la gente del Invisible esté detrás de su... humm... desafortunado accidente.

–¡Accidente! –repitió Cali, estupefacta. Se levantó, dispuesta a decir todo lo que pensaba, pero no encontró las palabras. Se dejó caer de nuevo en la silla–. No puedo creerlo –murmuró–. No puedo creer que toleréis esta situación.

–Tampoco a mí me hace feliz, te lo aseguro –respondió maese Maltun con gravedad–. Por eso llevo todos estos años buscando alternativas. Si nuestro suministro de bodarita fuera de nuevo fluido y abundante, tendríamos más medios para luchar contra los traficantes y no estaríamos a merced de ellos, como, lamentablemente, ocurre en la actualidad. Y ahí es donde entran maese Belban y la bodarita azul.

Cali trató de calmarse, porque la ira le impedía pensar con claridad.

–No veo la relación –comentó fríamente.

–¿Qué sabes de la historia de la bodarita? ¿Recuerdas algo de las clases con maese Torath?

Cali hizo memoria. Recordó la tarde en que había encontrado a Tabit en la biblioteca, absorto en la lectura de *Bodar de Yeracia: vida y semblanza*. «Siempre va dos pasos por delante de mí», pensó, con una punzada de nostalgia. Pero ahora su compañero... su amigo, tal vez... se había perdido en el pasado, quizá para siempre.

Alzó la cabeza. No confiaba del todo en maese Maltun, ni estaba de acuerdo con su forma de manejar aquel asunto, pero no podía negar que sabía muchas cosas. Tal vez conociera también la forma de recuperar a Tabit.

—La descubrió maese Bodar de Yeracia hace mucho tiempo —respondió de mala gana.

—Sí —asintió el rector—. Pero, antes que él, la descubrieron las tribus de Scarvia. Esos salvajes fueron los primeros en fabricar algo parecido a una pintura de bodarita rudimentaria.

Caliandra lo recordaba vagamente. Asintió.

—¿Imaginas la cantidad de bodarita que se desperdició de esa manera, estudiante Caliandra? —prosiguió maese Maltun; le brillaban los ojos de excitación—. Durante siglos, los salvajes scarvianos saquearon los yacimientos de bodarita de sus dominios y embadurnaron sus cuerpos con pintura que podría habernos servido para dibujar portales.

Cali entornó los ojos.

—¿Maese Belban se ofreció a abrir un portal que condujera a la época anterior a Bodar? —adivinó—. ¿Para explotar las minas antes de que lo hicieran los scarvianos?

Maese Maltun carraspeó.

—Eso, en realidad, fue idea mía. Cuando llegó aquella muestra de mineral azul, y maese Kalsen dijo que era como la bodarita de siempre... pensamos que estábamos salvados. Los mineros uskianos aseguraban que la veta era grande. En tal caso, podríamos continuar con nuestra actividad durante mucho más tiempo, y plantar cara a los traficantes.

Cali sonrió para sí, recordando la historia que Tash le había relatado.

—Pero resultó que los portales azules no funcionaban —se anticipó.

El rector asintió.

—Maese Kalsen no podía comprenderlo. Entonces maese Belban mostró un vivo interés por las muestras azules, y solicitó permiso para estudiarlas. Hasta pidió un ayudante —añadió, alzando las cejas significativamente; de nuevo, Cali no pudo reprimir una sonrisa—. ¿Cómo se lo iba a negar? Se trata de uno de los pintores más brillantes que ha conocido nuestra Academia, y apenas había levantado cabeza desde la trágica muerte de su primer discípulo. Aunque te confesaré que, cuando se hizo pública la convocatoria, yo confiaba que elegiría al estudiante Tabit.

—Lógico y comprensible —murmuró Caliandra. Luchó contra aquella corriente de simpatía que empezaba a circular entre ambos. El hecho de sentirse parte de la historia que el rector le estaba contando no lo eximía de su responsabilidad sobre algunas de las decisiones que había tomado.

–Pensé que Tabit le aportaría una buena dosis de realismo y sentido común –prosiguió maese Maltun–. En ambas cualidades, si me permites que te lo diga, te supera ampliamente. –Cali no tenía nada que objetar a aquello. Era la pura verdad–. Y realmente creí que le hacía falta, cuando vino a verme y me dijo que los portales azules servían para viajar en el tiempo. Pensé que había perdido el juicio definitivamente, pero me hizo una demostración y... Bueno, ya te imaginas el resto.

»Discutimos en el Consejo qué podríamos hacer con aquel nuevo descubrimiento. Maese Belban aún no había averiguado cómo graduar la duodécima coordenada para viajar a un punto temporal concreto y, por otro lado, por muy grande que fuera la veta de bodarita azul, probablemente no bastaría para satisfacer toda la demanda de viajes en el tiempo que podría generarse. El propio maese Belban opinaba que no era una buena idea que la gente fuese paseándose por el pasado así como así, y maese Denkar le daba la razón. En el fondo, solo somos viejos maeses que temen la novedad y el cambio. –Sonrió–. Nosotros no queríamos viajar en el tiempo. Solo queríamos más bodarita de siempre para pintar nuestros portales de siempre de la misma forma en que lo habíamos hecho siempre.

–Y por eso se os ocurrió que se podría abrir un portal temporal a la época prebodariana –concluyó Cali–. Sería como encontrar un nuevo yacimiento, pero no en un lugar determinado del espacio, sino del tiempo.

Maese Maltun asintió.

–Aún no conocíamos exactamente cuáles serían las implicaciones de viajar en el tiempo. Alguien, probablemente fue maese Denkar, sugirió que nuestras acciones en el pasado podrían repercutir en el presente. De modo que no tenía sentido explotar nuestros propios yacimientos en el pasado, porque igualmente estaríamos reduciéndolos en el presente. Pero todo el mineral que los salvajes se llevaron en tiempos prebodarianos... había sido mineral perdido. Y podíamos tratar de recuperarlo.

»De modo que encargamos a maese Belban que realizara los cálculos necesarios para abrir un portal a esa época. Maese Saidon se ofreció a ayudarlo... como sabes, es nuestro mayor experto en Cálculo y Medición de Coordenadas... pero él insistió en que quería un ayudante. Y, de nuevo, la mejor opción parecía ser Tabit. A día de hoy... aún no entiendo por qué te escogió. No es que no seas una estudiante brillante, Caliandra, pero Tabit encajaba mejor en el perfil.

Cali no contestó. «Vio mi diseño», pensó. «Y recordó haberlo visto en la pared de su estudio, años atrás, cuando yo lo visité desde mi presente. Y luego, en nuestra primera reunión, me reconoció... y supo que debía ser así; que, si se perdía en el tiempo, yo encontraría la manera de ir a buscarlo, porque ya lo había hecho en una ocasión. Pero él no sabía que, al final, sería Tabit quien resolvería el rompecabezas... por más que fuera yo la que se atreviera a cruzar el portal.»

Maese Maltun carraspeó.

—Comprendo que estés disgustada —dijo, interpretando mal su silencio—. De todos modos, cuando maese Belban desapareció, vi con muy buenos ojos que Tabit y tú os asociarais para tratar de encontrarlo. Sospechábamos que aún no había superado del todo la muerte de su ayudante, y no resultaba descabellado pensar que hubiese utilizado la bodarita azul para sus propios fines. —Suspiró—. ¿Y quién va a reprochárselo? Todos estos años ha vivido torturado por la incertidumbre y los remordimientos, siendo el blanco de habladurías y recelos malintencionados... Y de pronto tenía a su alcance la posibilidad de viajar en el tiempo hasta esa noche para descubrir qué pasó, mirar a los ojos al asesino de ese muchacho, tratar de impedir su muerte, incluso... —Sacudió la cabeza—. Teníamos que haber contado con que lo intentaría, al menos.

»En cualquier caso, no ha vuelto todavía y, por lo que dices, el estudiante Tabit, que trató de seguir sus pasos, tampoco lo ha hecho. Me alegra mucho saber que habéis descifrado la nueva escala de medición que inventó para viajar al pasado, pero estoy empezando a preguntarme si no sería mejor olvidarnos de esos portales azules antes de que se pierda nadie más...

Cali se sentía confusa y aturdida ante aquella avalancha de información. Sin embargo, alzó la cabeza ante las últimas palabras del rector.

—¿Cómo decís? ¿Pretendéis abandonar la búsqueda de maese Belban... y no iniciar siquiera la de Tabit?

Maese Maltun suspiró.

—Por lo que me has contado, ambos saben cómo regresar de

donde quiera que estén. Y no conviene que este asunto salga de un círculo... digamos... humm... privado. ¿Me entiendes?

—No —confesó Cali con franqueza—. Porque todavía me cuesta trabajo asimilar que, mientras nosotros actuábamos en solitario y con discreción, al menos media docena de profesores sabía desde el principio todo lo que intentábamos averiguar —concluyó, cada vez más enfadada—. Si a eso llamáis «círculo privado»...

El rector la miró fijamente.

—Es cierto que todo el Consejo conoce el potencial de la bodarita azul —respondió—. Pero ninguno de ellos podría pintar portales para viajar en el tiempo, porque solo maese Saidon, maese Belban y yo sabíamos que la clave para su funcionamiento está en la duodécima coordenada. Y solo maese Belban sabía cómo calcular el viaje a un momento exacto, algo que ni siquiera estábamos seguros de que hubiese conseguido hasta que has venido tú a contarme que el estudiante Tabit posee ese conocimiento también.

»Si corriese la voz de que ambos han desaparecido a través de un portal azul... tendríamos que dar demasiadas explicaciones a demasiadas personas. Sin embargo... —añadió, pensativo—, sí nos vendría bien contar con los apuntes de maese Belban para poder examinar la escala de coordenadas que ha desarrollado.

—Me temo que no hemos encontrado su diario de trabajo —respondió Cali con prudencia—. Probablemente se lo llevó consigo.

—No importa; nos bastará con la información de la que disponéis vosotros, los papeles sueltos o lo que quiera que haya utilizado el estudiante Tabit para reproducir sus cálculos.

—Pero esas notas son casi ilegibles —objetó ella—. A Tabit le costó mucho descifrarlas.

Maese Maltun rió.

—Estoy seguro de que, si el estudiante Tabit logró hacerlo, maese Saidon también podrá.

Cali visualizó los apuntes de maese Belban sobre la mesa de su estudio. También recordaba las pulcras anotaciones del cuaderno de Tabit. Por alguna razón, no le pareció buena idea poner aquellos documentos en manos del rector.

—No sé dónde están esos papeles —mintió—. Quizá se los llevó Tabit —añadió, en un rapto de inspiración—. Si queréis recuperarlos, me temo que habrá que ir a buscarlo al otro lado del portal.

Maese Maltun suspiró y sacudió la cabeza.

–No espero que comprendas, estudiante Caliandra, lo mucho que está en juego. Sé que aprecias a Tabit; yo también, pero soy responsable de la Academia y de todos sus integrantes, y no puedo dejarme llevar por preferencias personales.

Cali se levantó con brusquedad.

–Maese Maltun –replicó, tratando de reprimir su cólera–, os juro que, si no hacéis nada por ayudar a Tabit, yo misma...

De pronto, se oyeron unos golpes en la puerta. Caliandra se volvió, molesta por la interrupción.

–Adelante –dijo maese Maltun; pero, antes de que hubiese terminado de pronunciar aquella única palabra, la puerta se abrió con cierta violencia y el propio Tabit se precipitó al interior.

Cali se quedó tan petrificada como si hubiese visto un fantasma. Tabit, ciertamente, no tenía muy buen aspecto. Pero era él, sin duda, y la joven reaccionó con alivio y alegría.

–¡Tabit! –exclamó, echándose a sus brazos.

Él permaneció un momento quieto, sin comprender del todo lo que estaba pasando. Después, con una breve vacilación, la abrazó a su vez. Cuando inclinó la cabeza, lo único que pensó fue, absurdamente, que el pelo de ella olía muy bien.

Maese Maltun carraspeó.

–Cualquier cosa que estuvieses dispuesta a hacer por recuperar a tu amigo, estudiante Caliandra –dijo, con una media sonrisa–, ya no será necesaria. Afortunadamente. Bienvenido de vuelta, estudiante Tabit –añadió, dirigiéndose al joven.

Cali y Tabit se separaron. Cuando él alzó la cabeza para mirar al rector, su mano aún descansaba en la cintura de su amiga.

–Gracias, maese Maltun –respondió con precaución. No se atrevía a interrogar a Cali con la mirada porque temía revelar demasiadas cosas.

El rector sonrió y despejó sus dudas de un plumazo:

–¿Cómo ha ido tu excursión al pasado, estudiante Tabit? ¿Encontraste a maese Belban?

Tabit dio un respingo y miró a Cali. Ella se encogió de hombros.

Apenas unas semanas atrás, a Tabit no se le habría pasado por la cabeza la idea de mentirle al rector. Sin embargo, en aquel momento, las palabras brotaron de sus labios con facilidad:

—Me temo que no, maese Maltun. Aparecí en la Academia, sí, una noche de hace algunos años, pero no sé exactamente cuántos. Todo el mundo estaba durmiendo y no vi nada de interés. De modo que salí del recinto y busqué un lugar apropiado para pintar un portal de regreso. Y aquí estoy.

—Da la sensación de que has pasado fuera bastante más tiempo —observó maese Maltun.

Tabit sonrió.

—Ah, es que aproveché para visitar la ciudad. No todo el mundo tiene la oportunidad de ver cómo era el mundo años antes de que naciera. Pero, aun así, mi viaje en el tiempo ha sido bastante decepcionante, sobre todo porque los cálculos de maese Belban no eran correctos, y no me llevaron al momento apropiado.

Maese Maltun frunció el ceño.

—Comprendo —asintió, dirigiéndole una mirada suspicaz—. Bien, estudiante Tabit, no te entretengo más. Imagino que necesitarás asearte y descansar.

—Sí, maese Maltun. Muchas gracias —respondió Tabit con fervor.

～

Tabit y Cali estaban deseando ponerse al día de todo lo que habían averiguado, pero el joven propuso que lo dejaran para más tarde, para no despertar las sospechas del rector. Además, si Tash y Rodak tenían razón, y había alguien de la Academia implicado en el contrabando de bodarita, no era prudente que hablaran allí. Acordaron, por tanto, seguir con su rutina habitual, al menos el resto del día, y quedaron en encontrarse por la noche, después del toque de queda, en el estudio de maese Belban. Luego, Tabit se despidió de Cali y fue a asearse, feliz por estar en casa de nuevo.

Aquella tarde tenía clase de Teoría de Portales, pero decidió que se regalaría a sí mismo una buena siesta. Después de todo, pensó, se lo había ganado. Como Unven aún no había regresado de Esmira, seguía disponiendo de una habitación para él solo. Se recordó a sí mismo, antes de caer rendido, que debía preguntarle a Cali si sabía algo de Relia.

Cuando despertó, era ya noche cerrada y todo estaba en silencio. Se asombró al comprobar que había dormido profundamente muchas horas seguidas, y se levantó de un salto: tenía muchas cosas que hacer.

Se deslizó por los oscuros pasillos de la Academia sin llevar ni siquiera un candil para alumbrarse por miedo a que alguien pudiera descubrirlo. Aquella excursión nocturna se parecía demasiado a la que había realizado hacia dos días... o cinco días... o veintitrés años, no podía estar seguro. Sin embargo, cuando abrió la puerta del estudio de maese Belban, un cálido resplandor bañó su rostro, y vio que la chimenea estaba encendida y que Cali lo aguardaba allí, junto al fuego, envuelta en una manta y medio adormilada. Pero se despejó en cuanto lo vio, y lo saludó con una sonrisa.

Tabit se sentó a su lado, y Cali, en susurros apresurados, le contó todo lo que había descubierto. El rostro de Tabit se ensombreció a medida que ella le iba relatando su conversación con el rector.

—Me resulta difícil de creer que el Consejo ya estuviera al corriente de todo lo que hemos averiguado —murmuró—. Tanto tiempo perdido, tantas horas en la biblioteca...

—Pero no lo saben todo —le recordó Cali—. No conocen los cálculos que hizo maese Belban, ni tampoco el hecho de que tú los descifraste... ni que, con esa nueva escala de coordenadas, se puede viajar de verdad en el tiempo, al momento que uno desee. —Lo miró largamente—. Porque la escala funciona, ¿verdad? ¿Apareciste en la Academia en el momento preciso?

Tabit le dirigió una sonrisa cansada pero triunfante. Cali reprimió un grito de emoción.

—¡Lo sabía! —susurró, jubilosa—. ¡Sabía que lo que le dijiste a maese Maltun no era verdad! Tabit, ¡has mentido al rector! —añadió, con un brillo travieso en los ojos.

Tabit se removió, incómodo.

—Tenía buenas razones, Caliandra. Pero escucha: hay muchas cosas que debo contarte.

Respiró hondo mientras trataba de poner en orden sus ideas. Decidió comenzar desde el principio: el momento en que había atravesado el portal azul.

Cali lo escuchó sobrecogida, aferrada a su manta y con los ojos muy abiertos. Estuvo a punto de interrumpirlo en dos ocasiones: cuando él le relató el momento en el que había descubierto el cadáver en el almacén y cuando le describió su encuentro con maese Belban al pie de la escalinata.

—Finalmente, conseguí llegar al patio de portales y escapar de la Academia —concluyó—. Aparecí en Vanicia. Allí descansé aquella noche y parte del día siguiente y después dibujé un portal azul sencillo en un muro semiderruido de las afueras de la ciudad. Medí las coordenadas espaciales y añadí la coordenada temporal que había calculado para regresar al presente. Y, cuando las escribí todas en el círculo exterior... el portal se activó. Al atravesarlo, me encontré en el mismo lugar, en Vanicia, pero veintitrés años adelante... esta misma mañana. Dos días después de lo que había previsto en un principio.

—Aun así, resultó bastante exacto —comentó Cali—. ¿Y qué pasó con el portal? ¿Cuánto tiempo permaneció activo?

Tabit arrugó el ceño, pensativo.

—Es extraño —comentó—, porque, al darme la vuelta después de cruzarlo, lo vi ahí, encendido... Borré la coordenada temporal y se apagó. Pero la pintura seguía ahí, el mismo portal que yo había dibujado veintitrés años atrás, solo que más estropeado, claro, y desvaído por el paso del tiempo. Y me pregunté lo mismo que tú: si había permanecido veintitrés años encendido, desde el momento en que lo pinté hasta esta mañana, cuando borré la coordenada... o solo estuvo activo unos minutos, el tiempo que tardé en atravesarlo y «apagarlo» en el día de hoy.

»En cualquier caso —concluyó—, no quise dejarlo ahí, de modo que terminé por borrarlo del todo, por si acaso. —Sonrió—. Debo decir que se me da mucho peor que a nuestros traficantes de bodarita. He descubierto que no es tan fácil eliminar toda la pintura sin dejar rastro, ¿sabes?

—Me consuela saber que, al menos, no la desperdician —comentó Cali con sorna.

La mención a los borradores de portales recordó a Tabit la historia que Tash le había contado, y se la relató a su amiga tal y como él la había escuchado en la taberna. Cali se llevó las manos a la cabeza.

—Esto no tiene ningún sentido —dijo—. Si la Academia compra bodarita a los traficantes, ¿por qué razón enviarían a alguien a una mina para hacer tratos con el capataz?

—Quizá precisamente por eso —apuntó Tabit—: para que los mineros no vendan bodarita de contrabando a la gente del Invisible. ¿Cómo era eso que te dijo el rector sobre lo de controlar el suministro?

—Pagando más que nadie en el mercado negro. Así, a los propios traficantes les compensa más vender material a la Academia que a cualquier otra persona.

Tabit negó con la cabeza.

—Pero eso, a la larga, es una ruina. Aunque, si el Consejo ha llegado al extremo de tratar con contrabandistas de bodarita, no me extraña que hasta viajar al pasado para conseguir más les parezca una buena idea.

Cali calló un momento, pensativa. Después, preguntó:

—¿Tú crees que maese Belban tuvo intención de viajar a la época prebodariana en algún momento?

Tabit frunció el ceño al comprender el significado de aquella pregunta.

—¿Quieres decir que se ofreció voluntario para estudiar la bodarita azul solo para tener la posibilidad de evitar la muerte de su ayudante? ¿Y que hizo creer al Consejo que en realidad estaba tratando de abrir un portal a la época prebodariana? Sí; ahora que lo dices, seguro que es exactamente lo que ha pasado. Una vez descifradas, sus notas están muy claras: todo el tiempo estuvo buscando la forma de regresar a la noche del asesinato, y ni siquiera he encontrado indicios de que estuviese llevando a cabo una investigación paralela.

—Hay muchas cosas que todavía no comprendo —murmuró Cali. Recostó la cabeza sobre sus rodillas, y sus cabellos negros resbalaron sobre la manta—. Parece claro que sí logró su objetivo: volvió a la Academia de hace veintitrés años, tú mismo lo viste. En tal caso, ¿por qué no impidió el asesinato? Además, si regresó al presente por el portal azul, ¿dónde está ahora?

Tabit la miró largamente, preguntándose si debía decirle lo que pensaba. Finalmente, se aclaró la garganta y respondió:

—Ya sé que esto no te va a gustar, pero... ¿y si fue él quien mató a su propio ayudante?

Cali dejó escapar una breve carcajada de incredulidad.

—Estás de broma, ¿no? Maesa Inantra ya nos dijo que maese Belban no salió de su habitación en toda la noche...

—No me refiero a *ese* maese Belban, Caliandra, sino al nuestro. Al que desapareció a través del portal azul. Piénsalo —añadió antes de que ella pudiese replicar—. El asesinato acababa de producirse, el cuerpo estaba allí... y maese Belban también, farfullando incoherencias y mirándose las manos llenas de sangre. No digo que lo hiciera premeditadamente. Tal vez... tal vez simplemente se asustó, o estaba trastornado...

—¿Me estás diciendo que hace veintitrés años se produjo en la Academia un crimen cometido por alguien que llegó desde el futuro? Pero... ¿cómo podría haber pasado, si el futuro no había sucedido aún?

A Tabit le daba vueltas la cabeza.

—No lo sé. No entiendo nada, pero sé lo que vi, y es la única explicación en la que todas las piezas encajan.

—No todas las piezas encajan —hizo notar ella—. En primer lugar, si maese Belban entró en el almacén en algún momento... ¿cuándo lo hizo? Si su portal azul se abrió en su propio estudio, igual que el tuyo... no pudo haber llegado antes que tú, porque tú no lo viste al llegar, pero seguía activo cuando se marchó. Así que tuvo que llegar después. Por tanto, no pudo ser el asesino.

Tabit negó con la cabeza.

—Si fuera así, me habría encontrado con él en el pasillo. Fui directo al almacén y... no, espera —recordó de pronto—: entré en un aula vacía para dejar mis cosas. En ese momento pudo cruzar el corredor sin que yo lo viera y entrar en el almacén...

—¿Y eso fue antes o después de que vieras el cuerpo del ayudante?

—Antes —respondió Tabit con un estremecimiento—. Eso significa que el maese Belban de nuestro tiempo sí pudo haberlo matado, aunque hubiese llegado al pasado unos instantes después que yo.

—Pero quizá no lo viste todo —insistió ella, reacia a creer en la culpabilidad del profesor—. Quizá el estudiante ya estaba muerto cuando llegasteis vosotros, y no te cruzaste con el asesino por cuestión de minutos. ¿Recuerdas lo que nos contó maesa Inantra? Lo vieron escapar por el patio de portales y... —Se interrumpió, de pronto, y miró a su compañero con los ojos muy abiertos—. Tabit, el profesor tenía razón —exclamó—. Lo que está hecho no puede cambiarse, ¿entiendes? Tabit..., el asesino eres tú.

El joven se quedó con la boca abierta.

—¿Insinúas... —pudo decir por fin, aunque aún estupefacto— que hace veintitrés años maté a otro estudiante a golpes con un medidor de coordenadas?

Pero ella agitó la mano con impaciencia.

–No, no, claro que no. Pero recuerda lo que dijo maesa Inantra: aquella noche vieron a un misterioso estudiante desconocido rondando por los pasillos de la Academia. Nadie lo vio entrar, pero dicen que se fue por uno de los portales del patio. –Le lanzó una mirada de soslayo–. ¿Te suena de algo?

Tabit seguía sin salir de su asombro, aunque esta vez por motivos diferentes.

–¡Era yo! –comprendió–. Entonces, eso significa... –murmuró, temblando de la impresión–, que todos estos años han estado siguiendo una pista equivocada. Claro que no me conocían. ¿Cómo iban a hacerlo? Si yo ni siquiera había nacido... –se estremeció; recordaba muy bien todos los detalles del relato de maesa Inantra, y la idea de que él mismo, sin saberlo, había sido uno de los protagonistas, le resultaba extraña e inquietante–. ¿Cómo pudo la maesa contar una historia sobre algo que ya había pasado, pero que yo todavía no había hecho? Y en cuanto a maese Belban... Caliandra, él también estaba allí, la propia maesa Inantra nos lo dijo –comprendió de pronto–. ¿Recuerdas la historia de la criada que había visto a su fantasma...?

–... ¡paseando por los pasillos con las manos ensangrentadas! –completó Cali–. ¡A quien vio es a nuestro maese Belban, una versión más vieja del que ella conocía, que había llegado desde el futuro para tratar de impedir el asesinato...!

Tabit sacudía la cabeza, perplejo.

–¿Cómo puede ser todo tan absurdo –se preguntó–, y a la vez tan lógico?

Cali suspiró.

–No lo sé –reconoció–, pero creo que sí entiendo lo que quiso decir maese Belban aquella noche. Lo que está hecho no puede cambiarse. No habría podido impedir el asesinato de su ayudante, porque ya había sucedido. Todo. No solo la muerte del estudiante, sino también su propio intento por salvarlo.

Tabit asintió, pensativo.

–Cierto –dijo–. Porque, si hubiese llegado a tiempo para impedirlo, probablemente él estaría vivo todavía, por lo que maese Belban no habría tenido la necesidad de abrir un portal azul para salvarle la vida, y por tanto no lo habría hecho. ¿O sí?

A pesar de que aún le brillaban los ojos de la emoción, Cali bostezó.

–No son horas para debates complejos, Tabit –dijo–. Solo sé que maese Belban trató de salvar a su ayudante y no lo consiguió.

–Ni lo ha vuelto a intentar; porque, en ese caso, quizá yo me habría encontrado en el pasado a varias versiones más de maese Belban, tal vez por triplicado o cuadruplicado, dependiendo de las veces que hubiese cruzado el portal. –Tabit sacudió la cabeza para apartar de sí aquella imagen.

–Pero eso nos devuelve al punto de partida. Y seguimos sin saber nada, ni a dónde fue maese Belban tras su excursión al pasado, ni quién mató a su ayudante.

–Suponiendo, claro, que no lo hiciera él mismo...

–No fue él –insistió Cali con obstinación–. Lo que pasa es que los dos llegasteis demasiado tarde y no visteis al verdadero asesino.

–Pero el caso es que seguimos sin la menor pista de ese supuesto asesino, Caliandra. Y, aunque me duela admitirlo, tenemos que barajar la posibilidad de que maese Belban no viajara al pasado para salvar a su ayudante, sino para matarlo.

–¿Y por qué iba a hacer algo así?

–Bueno... piénsalo. La noche en que mataron a su ayudante, él estaba tranquilamente durmiendo en su habitación. Pero sospecharon de él, y ha pasado todos estos años obsesionado con la idea de descubrir la verdad. Entonces empezó a experimentar con los viajes en el tiempo. ¿Y si, al regresar a aquella noche y no ver a nadie más, comprendió que él mismo había llegado desde el futuro para matar a su ayudante? «Lo que está hecho no puede cambiarse», me dijo. Como si siempre hubiese sabido que su destino era cometer ese crimen y creyera que no podía escapar de él.

Cali negaba con vehemencia.

–Eso implica suponer que maese Belban estaba loco. Y sí, era excéntrico... pero a mí siempre me pareció una persona muy lúcida.

–Tú no lo viste la otra noche, Caliandra. Allí, en la escalinata, con las manos llenas de sangre... parecía de todo menos cuerdo.

–Me da igual lo que pareciera. Yo sé que no fue él. Y tú te aprovechas de que estoy medio dormida para bombardearme con argumentos que soy incapaz de rebatirte ahora porque me caigo de sueño –acusó.

Tabit no quiso discutir. Su mente bullía de ideas, pero estaba claro que su compañera no estaba de humor para compartirlas. Después de todo, Tabit había dormido varias horas seguidas, y se sentía despierto y despejado, mientras que ella aún no se había acostado.

—Está bien, de acuerdo —respondió, conciliador—. Lo dejamos aquí, si quieres. Podemos continuar mañana.

Cali se llevó la mano a la boca para reprimir un nuevo bostezo.

—Te lo agradezco de verdad —murmuró—, pero mañana tenemos algo más urgente que hacer.

—¿Ah, sí? —Tabit repasó mentalmente su horario de clases; le costó un poco, porque aún no estaba del todo seguro de qué día era—. Ah, sí, yo tengo prácticas de Diseño. Maese Askril me dijo que no hacía falta que asistiera mientras estuviese trabajando en mi proyecto final, pero, como lo han cancelado, debería...

Cali lo interrumpió con impaciencia.

—No estoy hablando de las clases, Tabit. —Le dirigió una mirada de reproche—. ¿No habías dicho que Yunek se fue a Kasiba a buscar a los traficantes de bodarita y Rodak no sabe nada de él? —Se removió, inquieta. En aquel momento, ni siquiera Tabit fue capaz de pasar por alto la intensa preocupación que reflejaba su rostro—. Está claro que tenemos que ir a buscarlo.

—¿Tenemos? —repitió Tabit.

Cali respondió con un suspiro exasperado.

—Pues iré yo sola, o con Rodak, o con quien quiera acompañarme. Vamos, piénsalo: si Yunek no hubiera conseguido contactar con el Invisible, ya estaría de vuelta. Y, si lo ha hecho... —Se estremeció—. Bueno, ya sabes que esos tipos no bromean. Si le ha pasado algo... —Se mordió una uña, angustiada.

Tabit la miró, y, de golpe, comprendió el comentario del guardián acerca de que no le costaría nada convencer a Caliandra para que lo llevase a Kasiba.

—Ah —dijo; no se le ocurrió qué otra cosa añadir, de modo que añadió, turbado—: ah. Claro. Bien, pues cuenta conmigo. Mañana iremos a Kasiba a buscar a Yunek.

Un pacto entre las sombras

> «... queda establecido, por tanto, que todo Maese que incumpliere el Juramento será Disciplinado de la forma que sigue: por decreto de Derecho y Justicia será expulsado de nuestra Institución, y asimismo Determinamos que ha de perder ojos, lengua y pulgares para que nunca más pueda Mancillar nuestro noble Oficio ni el insigne Nombre de la Academia de los Portales.»
>
> *Normativa General de la Academia de los Portales.*
> Capítulo 13, sección 4, epígrafe 2.º

Alguien despertó a Yunek de madrugada con modales bruscos. El joven se incorporó en la cama, sobresaltado, y miró a su alrededor. Pero no vio otra cosa que una negra silueta recortada en la penumbra.

—¿Qué... quién eres? —murmuró, buscando a tientas el cuchillo que guardaba bajo el jergón; era más una herramienta que un arma, pero no se había separado de él desde el asalto sufrido días atrás en Serena.

—¿Estás interesado en los servicios del Invisible? —inquirió el desconocido a su vez, sin responder a la pregunta.

Yunek se despejó del todo.

—¿Me vais a llevar ante él por fin? —preguntó.

Llevaba varios días perdiendo el tiempo en Kasiba, esperando una señal por parte de las personas que habían contactado con él en el puerto. Hasta aquel momento no había vuelto a tener noticias de ellos.

—Levanta y vístete —replicó la figura—. No tenemos mucho tiempo.

Después salió del cuarto, y Yunek adivinó que lo estaba aguardando fuera. Se levantó y buscó su ropa a tientas en la oscuridad, entre los ronquidos de los otros huéspedes de la posada. El establecimiento disponía, por descontado, de algunas habitaciones individuales, pero eran caras, y Yunek no podía permitirse despilfarrar en lujos el dinero del portal de Yania.

Salió al pasillo, pero no encontró allí a su misterioso visitante nocturno. Tampoco lo halló en el comedor, que estaba a aquellas horas vacío, silencioso y oscuro. Solo cuando franqueó la puerta principal y puso los pies en la calle le llegó un susurro procedente de una esquina:

—Por aquí, uskiano. Deprisa y calladito, ¿eh?

Yunek obedeció.

A la luz de las estrellas pudo vislumbrar que su guía era un hombre bajo y fornido, pero nada más, porque iba embozado en una capa que lo cubría casi por completo. Tras un breve momento de duda, lo siguió por el laberíntico entramado de calles del centro de la ciudad, por donde dieron vueltas hasta que Yunek perdió por completo la orientación. Entonces el desconocido se detuvo ante la puerta de lo que parecía un viejo establo.

—¿Sigues ahí, uskiano? —se burló—. ¿Qué pasa? —añadió al ver que Yunek titubeaba—. No te irás a echar atrás ahora, ¿verdad?

El joven negó con la cabeza. Su guía se rió desde las profundidades de su capucha y empujó el portón de entrada, que se abrió con un chirrido.

Entró en el recinto, y Yunek lo siguió, receloso, temiendo algún tipo de trampa o engaño.

El establo no era muy grande, y estaba vacío, a excepción de la figura que los contemplaba acomodada sobre un montón de balas de paja acumuladas contra la pared del fondo. También se ocultaba bajo una capa, y la luz del único candil que había en la estancia no contribuía gran cosa a desvelar su aspecto, puesto que su rostro permanecía fuera del círculo iluminado, en un rincón en sombras.

Yunek miró a su alrededor, pero no vio a nadie más. Tras él, su guía cerró el portón de golpe, haciéndole dar un respingo.

—¿Estás nervioso, Yunek? —le preguntó el hombre del establo—. No deberías. Al fin y al cabo, eres tú el que me ha buscado a mí. Con irritante insistencia, debo añadir.

Yunek decidió no preguntarle cómo había averiguado su nombre. Después de todo, no le habría resultado demasiado difícil, dadas las circunstancias.

Además, había muchas otras cosas que deseaba saber.

–¿Eres el Invisible? –preguntó a bocajarro.

El desconocido se rió.

–¿Me estás viendo ahora mismo? –replicó–. Sí, ¿verdad? Entonces, ¿qué te hace pensar que te encuentras ante el Invisible?

Yunek ignoró deliberadamente el matiz de ironía que destilaban sus palabras.

–Si tú no eres el Invisible, ¿quién eres?

Su interlocutor se enderezó sobre su sitial de paja; Yunek pudo percibir la leve tensión en su voz cuando dijo:

–Un intermediario. El único con el que vas a tratar, si quieres que hablemos de negocios. Así que puedes ahorrarte las preguntas, o esta entrevista se habrá terminado antes de empezar. ¿Queda claro?

Yunek se mordió la lengua para no replicar y asintió, conforme. El desconocido pareció relajarse un tanto.

–Bien, Yunek... De modo que quieres un portal, ¿verdad?

–Sí –asintió él–. Es para que mi hermana pequeña pueda...

Pero el otro lo cortó con un gesto.

–Los detalles me sobran. Lo único que necesito saber es dónde quieres el portal y cuánto estás dispuesto a pagar por él.

Yunek pensó en sus ahorros, que guardaba en casa de Rodak, en Serena. Respiró hondo.

–Puedo pagar la tarifa de la Academia –respondió–. Ni una moneda más.

–No es una buena manera de comenzar una negociación, Yunek. Sospecho que puedes pagar la tarifa que la Academia aplicaba el año pasado, ¿no es así? Pero los precios han subido y, por otro lado... nosotros no somos la Academia. La gente que solicita nuestros servicios lo hace porque no puede recurrir a los medios convencionales. Somos la segunda opción, sí, pero también la única cuando fallan los maeses. ¿Verdad que sí?

Yunek no respondió.

–Claro que sí –prosiguió el desconocido–. El año pasado, si no recuerdo mal, un portal de tamaño medio costaba trescientas monedas de plata. Este año son trescientas cincuenta, me temo.

A Yunek se le cayó el alma a los pies. Tabit nunca había llegado a decirle cuánto había subido el precio... y ahora comprendía que tardaría años en ahorrar lo que le faltaba.

–Nosotros –concluyó el hombre del establo–, pintaríamos

tu portal por cuatrocientas monedas. Ya sé que está fuera de tu alcance, pero no podemos hacer rebajas. Piensa en los riesgos que corremos, lo mucho que nos cuesta conseguir el material al margen de la Academia, que mantiene el monopolio del negocio de los portales.

»Pero, al contrario que ellos, nosotros nunca te daremos un "no" por respuesta... siempre que pagues el precio, por supuesto. Sin molestos papeleos, sin normas obsoletas ni esperas interminables. ¿Quieres un portal? Págalo y te lo pintamos mañana mismo. Es así de simple.

—La oferta es tentadora —reconoció Yunek—. Pero no tengo cuatrocientas monedas.

—Qué lástima —suspiró su interlocutor—. Entonces, esta conversación ha terminado. A no ser... —añadió de pronto, como si se le acabara de ocurrir—. A no ser, claro... que puedas ayudarnos de otra forma. En ese caso, haríamos la vista gorda. Te aplicaríamos una... digamos... «tarifa de amigo».

Yunek lo contempló con suspicacia.

Era muy consciente de que, probablemente, aquellas personas hacían mucho más que pintar y borrar portales. Una parte de él sentía repugnancia ante la sola idea de tratar con gente que podía estar implicada, que él supiera, en el asesinato de un guardián, la desaparición de un marino y el ataque a una joven estudiante... como mínimo. Pero hasta aquel momento había acallado su conciencia con el argumento de que, después de todo, él no iba a participar en nada de aquello. Solo quería un portal. Un portal que, además, no haría daño a nadie, pero podía beneficiar mucho a una niña que merecía un futuro mejor que el de ser la esposa obediente de un zafio granjero.

En realidad, lo único que lo atormentaba era la certeza de haber engañado a Cali con respecto a sus verdaderas intenciones. Sin embargo, no le había mentido del todo. Su interés por los borradores de portales era genuino; pero no por razones altruistas, sino porque veía en ellos un modo de llegar hasta alguien que podía darle aquello que la Academia le negaba.

De todas formas, pensó que no había nada de malo en informarse mejor, y preguntó, con precaución:

—¿De qué forma tendría que... ayudaros?

El desconocido agitó la mano, como restándole importancia al asunto.

–Oh, nada demasiado complicado... Solo tendrías que facilitarnos cierta información que nos resultaría de suma utilidad para el ejercicio de nuestras... actividades.

A Yunek le costó un poco comprender la frase. Se preguntó qué necesidad tendría un vulgar contrabandista de expresarse de un modo tan pomposo, y lo observó con mayor atención.

–¿Qué podría saber yo que os interese a vosotros?

–Tienes contactos dentro de la Academia, ¿no es así?

Yunek frunció el ceño.

–Si llamas «contactos» al hecho de conocer a un guardián que no tiene portal que guardar...

–No te recomiendo que vuelvas a mencionar eso –interrumpió el hombre del establo; habló con suavidad, pero había una velada amenaza en sus palabras.

Yunek decidió provocarlo:

–Fuisteis vosotros quienes degollasteis a ese pobre desgraciado de Ruris, ¿no? Un asunto muy desagradable. ¿Y Brot? ¿Lo habéis convertido en alimento para los peces? –Había escuchado aquella expresión en boca de uno de los marineros del puerto de Serena, y la había encontrado fascinantemente explícita.

El esbirro que custodiaba el portón reprimió una risita. Su superior le lanzó una mirada furiosa desde las profundidades de su capucha y replicó:

–Ellos se lo buscaron. De hecho, si Brot no hubiese hecho negocios con los belesianos a nuestras espaldas, estaría aquí en mi lugar, y yo no me vería obligado a perder mi tiempo hablando contigo –añadió, con evidente fastidio–. Y tú no necesitas saber más. Sé de sobra que has estado metiéndote donde no te llaman, pero no deberías seguir indagando en ese asunto. Por tu propio bien.

–Entiendo –asintió él; no añadió más, porque quería que el desconocido siguiera hablando. Por su tono de voz había deducido que era un hombre joven y bien instruido, y su acento le había indicado que procedía de la capital.

–Sin embargo... no me refería a ese tipo de contactos. No me chupo el dedo, Yunek. Te han visto muchas veces con Caliandra de Esmira.

Algo en su interior se convulsionó ante la forma en que el hombre encapuchado pronunció el nombre de Cali. Dio un paso adelante, tenso, olvidando toda precaución.

—Sí, ¿y qué? —ladró—. Ni se os ocurra meterla en esto, porque ella no...

El desconocido estalló en carcajadas.

—Calma, calma. No tenemos nada contra ella. De hecho, nos interesa más su amigo... Tabit.

—¿Tabit? —repitió Yunek, desconcertado.

Se preguntó por qué razón podrían estar interesados en él. Los que habían investigado más activamente sobre los negocios del Invisible habían sido Rodak y el propio Yunek. Incluso aquellos dos estudiantes, Unven y su amiga Relia, habían podido llegar a molestarlo más que él. Tabit, de hecho, se había limitado a quedarse encerrado en su Academia todo el día, sacando la nariz de sus libros solo para hablar con Cali sobre galimatías acerca de portales azules y coordenadas que había que calcular.

—Queremos saber en qué anda metido. Cuáles son sus planes. Qué es lo que sabe. Todo.

—¿Qué es lo que sabe? —repitió Yunek, todavía estupefacto—. Que la bodarita se está agotando. Pero eso lo sabéis también vosotros, y mucha más gente en la Academia, por lo que tengo entendido.

El desconocido reprimió un gesto de irritación y cambió de postura. Al hacerlo, un pliegue de su capa se deslizó sobre la paja, revelando debajo una porción de tela de color granate. El hombre volvió a colocar la prenda en su lugar y Yunek fingió que no lo había visto, aunque su corazón latía con fuerza. ¿Sería posible que el portavoz del Invisible fuera un pintor de portales? Si fuera así... ¿lo sabían los altos cargos de la Academia? ¿Estaba corrupta la institución a la que pertenecían Tabit y sus amigos? ¿O acaso sería aquel el falso maese del que habían hablado los estudiantes, el que borraba portales supuestamente en nombre de la Academia?

Yunek decidió que tenía que consultarlo con Rodak. Después recordó con cierta pena que, si llegaba a algún tipo de trato con aquel individuo, no podría hablarle a su amigo de aquella entrevista nocturna.

—Todo eso ya lo sabemos —suspiró el desconocido, haciéndolo volver a la realidad—. Por supuesto que lo sabemos. Pero no es el tipo de información que nos interesa. Dime, Yunek, ¿te ha hablado Tabit, o quizá tu amiga Cali, de alguien llamado maese Belban?

Yunek trató de simular que aquel nombre no le decía nada, pero era demasiado consciente de que había reaccionado de forma automática ante aquellas palabras. Decidió avanzar solo un paso:

–Es un profesor de la Academia. Caliandra es su ayudante. –Eso lo sabía todo el mundo, ¿no? Se arriesgó un poco más, deseando que la información que iba a facilitar fuese también de dominio público–. Y se ha ido a alguna parte. Hace semanas que nadie sabe nada de él.

Recordó la forma en que Cali había compartido con él su preocupación acerca del viejo maese. Evocó la tarde en que habían hablado de ello, en Serena, junto al mar, y lamentó que las cosas no fueran diferentes.

El hombre del establo se recostó contra la pared, satisfecho.

–¿Lo ves? Por ahí sí que podemos llegar a alguna parte. ¿Qué más sabes? Lo están buscando, ¿verdad? ¿Tienen idea de dónde encontrarlo?

Yunek decidió que ya había puesto demasiadas cartas sobre la mesa.

–Si os cuento lo que sé, ¿pintaréis mi portal por un precio razonable?

–Trescientas monedas –fue la respuesta–. Lo que tú estabas dispuesto a pagar. Si añades al precio la información sobre Tabit y maese Belban, claro.

–¿Y qué pasaría si yo le dijese a Tabit que tenéis tanto interés en él? –tanteó Yunek.

–Que no volverías a vernos nunca más. Y tu única opción de conseguir tu portal se esfumaría para siempre. No es mucho lo que te pedimos. Solo que nos cuentes algunas cosas y que pagues la tarifa rebajada en lugar de la habitual. De ti depende aceptar o no... y de hasta qué punto necesitas ese portal.

Yunek cerró los ojos un momento. La oferta era tentadora, pero había demasiadas cosas que le resultaban sospechosas. De entrada, si aquel sujeto era un maese de verdad, no quería hacer ningún trato con él. Después de todo, la Academia le había negado el portal sin ninguna razón. Si realmente podían pintarle el portal sin papeleos a cambio de trescientas monedas, él no tenía la menor intención de seguirles el juego y fingir además que estaba muy agradecido.

Por otro lado, si Tabit resultaba herido, o algo peor, como

consecuencia de algo que él hubiese contado, Yunek no quería tener que cargar con aquel peso en su conciencia.

Al pensar en Tabit se le ocurrió una solución intermedia.

—¿Y cuánto cobráis por la pintura? —preguntó de pronto.

El encapuchado se mostró desconcertado.

—¿Disculpa?

—¿Y si no quiero que me pintéis el portal? ¿Y si solo necesito que me vendáis un poco de pintura de bodarita?

El desconocido se inclinó hacia delante en ademán reflexivo.

—Ya veo —dijo—. De modo que pretendes pintarte el portal tú solo.

Yunek no respondió.

—O buscar a un maese que lo pinte por ti; alguien que no tenga reparos en actuar al margen de la Academia, ¿verdad? Pues tengo una mala noticia para ti, chico uskiano: nadie hace eso, salvo nosotros.

Yunek siguió sin responder. Aún estaba aguardando una contestación a su pregunta, de modo que el desconocido suspiró y dijo:

—Pero en fin, no voy a ser yo quien deje escapar un negocio. Si quieres malgastar tu dinero, allá tú. Luego no digas que no te lo advertí.

—¿Cuánto? —insistió Yunek.

—Doscientas monedas de plata por un bote de pintura de tamaño medio. Suficiente para dibujar un portal, siempre que tu maese sea hábil con el pincel y no te diseñe nada demasiado recargado.

Yunek sacudió la cabeza.

—Es demasiado caro.

Su interlocutor se encogió de hombros.

—Pero está a tu alcance. No te quejes tanto; la pintura de bodarita no es barata, ya sabes —añadió, y Yunek pudo adivinar la sonrisa socarrona que se ocultaba en el fondo de aquella capucha. Sintió ganas de estrangularlo, y eso influyó en su determinación de no revelarles nada más acerca de Tabit.

—¿Y los demás utensilios? —preguntó.

—Oh, ¿de veras los necesitas? Si vas a encargarle el trabajo a un maese que vaya por libre, seguro que él ya contará con un compás, pinceles y un medidor Vanhar. Y todos esos cacharros que usan los pintapuertas, ya sabes –añadió de pronto, como si se hubiese sentido obligado a hacerlo.

«Eso es», pensó Yunek. Había cometido un desliz. Se había dado cuenta de que estaba exhibiendo conocimientos que no corresponderían a alguien ajeno a la Academia, pero su intento de disimularlo había sonado forzado y poco natural.

El joven uskiano sacudió la cabeza. Ya había tomado una decisión.

–Me quedo con la pintura –dijo–. Por doscientas monedas, y nada más. Me temo que no podría pagarte un portal, ni por cuatrocientas monedas, ni tan siquiera por trescientas, porque no sé nada más sobre ese tal maese Belban.

El desconocido ladeó la cabeza, decepcionado.

–Muy bien. Tú lo has querido, pues. Mañana tendrás la pintura, si traes el dinero. Pero te advierto de que no te servirá de nada sin un maese. Antes de una semana volverás a buscarnos para suplicarnos que te pintemos el portal pero, para entonces, el precio habrá subido.

Esta vez fue Yunek quien se encogió de hombros.

–Correré el riesgo.

No hablaron mucho más. Quedaron en que, de nuevo, la gente del Invisible se pondría en contacto con él. Para ello debía estar en Kasiba al día siguiente al atardecer.

Yunek se mostró conforme. Tenía, pues, un día entero para regresar a Serena a buscar sus ahorros. Y probablemente hasta le sobraría tiempo para hacer una breve visita a la Academia.

≈

Tabit se levantó antes del amanecer. Dado que la tarde anterior había dormido muchas horas seguidas, apenas había logrado dar un par de cabezadas tras su encuentro con Caliandra en el estudio de maese Belban. Finalmente, y a pesar de que habían quedado en el patio de portales cuando sonara la primera campanada, Tabit había decidido que se marcharía a Kasiba sin ella.

Tenía muchas razones para ello. En primer lugar, necesitaba estar solo y pensar acerca de todo lo que habían averiguado, particularmente sobre la implicación del rector y del Consejo de la Academia en aquel asunto. Por otro lado, y ya que se había levantado primero, no veía la necesidad de esperar dos horas más a Cali, pudiendo partir en aquel mismo momento. Además, si a Yunek le había sucedido algo relacionado con los contrabandistas de bodarita, Tabit no quería involucrar a su compañera en un asunto tan turbio. Sin duda Caliandra era valiente, lista y decidida, pero no dejaba de ser una muchacha de buena familia que no sabía lo que era moverse por los barrios bajos de una ciudad. Y por último, Tabit sospechaba que un solo pintor de portales llamaría menos la atención que dos. Por tal motivo, además, llevaba ropa más discreta debajo del hábito granate, que pensaba quitarse en cuanto llegara a Kasiba.

Con un poco de suerte, pensó al llegar al patio de portales, no tardaría en encontrar a Yunek y regresar para tranquilizar a Caliandra.

Sonrió al pensar en lo furiosa que se pondría cuando descubriera que había partido sin ella. Pero ya afrontaría aquello después, se dijo mientras atravesaba el portal. De momento, había asuntos más urgentes que resolver.

Apareció en la sede de la Academia en Kasiba. Al salir del edificio, calculó mentalmente cuánto tiempo habría necesitado Rodak para llegar hasta allí por su propios medios, incluso utilizando la red de portales públicos, gratuitos o de pago. Suspiró. Sí; sin duda era mucho más rápido así.

Se preguntó por dónde debía empezar. Probablemente lo más práctico sería recorrer los albergues de la ciudad preguntando por Yunek. No conocía muy bien Kasiba, pero todas las ciudades tenían una o dos posadas en la Plaza de los Portales, y le pareció un buen punto de partida.

Se quitó el hábito y lo guardó, cuidadosamente doblado, en su zurrón, que estaba prácticamente vacío, porque se había dejado en la Academia sus útiles de trabajo, que no tenía previsto utilizar allí. Sabía que, si vestía ropa corriente, podría pasar por un muchacho cualquiera, ya que ni siquiera estaba obligado a llevar la trenza como los maeses titulados.

Una vez en la plaza, paseó la mirada en derredor y, tal y como había imaginado, descubrió dos albergues, uno en cada extremo. Respiró hondo; se disponía a encaminarse hacia uno de ellos cuando alguien lo llamó a sus espaldas.

Tabit se volvió, extrañado. Sonrió al descubrir que se trataba de Yunek, que hacía cola ante el portal que conducía a Rodia. Se reunió con él.

–¿Qué haces aquí? –le preguntó el uskiano, que parecía estar de un humor excelente aquella mañana–. ¿Y dónde te has dejado tu ropa de maese?

–Se llama «hábito» –replicó Tabit, sonriendo también–. Pues, de hecho, venía a buscarte. Rodak me pidió que lo hiciera, porque hace días que no sabe de ti, y estaba preocupado. –«Y Cali también», quiso añadir; pero, por alguna razón, no lo hizo–. Y no sé, me pareció que sería sensato vestirme de otra manera, por si te habías metido en líos con gente a la que no le gustan los «pintapuertas» –añadió, encogiéndose de hombros.

Yunek entornó los ojos.

–Últimamente hay muchos «pintapuertas» que pretenden fingir que no lo son –comentó.

–¿Qué quieres decir?

Pero el joven sacudió la cabeza.

–Nada importante. Bueno, gracias por tomarte la molestia de venir a buscarme, pero ya ves que no hacía falta. Precisamente voy de camino a Serena; tengo que recoger algo que dejé en casa de Rodak. Pero escucha... –miró a su alrededor para asegurarse de que nadie les estaba prestando atención, se acercó a Tabit y susurró–: he contactado con los traficantes de bodarita.

–¿¡Qué!?

–¡Baja la voz! No he descubierto mucho, pero he de encontrarme con ellos de nuevo esta noche. El tipo con el que he contactado dice que él no es el Invisible; y yo me lo creo, porque es bastante fanfarrón, ¿sabes? Uno pensaría que un contrabandista tan esquivo como el Invisible sería mucho más prudente y discreto.

Tabit todavía estaba perplejo.

–Pero... pero... no lo entiendo. ¿Dices que has contactado con ellos? ¿Y cómo es posible que hayan accedido a citarse contigo otra vez?

Yunek suspiró. Vaciló un instante antes de decir:

–Les he dicho que quiero que me pinten un portal.

Tabit se lo quedó mirando.

–Un portal extraoficial, quiero decir –siguió explicando Yunek–. Al margen de la Academia. Y, la verdad, no me han puesto tantas trabas como los maeses –concluyó, con un cierto tono desafiante.

—Pero, naturalmente, eso era solo una treta para llegar hasta ellos, ¿verdad? —quiso asegurarse Tabit.

Yunek suspiró de nuevo.

—Tabit, tú sabes que necesito el portal —dijo solamente.

El estudiante se detuvo en seco y lo miró, sin poder creer lo que oía.

—¡Debes de estar de broma! ¡Ya sabes cómo es esa gente, Yunek! ¡Sabes a qué se dedican, y las cosas que hacen para conseguir sus propósitos! ¿Y aun así... haces tratos con ellos? ¿Sabiendo, además, la delicada situación por la que está pasando la Academia?

—¡La Academia! —repitió Yunek con amargura—. Dime, ¿qué es lo que ha hecho por mí tu preciosa Academia? Si me hubieseis pintado ese portal, como acordamos, yo no me encontraría en esta situación, y no tendría que recurrir...

—¿... A un grupo de ladrones y asesinos?

Yunek se detuvo, incómodo. Miró a su alrededor y vio que algunas personas los miraban de reojo.

—Baja la voz —advirtió a su compañero.

Lo guió lejos de la fila, hasta un lugar más apartado de la plaza, donde podrían hablar con más libertad. Retomó entonces la conversación, intentando convencerlo con otra estrategia:

—Tabit, ellos no me van a pintar el portal. Cobran un precio demasiado alto, más incluso que la Academia. Pero les puedo comprar pintura de bodarita. Sé que no es gran cosa, pero he pensado que, con ese material, quizá tú pudieras... —Se interrumpió, porque Tabit lo miraba, escandalizado, como si fuera la propuesta más absurda que le hubiesen planteado jamás—. Oye, no es para tanto —se defendió el uskiano—. Ya tienes el diseño casi terminado, tienes los números que necesitas... solo te falta la pintura, ¿no?

—Y la autorización de la Academia —le recordó Tabit—. Sin ella, ningún maese puede dibujar un portal en ninguna parte, incluso aunque cuente con pintura de contrabando.

—¿En serio? Pues que sepas que hay maeses que sí lo hacen. Algunos trabajan para el Invisible a espaldas de la Academia.

Tabit iba a responder que eso no era posible, pero entonces recordó la historia que le había relatado Tash sobre el misterioso maese que se presentaba en la mina a horas intempestivas.

Y le dio la única respuesta que podía ofrecerle:

–Tal vez. Pero yo no soy así.

–¿Por qué crees que estarías haciendo algo malo? –insistió Yunek–. No harías daño a nadie... y te aseguro que podrías ayudar mucho a mi hermana Yania.

Tabit negó con la cabeza.

–Mira, no tengo nada personal contra ti, y mucho menos contra tu hermana, que me parece una niña excepcional. Pero no voy a pintar ningún portal sin la autorización de la Academia. El sistema de portales funciona precisamente porque hay un control. Si los maeses pudiesen pintar portales donde y cuando les apeteciera, la Academia no tendría modo de registrar todos los nuevos enlaces que se producen. Y eso sería un desastre para la seguridad en general. ¿Te imaginas que cualquiera pudiese contratar a un maese para que le pintara un portal «sin hacer preguntas»?

–Pero tú sabes para qué quiero yo mi portal...

Tabit lo miró fijamente.

–A veces tengo la impresión de que no lo sé, Yunek –admitió–. Tú quieres que Yania estudie en la Academia, ¿no es así? Para eso no necesitas ningún portal. Con el dinero que has ahorrado podrías pagar alojamiento para tu hermana en la misma Maradia durante uno o dos años, suficiente para que ella prepare los exámenes de ingreso, si es aplicada. Si necesitara más tiempo, podrías buscarle una casa en otra ciudad con portal público... Esmira es cara, pero la vida en Rodia o Serena es más asequible; hay personas que cruzan los portales públicos todos los días desde ambas ciudades para ir a trabajar a Maradia, y ella podría hacerlo también, hasta que obtuviera la beca y pudiera instalarse en las dependencias de estudiantes de la Academia. Así que, dime... ¿por qué estás tan obsesionado en pagar una fortuna para abrirle un portal desde el mismo salón de tu casa?

Yunek desvió la mirada, incómodo.

–Mi madre no quiere dejarla marchar –confesó–. Cree que le van a pasar cosas horribles si se va de casa para vivir sola en una ciudad desconocida. Tuvimos una discusión muy desagradable cuando lo sugerí.

–Lo lamento mucho –cortó Tabit–, pero sigo sin creer que estés dispuesto a sacrificar los ahorros de tu familia solo porque tu madre sea un poco sobreprotectora.

–¿Un poco? –se rió Yunek con amargura–. Pero no, tienes razón. Hay más. –Respiró hondo y añadió, aún con la vista baja–: Cuando mi padre murió... fueron muy malos tiempos. Yo tenía doce años, y mi madre estaba enferma. Y había un hombre que quería comprarnos la granja a cambio de una miseria. Impedí que cortejara a mi madre con ese fin, pero... –vaciló; parecía muerto de vergüenza, y Tabit sospechó que nunca antes había contado aquello a nadie–, pero le prometí que podría casarse con mi hermana cuando ella fuera mayor, si nos prestaba el dinero necesario para saldar nuestras deudas. Entonces yo era un crío, y Yania poco más que un bebé, así que pensé que habría tiempo de sobra para arreglar las cosas hasta que se hiciera mayor. En fin, tomé aquella decisión porque estaba desesperado. Con el tiempo, Yania fue creciendo y nuestro vecino me recordaba nuestro trato de vez en cuando. Una vez le respondí que estaba pensando en cambiar de opinión, y me dijo que no se me ocurriera enviar lejos a Yania, porque entonces recurriría a la justicia. Les diría que incumplí mi parte del trato y nos lo quitarían todo. Todo, Tabit. La granja, los animales, las tierras... Y no tenemos ningún otro sitio a donde ir.

–Pero eso es... –empezó Tabit, impresionado a su pesar.

Yunek dejó escapar una carcajada cargada de tristeza.

–Ya lo sé. Por si fuera poco, el prometido de Yania es primo de un alguacil muy influyente en Uskia. Una palabra suya y podríamos acabar todos en prisión.

–Pero... pero... ¿no podéis pagarle con el dinero que habéis ahorrado para el portal? ¿O marcharos todos y empezar en otro lugar?

Yunek negó con la cabeza.

–Ya he pensado en todo eso, créeme. Pero no es una cuestión de dinero. Para él se trata ya de algo personal. Y no podríamos marcharnos sin que se enterase. Una vez lo intentamos... y nos alcanzó en el camino. Amenazó con llevarse a Yania, con denunciarnos a la justicia, con echarnos de casa... Además –añadió, pesaroso–, tiene un papel que yo firmé cuando era crío y que ni siquiera sé lo que dice. En su momento pensé que solo me comprometía a casar a mi hermana con él, y creí que, si ella no quería, no habría más que hablar... pero, según parece, firmé muchas cosas más. Como que le tendría que entregar todas nuestras posesiones si la boda no se celebraba. O que Yania no podría irse a vivir a ninguna otra parte sin su permiso. Porque era su prometida y, por tanto, le pertenecía, o algo así. –Apretó los dientes–. Dioses, Tabit, entonces ella tenía solo tres años. Si hubiese sabido...

–Está bien –lo tranquilizó el estudiante–. Creo que ya empiezo a entenderlo. Con un portal en tu casa, Yania podría ir a Maradia todos los días a prepararse para el examen de ingreso, sin que tu vecino lo supiese. Y, si obtuviese la beca y entrase a estudiar en la Academia...

–Entonces él no podría hacer nada al respecto. No se atreverá a ir a la Academia a exigir a los maeses que le devuelvan a Yania; y después, cuando ella sea pintora de portales... ningún alguacil, ni mucho menos un granjero uskiano, se atrevería a casarla contra su voluntad.

Tabit asintió.

–Comprendo. Pero... ¿no exigiría una compensación? ¿No tendríais que entregarle la casa?

Yunek sonrió maliciosamente.

–¿Con un portal pintado en su interior? Me he informado. Sé que su valor habría subido tantísimo que el dinero que nos prestó en su día no lo cubriría ni de lejos.

Tabit asintió de nuevo.

–Sería una buena jugada, sí –admitió–. Y ¿qué dice Yania al respecto? ¿Qué le parece que su hermano decida primero que se casará con un hombre viejo, y después que debe ser pintora de portales?

–Yania no dice nada. No sabe lo de la boda. Y mi madre solo sabe algunas cosas, no todo. Pero no te mentí: ella es muy inteligente y sé que podría estudiar y conseguir la beca. Y sí le gusta la idea de ser maesa, sobre todo ahora que te conoce. Tendrías que haber visto cómo hablaba de ti después de tu primera visita. Creo que le enseñaste que la magia también puede estar al alcance de una campesina pobre e ignorante como ella.

–No es magia...

–Lo sé, lo sé. Pero tú ya me entiendes.

Tabit suspiró y movió la cabeza.

–Te entiendo, Yunek. Pero, a pesar de todo, no pintaré tu portal.

El joven lo miró, sin poder creer lo que acababa de escuchar.

–Pero... ¿no has oído todo lo que te he contado? ¿No has comprendido...?

–Sí, Yunek. He comprendido que tu hermana debe pagar el error que cometiste tú hace muchos años; y que, para arreglar las cosas, ahora pretendes que lo pague yo. Pero esa no es la solución, ¿sabes?

Yunek resopló, exasperado.

–De verdad, Tabit. Hablar contigo es como hacerlo con una pared. ¿Qué te puede costar pintar un portal pequeño?

–No sabes cuál es el castigo por traicionar a la Academia, ¿verdad?

Él se encogió de hombros.

–¿Qué es lo más grave que puede pasarte? ¿Que te expulsen, si te pillan? No te preocupes; basta con ser discretos y no decir nada a nadie. El portal de Yania, en realidad, no tiene por qué estar en el Muro de los Portales; se puede buscar un sitio más escondido, donde nadie sepa...

–No, Yunek –cortó Tabit, con firmeza–. Créeme, el castigo que recibiría «si me pillasen», como tú dices, es mucho mayor que una simple expulsión. Pero ese no es el motivo por el que me niego a hacer lo que me pides. Es que no es correcto. No está bien. ¿Tanto te cuesta de entender?

–Lo único que entiendo, Tabit –replicó Yunek, molesto–, es que las normas están bien para la gente rica que puede permitirse cumplirlas, como tú. Pero a nosotros, los desesperados, no nos queda más remedio que sobrevivir a cualquier precio, ¿sabes?

Tabit negaba con la cabeza.

–Te equivocas, Yunek. Siempre hay opciones. Quizá no sean las más fáciles, pero...

–¿Qué sabes tú de eso? –interrumpió el uskiano, cada vez más enfadado–. ¡Eres un condenado pintor de portales! No has tenido que trabajar de verdad en tu vida...

–¿Y qué sabes tú de mi vida? –replicó Tabit, perdiendo la calma–. Te diré algo: sé muy bien lo que es estar desesperado, lo que es no tener nada, no tener a nadie. Y también sé que, al final, la decisión sigue siendo tuya. Así que no me vengas con excusas ni eches la culpa a otros de tus meteduras de pata. La vida es dura, ya lo sé. Pero ¿sabes una cosa? El mundo sería un lugar infinitamente mejor si la gente eligiera el camino correcto, en lugar de seguir el camino fácil.

–¿¡Fácil!? –estalló Yunek–. ¿Llamas fácil a todo lo que estoy haciendo para ayudar a mi hermana?

—Obviamente es mucho más fácil cargarme a mí con la responsabilidad que asumir que metiste la pata, Yunek —replicó Tabit con frialdad—. Insisto en que, si algún día la Academia aprueba tu portal, estaré encantado de pintarlo y me esmeraré al máximo. Pero así, no.

Dio la vuelta para marcharse, dejando a Yunek temblando de ira. En el último momento se volvió de nuevo para añadir:

—Ah, y... por si se te había ocurrido la peregrina idea de planteárselo también a Caliandra... debes saber que, si me entero de que tienes intención de implicarla en tus negocios con esa gente, yo mismo me encargaré de denunciarte a la Academia y a la Casa de Alguaciles. Si la mantienes al margen, olvidaré que esta conversación ha tenido lugar. Pero, como intentes mezclarla en todo esto...

—Descuida —replicó Yunek, apretando los dientes con rabia—, ya me las arreglaré yo solo. Como he hecho siempre.

—Hay maneras y maneras de arreglárselas solo —murmuró Tabit, antes de alejarse por el callejón—. Y al final, la vida te devuelve lo que siembras. Recuérdalo.

—Claro, oh, gran maese de la poderosa Academia —respondió Yunek, con una burlona reverencia.

Tabit no cayó en la provocación. Se limitó a decirle, con suavidad:

—Vuelve a casa, Yunek. Con tu madre y tu hermana, con la gente que te quiere. Créeme: yo lo haría, si tuviera un hogar al que volver.

Yunek le dedicó un resoplido desdeñoso. Moviendo la cabeza con gesto apenado, Tabit se alejó de la Plaza de los Portales en dirección a la sede académica de Kasiba para regresar a Maradia.

Allí ya no tenía nada más que hacer.

※

Cuando Tabit apareció en el Patio de Portales de la Academia, Caliandra casi se le echó encima.

—¡De modo que ahí estás! ¡He pasado casi una hora esperándote y, cuando he ido a despertarte a tu cuarto, me he encontrado con que ya te habías ido! ¡Sin mí!

Tabit alzó las manos con gesto conciliador. Le dolía mucho

la cabeza tras su discusión con Yunek, y su compañera hablaba demasiado alto para su gusto.

–Lo sé, lo siento. Es que no podía dormir y decidí adelantarme. Pero ya no hace falta que vayamos a Kasiba, Caliandra. He visto a Yunek, está bien. Estaba ya de regreso a Serena.

Cali lo miró un momento, como si tratase de adivinar si le estaba diciendo o no la verdad, y después suspiró profundamente.

–Bien, de acuerdo. Pero... –vaciló antes de continuar–, ¿de verdad está bien? ¿No se ha metido en líos?

Tabit la miró, preguntándose si debía contárselo o no. Finalmente se limitó a responder:

–Todavía no, por lo que yo sé. Pero, si sigue por ese camino, no tardará en hacerlo. Le he recomendado que vuelva a casa, aunque no creo que me escuche.

Cali meditó sobre ello.

–Yo tampoco lo creo –comentó–. Es muy terco, ¿sabes? Creo que todavía tiene la esperanza de que la Academia cambie de idea con respecto a su portal. Está empeñado en ofrecer a su hermana un futuro como maesa, y no se detendrá hasta que lo consiga. Le importa mucho esa niña.

Tabit se mordió la lengua para no contarle a Cali lo que había detrás de la obsesión de Yunek. Pero no pudo evitar comentar:

–Entonces debería estar con ella, cuidándola, en lugar de dar tumbos por los barrios bajos de Kasiba. Creo que no sabe la suerte que tiene de poder contar con una familia. Si yo... –empezó, pero se detuvo de pronto y miró a Cali, con el entrecejo fruncido.

–¿Qué? –lo animó ella–. ¿Qué ibas a decir?

Él negó con la cabeza.

–Nada importante. Es que de pronto se me ha ocurrido... ¿maese Belban tiene familia?

–¿Fuera de la Academia, dices? ¿Cómo va a tenerla? Si apenas salía de aquí...

Tabit seguía pensando intensamente.

Los estudiantes de la Academia vivían alejados de sus seres queridos mientras duraba su formación, pero después, como maeses, podían instalarse donde quisieran, casarse, formar una familia... Los que elegían dedicarse a la enseñanza o la investigación tras los muros de la Academia, si bien estaban obligados a residir allí mientras ejerciesen como profesores, podían renunciar a su puesto en cualquier momento para irse a vivir a otro lugar, de forma temporal o definitiva; también a las maesas se les permitía abandonar la enseñanza durante los años que estimasen convenientes para criar a sus hijos lejos de la Academia. Sin embargo, la mayoría de los profesores permanecían solteros, porque formar una familia requería hacer una elección en un momento determinado, y los que se quedaban lo hacían porque no tenían obligaciones familiares fuera de la institución. Algunos se habían incorporado al cuadro académico con sus hijos ya mayores, e iban a visitarlos de cuando en cuando.

Pero maese Belban no parecía ser de aquellos. Y, sin embargo...

–Si yo tuviese que buscar a alguien –dijo Tabit–, buscaría primero en su casa. Hace muchos años que maese Belban vive en la Academia, pero antes de eso... tuvo que venir de algún lugar, ¿no?

–No todo el mundo cuenta con un hogar al que volver –señaló Cali–. O no tiene a nadie, o no se lleva bien con la gente que dejó atrás.

Miraba a Tabit inquisitivamente, pero él fingió que no captaba la indirecta.

–Aun así, valdría la pena probarlo. Maese Belban de Vanicia; recuerdo haber leído su nombre completo en la cubierta de su manual. Se me quedó grabado porque... bueno, no importa. El caso es que podríamos ir a Vanicia y preguntar por él allí.

Cali seguía mirando fijamente a Tabit.

–¿Así, sin más? ¿Sin tener datos más concretos? Me asombras, estudiante Tabit; nunca lo habría imaginado de ti –bromeó.

Tabit se encogió de hombros.

–No es una ciudad muy grande. Aunque puede que haya cambiado un poco, claro. Después de todo, hace mucho tiempo que no paso por allí.

Cali entornó los ojos, atrapando el dato al vuelo. Pero Tabit no añadió nada más.

No mentía, no del todo. Era cierto que había llegado hasta Vanicia en su excursión al pasado, unos días atrás.

Pero eso, en realidad, había sucedido veintitrés años atrás.

Yunek tuvo mucho tiempo para reflexionar acerca de todo lo que Tabit le había dicho mientras hacía cola ante los portales que lo llevarían de regreso a Serena.

Estaba furioso pero, a medida que pasaban las horas, su enfado se fue difuminando poco a poco para dejar paso a un profundo abatimiento. Después de todo, caviló, a aquellas alturas ya debería haber adivinado que Tabit no pintaría su portal a menos que su Academia lo autorizase a ello. Era exasperante, sí, pero conocía lo bastante bien al estudiante como para haber anticipado aquella reacción. Sin embargo, no le había gustado la manera en que había insinuado, cínico y arrogante, que comprendía perfectamente cuál era la situación de Yunek, pero que él habría actuado de otra forma en su lugar.

«Hay maneras y maneras de arreglárselas solo», le había dicho. Como si él supiera de qué estaba hablando, se dijo Yunek con amargura.

Sacudió la cabeza. En una cosa sí estaba de acuerdo con él: no involucraría a Caliandra en sus negocios con el Invisible. «Si he de apañármelas solo, que así sea», pensó torvamente. «Pero lo haré a mi manera. Y, ya que Tabit no está dispuesto a ayudarme, yo tampoco tengo por qué cubrirle las espaldas a él.»

Aun así, debía regresar a casa de Rodak, a recoger sus pertenencias y también a despedirse de él y agradecerle su ayuda. Había decidido que no quería depender de nadie más, de modo que, después de aquella visita, ya no volvería a Serena; permanecería en la posada de Kasiba el tiempo que necesitara para resolver el asunto del portal y después regresaría a casa.

La madre de Rodak se alegró mucho de volver a verlo. Le dijo que su hijo había salido a pasear por el puerto con Tash.

—Es un muchacho extraño —le confió—, un poco salvaje, ¿verdad? Y tan reservado. No sé de dónde ha salido, pero espero que se marche a su casa pronto.

A Yunek le sorprendió aquel tono en boca de una mujer que siempre se había comportado con él como una perfecta anfitriona.

—No sé —respondió con cautela—. En realidad, apenas lo conozco. Solo sé que trabajaba en las minas.

La madre de Rodak movió la cabeza en señal de desaprobación.

—Un chico bruto y grosero, eso es lo que es. Y muy descarado. Nosotros somos gente humilde, pero al menos no se nos ha olvidado lo que es la buena educación.

Yunek no supo qué responder a eso. Le explicó, sin embargo, que se mudaba a Kasiba porque tenía un asunto pendiente allí. Le dio sinceramente las gracias por su hospitalidad y le prometió que volvería a visitarla si alguna vez pasaba de nuevo por Serena.

Ella se mostró sinceramente apenada y, según le pareció a Yunek, hasta un poco decepcionada.

—Ve a despedirte de Rodak —le pidió—. Te ha tomado mucho aprecio.

Yunek le prometió que lo haría. Después de todo, aún tenía tiempo de regresar a Kasiba antes de la puesta de sol.

Halló a Rodak sentado en el malecón. Tash se hallaba junto a él, esforzándose por mantener una expresión decidida, a pesar de que parecía claro que la aterrorizaban las olas que rompían con fuerza a sus pies. Rodak la sostenía con gesto risueño.

Yunek sonrió, a su pesar, al detectar la corriente de afinidad que parecía circular entre ambos. Casi lamentó tener que interrumpirlos.

Pero Rodak reaccionó con alegría al verlo.

—¡Yunek! —lo saludó—. Por fin has vuelto. Me tenías preocupado.

El joven avanzó con precaución por el malecón. Tampoco él se sentía muy seguro tan cerca de aquella inmensa extensión de agua.

—He tardado un poco más de la cuenta en... contactar, ya me entiendes.

—Puedes hablar delante de Tash. Dime, ¿encontraste al Invisible?

—Sí y no.

Yunek dudó un momento; pero después pensó que Rodak se merecía que compartiera con él la información que había obtenido. Al fin y al cabo, habían pasado muchas horas buscando juntos a los borradores de portales.

Los tres se alejaron de la rompiente, para alivio de Tash, y caminaron juntos por el muelle. Yunek les relató su encuentro con el portavoz del Invisible, aunque omitiendo el hecho de que estaba realmente en tratos con él.

—Os dije que los *granates* estaban metidos en esto hasta las cejas —les recordó Tash cuando Yunek mencionó el hecho de que llevaba un hábito de maese debajo de la capa–. Y vosotros no me creíais.

Rodak inclinó la cabeza, pensativo.

–Para ser parte de una organización tan poderosa, se mostró un poco descuidado, ¿no? –comentó.

–Probablemente no tenía práctica en eso –respondió Yunek–. He estado pensando que, si hay gente de la Academia borrando y pintando portales para el Invisible, seguro que él no los tiene de recaderos. Parece ser que era Brot el que negociaba los encargos, por lo menos en las ciudades de la costa. Por lo que pude entender, hizo un trato por su cuenta, al margen del Invisible, y eso no le sentó bien. Es como tener competencia dentro de tu propia organización.

Rodak asintió.

–Y además llamaron demasiado la atención borrando un portal tan transitado –apuntó.

–Cierto. Quizá el Invisible decidió que era una jugada muy arriesgada, y Brot optó por llevarla a cabo por su cuenta. Contactó con «los belesianos», quizá el Gremio de Pescadores de Belesia, y se puso de acuerdo con Ruris para repartirse los beneficios.

Rodak sacudió la cabeza con tristeza.

–Lo siento mucho –dijo Yunek, recordando que el muchacho había conocido al malogrado guardián–. De todas formas, aunque Ruris se hubiese dejado sobornar para dejar desprotegido el portal, no se merecía que lo mataran así.

–Si los belesianos contrataron al Invisible, o a Brot, o a quien fuera, para borrar nuestro portal... –dedujo Rodak–, quizá pueda denunciarlos a la Academia. Para que sean ellos quienes paguen la restauración.

–Para eso necesitarías pruebas –apuntó Yunek–; ir a Belesia tal vez, buscar allí a la gente que está detrás de todo. Porque de momento solo tienes mi palabra, y yo, la verdad, ahora mismo no tengo muchas ganas de contarle todo esto al alguacil. –Respiró hondo–. Me juego mucho, ¿sabes? Quizá hasta la vida.

Rodak asintió, agradecido.

–Y yo no te lo voy a pedir. Ya has hecho mucho por nosotros, Yunek, y no tenías por qué.

Yunek se removió, incómodo. Recordó el motivo por el cual había acudido a buscarlo al muelle y aprovechó para cambiar de tema.

—Yo me marcho, Rodak —anunció—. Primero a Kasiba, a resolver un asunto pendiente, y después, si todo va bien, a casa.

Rodak asintió.

—Te echaremos de menos, pero sé que no tiene sentido que pases tanto tiempo lejos de casa. Después de todo, Tabit dijo que la Academia podía tardar mucho en atender tu petición.

Yunek se sintió muy miserable cuando respondió, con fingida alegría:

—Varias semanas o varios meses, sí. Y entretanto hay tierras que arar y animales que alimentar. No espero que un chico de la costa como tú entienda de esto. Tampoco los de la Academia, por lo que veo. —Suspiró—. Solo deseo que algún día se decidan a pintar mi portal.

Rodak asintió de nuevo. Los dos se despidieron con un apretón de manos que derivó en un amistoso abrazo.

Después, Rodak y Tash se quedaron mirando cómo el uskiano se alejaba por el callejón que lo conduciría hasta la Plaza de los Portales.

—¿Vas a hacerlo de verdad? —preguntó Tash.

Rodak volvió a la realidad.

—¿El qué?

—Eso. Ir a Bela... lo que sea.

El muchacho sonrió.

—Belesia. Son unas islas que están al otro lado del mar.

Tash siguió la dirección que él le indicaba y escudriñó el horizonte.

—No veo nada.

—No están muy lejos, pero no se pueden apreciar desde aquí. Aun así, no hay un portal directo, porque los belesianos y los serenenses siempre nos hemos llevado muy mal. Hay que ir dando un rodeo por otras ciudades, saltando de portal en portal. O en barco, por supuesto.

—Mejor por los portales —decidió Tash.

Él la miró, interrogante. La chica se ruborizó un poco antes de añadir:

—Porque voy a ir contigo, claro. Pero no subiría a una de esas bañeras flotantes ni aunque me pagaran —añadió, ceñuda.

Rodak sonrió de nuevo.

Tabit contemplaba su entorno con interés. Vanicia había cambiado mucho. La ciudad, cuyos edificios se desparramaban a los pies de la gran cordillera del sur, siempre había sido una de las capitales más pequeñas de Darusia. En realidad, en sus orígenes Vanicia no era más que un agreste pueblo de leñadores y pastores de cabras. Pero la región poseía grandes bosques cuya madera no tardó en ser muy apreciada en el exterior. De modo que, mucho tiempo atrás, el Gremio de Madereros y Carpinteros había financiado un portal a Maradia para poder exportar sus productos a la capital darusiana.

Después había habido algunos más. Por descontado, algunas casas pudientes disponían ya de un portal o dos. Además, el Gremio de Ganaderos y el Gremio de Alfareros también se las habían arreglado para pagar uno propio, a Maradia los primeros, hasta Esmira los segundos. Tabit, de hecho, recordaba muy bien el portal del Gremio de Ganaderos, porque había sido el primero que había atravesado en toda su vida, sin sospechar entonces que no sería ni mucho menos el último.

Pero los portales de los Gremios eran privados. Aunque ocupasen un lugar en el Muro de los Portales de una plaza pública, en la práctica estaban tan vetados a los ciudadanos no agremiados como cualquier portal pintado en el salón de una casa particular.

Ahora, sin embargo, existía un portal que sí podían utilizar. Tabit evocó el interés con el que había leído en el manual de Geografía de primer curso que el Consejo de Vanicia había hecho pintar un portal hasta la rutilante Esmira, la capital más próspera y espléndida de Darusia. Tampoco ese portal era del todo público; pero, gracias a él, y a cambio de un módico peaje, los vanicianos podían presentarse en Esmira en un instante y disfrutar de las maravillas que la ciudad les ofrecía.

Era evidente que aquella circunstancia había alterado la plácida existencia de Vanicia, y la estaba transformando en una urbe más grande y sofisticada.

Pocas cosas quedaban ya de la humilde Vanicia que Tabit recordaba. Pero se detuvo en la plazoleta de la fuente y desvió la mirada hacia el rincón donde, muchos años atrás, un tahúr solía entretener a su audiencia con engañosos juegos de manos.

Ahora, aquel hombre de ágiles dedos ya no estaba allí, y Tabit experimentó una oleada de alivio y decepción al mismo tiempo.

Volvió a la realidad cuando Cali le tiró de la manga.

–Vamos, Tabit. Tenemos trabajo que hacer.

El joven asintió y se esforzó por centrarse.

Habían preguntado por maese Belban en la sede de la Academia en Vanicia, sin muchas esperanzas de obtener alguna información útil. Sin embargo, ante su sorpresa, el aburrido maese de Administración asintió y les escribió unas señas que anotó, por lo que parecía, de memoria.

–Buena suerte –les deseó, con cierto tono hastiado.

–¿No somos los primeros que preguntamos por él? –adivinó Cali, sorprendida.

El maese se limitó a alzar tres dedos en el aire mientras, con la otra mano, los espantaba como a moscas.

–Y ahora, largaos, que tengo trabajo que hacer.

Los estudiantes lo dudaban mucho, pero obedecieron.

–No puedo creer que haya sido tan fácil –comentó Cali, aún asombrada.

–Y no lo será –auguró Tabit–. Si ya han venido más personas a preguntar por maese Belban y, aun así, no lo han encontrado... ¿qué te hace pensar que lo haremos nosotros?

–Bueno, pero es la única pista que tenemos, ¿no?

Tabit se encogió de hombros y se resignó a seguirla por las calles de la ciudad.

De modo que habían comenzado a vagabundear de un lado para otro pidiendo indicaciones, atravesando calles y plazas que Tabit recordaba bien, y otras que le resultaron completamente nuevas.

–Tú vivías aquí, ¿no? –le preguntó entonces Cali. Tabit asintió, distraído, y ella dejó escapar una exclamación de triunfo–. ¡Ja! ¡Lo sabía! ¿Por qué eres tan esquivo cuando se trata de tu pasado, Tabit? ¿Acaso tienes algo que ocultar? –bromeó.

Pero él se volvió para mirarla, muy serio.

–¿Y si fuera así? –preguntó a su vez–. ¿Crees que no me molestaría que siguieras haciéndome preguntas?

Cali abrió la boca para replicar; pero vio algo en los ojos de él, un dolor silencioso que su enfado ocultaba, y decidió no seguir indagando... al menos, no en aquel momento.

–Está bien –dijo, conciliadora–. Hemos venido aquí por maese Belban, ¿no? Pues encontremos esta dirección y acabemos cuanto antes.

Finalmente, las señas los condujeron hasta una casita rodeada por un colorido huerto, a las afueras de la ciudad. Cali iba a franquear la valla sin más ceremonia, pero Tabit la detuvo y le señaló la campanilla que colgaba del arco de entrada.

La hicieron sonar un par de veces, y solo a la tercera se oyó una voz irritada desde detrás de las matas de judías.

–¿Quién eres, y qué quieres?

–¡Disculpad! –respondió Tabit en voz alta, poniéndose de puntillas para tratar de descubrir el origen de aquella voz–. ¡Venimos buscando a...!

Se calló de pronto, porque de entre las plantas había surgido el rostro de... maese Belban.

Cali ahogó una exclamación de sorpresa. Entonces la aparición emergió del todo y descubrieron que no se trataba del viejo pintor de portales; era una mujer que se le parecía notablemente, aunque era más pequeña y encorvada que él, y su cabello estaba bastante mejor peinado.

–Venís buscando a mi hermano –dijo ella–. A ver si lo encontráis de una vez, ¿eh? Ya estoy harta de que los de la Academia vengáis a molestarme, siempre con lo mismo. ¿Cuántas veces voy a tener que repetiros que no tengo ni la menor idea de dónde está Belban? Hace por lo menos treinta años que no nos vemos. Así que no tengo nada que deciros sobre él, a no ser que queráis que os cuente cómo llenaba mis zapatos de tijeretas cuando éramos críos.

Cali se mostró fascinada ante aquella historia, pero Tabit la detuvo antes de que se le ocurriera pedir más detalles.

–Comprendo –asintió–. Muchas gracias, eh... señora –concluyó, incómodo, cuando ella no aprovechó aquella pausa para decirle su nombre–. No teníamos intención de molestar; ya nos vamos.

La mujer cabeceó enérgicamente y volvió a concentrarse en su huerto. Tabit tiró del hábito de Cali para llevársela de allí, pero ella se mostraba reacia a marcharse.

–¿Y no os preocupa lo que le haya podido pasar? –le preguntó.

La anciana ni siquiera se molestó en alzar la vista.

–¿Debería? Belban ya es mayorcito; estoy segura de que sabrá arreglárselas sólo.

–Pero...

–Vamos, Caliandra, déjalo –la cortó Tabit–. Ya has visto que no quiere hablar con nosotros.

Sin embargo, y para su sorpresa, la mujer levantó la cabeza y los miró con los ojos entornados.

–¿Cómo has dicho que te llamas, niña?

–Caliandra de Esmira –respondió ella–. Pero no veo qué...

–¿Y dónde están las fronteras? –preguntó la anciana con brusquedad, sin permitirle terminar la frase.

Cali estaba perpleja.

–¿Cómo? Perdón, no entiendo...

Pero la hermana de maese Belban no le dio ninguna otra pista. Resopló con disgusto y volvió a hundir las manos en la mata de judías.

–Vámonos, Caliandra –murmuró Tabit, incómodo.

Ella sacudió la cabeza y dio media vuelta para marcharse. Sin embargo, en el último momento recordó, como en un relámpago de inspiración, la primera conversación que había mantenido con maese Belban. Él la había acorralado con una serie de preguntas sobre la ciencia de los portales; ella había respondido lo mejor que sabía, pero nunca parecía ser suficiente para el profesor. Una de las cuestiones que él le había planteado era precisamente esa: «¿Dónde están las fronteras?». Cali había recitado lo que había aprendido con maesa Berila en clase de Geografía, pero maese Belban solo gruñía y negaba con la cabeza. Entonces la chica, intuyendo que no estaban hablando de fronteras físicas, había repetido algunos de los argumentos que recordaba de las lecciones de Teoría de los Portales. Pero tampoco era eso lo que maese Belban esperaba de ella. Finalmente Cali, desesperada, había dicho lo primero que se le había pasado por la cabeza. Algo absurdo, claro.

Se volvió bruscamente hacia la anciana, que no era ya más que un bulto grisáceo entre las matas de judías, y gritó:

–¡No hay fronteras!

El rostro de la hermana de maese Belban volvió a asomar de entre las profundidades de su reino vegetal.

–Acércate, niña –le ordenó–. No consigo encontrar un botón que se me ha perdido, y ya me duele la espalda de estar agachada.

Con un suspiro de resignación y el desencanto aflorando a su rostro, Cali obedeció. Se abrió paso por entre las plantas, intentando no pisar las lechugas ni los pimientos, hasta situarse junto a la mujer. Rebuscó en derredor y, tras un buen rato de búsqueda infructuosa, logró localizar el botón, semienterrado en el suelo. Se lo tendió a la anciana, pero ella no lo cogió.

—La vida —le dijo, mirándola fijamente con sus profundos ojos azules, tan similares a los de maese Belban que Cali se estremeció— es como trabajar en el huerto: es necesario esperar el tiempo justo para recoger el fruto apropiado.

—Lo tendré en cuenta —asintió Cali.

La mujer cabeceó, conforme. Cogió el botón que la joven le tendía y, al retirar su mano de la de ella, dejó rastros de tierra... y algo más.

—Y ahora, largaos de aquí —gruñó—. Tengo mucho que hacer. Todavía hay que abonar los guisantes, y supongo que vosotros no pensáis hacerlo por mí, ¿verdad?

El corazón de Cali latía con fuerza. Reprimió el impulso de examinar inmediatamente el objeto que la anciana le había entregado y se limitó a estrecharlo con fuerza en su mano.

—Nos gustaría —respondió—, pero tenemos trabajo en la Academia.

La mujer resopló con desdén, pero no añadió nada más.

Los estudiantes se despidieron y se alejaron de la casa. Tabit parecía abatido.

—Está bien, reconozco que ha sido una pérdida de tiempo —suspiró—. No sé qué nos hizo pensar que descubriríamos algo que los maeses no hubiesen averiguado todavía. Además, es evidente que esa mujer, con todos mis respetos... ¿qué haces? —preguntó de pronto, al ver que Cali no le estaba prestando atención; había desenrollado un papelito arrugado y manchado de tierra y lo estudiaba con atención.

Pero alzó la cabeza ante la pregunta de su compañero y le dijo, con emoción contenida:

—Es una lista de símbolos, Tabit. Exactamente once.

El joven abrió los ojos con sorpresa al comprender lo que quería decir.

—¡Coordenadas!

Hacía rato que había caído la noche sobre la ciudad de Kasiba. Una espesa niebla serpenteaba por las calles empedradas, envolviéndolo todo en una atmósfera fantasmal.

Parecía una noche idónea para los secretos, las fechorías y los propósitos turbios. Pero Yunek no se dejó influenciar por aquellos malos presagios. «Solo es un poco de niebla», se dijo mientras seguía al encapuchado a través del laberinto de callejas.

Cuando llegaron al establo que ya conocía y, al entrar, halló al fondo al portavoz del Invisible, casi dejó escapar un suspiro de alivio. Ya había pasado por aquello, pensó. Solo se trataba de un mero trámite. Un paso más, quizá uno de los últimos, hacia el portal soñado.

—¿Y bien? —le preguntó el embozado, encaramado, como la noche anterior, en lo alto del montón de paja, como si fuera una suerte de rey de las cuadras—. ¿Has traído el dinero?

—He cambiado de opinión —replicó Yunek, alzando la cabeza con decisión; si le temblaba la voz apenas un poco, lo disimuló a la perfección—. Quiero que pintéis mi portal. Que os encarguéis vosotros de todo el proceso.

Casi pudo adivinar que el desconocido sonreía.

—Oh, ¿de veras? ¿Y qué ha pasado con tu maese? ¿No ha querido pintar el portal para ti?

Yunek apretó los dientes.

—No es asunto tuyo —respondió—. Como bien dijiste una vez, los detalles sobran. Lo único que necesitas saber es dónde quiero el portal y cuánto voy a pagar por él.

Y, con estas palabras, arrojó a los pies del encapuchado la bolsa con todos sus ahorros. Pero él no pareció impresionado por su gesto.

—No es suficiente —le recordó con frialdad.

—Añado al precio todo lo que sé de Tabit y maese Belban —dijo Yunek—. Si no es bastante, averiguaré más cosas. A cambio... pintaréis mi portal.

El embozado acogió la noticia con una palmada de satisfacción.

—Espléndido. Ahora sí que empezamos a entendernos.

Un destino incierto

> «Cuando el portal se activa,
> es que las coordenadas no son incorrectas.»
>
> Aforismo de los pintores de portales

Pero esto es imposible, Caliandra –dijo Tabit–. No se puede descubrir una localización concreta solo con la lista de coordenadas.

–Dile entonces a maese Saidon que su asignatura de Interpretación de Coordenadas no sirve para nada –lo desafió ella.

–No he querido insinuar eso. Por supuesto, el estudio de las coordenadas de un portal nos puede decir mucho acerca de su punto de destino, pero no nos puede indicar cuál es el lugar exacto, a no ser que atravesemos el portal y lo descubramos por nosotros mismos.

Cali suspiró y volvió a contemplar aquel papel sucio y arrugado que había sido el origen de la discusión. Se encontraban ambos de vuelta en la Academia, en la sala de estudio de Tabit, donde se habían encerrado para debatir acerca del mensaje que habían traído desde Vanicia. Tras sacar todos sus apuntes sobre la materia, Tabit se había apresurado a pasar a limpio las coordenadas para no perderlas. Cali, por su parte, se limitaba a observar el papel con reconcentrada intensidad.

–Y, de todas formas –añadió el joven–, nada nos asegura que estas coordenadas indiquen el lugar donde se encuentra maese Belban.

–¿Y por qué iba a dárnoslas su hermana, si no?

–Bueno... era una mujer un poco rara.

Cali sacudió la cabeza.

–¡Pero nos estaba esperando a nosotros, Tabit! O, mejor dicho... ¡me estaba esperando a mí! Por eso reaccionó cuando mencionaste mi nombre y me sometió a una especie de prueba... que solo el ayudante de maese Belban pasaría.

Tabit la contempló con escepticismo.

—Te recuerdo que nos dijo que llevaba treinta años sin ver a su hermano, Caliandra. ¿Cómo iba a saber...?

Ella rió sin alegría.

—Tabit, tienes que asumir que la gente miente a menudo —le recordó—. Sobre todo si quieren proteger algo... o a alguien. Sin duda maese Belban fue a ver a su hermana y le dejó esa pista para nosotros, porque sabía que tarde o temprano iríamos a visitarla. Pero quizá era consciente también de que había gente buscándolo... y por eso se aseguró de que solo yo llegaría a recibir estas coordenadas.

—¿Quieres decir que maese Belban está huyendo de la Academia? ¿Como si les temiera, o algo así?

—Quizá «huir» no sea la palabra adecuada —reconoció Cali—. Tal vez no quiere que lo encuentren todavía. Piensa que, si es verdad que está tratando de cambiar el pasado, quizá se haya escondido en algún lugar donde sabe que nadie va a molestarlo mientras trabaja en ello.

Tabit volvió a contemplar las coordenadas, pensativo.

—Ojalá supiésemos cómo demostrar la hipótesis de Belban —suspiró—. Y abrir un portal sin necesidad de dibujar su gemelo. Entonces nos bastaría con pintar un solo portal en el que escribiríamos esta lista de coordenadas. Y nos llevaría directos hasta maese Belban... o lo que quiera que haya al otro lado.

Cali alzó la mirada bruscamente.

—¿Y si lo hacemos? —propuso.

—¿Hacer qué?

—Lo que acabas de decir. Podríamos pintar un portal azul con estas coordenadas, y añadir una duodécima coordenada temporal: sesenta y dos, o lo que quiera que indique ese medidor tuyo tan arcaico. Entonces no necesitaríamos dibujar el portal gemelo en el punto de destino. Nos bastaría con un único portal.

Tabit negó con la cabeza.

—Es una locura, Caliandra.

—Pero ¿por qué? ¡A mí no me parece tan descabellado! Si solo...

—Te voy a dar toda una lista de razones por las cuales no

deberíamos ni intentarlo siquiera –cortó él–. En primer lugar, sabes que no podemos dibujar portales funcionales sin permiso de la Academia. Además, no tenemos ni idea de a dónde conduciría ese portal. O a cuándo. Como bien sabes, la coordenada temporal es muy imprecisa y, aunque apareciésemos en el lugar correcto, podríamos llegar hace cinco años, o dentro de siete. Necesitaría aplicar la nueva escala de maese Belban para calcular una coordenada temporal más exacta, y ya sabes que, aun así, siempre hay un margen de error en el resultado. Por otro lado, lo que planteas es solo una teoría. Sabemos que los portales azules nos permiten viajar en el tiempo, pero ¿hasta qué punto podríamos usarlos para viajar solo en el espacio, sin desplazarnos hacia el pasado... o hacia el futuro? No lo hemos probado y, por tanto, no sabemos si funcionaría. Tampoco estamos seguros de que lo que hay ahí apuntado no sean los delirios de una vieja loca. Y, por último, resulta que ya no nos queda pintura azul.

–Podrías haber empezado por ahí –protestó Cali, ceñuda–. De todo lo que has planteado, es el único inconveniente que me parece realmente un inconveniente. Y tampoco es nada que no se pueda solucionar. Estoy segura de que a estas alturas ya habrá llegado más de un cargamento de bodarita azul procedente de las minas de Uskia. Solo tenemos que entrar en el almacén y...

–¿Y qué? ¿Pedir amablemente a maese Orkin que nos deje unos fragmentos para hacer prácticas?

Cali le dirigió una mirada burlona, y Tabit cayó entonces en la cuenta de lo que quería decir.

–Ah. Claro. No pensabas pedir permiso –comentó con sorna.

La joven alzó las manos en señal de derrota.

–De verdad, Tabit, a veces eres tan... Está bien, lo haremos a tu manera.

Y volvió a coger el papel para examinarlo. Tabit respiró hondo, satisfecho, y regresó a sus notas.

–De todas formas –comentó, repasando las coordenadas–, creo que hay algo que está mal aquí. Los valores para Agua y Fuego son exageradamente altos. Y hay mucha menos Madera de lo normal, en comparación con Piedra y Metal, que sí abundan... Vida... veinticinco, no es gran cosa. Y Muerte... setenta y uno. –Frunció el ceño–. ¿Qué clase de lugar podría dar unas coordenadas así?

Cali no contestó. Seguía concentrada en los símbolos, escudriñándolos con el ceño fruncido, como si pudiese ver algo más allá del papel.

—Tal vez... —empezó.

No llegó a terminar, porque alguien llamó a la puerta y, un instante después, asomó por ella la cabeza de Zaut.

—No sé por qué, sospechaba que os encontraría juntos —murmuró, sin sonreír.

Tabit suspiró. Era muy consciente de que su amigo seguía molesto con él por lo que les había sucedido a Unven y Relia en Kasiba.

—Estamos trabajando en algo —le respondió, esforzándose por ser amable—. Nada peligroso, al menos por el momento. Interpretación de coordenadas. ¿Qué tal se te da eso?

Zaut esbozó una breve sonrisa.

—Ni lo menciones —respondió—. Maese Saidon dice que no soy más zoquete porque no me entreno. Pero no he venido hasta aquí para ayudarte con tus tareas, así que no me líes.

Tabit decidió no señalarle que él mismo había ayudado a Zaut con sus estudios en más ocasiones de las que podía recordar.

—¿Tienes noticias de Unven y Relia? —le preguntó sin embargo.

Zaut negó con la cabeza con gesto desalentado.

—Fui a visitarles hace un par de días. Relia sigue igual. No empeora, pero tampoco despierta. Sus padres están destrozados, y Unven... en fin.

Tabit asintió, abatido.

—Deberías ir a verles —sugirió Zaut—. Unven lo agradecerá.

—¿De verdad? No creo que tenga ganas de verme, después de lo que pasó.

—Tú no fuiste quien golpeó a Relia, y tampoco los obligaste a ir hasta Kasiba buscando portales que ya no existen. Así que no te culpes, ¿vale?

Tabit no respondió. Seguía mostrando un gesto triste y sombrío, y sus amigos adivinaron que no podía evitar sentirse responsable por la situación de Relia.

—Entonces, ¿qué te trae por aquí? —preguntó Caliandra, para cambiar de tema.

Zaut recordó de pronto el motivo de su visita a la sala de estudio de Tabit.

–En realidad... venía a buscarte a ti, Cali. Vengo a decirte que tienes visita de fuera. –Sonrió con picardía–. Lo cual no deja de ser curioso, porque creo que es ese incordio de uskiano que acosaba a Tabit. Ahora te busca a ti, pero resulta que tú te pasas el día con Tabit... ¿me he perdido algo?

Tabit frunció el ceño. Recordaba muy bien su última conversación con Yunek, y la forma en que había terminado. Pero Zaut malinterpretó su gesto de disgusto.

–Vaya, Tabit, no me digas que vas a pelearte con el uskiano por el amor de una bella dama...

Tabit enrojeció hasta las orejas, pero Cali sonrió, divertida.

–Si te refieres a mí, no necesito que nadie se pelee por mi amor, muchas gracias. Soy perfectamente capaz de decidir por mí misma a quién quiero entregarlo –añadió, guiñándole un ojo a Zaut–. Voy a reunirme con Yunek, entonces –anunció, levantándose.

Tabit alzó la mirada.

–Espera, Caliandra. Antes de que te vayas... –Respiró hondo–. Bueno, ten cuidado, ¿de acuerdo?

Ella se mostró sorprendida.

–¿Que tenga cuidado? ¿Con Yunek, quieres decir?

Tabit vaciló, reacio a dar más detalles. Finalmente dijo:

–Es solo que... Bueno, si te hace una propuesta que... digamos... no estés segura de que debas aceptar... di que no, ¿de acuerdo?

–¡Ja! –exclamó Zaut, encantado–. ¡Esto es mejor de lo que yo pensaba!

Tabit le disparó una mirada irritada.

–¡No estoy hablando de eso! ¿Te importaría salir y dejarnos hablar en privado?

Pero Cali, que se estaba enfadando por momentos, se cruzó de brazos y declaró:

–¿Y si yo no quiero hablar contigo... «en privado»? Si tienes algo que decir acerca de Yunek, atrévete a decirlo delante de Zaut.

Tabit suspiró. Por un instante, estuvo tentado de contarles lo que Yunek le había propuesto el día anterior. Pero recordó oportunamente que el joven estaba en tratos con la gente del Invisible, y lo que le había pasado a Relia por saber demasiado. Negó con la cabeza.

–No creo que deba, Caliandra. Solo... cuando hables con él... recuerda las consecuencias de romper las normas. Ya sé que en principio puede parecerte que nadie se va a enterar; pero, al final, las cosas siempre se acaban sabiendo y...

Cali bufó, molesta.

–No me lo puedo creer –le espetó con frialdad–. No me lo esperaba de ti, Tabit. De verdad que no.

Tabit fue consciente entonces de que, al igual que Zaut, ella había malinterpretado sus palabras. No alcanzaba a comprender por qué se había molestado tanto, pero lo que le había parecido entender no debía de haberle sentado bien.

Se levantó de un salto, tratando de detenerla.

–Espera, Cali...

Pero ella ya estaba en la puerta; se volvió un momento hacia Tabit, con la lista de coordenadas aún en la mano.

–Es una isla –dictaminó–. Apostaría por la más pequeña de las Belesianas, pero los detalles te los dejo a ti –concluyó, arrugando el papel y guardándoselo en uno de los bolsillos del hábito.

Cerró la puerta antes de que Tabit tuviera ocasión de responderle. Después, se volvió hacia Zaut, que la contemplaba, entre incómodo y maravillado.

–Oye, yo no pretendía...

–Déjame en paz –replicó Cali, con una aspereza que no era propia de ella. Zaut alzó las manos en señal de rendición y no la siguió cuando la joven salió disparada pasillo abajo.

Tabit se quedó solo en la habitación, perplejo; se sentía también molesto, pero no con Caliandra, sino con Yunek, porque parecía obvio que había hecho caso omiso a su petición de mantener a la joven al margen de sus intrigas. Se preguntó si Cali accedería a pintarle el portal que quería. Quizá sí, comprendió desazonado, porque probablemente sentiría lástima por Yania, porque no le importaban gran cosa las normas de la Academia y porque Yunek... Tabit sacudió la cabeza, evitando pensar en ello. Pero le vino a la mente una imagen escalofriante de lo que le sucedería a Cali si descubrían que había pintado un portal sin autorización. Dio un paso al frente, decidido a correr tras ella y detenerla, pero recordó la ira de la muchacha y comprendió que no tenía derecho a tratar de protegerla como si fuera una niña pequeña. Sabía cuidar de sí misma, y debía hacer sus propias elecciones, equivocadas o no.

Tabit apretó los puños, angustiado e impotente. Decidió entonces dos cosas: que iría a la Sala de Cartografía a examinar los mapas de Belesia para mantener la mente ocupada... y que, si Cali accedía a pintar el portal de Yunek, él mismo lo dibujaría antes que ella.

Caliandra se encontró con Yunek en la entrada de la Academia. Él sonrió al verla, y el enfado de la joven desapareció como por encanto.

Hacía varios días que no se veían, y tenía que reconocer que lo había echado de menos. Se preguntó qué querría decir aquello. Se preguntó, también, si debía atender a sus sentimientos y plantearse seriamente iniciar algo con Yunek, sin importar lo que hubiese sucedido en el pasado o lo que otras personas pudieran decir.

Fue entonces cuando se dio cuenta de que el joven parecía más serio y preocupado de lo que era habitual en él.

—¿Pasa algo malo? —le preguntó.

Yunek desvió la mirada.

—No. En realidad, yo solo... venía a despedirme.

El corazón de Cali dio un vuelco.

—¿Te vas? ¿A Uskia?

Yunek asintió.

—Creo que ya he esperado demasiado tiempo, y me han dicho que me avisarán si me conceden el portal. Ya me he despedido de Rodak y de ese amigo vuestro de la mina, así que ya solo me faltabas tú.

—Y Tabit —señaló Cali. Yunek no contestó—. ¿Habéis discutido?

—Tenemos... ideas diferentes sobre algunas cosas. Dejémoslo así.

Cali sonrió abiertamente.

—Creo que sé exactamente lo que quieres decir. A veces Tabit puede llegar a ser... irritante. Y últimamente hemos estado mucho tiempo juntos, buscando a maese Belban. Han pasado muchas cosas estos días que aún no he podido asimilar...

—¿De verdad? Cuéntame —la animó Yunek.

Cali lo miró. El muchacho le sonreía con cariño, y ella pensó que, después de todo, no tenía a nadie más con quién hablar, sobre todo después de los últimos comentarios de Tabit, que la habían sacado de quicio. Pero allí estaba Yunek, que se ofrecía a escucharla como siempre había hecho: sin juzgarla ni cubrirla de reproches.

Suspiró, y le devolvió la sonrisa.

—Es una historia larga —le dijo—. Y no sé si podré explicártelo todo de forma que puedas entenderlo. No me refiero a que tú no... —se apresuró a puntualizar al detectar la sombra que cruzaba por el rostro moreno de Yunek—, quiero decir... Bueno, no se trata de inteligencia, sino de conocimientos, cosas que aprendemos en la Academia y que solo sabemos los pintores.

—Comprendo —asintió Yunek—. Bueno; tú cuéntame todo lo que quieras y yo haré un esfuerzo por seguirte, ¿vale? Estabas hablando de Tabit —le recordó—, y supongo que esas cosas que han pasado tienen que ver con tu profesor...

Cali se quedó mirándolo. Se preguntó si valía la pena contárselo. Después de todo, Yunek no conocía a maese Belban y, además, estaba a punto de marcharse de nuevo a Uskia.

Y probablemente no volvería a verlo nunca más.

Y, por tanto, aquella sería su última tarde juntos.

—Vayamos a dar un paseo —sugirió—, y te lo contaré. Si es que no tienes mucha prisa, claro... —dejó caer, y aguardó la respuesta de Yunek conteniendo la respiración.

El joven sonrió de nuevo y le dedicó una intensa mirada, como si quisiera memorizar sus rasgos para no olvidarlos jamás.

—Para ti... tengo todo el tiempo del mundo —le aseguró.

<hr />

Tabit pasó toda la tarde en la biblioteca, estudiando mapas de las islas de Belesia y registros de coordenadas de los portales situados en ellas. Ninguno de ellos correspondía a la lista que ellos tenían, pero el joven no tardó en descubrir, admirado, que los valores eran muy similares, y aquello significaba que Cali parecía haber dado en el clavo con notable precisión. Por otro lado, la morfología de las islas explicaba casi a la perfección aquellas insólitas coordenadas que les había entregado la mujer de Vanicia. «Pero ¿cómo ha podido adivinarlo Caliandra sin consultar los mapas primero?», se maravilló Tabit. Al haber reducido tanto el área de búsqueda, además, la tarea de encontrar el punto señalado por las coordenadas no parecía ya tan descabellada. Se aplicó a ella con el tesón y la concentración que le caracterizaban, y al llegar la hora de la cena ya tenía una teoría que estaba deseando compartir con Cali.

La encontró en el comedor, cenando con el grupo de estudiantes con los que solía ir habitualmente. En apariencia, se comportaba de forma resuelta y distendida, como siempre; pero a Tabit le pareció detectar una sombra de tristeza en su expresión.

Se acercó a la mesa. Caliandra lo vio y le dirigió una fría mirada, como retándole a dirigirle la palabra. Tabit suspiró para sus adentros y decidió fingir que no se había dado cuenta.

–¿Podemos hablar un momento? Creo que ya tengo la solución al problema de coordenadas –añadió significativamente.

Cali dudó al principio, pero luego asintió. Se despidió de sus amigos y se llevó su bandeja a una mesa pequeña y más apartada. Tabit se sentó con ella.

–¿Qué tal te ha ido con Yunek? –le preguntó.

Cali lo taladró con la mirada.

–¿De eso querías hablar?

–No, es cierto que he estado trabajando en las coordenadas y quería comentarlo contigo –se defendió él–. Es que... –se detuvo, preguntándose cómo debía planteralo para que ella no se molestara de nuevo–. ¿Te habló de su portal?

La joven se mostró sorprendida.

–Pues... sí. ¿Por qué?

–¿Qué te contó exactamente?

–Que aún no ha recibido respuesta a su petición. Y que se va a su casa a esperar allí a que el Consejo tome una decisión. Pero ¿por qué lo preguntas?

Tabit suspiró, aliviado, y también contento de que Yunek hubiese cambiado de opinión con respecto a sus planes de pactar con la gente del Invisible.

–Se le ocurrió una idea un poco absurda –respondió–. Pero, por suerte, parece que se lo ha pensado mejor. De todas formas –añadió, deprisa, para no dar ocasión a que Cali siguiese preguntando–, no te buscaba para hablar de eso. Mira.

Le tendió una copia de un mapa de Belesia que había tomado prestado de la Sala de Cartografía. En él estaban señalados todos los portales, públicos o privados, que había en las islas. Cali lo examinó con ojos brillantes.

—¿Entonces yo tenía razón? ¿Está en Belesia?

—Eso parece —asintió Tabit—, pero creo que las coordenadas no corresponden a la isla de Tana Bel, como sugerías, sino a Vaia Bel.

—¿La grande?

—No, la de tamaño medio. —Tabit le dirigió una mirada de reproche—. La principal de las islas belesianas se llama Oria Bel. ¿Cómo es posible que no sepas eso y al mismo tiempo seas capaz de acertar la localización de unas coordenadas con tanta puntería?

Cali se encogió de hombros.

—Nunca fui muy buena en Geografía —confesó—, pero sé visualizar localizaciones, y esta era muy peculiar. Quiero decir: ¿dónde encuentras tal cantidad de Viento, Agua y Fuego? —Hizo una pausa—. Lo del fuego fue lo que más me desconcertó al principio. No se me ocurrían muchos lugares que pudieran tener un valor así. Pensé en incendios, chimeneas, hornos... pero nadie se molesta en registrar las coordenadas de sitios como esos.

»Entonces se me ocurrió que podría ser un volcán. Las islas belesianas son volcánicas. Y dicen que el volcán de la más pequeña..., ¿Tana Bel, dices que se llama?..., humea de vez en cuando. Recuerdo que lo comentó un amigo de mi padre que viaja a menudo a Belesia y me llamó la atención.

Tabit se quedó con la boca abierta.

—¿Y eso es todo? Quiero decir... que es mucho... pero lo has hecho de forma tan fácil...

Cali casi pareció avergonzada.

—Son ideas que se me ocurren a veces —se justificó—. No siempre acierto, claro, sobre todo porque no tengo la paciencia suficiente como para quemarme las pestañas mirando mapas, como tú.

Tabit la contemplaba con una mezcla de recelo y admiración. Volvió a la realidad y se centró de nuevo en el mapa.

—Pues... tu intuición ha sido bastante acertada, pero no del todo. Tana Bel es un volcán que sale del mar, cierto; pero es la más joven de las islas y apenas está habitada porque es muy rocosa. Las mediciones realizadas allí dan como resultado valores muy altos en Piedra y bastante bajos en Vida y Muerte.

Pero Vaia Bel... –añadió, señalando la isla mediana–, también es volcánica, y es mucho más antigua. Tiene más Tierra y menos Piedra, y por supuesto, más Muerte, porque ha sufrido muchas erupciones a lo largo de la historia que han arrasado con todo lo que había allí. También, al ser más grande y más vieja, está más poblada que Tana Bel. De ahí que su valor en Vida, si bien no es tan alto como el que podría haber en un bosque o en una ciudad, tampoco es tan bajo como el de la isla más pequeña.

Cali ladeó la cabeza, admirada, mientras Tabit desparramaba sobre la mesa un montón de hojas en las que había anotado las coordenadas de los portales existentes en Vaia Bel, junto con sus propios cálculos al respecto.

–Bien –prosiguió el joven–, contrastando los datos que tenemos, me parece que la zona más parecida a la descrita en las coordenadas que nos han dado podría ser esta –señaló el extremo sur de la isla–. Hay un pequeño pueblo de pescadores en el cabo; podríamos ir allí y hacer mediciones, a ver si los resultados se acercan a nuestra lista de coordenadas.

Cali asintió.

–Me parece bien.

Tabit suspiró y se frotó un ojo, cansado.

–De acuerdo; he trazado ya la ruta, es sencilla: desde el patio podemos llegar a la sede de la Academia en Belesia capital. Allí, en la Plaza de los Portales, hay uno público que lleva hasta Vaia Bel, pero nos dejará al norte de la isla, y nosotros queremos ir al cabo sur. De modo que lo mejor será utilizar un portal privado que hay en la ciudad y que conduce directamente al pueblo al que queremos ir. Las coordenadas de su gemelo son las más parecidas a las nuestras que he podido encontrar, así que, con suerte, cuando lleguemos allí no estaremos lejos de nuestro destino.

–¡Estupendo! –dijo Cali–. ¿Te parece bien que vayamos mañana? Pero no iremos juntos –añadió, antes de que Tabit pudiera responder–. Si maese Belban está tomando tantas precauciones para que solo nosotros lo encontremos, es posible que haya gente que pueda llegar hasta él siguiendo nuestros pasos.

Tabit iba a replicar; pero recordó la historia que Tash le había contado y la conversación que Cali había mantenido con el rector, y se limitó a asentir.

–Lo mejor será que crucemos el portal por separado, a distintas horas, y cuando no haya nadie en el patio de portales –siguió diciendo Cali–, para que nadie pueda ver a dónde vamos. Sé lo que estás pensando –añadió al ver que Tabit fruncía el ceño–, pero cada vez estoy más convencida de que maese Belban se marchó por propia voluntad. Así que, hasta que no hable con él y descubra por qué no quiere ser encontrado, no pienso revelar al rector ni a nadie de la Academia ni una sola palabra de lo que sé. Y espero que tú tampoco lo hagas –concluyó, lanzando a su compañero una mirada amenazadora.

Tabit negó con la cabeza.

–No tenía esa intención –dijo–. Está bien; nos encontraremos mañana en la Plaza de los Portales de Belesia. El primero que llegue, que espere al otro.

～

Tash y Rodak habían llegado a Belesia la tarde anterior. No habían tardado mucho en encontrar la taberna donde solían reunirse los pescadores del gremio, y habían ocupado una mesa al fondo, dispuestos a prestar atención a las conversaciones hasta que oyeran algo interesante. No podían hacer mucho más, en realidad. Aunque Rodak no llevaba su uniforme, su acento de Serena habría generado cierta desconfianza en un lugar como aquel. Además, tenía que reconocer que no se le daba muy bien interrogar a la gente, y los modales insolentes de Tash tampoco ayudarían. De modo que pasaron varias horas en la taberna, gastando el poco dinero de que disponían en una jarra tras otra, para que les permitieran conservar la mesa un rato más. Pero no sacaron nada en claro. Por supuesto, los marinos belesianos comentaban, burlones, el hecho de que el Gremio de Pescadores de Serena aún no había recuperado el portal perdido. Se contaban chistes sobre el tema, algunos burdos, otros más ingeniosos. Rodak se obligó a permanecer en su sitio, sin intervenir, apretando los puños por debajo de la mesa, prometiéndose a sí mismo que, en cuanto lograra probar que aquellos hombres estaban implicados en la desaparición de su portal, les haría pagar por ello.

Pero finalmente tuvo que desistir, y decidió que había llegado la hora de marcharse, aunque fuera con las manos vacías. Por otro lado Tash, pese a que toleraba bastante bien el licor, sufría ya los efectos de una profunda borrachera.

Rodak pagó la cuenta y arrastró a Tash por las calles de la ciudad de vuelta a la posada en la que estaban alojados. La muchacha se dejó caer sobre su jergón y se quedó profundamente dormida en apenas unos instantes.

Rodak la contempló con cierta ternura. Se acostó y pensó antes de cerrar los ojos que, aunque no llegase a descubrir nada más sobre el portal desaparecido, el viaje había valido la pena solo por el hecho de estar junto a Tash.

Al día siguiente, la joven minera durmió hasta muy tarde. Además, se levantó con una terrible resaca.

—Es esa porquería que beben aquí —se quejó—. No sabe a nada y sube demasiado deprisa.

Rodak le propuso que fueran a dar un paseo por el puerto para despejarse. Pero la sola mención del agua en movimiento le producía a Tash un fuerte mareo. Decidieron salir al exterior y se sentaron en el suelo, junto a la puerta del albergue, mientras esperaban a que la chica se fuese encontrando un poco mejor.

Apenas hablaron, pero no hizo falta. Tash agradecía la presencia callada de Rodak, sus largos silencios cargados de sentido, su tranquilizadora sombra junto a ella. Dado que no sabía cómo comportarse en esos casos, no decía nada; pero al guardián no parecía importarle.

Aquella mañana, todo le daba vueltas y no estaba para pensar en ello; ahogó un gemido malhumorado y hundió el rostro en las rodillas.

Rodak le cogió la mano con ademán consolador. Tash no reaccionó, pero tampoco retiró la mano. Mientras su corazón latía con fuerza, tardó un instante en volver a levantar la cabeza para mirar a Rodak de reojo.

Pero él tenía la vista fija en la gente que pasaba por la plaza, como si aquel gesto fuera lo más natural del mundo.

Tash decidió que, en realidad, las cosas estaban perfectas exactamente así. Salvo por la resaca, claro.

Algunas personas los miraban al pasar, pero Rodak les devolvía una mirada tranquila y segura, y Tash empezó a relajarse también. Había un maese, sin embargo, que los observaba con insistencia desde el otro lado. Rodak se tensó un poco cuando el pintor se dirigió hacia ellos, con el hábito granate ondeando en torno a sus sandalias.

Ambos se quedaron estupefactos al reconocerlo.

–¡Tabit! –exclamó Tash. Retiró la mano que le sostenía Rodak–. ¿Qué haces aquí?

El estudiante parecía tan sorprendido como ellos.

–Yo podría haceros la misma pregunta –comentó.

–Lo de siempre –dijo Rodak–. Buscando a los que borraron el portal del Gremio.

Tabit dirigió una mirada a Tash, como preguntándose qué interés tendría ella en el portal del Gremio, pero no hizo ningún comentario al respecto.

–Parece que todos los caminos nos llevan al mismo sitio –comentó–, porque nosotros también hemos venido aquí siguiendo un indicio que podría conducirnos hasta... –hizo una pausa, recordando que tampoco a Rodak tenía por qué importarle si maese Belban reaparecía o no–. Es igual. El caso es que también nosotros tenemos asuntos que resolver en Belesia.

Rodak asintió, pero Tash preguntó, curiosa:

–¿Tú y quién más?

–Caliandra y yo –respondió Tabit–. Habíamos quedado en encontrarnos aquí, pero ella no ha llegado todavía –explicó, volviéndose hacia la concurrida plaza en busca de su compañera.

No tardaron en verla aparecer; su hábito granate destacaba entre la multitud. Llamaron su atención, y Cali se acercó a ellos con paso ligero. Si se sentía desconcertada ante la presencia de Tash y Rodak, no dio muestras de ello.

Sonrió ampliamente al ver a Tash y la abrazó con sincera alegría.

–¡Cuánto tiempo! –exclamó–. Ya me ha contado Tabit cómo regresaste de la mina. ¡Hay que tener mucho valor para hacer algo así!

–O mucho descaro –suspiró Tabit. Cali le restó importancia con un gesto.

–¿Y qué esperabas? ¿Que regresara caminando desde Ymenia? Y tú, Tash –añadió, volviéndose hacia ella–, te fuiste de la Academia sin despedirte.

–Tampoco tú parecías muy interesada en decir adiós –se defendió ella.

Cali sacudió la cabeza.

–Hemos tenido muchas cosas en qué pensar en los últimos días –se justificó–. Pero me alegro de volver a verte. De verdad.

Tash desvió la mirada, incómoda.

–Han llegado hasta aquí buscando a los borradores de portales –explicó Tabit a Cali; ella frunció el ceño, pensativa.

–Qué coincidencia. ¿No encontrasteis nada en Kasiba, entonces?

Rodak miró a su alrededor con gesto elocuente, y Cali comprendió sin necesidad de más palabras.

Los cuatro abandonaron la concurrida Plaza de los Portales y, buscando un lugar más discreto para compartir impresiones, llegaron hasta una pequeña playa desierta a las afueras de la ciudad.

–Yunek contactó con los borradores de portales en Kasiba –les confió entonces Rodak a los estudiantes. Cali dejó escapar una exclamación de sorpresa; Tabit no hizo ningún comentario, y el joven guardián lo miró–. Pero tú ya lo sabías, ¿verdad?

Cali se volvió hacia él, desconcertada.

–¿Lo sabías? ¿De qué estáis hablando? Yo estuve ayer con él y no me dijo nada sobre el tema.

Rodak asintió, con los ojos brillantes.

–Yunek se las arregló para localizar a la gente del Invisible y hacerles creer que quería que le pintasen un portal –explicó.

Tabit abrió la boca para intervenir, pero finalmente decidió permanecer en silencio mientras Rodak les contaba todo lo que Yunek le había relatado.

–Y por eso estamos aquí –concluyó–: para demostrar que fueron los pescadores de Belesia quienes contrataron al grupo del Invisible para borrar nuestro portal. Aunque hasta ahora no hemos tenido suerte.

Cali reflexionó un momento sobre aquella información. Después miró a Tabit.

–Entonces, ¿Yunek ya te había hablado de esto? ¿Y cuándo pensabas compartirlo conmigo? –le reprochó.

Pero Tabit negó con la cabeza.

–No, Yunek no me dijo nada de esto. Solo que había conseguido hablar con un portavoz del Invisible, pero... no me contó que vistiera el hábito de los maeses, ni que le hubiese revelado que Brot y Ruris murieron por negociar a sus espaldas la eliminación del portal de Serena. En realidad, lo único que me explicó fue... –se detuvo un momento, dudoso, preguntándose si valía la pena explicarles a sus compañeros que los motivos de Yunek no habían sido tan altruistas como ellos parecían pensar;

finalmente decidió que era mejor dejar las cosas como estaban–. Es igual. El caso es que discutimos por otro asunto y supongo que por esa razón no terminó de contarme todo lo que sabía.

Los cuatro se miraron en silencio.

–Y ahora, ¿qué vais a hacer? –quiso saber Cali.

Rodak inclinó la cabeza, pensativo.

–Los belesianos se protegen unos a otros y no hablarán con un serenense sobre el robo de nuestro portal –dijo–. Pero sé de un pueblo de pescadores donde vive mucha gente de otras partes de Darusia.

–¿Te refieres a Varos? –interrumpió Tabit.

Rodak asintió.

–¿Vosotros vais allí también? –se sorprendió Tash.

–No es tan extraño. Varos tiene una ensenada orientada al este, protegida de los vientos del mar abierto, así que el clima es bastante agradable. Por eso, desde hace varias generaciones, ha sido el destino elegido por algunas familias pudientes de Esmira, Rodia y Maradia para períodos de descanso y segundas residencias. También es un sitio lo bastante apartado y tranquilo como para que nadie vaya a buscarte en mucho tiempo –añadió, dirigiendo una mirada elocuente a Caliandra.

–Pensamos que quizá podríamos encontrar allí a maese Belban –les explicó ella a Tash y a Rodak–. Ya sabéis, el profesor que ha desaparecido.

Tash se rió.

–¡No me digas que todavía andáis buscándolo!

–Pues sí –replicó Cali, algo molesta–. Por lo menos yo estoy haciendo algo importante, y sé por qué razón. Pero tú... ¿qué vas a hacer con tu vida? ¿Aún esperas encontrar trabajo en alguna mina, a estas alturas?

Tash puso mala cara, pero no respondió.

–¿Cómo vais a llegar hasta Varos? –preguntó Tabit–. El portal público a Vaia Bel os dejará en la otra punta de la isla.

–Hay barcos que pasan por allí –le recordó Rodak.

Tash se puso verde solo de pensarlo.

–Eh, eh, un momento –protestó–. ¿Qué quieres decir? ¡Me prometiste que nada de barcos!

Rodak se limitó a encogerse de hombros, como si no tuviera nada más que añadir. Tash señaló a los estudiantes con un dedo acusador.

–¡Seguro que los *granates* no van a ir en barco!

–Hay un portal privado –respondió Tabit, casi como excusándose–. Pero es privado y...

–Tú sabes que esa norma se puede romper –cortó Tash–. Me llevaste hasta Maradia saltando de portal en portal la noche que nos conocimos, ¿recuerdas?

Tabit suspiró.

–¿Cuántas veces he de decirte que eso fue una emergencia? ¿O es que necesitas que te recuerde por qué te saqué de aquella casa con tantas prisas?

Tash lanzó una rápida mirada a Rodak y bajó la cabeza.

–No –gruñó.

Cali observaba a Tabit con asombro.

–¿Te trajiste a Tash por los portales? ¿Desde Uskia?

–Basta ya –cortó ella–. Dejad el tema, ¿vale? Si no queda más remedio, iré en ese maldito barco.

Rodak la contemplaba con una ternura que no pasó desapercibida a nadie; incluso Tash fue consciente de ello y desvió la mirada, incómoda, sin saber cómo actuar.

–No pasa nada –le dijo con suavidad–. No tienes que acompañarme, si no quieres. Puedes esperarme aquí o volver a Serena.

Tash masculló una maldición por lo bajo, pero finalmente dijo, tratando de ignorar la sonrisilla cómplice de Cali:

–Iré contigo.

Los cuatro cruzaron juntos el portal hasta Vaia Bel, la segunda de las tres islas principales de Belesia; pero, una vez allí, tuvieron que despedirse. Tash y Rodak tomaron la empinada calle que descendía hasta el puerto, y Cali y Tabit se encaminaron a las afueras de la población, hacia una villa perteneciente al presidente del Consejo de la isla, donde, según tenían entendido, se encontraba el portal que los conduciría hasta el pueblo de Varos.

–Una vez –recordó Cali mientras aguardaban ante la verja– fui a usar un portal privado y resultó que los dueños no estaban en casa. Me tocó dar un rodeo por cuatro portales diferentes y caminar dos horas para poder llegar a mi destino. –Hizo una pausa, pensativa–. No me imagino cómo debe de ser tener que caminar todo el tiempo, sin la comodidad de poder usar los portales cuando los necesitamos.

—No es tan desagradable —respondió Tabit—. A veces es un engorro, claro, sobre todo cuando tienes prisa o hace mal tiempo, o no llevas el calzado adecuado y te salen ampollas en los pies. Pero tiene su encanto, ¿sabes? Y, de todas formas, hay muchos portales públicos. No es como si solo nosotros pudiésemos utilizarlos. Además, el mundo funcionaba de todas formas, mejor o peor, antes de que existiera la Academia. En el fondo, la gente es perfectamente capaz de vivir sin portales; solo que lo han olvidado.

—Pero a ti te gustan mucho los portales —observó ella—. Más allá de las ventajas de poder usarlos cuando te conviene, quiero decir.

Tabit asintió, con una sonrisa y con los ojos brillantes.

—Me encantan los portales. Me parecen fascinantes. Cómo funcionan, cómo rompen las limitaciones del espacio... incluso del tiempo. Si no hubiese más portales, sería un inconveniente para mucha gente... pero todos saldrían adelante. En cambio, yo... —suspiró—, no me imagino mi vida sin los portales. Por eso, por muy intrigado que me tenga el misterio de un asesinato cometido hace veinte años... espero sinceramente que maese Belban se haya decidido a buscar una manera de viajar a la época prebodariana para conseguir más mineral. De lo contrario...

No pudo seguir hablando, porque una criada les abrió la puerta y, al advertir el color granate de sus hábitos, los invitó a pasar.

El portal estaba situado en el recibidor de la casa, por lo que no tuvieron que molestar a sus dueños para usarlo. De la misma manera, su gemelo se localizaba en el patio delantero de una luminosa villa en lo alto de una loma, desde la que se dominaba una impresionante vista de la ensenada de Varos. Tabit y Cali franquearon la puerta de salida y descendieron por el camino que conducía al pueblo, disfrutando de la caricia del sol y la brisa marina.

—Seguro que ahora mismo Tash y Rodak siguen en el puerto, buscando un barco que los traiga hasta aquí —comentó Cali—. Y pensar que nosotros ya hemos llegado...

—Pues no perdamos el tiempo —cortó Tabit, sacando su medidor de coordenadas—, y empecemos a trabajar.

Cali asintió.

Pasaron un buen rato haciendo mediciones por la zona. Tenían dos referentes: las coordenadas del portal que acababan de atravesar, y que Tabit llevaba anotadas en su cuaderno, y las que la mujer de Vanicia les había proporcionado. Las dos series eran muy similares, por lo que Tabit estaba convencido de que el lugar que buscaban no debía de andar muy lejos.

Se detuvo un momento y contempló a Caliandra. La joven había trepado hasta un pequeño risco al borde del camino y contemplaba el paisaje desde allí, escudriñando las blancas casas que se desparramaban a sus pies por la ladera de la colina. El viento sacudía su cabello negro y su hábito de estudiante, y Tabit se sorprendió a sí mismo contemplándola con admiración.

—¡Está allí! —exclamó Cali de pronto, sobresaltándolo.

Se volvió hacia él con los ojos brillantes, y Tabit desvió la vista, sonrojado, temiendo que ella se hubiese dado cuenta de que la estaba mirando. Pero Cali estaba concentrada en su descubrimiento y no lo advirtió.

—¡Vamos, sube! —lo apremió—. Desde aquí se ve una casa que podría coincidir con las coordenadas que tenemos.

Tabit se apresuró a colocarse a su lado y a mirar donde ella señalaba; descubrió una casa vieja, probablemente abandonada, algo apartada de las demás.

—¿Cómo puedes estar tan segura de que es ahí?

—Porque es muy parecida a la villa de la que venimos, pero mucho más vieja, así que sus coordenadas podrían ser similares. Salvo las lumínicas, claro, porque el portal por el que hemos venido estaba en el patio, al aire libre, y la localización que buscamos podría estar bajo techo. Un techo, por cierto, no muy estable —añadió, señalando la casa—, así que seguro que tiene grietas y goteras, y eso explicaría la abundancia de Agua y Viento, a pesar de que la Luz sea escasa.

Tabit la contempló con la boca abierta.

—No me puedo creer lo que acabas de hacer.

Cali se encogió de hombros.

—¿Es que pensabas medir cada rincón de la isla hasta que dieras con las coordenadas correctas? —bromeó; pero él no sonrió—. Oh, venga, no lo decía en serio. ¿De verdad ibas a hacer eso?

—No pensaba realizar mediciones al azar —se defendió Tabit—. Pero sí elegir el lugar de cada medición en función del resultado de la medición anterior. Ya sabes, como hacíamos en las prácticas con maese Saidon.

–Esto no es tan diferente. Solo me he limitado a saltarme el proceso intermedio.

–Pero ese proceso es importante para asegurarte de que tu conclusión final es la acertada.

–Bien, pues vayamos hasta esa casa y comprobemos si tengo razón o no –lo desafió Cali.

El camino no pasaba por la casa abandonada, por lo que tuvieron que deslizarse, con cuidado, por un terraplén que los condujo hasta la parte trasera, que parecía haber sido un pequeño huerto mucho tiempo atrás. Ahora, las plantas crecían salvajes y rodeadas de malas hierbas.

Rodearon la casa y franquearon la verja de entrada, que no encajaba bien y, por tanto, estaba abierta. Entraron con precaución en un patio solitario, similar al de la villa en la que habían aparecido, pero claramente deshabitado. La fuente estaba seca, y una capa de polvo cubría las baldosas del suelo, agrietadas y descoloridas.

Los dos jóvenes cruzaron el arco de la entrada, que carecía de puerta, y se adentraron en un salón vacío y desangelado.

–¿Hola? –llamó Cali, sobresaltando a Tabit–. ¿Hay alguien?

–¡No grites! –susurró él, alarmado.

–Tranquilo, valiente –se burló ella–. La casa está vacía, ¿no lo ves?

–No –replicó Tabit con sequedad–. Mira.

Señaló el suelo, donde se distinguía una hilera de huellas humanas sobre el polvo. Ambos cruzaron una mirada; Cali se había puesto pálida de pronto.

–¿Crees que seguirá ahí dentro? –preguntó, en voz más baja.

–Las huellas entran, pero no salen.

Los dos siguieron el rastro impreso en el polvo, esta vez con mayores precauciones. Las huellas abandonaban la estancia y subían por una escalera desconchada que había perdido el pasamanos mucho tiempo atrás. Tabit y Cali subieron los escalones, despacio, conteniendo la respiración. Una vez en el piso superior, las huellas los condujeron hasta una puerta cerrada. Tabit la abrió y los goznes emitieron un chirrido similar al maullido de un gato agónico. Cali lo apartó con impaciencia para asomarse al interior...

... Pero no había nadie. Desencantada, abrió la puerta del todo y entró en la estancia. Tabit la siguió.

Estaba claro, sin embargo, que había estado habitada hasta hacía relativamente poco. Se trataba de un cuarto abuhardillado, repleto de bultos y muebles viejos, la mayoría de ellos destrozados o podridos, o ambas cosas. Sin embargo, junto a una pared había una antigua mesa maciza que parecía haber aguantado bastante bien los rigores del tiempo. Alguien había limpiado de cualquier manera el polvo acumulado en su superficie y había depositado sobre ella una serie de objetos a todas luces mucho más modernos. Entre ellos había varios pinceles, un bote de pintura a medio terminar, un montón de papeles arrugados y un medidor de coordenadas roto. A los pies de la mesa descansaba un viejo morral. Cali se agachó para hurgar en su interior, pero se apartó inmediatamente al constatar que solo contenía una muda de ropa sucia.

—Estuvo aquí —murmuró Tabit, desconcertado—. Maese Belban estuvo aquí. Pero... ¿dónde se fue después?

Cali miró a su alrededor en busca de una nueva pista. Sus ojos se posaron sobre una de las paredes y lanzó una exclamación de sorpresa. Tabit se volvió.

—¿Qué...? —empezó, pero no pudo terminar.

Pintado sobre el muro estaba el portal más extraño que había visto jamás. Su diseño era muy sencillo: cinco círculos concéntricos, sin florituras ni adornos innecesarios. Pero no era aquello lo que más llamaba la atención, sino el hecho de que había no dos, sino tres ruedas de coordenadas en torno al portal. Y había otro aspecto extraño...

Cali abrió de pronto los postigos del único ventanuco de la habitación, y la luz incidió directamente sobre el portal.

Fue entonces cuando ambos descubrieron que no era de color granate, ni tampoco azul... sino de una extraña tonalidad violeta.

—¡Es... precioso! —exclamó Cali, extasiada.

Pero Tabit se había abalanzado hacia las coordenadas y las estudiaba con vivo interés.

—Mira, Caliandra —dijo—. La primera secuencia de coordenadas se corresponde exactamente con la lista que tenemos. Estabas en lo cierto: este es el lugar que indicaba. Y hay una duodécima coordenada. —Frunció el ceño, pensativo—. El segundo círculo de coordenadas, que indica el destino, me resulta muy familiar.

También son doce... Claro, son las coordenadas de la Academia, las del portal azul del estudio de maese Belban. Exactamente las mismas, incluyendo la coordenada temporal que borró antes de irse y que conducía a la noche en que fue asesinado su ayudante. De modo que, en efecto, no está buscando la forma de llegar a la época prebodariana –comentó con desencanto.

Cali sacudió la cabeza con impaciencia.

–Olvídate de eso y céntrate en el portal, ¿quieres? ¿A qué corresponde el tercer círculo de coordenadas?

Los dedos de Tabit recorrieron los símbolos con suavidad, como si acariciara cada uno de sus trazos.

–No tengo ni idea –confesó–, pero son coordenadas muy complejas, como si estuviesen compuestas de varios símbolos fusionados. –Hizo una pausa, pensando intensamente–. Me recuerda a la nueva escala que inventó maese Belban, pero desarrollada a un nuevo nivel, no sé si me entiendes. Como si hubiese querido mezclar el espacio y el tiempo en un solo círculo de coordenadas.

Una idea prendió de pronto en la mente de Cali; la chica lanzó una exclamación y corrió a examinar el bote de pintura que había sobre la mesa.

–Eso es exactamente lo que ha hecho, Tabit –dijo, emocionada–. Mira, la pintura ya está reseca, pero se nota que mezcló bodarita roja y azul para conseguir ese tono tan sorprendente, quizá con la intención de combinar las propiedades de los dos tipos de mineral.

–¿Para viajar en el espacio y el tiempo? –Tabit negó con la cabeza–. Eso ya se puede hacer con los portales azules. Bastaría con cambiar las once primeras coordenadas de destino de un portal temporal para que te llevara a un lugar distinto de un tiempo diferente.

Cali contempló el bote de pintura, desconcertada.

–Bueno, pero parece claro que el portal funciona; tú mismo dijiste que las huellas entran en la casa, pero no vuelven a salir, por lo que maese Belban, si es que fue él, tuvo que marcharse por ahí.

–Fue él, seguro; no se me ocurre nadie más que pudiera manejar esta escala de coordenadas con tanta soltura. –Suspiró–. Pero no sé para qué puede servir un portal como este. Sé que tiene que ver con la muerte de su ayudante, pero...

—Lo que está hecho no puede cambiarse —murmuró entonces Cali.

—¿Cómo dices?

—Lo que está hecho no puede cambiarse —repitió ella—. Eso fue lo que él te dijo en el pasado, ¿verdad? Así que no importa cuántas veces regrese tratando de cambiarlo, porque no va a conseguirlo..., ya que en su momento no lo hizo. ¿Correcto?

—Sí, eso parece. Pero no veo qué...

—¿Y si, a pesar de eso, maese Belban no se hubiese dado por vencido? —prosiguió Cali—. ¿Y si estuviese buscando la manera de cambiar ese pasado... corriendo el riesgo de generar un presente y un futuro diferentes?

—Pero eso no ha sucedido, Caliandra; ya lo hemos hablado. Si fuera así, nosotros no estaríamos aquí, preguntándonos quién mató a ese estudiante, porque no habría muerto en primer lugar.

—Aquí, no, Tabit. —Cali estaba cada vez más emocionada—. Pero... ¿y si hubiese sucedido... en otra parte? ¿Y si maese Belban hubiese llegado a tiempo para evitar esa muerte y, con ello, hubiera generado un futuro diferente? ¿Y si este portal, que pretende llegar a otro espacio y otro tiempo, es el camino para llegar a la versión del presente... o del pasado... a la que él quería llegar?

—¿Una versión en la que su estudiante estuviese vivo, quieres decir? ¿O en la que él hubiese llegado a tiempo para salvarlo, o para verle la cara al asesino? —Tabit pestañeó, perplejo—. Pero... ¿es eso posible?

—Solo hay una manera de averiguarlo: atravesando el portal.

Tabit sonrió y dio un par de pasos atrás para contemplarlo en conjunto.

—Me temo que eso va a ser un poco difícil, Caliandra —dijo—, porque está sellado con una contraseña.

Los ojos de Cali repararon entonces en el trazo violeta que partía del círculo exterior del portal y se interrumpía en un espacio vacío de la pared, como invitando a ser finalizado por todo aquel que supiese cómo hacerlo. La joven buscó sobre el portal la clave en lenguaje alfabético, pero no la encontró.

—No puede ser —murmuró—. Si no tenemos la contraseña alfabética... ¿cómo vamos a traducirla a lenguaje simbólico?

Tabit se encogió de hombros.

—Quizá maese Belban lo hizo así para impedir que otros pintores de portales lo siguieran hasta el otro lado. En realidad, las contraseñas no son muy secretas porque cualquier maese o estudiante avanzado es capaz de leerlas.

–Y entonces, ¿qué se supone que hemos de hacer? ¿Adivinarla, sin más?

Tabit sonrió de nuevo, divertido ante la desesperación de su compañera y la posibilidad de devolverle la pulla:

–¿Qué problema hay? Después de todo, saltarte los pasos intermedios es tu especialidad, ¿no?

Tash se aferró con fuerza a la borda y cerró los ojos, tratando de olvidar que el horizonte se movía y que el suelo se balanceaba a sus pies. Sintió el brazo de Rodak rodeando sus hombros, pero eso no la tranquilizó. Tenía el estómago revuelto y estaba pálida y algo sudorosa.

–Quiero volver a tierra firme –suplicó–. Por favor.

–Es un velero rápido –respondió él–. No tardaremos mucho en llegar.

Tash deseó fervientemente que fuera cierto. Se recostó contra él, buscando un apoyo sólido en aquel universo bamboleante. Y lo encontró.

–Odio los barcos –murmuró ella–. Por favor, prométeme que no volveremos en barco.

Rodak no se lo prometió.

–Es normal que te marees si es tu primera vez en el mar. Pero pronto te acostumbrarás. –Le levantó el rostro con delicadeza para dirigir su mirada hacia la costa, y Tash se estremeció ante su contacto–. Mantén los ojos fijos en la línea de tierra. Te ayudará tener un punto de referencia.

Por alguna razón, Tash se volvió inmediatamente para mirarlo cuando pronunció esas palabras. Rodak, sorprendido por la intensidad de su mirada, enrojeció ligeramente. Tragó saliva y carraspeó, nervioso.

–Tash... –empezó; le falló la voz y tuvo que comenzar de nuevo–. Bueno, supongo que ya te habrás dado cuenta de que me gustas mucho –confesó por fin.

Tash no fue capaz de decir nada, pero asintió.

–Quizá no sea el mejor momento... con el mareo y todo eso...

—prosiguió Rodak—. Pero... en fin, me ha parecido que tú sientes algo parecido. ¿Es... es así?

Tash volvió a asentir enérgicamente, agradeciendo que fuese él quien llevara las riendas de la conversación, porque nunca antes se había encontrado en una situación semejante, y no sabía cómo actuar. Esperó, pues, a que Rodak continuase hablando.

Pero, después de todo, el guardián siempre había sido un chico poco dado a conversaciones largas. De modo que se inclinó y la besó.

Un torrente de intensas emociones la llenó por dentro, como si toda el agua del océano hubiese invadido de golpe el pequeño bote de su alma, amenazando con hacerlo zozobrar. Tuvo miedo y se puso tensa un momento, pero enseguida se abandonó en los brazos de Rodak y dejó que él la estrechara contra su cuerpo. El muchacho la abrazó con todas sus fuerzas... y entonces se detuvo súbitamente y se apartó de ella, perplejo.

Tash lo miró sin comprender. El gesto de espanto y turbación que reflejaba su rostro la hirió profundamente, más que si él la hubiese alejado con una bofetada.

—¿Pasa... pasa algo malo?

Rodak seguía contemplándola como si la viera por primera vez.

—¿Eres... una chica? —preguntó por fin.

Tash estaba tan confundida que no fue capaz de responder.

—Eres una chica —dijo Rodak; un destello de ira cruzó por su mirada, oscureciéndola brevemente—. Y te has hecho pasar por un chico. Te has divertido mucho a mi costa, ¿verdad?

Poco a poco, Tash fue encontrando sentido a todo aquello. Y entonces llegaron la decepción... y el dolor más profundo que había experimentado jamás.

—Yo... no pretendía burlarme. Creía que tú sabías... creía que por eso...

Se sintió estúpida. Claro, ¿cómo no lo había pensado antes? Con aquellos ademanes masculinos y aquel aspecto de muchacho... ¿cómo iba a sentirse atraído hacia ella ningún chico al que le gustaran las chicas?

«A Rodak le gusto», pensó. «O le gustaba. Pero eso era porque pensaba que era un chico. Porque él prefiere a los chicos. Así que en realidad no le gusto yo. Y nunca le gustaré.»

Rodak leyó en su rostro la comprensión y la desilusión que

se iban apoderando de ella. Y su enfado desapareció como por encanto.

—Así que ¿no lo sabías? —tanteó—. ¿Pensabas que me había dado cuenta de que eres una chica?

Ella asintió, muerta de vergüenza. Ya no era capaz de sostenerle la mirada. Rodak empezó a intuir hasta qué punto la había herido, y sintió la necesidad de justificarse:

—¿Cómo iba a saberlo? Te comportas como un chico, hablas como un chico y hasta te refieres a ti mismo... a ti misma... —se corrigió, sacudiendo la cabeza, confundido—, bueno, lo que sea... como si fueras un chico.

Tash cerró los ojos. Las náuseas regresaban con más intensidad que antes.

—Yo... fingía que era un chico para poder trabajar en la mina —dijo con esfuerzo—. Es lo que he hecho siempre. No sé ser una chica. Pero entonces tú empezaste a tratarme de manera especial, y yo creí... pensé...

Rodak la contempló dividido entre la compasión y la perplejidad.

—Tash...

—Tashia —corrigió ella; escupió el nombre con rabia y sonó como el azote de un verdugo.

—No tenía intención de herirte. También yo estoy... —se interrumpió antes de decir «decepcionado», porque sospechaba que era lo último que su amiga necesitaba escuchar en aquellos momentos—, desconcertado. Te juro que yo creía que eras un chico... muy guapo, por cierto. Y que la atracción era mutua.

—Lo era —dijo Tash—. Y lo es, al menos por mi parte. Pero ya no puede ser, ¿verdad? —añadió, lanzándole una mirada preñada de rabia y dolor—, porque no tengo el cuerpo adecuado. Para variar.

Rodak no supo qué contestar. La atrajo hacia sí para abrazarla, pero ella lo apartó de un manotazo.

—Tash, lo siento.

Ella quiso responder «Yo también», pero no llegó a hacerlo. Le sobrevino una nueva arcada que la obligó a inclinarse sobre la borda y a echar al mar el contenido de sus tripas. Se sintió más miserable que nunca. Notó las manos de Rodak sobre los hombros, tratando de confortarla, pero su contacto le dolía y le quemaba como un atizador al rojo. Se apartó de él, temblando, mientras sentía que el pequeño barco que transportaba su corazón se hundía en las profundidades hasta tocar fondo.

–No –dijo con esfuerzo–. Déjame en paz.

Pretendió salir corriendo, pero solo logró arrastrarse penosamente por la cubierta, en precario equilibrio, hasta alcanzar la escotilla.

Rodak se preguntó si debía seguirla o, por el contrario, sería mejor que la dejase un rato a solas. Optó por esto último, no solo porque ella se lo había pedido, sino también porque, en realidad, no tenía ni idea de cómo afrontar aquella situación. Se apoyó en la borda, todavía confuso. Se tomó un tiempo para volver a repasar lo que sabía de Tash, recordándose a sí mismo que era una chica, y no el muchacho que él había creído ver en ella. Se sentía dolido y decepcionado porque, aunque era consciente de que el cariño que sentía por Tash nunca desaparecería del todo, no podría ser para él la pareja que había imaginado. Ahora que sabía que era una mujer, ya no era capaz de verla del mismo modo. Suspiró; tendría que despedirse de aquel muchacho para siempre. ¿Se había enamorado de verdad de una quimera, de algo que no existía? Y, si era así... ¿sería capaz de superarlo y de iniciar algún tipo de amistad con Tash... con Tashia?

Una parte de él aún sentía rencor hacia la chica que, involuntariamente o no, lo había engañado, haciéndole concebir falsas ilusiones. El dolor que sentía tardaría en mitigarse. Sin embargo, sospechaba que el de ella era más intenso y profundo, y también duraría más tiempo. Porque en el caso de Tash había mucho más que un desengaño amoroso. Ella seguiría enamorada de él, si es que sentía algo parecido, porque no había descubierto de repente que su sexo era otro distinto al que le había atribuido. Y por otro lado...

El joven suspiró. No olvidaría jamás la expresión de Tash al comprender que a Rodak no le gustaba ella en realidad, sino «él».

«Porque no tengo el cuerpo adecuado», había dicho la chica. «Para variar.»

–Oh, Tash –murmuró Rodak, apenado. Intuía que detrás de aquellas palabras había un profundo sufrimiento que venía de lejos, de mucho antes de que los caminos de ambos se cruzaran por primera vez ante las puertas de la Academia. Rodak superaría aquella decepción. Era fuerte, y no era aquella la primera vez que se enfrentaba al rechazo o al desengaño. Pero a Tash le costaría mucho tiempo sacudirse de encima la idea de que ella «no tenía el cuerpo adecuado». Significara lo que significase aquello.

Rodak decidió que debía hablar con la muchacha. Ofrecerle su apoyo y su amistad incondicional. A medida que se iba haciendo a la idea de que «él» era en realidad «ella», la atracción que había sentido se desvanecía lentamente, como la neblina matinal bajo los rayos del sol. Pero el cariño seguía ahí, inquebrantable como una roca. Y Rodak estaba dispuesto a entregárselo a Tash, si ella quería aceptarlo.

Se separó de la borda con intención de seguirla hasta la bodega, pero entonces una voz llamó su atención.

–... los encontremos. Si llegamos tarde, Redkil, te juro que te arrepentirás de haberme impedido cruzar ese portal.

Rodak se detuvo y se volvió, buscando el origen de la voz.

Eran dos las personas que hablaban, y estaban asomadas a la proa, como si el hecho de contemplar el horizonte con aire de aves rapaces los acercase más deprisa a su destino. Uno de ellos, un individuo no muy alto, de aspecto ladino y gestos nerviosos, que llevaba ropas oscuras y el pelo castaño recogido en la nuca, trataba de calmar al otro, un joven que vestía de granate. Rodak dedujo, por el peinado y el tipo de hábito que llevaba, que no era un maese, sino un estudiante. Le sorprendió verlo en el mismo barco en el que iban él y Tash. Pensó que podría ser una coincidencia pero, por si acaso, se ocultó tras el mástil, tratando de pasar desapercibido, y escuchó con atención.

El tipo nervioso, al que el estudiante había llamado Redkil, respondió algo a su compañero que Rodak no llegó a captar. El muchacho replicó con impaciencia:

–¡No me importa cuáles fueran las instrucciones! Me juego mucho en esto, y lo sabes.

De nuevo, Redkil contestó y Rodak se quedó sin saber qué había dicho. Hablaba a media voz, consciente quizá de que podrían estar escuchándolo. En un momento dado echó un fugaz vistazo atrás, y el guardián vio que tenía la nariz torcida y unos ojos grises y desconfiados que, por fortuna, no llegaron a descubrirlo.

Por su parte, el estudiante estaba demasiado alterado como para tomar precauciones.

–¡Pero este barco es demasiado lento! –se quejó–. Si no tuviera que cargar contigo, habría cruzado el portal y ya estaríamos allí. ¡Capitán! –llamó, volviéndose hacia el belesiano que estaba al timón–. ¿Cuánto falta para llegar?

–Media hora menos que hace media hora –respondió el marino, imperturbable.

El estudiante gruñó por lo bajo, pero pareció conformarse con aquella contestación. Rodak aprovechó para observarlo atentamente. No lo conocía, ni recordaba haberlo visto en sus breves visitas a la Academia. Se relajó un tanto. Tal vez no tuviese nada que ver con el Invisible y se tratase de una coincidencia, después de todo. «Si nos estuviese siguiendo», reflexionó, «sabría que estamos en este barco y se mostraría más discreto. ¿O no?», se preguntó, recordando las imprudencias que había cometido el misterioso encapuchado que había hablado con Yunek en Kasiba. Reparó entonces en el hecho de que él mismo no llevaba su uniforme de guardián. Lo había decidido así para pasar desapercibido en Belesia, pero existía la posibilidad de que, debido a ello, los dos pasajeros impacientes no lo hubiesen reconocido.

Los observó con discreción durante el resto del trayecto, pero ellos no volvieron a levantar la voz, ni llegó a descubrir nada más acerca de su identidad o el motivo de su viaje.

Cuando por fin el barco atracó en el puerto de Varos, Rodak pensó en ir a buscar a Tash a la bodega, pero temía perder de vista al estudiante y su compañero. Sin embargo, Tash decidió por él: salió al exterior, pálida y con un aspecto entre fiero y desvalido que a Rodak le pareció muy tierno. «Es una chica», se recordó a sí mismo.

Y era su amiga, de modo que acudió a su encuentro para ver si necesitaba ayuda.

–Estoy bien –dijo ella de mal talante–. Y estaré mejor en cuanto ponga los pies en un suelo que no se mueva.

Rodak se encogió de hombros, pero permaneció a su lado, dejando su brazo cerca por si ella necesitaba de su apoyo en algún momento.

Se encontraron con los otros dos pasajeros junto a la borda. Rodak miró hacia otro lado, tratando de que no se fijasen en él. Tash, por su parte, palideció aún más al ver la tabla por la que tenía que descender hasta el muelle. El estudiante y su compañero aprovecharon su vacilación para tomarle la delantera y bajar ellos en primer lugar.

–Date prisa, Redkil –lo apremió el joven–. Si aún tenemos que reunirnos con los demás, puede que no lleguemos a tiempo.

Rodak le dio vueltas a aquellas palabras, preguntándose qué significarían. Se dio cuenta entonces de que Tash se había quedado quieta junto a la borda, y la cogió suavemente del brazo.

–¿Estás bien? Si necesitas ayuda...

Pero ella negó con la cabeza y lo miró con los ojos muy abiertos.

–¡Es ese *granate*! –susurró–. Lo conozco. Estuvo en Ymenia, en la mina.

Se puso de puntillas para tratar de distinguir su rostro, pero el joven ya se alejaba por el muelle con su compañero, dándoles la espalda.

–Es el que vino por la noche y tenía tratos con el capataz –prosiguió Tash en voz baja, cada vez más excitada–. No le vi la cara, pero juraría que era él. Reconozco su voz.

Rodak frunció el ceño y contempló a los dos misteriosos pasajeros, que se dirigían hacia el pueblo, aparentemente ajenos a los dos muchachos que los observaban desde el barco. Estaba claro que su presencia en Varos no era una coincidencia.

Pero no los estaban buscando a ellos, comprendió Rodak de pronto.

–Van siguiendo a Tabit y a Caliandra –dijo–. Tenemos que avisarlos antes de que los encuentren.

∞

–Vamos, piensa –la apremió Tabit–. Si maese Belban quisiera que tú atravesaras ese portal, no habría puesto una contraseña que no fueras capaz de descubrir por ti misma.

Pero Cali sacudió la cabeza, desesperada.

–¡Ya he probado todo lo que se me ha ocurrido! Pero ¿y si la contraseña es un dato que nosotros no conocemos, pero que maese Belban cree que deberíamos saber? Por ejemplo, los nombres de su hermana o de su antiguo ayudante.

Tabit reflexionó sobre aquella posibilidad.

–Podemos intentar averiguar ambas cosas –dijo–. Pero perderíamos mucho tiempo y, si nosotros somos capaces de encontrar esos datos, cualquiera podría. No, Caliandra; tiene que ser algo que solamente sepas tú. Piensa en las cosas de las que habéis hablado, en todo lo que has aprendido como ayudante de maese Belban...

—Pues, en realidad, no he aprendido gran cosa —replicó ella, de mal humor—, porque solo llegamos a reunirnos dos veces antes de que decidiera largarse sin decir nada a nadie.

—Entonces tiene que ser algo que surgiera en una de esas dos reuniones. Como lo que le dijiste a su hermana en Vanicia.

Cali suspiró.

—¿«No hay fronteras»? Ya lo he intentado con eso. Y no se me ocurre nada más.

Llevaban toda la mañana así. Tabit había rascado los restos de la pintura reseca del bote hasta conseguir un poco de polvo de bodarita de aquel extraño color violeta. Ambos esperaban que hubiera suficiente para escribir en la tabla varias contraseñas hasta dar con la buena, pero hasta el momento no habían tenido suerte.

Tabit se puso en pie.

—¡Qué tarde es! —dijo—. Tendríamos que ir al pueblo a ver si Tash y Rodak han conseguido llegar ya.

—Vete tú —respondió Cali—. Yo me quedaré aquí, dándole vueltas a esta condenada contraseña.

Tabit la miró fijamente.

—Caliandra, prométeme que, si logras abrir ese portal, no te marcharás sin mí.

—Lo prometo —suspiró ella—. Pero no te preocupes; no creo que llegue a abrirlo de ninguna manera, así que...

—Si alguien puede llegar a alguna conclusión con los pocos datos que tenemos, esa eres tú, no me cabe duda.

La joven le dirigió una cálida sonrisa.

—Gracias por tu confianza, pero creo que me sobrevaloras.

—Ya lo veremos —replicó él antes de salir por la puerta.

Dejó, pues, a Caliandra sola con aquel nuevo enigma y descendió por la ladera hasta las afueras del pueblo. Desde lo alto de la colina había visto que acababa de arribar a puerto un barco, bastante más grande que los pesqueros que faenaban por los alrededores; se apresuró hacia allí con la esperanza de que sus amigos hubiesen llegado en él.

Mientras caminaba por las calles empedradas de la villa, alguien lo llamó desde una esquina. Tabit se volvió, intrigado. Se le iluminó la cara al ver allí a Tash y Rodak, y se reunió con ellos. Sin embargo, antes de que pudiera saludarlos siquiera, el guardián tiró de él con urgencia hasta conducirlo a un rincón apartado.

–¿Se puede saber qué te pasa? –preguntó Tabit, molesto, sacudiéndoselo de encima.

–Los traficantes de bodarita os están buscando –respondió Rodak.

Tabit lo miró sin comprender.

–¿Cómo...?

–Venían con nosotros en el barco –explicó Tash–. El *granate* que estaba conchabado con el capataz de la mina. Te lo conté, ¿recuerdas? Era él, seguro. Y está aquí, en el pueblo.

A Tabit le daba vueltas la cabeza.

–¿Y no puede ser una coincidencia?

Rodak sacudió la cabeza.

–Sería demasiada casualidad. Os han seguido hasta aquí, Tabit. No sé qué pretenden, pero no será nada bueno.

–No, no puede ser –replicó Tabit–. Nadie nos siguió desde la Academia. El patio de portales estaba desierto cuando crucé, y estoy seguro de que Caliandra tomó iguales precauciones. No comentamos con nadie que veníamos a Belesia; no podían saberlo.

–Bueno, Tabit, pues lo saben –dijo Tash con impaciencia–. En el barco había solo dos tipos, pero dijeron que iban a reunirse con más gente.

–Y eso significa que os estaban esperando –dijo Rodak–. Así que quizá no les hizo falta seguiros, porque ya sabían hacia dónde veníais.

Tabit seguía negando con la cabeza.

–Te digo que eso es imposible, Rodak. No hemos hablado de esto con nadie.

–¿Seguro? Porque la persona que iba en el barco era un estudiante, como tú.

Tabit abrió la boca para repetir que aquello no podía ser cuando, de pronto, una idea cruzó por su mente.

Zaut, pensó. Zaut estaba en el estudio cuando él y Cali habían discutido, y ella había sugerido que las coordenadas podían corresponder a una de las islas de Belesia. Pero no podía ser. De todos los estudiantes de la Academia, Zaut era, quizá...

Volvió a la realidad al sentir que Tash lo zarandeaba con urgencia.

–¡No te quedes ahí pasmado! Tienes que irte antes de que te

encuentren. Y quitarte esa ropa de *granate*. Llamas demasiado la atención.

Tabit parpadeó y trató de centrarse.

—No, espera, no podemos irnos. He dejado a Caliandra sola junto al portal.

—¿Qué portal?

—Os lo explicaré por el camino. ¡Seguidme, deprisa!

—¡Por fin! —resopló Tash.

Encontraron a Cali exactamente donde Tabit la había dejado, aún desconcertada ante el portal violeta.

—Esto es inútil, Tabit —se quejó en cuanto lo vio aparecer por la puerta—. He probado un par de veces más, pero no he dado con la contraseña correcta. Y solo queda...

—Olvídate de eso —cortó él—. Tenemos que irnos de aquí ahora mismo.

—¿Por qué...? ¡Tash! ¡Rodak! —exclamó Cali al verlos aparecer tras el estudiante—. Pero ¿a qué vienen esas caras?

—¡Nos han seguido! La gente del Invisible, los traficantes de bodarita, el Consejo de la Academia, no sé quién está detrás de esto en realidad; pero están aquí y, como afirma Rodak, no puede ser casual.

Ella sacudió la cabeza con incredulidad.

—Pero tiene que serlo, Tabit. Tomamos muchas precauciones antes de venir aquí. Nadie sabía...

—Zaut lo sabía —interrumpió él—. Sabía que veníamos a Belesia, porque nos oyó discutir sobre la serie de coordenadas.

Cali seguía negando con la cabeza.

—Aun así, Tabit, yo dije que las coordenadas correspondían a la isla más pequeña, ¿recuerdas? Zaut no tenía manera de saber que vendríamos aquí, salvo que tuviese una copia de la lista original. Y tú no se la has enseñado a nadie, ¿verdad que no?

—Dejad de discutir por tonterías —cortó Tash, impaciente—. Yo conozco a ese tal Zaut de cuando estuve en la Academia y os puedo decir que el tipo del barco no era él.

Tabit respiró hondo mientras lo inundaba una oleada de alivio. Sin embargo, no por ello dejó de comprobar que su cuaderno de notas seguía en su zurrón.

—Mi lista no la ha visto nadie más que yo —dijo—. Pero el papel original te lo llevaste tú, Caliandra. ¿Se lo mostraste a alguien?

Cali frunció el ceño, tratando de recordar.

–Sí –dijo de pronto–. Se lo enseñé a Yunek ayer por la tarde, cuando salimos juntos a dar un paseo. Pero eso no tiene la menor importancia, porque Yunek no sabe leer, y mucho menos descifrar las coordenadas de nuestro lenguaje simbólico.

Sonrió, pero Tabit la miraba fijamente, con expresión severa.

–¿Le enseñaste la lista de coordenadas a Yunek? ¿Y qué más le contaste?

Cali le devolvió una mirada desconcertada.

–Tabit, ¿qué te pasa? Yunek está de nuestro lado, ¿recuerdas? Nos estaba ayudando a seguir la pista de los traficantes de bodarita... antes de que se marchara de regreso a Uskia.

Tabit sacudió la cabeza, consternado.

–No, Caliandra. Yo... no sé si realmente Yunek estaba de nuestra parte.

No pudo seguir hablando, porque el gesto de temor e incomprensión que se apoderó del rostro de Caliandra le resultaba insoportable. La joven se llevó la mano al bolsillo del hábito en busca de la lista de coordenadas que le había entregado la mujer de Vanicia... pero no la encontró.

–Caliandra, lo siento –fue todo lo que pudo decirle Tabit.

–No –replicó ella–. Es una coincidencia, ¿de acuerdo? Todo esto no es más que una maldita y estúpida coincidencia. Se me habrá caído, o la habré perdido...

–*Granates* –los llamó Tash desde la ventana–. ¿Se supone que ese Yunek del que estáis hablando debería estar ahora mismo de camino a Uskia? Porque, o tiene muy mal sentido de la orientación, o esto no tiene nada de coincidencia.

Cali se precipitó hacia la ventana y apartó a Tash para asomarse al exterior.

Por la ladera subían cuatro hombres y una mujer. Con ellos iba Yunek, y Cali comprendió, de pronto, el alcance de su traición. Se sintió herida y furiosa consigo misma por haber vuelto a confiar en alguien... por haberse dejado engañar de nuevo por tiernas sonrisas y bellas palabras. Contempló la figura del joven campesino, casi sin verlo. Pero le dolía tanto que tuvo que apartar la mirada. Procurando no pensar en ello, se fijó en sus acompañantes.

Uno de ellos era un estudiante de la Academia, pero llevaba calada la capucha de su capa, a pesar del calor, y Cali no fue capaz de descubrir quién era. La mujer y dos de los hombres tenían aspecto de ser marineros, quizá piratas, comprendió Cali de pronto al detectar las armas que pendían de sus cintos. El cuarto hombre, por el contrario, parecía una rata de ciudad, la clase de individuo que uno podría encontrarse en un callejón oscuro de un barrio poco recomendable. Tenía la nariz torcida y una corta perilla bajo el labio inferior, y se movía con gestos rápidos y decididos.

En cualquier caso, eran gente peligrosa. Estaban armados, y los superaban en número.

—Esos dos iban en el barco —murmuró Tash—. El *granate* y el tipo de la barba, un tal Redkil. A los otros tres no los he visto nunca.

Cali y Tash se retiraron de la ventana y se volvieron hacia el interior de la habitación para informar a sus compañeros.

—Esto no tiene buena pinta —dijo Tash—. Son seis, y no parecen amistosos... ya me entendéis.

Tabit miró a Cali, que desvió la vista y murmuró:

—Sí, Yunek va con ellos.

Tabit sacudió la cabeza con un suspiro pesaroso. Cali alzó la mirada hacia él, profundamente abatida.

—Tabit, ¿por qué...?

—Ya hablaremos de eso más tarde —cortó él—. Ahora tenemos que salir de aquí, como sea.

Echó un vistazo calculador a la ventana, pero era demasiado pequeña. Tal vez Tash lograra escapar por ella, pero ni siquiera estaba del todo seguro de eso.

—¿Esta casa no tiene puerta trasera? —intervino Rodak.

—No; y ya no tenemos tiempo de salir por la principal. Nuestra única opción es conseguir que se abra este portal y escapar por él..., a dondequiera que nos lleve.

Tash lanzó una mirada desconfiada al portal violeta, pero no dijo nada. Rodak asintió, y se dio la vuelta para salir de la habitación. Tabit se volvió hacia Cali.

—Intentaremos entretenerlos todo lo que podamos. Tú trata de abrir el portal, ¿de acuerdo?

Cali negó con la cabeza.

—Tabit, no sé si...

Él le puso las manos sobre los hombros y la miró a los ojos.

—Caliandra, tú puedes. Nunca has dejado que nada te detenga, y no vas a hacerlo ahora.

Ella le devolvió la mirada. Tabit sonrió. Cali sonrió a su vez y asintió.

Tabit le dio un golpecito amistoso en la espalda y se reunió con Tash y Rodak fuera de la habitación. Cuando llegaron a la escalera descubrieron que Yunek y los demás ya habían entrado en la casa, y se disponían a subir al piso superior.

–¡Quietos ahí! –exclamó Tabit, fingiendo un valor que estaba muy lejos de sentir–. ¿Quiénes sois, y por qué habéis entrado aquí?

–Acabemos ya con esto, Tabit –dijo entonces el estudiante con aire aburrido–. No tenéis ninguna posibilidad, y lo sabes.

–Tú no sabes cuántos somos nosotros –replicó él–. Porque pensabas que nos encontrarías a Caliandra y a mí solos, ¿verdad? –añadió, colocando una mano sobre el brazo de Rodak, consciente de que la envergadura del joven guardián intimidaba a muchos adultos.

Le pareció que el estudiante vacilaba.

–Es un farol –dijo Redkil.

Los piratas avanzaron hacia el pie de la escalera, con las armas preparadas. Yunek, sin embargo, se quedó atrás, incómodo, incapaz de sostener la mirada a Tabit y sus amigos.

–Yunek –dijo entonces Rodak, con suavidad–. ¿Qué se supone que haces aquí?

Él sacudió la cabeza.

–No lo entenderías, Rodak. Lo siento; no es nada personal.

–¡Nos has vendido, sucio traidor! –estalló Tash.

–¡No os he vendido! –replicó él con desesperación–. ¡Me prometieron que no os harían ningún daño!

–Esa es nuestra intención, sí –dijo el estudiante–. Pero, claro, todo depende de cómo se desarrollen los acontecimientos, ¿no es así? Hagámoslo por las buenas: ¿dónde está maese Belban?

–No está aquí –respondió Tabit–. ¿Por qué lo buscas? ¿Acaso quieres que dirija tu proyecto final?

El estudiante rió suavemente.

–¿Ese viejo loco? Ni por asomo.

Tabit oyó entonces una exclamación de espanto tras él. Al darse la vuelta, descubrió a Cali, que espiaba la escena por encima del hombro de Tash.

–Caliandra... –empezó Tabit, tratando de alejarla de allí.

Pero los ojos de Cali no estaban fijos en Yunek, a quien evitaban deliberadamente... sino en el estudiante al que acompañaba.

—Kelan —susurró—. ¿Así que tú eres el Invisible?

El joven se rió. Se retiró la capucha, descubriendo bajo ella al líder del grupo de Restauración de la Academia.

—¿A que no te lo esperabas? Hay muchas cosas que no sabes de mí, Cal.

Ella desvió la mirada, mordiéndose los labios con rabia.

—Es evidente que no —murmuró.

—En cambio, podría decirse que tú no tienes secretos para mí —prosiguió él—. ¿Verdad?

La recorrió con la mirada, de la cabeza a los pies, de un modo que hizo que ella se sonrojase violentamente. Tabit sintió ganas de estrangularlo, y le pareció que Yunek reaccionaba de manera similar.

Pero nadie se movió. Cali se repuso enseguida y le dedicó a Kelan una mueca de desdén.

—¿Nunca te vas a cansar de este juego? —le preguntó, hastiada—. ¿Hasta cuándo vas a seguir intentando llamar mi atención de un modo tan patético?

Kelan se irguió, herido en su orgullo.

—¿Crees que todo esto lo hago por ti, niña vanidosa? Está claro que tienes un alto concepto de ti misma. ¿Creías también, acaso, que tu adorado campesino te rondaba por tus bonitos ojos y tu gran inteligencia?

Yunek se puso tenso.

—A mí no me metas en esto, pintapuertas —le espetó, de mal humor—. Comprobemos de una vez si ese maese tuyo está ahí arriba. Si no, aquí no se nos ha perdido nada.

Pero Kelan negó con la cabeza.

—Las cosas no son tan fáciles, uskiano. Lo habrían sido si Brot se hubiese encargado del trabajo sucio. Pero, como él ya no está y yo me he visto obligado a revelar mi identidad... me temo que no voy a poder dejaros marchar a ninguno. A ti sí, tal vez —añadió, pensativo—, si te marchas a tu granja, mantienes la boca bien cerrada y no vuelves a salir de allí nunca más.

—No me iré sin mi portal —replicó él.

Kelan dejó escapar un suspiro.

—Ah, sí, tu portal. Sí, recuerdo nuestro trato. Pero aún no hemos encontrado a maese Belban, ¿verdad?

–¡Ese no era nuestro trato! –protestó Yunek.

Tash los observaba, sin poder creer lo que veían sus ojos. Se volvió hacia Cali.

–¿Saliste con ese tipo? ¿Y con el otro también? Serás muy lista, pero no tienes muy buen olfato para los hombres, ¿eh?

Cali no le replicó. Tabit la miró de reojo, todavía sin saber cómo actuar. Tampoco es que hubiese nada que pudiesen hacer, en realidad. Sus contrarios los superaban en número y estaban armados. Y Kelan había insinuado que no tenía intención de dejarlos marchar con vida.

Sin embargo, en aquel momento, Tabit solo podía pensar en Cali. Había algo de lo que había dicho Tash que rondaba su mente una y otra vez, como un insecto molesto.

Olfato... olfato... Perspicacia... Percepción...

Y la luz se hizo en su mente como un relámpago en una noche sin luna. Se puso de puntillas y susurró al oído de Rodak:

–Entretenlos todo lo que puedas. Yo voy a abrir ese portal.

Rodak asintió. Mientras Yunek y Kelan seguían discutiendo los términos de su acuerdo, Tabit se deslizó por detrás de sus amigos hasta el interior de la habitación.

Pero uno de los sicarios lo notó.

–¡Eh, el pintapuertas se escapa!

Kelan se detuvo un momento, desconcertado. Y entonces Rodak lanzó un salvaje grito de guerra y se precipitó escaleras abajo. Tras un breve instante de duda, las chicas lo siguieron.

–¡Id a por el guardián y olvidaos de...! –empezó a decir Kelan; pero Yunek se lanzó sobre él por la espalda y lo derribó al suelo.

Se inició una lucha confusa, algo más equilibrada ahora que Yunek se había vuelto contra Kelan y los suyos. Rodak peleaba a puñetazos, arriesgándose a ser herido por las dagas de sus enemigos; Cali había arrancado una pata a una silla desvencijada y la utilizaba como garrote, manteniendo a los matones a cierta distancia de ella.

Pero era Tash quien tenía ventaja, porque, como solía sucederle, sus contrarios la habían subestimado. Aunque parecía pequeña y enclenque, peleaba con fiera saña, y los largos años de duro trabajo en la mina la habían dotado de músculos de acero.

Sin embargo, todos eran conscientes de que no aguantarían mucho más. Tash y Cali no se habían detenido a pensar si se trataba de un último gesto valiente y desesperado o si realmente esperaban salvar sus vidas en aquella pelea. Rodak era el único que sabía que existía una ínfima posibilidad... si Tabit, en el piso de arriba, lograba abrir el portal. Solo tenían que aguantar un poco más...

De pronto sintió un dolor agudo y ardiente en su vientre, y lanzó un gemido de dolor. Se sacudió de encima al hombre que lo había apuñalado y miró a su alrededor justo a tiempo para ver que golpeaban a Tash con una tranca, dejándola inconsciente sobre el sucio suelo.

Rodak lo veía todo rojo; bramó como un toro furioso, se cargó a Tash al hombro y se arrastró hacia el piso superior. Por el camino arrojó escaleras abajo a la mujer pirata, que lo había seguido, y gritó:

—¡Arriba, Caliandra!

Ella gritó de dolor cuando trató de abrirse paso y una de las dagas cortó profundamente su antebrazo derecho. Pero se las arregló para seguir a Rodak y a Tash, sin detenerse a pensar en lo que hacía, sujetándose con la otra mano la herida sangrante.

—¡Cogedlos! —aulló Kelan.

Yunek quedó en el suelo, herido y magullado tras la escaramuza. A pesar de eso, sonrió al verlos marchar.

—Corre, Cali —susurró.

En la buhardilla, Tabit había rascado frenéticamente el bote de pintura para extraer de él hasta la mínima partícula de polvo de bodarita. Después se untó los dedos en él y, tras detenerse ante la tabla de la contraseña, respiró profundamente, tratando de pensar.

¿Qué era lo que Cali tenía que ningún otro estudiante podía igualar? Maese Belban había sido muy claro al respecto, y Tabit no había olvidado la breve conversación que ambos habían mantenido ante el despacho del rector, a pesar de que parecían haber transcurrido siglos desde entonces.

«Intuición», había dicho él.

Eso era exactamente lo que se necesitaba para abrir el portal.

Tabit reflexionó, intentando recordar cómo se expresaba aquel concepto en el lenguaje simbólico de la Academia. Al ser un término abstracto, el signo correspondiente sería complejo y enrevesado. Cerró los ojos y lo visualizó en su mente. Por fortuna, en su momento había memorizado de principio a fin todos los diccionarios hasta el quinto nivel, que era el más elevado. Respiró hondo y comenzó a trazarlo en la tabla, deseando tener suficiente tiempo y polvo de bodarita para escribirlo hasta el final.

Cuando ya estaba terminando, entraron a la carrera Cali y Rodak; este último arrastraba tras de sí a Tash, que avanzaba a trompicones tras él, pálida y desorientada, como si no supiera dónde se encontraba.

Tabit no les prestó atención. Siguió con la vista clavada en lo que estaba haciendo, porque el signo que estaba dibujando no se veía reflejado en la tabla, y si apartaba la mirada, aunque solo fuera un momento, podría trazarlo mal.

Finalmente perfiló la última espiral y, de pronto, el símbolo correspondiente a la palabra «Intuición» se iluminó un instante, con un suave resplandor violeta, y volvió a apagarse de inmediato.

Y el portal se activó.

Cali lo contempló maravillada.

—¡Lo has conseguido, Tabit!

Él no las tenía todas consigo. Echó el enésimo vistazo a la ventana, solo para constatar, como todas las veces anteriores, que era demasiado pequeña para que pasaran por ahí. Por la escalera se oían las voces y los pasos de Kelan y los suyos, por lo que aquella era la única vía de escape que les quedaba.

Tabit y Cali cruzaron una mirada. Ella asintió, y cruzó el portal violeta sin mirar atrás, sujetándose el brazo sangrante. Rodak la siguió, arrastrando consigo a Tash.

Tabit dudó solo un instante. Cogió su zurrón y, justo en el momento en que la puerta volvía a abrirse con violencia, atravesó el portal violeta, un instante antes de que este se apagara de nuevo.

Aún llegó a oír, antes de que aquel retortijón tan familiar se apoderara de su cuerpo, el grito de frustración de su compañero de estudios.

Un mundo insólito

> «Pero las posibilidades que nos brinda la ciencia de los portales son infinitas.
> ¿Quién puede asegurar que no existen otras dimensiones similares a la nuestra, o incluso muy diferentes? ¿Y si pudiésemos llegar hasta ellas a través de un portal?»
>
> *¿Dónde están las fronteras?*
> *Un ensayo sobre el presente y el futuro*
> *de la ciencia de los portales,*
> maese Belban de Vanicia. Capítulo introductorio

Tabit emergió del portal y no halló suelo sólido bajo sus pies. Con una aterradora sensación de vértigo, se precipitó al vacío en medio de un extraño resplandor de color amarillento. Abrió la boca para gritar, pero entonces su cuerpo chocó contra una superficie inclinada, dura y salpicada de aristas por la que rodó durante unos penosos instantes hasta quedar dolorosamente enganchado en algo puntiagudo. Abrió los ojos, magullado. La luz había desaparecido, y ahora se hallaba rodeado de una extraña penumbra verde. Miró a su alrededor, sobrecogido, y divisó un paisaje completamente diferente a cualquier cosa que hubiese visto con anterioridad. El suelo estaba compuesto por rocas afiladas que se elevaban en espirales retorcidas, en distintas alturas, hacia un inaudito cielo del color del musgo. Tabit dejó escapar una pequeña exclamación horrorizada cuando vio una sinuosa luminiscencia amarilla surcar aquel cielo verdoso como una culebra en el agua. La luz se apagó enseguida, pero detectó otras, iluminando el firmamento en breves intervalos, en colores blancos, anaranjados o rojizos, como retazos de un amanecer inquieto que hubiesen cobrado vida para aventurarse a explorar el cielo en busca de un sol inexistente.

Pero aún más sorprendente que todo aquello era la enorme forma redondeada, rojiza y con estrías blancas, que asomaba por el horizonte. Tabit pensó primero que se trataba de una luna gigantesca; pero luego rectificó al darse cuenta de que quizá fuera un mundo entero, inmenso, y aquella posibilidad lo sobrecogió profundamente.

El joven se dejó caer de rodillas, anonadado.

—¿Dónde... dónde estoy? —murmuró.

Le faltaba un poco el aliento, de modo que inspiró hondo. El aire olía de forma extraña. La luz tenía una rara densidad también, como si descendiese en lentas oleadas, tiñéndolo todo con un irreal tono verdoso. Tabit se frotó los ojos. Aquello debía de ser un sueño.

Se volvió en todas direcciones, en busca de alguna referencia reconocible. Había rodado por un talud hasta que su avance se había visto detenido por una de aquellas espirales rocosas. Localizó su zurrón un poco más allá, y trepó como pudo por las rocas hasta alcanzarlo.

Cuando tocó aquel objeto tan familiar para él empezó a hilvanar detalles de lo que había sucedido. Alzó la mirada hacia el lugar donde debería estar el portal, pero solo divisó un resplandor violeta que se debilitaba por momentos, hasta desvanecerse por completo. Se había abierto un par de metros por encima de la superficie, y Tabit comprendió horrorizado que, de no ser por aquella providencial elevación rocosa, podría haberse precipitado desde una altura mucho mayor hacia una muerte horrible entre las agujas de piedra.

Decidió no pensar en ello. Recordó entonces a sus compañeros, y miró a su alrededor. Distinguió, no lejos de allí, la figura inerte de Cali.

Le costó un poco alcanzarla. Por alguna razón, se cansaba mucho al moverse por allí, y respirar también le resultaba difícil. Se inclinó a su lado con ansiedad, y solo se relajó al ver que ella estaba inconsciente, pero viva.

—¡Tabit! —oyó de pronto la voz de Rodak.

Alzó la mirada y lo vio avanzando hacia él junto a Tash. Los dos caminaban con torpeza, sosteniéndose mutuamente. A Tabit le pareció que el guardián no tenía buen aspecto, pero no podía estar seguro de que aquel tono cetrino de su piel no fuese un efecto de la luz que lo bañaba todo.

Tash, por su parte, estaba fuera de sí:

—¿¡Dónde estamos!? —chilló—. ¿A dónde diablos nos has traído, condenado *granate*?

—Cálmate, Tash —la detuvo Rodak con suavidad; pero también él miró a Tabit, interrogante.

El joven apenas les prestaba atención, porque Cali parecía estar volviendo en sí. Tabit la alzó con delicadeza.

—Tranquila —le dijo en voz baja cuando ella abrió los ojos con asombro—. Soy yo, Tabit.

Caliandra jadeó y trató de incorporarse un poco más.

—Caí... y me di un buen golpe en la cabeza —gimió, frotándosela con cuidado.

Tabit se apresuró a apartarle el pelo para examinar la zona dañada.

—Te saldrá un buen chichón —observó—, pero no parece grave. —La ayudó a levantarse y se volvió hacia sus compañeros—. No sé dónde estamos —les confesó—. Yo no escribí las coordenadas del portal, solo me limité a desentrañar la contraseña que lo abría. En teoría, debíamos haber aparecido en la Academia, veintitrés años atrás.

Rodak entrecerró los ojos.

—¿Veintitrés años...? —repitió—. ¿Cómo podríamos hacer eso? Si ni siquiera habíamos nacido entonces.

—Es largo de explicar. Pero hemos venido siguiendo a maese Belban, que atravesó este portal... así que él debería estar por aquí.

Miró a Cali, pero ella estaba extasiada, contemplando el extraño paisaje que la rodeaba. Tabit vio otra de aquellas serpientes de luz anaranjada reflejándose en sus ojos, abiertos de par en par, y, a pesar de la situación en la que se encontraban, no pudo reprimir una media sonrisa.

—Pues muy bien —gruñó Tash, de mal humor—. Así que nos traéis a este... este... lo que sea... solo para buscar a ese estúpido *granate* loco. Yo no pienso seguiros el juego, ¿sabes? Llévame de vuelta a casa o te juro que te haré una cara nueva. Y no te va a gustar.

Tabit la miró y no le pareció que estuviese bromeando. Sin embargo, no se lo tuvo en cuenta porque no le costó adivinar que, bajo aquella actitud beligerante, Tash se sentía absolutamente aterrorizada.

–No vinimos solo para encontrar a maese Belban, Tash –le recordó–. Estábamos huyendo de unas personas que amenazaban con matarnos, ¿recuerdas?

–Lo que sea –replicó ella, con un nervioso gesto de impaciencia–. Haz otro portal y llévanos a casa. Este sitio me pone los pelos de punta y...

Se calló al notar que Rodak aflojaba su abrazo en torno a ella y su cuerpo se deslizaba hacia abajo. Trató de sostenerlo, pero no pudo evitar que el muchacho se desplomara sobre el suelo de roca, exánime.

–¡Rodak! –chilló ella. Se precipitó sobre su amigo, y fue entonces cuando se dio cuenta de que las ropas de él estaban manchadas de sangre.

–¡Nos hirieron en la pelea! –exclamó Cali, llevándose la mano a su propio brazo lesionado–. Lo mío es solo superficial, pero Rodak...

Tash le apartó la ropa hasta descubrir la profunda herida que el joven había recibido en el vientre. Lanzó una exclamación horrorizada.

–¡Ha perdido mucha sangre! –dijo, volviéndose hacia los estudiantes–. ¡Rápido, necesito vendas!

Ellos se quedaron quietos, incapaces de reaccionar. Con un resoplido de impaciencia, Tash le arrebató a Tabit el zurrón y comenzó a hurgar en él, arrojando al suelo el contenido que consideraba innecesario: el cuaderno, un bote de pintura de bodarita, varios pinceles... Su dueño reaccionó a tiempo de recuperar el medidor Vanhar antes de que Tash lo lanzara contra las rocas.

–¡Condenados *granates*! –le chilló ella–. ¿Cuándo vais a hacer algo útil, para variar?

–¡La pintura de portales es una ciencia muy útil! –se defendió Tabit.

Pero Tash no lo escuchaba. Había hallado una cantimplora de agua y, tras arrodillarse de nuevo junto a Rodak, le limpiaba la herida con sumo cuidado. Después se arrancó las mangas de la camisa desde los hombros, dejando al descubierto sus brazos enjutos y musculosos, y vendó con ella el vientre de su amigo. Cuando terminó, respiró profundamente y pareció relajarse un tanto.

–¿Se pondrá bien? –preguntó Tabit.

Tash se encogió de hombros.

–Parece que las tripas siguen todas en su sitio, y eso es buena cosa –respondió–. Pero ha perdido mucha sangre, así que dependerá del aguante que tenga... y de que la herida no esté sucia y cierre bien.

Tabit asintió.

–Es una suerte que al menos uno de nosotros entienda de estas cosas –comentó.

–En la mina hay accidentes a menudo –respondió ella–. Techos que se derrumban, suelos que se hunden... A veces un solo momento de duda supone la diferencia entre la vida y la muerte. –Contempló el rostro de Rodak con expresión indescifrable y sacudió la cabeza–. Debería haberme dado cuenta antes de que estaba herido. Si le pasa algo...

Tabit colocó una mano consoladora sobre el hombro de la muchacha.

–Ha sido todo muy confuso –dijo–, pero ahora ya no estás sola. Aunque no sepamos qué hay que hacer para curar a Rodak, te garantizo que te ayudaremos en todo lo que sea necesario.

Tash cabeceó, sin apartar la mirada de Rodak, pero no dijo nada.

–Quizá deberíamos empezar por buscar un refugio –sugirió el estudiante; pero Tash negó con la cabeza.

–No conviene moverlo por el momento.

–Pues habrá que hacerlo –intervino entonces con urgencia la voz de Cali–. Mirad.

Tash y Tabit alzaron la cabeza hacia el lugar que ella les indicaba, y descubrieron que el color del cielo había derivado hacia un inquietante tono anaranjado. Había muchos de aquellos serpenteantes resplandores que surcaban el firmamento, y todos parecían confluir en el mismo lugar: una enorme esfera luminosa que giraba lentamente sobre sí misma y que se iba haciendo más y más grande.

–Eso no tiene buena pinta –murmuró Tabit, sobrecogido.

Tash se esforzaba mucho por fingir que no estaba muerta de miedo.

–¿Y qué? –dijo con aparente indiferencia–. Son solo luces raras. Yo no pienso arriesgar la vida de Rodak por...

Pero entonces algo similar a un gigantesco relámpago, generado por el tornado naranja, iluminó todo el cielo y los cegó momentáneamente. Los jóvenes se cubrieron los ojos, con un grito de angustia, mientras se levantaba un viento feroz y despiadado que parecía haber surgido de la nada.

—¡Tenemos que salir de aquí! —jadeó Tabit, parpadeando.

—¡No! —Tash se aferró a Rodak—. ¡No podemos moverlo!

Hablaban a gritos porque apenas podían oír sus propias voces. La intensidad lumínica disminuyó un tanto, pero ellos tardaron en recuperar del todo la visión. Se reunieron en torno a su compañero caído, arrimándose todo lo posible para protegerse de aquel extraño fenómeno.

—Tash, no aguantaremos mucho tiempo —logró decir Cali.

Ella iba a responder cuando, de pronto, el viento pareció amainar. Los jóvenes alzaron la cabeza, parpadeando.

—¿Lo veis? —dijo Tash—. Va a mejorar.

—No lo creo —discrepó Cali, con una nota horrorizada en su voz.

Fue entonces cuando sus compañeros descubrieron que, lejos de disiparse, el inmenso cúmulo de luces ondulantes se había hecho mucho más grande, contrayéndose en algo que casi parecía sólido y pulsante, como un gran corazón de energía.

—Caliandra tiene razón —dijo Tabit, mirando a su alrededor con desesperación—. No sé qué va a pasar ahora, pero será mejor estar a cubierto cuando eso suceda.

Tash no respondió. Aferraba con fuerza la mano de Rodak, pero sus ojos estaban clavados en la enorme nube luminosa, y su rostro parecía una máscara de horror.

—Tenemos que irnos, Tash —la apremió Cali. Ella no reaccionó.

—Cuanto antes nos movamos, más posibilidades tendremos de trasladar a Rodak con todas las precauciones necesarias —asintió Tabit—. Y tal vez no haya que ir muy lejos —añadió, señalando hacia un agudo picacho que se recortaba contra el horizonte—. Quizá podamos encontrar algún refugio entre aquellas rocas.

El resplandeciente cúmulo del cielo latió un instante de un modo siniestro, y Tash dio un respingo.

—Está bien —aceptó a regañadientes—. Pero tened mucho cuidado, ¿de acuerdo?

Los momentos siguientes fueron los más largos de sus vidas. Siguiendo las instrucciones de Tash, Cali y Tabit la ayudaron a cargar con Rodak y lo llevaron, con mucho cuidado, hacia la elevación rocosa donde esperaban hallar amparo, mientras a sus espaldas la gran nube anaranjada rotaba más y más deprisa, aumentando de tamaño a medida que absorbía aquellas extrañas serpientes de luz. Durante el trayecto, el cúmulo desató nuevos impulsos y ráfagas de viento que los obligaron a detenerse y a protegerse como pudieron, acurrucándose unos contra otros y cubriéndose los ojos. Por fin, cuando alcanzaron la montaña y se refugiaron en una grieta, hasta Tash se mostró aliviada.

Cali gateó por el interior de la galería.

–¡Venid! –llamó–. El túnel se ensancha y creo que estaremos más cómodos y protegidos aquí dentro.

Tabit y Tash arrastraron a Rodak hasta el lugar que les indicaba Cali. Una vez allí, se acurrucaron contra la pared de roca y dedicaron unos instantes a recuperar el aliento. Por la boca de la cueva penetraban inquietantes resplandores rojizos, amarillos y anaranjados, que eran progresivamente más intensos y más frecuentes.

–Eso va a estallar de un momento a otro –comentó Tabit, preocupado.

Tash, sin embargo, parecía más relajada. Había comprobado que la herida de Rodak no había sufrido complicaciones debido al traslado y que su pulso, aunque débil, continuaba estable.

–Pero aquí estaremos a salvo –dijo, contemplando el techo de piedra casi con cariño.

Tabit cerró los ojos un instante, agotado.

–Eso espero –murmuró.

–Tal vez... –empezó Cali. Pero no pudo terminar porque, de pronto, se desató en el exterior un auténtico infierno. El viento se levantó de nuevo, con la fuerza de un huracán, y la luz se volvió tan intensa que, incluso en la seguridad de la grieta, los tres jóvenes tuvieron que protegerse los ojos como mejor pudieron.

La tormenta lumínica se descargó en varias oleadas, cada vez más rápidas y violentas. Cali gritó y se acurrucó contra Tabit, que la estrechó entre sus brazos. Tash se echó sobre el cuerpo inerte de Rodak, en un intento por protegerlo.

Poco a poco, las ráfagas se espaciaron, la luz menguó y el viento amainó. Tabit se atrevió a abrir los ojos y miró a su alrededor, desconsolado.

–¿A dónde hemos ido a parar? –se preguntó en voz alta.

Nadie supo darle una respuesta.

–Quizá maese Belban no calculó bien las coordenadas –sugirió Cali tras un momento de silencio.

–Bueno, eso parece obvio –respondió Tabit–, porque no se me ocurre ninguna razón para venir hasta aquí, salvo por error o accidente.

–¿Y no se os ha ocurrido que tal vez vuestro querido profesor esté intentando librarse de vosotros? –gruñó Tash–. Si realmente quisiera que lo encontrarais, os habría puesto las cosas más fáciles. Pero solo os ha dejado unas señas oscuras y complicadas que os han traído hasta aquí. Yo en vuestro lugar habría captado la indirecta hace mucho tiempo, ¿sabéis?

Cali no supo qué contestar. Tabit negó con la cabeza.

–No somos tan importantes, Tash. Todo esto no está hecho para confundirnos. Maese Belban estaba experimentando con la bodarita azul, tratando de hacer cosas que nadie había hecho jamás... No es tan descabellado pensar que cometió un error al calcular las coordenadas. Nosotros nos hemos limitado a seguir sus pasos... a donde quiera que nos hayan conducido.

–¿De verdad crees que vuestro *granate* loco anda por aquí? –replicó Tash con escepticismo–. ¿Haciendo qué, si se puede saber?

–Tratando de sobrevivir –respondió Tabit, sombrío–. Igual que nosotros.

Cali se irguió de pronto, sacudida por un presentimiento. Aprovechando un nuevo intervalo de luz, miró en derredor, examinando todos los rincones de la cueva con atención. Le pareció distinguir un bulto informe semioculto en un recoveco, y se arrastró hasta allí.

–¡Espera, Cali! –trató de detenerla Tabit; pero era demasiado tarde.

–Es un cuerpo –murmuró la joven, sobrecogida.

Tabit se reunió con ella. Pero la luz había vuelto a menguar, dejando el rincón en sombras otra vez.

–¿Piensas que puede ser... maese Belban?

Cali sacudió la cabeza.

–No lo creo. O no quiero creerlo. De todas formas, a simple vista parecían solo huesos. Quiero decir... que me dio la sensación de que llevaban aquí muchísimo tiempo –concluyó, esperanzada.

Tabit podría haberle rebatido aquel argumento. Podría haberle respondido que, dado que aún no sabían de qué modo se comportaban los portales violetas, maese Belban podría muy bien haber aparecido en aquel mundo siglos atrás, incluso aunque hubiese atravesado el portal el día anterior. Pero prefirió no inquietarla más. Advirtió que temblaba, y buscó su mano en la penumbra. Cali se la oprimió con fuerza.

Así, cogidos de la mano, aguardaron, conteniendo el aliento, a que el siguiente resplandor iluminase el cuerpo que acababan de descubrir.

No tuvieron que esperar mucho. Una nueva oleada sacudió el firmamento y se coló en su refugio, arrojando un haz de luz sobre lo que reposaba en el fondo de la caverna.

Cali gritó. Tabit, aterrorizado, no fue capaz de pronunciar palabra. Sostuvo a su compañera y ambos se apresuraron a regresar junto a Tash, que no se había separado de Rodak.

—¿Y bien? —dijo ella—. ¿Qué hay ahí? ¿Es vuestro profesor?

Cali negó con la cabeza. Tabit tuvo que aclararse la garganta antes de poder hablar.

—No sé lo que es —respondió con voz ronca—. Pero no es humano, ni se parece a nada que haya visto jamás.

Tash lo miró fijamente.

—¿Qué estás diciendo?

Tabit calló un momento, tratando de ordenar sus pensamientos. La imagen que acababa de contemplar seguía allí, clavada en el fondo de su retina: el esqueleto de una criatura de tamaño no superior al de un niño de diez años, de cráneo alargado, con piernas y brazos articulados, que al joven le habían recordado a las patas de los insectos, y un curioso caparazón óseo que protegía gran parte de su cuerpo. No había podido asimilar más detalles, salvo el hecho revelador de que aquellos huesos estaban adornados con aros metálicos, ya herrumbrosos, que parecían indicar que aquella criatura había llevado ornamentos y probablemente ropas, ya deshechas por el paso del tiempo.

Y eso quería decir que, probablemente, había contado con una inteligencia racional.

—Da igual lo que fuera —intervino Cali con un estremecimiento—. Tenemos que marcharnos de aquí cuanto antes.

Tash negó con la cabeza.

—Ni hablar. No pienso mover a Rodak hasta que se encuentre en condiciones y, además, salir ahí fuera puede ser peligroso. Sea lo que sea, si está muerto ya no puede hacernos ningún daño.

—Tiene razón —asintió Tabit—. Parece que aquí estamos seguros por ahora, así que yo voto por esperar al menos hasta que pase la tormenta.

De modo que permanecieron allí, en aquella cueva, durante lo que les parecieron horas. Tabit compartió con las chicas las provisiones que le quedaban y, mientras comían, trataron de hacer planes para el futuro inmediato.

—No podremos volver a abrir el portal que hemos dejado atrás —dijo Tabit—, porque no está reproducido también en este lado. Así que habría que dibujar uno nuevo.

—Bien, pues hazlo —replicó Tash.

—No es tan sencillo. Tengo un medidor Vanhar, y llevo las coordenadas espacio-temporales de la Academia apuntadas en mi cuaderno, pero no sé si eso será suficiente.

—Pero también tienes pintura; yo la he visto.

—Sí, me he traído un bote de pintura roja; pero probablemente tendría que preparar algo parecido a la pintura que usó maese Belban, mezclándolo con algo de bodarita azul. Y no tengo. —Cali abrió la boca para intervenir, pero Tabit siguió hablando—. Además, está el hecho de que no creo que baste con las coordenadas espacio-temporales para regresar a casa. El portal que hemos atravesado tenía un círculo adicional de coordenadas cuyo pleno significado no he terminado de comprender. Lo he anotado también en mi cuaderno; si soy capaz de descifrar estos signos tal vez pueda definir unas coordenadas fiables para...

—¡Deja de hablar con palabras raras! —se enfadó Tash—. ¿Podemos volver a casa, sí o no?

Cali sonrió.

—Lo que Tabit está intentando decir es que tenemos dos posibilidades, Tash —explicó—: o encontramos a maese Belban para que nos ayude con el portal de regreso, o Tabit tendrá que descubrir por sí mismo el modo de volver.

Tash se quedó mirándolos, anonadada.

—Pero... ¿no se supone que vosotros, los *granates*, sabéis pintar portales?

Cali abarcó su entorno con un gesto de su mano.

—Mira a tu alrededor —la invitó—. Estamos en un mundo totalmente desconocido. Que nosotros sepamos, los pintores de portales saben utilizar su arte para desplazarse en el espacio de nuestro propio mundo, y a veces, muy excepcionalmente, también en el tiempo. Pero esto... –Movió la cabeza con un suspiro–, esto es totalmente diferente. Hemos llegado tan lejos que no sé si seremos capaces de volver.

Tash se esforzó por mantener una expresión resuelta; pero le temblaba el labio inferior cuando dijo:

–Muy bien, pues empezad con ello, ¿de acuerdo? Mientras tanto, yo seguiré intentando que Rodak no se muera.

Les dio la espalda para volver a comprobar el estado de su amigo. Tabit tocó con cuidado el brazo derecho de Cali.

–Tú también estabas herida –recordó.

Pero ella negó con la cabeza.

–No es nada, de verdad.

Tabit insistió en vendarle el brazo aunque fuera de forma provisional, y Cali estaba demasiado cansada para discutir. De modo que se recostó contra la pared de piedra y le dejó hacer.

–¿Cómo hemos llegado hasta aquí? –se preguntó en voz alta, todavía desconcertada.

Tabit se frotó la sien, tratando de pensar.

–No lo sé. Aunque no tiene nada de extraño que maese Belban se equivocase en el punto de destino, dadas las circunstancias, lo cierto es que no me esperaba que fuésemos a parar a un lugar tan... diferente. No sé qué pensar.

Cali suspiró.

–Yo tengo una idea al respecto. ¿Recuerdas esa historia que me contaste sobre maeses que se habían perdido entre portales, y nunca más los habían vuelto a ver...?

Tabit sonrió, a su pesar.

–¿... o habían reaparecido a trozos? –completó–. Caliandra, eso es solo una historia tonta para asustar a los de primero.

–¿Y si no lo fuera, Tabit? ¿Y si hemos ido a parar a ese lugar en el que acaban todos aquellos que cruzan portales mal orientados?

Tabit lo consideró.

–Si existe tal lugar –razonó–, no podría haber sido descubierto hasta ahora. Que sepamos, el portal violeta que pintó maese Belban es el único de esas características que existe en el mundo.

Cali inclinó la cabeza.

–De todas formas –dijo–, estoy segura de que maese Belban nos lo explicará todo cuando lo encontremos.

Tabit calló un instante antes de decir, con delicadeza:

–Deberías contemplar la posibilidad de que no lleguemos a encontrarlo nunca, Caliandra.

Ella se irguió como si la hubiesen pinchado.

–¿Por qué? Nosotros hemos conseguido un refugio, ¿no? Él podría haberlo hecho también. Y los huesos que hemos encontrado desde luego no son suyos, así que es probable que siga vivo.

–¿Has visto cómo es este lugar? Ya no se trata solo de esas... tormentas de viento y luz, o lo que sean. No he visto nada vivo, ni plantas, ni animales... ni siquiera agua. –Bajó la voz para que Tash no pudiera oír sus palabras–. Nos hemos terminado toda la comida que traía, y apenas quedan unas gotas de agua en la cantimplora. Nuestra única esperanza, de hecho, es que maese Belban no se encuentre aquí. Porque, si está, probablemente esté muerto, y eso se deba a que no encontró la manera de volver a casa. Y si él no pudo...

Dejó la frase sin terminar, pero Cali lo había entendido.

–Comprendo –asintió–. Pero, si maese Belban logró salir de aquí dibujando un portal... tal vez, si somos capaces de encontrarlo, podamos usarlo nosotros también.

–Exacto –asintió Tabit.

Cali echó un vistazo al exterior.

–Parece que está amainando –murmuró–. Quizá no tarde en detenerse del todo.

–Saldremos entonces a buscar a maese Belban, el portal de salida o lo que podamos encontrar –le prometió Tabit–, pero, por el momento, será mejor esperar.

Una nueva oleada de luz reveló que Tash se había quedado dormida junto a Rodak, de puro agotamiento.

–Te parecerá estúpido –dijo entonces Cali, contemplándolos con cierta ternura–, pero, a pesar de todo lo que nos está pasando... yo no puedo dejar de pensar en Yunek, y en lo que nos ha hecho.

–No lo juzgues con demasiada severidad –dijo Tabit–. De verdad necesitaba ese portal, y parece ser que Kelan le prometió que se lo pintaría.

–Pero ¿era necesario que recurriera a ellos? Si hubiese esperado...

–Con todo lo que sé ahora, Caliandra –cortó Tabit–, estoy convencido de que la Academia jamás le habría concedido su portal. Salvo que hubiese estado dispuesto a pagar una cantidad que no podía permitirse, o se encontrase una nueva veta de bodarita en alguna parte. Y Yunek... o, mejor dicho, su hermana... no podía esperar tanto.

–¿Lo defiendes? –le espetó Cali, indignada–. Precisamente tú...

–No. De hecho, le dije en su momento que existían otras alternativas, que podía tratar de traer a su hermana a Maradia por otros medios... que, en el fondo, no necesitaba ese portal.

–¿Tú sabías que iba a recurrir al Invisible? –comprendió Cali–. ¿Desde cuándo?

Tabit suspiró. Decidió que había llegado la hora de contarle a Caliandra todo lo que sabía porque, a aquellas alturas, ya no tenía sentido seguir protegiéndola de la verdad.

–En realidad, el Invisible fue su segunda opción, en cierto modo –confesó.

Y le relató la conversación que había mantenido con él en Kasiba. Cali se rió amargamente.

–Yunek debería haber adivinado que te ibas a negar –comentó.

Tabit se encogió de hombros, esbozando una sonrisa de disculpa.

–Ya sé que a veces puedo ser muy puntilloso –dijo–, y que no debería defender tan a rajatabla las normas de una Academia cuyo funcionamiento interno no es del todo limpio. Pero de verdad creo que el mundo sería un lugar mejor si la gente intentara hacer las cosas bien, por difíciles que parezcan. Imagínatelo: si Yunek, Kelan, Ruris, Brot, maese Maltun... incluso maese Belban... si todos ellos hubiesen tomado una decisión diferente en un momento determinado... nosotros no estaríamos aquí ahora. Rodak estaría bien, guardando tranquilamente el portal de la lonja de Serena. Y Relia iría a clase, como todos los días, y a estas alturas quizá Unven ya se habría armado de valor para decirle lo que siente, algo que tal vez ya no pueda hacer jamás. Y todo porque en un momento dado algunas personas decidieron escoger el camino fácil.

Cali lo observaba, anonadada.

–De verdad crees todo eso –comprendió–. No lo dices por decir.

Tabit se mostró ligeramente avergonzado.

—Lo siento. Sé que suena tonto, incluso infantil, pero es lo que creo en realidad.

Cali sacudió la cabeza, entre apenada y divertida.

—No te disculpes. Todos sabemos que eres así. Por eso me sorprende que Yunek no me pidiera a mí que pintara su portal.

—Yo le pedí que no lo hiciera. Por las consecuencias, ya sabes. Él no conoce el reglamento de la Academia al respecto y...

—Cuando me dijiste que no aceptara su propuesta, la tarde que discutimos —comprendió de pronto Cali—, ¿te referías a eso?

Tabit enrojeció.

—Sí. Pero no podía ser más explícito delante de Zaut, ya sabes. Siento haberte incomodado.

Caliandra estaba perpleja.

—Pero yo creí... ah, qué estúpida soy. Pensaba que ya me había acostumbrado a todo tipo de cotilleos y en el fondo... —calló, pensativa, y alzó la mirada hacia Tabit—. Tengo que contarte algo. Sobre mí... y sobre Kelan.

—No tienes que darme explicaciones, Caliandra —repuso Tabit, muy serio.

Ella seguía con su mirada clavada en los ojos de él.

—Pero quiero hacerlo. Entre otras cosas porque, después de todo, Kelan es el Invisible, y yo... —calló, un tanto azorada.

—Saliste con él, ¿verdad? Eso no es ningún delito. Ni siquiera las normas de la Academia...

—Sé lo que dicen las normas —cortó Cali—. Las relaciones entre estudiantes no están prohibidas, siempre que se desarrollen con discreción. —Suspiró—. Que fue exactamente lo que yo eché de menos en su momento.

»Conocí a Kelan en clase de maesa Ashda. Estudié Restauración de Portales en tercero y coincidí con él en el grupo de prácticas. Me enamoré como una tonta. Pensé que era el hombre de mi vida, que seríamos muy felices juntos... Pero él solo estaba jugando conmigo. Me engañó desde el principio y yo... supongo que me dejé engañar. El caso es que, después de nuestra primera noche juntos, él decidió terminar nuestra relación. Así, sin más. Le he dado muchas vueltas desde entonces... Primero pensé que se debía a que yo le había decepcionado... en algún sentido, o en todos ellos. Pero él comenzó a alardear ante sus amigos, y al poco tiempo toda la Academia sabía lo que había pasado entre nosotros. Con pelos y señales —concluyó con un suspiro.

Tabit no respondió a eso, pero le oprimió suavemente el brazo, en señal de consuelo.

—Como comprenderás, no le tengo aprecio —prosiguió ella—. No solo me rompió el corazón, sino que destrozó mis sentimientos, mi orgullo y mi reputación. Yo era poco más que una niña, y Kelan se aprovechó de ello. Quería que supieras que, a pesar de lo que diga, hace ya mucho que no tengo nada que ver con él.

—Ya lo imaginaba —la tranquilizó Tabit.

—Así que no tenía ni idea de su doble identidad, ni he estado involucrada en ninguno de sus negocios sucios —insistió Cali—. Lo juro.

—No lo he dudado ni un solo momento —le aseguró él.

Caliandra sacudió la cabeza, entre molesta y desconsolada.

—Me siento tan estúpida... Creí que había aprendido algo de aquella primera relación, pero luego conocí a Yunek y me convencí a mí misma de que él era diferente. —Suspiró—. Tendría que haberme dado cuenta de lo que pretendía al acercarse a mí. Después de todo, ya no soy aquella quinceañera que bebía los vientos por ese idiota de Kelan —resopló.

—¿Quinceañera? —repitió Tabit, frunciendo el ceño—. ¿Cuántos años tienes ahora, Caliandra?

—Diecisiete —sonrió ella—. Me creías mayor, ¿verdad? Todo el mundo lo hace. Porque estoy en quinto y todo eso.

—Pero... pero... —Tabit seguía perplejo—. ¿Eso quiere decir que entraste en la Academia con...?

—Trece —asintió Cali—. Sé que la edad establecida para los estudiantes de primero está en quince como mínimo y dieciocho como máximo, pero mi padre tenía muchas ganas de librarse de mí, y consiguió arrancar al Consejo la promesa de que me permitirían entrar si superaba el examen de los aspirantes a la beca. En realidad, si de maese Revor hubiese dependido, no me habrían admitido. Pero a maese Denkar le gustó mi disertación, lo sometieron a votación y creo que me aprobaron por los pelos.

—Aun así, resulta impresionante —comentó Tabit; la contempló con renovado interés—. Eso significa que debimos de hacer el examen al mismo tiempo, ¿no?

Cali sonrió levemente.

—Pareces sorprendido. ¿Creías que eras el único que había tenido que estudiar para entrar en la Academia? ¿Que mis padres se limitaron a pagar mi matrícula, como pasa con todos?

Tabit sacudió la cabeza.

—Eres muy inteligente, Caliandra —respondió—. Pero el examen de ingreso requiere muchas horas de estudio previo... y reconoce que eso no se te da demasiado bien.

Cali le dedicó una alegre carcajada.

—Lo reconozco. Pero ya te he dicho que entré por los pelos y, además, soy perfectamente capaz de trabajar muy duro si algo me interesa de verdad.

Tabit asintió. Permanecieron un momento en silencio, contemplando las luces cambiantes de aquel desconcertante mundo. Entonces el joven dijo en voz baja:

—A Yunek le importas de verdad, Caliandra. Él no es como Kelan.

—No puedo saberlo —replicó ella con acidez—. También Kelan parecía muy enamorado al principio, ¿sabes? Solo con el tiempo descubrí qué clase de gusano es. De hecho, pensándolo bien, no debería sorprenderme que esté detrás de la trama del Invisible.

—Tendríamos que haberlo imaginado antes —admitió Tabit—. Después de todo, se está especializando en Restauración. Ha tenido que recorrer toda Darusia examinando portales antiguos, y sabe muy bien cuáles se usan y cuáles podrían desaparecer sin que nadie lo advirtiera. Está acostumbrado a trabajar con portales ya existentes y domina los materiales, pinceles, disolventes, espátulas... mucho mejor que la mayoría de los maeses. De ahí que pudiera borrar los portales sin dejar ni rastro de la pintura original.

—¿Quieres decir que fue él quien borró el portal de Rodak?

—Y todos los demás —asintió Tabit—. Apostaría por ello. De hecho, se me ocurre que no debió de costarle trabajo fingir que era un falso maese. Por ejemplo, como todavía no está obligado a llevar la trenza reglamentaria, podría haber utilizado una peluca más o menos burda para simular un disfraz que engañaría a sus clientes, pero no a cualquiera que conociera de verdad a los pintores de portales. Así, si alguien se molestaba en indagar un poco más, llegaría a la conclusión de que no era un maese de verdad, lo cual apartaría las sospechas de la Academia.

—Pero eso no tiene sentido —objetó Cali—. Se supone que a Ruris y Brot los mató el Invisible porque concertaron a sus espaldas la eliminación del portal de Serena. ¿Cómo iba Kelan a borrar el portal y después matar a sus cómplices por haberlo hecho?

–Eh –los sorprendió entonces la voz de Tash–. Me he dormido, ¿ha pasado algo mientras tanto?

Tabit echó un rápido vistazo a la boca de la cueva.

–Diría que el tiempo se ha estabilizado –informó–. La luz vuelve a ser verde.

–Me maravilla que eso sea una buena noticia –comentó Cali–. ¿Cómo está Rodak?

–Parece que va mejorando –repuso Tash–. Respira bien, y no tiene fiebre. Es fuerte; con un poco de suerte, saldrá de esta.

Tabit se había arrastrado por el túnel hasta el exterior. Se asomó con precaución y descubrió que la enorme bola de luz había desaparecido. El cielo había recuperado su aspecto inicial, y aquellos sinuosos relámpagos serpenteaban perezosamente sobre un fondo del color del musgo. En el horizonte permanecía el enorme cuerpo celeste de estrías blancas y rojizas. Tabit se sorprendió a sí mismo pensando que aquel paisaje parecía hasta hermoso.

Apartó aquellos pensamientos de su mente y volvió a entrar en la cueva.

–Todo está tranquilo ahí fuera –anunció–. Quizá haya llegado el momento de salir a estirar las piernas... y de buscar a maese Belban.

–Estupendo –asintió Tash–. Id vosotros, entonces. Yo me quedaré a cuidar de Rodak, y ya me contaréis si encontráis a vuestro *granate* loco... o alguna manera de llegar a casa.

Tabit se volvió hacia Cali, interrogante. Ella asintió.

–Bien –dijo Tabit–. Nos vamos, pues. Pero no tardaremos.

–Lo que sea –replicó Tash–. Y traed algo de agua cuando volváis, ¿vale? Me estoy quedando seca.

Los dos estudiantes intercambiaron una segunda mirada significativa. Pero ninguno de los dos hizo ningún comentario al respecto.

Momentos después, caminaban juntos por aquel inhóspito paraje.

–Quizá sería lo más práctico –opinó Tabit entonces–. Buscar agua, quiero decir. O comida. Por si acaso tenemos que quedarnos aquí más tiempo del que hemos calculado.

Cali se detuvo y miró a su alrededor.

–Es impresionante –comentó–. Tan extraño... tan diferente... Pero no quiero engañarme: es un mundo muerto, lo sabes tan bien como yo. Y si Tash no se ha dado cuenta aún es porque está demasiado preocupada por Rodak como para pensar en nada más. Pero no es tonta, y cuando se haga cargo de la situación...

Tabit suspiró.

–¿Qué le vamos a decir, pues? ¿Que los hemos salvado de Kelan y los suyos para traerlos a morir a un mundo inconcebiblemente lejano?

–Si utilizas delante de Tash la palabra «inconcebiblemente», no puedo garantizarte que no vaya a hacerte una cara nueva –observó Cali–. De todas formas... –Se detuvo de pronto, paralizada por la sorpresa.

–¿Qué?

Ella no respondió. Tenía la vista clavada en algo que había llamado su atención a lo lejos. Tabit siguió la dirección de su mirada, pero no vio nada extraño allí.

–¿Qué es, Caliandra?

–No lo sé, pero se mueve –murmuró ella y, justo en ese momento, Tabit lo detectó también: un pequeño punto oscuro que se deslizaba por entre las crestas rocosas que se alzaban en el horizonte–. ¡Tengo que verlo! –exclamó; y, antes de que Tabit lograse detenerla, la joven echó a correr.

–¡Espera, Caliandra! –la llamó él; pero el simple hecho de gritar le hizo perder el aliento, y tuvo que parar un instante, mientras observaba impotente cómo la figura granate de su compañera avanzaba por entre las estalagmitas espiraladas.

Sin embargo, Cali no tardó en quedarse sin resuello. Cuando Tabit la alcanzó, un poco más allá, se había apoyado contra una de las agujas rocosas y contemplaba el horizonte con frustración.

–Lo he perdido de vista –se lamentó–. No sé qué era, pero tú lo has visto también, ¿verdad? Y eso significa que no se trata de un mundo muerto, como pensábamos. Si algo puede sobrevivir aquí... tal vez nosotros también podamos.

Tabit habría podido objetar muchas cosas a aquel razonamiento, pero no lo hizo. Se encogió de hombros y siguió a Cali cuando ella reemprendió la marcha hacia la cresta donde había visto aquella forma animada.

Como no había sol, y aquel planeta rojizo parecía permanecer inalterable en la línea del horizonte, no tenían modo de calcular el paso del tiempo. Para cuando se detuvieron a descansar, a Tabit le parecía que habían pasado al menos dos horas, mientras que Cali sostenía que no había sido ni la mitad. En cualquier caso, no habían hallado señal de vida. Tampoco había agua, y ambos empezaban a sentirse espantosamente sedientos.

–Tenemos que volver –dijo Tabit–. Si nos alejamos más, corremos el riesgo de perder de vista nuestro refugio.

–¿Pretendes volver con las manos vacías? ¿Qué vamos a decirles a Tash y a Rodak?

–La verdad: que no hemos encontrado nada ni a nadie, y que tampoco hay comida ni agua. –Evocó la despreocupación con la que Tash había vaciado la cantimplora sobre el vientre sangrante de Rodak, y se preguntó vagamente si debería haberla detenido antes de que lo hiciera–. Quizá no había nada en estas rocas al fin y al cabo, Caliandra.

–¡Tú lo viste igual que yo! –protestó Cali–. ¡No intentes hacerme creer que es mentira!

–Tan solo digo que tal vez fueran imaginaciones nuestras. Existe esa posibilidad, ¿no?

–También existen otros miles de millones de posibilidades –los sorprendió de pronto una voz ronca–. Pero no las has tenido en cuenta, porque la lógica te lleva a una sola conclusión y descarta todas las demás.

Los dos estudiantes se pusieron en pie de un salto y retrocedieron unos pasos al descubrir una figura humanoide que avanzaba por entre las rocas. Iba encorvada y parecía que cojeaba; vestía ropas raídas, se cubría la cabeza con algo que parecía una cacerola y llevaba unas extrañas gafas que le daban un cierto aspecto de insecto gigante.

–La imaginación, en cambio, no tiene límites –prosiguió el desconocido; se irguió un poco más, y una culebra de luz que surcó el cielo sobre sus cabezas desterró las penumbras de su rostro–. Por eso ella es mi ayudante, y tú no –concluyó maese Belban con un gruñido, señalando a Caliandra.

Los dos jóvenes se quedaron inmóviles, pálidos, como si acabaran de ver un fantasma. Cali reaccionó primero:

–¡Maese Belban! ¡Por fin! Os hemos buscado por todas partes y...

–Me habéis perseguido por el espacio y por el tiempo, ya lo sé –cortó él, dirigiendo a Tabit una mirada penetrante–. No se puede negar que sois muy persistentes. ¿Qué es lo que queréis de mí, exactamente?

Cali se quedó sin habla. No era, ni mucho menos, el recibimiento que había imaginado. Tabit respiró hondo y dio un paso al frente.

–Caliandra estaba preocupada por vos, maese Belban –dijo, con perfecta corrección, pero sin disimular una decidida frialdad en el tono de su voz–. Disculpad si os hemos importunado, pero se nos ocurrió que tal vez vuestro... «retiro», por así decirlo... en este desolado lugar no fuese del todo voluntario.

Maese Belban se lo quedó mirando y después estalló en sonoras carcajadas.

–¡Vaya con el estudiante! –exclamó–. Retiro no del todo voluntario... ¡bonita forma de expresarlo!

–Entonces, ¿es cierto? –preguntó Cali–. ¿Estáis atrapado en este mundo?

Maese Belban le dirigió una mirada penetrante.

–¿Por qué lo preguntas, estudiante Caliandra? ¿Acaso habéis venido a rescatarme?

A pesar de la irritación que le producía la actitud del profesor, Tabit se moría de ganas de acribillarlo a preguntas. Finalmente sucumbió a la curiosidad e interrogó:

–Pero ¿cuánto tiempo lleváis aquí, maese? ¿Y cómo habéis logrado sobrevivir en un mundo muerto?

Maese Belban no contestó. Había clavado la mirada en el cielo; allí, las luces serpenteantes se mostraban inquietas de nuevo, formando rizos y espirales y dirigiéndose en lenta pero inexorable confluencia hacia un mismo punto, donde ya comenzaba a generarse un pequeño vórtice de energía pulsante.

–Va a empezar otra vez –gruñó el pintor–. Tenemos que ponernos a cubierto. Está claro que, por muy buenas que sean vuestras intenciones, tendré que ser yo quien os rescate a vosotros.

Tabit y Cali cruzaron una mirada preñada de temor. El intervalo transcurrido entre la extraña tormenta que acababan de sufrir y la que parecía avecinarse por el horizonte se les había antojado angustiosamente corto.

–Vamos, vamos, no os quedéis ahí pasmados –los apremió maese Belban–. Cualquiera de esas perturbaciones podría dejaros ciegos, si el viento no os asfixia antes o precipita vuestros cuerpos sobre esas rocas tan puntiagudas. No creo que os guste la experiencia, ¿sabéis?

Y, sin comprobar si lo seguían o no, comenzó a trepar por los riscos con sorprendente agilidad.

–¡Esperad, maese! –lo llamó Cali–. ¡No podemos irnos sin nuestros amigos!

El anciano se detuvo y la contempló desde lo alto.

–¿Qué estás diciendo? –ladró–. ¿Que hay más pimpollos como vosotros triscando por aquí? ¿Pero qué os habéis creído que es este sitio, la taberna del pueblo?

Tabit iba a replicar, pero entonces se levantó una ráfaga de viento que sacudió los pliegues de su hábito y lo dejó sin aliento.

–¡No tengo tiempo para tonterías! –prosiguió maese Belban–. Y vosotros, tampoco. ¿Dónde están esos amigos vuestros? ¿A cubierto?

Cali le señaló la elevación rocosa donde los esperaban Tash y Rodak.

–Sí –asintió–. Los hemos dejado allí, en una cueva...

–¿Es segura? –cortó maese Belban–. ¿Podrían aguantar una perturbación sin sufrir daños serios?

–Si os referís a esas extrañas tormentas de luz –dijo Tabit–, creemos que sí. Ya hemos sufrido una de ellas y...

–¡Entonces, allí están bien! –decretó maese Belban–. Sois vosotros los que corréis peligro, así que seguidme de una vez y dejad de perder el tiempo.

Tabit contempló la esfera de energía que seguía creciendo en el cielo, sobre sus cabezas, y se volvió hacia Cali, dubitativo.

–¿Qué hacemos? ¿Lo seguimos?

–Yo voy con él –dijo ella–, aunque no sé si es lo más sensato –añadió con un titubeo.

Tabit lo pensó.

–No tendremos tiempo de volver al refugio antes de que empiece la tormenta; por otro lado, si perdemos de vista a maese Belban, puede que no volvamos a encontrarlo. Además, está claro que él lleva tiempo viviendo aquí, por lo que debe de saber dónde encontrar agua y comida. Y, por último, creo que tiene razón, y Tash y Rodak están... –se interrumpió al ver que Cali no había aguardado a escuchar el final de su argumentación y corría para alcanzar a maese Belban.

–¡Con un solo motivo me bastaba, Tabit! –le gritó ella, riendo; el joven suspiró, sonrió y la siguió.

El profesor los condujo hasta la boca de una amplia cueva,

mucho más grande que la pequeña grieta en la que se habían refugiado a su llegada, y donde todavía los esperaban sus amigos. Se ampararon entre las altas paredes de piedra justo cuando el cúmulo luminoso emitía su primera pulsación. Cali gritó y se cubrió los ojos. Tabit los había cerrado con antelación, pero aun así sintió que le ardían. Notó que maese Belban tiraba de ellos hasta conducirlos a una agradable penumbra. Caminaron a ciegas, dando traspiés, hasta que el profesor los soltó. Tabit se aferró a Cali para no perder el equilibrio y se atrevió a abrir los ojos.

Se encontraban en una caverna muy similar a la que habían hallado por su cuenta, pero considerablemente más grande. Había, sin embargo, algunas diferencias: en primer lugar, en un rincón de la cueva había un montón de trastos acumulados. Algunos no eran más que basura, fragmentos de objetos más grandes que alguien habría perdido o desechado; otros, por el contrario, se encontraban en bastante buen estado. A Tabit le pareció reconocer entre ellos algunos enseres domésticos, restos de mobiliario o de ropa. Otros objetos, sin embargo, le resultaban completamente desconocidos. Algunos parecían piezas de maquinaria, e incluso reconoció algo similar a un zapato que, desde luego, no estaba diseñado para un pie humano.

—Mira —dijo entonces Cali, señalando a su alrededor.

A Tabit le costó un poco apartar la mirada de aquel cúmulo de cosas que apenas podía identificar. Pero, cuando lo hizo, lanzó una exclamación de asombro.

Las paredes de la cueva estaban recubiertas, prácticamente del suelo al techo, de una capa de lo que parecían hongos grises; los más pequeños eran aproximadamente del tamaño de la mano de Tabit, y algunos de los más grandes apenas habría podido abarcarlos con los brazos. Su aspecto no era tan extraño como el de algunas de las cosas que Tabit había visto allí, pero, pese a ello, el joven podría haber asegurado que aquella especie no provenía de su propio mundo.

—Ya tendréis tiempo de fijaros en las setas —gruñó entonces maese Belban, sobresaltándolos—, porque es lo único que comeréis el resto de vuestras vidas.

—¿Lo único...? —repitió Tabit, interesado—. ¿Queréis decir que no hay nada más de comer por aquí?

—Ni plantas, ni animales... nada —confirmó maese Belban—. Y aún tenemos suerte de que esté aquí esta colonia de hongos.

Seguramente llegaron algunas esporas a través de algún portal y, por alguna razón, las condiciones de esta caverna debieron de parecerles adecuadas para la supervivencia. No puede decirse lo mismo de ninguna otra cosa viva que haya llegado hasta aquí, salvo nosotros, claro. Y solo gracias a estas condenadas setas, así que tratadlas con respeto, ¿de acuerdo?

Se caló de nuevo las gafas, como si estuviese dispuesto a salir de nuevo al exterior, pero Tabit no se percató de ello. Su mente bullía con cientos de preguntas.

—Pero... maese Belban —lo detuvo—. ¿Qué es exactamente este lugar?

—Un basurero —respondió él—. Aquí viene a parar todo lo que se pierde a través de todos los portales abiertos no solo en nuestro mundo, sino en muchos otros que ni siquiera acertamos a imaginar.

Tabit ladeó la cabeza, considerando aquella posibilidad.

—Entonces vos no teníais intención de llegar hasta aquí, ¿verdad?

Maese Belban bufó.

—¡Claro que no! ¿Quién en su sano juicio tendría interés en acabar en un sitio como este? Pero arriesgué demasiado; la escala de coordenadas que he desarrollado ha resultado ser notablemente exacta cuando se trata de viajes en el tiempo. Pero cruzar a otras dimensiones... es mucho más complicado, entre otras cosas porque las leyes espacio-temporales no siempre funcionan de la misma manera en todas partes. En teoría debería funcionar, pero en la práctica hay demasiadas variables a tener en cuenta y, además, cada universo habla su propio lenguaje.

Tabit asintió, pensativo.

Maese Belban se envolvió en su raído abrigo y dio la vuelta para marcharse.

—Maese, ¿os vais? —preguntó Cali.

—A buscar a vuestros amigos —asintió él con un gruñido—. Pero no temáis; no los sacaré de su escondrijo hasta que termine la perturbación.

—Pero vos... ¿no estaréis en peligro también?

El viejo profesor dio un toquecito a sus extravagantes gafas.

—Voy bien equipado. Tuve que adaptar este chisme porque estaba pensado para una cabeza más grande que la mía, pero cumple muy bien su función. Lo cual me hace pensar que quizá las perturbaciones no sean exclusivas de este mundo. Pero vosotros no estáis preparados para salir al exterior, así que quedaos aquí, quietecitos y sin armar jaleo. Si tenéis hambre, ya sabéis dónde están los hongos. Se pueden cocinar de varias maneras, pero crudos también son comestibles. ¡Ah! –añadió, justo antes de desaparecer por el corredor–. Y, si os tropezáis con Yiekele, no la interrumpáis bajo ningún concepto. Está en trance.

–Yie... ¿qué? –empezó Tabit.

Pero maese Belban ya se había ido.

Tash se atrevió a asomarse apenas un poco cuando la tormenta volvió a desatarse. Las intensísimas oleadas de luz la obligaron a refugiarse de nuevo en la reconfortante penumbra de su agujero.

Estaba preocupada. Tabit y Cali aún no habían regresado, y Tash temía que aquel desconcertante fenómeno atmosférico, o lo que fuera, los hubiese sorprendido lejos de algún lugar donde cobijarse. En apariencia era solo viento y luz, pero a Tash le producía un terror instintivo, y se sentía segura allí dentro, entre paredes de roca. Nada habría logrado hacerla salir al exterior en aquel momento, y quizá por eso le parecía tan horrible el hecho de no tener aún noticias de sus amigos.

Oyó entonces una voz a su espalda; fue apenas un susurro ronco, pero le estremeció el corazón:

–Tash... ¿qué es esto? ¿Dónde estamos?

Ella regresó junto a Rodak.

–Que no se te ocurra moverte –le advirtió–. Tienes una herida bastante seria.

El muchacho se llevó la mano al vientre, pero Tash la cazó al vuelo antes de que alcanzara su destino.

–¿Qué te he dicho? –lo riñó.

Rodak sonrió.

–Ah, fueron esos piratas belesianos. Me acuerdo. Después... ¿qué pasó? Me parece que cruzamos un portal, y luego tuve un sueño extraño...

–¿Sobre un sitio raro con gusanos de luz en un cielo verde? Pues tengo malas noticias: no ha sido un sueño. Ni de lejos.

Rodak la miró sin comprender. Quiso incorporarse, pero Tash no se lo permitió.

–Eres duro de oído, ¿eh? –gruñó–. Luego tendrás tiempo de verlo por ti mismo, espero, pero ahora no se puede salir. Es como si el sol entero hubiese estallado... aunque no hay sol aquí, pero ya me entiendes. Bueno, no pongas esa cara. No es para siempre. Luego se para y todo eso.

Rodak sacudió la cabeza.

–Tash, no entiendo nada.

–Ni yo tampoco –replicó ella–. Ni los *granates*, ya puestos, aunque Tabit sigue comportándose como el sabelotodo de siempre, explicando las cosas con muchas palabras raras. Pero estoy seguro... segura... –se corrigió–, de que ni siquiera él sabe de qué está hablando.

Rodak respiró hondo.

–No hemos llegado a donde se suponía que debíamos llegar, ¿verdad?

–No lo creo. Aunque Cali dice que su profesor debería estar por aquí. Pero no sé de qué nos va a servir eso ahora.

Rodak se pasó la lengua por los labios resecos.

–Tash, tengo sed. ¿Hay agua?

Ella le tendió la cantimplora y se quedó mirando cómo Rodak apuraba con ansia las últimas gotas de agua. Él advirtió su expresión.

–¿Esto es todo lo que hay?

–Tabit y Cali han salido a buscar más.

No pudo disimular la preocupación en su tono de voz, y Rodak la observó con seriedad.

–Tash, quiero ver lo que hay ahí fuera.

–No es buen momento...

–Por favor –insistió él.

Ella suspiró.

–Bueno; pero, si se te salen las tripas, allá tú.

Sin embargo, no le permitió incorporarse, por miedo a que la herida sangrara de nuevo. Lo arrastró hasta la entrada y lo colocó de forma que viera el exterior.

–No podemos ir más lejos –le advirtió–, porque la luz hace daño a los ojos.

Aun así, Rodak tuvo que cubrirse la vista con una mano. Contempló sobrecogido las oleadas de luz que se reflejaban contra las paredes de roca.

–Esto eso...

—Una pesadilla —asintió Tash, sombría.

Lo ayudó a retirarse un poco hacia atrás, hasta un punto en el que la luz no resultase dolorosa.

—Ya me voy acordando —murmuró Rodak—. De lo que había tras el portal y de lo que pasó después. Pero... ¿de verdad dijo Tabit que deberíamos haber aparecido en la Academia, hace un montón de años?

Tash sacudió la cabeza con un resoplido.

—Estos *granates* están todos chiflados —sentenció.

Rodak la contempló con seriedad. Casi podía palpar el miedo que sentía la muchacha, pese a que ella trataba de disimularlo. Sonrió.

—Todo saldrá bien —le aseguró.

—No lo creo —discutió Tash—. Pero buen intento.

Los dos permanecieron en silencio un instante mientras, en el exterior, el cúmulo de energía parecía estallar de nuevo y el viento barría sin piedad la superficie de aquel desconcertante lugar.

Rodak se aclaró la garganta y dijo entonces:

—Tash, yo... Mira, no hemos tenido ocasión de hablar desde lo del barco...

—No hay nada de qué hablar —cortó ella—. Te gustan los chicos, yo no lo soy, fin de la charla.

El muchacho respiró hondo y colocó la mano sobre el brazo de su amiga.

—Mira, ha sido un malentendido que nos ha hecho mucho daño a los dos... Pero por mi parte no fue nada intencionado. De verdad que me importas. Aunque no podamos llevar el tipo de relación que habíamos imaginado... Podemos ser amigos, ¿no?

Tash desvió la mirada con un resoplido de desdén.

—Vale, sé que eso es lo último que uno quiere oír en estos casos —reconoció Rodak—. Pero lo digo de verdad. Cuando volvamos a Darusia... si no tienes otros planes... puedes quedarte en mi casa el tiempo que necesites. Te ayudaré a buscar trabajo en Serena, y cuidaré de ti como lo haría un hermano mayor...

—No necesito que nadie cuide de mí —replicó ella—. Puedo arreglármelas sola, muchas gracias. Además —añadió, tras un instante de reflexión—, a tu madre no le caigo bien.

Rodak sonrió.

—Eso es porque ella también creía que eras un chico. Pero te verá de otra manera cuando sepa la verdad.

Tash no pudo evitar mirarlo con curiosidad.
-¿En serio? ¿Y eso por qué?
La sonrisa de Rodak se hizo más amplia.
-Ah, porque se había hecho ilusiones con respecto a Yunek. Pensaba que lo llevé a casa porque me gustaba, que había algo entre nosotros, o algo así. Luego te conoció y se dio cuenta de lo que yo sentía por ti... y creyó que a Yunek no le haría gracia. Le ha cogido cariño, ya sabes.
Tash se quedó perpleja.
-¿Pero Yunek no estaba con Cali?
-Sí -se limitó a responder Rodak, aún sonriendo.
Tash calló un momento, rumiando toda aquella información. Después estalló en carcajadas.
-¿Y no le dijiste a tu madre que estaba equivocada? -se rió.
-Ella no me dijo a mí nada sobre Yunek -se excusó Rodak-, así que no tuve ocasión de desmentirlo. Pero me doy cuenta de esas cosas, aunque ella crea que disimula muy bien.
Tash imaginaba a la madre de Rodak agasajando a un desconcertado Yunek y no podía aguantar la risa. Rodak quiso imitarla, pero se interrumpió con una mueca de dolor.
Tash se puso seria de pronto.
-No, no te rías -se apresuró a decirle-. No debes hacer esfuerzos.
Se inclinó sobre su herida con ansiedad.
-Debería cambiarte los vendajes, pero no tengo con qué. Mi ropa está sucia y...
-No te preocupes -respondió él-. Me pondré bien, de verdad.
Tash no respondió. Apartó la mirada y la dirigió hacia la boca de la cueva.
-¿Por qué tardan tanto? -murmuró, angustiada.
Fuera, el viento seguía aullando. El resplandor disminuyó un instante, en uno de aquellos breves intervalos entre impulsos luminosos, y Tash gateó por el túnel para echar un vistazo.
De pronto, un rostro ajado de enormes ojos grises, redondos y vacíos apareció frente a ella, sobresaltándola. Tash dio un respingo y reaccionó como mejor sabía: defendiéndose.
-¡Ay! -se quejó una voz conocida-. ¡Tú, pequeño salvaje! ¿Qué haces aquí? ¿Por qué no estás en tu mina?
Tash miró con mayor atención a la doliente figura y descu-

brió que lo que había tomado por ojos eran en realidad unas extrañas lentes. Y reconoció a la persona que estaba tras ellas.

—¡El *granate* loco! —exclamó.

∽

Tabit y Cali habían pasado un rato revolviendo en el montón de chatarra, retrasando deliberadamente la hora de la comida, hasta que sus estómagos no soportaron más el hambre y se acercaron resignados a los hongos, que presentaban un aspecto muy poco apetecible. Resultó que tenían un textura gomosa y un sabor entre amargo y salado. Cali escupió el primer bocado, pero se obligó a sí misma a seguir engullendo como pudo, tratando de reprimir las arcadas.

—Ojalá tuviéramos agua —comentó, con un suspiro de resignación—. Pasaría mejor.

—Tiene que haberla —respondió Tabit—. De lo contrario, maese Belban no podría sobrevivir aquí ni aunque se atiborrase de setas.

—Quizá obtiene el agua de los hongos, ¿lo has pensado?

—¿Y de dónde la sacan los hongos? —contraatacó él.

—Vale, tú ganas otra vez —suspiró Cali. Señaló un pequeño túnel que se abría al fondo de la caverna—. Mira, allí hay luz; veamos a dónde conduce y quizá encontremos algo de agua.

El joven se mostró de acuerdo. Los dos se internaron por la galería, aunque Tabit no parecía tenerlas todas consigo.

—Quizá deberíamos esperar a Tash —opinó—. Ella es la experta en túneles, ya sabes.

Cali no respondió. Había localizado un pequeño reguero de agua, apenas un hilillo, que resbalaba por la pared de roca. Lo chupó con fruición, y después se apartó para dejar sitio a Tabit.

—¿Te das cuenta de la increíble suerte que hemos tenido? —dijo él, tras saciar su sed—. Podríamos haber aparecido en una roca totalmente muerta y... ¿Caliandra?

La joven avanzaba por el corredor, sin hacerle caso, siguiendo la luz que se adivinaba al final. Tabit se apresuró tras ella para alcanzarla.

—Oye, tienes que dejar de hacer eso —le reprochó—. Si piensas alejarte a explorar, por lo menos avísame primero. Es muy frustrante descubrir que estás hablando con las paredes, ¿sabes?

—Si te digo que quiero ir a alguna parte, seguro que encuentras mil argumentos diferentes para convencerme de que no es una buena idea —replicó ella—. Además...

Pero no terminó la frase, porque el túnel se abría de pronto ante ella, mostrando una inmensa caverna iluminada por los resplandores cambiantes del exterior, que se filtraban por varios orificios naturales abiertos en el techo. Sin embargo, lo que le había llamado la atención era algo que había en la pared rocosa, al fondo de la cueva.

Parecía un dibujo, algo similar a una media luna roja, con un entramado de trazos tan complejo y delicado como el más fino encaje. Era inmenso; tanto que, cuando estuviera concluido, la parte superior alcanzaría el techo de la caverna.

—Tabit, parece... —empezó Cali, maravillada.

—... Un portal —concluyó Tabit, sin salir de su asombro—. Pero ¿cómo es posible que maese Belban...?

—Tabit, mira —interrumpió ella, agarrándolo del brazo para indicarle algo que se movía por la pared.

A simple vista les pareció una enorme araña, que se desplazaba por el portal incompleto como si estuviese tejiendo su tela. Sin embargo, al acercarse más... descubrieron que se trataba de una figura humanoide, femenina, que trabajaba en un dibujo imposible, en un portal tan complejo e intrincado que ni siquiera parecía real. Tabit no podía apartar la mirada de aquel entramado repleto de símbolos entrelazados que formaban un conjunto de belleza excepcional e irrepetible. Y lo que más le sorprendía era que aquella criatura parecía pintar aquel portal sin diseños previos, sin medidas, sin compás... como si guardara cada detalle grabado a fuego en su memoria.

Cali, por su parte, contemplaba fascinada a la mujer que pendía sobre ellos, encaramada a la pared de roca como si estuviese adherida a ella.

Porque era una mujer, no cabía duda. Así lo indicaban las sinuosas formas de su cuerpo, que cubría solo de talle para abajo con un amplio cinturón del que colgaban vaporosas tiras de tela raídas por el tiempo.

Sin embargo, los dos jóvenes comprendieron de inmediato que no era humana. No solo por la agilidad sobrenatural con la que se desplazaba por una superficie casi vertical, sino, sobre todo, porque tenía cuatro brazos y una larga cola que movía blandamente tras ella, y que empleaba a menudo como una quinta mano, bien para dibujar delicados trazos rojos sobre la roca, bien para asirse a grietas y salientes.

Porque aquella criatura no utilizaba pinceles, sino sus propios dedos y el extremo de su cola, embadurnados de rojo, para dibujar el portal más extraordinario que habían visto jamás, sin importarle, al parecer, que dos extraños hubiesen irrumpido en su santuario y la contemplaran con la boca abierta.

Tabit avanzó un paso hacia ella, fascinado. Pero Cali lo detuvo.

–¡Espera! ¿No recuerdas que maese Belban dijo que no la molestásemos?

–¿Qué...?

Caliandra dirigió una mirada, entre maravillada y reverencial, a la criatura de brazos duplicados.

–Es Yiekele –dijo–. Y está en trance.

※

La tormenta amainó un rato después, y la esfera pulsante se desvaneció de nuevo en multitud de luces serpenteantes que volvieron a surcar el cielo con indolente placidez. Para entonces, maese Belban y Tash habían improvisado unas andas con el abrigo del profesor, en el cual esperaban poder trasladar a Rodak hasta el refugio donde los aguardaban los demás.

Pero no resultó una tarea fácil, dada la envergadura del joven guardián. Pese a que Tash era fuerte, a duras penas lograba mantenerlo en alto, y maese Belban jadeaba y avanzaba con dificultad. Rodak insistía en que quería caminar, pero ninguno de los dos se lo permitió.

Así, a trompicones, alcanzaron por fin el refugio de maese Belban, aunque tardaron más de lo que habían calculado en un principio. De hecho, cuando franquearon la boca de la caverna, las luces volvían a confluir en el cielo, anunciando el comienzo inminente de otra perturbación.

Cali salió a recibirlos.

–¡Por fin! –exclamó–. ¿Estáis bien? Temíamos que os hubieseis perdido.

–Vuestro amigo pesa como un saco de piedras –gruñó maese Belban, depositando a Rodak en el suelo con un suspiro de alivio–. Si no consigue salir de esta después de lo que nos ha costado traerlo hasta aquí, me lo voy a tomar como algo personal.

–¿Dónde está Tabit? –preguntó Tash.

–Está viendo cómo trabaja Yiekele –respondió ella, volviéndose hacia el profesor con ojos brillantes–. Es increíble lo que está haciendo en esa cueva. ¿Quién es? ¿Y de dónde ha venido?

Maese Belban dejó escapar una breve risa.

–Ah, Yiekele –suspiró, mientras él y Tash, ayudados por Cali, trasladaban a Rodak hasta la sala de los hongos–. Es una criatura fascinante, ¿verdad? Supongo que llegó aquí por error, igual que nosotros, a través de un portal mal orientado, desde algún mundo lejano. Lleva en este sitio más tiempo que yo, pero no ha perdido la esperanza de regresar al lugar del que procede. Por eso, creo yo, está dibujando ese portal.

–Pero... pero... lo hace sin instrumentos... sin pinceles...

–Lo tiene todo aquí –asintió maese Belban, señalándose la sien–. No necesita cálculos ni diseños previos. Simplemente entra en una especie de trance, escoge el lugar adecuado y comienza a pintar. Pero eso no es lo más extraordinario, muchacha: ni siquiera utiliza pintura de bodarita.

Cali se detuvo en medio del túnel, perpleja.

–¿Cómo es posible? ¿Con qué pinta, entonces?

El profesor le dirigió una mirada penetrante.

–Con su propia sangre –respondió–. Por eso está tardando tanto en terminar su portal. Necesita descansar a menudo, recuperarse... No tiene intención de morir antes de acabarlo, supongo.

–¿La sangre de Yiekele puede...? Es extraordinario.

–¿Verdad que sí? –sonrió maese Belban–. Nos considerábamos pintores de portales pero, comparados con ellos, solo somos niños que balbucean sus primeras palabras. La raza de Yiekele es capaz de leer las coordenadas del mundo sin necesidad de medirlas; de elaborar rutas de viaje sin mirar los mapas... de dibujar portales sin otro instrumento que sus propios cuerpos. Ellos son los auténticos maeses, Caliandra. Lo llevan en la sangre. Literalmente.

Cali estaba absolutamente fascinada. Maese Belban sonrió.

–¿Queréis decir que existen más como ella... en el lugar del que procede? –preguntó la joven.

–Eso parece, sí. ¿Te lo imaginas? Un mundo lleno de auténticos pintores de portales, señores del espacio y del tiempo... A menudo me he preguntado si Yiekele me permitirá cruzar su portal con ella cuando regrese a casa, pero en el fondo sé que no estoy preparado para entender ni la mitad de lo que podrían tratar de enseñarme.

–Tampoco yo entiendo la mitad de lo que dices cada vez que abres la boca, *granate* –intervino Tash, de mal humor–. Pero, si no va a servir para curar a Rodak, podrías ahorrártelo.

–Tash... –la reconvino el guardián, con voz débil. Lo habían recostado sobre un lecho que parecía confeccionado con hongos desecados.

–Pequeño picapiedras insolente... –gruñó maese Belban; pero se inclinó para examinar la herida de Rodak.

–Es una chica –dijo él.

–¡Rodak! –protestó Tash.

–Es mejor que no haya malos entendidos... para todos, pero también para ti –replicó el joven con esfuerzo.

–Eso me da igual –refunfuñó maese Belban–. Por mí, como si es hermafrodita. Pero ha hecho un trabajo bastante bueno con esto, todo hay que decirlo.

Tash iba a devolverle una réplica mordaz, pero aquel inesperado elogio la desconcertó.

–¿Podréis curarlo? –preguntó Caliandra, inquieta.

Maese Belban alzó la mirada hacia ella.

–¿Acaso tengo pinta de médico, jovencita? No, ¿verdad? Creo que lo mejor será dejarlo en manos de la pequeña salvaje, que parece que sabe lo que se hace.

–Voy a necesitar vendas –dijo ella–. Y agua. Y comida.

Maese Belban cabeceó, conforme.

–Con el tiempo he ido recolectando bastantes prendas de ropa. Algunas se parecen bastante a lo que entendemos por tejidos y quizá te puedan servir para confeccionar más vendas. También tenemos algo de agua potable, y en cuanto a la comida... –dejó escapar una risa seca mientras señalaba a su alrededor con un amplio gesto de su mano–, sírvete tú misma.

–¿Las setas se comen? –preguntó Tash, frunciendo el ceño.

–O se comen, o te mueres de hambre –replicó el maese–. Tú decides.

Tash no puso ninguna objeción a aquello. Cali ayudó a maese Belban a rebuscar en el montón de chatarra. Él mismo ya había separado en una pila más pequeña lo que parecían prendas de ropa, de modo que el proceso de selección fue bastante rápido.

—¿Habéis encontrado todo esto por aquí? —preguntó Cali, contemplando fascinada unos calzones hechos para algún tipo de ser pequeño y con cola.

Maese Belban asintió.

—Desde que llegué he dedicado parte de mi tiempo a recorrer este mundo en busca de objetos perdidos, y los he reunido aquí por si alguno de ellos me resultaba de utilidad. Algunos de ellos los he rescatado de los cuerpos de sus dueños. —Se detuvo un momento, pensativo—. Encontré los huesos de un humano, una vez. Pero por la ropa y el equipo que llevaba, podría asegurarte que no procedía de nuestro mundo. Los demás eran todavía más raros.

—Encontramos a uno de ellos —murmuró Cali, recordando los huesos que habían hallado en su primer refugio—. ¿Sucede a menudo?

—¿Que un ser vivo atraviese un portal errado, quieres decir? No lo creo. Aunque en cierta ocasión encontré un pájaro perdido, medio ciego, dando tumbos entre las rocas. Ese día, Yiekele y yo cenamos carne por primera vez en mucho tiempo. Pero no hemos vuelto a tener tanta suerte desde entonces —concluyó, con un suspiro pesaroso.

Cali no hizo más preguntas. Regresaron junto a Tash con la ropa que ella había pedido, y la hallaron comiendo hongos a dos carrillos. Rodak, a su lado, tenía entre las manos un pedazo de seta que contemplaba con desgana.

—Mira esto, picapiedras —dijo maese Belban—: es una especie de espina de algún tipo de metal inoxidable que he sacado de un cachivache que no sé para qué sirve. Está en buen estado y he pensado que podría servirte como aguja, si te decides a suturar la herida.

Tash deshilachó, pensativa, una tela de llamativos colores.

—No es mala idea, *granate* —admitió—. Pero no lo he hecho nunca, y quizá será mejor que no me arriesgue. Esperaré un poco, a ver si la herida deja de sangrar por sí sola y...

Los interrumpió la precipitada llegada de Tabit, que corría hacia ellos desde la sala del portal inacabado.

—¡Es Yiekele! —exclamó desde lejos—. ¡Se ha caído!

–Ya le dije que se estaba esforzando demasiado –gruñó maese Belban–. Quedaos aquí.

Se apresuró a reunirse con Tabit, pero Cali no obedeció su orden y los siguió a ambos hasta la caverna de Yiekele.

La hallaron tendida en el suelo, exánime. Sus cuatro brazos yacían extendidos a su alrededor, como rayos proyectados por un sol vivo. Maese Belban la examinó con el ceño fruncido.

–Se pondrá bien –dijo–. Solo necesita descansar un poco.

–Yiekele usa su propia sangre para pintar su portal –le explicó Cali a Tabit. Él la miró con escepticismo, pero maese Belban asintió, muy serio.

–Por eso se agota tan a menudo –dijo–. Probablemente dormirá bastante tiempo antes de reanudar su trabajo.

Tabit echó un vistazo al enorme mural que estaba dibujando en la roca.

–Es impresionante –comentó–. Pero ¿para qué necesita un portal tan grande?

Maese Belban se encogió de hombros.

–Tendrás que preguntárselo a ella. Y, dado que no hablamos el mismo idioma, me temo que te resultará un poco difícil.

La llevaron hasta un lecho de hongos secos muy similar al que había en la caverna de entrada. Este, sin embargo, estaba también cubierto de retazos de cosas blandas, ropa, telas... como si Yiekele hubiese tratado de construirse un cálido nido.

Tabit y Cali no podían dejar de mirarla.

De cerca era aún más asombrosa: un poco más baja que una humana normal, de cabello del color del fuego, recogido en una gruesa y larga trenza. Su piel tenía también un tono rojizo y estaba completamente tatuada, desde la frente hasta los dedos de los pies y la punta de su cola, con intrincados y sutiles arabescos de un color rojo más oscuro. Cali reprimió una exclamación al comprender que no eran tatuajes, sino parte de la coloración natural de su piel. Algunas de aquellas cenefas confluían en un punto, situado justo encima de donde aquella criatura debía de tener el corazón, y formaban una curiosa silueta con forma de estrella.

Pero lo que más impresionaba a los estudiantes eran aquellos brazos duplicados y la larga cola que se agitaba lentamente junto a ella.

–Jamás habría imaginado que pudiera existir alguien así, en algún lugar –murmuró Tabit, impresionado.

–Cualquier cosa puede existir, en cualquier lugar –replicó maese Belban–. Solo necesitas hallar las coordenadas correctas que te conduzcan hasta ella.

Tabit asintió.

–Sí, es lo que vos decíais en vuestro ensayo sobre el futuro de la ciencia de los portales. Recuerdo haberlo leído.

–Yo no –reconoció Cali, avergonzada.

–No estaba en la lista de lecturas obligatorias –la consoló Tabit generosamente.

–¿Habéis venido hasta aquí para impresionarme con vuestros conocimientos académicos? –gruñó maese Belban–. Porque, si es así...

–No –interrumpió Tabit–. Ya os dijimos que estábamos preocupados. Descubrimos las propiedades de la bodarita azul, averiguamos también que las minas están casi agotadas y nos enteramos por medio del rector de que vuestro proyecto consistía en encontrar una forma de llegar a la época prebodariana... Yo os busqué en el pasado y os vi allí, en la Academia, hace veintitrés años, ¿lo recordáis? Y me dijisteis...

–Recuerdo lo que te dije –cortó el profesor.

–Seguimos el rastro que dejasteis para nosotros... para Caliandra. La lista de coordenadas que le entregó vuestra hermana en Vanicia, la contraseña del portal violeta de Belesia...

–Todo eso era una puerta trasera –dijo maese Belban con desaliento–, un mensaje para aquellos que me siguieran, para que pudiesen encontrarme si mis cálculos resultaban erróneos... como así fue, después de todo. Pero no esperaba que llegarais tan lejos en realidad. Reconozco que lo puse difícil.

Cali lo miraba fijamente.

–Maese, ¿de quién estabais huyendo? –le preguntó de pronto.

Él le devolvió la mirada. Sus ojos azules seguían siendo tan penetrantes como siempre, pero a Tabit le pareció que estaban un poco más apagados, como si un cansancio de piedra se hubiese apoderado del viejo profesor.

–Supongo que ya sabréis que no acaté el encargo del Consejo y que utilicé la bodarita azul para mis propios fines.

Tabit asintió.

–¿Averiguasteis quién asesinó a vuestro ayudante? –quiso saber.

–No. Cuando dibujé el portal violeta, mi intención era llegar hasta un mundo en el que eso no hubiese sucedido, o hubiese ocurrido de otra manera. Pero no funcionó, y ahora estoy atrapado en una especie de basurero cósmico —concluyó, con una risa amarga.

—Pero sigo sin entender —dijo Cali— por qué hicisteis todo esto tan en secreto. ¿Tanto temíais la reprimenda del Consejo?

—Pintar portales funcionales al margen de la Academia se castiga con la inhabilitación, en todos los sentidos —recordó Tabit—, pero los portales dibujados con fines científicos o experimentales pueden tolerarse, siempre que se eliminen después. El Consejo habría tenido en cuenta este detalle, especialmente después de todo lo que habéis descubierto.

Maese Belban suspiró y se revolvió el pelo, pensativo.

—Claro, vosotros no lo sabéis. No me marché de la Academia porque esos molestos estudiantes no me dejasen trabajar en paz, ni porque el rector metiese las narices en mis proyectos. —Los miró fijamente—. Lo hice porque alguien intentó matarme. Trató de asfixiarme mientras dormía y, de nuevo, no conseguí ver quién era, porque huyó de mi habitación en cuanto logré quitármelo de encima y lanzar un grito de auxilio. Naturalmente, todos creyeron que había sido una pesadilla. Y no se lo reprocho. Después de todo, soy el maese loco, ¿verdad? —Ni Tabit ni Cali creyeron oportuno responder a aquella pregunta; además, aún estaban asimilando la sorprendente historia del profesor—. Como comprenderéis, después de eso decidí que tenía que marcharme de allí y seguir mi investigación en otra parte, lejos de consejeros susceptibles.

Tabit ladeó la cabeza, impresionado.

—¿Estáis diciendo que alguien del Consejo intentó asesinaros? ¿Porque estabais empleando la bodarita azul para tratar de cambiar el pasado?

—Algunos viejos maeses se toman muy en serio los debates académicos —dijo maese Belban—. Y hubo un gran revuelo en la sesión en la que discutimos sobre los usos de la bodarita azul. Una controversia con argumentos dignos de las mejores clases de maese Denkar, debo añadir. Podría citar al menos a tres maeses que pensaban que los viajes al pasado provocarían una catástrofe de dimensiones inconmensurables. No me sorprendería nada que alguno de ellos hubiese organizado un atentado contra mi vida.

Tabit y Cali cruzaron una mirada.

—Maese Belban —dijo entonces ella, escogiendo con cuidado las palabras—, tampoco nosotros llegamos hasta aquí en una excursión de día de asueto. Nos vimos rodeados por un grupo de personas que querían matarnos. Piratas belesianos y un estudiante de la Academia que dice ser el Invisible. Y que os estaba buscando a vos.

Maese Belban los miró un momento y después estalló en carcajadas.

—¿Qué historia absurda me estáis contando? ¿Piratas belesianos? ¿El Invisible?

—No es ninguna historia. Hirieron a Rodak en el vientre. Y a mí también —añadió, alzando su brazo lesionado.

—En su momento también se dijo que el Invisible estaba detrás de la muerte de Doril, mi ayudante —murmuró el profesor, pensativo—. Se dijeron muchas cosas entonces. Y se han contado también muchas historias sobre ese contrabandista imaginario. No me sorprendería que a algún estudiante descerebrado le haya dado por hacerse pasar por él.

—Pero el caso es que alguien mató a vuestro ayudante —insistió Tabit—. Y vos todavía no sabéis quién fue, ¿verdad?

Maese Belban lo miró, divertido.

—Hay quien dice que fuiste tú, muchacho.

Tabit enrojeció.

—Sí, bueno... nos dimos cuenta de ello cuando regresé del pasado —farfulló—. Pero, en cualquier caso, este Invisible, sea o no el auténtico, os buscaba a vos. ¿Conocéis a un tal Kelan de Maradia?

Maese Belban negó con la cabeza.

—No me suena de nada. No he tenido mucho trato con estudiantes en los últimos años, ya sabéis. Pero la persona que intentó matarme la noche que me marché era bastante joven. Podría haber sido un estudiante, sí.

—Quizá con esto tengamos pruebas suficientes para denunciar a Kelan cuando regresemos a casa —dijo Cali, animada.

—¿Cuando regresemos a casa? —repitió maese Belban con una carcajada—. ¿Y cómo esperas hacer eso?

Tabit lo miró con interés.

—¿Por qué no habéis pintado un portal de regreso, maese? —quiso saber.

El profesor seguía riendo por lo bajo.

—¿De verdad quieres saberlo? Tengo las coordenadas calculadas y anotadas, he repasado los datos cientos de veces... Por supuesto, me traje un medidor Vanhar y todo lo necesario para pintar un portal de regreso. Pero... cuando atravesé el portal y caí rodando por esa maldita montaña... se me rompió el frasco de pintura. Traté de recoger todo lo que pude, pero no fue suficiente —suspiró.

Tabit rebuscó en su zurrón y extrajo un bote de pintura de bodarita que mostró a maese Belban.

—¿Bastará con esto?

—Si quieres viajar a la otra punta de esta roca muerta, por supuesto que bastará. Pero queremos trasladarnos a otra dimensión, estudiante Tabit.

—Sí, entiendo. Necesitaríamos pintura violeta —asintió él, abatido—. Pero ¿y Yiekele? ¿No podría su sangre...?

—Ya lo hemos intentado. ¿Veis eso? —Maese Belban señaló la marca en forma de estrella que exhibía el pecho de la mujer—. Es una especie de válvula que se abre cuando necesita extraer sangre para dibujar un portal. Me costó mucho armarme de valor para pedirle que me prestara un poco. Y después dibujé un portal muy simple y pequeño, para no desperdiciarla... un portal que no se activó, pese a que estoy seguro de que las coordenadas eran las correctas.

»Tengo la teoría de que todos los mundos encierran en sí mismos la manera de viajar entre dimensiones. Pero ese secreto adquiere una forma y un lenguaje diferentes en cada uno de ellos. Ya habéis visto cómo hace Yiekele sus portales. Ella utiliza una determinada sustancia, su sangre, y un lenguaje que nos resulta desconocido. Nosotros, por el contrario, tenemos la bodarita y el lenguaje simbólico de la Academia, con el que describimos las coordenadas.

—Comprendo —asintió Tabit—. Es decir, que un portal pintado con la sangre de Yiekele no funcionará con nuestras coordenadas, de la misma forma que un portal de bodarita no se activaría si las coordenadas estuviesen escritas en el lenguaje que usa ella.

—Y Yiekele no podría pintar un portal para nosotros, porque ella no funciona así —añadió maese Belban—. Ha de entrar en trance; es algo que su mente hace de forma espontánea cuando lo considera necesario, como si conectara sin darse cuenta con el entramado espacio-temporal del universo. No se puede inducir ese estado, ni pidiéndoselo con amabilidad ni tratando de forzarla a ello. ¿Entendéis ahora por qué sigo aquí, después de todo este tiempo? –finalizó, con un suspiro.

–Entonces, ¿el problema es que no tenéis la pintura adecuada? –resumió Cali, rebuscando en los bolsillos de su hábito–. ¿Y podríais fabricar más si dispusierais, por ejemplo, de algunos fragmentos de bodarita azul?

–Eso he dicho –respondió maese Belban, con creciente irritación–. Pero, como puedes imaginar, en este mundo no... –se interrumpió al ver que la joven abría la mano para mostrarle tres rocas azules–. ¿Qué...? ¿Cómo...? –pudo balbucir, estupefacto.

Cali sonrió.

–¿De dónde la has sacado, Caliandra? –preguntó Tabit, tan maravillado como si acabara de contemplar un truco de magia, mientras maese Belban le arrebataba los fragmentos con ansiedad.

–Pues del almacén de maese Orkin, por supuesto –replicó ella–. Te propuse que la tomáramos prestada, ¿recuerdas? Y no lo consideraste una buena idea porque, según decías, iba en contra de las normas de la Academia, o algo así. De modo que lo hice por mi cuenta, la tarde antes de que fuésemos a Belesia.

Tabit sacudió la cabeza, sin saber qué decir.

Maese Belban examinaba los fragmentos con atención.

–Parecen bastante puros, sí –murmuró para sí mismo–. Quizá pueda extraer suficiente cantidad de pigmento como para hacer una mezcla equilibrada en las proporciones adecuadas... –añadió, sopesando el tamaño del bote de pintura roja que le había entregado Tabit.

–¿Y bien, maese? –preguntó Cali–. ¿Podremos volver a casa?

Él alzó la cabeza para mirarla con ojos brillantes.

–No puedo garantizarlo –respondió–, pero, desde luego, ahora tenemos muchas más posibilidades que antes de que llegarais, sin duda. ¿Lo ves? –añadió, volviéndose hacia Tabit–. Por eso ella es mi ayudante...

–... y yo no –completó Tabit con un suspiro–. Sí, maese, me ha quedado claro.

–Pero eso es injusto –protestó Cali–. Maese Belban, fue Tabit quien descifró la contraseña del portal violeta. Si no llega a ser por él, no solo no habríamos llegado hasta aquí sino que, probablemente, a estas alturas estaríamos todos muertos. Además, esas piedras azules no nos servirían de nada si él no hubiese tenido la precaución de guardar un frasco de pintura roja en su zurrón.

–Gracias, Caliandra, pero no es necesario... –Tabit se interrumpió porque Yiekele emitió un curioso sonido, similar al maullido de un gato, y abrió unos enormes ojos completamente anaranjados.

Los estudiantes retrocedieron un tanto para dejarle espacio. Pero ella no pareció sorprendida ni asustada por su presencia. Se atusó el cabello con dos manos, mientras se incorporaba apoyándose en las otras dos. Después, sonrió y ladeó la cabeza en un gesto rápido y espontáneo que acompañó con una especie de saludo:

–*¡Bune-bune sunu wi!* –exclamó, risueña, y les dedicó una risa aguda y alegre como la de un pajarillo.

⁂

Se reunieron todos en la caverna de los hongos. Tash se sobresaltó al ver a Yiekele y se mantuvo a cierta distancia de ella, pese a que le aseguraron que era inofensiva. Rodak la observó con interés, pero no hizo ningún comentario. Ella, por su parte, derramaba sobre ellos su risa cantarina, encantada de ver a tanta gente nueva.

Encendieron una pequeña hoguera que avivaron con hongos desecados, y maese Belban preparó la cena para todos, una especie de puré hecho con el único alimento que podía encontrarse allí. El viejo profesor estaba de un humor excelente, y hasta Cali admitió que, cocinadas de aquella forma, las setas no estaban tan mal.

Maese Belban anunció que, en cuanto fabricara la pintura que necesitaba, comenzaría a trabajar en el portal de regreso.

–Pero primero debemos descansar –dictaminó–. Unas horas más o menos no supondrán ninguna diferencia.

Lo cierto era que los jóvenes se sentían agotados. No tenían manera de saber cuánto llevaban allí, porque en aquel mundo no había diferencias entre el día y la noche, y los intervalos de tiempo se medían por las alternancias entre perturbaciones y momentos de calma; pero sus cuerpos exigían sueño y descanso, de modo que improvisaron unas camas con lo que tenían más a mano y se tendieron todos en torno a los rescoldos de la hoguera. Yiekele, que había comido con excepcional apetito, fue la primera en retirarse a su cueva, batiendo suavemente su cola tras de sí. Tash se relajó en cuanto la perdió de vista.

—Vosotros diréis lo que queráis —gruñó—, pero tiene cuatro brazos y la piel roja, y hasta tiene cola como los lagartos. Y eso es raro, lo miréis por donde lo miréis.

Los demás estaban demasiado cansados para discutir. Para cuando los restos del fuego se apagaron, todos estaban ya profundamente dormidos. En el exterior estalló una nueva perturbación, y sus luces pulsantes se colaron por la abertura de la caverna y danzaron de puntillas sobre los rostros de aquellos humanos perdidos en un mundo que no era el suyo.

Ellos, sin embargo, no se despertaron.

Soñaban con el momento en que cruzarían un portal violeta y regresarían a casa.

14

Un remoto recuerdo

«Día 3.042
El portal azul funciona, y las coordenadas que calculé eran correctas.

Logré trasladarme al punto temporal de destino, pero erré por unos minutos, llegué demasiado tarde y no pude salvar a Doril ni descubrir a su asesino; la ofuscación que sentí me llevó a olvidar toda precaución y fui avistado por dos personas.

La muchacha sin duda creyó ver un fantasma, o me confundió con mi versión más joven. El otro estudiante llegó también desde el presente, parece ser que siguiendo mis pasos, lo cual indica que dentro de unos días cruzará mi portal azul.

Pero ahora mismo no puedo confiar en nadie. Esta noche han intentado matarme. Tengo que escapar de la Academia y proseguir mi investigación en otra parte.»

El Libro de los Portales. Diario de investigación,
manuscrito redactado por maese Belban de Vanicia

Cali despertó sobresaltada tras una confusa pesadilla en la que huía de un monstruo que se parecía sospechosamente a Kelan. Tomaba la mano de Yunek y los dos escapaban... pero el suelo desaparecía sobre sus pies, y Yunek la soltaba y la dejaba caer...

Sacudió la cabeza, tratando de apartar aquella imagen de su mente. Miró a su alrededor, desorientada. Sintió una angustiosa opresión en el corazón al reconocer la caverna de los hongos grises.

Fuera, las serpientes de luz erraban lenta y plácidamente por el firmamento. Cali suspiró y contempló a sus compañeros. Tash y Rodak dormían profundamente, muy cerca el uno del otro. Maese Belban, por el contrario, estaba despierto, y escribía ensimismado en un grueso libro, a la débil luz de una pequeña esfera que contenía una chispa en su interior.

Tabit, sin embargo, no se encontraba en su lecho. Cali lo buscó con la mirada.

Maese Belban alzó la cabeza.

—Está con Yiekele —dijo solamente.

Cali fue a responder, pero al fin se limitó a asentir con la cabeza y a levantarse para ir al encuentro de su amigo.

Lo halló donde maese Belban le había dicho. Se había sentado frente al portal incompleto de Yiekele y lo contemplaba con los ojos brillantes, absorto en los gráciles movimientos de aquella mujer de otro mundo, que había vuelto a entrar en trance y, encaramada a la pared de roca, trenzaba quiméricos arabescos con veinte dedos y la punta de su cola.

Cali lo observó en silencio durante un momento. Tabit ni siquiera se percató de su presencia hasta que ella se sentó a su lado.

—Es tan extraño lo que hace... —murmuró él—. Quisiera poder entenderlo.

Cali contempló la obra inacabada.

—A mí me basta con saber que existe, y que es hermoso —respondió.

Los dos permanecieron callados un rato, ensimismados, mientras veían trabajar a Yiekele.

—¿Recuerdas la primera vez que atravesaste un portal? —preguntó Tabit entonces.

Caliandra reflexionó y finalmente negó con la cabeza.

—No —dijo—, pero yo debía de ser muy pequeña entonces. Teníamos dos portales privados en casa que utilizaba mi padre para los negocios, pero también para desplazamientos familiares. Están allí desde que tengo memoria.

—Yo sí lo recuerdo —dijo Tabit—. Tenía ocho años, y vivía en Vanicia, más o menos.

Calló un momento. Cali lo miró y descubrió que estaba extraordinariamente serio.

—No es necesario que me lo cuentes, si no quieres —susurró.

Tabit le dedicó una media sonrisa.

—Quiero hacerlo —le aseguró—. Después de todo lo que hemos vivido en los últimos días... lo que pasó entonces ya no me parece tan terrible. Además, si he de hablar de esto con alguien... prefiero que sea contigo.

Cali no respondió a esta confesión, pero se sintió conmovida. Le tomó de la mano, tratando de reconfortarlo con su presencia.

—Nací en Vanicia, creo –prosiguió él–. Mis primeros recuerdos tienen que ver con un hombre que decía ser mi padre. Y tal vez lo fuera, no lo sé. Durante todos estos años he fantaseado con la idea de que me hubiera recogido en alguna parte... de que no estuviésemos emparentados en realidad. Pero nunca llegué a estar seguro.

»Ese hombre, fuera o no mi padre... no era buena persona. No solo porque se dedicara a ir de pueblo en pueblo estafando a la gente, sino también porque me utilizaba para ello, y me enseñó el oficio a base de golpes. Con él aprendí a vaciar bolsillos ajenos, a desmontar cerraduras, a engañar a los incautos con juegos de manos... Pero, en el fondo, no era eso lo que quería hacer. Yo quería ser un niño «decente». Tener una casa, unos padres honrados, ir a la escuela... No sé de dónde saqué esas ideas, la verdad, porque mi padre se burlaba de mis pretensiones y decía que nunca llegaría a nada; que había nacido rufián, y rufián moriría.

»Quise demostrarle que se equivocaba, y un día me escapé y lo denuncié a los alguaciles. Lo llevaron a prisión, y pensé que se quedaría allí una buena temporada... y entonces yo sería libre para tratar de ganarme la vida de otra manera. Pero no fue así como sucedió en realidad.

»Los días siguientes fueron muy duros. Era pleno invierno, y yo no tenía ningún sitio donde cobijarme ni nadie a quien acudir. En mi ingenuidad, pensaba que bastaba con querer ser honrado para conseguirlo. Pero, aunque busqué trabajo, no encontré a nadie que me empleara. No tuve más remedio que mendigar y buscar comida donde podía. Sin embargo... me mantuve firme en mi decisión de cambiar de vida, y no robé absolutamente nada, a pesar de que me moría de hambre.

Había algo en el tono de voz de Tabit que conmovió a Cali profundamente. Más allá del orgullo con el que pronunció aquellas palabras, la joven detectó la huella de un profundo sufrimiento.

—Sin embargo, en ese caso... –se atrevió a decir–, yo entendería que lo hubieses hecho. Para sobrevivir...

Pero Tabit negó con la cabeza.

—No se trata de eso, Caliandra. Sabía que, si volvía a caer en mis antiguas costumbres, si elegía el camino más fácil... me costaría mucho volver a salir de él en el futuro. Porque sería consciente de que siempre podría recurrir al robo o al engaño en un momento de apuro. No; si cambiaba de vida, tenía que hacerlo una sola vez, y para siempre.

»Pero, si he de ser sincero, no sé cuánto tiempo habría podido mantener aquella determinación. Porque mi padre salió de prisión pocas semanas después de que lo encerraran. No sé si convenció a los alguaciles de que era inocente, o los sobornó de alguna manera... el caso es que un día lo vi de nuevo en la plaza, avanzando hacia mí entre la gente. Sabía lo que sucedería cuando me atrapara, de modo que di media vuelta... y salí huyendo.

»Ni siquiera recuerdo por qué me dirigí a los portales. Por aquel entonces los únicos que había en la plaza de Vanicia pertenecían a gremios, y yo no tenía derecho a usarlos. Aun así, me abrí paso entre reses y pastores para tratar de escapar a través del portal de los ganaderos, que conducía a Maradia, aunque yo no lo sabía; solo vi que se trataba de una vía de escape y pensé que, si permitían cruzar a cabras y ovejas, también franquearían el paso a un chiquillo fugitivo como yo.

»Por descontado, el guardián me detuvo y me prohibió seguir adelante. Lloré y supliqué mientras mi padre acortaba la distancia que nos separaba, pero el guardián se mantuvo firme. Y entonces, un hombre que estaba a punto de cruzar con dos vacas me miró y dijo: «El chico viene conmigo». Me agarró por el pescuezo y me llevó con él a través del portal.

Cali lanzó una pequeña exclamación ahogada. Había seguido la historia con gran interés, conteniendo el aliento. Tabit la miró con ternura.

–Aquel hombre y su mujer regentaban una lechería en Maradia –explicó–. Él llevaba todos los días a pastar a sus vacas a los prados de Vanicia, a través del portal del Gremio de Ganaderos, y así obtenía una leche de gran calidad, muy apreciada en la capital. Me permitieron quedarme con ellos, y durante los años siguientes ordeñé las vacas, limpié los establos, repartí cántaros de leche... Por fortuna, nunca me pidieron que regresase a Vanicia por ningún motivo. Y mi padre jamás vino a buscarme.

–Así que conseguiste lo que soñabas –murmuró Cali–: un trabajo honrado, una familia...

–No exactamente. Los lecheros tenían ya dos hijos que heredarían su negocio. Me apreciaban, pero no como a alguien de su familia. Trabajaba para ellos a cambio de comida y alojamiento.

Para mí era mucho, y siempre los recordaré con cariño y agradecimiento por ello. Pero no era su hijo; todos lo sabíamos de sobra.

—Sin embargo, tuviste que ir a la escuela en algún momento —insistió ella—. ¿Cómo, si no, pudiste ingresar en la Academia después?

—La verdad es que solo podía ir a la escuela cuando no había trabajo en la lechería, lo cual no sucedía muy a menudo. Pero para entonces ya estaba interesado en los portales. Solía pasar las horas libres en la Plaza de los Portales de Maradia, viendo ir y venir a la gente. Tuve la suerte de poder observar a un maese mientras pintaba un nuevo portal en el muro, y me escapaba todos los días para ver cómo trabajaba. Cuando el portal estuvo terminado y se activó... me pareció cosa de magia. Aquel maese me dijo que había una explicación lógica para todo aquello, pero que un chiquillo ignorante como yo no la entendería jamás.

Cali dejó escapar una alegre carcajada.

—Ahora todo tiene sentido —comentó.

Tabit sonrió.

—Cierto. Desde ese día dejé de rondar por la Plaza de los Portales y me dejé caer más por la escuela. Me apliqué muchísimo a mis estudios, con la esperanza de llegar a ser pintor de portales; pero no tardé en descubrir que la Academia era muy cara y no podría ni soñar con pagar la matrícula. Entonces alguien me habló de las becas, y decidí que tenía que intentarlo; como en la escuela del barrio no podían prepararme para el examen de ingreso, pregunté en la Academia si podía usar la biblioteca.

—¿Y te lo permitieron?

—Qué va, es solo para maeses y estudiantes. Pero descubrí que la sede de la Academia en Serena tenía también una biblioteca que, si bien no estaba tan bien surtida como la central, contaba con los textos básicos que debía estudiar para el examen y algunos más, y estaba abierta a los no académicos. De modo que todos los días, después de mis tareas en la lechería, corría a la Plaza de los Portales, hacía cola ante el portal público que conducía a Serena y llegaba allí una o dos horas antes del anochecer. Si algún día tenía más trabajo o había mucha cola en la plaza, y por tanto llegaba más tarde a Serena, sabía que apenas podría estudiar un rato antes de que cerrasen la biblioteca. Pero rapiñaba aquellos momentos, por cortos que fuesen, porque sabía que el tiempo corría en mi contra.

–¿Con cuántos años comenzaste tu preparación, Tabit? –preguntó Cali, impresionada.

–No lo recuerdo con exactitud. Quizá con once o doce años, no lo sé. Sabía que podría presentarme al examen cuando cumpliera los quince, y que, si no me daban la beca, podría intentarlo hasta dos veces más. Pero era muy consciente de que la Academia concedía becas muy raramente y, además, mi formación era autodidacta y muy deficiente. Sabía que, si no lograba entrar en la Academia, podría subsistir trabajando en la lechería, y no me disgustaba la idea. Pero para entonces ya estaba absolutamente fascinado por los portales. Deseaba con toda mi alma estudiar en la Academia, llegar a ser maese y pasar el resto de mi vida pintando portales.

»Y para eso estudiaba. Leí al menos una vez todos los libros que había en la biblioteca de Serena, primero los básicos, después los más complejos, pero aún tenía la sensación de que no sería suficiente. El conserje se acostumbró a verme allí todos los días y, con el tiempo, empezó a cerrar un poco más tarde, solo para que yo pudiera estudiar un poco más. La semana previa al examen, los lecheros me permitieron faltar al trabajo, y pasaba todo el día en la biblioteca de Serena. Y también toda la noche, porque el conserje, como medida excepcional, me autorizó a quedarme allí estudiando el tiempo que necesitara.

»Y eso me salvó la vida. Fue el año de la Gran Epidemia, ¿recuerdas?

Cali frunció el ceño, extrañada, y negó con la cabeza.

–Por supuesto que no –comprendió Tabit–. La epidemia sacudió los barrios humildes de Maradia, pero no alcanzó a la gente adinerada y, por descontado, tampoco llegó hasta Esmira.

»Fue fulminante. Un día murieron todas las vacas, y al día siguiente lo hicieron los lecheros y sus hijos, durante la semana que estuve viviendo en Serena. Si me hubiese quedado con ellos en Maradia, ahora mismo yo también estaría muerto. No soy supersticioso, pero lo consideré una señal de que debía sacar el examen adelante, pese a la tristeza que sentía por haber perdido lo más parecido a una familia que había tenido nunca. Y, de todos modos, no tenía ningún sitio al que volver. La posibilidad de ganarme la vida en la lechería se había esfumado. O entraba en la Academia, o me quedaría otra vez en la calle. Así de simple.

—E hiciste bien el examen —murmuró Cali.

—Saqué la máxima nota y me dieron la beca —respondió Tabit—. El resto ya lo conoces. Y quizá ahora comprendas por qué no me gusta hablar de mi pasado. Hice cosas de las que no me siento orgulloso y...

—Tabit, Tabit... —cortó Cali, con un suspiro; le apretó la mano con cariño—. A mí me parece que no hay nada reprochable en esa historia. Lo tenías todo en contra, pero fuiste capaz de escapar de un destino que parecía inevitable... solo porque no te parecía correcto seguir haciendo lo único que sabías hacer. Trabajaste como un esclavo para conseguir una plaza en la Academia, algo que a otros prácticamente se les regala. ¿De verdad creías que te iba a mirar de otra forma? ¿Que, de pronto, iba a ver en ti a un sinvergüenza como tu padre, en lugar de la persona buena, leal y honesta que eres en realidad?

Se le quebró la voz y no pudo continuar. Tabit se quedó mirándola, embargado por la emoción.

—Cali... —fue capaz de decir.

Ella tenía los ojos húmedos. Tabit trató de hablar, pero sacudió la cabeza, rendido ante los sentimientos que lo desbordaban. Alzó la mano para acariciar la mejilla de Cali, con el mismo cuidado que ponía cuando las yemas de sus dedos rozaban los trazos de un portal. Ella cerró los ojos con un suspiro.

Y, apenas un instante después, se estaban besando, entre titubeos al principio, con mayor seguridad después. Tabit la rodeó con los brazos, aún sin terminar de creer lo que estaba sucediendo. Cali se recostó contra él.

—¿Era... tu primer beso? —preguntó ella tras un momento de vacilación.

Él se puso rojo hasta las orejas. La joven sonrió.

—Tampoco yo tengo mucha experiencia —confesó—. A pesar de lo que digan por ahí.

—No me importa lo que digan por ahí, Cali —replicó Tabit—. Todos tenemos un pasado; lo que verdaderamente cuenta es lo que somos ahora, y lo que queremos ser en el futuro. Lo que hayas hecho antes... es asunto tuyo; es tu vida y no tengo derecho a entrometerme en ella. —Tragó saliva antes de añadir—: Sé que te va a sonar estúpido e ingenuo, como muchas cosas de las que digo, pero yo... te quiero.

Cali se tensó entre sus brazos, y Tabit temió haber ido demasiado lejos.

–Esto, por supuesto, no cambia nada si tú no quieres –se apresuró a decir–. No te sientas obligada a... quiero decir, sé que tú y Yunek...

–Yunek y yo nunca llegamos a nada –cortó ella; hizo una pausa para ordenar sus pensamientos y después prosiguió–. Me gustaba, claro que sí. Pero, desde lo de Kelan... no me había atrevido a iniciar otra relación con nadie. Cuando conocí a Yunek, pensé que con él las cosas serían distintas. Que podría abrir mi corazón al mundo otra vez. Pero quería ir paso a paso, esperar a conocerlo mejor...

Calló un momento, perdida en sus recuerdos. Tabit aguardó pacientemente a que ella siguiera hablando.

–Éramos demasiado diferentes para que aquello pudiera funcionar. A pesar de todo, yo estaba dispuesta a intentarlo; pero tenía miedo, y supongo que por eso dejé pasar el tiempo. Esperé a que Yunek diera el primer paso... y nunca llegó a hacerlo. No sé si de verdad sentía algo por mí. Si es así, nunca me lo dijo. No hemos pasado de ser amigos... y, después de la forma en que nos traicionó, puede que ni siquiera eso.

–Comprendo –asintió Tabit, tras un instante de reflexión–. Lo siento por Yunek... y también por mí –añadió, con una triste sonrisa–; porque, si ni siquiera él pudo derribar las barreras de tu corazón, yo...

–¡Pero no se trataba de eso! –cortó ella, emocionada; se incorporó para mirarlo, y en sus ojos ardía una nueva chispa de ilusión–. ¿No lo has comprendido aún? No tienes que derribar ninguna barrera porque... –inspiró hondo antes de continuar–, porque ya lo has hecho, Tabit. No sé cómo ni cuándo ha sido, pero... me he ido enamorando de ti, poco a poco y sin darme cuenta –confesó, ruborizada; sacudió la cabeza, entre divertida y desconcertada–. No puedo creerlo, te conozco desde primero. Hasta hace poco más de un mes apenas habíamos cruzado un par de frases entre clase y clase, y ahora... ahora siento que solo quiero estar contigo, y con nadie más.

Tabit sonrió, algo abrumado ante aquella felicidad inesperada.

–Pero... pero... –tartamudeó, tratando de poner en orden sus pensamientos–. Entonces... ¿eso significa que...?

Cali inspiró hondo y lo miró a los ojos. Parecía insegura de pronto.

–Tú me has contado muchas cosas –empezó–. Cosas que nunca le habías contado a nadie. Ahora es mi turno, porque quiero que lo sepas todo... Porque quiero que me conozcas de verdad antes de seguir adelante.

Tabit iba a replicar, pero comprendió que aquella confesión era importante para ella, del mismo modo que él había sentido la necesidad de hablarle de su pasado como rufián.

De modo que asintió y se dispuso a escucharla. Cali respiró hondo y comenzó:

–Seguro que has oído lo que cuentan de mí en la Academia, ¿no?

–No suelo prestar atención a los rumores –respondió él con diplomacia.

Ella le dedicó una cálida sonrisa.

–Eso es lo que dicen todos. Aunque seguro que en tu caso sí es verdad. En fin –prosiguió–, el caso es que son todo mentiras. Cuando Kelan empezó a alardear de lo que había pasado entre nosotros, decidí fingir que no me importaba. Le sentó muy mal, claro, así que se dedicó a difundir todo tipo de rumores sobre mí, y otros chicos también comenzaron a fanfarronear al respecto. Sabía que Kelan lo hacía solo para molestarme, así que no le di esa satisfacción. Nunca desmentí los rumores, pero tampoco los confirmé. No fue un mal plan, en realidad –sonrió–, porque a Kelan le sentó fatal que yo no representara el papel de doncella mancillada que a él le hubiese gustado. Él había hablado de nuestra relación como una especie de gran conquista, y yo hacía ver que no había sido para tanto. Mi reputación no volvió a ser la misma, pero su orgullo tampoco. Y solo por eso valió la pena. Además, con el tiempo dejó de importarme lo que otros pudieran pensar de mí. Yo sabía quién era Caliandra de Esmira, lo que había hecho y lo que no, lo que pensaba y lo que sentía. Y con eso me bastaba.

»Hasta hace poco, al menos, ha sido así. Pero ahora he descubierto que sí existe alguien que quiero que me conozca, que sepa cómo soy de verdad. Y no fue Yunek quien despertó esa inquietud en mí, Tabit. Has sido tú. Por eso...

–No hace falta que sigas –dijo Tabit, emocionado, atrayéndola hacia sí para abrazarla–. Lo cierto es que, si me hubiera parado a pensarlo, me habría dado cuenta enseguida de que lo que decían de ti no podía ser verdad.

–¿Y eso? –se extrañó ella.

Tabit sonrió.

–Porque, si lo fuera, te habrían expulsado de la Academia hace mucho tiempo. Pero el caso es que no me paré a pensarlo, porque en el fondo me daba igual. Eres Cali, y te quiero –declaró, mirándola con seriedad y un cariño que hizo que el corazón de Cali se estremeciera una vez más.

–Yo también a ti, Tabit –murmuró ella, emocionada.

Se quedaron así, mirándose a los ojos, hasta que decidieron que ya habían perdido demasiado tiempo con explicaciones.

Y se besaron otra vez, y ya no supieron nada más hasta que, un buen rato después, una voz conocida los sobresaltó:

–¡Arriba, estudiantes! Dejad de hacer manitas; tenemos mucho trabajo por delante.

Cali y Tabit dieron un respingo y se separaron, muertos de vergüenza. De pie, junto a ellos, se encontraba maese Belban, aunque parecía poco interesado en lo que estuvieran haciendo. Pasando por alto detalles como la melena revuelta de Cali o la respiración entrecortada de Tabit, el viejo profesor les mostraba, muy orgulloso de sí mismo, una especie de cacerola vieja en la que borboteaba algo de color violeta.

–Me ha costado mucho moler el mineral y obtener la cantidad necesaria de pigmento, porque no tenía los instrumentos apropiados –les explicó–, pero por fin he conseguido un fluido estable en las proporciones adecuadas. ¡Nos vamos a casa!

Animados por aquella buena noticia, dejaron a Yiekele inmersa en su propio portal y siguieron a maese Belban hasta la caverna de los hongos, donde los aguardaban Tash y Rodak. El guardián, aunque seguía bastante pálido, tenía mejor aspecto. Tash también parecía más relajada.

Maese Belban había escogido una superficie más o menos lisa en una de las paredes de la cueva.

–¿Tenéis pinceles? –les preguntó a los estudiantes mientras se recogía el cabello blanco en una trenza.

Tabit se apresuró a buscar en su zurrón y sacó dos más, uno para Cali y otro para él.

–Bien –prosiguió maese Belban–. Vamos a dibujar un portal básico, ¿de acuerdo? Lo más sencillo será un polígono, de modo que inscribiremos un triángulo en el círculo y cada uno de nosotros pintará en su lado lo que le parezca... siempre que no sea nada demasiado recargado, claro; andamos un poco escasos de pintura por aquí.

–¿Así, sin diseño previo ni nada por el estilo? –se sorprendió Tabit.

–Eso he dicho. Esto no es un examen, estudiante Tabit; no se trata de que el portal quede bonito, sino de que funcione. Y, como no vamos a pintar un portal gemelo en otra parte, tampoco pasa nada si no registras el diseño final.

Tabit asintió.

–De acuerdo –dijo–. Empecemos, pues.

Maese Belban mojó su pincel en la pintura violeta y trazó una circunferencia en la pared con mano experta. Tabit observó con sorpresa que, pese a no haber utilizado compás, el portal era casi perfectamente redondo. Después, el anciano dibujó un triángulo en su interior. Tabit y Cali, con sus pinceles empapados de pintura violeta y sus cabellos ya trenzados, ocuparon la posición que les correspondía.

–¿Podrás pintar con ese brazo lesionado, estudiante Caliandra? –preguntó entonces maese Belban, frunciendo el ceño.

–Soy zurda, maese –respondió ella alegremente, alzando la mano izquierda, con la que sostenía el pincel.

Maese Belban movió la cabeza, sorprendido.

–Bien, bien... tienes una mano izquierda hábil, guardas bodarita azul en los bolsillos... ¿qué más sorpresas nos reservas? Eres una joya en bruto, estudiante Caliandra.

Cali miró de reojo a Tabit, temiendo que las palabras del profesor lo hubiesen molestado. Pero los ojos de él, cuando la miró, irradiaban tanta ternura que la joven se sintió conmovida.

Los tres trabajaron en el portal violeta, cada uno en su zona, durante buena parte de la jornada. Descansaron un momento para comer y contemplaron su obra. Los trazos de maese Belban eran espiralados, claros, firmes y seguros. Cali, por su parte, había desarrollado un entramado floral, delicado y complejo, de gran belleza estética y, aun así, llevaba pintada más superficie que Tabit, que estaba plasmando un diseño geométrico, sencillo, simétrico y metódico.

—Es el portal más estrafalario que he visto en mi vida —comentó Rodak—. Sin ánimo de ofender.

—¿Verdad que sí? —dijo maese Belban—. Y ahora, basta de setas, estudiantes: hay que volver al trabajo.

Apenas unas horas más tarde, el portal estaba acabado. Era estrafalario, tal y como había observado Rodak, porque cada parte seguía un patrón diferente. Sin embargo, el círculo estaba ahí, y también el triángulo inscrito en él era perfectamente reconocible.

Maese Belban se limpió las manos en su viejo hábito y abrió su libro de apuntes.

—Yo escribiré las coordenadas —anunció—. Que alguien me pase un medidor.

Tabit le tendió el que guardaba en su zurrón. Maese Belban tomó nota de las coordenadas y las escribió en la circunferencia interior del portal. Después dibujó, en un anillo más amplio, unos símbolos que los estudiantes reconocieron al instante: las coordenadas de la Academia, incluyendo el valor temporal del presente al que pertenecían.

Por último, maese Belban trazó una tercera circunferencia en torno al portal y fue copiando en ella, uno por uno, una serie de símbolos apuntados en una de las páginas de su libro.

Tabit lo contemplaba con interés.

—Siento curiosidad, maese Belban —dijo entonces—. ¿Cómo sabéis que esas coordenadas corresponden a nuestro mundo, y no a cualquier otro?

Él le dirigió una mirada penetrante y cerró el libro de golpe.

—Está todo aquí, muchacho —replicó, señalándolo con el dedo índice—, pero probablemente aún no estés preparado para comprenderlo.

Tabit iba a responder, pero en aquel momento Tash dio un salto y se alejó un par de pasos, observando con suspicacia a Yiekele, que se acercaba a ellos con paso tranquilo.

—Ah, amiga mía —sonrió maese Belban al verla—. ¿Te has tomado otro descanso?

Ella no dio muestras de haberlo entendido. Observaba el portal violeta con evidente interés.

—¿*Suki da nuni?* —preguntó. Naturalmente, nadie le respondió. Sonrió, divertida, y tocó la trenza de Cali, comparándola con la suya propia, de un color rojo encendido. Después abrió sus cuatro brazos, tratando de abarcar el portal, como si así pudiera calcular su tamaño. Dejó tres de los brazos extendidos, pero acercó la cuarta mano a la pared de roca para rozar uno de los trazos con la yema del dedo.

–¡*Tane-tane bu!* –exclamó, encantada, al descubrir que se le había manchado de pintura violeta.

Se sentó, recogiendo su larga cola en torno a sus piernas, junto a Tash y Rodak, como una espectadora más. Tash se apartó de ella, pero se tomó la molestia de hacerlo con cierta discreción.

–Quiere ver cómo pintamos el portal –susurró Cali, todavía impresionada por la presencia de Yiekele.

–Me parece justo –opinó Tabit–. Nosotros hemos pasado horas enteras viéndola trabajar en el suyo.

–Bien; entonces, no vamos a decepcionarla, ¿verdad? –gruñó maese Belban.

Completó el tercer círculo de coordenadas y, cuando la última voluta enlazó con la primera espiral, súbitamente el portal se activó.

Tabit lanzó una exclamación de alegría. Cali batió palmas. Rodak sonrió, y Tash se limitó a observar el resplandor violeta con desconfianza, aunque con un cierto brillo de esperanza latiendo en sus ojos verdes.

Yiekele, por el contrario, contemplaba el portal, fascinada. Se puso en pie y, con pasos ágiles y elegantes, avanzó hacia el círculo de luz.

Su gesto los cogió a todos por sorpresa. Solo Cali reaccionó al comprender lo que se proponía.

–¡Yiekele, no! –la llamó–. ¡Espera!

Trató de detenerla, pero era demasiado tarde. Yiekele se agachó al atravesar el portal, y el resplandor violeta se la tragó.

–¿Qué...? ¿Por qué...? –balbuceó Tabit, desconcertado.

Maese Belban sacudió la cabeza.

–Ella piensa de manera diferente a nosotros, muchacho –respondió–. Pero no nos ha dejado alternativa: hay que seguirla antes de que el portal se cierre.

–¿Y eso por qué? –quiso saber Tash.

Cali ya había cruzado al otro lado, decidida, y Tabit se disponía a ir tras ella.

–Porque, si he acertado con las coordenadas y este portal

nos lleva de vuelta a casa, se formará un gran revuelo cuando la gente la vea pasearse por la Academia –explicó maese Belban.
–¿Y si no?
Tabit atravesó el portal. El profesor se encogió de hombros.
–No lo sabremos hasta que no estemos al otro lado, picapiedras –dijo–. Y te recomiendo que, a no ser que pretendas pasarte el resto de tu vida comiendo setas, no tardes mucho en decidirte, porque los portales no replicados permanecen activos solo por tiempo limitado –añadió, antes de que su figura se difuminara también en medio de una luz de color violeta.
–Lo que ha querido decir –tradujo Rodak, levantándose con esfuerzo– es que este portal solo está pintado aquí y no al otro lado, así que no tardará en cerrarse. ¿Quieres quedarte atrapada en este lugar? –le preguntó a Tash.
Ella negó con la cabeza. Rodak le tendió la mano, y ambos respiraron hondo y cruzaron el portal.
A sus espaldas, en el exterior de la cueva, se desató una nueva perturbación, pero ellos ya no estaban allí para apreciarla.

～

Caliandra emergió del portal. Miró a su alrededor, desorientada, y respiró, aliviada, al reconocer el estudio de maese Belban en la Academia. La pared frente a ella exhibía los dos portales azules inactivos. En medio de la estancia se encontraba Yiekele, observándolo todo con fascinada curiosidad.
Tabit casi tropezó con Cali al salir del portal.
–Apartémonos de aquí –sugirió la joven, y dejaron sitio frente al fantasmal resplandor violeta de la pared.
Inmediatamente después aparecieron maese Belban, Tash y Rodak. Los cinco humanos contemplaron en silencio cómo se desvanecía la huella luminosa del portal hasta desaparecer por completo.
Tash exhaló un profundo suspiro de alivio.
–Por fin –comentó–. Qué pesadilla. Me alegro de que hayamos escapado de ese sitio tan raro; me ponía los pelos de punta.
–Pero ¿y Yiekele? –preguntó Cali, volviéndose hacia ella–. ¿Qué va a hacer? Ha dejado su portal a medias en la caverna...
Yiekele no parecía en absoluto preocupada por ello. Se limi-

taba a mirar a su alrededor con interés. Los dedos de sus cuatro manos tocaban los objetos de la alacena como si jamás hubiese visto nada similar.

–Sospecho que ella podrá regresar a su mundo cuando quiera y desde donde quiera –suspiró maese Belban–. No necesita nada más que entrar en trance y que la dejen pintar su portal en paz. Lo único que me intriga es por qué se molestaría en dibujar ese portal gigantesco cuando podría haber hecho uno más sencillo en mucho menos tiempo. Pero quizá nunca lo sabremos.

–¿Y qué hacemos ahora con ella? –preguntó Tabit, preocupado–. ¿Se la presentamos a los maeses del Consejo, sin más?

–Estarían encantados –gruñó maese Belban–. Pero sigo sin fiarme un pelo de ellos. No me trago que un simple estudiante haya podido montar toda esa trama él solo, por listo que sea.

–¿Podéis hablar de todo esto más tarde? –los apremió Tash–. Rodak aún necesita que lo vea un médico de verdad.

–Vamos a la enfermería –resolvió Cali–. Rodak es un guardián; supongo que podrán atenderlo allí porque, en cierto modo, forma parte de la Academia.

–¡Por fin! –exclamó Tash con sorna.

–Marchaos –los invitó maese Belban–. Yo me encargaré de buscar un escondite para Yiekele.

–Llevadla al desván del círculo exterior –sugirió Tabit antes de salir de la habitación tras sus amigos–. Está en el último piso del ala de los criados, y allí no sube nunca nadie. Pero recordad cubrirla con un hábito grande o algo parecido para el trayecto, o llamará demasiado la atención.

–Bien pensado, estudiante Tabit –aprobó el profesor–. Nos encontraremos allí, entonces.

Tabit asintió y se reunió con los demás en el pasillo. Cali aspiraba profundamente.

–¡Huele a Academia! –canturreó, alegre–. ¡Hábitos granates, libros, pinceles, cuadernos de notas…! Nunca pensé que la echaría tanto de menos.

Tabit no respondió. Ayudaba a Tash a cargar con Rodak, pero había algo más en su expresión que indicó a Cali que su mente se hallaba lejos de allí.

–¿Tabit? –lo llamó ella–. ¿En qué estás pensando?

–En lo que ha dicho maese Belban –respondió él. Miró a su alrededor cuando llegaron hasta la escalera para asegurarse de que ningún estudiante podía oírlo y prosiguió, en voz más baja–. Eso de que Kelan no podría haberlo organizado todo él solo.

–¿Ese chico? –Rodak negó con la cabeza–. Es demasiado bocazas y descuidado. No habría sido capaz de llegar tan lejos sin ayuda.

–Tú calla y no hagas esfuerzos –lo riñó Tash. Rodak sonrió.

–De hecho –prosiguió, sin hacerle caso–, en el barco a Belesia dijo que recibía órdenes de alguien.

–Tiene que ser un profesor de la Academia –aclaró Tabit de pronto–. Probablemente maese Maltun, que siempre lo sabe todo.

–O maese Kalsen –aportó Cali–. Entiende de mineralogía y dicen que últimamente ha faltado mucho a clase, porque se ausenta de la Academia a menudo y... –calló un momento–. ¡No! ¡Es maese Orkin, seguro! Viaja por todas las minas y controla el suministro de bodarita. El Invisible no puede quedarse sentado en la Academia, Tabit. Aunque tuviera esbirros como Kelan y Brot para hacerle el trabajo sucio, seguro que hay cosas que no puede delegar en otros, y su grupo actúa por toda Darusia.

–Si es por eso, maese Rambel también viaja mucho. Y es el que toma nota de los encargos y sabe muy bien qué peticiones son aceptadas por el Consejo y cuáles denegadas. Tiene los datos de todos los clientes, así que podría ponerse en contacto con ellos de nuevo para ofrecerles los servicios del Invisible.

Los dos cruzaron una mirada.

–Tienes razón, tiene que ser él –dijo Cali–. Eso no explica por qué le tiene ojeriza a maese Belban pero, después de todo, la antipatía es el estado natural de maese Rambel.

–Y, de todos modos, si maese Belban iba a descubrir la forma de viajar a la época prebodariana y solucionar los problemas con el suministro de bodarita, eso podría poner en peligro el negocio del Invisible. Quizá fuera razón suficiente para enviar a Kelan a matarlo.

Cali sacudió la cabeza.

–Esto es demasiado complicado –dijo–. Y, ya que mencionas a Kelan, recuerda que la última vez que lo vimos trató de matarnos a nosotros también. Probablemente ahora mismo esté montando guardia ante el portal violeta de Belesia, por si regresamos por allí, pero no quiero arriesgarme a tropezarme con él en la Academia. Me voy a la Casa de Alguaciles a contar todo lo que sé sobre él. Solo con eso ya tendrá problemas para el resto de su vida.

–De acuerdo –asintió Tabit–, pero ten cuidado. Quizá, y solo por si acaso, deberías preguntar a maesa Ashda si sabe dónde está Kelan. Para asegurarnos de que sigue en Belesia y no va a perseguirte hasta un callejón oscuro, ya me entiendes.

Cali advirtió el tono de preocupación de Tabit y lo besó en la mejilla, sonriente.

–De acuerdo, lo haremos a tu manera. Me aseguraré de que Kelan no ronda por aquí antes de asomar la nariz fuera de la Academia. Nos vemos luego.

Tabit se despidió de ella y se quedó contemplándola mientras trotaba pasillo abajo, con el hábito revoloteando en torno a sus pies. Todavía le parecía todo un extraño sueño. Y lo más curioso era que había aceptado con naturalidad la existencia del mundo vacío del que acababan de escapar, pero todavía le costaba creer que lo que estaba sucediendo entre él y Cali fuese real. Sacudió la cabeza y prosiguió su camino junto a Tash y Rodak.

Pero había una idea que no dejaba de dar vueltas en su mente, y que tenía que ver con la conversación que acababa de mantener con Cali. Frunció el ceño, tratando de atraparla.

–Estás en las nubes hoy, ¿eh? Me pregunto por qué –se burló Tash–. Vamos, *granate*, ¿falta mucho para llegar a la enfermería?

Tabit no le hizo caso. Cali había interrumpido su razonamiento al anunciar que tenía intención de ir a la Casa de los Alguaciles, pero él, en realidad, no había terminado de pensar. Retomó su reflexión donde la había dejado. «Si maese Belban iba a descubrir la forma de viajar a la época prebodariana y solucionar así los problemas con el suministro de bodarita...», recordó. Pero eso no tenía sentido. ¿Valía la pena matar a uno de los más insignes profesores de la Academia por un experimento sin garantías de éxito? Si Kelan hubiese logrado asesinar a maese Belban, algún otro habría proseguido su investigación, y el Invisible se habría arriesgado por nada. Después de todo, su mayor baza era, precisamente, que jamás salía de entre las sombras. Había llegado a matar a Ruris y a Brot porque habían desobedecido la ley de la discreción que imperaba en su organización. «Por lo que sé, el Invisible solo ataca cuando cree amenazada su situación», reflexionó Tabit. «Cuando piensa que alguien podría hacer que dejara de ser invisible.» Rechazó aquella idea, sin embargo. Después de todo, ¿qué podría saber maese Belban del Invisible, si incluso dudaba de su existencia? Además, el profesor se había mostrado sumamente huraño a la hora de relacionarse con los demás. Solo había salido de su estudio para ir a encerrarse en aquella casita abandonada de Belesia y, después, en el último mundo al que nadie querría ir a parar.

«También estuvo lo de su viaje al pasado, claro», siguió pensando Tabit. «Pero allí no...»

Se detuvo de pronto cuando una idea lo sacudió por dentro. Y todas las piezas encajaron.

—¿Tabit? —lo llamó Tash—. ¿Qué te pasa?

La mente del estudiante seguía trabajando a toda velocidad, pero se esforzó por volver a la realidad.

—La enfermería está al final del pasillo —les indicó—, la tercera puerta a la izquierda. No tiene pérdida; decid que vais de mi parte.

—Tabit, ¿estás bien? —preguntó Rodak—. Pareces nervioso.

—Lo estoy —respondió él—. Porque, por una vez en la vida, me gustaría que mi razonamiento estuviese equivocado.

Dio media vuelta y echó a correr, sin dar ninguna explicación.

※

Cali encontró a maesa Ashda en su taller, dibujando un portal artístico, y se quedó contemplándola con una sonrisa.

Aquel portal no se activaría jamás, porque estaba dibujado con pintura roja corriente; muchos maeses consideraban una extravagancia y una pérdida de tiempo el hecho de que una pintora reputada como maesa Ashda dibujara portales inútiles solo por el placer de hacerlo y por la belleza del resultado final, pero a Cali le parecía maravilloso. Otra media docena de tablas de madera reposaban contra las paredes, cubiertas con grandes paños oscuros que protegían el arte de maesa Ashda.

Aprovechó un momento que la profesora apartaba el pincel de la tabla para observar su obra desde lejos, y carraspeó suavemente. Ella se sobresaltó al verla.

—Disculpad, maesa Ashda —se apresuró a decir Cali—. No pretendía interrumpir.

—No te preocupes, estudiante Caliandra —respondió ella con una cálida sonrisa—. Estaba ensimismada en mi trabajo y no te he oído llegar.

Caliandra avanzó unos pasos, animada por la amabilidad que siempre le había mostrado la profesora de Arte.

—No os molestaré mucho tiempo —le aseguró—. Solo quería preguntaros si habéis visto a vuestro ayudante últimamente.

Maesa Ashda frunció el ceño y le dirigió una mirada penetrante.

—¿Vuelves a ir con Kelan, estudiante Caliandra? Ah, disculpa —añadió de pronto—, eso no es asunto mío.

—No, no... —se apresuró a responder Cali—. Se trata solo de una duda académica. Pero hace días que no lo encuentro y...

—Tenía un trabajo pendiente en Belesia, creo, y todavía no ha vuelto. —Cali inspiró hondo, aliviada—. Pero quizá yo te pueda ayudar. ¿De qué se trata?

Cali titubeó. La sonrisa de maesa Ashda, afectuosa y comprensiva, la animaba a confiar en ella. Y la joven deseaba con toda su alma contarle a alguien todo lo que había sucedido. La miró. «No sabe lo de Kelan», pensó. «No sabe que es un mentiroso, un contrabandista, un ladrón, un estafador y, probablemente, también un asesino.» Se estremeció al pensar en ello, porque una parte de ella aún recordaba al muchacho del que había estado enamorada dos años atrás. Sintió ganas de llorar.

—Oh, Cali —suspiró maesa Ashda—. ¿Te encuentras bien? Ven aquí.

Ella no se hizo de rogar. Le habían sucedido muchas cosas en los últimos días; cosas que aún no había sido capaz de asimilar del todo.

Maesa Ashda le pasó un brazo por los hombros.

—Puedes contarme lo que sea —le dijo al oído, y su voz sonó como un arrullo.

Cali cerró los ojos e inspiró hondo. Después se desasió con suavidad del abrazo de la profesora.

—Sois muy amable —dijo—, pero no es nada, de verdad. Se me pasará.

Maesa Ashda sonrió.

—Ah, bien. Me alegro mucho —dijo—. En tal caso, ¿podrías echarme una mano con algo?

Cali cambió el peso de una pierna a otra, inquieta. Tenía cosas que hacer, y Tabit y maese Belban la estarían esperando en el desván donde pensaban alojar a Yiekele.

—No tengo mucho tiempo, maesa Ashda...

—Será solo un momento —le prometió ella—. Quería pedirte opinión sobre un diseño en el que estoy trabajando.

Cali sonrió, halagada. Asintió y se acercó a la profesora, que de nuevo la rodeó con un brazo para conducirla hasta uno de los paneles velados.

Y entonces, de pronto, la puerta se abrió con violencia y entró Tabit como una tromba.

—¡Cali, aléjate de ella! —gritó—. ¡Es el Invisible!

La joven se volvió hacia Tabit para decirle que aquello era absurdo... pero la mano de maesa Ashda se crispó sobre su nuca con la fuerza de una garra.

—Estudiante Tabit —lo saludó ella con serena amabilidad—. ¿A qué vienen esas prisas? ¿Qué te trae por aquí?

Tabit no apartaba la mirada de Cali. Ella no sabía cómo reaccionar, porque la acusación de su amigo le parecía absurda y, sin embargo... tenía por cierto que él jamás la habría lanzado sin una buena razón.

—Vos, maesa Ashda —dijo Tabit—. Vos asesinasteis al ayudante de maese Belban, hace veintitrés años.

Ella se quedó perpleja. Después estalló en carcajadas.

—¡Ah, ya entiendo! —exclamó—. Es una de esas bromas de estudiantes, ¿verdad? Bien jugado, Tabit. Por un momento he creído que hablabas en serio.

Pero Tabit negó con la cabeza.

—Hablo en serio —dijo—. Vos estabais allí esa noche, yo os vi. Y maese Belban también. Pero ni él ni yo os reconocimos, porque vimos solo lo que queríamos ver: a una joven estudiante inocente y asustada.

Maesa Ashda continuaba sonriendo.

—Tendrás que inventar algo mejor, estudiante Tabit. ¿Cuántos años tienes? ¿Diecinueve, veinte...? Ni siquiera habías nacido cuando sucedió todo eso. —Se puso seria de repente—. Y no deberías mencionar a maese Belban tan a la ligera; ya tendrías que saber que aquel episodio fue muy doloroso para él.

Tabit titubeó un breve instante. Pero entonces alzó la cabeza con decisión y clavó la mirada en maesa Ashda.

—¿Por qué asesinasteis a aquel estudiante, maesa Ashda? —le

preguntó de golpe–. ¿Acaso os descubrió en el almacén... haciendo algo que no debíais? ¿Erais ya el Invisible en aquella época, o pretendíais seguir sus pasos?

Ella le dirigió una mirada reprobatoria.

–Suelo ser bastante permisiva con los estudiantes, pero hay una línea que no te consiento cruzar. Semejante falta de respeto es intolerable, estudiante Tabit. No lo esperaba de ti. Como siempre has sido un estudiante ejemplar fingiré, por tu propio bien, que esta conversación no ha tenido lugar. Y ahora, si me permites, he de seguir trabajando.

Sacudió la cabeza, decepcionada, y le dio la espalda para continuar con lo que estaba haciendo antes de ser interrumpida. Retiró el paño que cubría la tabla de prácticas, revelando debajo un exquisito portal de diseño estelar.

–Tampoco yo lo esperaba de vos –replicó él a su espalda.

Cali paseaba la mirada de uno a otro, horrorizada.

–Tabit, ¿estás seguro...?

–Desearía estar equivocado, pero es la única explicación que tiene sentido –suspiró él–. Durante mi viaje al pasado me tropecé con una chica que rondaba por los pasillos... en su momento no me pregunté qué razones tendría una estudiante para andar despierta a aquellas horas. Siempre ha habido citas clandestinas en la Academia y... –frunció el ceño, de pronto, con la mirada fija en el portal que maesa Ashda acababa de descubrir–. ¿Por qué le habéis puesto coordenadas a un portal artístico? –preguntó de pronto.

Maesa Ashda solo sonrió. Dio una última pincelada al portal, y, de pronto, este se activó.

Cali se cubrió los ojos para protegerlos del inesperado resplandor. Maesa Ashda la empujó contra el tablón; la joven ahogó un grito, tratando de sujetarse a algo, pero perdió el equilibrio... y el círculo rojo se la tragó.

–¡Cali! –gritó Tabit. Corrió hacia el portal, pero se detuvo a pocos pasos de maesa Ashda–. ¿A dónde conduce ese portal? –exigió saber.

Ella sonrió de nuevo.

–Tendrás que averiguarlo por ti mismo. Puedes usar la vía rápida... o la lenta. –Acercó un trapo al último adorno que acababa de dibujar–. La pintura aún está fresca, estudiante Tabit –le advirtió.

Él comprendió que, si maesa Ashda destruía el portal, jamás encontraría a Cali. Le lanzó una torva mirada y se precipitó por el portal, en pos de su amiga.

Cuando su silueta se desvaneció del todo, maesa Ashda respiró profundamente y borró un trazo del portal con gesto hábil y rápido. La luz se apagó, y la profesora se frotó los ojos con cansancio.

Tenía mucho trabajo que hacer.

~

Tabit salió del portal llamando a Cali.

—¡Estoy aquí! —susurró ella, echándose a sus brazos. Tabit la estrechó contra sí; el resplandor rojo del portal se reflejaba en su rostro, profundamente preocupado—. ¿Qué está pasando?

Tabit se dio la vuelta, pero no tuvo tiempo de atravesar de nuevo el portal antes de que su luz se extinguiera, sumiéndolos en la penumbra.

—¿Dónde estamos? —preguntó Tabit, mirando a su alrededor.

—Parece una habitación cerrada —respondió Cali.

—*Es* una habitación cerrada —les respondió una voz ronca desde un rincón, sobresaltándolos—. O, al menos, lo será mientras los portales sigan apagados.

Los dos estudiantes descubrieron entonces que había un bulto acurrucado en un rincón.

Pero Cali había reconocido aquella voz.

—¿Yunek? —murmuró; dio unos pasos hacia él, pero se detuvo, recordando de pronto que el joven los había traicionado.

—¡Yunek! —repitió Tabit, entre el desconcierto y la indignación.

La sombra del rincón alzó la cabeza para mirarlos.

—Yo también me alegro de veros —dijo—. Aunque supongo que no habéis venido a sacarme de aquí.

—Ni siquiera sabemos dónde estamos —respondió Cali con cautela.

Sin dejar de vigilar a Yunek por el rabillo del ojo, Tabit examinó la estancia. Comprobó que no tenía ninguna puerta, ni más abertura que un estrecho ventanuco por el que apenas se filtraba un tenue rayo de luz, pero pudo distinguir en la penumbra las siluetas de dos portales dibujados en paredes enfrentadas.

Uno de ellos era el que acababan de atravesar. Ambos estaban inactivos.

—No tienen contraseña —murmuró—. Probablemente los apagan borrando algún trazo para volver a repintarlo cuando quieren activarlos. Es más rápido que tener que escribir una contraseña y esperar a que el portal se apague de forma espontánea, pero también es peligroso: el portal podría no reconectarse correctamente con su gemelo, y entonces...

—Lo hemos entendido, Tabit —cortó Cali—. Pero me gustaría saber qué es este sitio, y por qué estamos aquí.

—¿No está claro? —Yunek rió amargamente—. Es una prisión. Dejaré que adivines por ti misma qué estamos haciendo aquí. Después de todo, eres una chica muy lista.

—No lo suficiente, al parecer —replicó ella, cruzándose de brazos—, ya que me dejé engañar por un encantador uskiano que me hizo creer que sentía algo por mí.

Yunek acusó el golpe. Abrió la boca para replicar, pero no encontró palabras. Hundió los hombros y desvió la mirada.

—No vale la pena que discutamos por eso ahora —intervino Tabit, que seguía examinando los portales, con la nariz casi pegada a la pared—. Yo sé por qué estamos nosotros aquí, pero ¿qué hay de ti, Yunek? ¿Por qué te han encerrado? ¿No les dijiste todo lo que querían saber?

El joven lo miró fijamente, pero en el tono de Tabit no había reproche; solo curiosidad. De modo que suspiró y dijo:

—Bueno, me volví contra ese tal Kelan en la pelea que hubo en la isla, no sé si lo recordáis. Solo intentaba daros un poco de margen para que pudierais escapar, pero no le sentó bien. Dice que me comprometí a llevarlo hasta vuestro maese Belban, pero yo estoy bastante seguro de que solo tenía que darles la información que pudiera conseguir, y nada más. Y los acompañé hasta Belesia, donde se suponía que estaba ese profesor al que todos andáis buscando. Lo de mataros y todo eso... no estaba en el trato. Ni de broma.

Cali se quedó mirándolo, sin saber qué pensar de él. Tabit movió la cabeza.

—Ay, Yunek, Yunek —murmuró—. Siempre haces igual. A estas alturas ya deberías haber aprendido a desconfiar de los tratos que prometen soluciones fáciles.

Cali se inclinó junto a él y colocó la mano sobre su brazo.

—Yunek —dijo ella a media voz—. El otro día, cuando viniste a verme a la Academia... ¿lo hiciste solo para poder robarme el papel con las coordenadas o...?

El joven negó con la cabeza.

—También quería despedirme. Y era verdad que necesitaba verte por última vez. Supongo que en el fondo era consciente de que después de aquello no querrías volver a saber nada más de mí. —Cali no dijo nada—. Lo he fastidiado todo, ¿no? —preguntó él, con una torcida sonrisa.

—Un poco —comentó Tabit.

—Bastante —corrigió ella; se puso en pie y se separó de él—. Pero eso no explica por qué te han encerrado aquí. Si Kelan estaba molesto contigo, se me ocurren formas más prácticas de demostrarlo. A no ser, claro... que sea otro truco.

—Más o menos —admitió Yunek—. Él dijo que, si no encontraban a maese Belban por sus propios medios, siempre podría preguntarte a ti. Y que estarías más dispuesta a colaborar si creías que yo podía estar en peligro. Pero está claro que se equivoca —añadió, observando con atención a Tabit y Cali, que cruzaron una mirada—. Ah, vamos —resopló él—. Lo he visto. Estáis juntos, ¿verdad?

Ninguno de los dos vio la necesidad de negar lo evidente.

—Pero eso no significa que tengamos interés en verte muerto —dijo Tabit, frunciendo el ceño—. Después de todo, somos amigos... o lo éramos, en cierto modo.

—Yo sigo sin entender por qué busca Kelan a maese Belban, y qué pinta maesa Ashda en todo este asunto —planteó Cali.

—Es lo que trataba de advertirte. Me di cuenta justo después de despedirme de ti. Si hubiese caído en ello tan solo un momento antes...

—Entonces, ¿lo decías en serio? ¿Piensas que maesa Ashda es el Invisible?

—¿Cómo? —intervino Yunek con incredulidad—. ¿Una profesora de la Academia?

Tabit asintió.

—Ignoro los motivos por los cuales alguien como ella querría liderar una organización que se dedica a traficar con bodarita, borrar portales en desuso y pintar otros para enriquecerse a espaldas de la Academia. Pero el hecho de que todo el mundo diera por sentado que el Invisible era un hombre de los barrios bajos de Maradia o alguna otra ciudad capital le resultó muy conveniente para mantener su secreto y operar con total impunidad. Por supuesto, Kelan era su mano derecha. Supongo que lo reclutó en clase, y lo escogió como ayudante por esa razón.

»Pero, en realidad, su actividad comenzó hace muchos años, cuando aún era estudiante en la Academia. Por lo general, los futuros maeses no suelen tener problemas de dinero, pero ¿y si alguien hubiese querido ganarse unas monedas haciendo un trabajo no del todo limpio?

–¿Te refieres al mercado negro?

–Con Invisible o sin él, cosas como la pintura de bodarita o los medidores de coordenadas siempre se han pagado muy bien en todas partes –explicó Tabit–. Pero es difícil conseguirlos fuera de la Academia. Para un estudiante, sin embargo, sería relativamente fácil sustraer cosas de vez en cuando del almacén de material para venderlas a los traficantes.

»Imagina que eso es lo que hacía maesa Ashda en aquella época. Además, maese Adsen, el encargado, era ya muy anciano y probablemente no llevaba un control muy exhaustivo del material.

–¡Y la noche en que el ayudante de maese Belban fue al almacén, sorprendió allí a maesa Ashda! –comprendió Cali.

–Bueno, entonces no era maesa, sino solo una estudiante bajita, idealista y cordial. Supongo que el pobre chico se debió de llevar una buena sorpresa cuando ella se puso a golpearlo con el medidor de coordenadas. El castigo por robar material es la expulsión, pero si además se descubría que vendía esos objetos a gente de fuera de la Academia... las consecuencias para ella serían mucho más graves.

–Pero ¿de verdad habría podido hacer algo así? –A Cali todavía le costaba imaginarlo–. ¿Golpear a otro estudiante hasta matarlo?

–Es una cosa que me intrigó: que el asesino se había ensañado mucho con él. Pero tiene su explicación, si piensas que Ashda atacaba a alguien más alto y fuerte que ella, y por tanto quiso asegurarse de que no volvía a levantarse. Quizá lo engañó para que se agachara y entonces... –Cali se estremeció. Tabit prosiguió–. Cuando maese Belban y yo llegamos desde el futuro, ella ya no estaba en el almacén... pero tampoco podía regresar a su habitación con las manos literalmente manchadas de sangre, así que salió al patio para lavarse en la fuente. Y cuando volvió, se tropezó conmigo, se asustó y gritó. Yo salí corriendo al patio por la puerta que ella había dejado abierta y escapé por los portales... poniéndole en bandeja un culpable perfecto para acusar ante los alguaciles. Jamás sospecharían de una chica aterrorizada por la presencia de un feroz intruso.

Cali había escuchado aquella historia conteniendo el aliento.

–Entiendo –asintió–. Aunque sigo sin comprender qué tiene que ver maese Belban con todo esto. ¿Crees que él la vio también? Acuérdate de que nos dijo que, a pesar de haber viajado al pasado, no había logrado descubrir quién asesinó a su ayudante.

–He estado pensando en ello –prosiguió Tabit–. Tengo la teoría de que, mientras se dirigía al patio para asearse, Ashda vio a maese Belban desconsolado, con las manos ensangrentadas. Probablemente él también la vio a ella, pero quizá no la reconoció en aquel momento, porque estaba muy confuso. De hecho –añadió–, cuando yo mismo acudí a su encuentro en la escalera tampoco me reconoció al principio. Y ella... no sé si relacionaría a aquel hombre desolado y envejecido con el enérgico profesor que conocía. Quizá... –Tabit se pellizcaba el labio inferior, pensando intensamente–. ¡Quizá nos vio conversar a ambos en la escalera! –exclamó de pronto–. Tal vez nos espiaba desde las sombras... tal vez me oyó llamar a maese Belban por su nombre... pero, en cualquier caso, no podía comprender qué estaba pasando, claro. Seguramente permaneció oculta hasta que los dos nos marchamos corriendo por el pasillo. Entonces fue cuando salió al patio y, al entrar de nuevo, se topó conmigo... cuando me dirigía hacia el círculo exterior en busca de un lugar discreto para dibujar mi portal de regreso. No me extraña que se asustara, después de lo que había visto. Por otro lado, al día siguiente el maese Belban más joven presentaba un aspecto normal, afirmaba que no había salido de su habitación y no parecía recordar nada de lo que había sucedido la noche anterior. ¿Cómo explicar aquello? Probablemente, Ashda se guardó para sí lo que había visto, pero nunca lo olvidó. En aquel momento, no tenía modo alguno de adivinar que el maese Belban más viejo era en realidad un visitante del futuro. Eso no lo ha descubierto hasta hace poco... veintitrés años después del asesinato.

–¡Claro! –exclamó Cali–. Maesa Ashda forma parte del Consejo. Seguro que asistió a la reunión sobre los usos de la bodarita azul y, cuando le encargaron la investigación a maese Belban, ató cabos y...

–Y fue entonces cuando comprendió que él había regresado, o regresaría en algún momento al pasado para tratar de evitar la muerte de su ayudante. Y lo que había visto aquella noche, veintitrés años atrás, cobró sentido para ella. Por eso envió a Kelan a matar a maese Belban antes de que tuviera ocasión de averiguar más cosas sobre aquel asesinato. Pero Kelan fracasó, maese Belban se fue de la Academia y entonces...

–... Entonces maesa Ashda descubrió que nosotros estábamos investigando sobre la desaparición del portal de Serena... que había sido obra del Invisible.

–Obra de Kelan, en realidad –corrigió Tabit–. Quizá quiso asegurarse unos ingresos extra y se confabuló con Brot y con Ruris para aceptar un encargo de los pescadores belesianos y borrar el portal de la lonja de Serena. Y eso, en un momento en que la verdadera identidad del Invisible podía quedar al descubierto a causa de los experimentos de maese Belban... no sentó nada bien a maesa Ashda.

Cali se estremeció.

–¿Crees que ella mató a Ruris y a Brot?

–Sí y no. Creo que esas muertes fueron obra de los piratas belesianos, o quizá de Redkil o de algún otro esbirro, pero en cualquier caso ellos actuaban siguiendo órdenes de maesa Ashda. Obviamente, ambos fueron asesinados porque la habían traicionado. Pero en tal caso Kelan... Kelan debería haber muerto también –murmuró, frunciendo el ceño, pensativo.

–Yo tampoco le tengo cariño –apuntó Cali–, pero... ¿de verdad crees que maesa Ashda...?

–Sí –respondió Tabit con rotundidad–. La creo capaz de eso, y de mucho más. Pero ¿por qué castigó a Brot y Ruris por su traición y, sin embargo, Kelan sigue con vida?

–Bueno, supongo que siempre puedes contratar a un matón en cualquier parte –dedujo Cali–, pero no es tan sencillo encontrar pintores de portales competentes y dispuestos a traicionar a la Academia. Además, que yo sepa, ahora mismo no nos sobran expertos en Restauración.

–Entiendo que Kelan sea una pieza valiosa en la organización del Invisible –asintió Tabit–. Una pieza tan cualificada y especializada que le habría costado mucho sustituir. Aun así, no dejaba de ser un traidor que, al borrar el portal de Serena, los había puesto a todos en evidencia. Y no puedes asegurarte de que alguien que actúa por libre no vaya a volver a hacerlo en el futuro.

–Sí puedes –intervino de pronto Yunek–: lo amenazas, lo intimidas y le metes el miedo en el cuerpo, mostrándole lo que le pasará si se le ocurre volver a traicionarte.

–«Muerte a todos los traidores» –comprendió Tabit de pronto–. Por eso la ejecución de Ruris no fue tan discreta como la de Brot. Maesa Ashda la aprovechó para hacer creer a los alguaciles que los asesinos habían sido los propios pescadores de Serena, y también para advertir a Kelan de lo que le sucedería si volvía a actuar a espaldas del Invisible.

Cali se estremeció. Tabit seguía reflexionando.

–Pero, a cambio del «indulto» –prosiguió–, Kelan tuvo que ocuparse de las tareas que normalmente llevaba a cabo Brot, como contactar con los clientes... y de ahí que se reuniera contigo en Kasiba, Yunek. Por otro lado, para entonces maesa Ashda ya debía de saber que andábamos tras la pista de maese Belban, incluso que podíamos viajar al pasado. Así que aprovechó que Yunek era un cliente potencial para su organización y al mismo tiempo amigo nuestro, más o menos, para obtener información sobre nosotros... información que pudiera conducirla hasta maese Belban.

Los dos estudiantes se volvieron hacia Yunek, pero él no les devolvió la mirada.

–Sin embargo, Tabit –dijo entonces Cali–, tú también viste a maesa Ashda aquella noche. ¿Crees que ella... se acordaba de ti? Quiero decir... si yo hoy conozco a un chico misterioso que desaparece y veinte años después lo descubro entre los alumnos de mi clase, exactamente igual...

–Veinte años es mucho tiempo –hizo notar Tabit–. Probablemente no recordaba mis rasgos con claridad y, aunque lo hubiese hecho, cuando se reencontró conmigo años más tarde le resultaría más lógico pensar que yo era un pariente de aquel intruso, quizá su hijo o su sobrino... No que en el futuro me convertiría en un viajero del tiempo.

»En cualquier caso, si maesa Ashda se ha preguntado alguna vez si soy o no un estorbo, no me cabe duda de que a estas alturas ya ha tomado una decisión al respecto. Si estamos aquí ahora, y no muertos, es porque sabe que podemos revelarle el paradero de maese Belban.

–¿Ah, sí? –preguntó Yunek, alzando la cabeza–. ¿Lo sabéis de verdad?

–Sí –sonrió Tabit–, pero, obviamente, no te lo vamos a decir.

Yunek se encogió de hombros.

–Tampoco me interesa. Solo me estaba preguntando qué le vais a decir a él –añadió, señalando el segundo portal, que acababa de activarse, como si el joven lo hubiese invocado con su comentario.

Tabit se enderezó.

–¡Cali, mira! –exclamó–. ¡Quizá podamos atravesarlo antes de que...!

Pero no tuvo tiempo de intentarlo siquiera. Varias figuras se recortaron contra la luz rojiza, bloqueándoles la salida.

Cuando la luz del portal menguó, los tres descubrieron que se trataba de Kelan, acompañado por cuatro de sus matones.

–Queridos amigos –los saludó ampulosamente–. Me alegra comprobar que habéis regresado sanos y salvos de dondequiera que estuvieseis.

–Pues nosotros no nos alegramos de verte a ti –gruñó Cali–. Así que escupe de una vez qué es lo que quieres y no nos obligues a seguir soportando tu nauseabunda presencia.

La sonrisa de Kelan se esfumó.

–Cal, tú siempre tan agradable –murmuró–. Está bien, nos saltaremos los preámbulos. Cogedla –ordenó.

Dos de sus hombres la aferraron; Cali gritó y forcejeó, pero no consiguió liberarse. Cuando Yunek y Tabit corrieron en su ayuda, los otros dos sicarios los mantuvieron a distancia con sus dagas.

–Ya veo que necesitas conseguir chicas por la fuerza –jadeó Cali–. ¿Es que tus encantos ya no son lo que eran?

–Cierra la boca –le espetó Kelan. Hizo una seña y uno de sus hombres colocó el filo de su navaja en el cuello de la joven. Cali contuvo el aliento–. Ya no tienes tantas ganas de hacer chistes, ¿verdad? Pero no he venido aquí para que me digas cuánto me echas de menos. –Se volvió hacia Tabit y Yunek, que contemplaban la escena, horrorizados–. Vosotros dos: me vais a decir dónde está maese Belban a la de tres, o ella morirá. Uno...

–¡Yo no lo sé! –gritó Yunek–. ¡Te juro que no lo sé!

–Dos...

—Kelan, déjala —murmuró Tabit, pálido como un muerto. Él sonrió con frialdad y centró su mirada en el estudiante.
—Vaya —observó—. Tenemos un ganador.
—No se lo digas, Tabit —pudo decir Cali.
Kelan ni se molestó en mirarla.
—Tre...
—Está bien, está bien —se apresuró a contestar Tabit—. De acuerdo, te lo diré, pero déjala en paz. Maese Belban está... o debería estar... en el desván de la Academia, el del círculo exterior.
Kelan ladeó la cabeza para mirarlo con curiosidad.
—¿Y por qué debería estar allí? —quiso saber—. No regresasteis a través de ese portal violeta tan extraño, ¿verdad?
—No —respondió Tabit—. No estaba replicado en el lugar de destino, así que se desvaneció en cuanto lo atravesamos. Tuvimos que dibujar uno nuevo y, por supuesto, escribimos en él las coordenadas de la Academia. Hemos regresado hace apenas un rato con maese Belban y... bueno, él pensó que sería una buena idea esconderse de los que querían verlo muerto.

Kelan lo observó un segundo y finalmente se volvió hacia el sicario y asintió. El hombre retiró el cuchillo del cuello de Cali, y ella exhaló aire, aturdida.

—Supongo que ahora sí que estamos muertos del todo —murmuró Yunek—. Si no los tres, por lo menos sí nosotros dos.

—Todavía no —respondió Kelan—. Primero iremos a comprobar que vuestra historia es cierta. Si no encontramos a maese Belban donde habéis dicho, regresaremos y repetiremos el interrogatorio... y esta vez intentaré ser un poco más... persuasivo —añadió, acariciando la mejilla de Cali con los dedos. Ella le escupió. Kelan le dedicó una fría sonrisa.

—¿Qué modales son esos, Caliandra de Esmira? —se burló—. ¿Qué diría tu padre si te viese comportarte como una moza de cuadra cualquiera?

—Apuesto a que tú sabes mucho de mozas de cuadra —replicó ella.

Él no se molestó en responder. Hizo una seña a sus matones y salieron todos de nuevo por el portal.

Tabit se precipitó tras ellos, pero el portal se apagó de pronto y el joven chocó contra una pared de piedra sólida.

En la enfermería, Tash estaba empezando a preguntarse qué había sido de los *granates*.

—Están tardando mucho, ¿no? —preguntó, inquieta.

—La Academia es grande —respondió Rodak con esfuerzo; reprimió una mueca de dolor cuando el médico retiró los vendajes resecos—. Además, quizá quieran estar solos. Ya me entiendes.

Tash negó con la cabeza.

—Conozco a Tabit: primero el deber y luego el placer. Algo pasa. Voy a buscarlos, pero no tardaré. Estás en buenas manos —añadió, oprimiéndole el brazo con afecto.

Salió de la enfermería y recorrió las dependencias de la Academia, sumida en hondas reflexiones. Algunos estudiantes se detenían a mirarla, pero ella no les prestó atención. Hasta que no se tropezó con un maese conocido, cuya excepcional altura le tapó la luz por un momento, no recordó que, en realidad, ella ya no tenía permiso para estar allí.

—¡Otra vez tú, pequeño gamberro! —tronó maese Saidon—. ¿Cuántas veces tendré que echarte de aquí? ¿Y cómo has entrado esta vez? ¿Escondido en la saca del correo?

—Ah, no —murmuró Tash—. Ahora no tengo tiempo para esto, *granate*. Aquí pasa algo raro, y Tabit y Cali podrían estar en peligro.

Maese Saidon se cruzó de brazos.

—Vaya, esta historia es aún mejor que la de la última vez —comentó—. Vamos a ver qué opina el rector.

—¡Ni se te ocurra ponerme las manos encima...! —empezó a protestar Tash; pero maese Saidon, haciendo caso omiso de sus quejas, se la llevó a rastras, pasillo abajo, en busca de maese Maltun.

※

Yiekele había entrado en trance apenas unos instantes después de que ella y maese Belban franquearan la puerta del desván. El profesor la ayudó a despejar un rincón para proporcionarle una pared y contempló, fascinado, cómo del pecho de ella comenzaba a manar un reguero de sangre espesa y oscura. Yiekele, con sus ojos naranjas totalmente dilatados y desenfocados, untó sus dedos en aquella sustancia, se acercó a la pared y comenzó a pintar.

Las yemas de sus dedos dibujaron, ágiles y delicadas, un entramado serpenteante de líneas que confluían y se separaban, de trazos que se enroscaban sobre sí mismos y se unían a otros para formar un patrón aparentemente al azar.

Aquel portal era mucho más pequeño que el que había dejado a medias en la caverna y, pese a su indescriptible belleza, también parecía bastante más simple. Los dedos de Yiekele trenzaban volutas y espirales con rapidez, y maese Belban advirtió, interesado, que a aquel ritmo no tardaría en acabarlo. Se sentó a observarla y abrió su diario de trabajo para tomar nota de todo aquello.

Momentos después, alguien entró en el desván.

—Estáis aquí, maese Belban —se oyó una voz femenina, ligeramente sorprendida—. Estábamos preocupados por vos.

—Ah, maesa Ashda —respondió él sin volverse—. Ven a ver esto; estoy seguro de que sabrás apreciarlo.

Ella seguía hablando:

—La estudiante Caliandra me avisó y... —se interrumpió de pronto al ver a Yiekele y aspiró con fuerza—. Por todos los...

Maese Belban sonrió.

—Es hermosa, ¿verdad? Pero no la molestes; está dibujando un portal.

Maesa Ashda ladeó la cabeza, impresionada.

—¿Un... portal? Pero... ¿qué clase de...?

—Es una criatura que procede de un mundo en el que los pintores de portales no necesitan más instrumentos que su propio cuerpo para ejercitar su arte.

Ella calló un momento, atónita, asimilando aquella información.

—Es... un portal bellísimo —pudo decir por fin, con franca admiración—. ¿Con qué está pintando? ¿Con... los dedos de cuatro manos... y una... cola? —añadió, contemplando el apéndice caudal de Yiekele con cierto reparo—. Y... ¿funcionará?

—Funcionará —asintió él.

Ella entornó los ojos con interés y se sentó junto al anciano profesor.

—¿De veras? Contadme más.

Él le dirigió una cansada sonrisa.

—Y después, ¿qué harás? ¿Me matarás a mí también? Dime, ¿has traído un medidor de coordenadas o has refinado tus métodos desde la noche en que asesinaste a Doril?

Maesa Ashda se levantó con brusquedad y lo observó con una mezcla de odio y horror. Echó una rápida mirada de reojo a Yiekele; pero ella seguía pintando su portal sin prestar atención a nada más.

–De modo que lo sabíais –murmuró la profesora.

Maese Belban negó con la cabeza.

–No lo he sabido hasta hace unos instantes, Ashda. Has cubierto muy bien tu rastro y en todos estos años jamás se me ocurrió sospechar de ti. Ni siquiera después de mi accidentada visita al pasado. Recuerdo vagamente haberme topado con una joven estudiante aquella noche, tras encontrar el cuerpo del desgraciado Doril en el almacén... pero mi memoria no es lo que era, y no te reconocí. Y de todas formas, aunque lo hubiese hecho, todos estos años he imaginado al asesino de Doril como alguien distinto... jamás podría haber sospechado de la niña amable y aplicada que eras entonces. Cómo nos has engañado a todos, muchacha.

Maesa Ashda no dijo nada. Solo seguía observándolo fijamente, con un brillo calculador en la mirada. Había vuelto a componer una expresión de serena indiferencia, como si las acusaciones del anciano no tuvieran nada que ver con ella.

–Sin embargo –prosiguió maese Belban con gravedad–, el afán por borrar tus huellas ha sido lo que te ha delatado en esta ocasión. Si te hubieses limitado a saludar al entrar por la puerta, probablemente yo no habría llegado a cuestionarme tu presencia aquí.

»Pero has sentido la necesidad de justificarte, y has mencionado a la estudiante Caliandra. Y eso me ha llamado la atención. No conozco muy bien a mi nueva ayudante, pero sí sé que ella jamás habría delatado mi escondite a ningún profesor de la Academia. Al menos, no voluntariamente –le lanzó una mirada penetrante, pero maesa Ashda no se movió–. Así que... dime, ¿todo esto tiene algo que ver con tu padre?

Ante aquellas palabras, la fría actitud de la profesora de Arte se desmoronó como un castillo de naipes, y su rostro se contrajo en un rictus de rabia.

–¡*Todo* tiene que ver con mi padre! –exclamó–. Pero me sorprende que lo recordéis. La Academia siempre ha hecho gala de una asombrosa habilidad para dar la espalda a los maeses caídos en desgracia.

—Yo lo recuerdo —replicó maese Belban con sequedad—. Maese Telvor de Maradia. Estudiamos juntos, fuimos amigos. Hasta que él traicionó el juramento de la Academia y fue penalizado según las normas.

—¡Las normas! —escupió maesa Ashda con desdén—. ¡Le sacaron los ojos y le cortaron la lengua y los pulgares! Se convirtió en un paria; aún pide limosna en los alrededores de la plaza. ¿Y todo por qué? ¡Porque enseñaba a su hija a pintar portales!

—Ah, su hija... Una muchacha que podría haber entrado en la Academia y aprender la ciencia de los portales a través de los canales adecuados... como, en efecto, llegó a hacer años después, en cuanto cumplió la edad mínima para el ingreso. El Consejo debió de pensar en su momento que había algo raro en tu deseo de ser maesa... y de estudiar en la Academia que había castigado tan duramente a tu padre. Me consta que te vigilaron estrechamente durante tus primeros años... Pero siempre has sido una estudiante ejemplar. Muy respetuosa con las normas, educada y trabajadora... incluso ganaste por méritos propios una plaza en el cuadro docente.

—Como muy bien habéis observado, se me da bien cubrir mis huellas —murmuró maesa Ashda.

—¿Y cuál era el objetivo de todo esto? ¿Infiltrarte en la Academia para vengar a tu padre? Y, si es así, ¿por qué tuviste que hacérselo pagar precisamente a mi ayudante?

Ella sonrió.

—Mi padre solo quería compartir sus conocimientos conmigo. Pero lo acusaron de traición a la Academia por revelar sus secretos a alguien que no vestía el granate. De modo que me dedico a cometer el crimen por el que él fue injustamente condenado. Desde hace mucho tiempo, en realidad. De hecho, el pobre Doril tuvo la desgracia de descubrirme por pura casualidad.

—Comprendo. Y te aseguraste de que no podría contárselo a nadie, porque conocías muy bien las consecuencias de tus actividades. Y por eso has venido ahora a buscarme. Para seguir... cubriendo tus huellas.

—Así es la vida, maese Belban —se limitó a responder maesa Ashda.

Yunek, Tabit y Cali permanecieron encerrados durante lo que les parecieron horas. Los dos estudiantes se habían sentado muy juntos, con las espaldas pegadas a la pared, lejos de Yunek, que ocupaba un rincón más al fondo. Ninguno de los tres tenía ganas de hablar.

Eran conscientes de que el juego se había terminado para ellos. Le habían dicho a Kelan, y en consecuencia a maesa Ashda, lo que quería saber. Ya no los necesitaba y, por tanto, en cuanto encontrase a maese Belban enviaría a Kelan y sus sicarios a silenciarlos para siempre, para que no pudiesen contar al mundo todo lo que sabían.

Entonces el portal se activó de nuevo; los tres jóvenes retrocedieron para apartarse de la luz, y Cali buscó la mano de Tabit en la penumbra.

—Se acabó —murmuró Yunek—. Ha sido un placer haberos conocido, pintapuertas.

—No perdamos la esperanza —dijo Tabit—. Quizá...

No siguió hablando, porque de nuevo entraron en la estancia Kelan y sus esbirros. Tabit tragó saliva y se adelantó un paso, fingiendo un aplomo que no sentía en realidad.

—¿Y bien? —preguntó—. ¿Estaba maese Belban donde yo te dije?

El joven se encogió de hombros.

—No lo sé —dijo—. Yo me he limitado a transmitir la información. Según mis superiores, no hace falta que espere a que ellos la confirmen, porque tú serías incapaz de mentir —concluyó, con una sonrisa—. Y menos si estaba en juego la vida de tu novia.

Tabit pasó por alto el último comentario.

—¿Tus superiores? —repitió—. ¿Te refieres a maesa Ashda?

Kelan frunció levemente el ceño.

—Vaya —comentó—. Ahora entiendo por qué tienes que morir. Tú y todos tus amigos, claro.

—Kelan, ¿por qué haces esto? —interrogó Tabit; lo hizo para ganar tiempo, pero también porque sentía curiosidad—. ¿Por dinero? Quizá estoy mal informado, pero no te falta, ¿no es cierto? ¿Por qué te arriesgas a ser expulsado de la Academia, o algo peor?

—La Academia está acabada, Tabit —replicó él con arrogancia—. Y más vale estar en el bando adecuado cuando eso suceda.

–¿Lo dices porque la bodarita se está agotando? Eso tampoco es...

–No me refiero a la bodarita, estúpido –gruñó él; parecía nervioso de pronto–. No lo entiendes, ¿verdad? Ella nos odia; nos odia a todos. Y, cuando estalle la guerra, no habrá sitio en Darusia para los pintores de portales. Caeremos en desgracia todos, salvo aquellos que colaboremos con el enemigo desde el principio.

–¿Guerra? –repitió Tabit–. ¿De qué estás hablando?

Kelan sacudió la cabeza.

–El tiempo para hablar ya ha terminado, Tabit –declaró.

Hizo una seña a los hombres que lo acompañaban y estos desenvainaron sus armas.

Tabit, Cali y Yunek retrocedieron hasta que sus espaldas toparon con la pared.

∽

En el desván, maesa Ashda suspiró.

–Siento cierta simpatía por vos, maese Belban. Pero sois tan obstinado... Han pasado más de veinte años y todavía insistís en investigar lo que pasó aquella noche. Incluso habéis inventado una forma revolucionaria de viajar en el tiempo... solo para salvar a Doril. Decidme, ¿por qué no podíais dejarlo estar?

Maese Belban sonrió.

–¿De verdad quieres saberlo? Sucedió que, una noche, hace ya muchos años, una chica misteriosa apareció de pronto en mi estudio a través de un portal azul y me dijo que en un futuro sería mi ayudante. Ese día comprendí que era posible viajar en el tiempo y que, en tal caso, llegaría un momento en que estaría en mi mano regresar al pasado y descubrir la verdad.

–¿Y ha valido la pena... morir por ello? –preguntó ella, extrayendo un punzón de una de las mangas de su hábito.

–¿Piensas matarme con eso? –replicó maese Belban con sorna.

Ella sonrió de nuevo.

–Esta pequeña aguja, maese, está emponzoñada con un veneno singalés, rápido, fulminante y absolutamente indetectable. Encontrarán vuestro cuerpo, pero todo el mundo pensará que os falló el corazón, y nadie sospechará jamás la verdad.

Maese Belban contempló el punzón con más respeto.

–Vaya, pues sí; has refinado tus métodos –comentó–. ¿También piensas matar a Yiekele?

Maesa Ashda miró de soslayo a la criatura de brazos duplicados, que seguía trabajando febrilmente en su portal, ajena a la escena que se estaba desarrollando a sus espaldas.

–¿Una pintora de portales que no necesita bodarita para pintar portales? ¿Bromeáis? –sonrió–. Ella no es una amenaza: es el futuro.

Y, justo en aquel instante, Yiekele terminó su portal. Extendió sus cuatro brazos, abarcando toda la circunferencia de su obra, agitó sus veinte dedos, dibujando con ellos una última retahíla de trazos que parecían algún tipo de lenguaje...

Y el portal se activó, bañándolos a todos con su luz rojiza. Yiekele volvió en sí, retrocedió de un salto y lanzó una exclamación entusiasmada.

≈

Súbitamente, un portal se abrió en una de las paredes de la celda. Era un portal extraño, con un entramado delicado y complejo, que no se ajustaba a ninguno de los patrones básicos utilizados por los maeses de la Academia. Además, no estaba pintado en realidad; había aparecido sin más, una huella luminosa de color rojo, en una de las dos paredes vacías de la habitación.

Todos se quedaron desconcertados un momento. Tabit se volvió hacia los dos portales pintados, que seguían apagados, y después contempló la luz del portal fantasma.

–Pero ¿cómo...? –empezó.

Caliandra fue la primera en reaccionar.

–¡Vamos! –gritó; empujó a Tabit a través del portal con una mano, y con la otra tiró de Yunek.

Los tres se precipitaron a través de aquella vía de escape sin saber a dónde conducía; pero Cali tenía claro que no podía ser peor que lo que dejaban atrás.

Oyeron la voz de Kelan dando órdenes a sus hombres, pero ninguno de ellos los persiguió.

–¿Qué es eso? –exigió saber maesa Ashda–. ¿A dónde conduce ese portal?

–Solo Yiekele lo sabe –respondió maese Belban–. O tal vez no.

Entonces, tres figuras aparecieron a través del portal. Dos de ellas vestían el hábito granate de los estudiantes.

–Verdaderamente singular –comentó el profesor al reconocer a Tabit y a Cali.

Nuevamente, fue la muchacha la primera en hacerse cargo de la situación.

–¡Es ella, es maesa Ashda! –gritó–. ¡Es el Invisible!

Los tres jóvenes se abalanzaron hacia la profesora, con intención de inmovilizarla. Maese Belban logró retener a Tabit por el hábito cuando pasó junto a él.

–¡Espera! ¡Tiene un...!

Cali se detuvo de golpe, pero no por la advertencia de maese Belban, sino porque oyó un jadeo ahogado tras ella, seguido de un grito de horror.

El portal se cerró, y algo cayó al suelo con un sonido desagradable.

Cali se dio la vuelta para mirar... y chilló.

Kelan los había seguido, pero lo había hecho demasiado tarde. Al apagarse, el portal lo había sorprendido justo cuando salía al desván, segando limpiamente su cuerpo en dos. Ahora, su torso sin vida yacía sobre el suelo polvoriento, su rostro congelado en una eterna mueca de espanto.

Cali enterró el rostro en el pecho de Tabit, que la abrazó sin apartar la mirada del demediado Kelan, mientras su mente trataba de asimilar lo que acababa de suceder. Yiekele también se había quedado quieta, turbada por la violenta escena que se desarrollaba ante sus ojos.

Entretanto, Yunek había logrado derribar a maesa Ashda y forcejeaba con ella. El punzón había salido despedido hacia un rincón. El joven inmovilizó a su oponente contra el suelo y miró hacia atrás un instante para comprobar que Cali se encontraba bien. Se quedó paralizado de espanto al descubrir lo que quedaba de Kelan, y maesa Ashda aprovechó su turbación para sacárselo de encima y arrastrarse lejos de él.

Y justo en aquel momento se abrió la puerta del desván y entró Tash, seguida de maese Maltun y maese Saidon.

–¡Allí están! –exclamó ella–. ¿Lo veis?

—¡Maesa Ashda! ¡Maese Belban! —exclamó el rector—. ¿Qué significa todo esto? ¿Qué es...?

No llegó a terminar de formular aquella pregunta. Su mirada se había detenido en la insólita figura de Yiekele y en el estudiante que yacía en el suelo, y al que le faltaba medio cuerpo. Lanzó una exclamación horrorizada. Maese Saidon tragó saliva, blanco como una pared.

—Hay una explicación para todo, maeses —respondió maese Belban con gravedad—. Por desgracia, no podemos hacer ya nada por este estudiante, que ha sufrido un lamentable accidente...

—¡Intentó matarnos! —cortó entonces Cali; aún temblaba violentamente, pero encontró fuerzas para proseguir—. ¡Era cómplice de maesa Ashda y seguro que participó en muchos de sus crímenes!

Maese Maltun logró apartar la mirada de Kelan y Yiekele para clavarla en ella.

—¿Crímenes...? ¿Qué estás insinuando, estudiante Caliandra?

Maese Belban asintió y retomó la palabra:

—En efecto; hemos descubierto que maesa Ashda asesinó a mi ayudante, Doril de Maradia, hace veintitrés años. Desde entonces ha cometido un sinnúmero de delitos que incluyen la sustracción de material de la Academia, el contrabando de bodarita, la eliminación de portales antiguos y la elaboración de nuevos portales no autorizados por el Consejo. Probablemente a eso habrá que añadir extorsiones, estafas, robos y asesinatos, pero todo eso lo dejaremos en manos de los alguaciles. Sin duda, en los más de veinte años que ha pasado actuando en la sombra bajo el apodo de «el Invisible» ha tenido tiempo de acumular un buen número de crímenes.

Maese Maltun, desconcertado, contempló a la profesora, que seguía acurrucada contra la pared, observándolos con desconfianza.

—Esas son acusaciones muy graves —señaló el rector—. Me temo, maesa Ashda, que tendremos que aclarar este asunto en la Casa de Alguaciles. Si tenéis la bondad de acompañarnos...

Pero ella echó a correr de pronto hacia la puerta. Saltó por encima de Yunek, que seguía en el suelo, empujó a un lado a maese Belban y trató de hacer lo mismo con maese Saidon; sin embargo, este era mucho más alto y fuerte que ella, y la sujetó con firmeza.

–¡No! –gritó la mujer, debatiéndose entre sus brazos–. ¡No pienso ser un escarmiento para nadie! ¡No serviré a vuestros propósitos!

–Por todos los dioses –murmuró maese Maltun–. Lleváosla de aquí, maese Saidon. Pedid ayuda si es preciso.

El alto pintor de portales asintió y se llevó a rastras a maesa Ashda, que aullaba y se debatía, enloquecida.

–¿Qué pasará con ella, maese Maltun? –preguntó Tabit con un estremecimiento.

–Habrá una investigación, estudiante Tabit –respondió el rector con gravedad–. No te quepa duda. Y ahora...

Un gemido de dolor lo interrumpió. Todos se volvieron entonces hacia Yunek, que seguía sin levantarse. No parecía encontrarse bien. Jadeaba como si le faltara la respiración, con los ojos muy abiertos y la mano sobre el corazón.

–¡Yunek! –exclamó Cali, precipitándose hacia él. Tabit la siguió.

–Oh, muchacho –murmuró maese Belban–. Dime que no te ha alcanzado con esa maldita aguja...

La mirada de Yunek fue del punzón que yacía olvidado en un rincón a su propio brazo, donde había un único arañazo de aspecto inofensivo.

–Estaba envenenado –dijo maese Belban–. Lo siento mucho.

–¿Qué...? –empezó Cali–. ¡No! ¡Yunek, no!

Tabit se volvió hacia los maeses.

–¡Deprisa, hay que traer a un médico!

–¡Yo sé dónde está la enfermería! –asintió Tash, y se fue corriendo.

Yunek se aferraba con desesperación al hábito de Cali, esforzándose por decir algo.

–Tranquilo... –repetía ella, luchando por contener las lágrimas–. Tranquilo... Te pondrás bien.

Él sacudió la cabeza y solo pudo pronunciar cuatro palabras:

–Cuida... de... mi hermana...

Después dejó de respirar, tan bruscamente como si una mano invisible se hubiese cerrado sobre sus pulmones con la fuerza de una garra de acero.

Y expiró en brazos de Cali.

Ella no pudo más. Gritó, y lloró, y se refugió entre los brazos de Tabit, que la envolvían con fuerza, como si trataran de protegerla de aquella pesadilla. Yiekele, todavía junto al portal que había creado, también lloraba, a su manera: sin lágrimas, emitiendo una especie de gemido desconsolado que sonaba como una hermosa canción sin palabras.

Maese Belban miró a su alrededor, desolado. Contempló lo que quedaba de Kelan; a Yunek, cuya cabeza reposaba sobre el regazo de Cali; la puerta por la que maese Saidon se había llevado a la taimada profesora de Arte, y murmuró:

—Yo no quería esto. Si lo hubiese sabido...

Maese Maltun se inclinó junto a él.

—Tenemos mucho de qué hablar, maese Belban. Aún no comprendo qué ha pasado, ni quién o qué es esa extraña criatura que habéis traído con vos. Pero nos queda mucho trabajo por delante y mucho que reconstruir, si queremos que regrese la paz a la Academia.

Él negó con la cabeza.

—Ignoro si yo llegaré a encontrar la paz algún día, maese Maltun. Ellos, sí —añadió, señalando a Tabit y Cali, que seguían abrazados junto al cuerpo de Yunek—. Son jóvenes; superarán esto, y todo lo que se les ponga por delante, si permanecen juntos. Ellos son el futuro de la Academia. Y un buen futuro, no me cabe duda. A los viejos ya solo nos queda hacernos a un lado y dejar que sean los jóvenes quienes carguen con el peso de nuestros errores y, con suerte, consigan legar a sus descendientes un mundo mejor que el que recibieron.

»Y está en nuestras manos transmitirles nuestros conocimientos y confiar en que sepan darles un uso mejor que el que nosotros les dimos —añadió, contemplando, pensativo, el grueso volumen del que nunca se separaba.

En la cubierta de cuero, ajada por el peso del tiempo, el anciano profesor había escrito, mucho tiempo atrás:

El Libro de los Portales.
Diario de investigación de maese Belban de Vanicia.

EPÍLOGO

Unos años más tarde

> «Ningún medidor Vanhar puede hallar las coordenadas que conducen a la felicidad.»
>
> Anotación anónima al margen de la página 233 del ejemplar de *Cómo utilizar un medidor de coordenadas. Manual práctico para estudiantes*, de maese Adsen de Rodia, que se halla en la biblioteca de la Academia de los Portales

Maese Tabit de Vanicia llegó a la granja cuando el sol ya se ponía por el horizonte.

Había pasado mucho tiempo desde su última visita, de modo que se detuvo un instante y la contempló con interés. La propiedad parecía más próspera; habían retechado el edificio principal, plantado un pequeño huerto a la entrada y construido un nuevo establo junto al granero. Tabit evocó su primer viaje a la granja, cinco años atrás, y clavó la mirada en la valla; una parte de él esperaba descubrir allí la silueta de Yunek aguardándolo, igual que en aquella ocasión.

El corazón le dio un vuelco al descubrir que, en efecto, sí había alguien esperando junto a la puerta. Una figura joven, alta y espigada.

Tabit apretó el paso; al acercarse más descubrió que, obviamente, no se trataba de Yunek, sino de su hermana Yania. Cuando llegó a su lado la contempló, sonriente.

–Yania –saludó–. Me alegro de verte. Has crecido mucho.

Ella le devolvió la sonrisa. La avispada niña de diez años se había convertido en una muchacha de tez morena y gesto reflexivo. Sus trenzas habían desaparecido, sustituidas por una melena rizada de color castaño claro.

–Ha pasado mucho tiempo, maese Tabit –dijo, con una inclinación de cabeza–. Sed bienvenido de nuevo a nuestro hogar.

–Por favor, llámame Tabit –le pidió él, aunque hacía ya años que se había ganado el derecho a peinar la trenza y llevar el hábito de los maeses.

Ella sonrió de nuevo, pero no dijo nada. Lo invitó a pasar al interior de la casa, y Tabit se alegró de poder refugiarse del calor del sol poniente. Descargó su compás y su macuto junto a la puerta y aceptó agradecido el taburete que Yania le acercó.

–¿Y tu madre, Yania?

–Está en el campo, dirigiendo a los jornaleros –respondió ella–. Pero no tardará en regresar.

Tabit se mostró conforme. Extrajo de su zurrón un rollo de papel y se lo enseñó a la muchacha. Ella lanzó una exclamación de asombro.

–¿Es... nuestro portal? –preguntó, tras un instante de vacilación.

Tabit asintió.

–Es el diseño de vuestro portal –corrigió–. Pero sí, lo que voy a pintar en vuestra pared tendrá un aspecto muy parecido a este.

Yania sostuvo el documento como si se tratara de una joya de gran valor.

–Es... es precioso.

Tabit sonrió con orgullo. Se trataba de un diseño muy innovador, porque no reflejaba ninguna forma que pudiera adscribirse a los modelos tradicionales. Al contrario: en el interior de un círculo perfecto, el entramado de adornos, volutas, rizos y espirales dibujaba claramente un ave rapaz alzando el vuelo, orgullosa y libre.

–No es mío –respondió–. Lo ha diseñado maesa Caliandra de Esmira.

Yania alzó la cabeza, asombrada.

–Pero... pero nuestra casa es demasiado humilde como para...

–Ella lo ha querido así –cortó Tabit–. Y a Yunek le habría gustado.

Yania calló. Los ojos se le llenaron de lágrimas.

–Sí –coincidió–. A Yunek le habría gustado.

La puerta principal se abrió entonces, y la joven se secó los ojos rápidamente.

–¡Madre! –la llamó–. ¡Mira, ha venido maese Tabit para pintar nuestro portal!

Bekia se detuvo en la entrada y saludó al pintor de porta-

les con una cansada sonrisa. Parecía como si por ella hubiesen pasado veinte años, en lugar del lustro que había transcurrido desde su último encuentro con Tabit.
—Bienvenido seáis —dijo.
Yania fue a mostrarle el diseño.
—¡Mira, madre! ¿No es hermoso? ¡Lo ha hecho nuestra benefactora, maesa Caliandra!
Bekia cerró los ojos un instante.
—Bendita sea la dama de Esmira —murmuró—. Pero ya ha hecho mucho por nosotras, y no sé si...
—Ella lo ha querido así —repitió Tabit—. Está feliz de poder ayudar a la familia de Yunek.
Bekia asintió, pero no dijo nada. Salió de la habitación y momentos después la oyeron trajinar en la cocina.
—Por favor, no se lo tengáis en cuenta —susurró Yania—. Ella nunca ha estado bien del todo, y después de lo de Yunek... —Hizo una pequeña pausa, reuniendo fuerzas para continuar—. Pero está muy agradecida a maesa Caliandra. Igual que yo. De no ser por ella...
No terminó la frase, pero no hizo falta. Tabit asintió, porque conocía bien aquella historia.
El padre de Caliandra le había prometido el regalo que ella escogiese cuando aprobase su proyecto final. Tras ser investida como maesa, lo único que Cali solicitó fue una granja perdida en los confines de Uskia.
La propiedad estaba cargada de deudas, pero no era nada que el poderoso Enrod de Esmira no pudiese pagar. Después, a petición de su hija, había invertido en mejorar las instalaciones y en comprar algunas tierras más. También había desembolsado una generosa suma para liberar a la hija de los granjeros de una asfixiante promesa de matrimonio contraída cuando ella no era más que una niña. El ofendido pretendiente había amenazado con presentar una dura batalla legal al respecto, pero después se demostró que, según las leyes de la ciudad, el contrato que conservaba no era válido sin el consentimiento de la chica, aunque las costumbres de las zonas rurales obviasen esta circunstancia a menudo.
Una vez hecho todo aquello, Cali había regalado la granja y todas las nuevas propiedades a los inquilinos, un gesto que su padre nunca comprendió, y que le echaría en cara a menudo.

Por tal motivo, años más tarde la joven maesa había pagado de su propio bolsillo el portal que Tabit se disponía a dibujar, y también la matrícula de Yania en la Academia de los Portales.

–Cali se siente feliz de poder ayudaros –dijo Tabit–. Apreciaba mucho a Yunek... igual que yo. Una vez le dije, de hecho, que me sentiría muy honrado de poder pintar su portal cuando la Academia lo autorizara. Y me alegro de corazón de que ese día por fin haya llegado.

Yania no dijo nada, pero asintió, pensativa.

Durante la cena hablaron de cosas intrascendentes. Tabit era incómodamente consciente de que su presencia traía penosos recuerdos a aquella familia. Después de su segunda visita a la granja, Yunek había resuelto acudir a Maradia a exigir su portal... y jamás había regresado a casa.

Tabit sabía que no era culpa suya, en realidad. Pero no podía evitar sentirse responsable en cierto modo.

Después de la cena, Tabit se situó ante la pared desnuda que albergaría el nuevo portal. El círculo de tiza que había dibujado cinco años atrás había desaparecido ya; sin embargo, sobre el muro destacaba una cruz pintada recientemente, en el lugar exacto en el que el estudiante enviado por la Academia días atrás había colocado el medidor para anotar las coordenadas. El joven maese abrió su compás, situó la punta sobre la señal y trazó un círculo nuevo. Entonces asintió para sí mismo, abrió un bote de pintura de bodarita y lo depositó sobre una mesita baja. Escogió un pincel, lo mojó con cuidado y lo acopló a uno de los extremos del compás.

Después, con un hábil movimiento de brazos, trazó en la pared una perfecta circunferencia de color granate.

Tras él, Yania ahogó una exclamación de asombro.

–¡Entonces, es cierto! ¡Vais a dibujar el portal!

Tabit cerró el compás y lo apoyó cuidadosamente contra la pared.

–¿Acaso lo dudabas?

Ella bajó la cabeza.

–Hace un par de semanas –dijo en voz baja– vino un maese y anotó las coordenadas de la pared. Dijo que venía de vuestra parte, pero luego se fue sin más explicaciones. Como ya era la segunda vez que hacían eso y seguíamos sin tener el portal...

–Ah, sí –asintió Tabit–. Me hubiese gustado venir personalmente a hacer la medición, pero tenía mucho trabajo pendiente en la Academia. Así que, en cuanto me enteré de que teníamos el visto bueno del Consejo, os envié a uno de mis mejores estudiantes a tomar nota de las coordenadas para ir acelerando las cosas.

Yania no dijo nada. Se limitó a observar al pintor de portales mientras montaba un marco de madera y encajaba en él el diseño de Caliandra para utilizarlo como referente.

Momentos después, estaba pintando.

Yania lo contemplaba en silencio mientras Tabit, sentado en un taburete, reproducía el dibujo de Cali con esmero y meticulosidad. Aquellos trazos eran tan complejos y delicados como el más fino encaje, pero la mano de Tabit, que se desplazaba lenta y segura sobre la pared de piedra, obtenía un resultado que no solo era fiel al original, sino que incluso lo mejoraba, dotándolo de mayor claridad y pulcritud.

Al cabo de unos instantes, Yania se atrevió a romper el silencio.

—¿Qué le pasó a Yunek, maese Tabit?

Él se detuvo para mirarla.

—¿Qué os contaron?

La joven se encogió de hombros.

—Algo sobre una pelea con unos contrabandistas, o algo así. No lo entendimos muy bien, y nadie nos habló claro. Trajeron el cuerpo por los portales. No tenía heridas. No nos explicaron qué había pasado en realidad.

Tabit se quedó mirándola. Se parecía mucho a Yunek, con aquel gesto obstinado y aquel callado orgullo. Pero en sus ojos no había desafío ni resentimiento; tan solo una mirada limpia, sincera e inusualmente sabia y madura para una muchacha de su edad.

—Es una historia muy larga —dijo finalmente—. Pero creo que mereces saber la verdad. Y dejo en tus manos la decisión de contarle a tu madre lo que creas conveniente —añadió, bajando la voz, señalando con un gesto hacia la estancia contigua, donde Bekia hacía rato que dormía ya.

—Escucharé —le aseguró Yania—. El tiempo que necesitéis.

Tabit sonrió y contempló, pensativo, el pincel embadurnado de pintura de bodarita.

—Hagamos una cosa —propuso—: yo tengo trabajo aquí para

una semana por lo menos. Estaré pintando todo el día y parte de la noche. Puedo contarte la historia mientras tanto, y seguro que no necesitaría tanto tiempo, pero tú tendrás cosas que hacer en el campo, ¿verdad? –Yania asintió, un tanto decepcionada–. No te preocupes –la consoló Tabit–. Por las noches, después de cenar, podemos reunirnos aquí un rato, tanto tiempo como puedas quedarte sin que eso te robe demasiadas horas de sueño..., y así, cada día, te iré hablando poco a poco de Yunek y de todo lo que sucedió. ¿Te parece bien?

Yania dijo que sí.

A lo largo de los días siguientes, Tabit pintó el portal para Yania, que antes había sido el portal de Yunek, siguiendo el diseño que había creado Cali. Por el día estaba prácticamente a solas con el portal, pero por las noches, después de la cena, Yania se sentaba junto a él en silencio. Tabit pintaba y hablaba, y Yania escuchaba.

Así, el maese le relató todo cuanto le había sucedido desde que le encargaran pintar el portal para Yunek, cinco años atrás. La cancelación del proyecto, la elección de Caliandra como ayudante de maese Belban, la desaparición del portal de los pescadores, el posterior asesinato de Ruris, su guardián, y la investigación de Rodak... La llegada de Yunek a la Academia y la amistad que había iniciado con Cali... Tabit habló también de la búsqueda de maese Belban, de Tash y la bodarita azul y de los portales temporales. Cuando le contó a Yania cómo habían encontrado la forma de activarlos y cómo él mismo había viajado al pasado en busca de maese Belban, Yania abrió mucho los ojos, fascinada. Se estremeció al escuchar el relato de cómo el Invisible les había seguido los pasos hasta Belesia gracias a la intervención de su propio hermano, y lanzó una exclamación de asombro cuando Tabit le describió aquel extraño mundo que maese Belban había calificado de «basurero cósmico» y le descubrió la existencia de criaturas como Yiekele.

La última noche, cuando Tabit le habló de su accidentado regreso a la Academia, de cómo habían descubierto la identidad del Invisible y de la lucha que se produjo después, en la que habían muerto Yunek y Kelan, Yania no pudo evitar que las lágrimas afloraran a sus ojos.

Y cuando el pintor de portales calló, la muchacha permaneció largo tiempo en silencio, pensando.

Mientras tanto, Tabit daba las últimas pinceladas a su portal.

Estaba quedando espectacular. El diseño de Cali era hermoso sobre el papel, pero dibujado en un tamaño mayor por la mano experta de Tabit se convertía en una verdadera obra de arte. Yania observó, sobrecogida, cómo el maese completaba el ala izquierda del ave con un entramado de rizos y espirales.

—Muchas gracias por contarme esta historia, maese Tabit —dijo finalmente—. Yo... nunca pensé que mi hermano pudiera llegar a traicionaros, a pactar con un grupo de criminales para conseguir un portal... —se estremeció—. Y todo por mí...

—No es culpa tuya —la consoló Tabit—. Y lo cierto es que la Academia no se lo puso fácil a Yunek. Su error fue creer que no tenía alternativa. Pero ya ves que sí la había —añadió, mostrando con un amplio gesto de su mano el portal casi finalizado—. Perfectamente legal, aprobado por la Academia y con todas las bendiciones del Consejo.

—Eso es algo que no entiendo —comentó Yania, frunciendo el ceño—. Decís que la bodarita se está agotando, pero por fin aprobaron nuestro portal.

Tabit sonrió ampliamente.

—Se debe a que no todos los profesores de la Academia son viejos maeses encerrados en sus libros, sin el menor contacto con la realidad —dijo—. Aún quedan entre nosotros algunos con un gran sentido práctico. Por eso, desde el mismo momento en que se hizo patente la escasez de bodarita, y mientras otros maeses fingían que no sucedía nada o trazaban quiméricos planes de viajes al pasado, maese Kalsen, el profesor de Mineralogía, se dedicaba a organizar expediciones por toda Darusia. Obtuvo el apoyo de maese Nordil, un miembro del Consejo que, sin ser profesor de la Academia, ostenta también un importante cargo en el Consejo de la ciudad de Maradia... y es inmensamente rico. A maese Nordil le preocupaba sobremanera el hecho de que las minas se estuviesen quedando vacías, y financió generosamente las prospecciones de maese Kalsen.

—¿Y encontraron más bodarita? —preguntó Yania. Tabit asintió.

—Un gran yacimiento en la cadena montañosa que se alza al sur de Vanicia. Suficiente para que la Academia de los Portales pueda proseguir con su actividad al menos uno o dos siglos más. Y después... ya se verá.

Yania reflexionó.

–¿Y qué pasó con la bodarita azul? Si se me permite preguntar –añadió, azorada, temiendo haber sido demasiado indiscreta.

–Puedes preguntar. Bueno, si recuerdas la historia que te he contado sobre Tash, quizá te hayas fijado en que el túnel en el que se encontró la bodarita azul no era demasiado estable. Hubo nuevos derrumbamientos... con catastróficas consecuencias para los mineros. Uno de los que fallecieron aquellos días fue el padre de Tash –añadió con seriedad–. La galería quedó completamente bloqueada y hasta el día de hoy todos los intentos por despejarla han resultado inútiles, una pérdida de tiempo y de vidas. –Suspiró–. De modo que la Academia posee el secreto de los viajes en el tiempo, pero ya no dispone de materia prima. Sin bodarita azul, además, tampoco se pueden dibujar portales violetas que conduzcan a otros mundos. Se diría, de alguna manera, que todo ha vuelto a ser como antes. O no del todo –añadió, acariciando su zurrón–, porque ahora sabemos que es posible. Y que nuestro mundo no es el único que existe.

–¿Qué sucedió con Yiekele? –siguió preguntando Yania; había escuchado con verdadera pasión todo lo relativo a la exótica mujer de cuatro brazos y estaba deseando saber más cosas sobre ella.

Tabit rió.

–Bueno, los maeses consiguieron retenerla en la Academia... un par de semanas nada más. Al principio, ella se mostraba interesada en nuestra forma de dibujar portales. Nuestra pintura le parecía extraña, y no entendía para qué servían los medidores de coordenadas. Los profesores, por su parte, estaban fascinados con ella. Pero no tuvieron ocasión de aprender gran cosa, porque Yiekele se aburrió de nosotros y se marchó.

–¿Que se marchó?

–Simplemente entró en trance, pintó un portal y se fue por él. Y no hemos vuelto a verla desde entonces. Nunca llegaremos a saber a dónde fue, porque los dos portales que nos dejó en la Academia no han vuelto a activarse. Tampoco descubriremos nunca, me temo, el propósito del enorme portal que estaba dibujando en aquella caverna cuando la conocimos. Pero al menos tenemos dos de sus portales, el que dibujó en el desván para salvarnos de Kelan y el que pintó en el estudio de maese Belban, por el que desapareció y que, suponemos, conduce a su casa, dondequiera que esta se encuentre.

»Al principio hubo un gran debate con respecto a esos portales. Algunos maeses querían borrarlos para estudiar la sangre de Yiekele como posible sustituto de la pintura de bodarita. Otros decían que sus portales no solo eran una obra de arte, sino también lo único que nos quedaba de la visita de una criatura de otro mundo, un hecho que quizá no llegara a repetirse jamás. Afortunadamente, justo entonces maese Kalsen y su equipo descubrieron el nuevo yacimiento de bodarita y parece que los argumentos a favor de la conservación de los portales prevalecieron sobre los de aquellos que querían destruirlos.

»De modo que ya sabes: cuando entres en la Academia tendrás ocasión de estudiar los portales de Yiekele, porque los han introducido en el temario, con una nueva asignatura: Portales a Otros Mundos. Que, por cierto, imparto yo –añadió con cierta timidez.

Yania sonrió, adivinando lo orgulloso que se sentía Tabit por aquella circunstancia.

–Me encantará asistir a vuestras clases, maese Tabit –le aseguró; y lo decía de verdad–. ¿Maesa Caliandra también es profesora?

–No –respondió Tabit–. Ella vive en la Academia, porque... –se interrumpió, un tanto azorado–. Bueno, porque estamos casados –confesó por fin–, pero en realidad se dedica a otras cosas. Pinta portales, tanto artísticos como funcionales, y también está muy involucrada en los negocios de su padre.

–¿Y ella...? Oh, disculpad –se interrumpió Yania, avergonzada–. Estoy haciendo demasiadas preguntas, y no quería ser descortés.

–No –respondió Tabit, mirándola fijamente–. Puedes preguntar. Tienes todo el derecho a hacerlo. De hecho, tu hermano sentía algo especial por Caliandra. Es normal que sientas curiosidad.

–Pero él la traicionó –murmuró Yania–. Por mí.

–No te angusties por eso. Todos podemos tomar una mala decisión en algún momento de nuestras vidas. Y lamento mucho que se metiera en problemas a causa de ello. Ojalá hubiésemos podido salvarle. Porque él nos salvó a todos cuando detuvo a maesa Ashda en aquel desván.

Yania alzó la cabeza con curiosidad.

–¿Cómo fue eso?

Tabit se encogió de hombros.

–Resultó que las actividades de maesa Ashda bajo la máscara del Invisible iban más allá del contrabando de bodarita y el asesinato de aquellos que pudieran descubrir su identidad –explicó–. En realidad, estaba acumulando material para fundar una Academia clandestina en Rutvia.

–¿En Rutvia?

–¿Conoces la historia de las guerras rutvianas? Te sonará, al menos; Uskia está situada, precisamente, en plena frontera entre ambos países.

–Sé que en el pasado hubo guerras –respondió ella–, pero que hace ya mucho tiempo que hay paz con Rutvia.

–Eso es porque los rutvianos no conocen la ciencia de los portales. La última guerra rutviana terminó gracias a los maeses. Nuestro ejército conquistó la capital enemiga atravesando un portal; desde entonces, en Rutvia nos tienen miedo, pero también han intentado repetidas veces hacerse con el secreto de los portales. Y maesa Ashda estaba dispuesta a proporcionárselo... no por dinero, aunque no me cabe duda de que le pagarían generosamente... sino por venganza. Quería ver caer la Academia, y sin duda es lo que habría sucedido de haber podido llevar sus planes a término. Por no mencionar el hecho de que habría estallado una sangrienta guerra y, con ambos bandos en posesión del secreto de los portales, las consecuencias habrían sido funestas, el sistema de portales se habría derrumbado por completo y el mundo nunca habría vuelto a ser el mismo.

–Entonces... –se atrevió a preguntar Yania tras pensarlo unos instantes–, ¿qué sucedió finalmente con maesa Ashda? ¿La castigaron de la misma manera que a su padre por traicionar a la Academia, o sus delitos eran aún más graves?

–Posiblemente, y dada su relación con los espías rutvianos, el Consejo de Maradia la habría condenado a muerte. Sin embargo, ella no les dio ocasión. Permaneció en prisión hasta que se la llevaron a la Casa de Justicia, pero no llegó a entrar en la sala en la que se celebraría su juicio; logró burlar a los guardias que la custodiaban, echó a correr hacia la ventana y se arrojó a través de la cristalera. Nunca sabremos si simplemente trataba de escapar... o si buscaba la muerte para evitar una condena similar a la de su padre. El caso es que no sobrevivió a la caída.

Yania se estremeció de horror. Tabit la miró con gravedad.

—Ojalá en el futuro podamos compartir nuestra ciencia con otros países y extender la red de portales por todo el mundo —dijo—; a mí nada me gustaría más. Pero no de esa manera. Las relaciones entre Rutvia y Darusia deberían avanzar con la paz, la diplomacia y el entendimiento; no a través de espías, ladrones y contrabandistas que venden secretos de la Academia al mejor postor.

—Pero ¿por qué no nos dijeron nada de todo esto? —preguntó Yania, con los ojos llenos de lágrimas—. ¿Por qué no nos hablaron de lo que Yunek había hecho?

Tabit sacudió la cabeza.

—Fueron momentos muy confusos para todos. La traición de maesa Ashda, la bodarita azul, la muerte de Kelan, la historia de maese Belban, la presencia de Yiekele... ¿cómo explicarlo todo? ¿Y quién nos habría creído? Maese Maltun se esforzó mucho por hacer que todo volviera a la normalidad lo antes posible. No solo por nosotros o por la Academia sino, sobre todo, por el resto de los estudiantes.

—¿Y maese Belban estuvo de acuerdo? ¿Qué hizo él cuando todo acabó? ¿Volvió a encerrarse en su estudio?

Tabit rió de buena gana.

—Intentó reincorporarse a la vida académica, pero no aguantó mucho. A menudo perdía la paciencia con los estudiantes; decía que no era capaz de soportar tanta ignorancia junta. En el fondo, lo que deseaba era seguir aprendiendo con Yiekele, así que, cuando ella entró en trance y dibujó un portal en la pared de su estudio... él la siguió.

—¿A través del portal? —se asombró Yania.

Tabit asintió.

—Se fue con ella, sí, sin tener ni la más remota idea de a dónde los conduciría aquel portal. No pudimos detenerlo, porque cuando Yiekele salió del trance no había nadie presente, a excepción de él. Se fue sin despedirse de nadie, dejando atrás una carta en la que explicaba lo que había hecho. Así que, en un solo día, la Academia perdió a uno de sus mejores investigadores y a la criatura más asombrosa que hemos conocido jamás.

—Pero quizá regresen algún día —comentó Yania, esperanzada.

—Quizá, sí —admitió Tabit con una sonrisa. Dio una última pincelada al portal y declaró—: Ya está terminado.

Yania se levantó de un salto, muy nerviosa.

—¿Ya? ¿De verdad?

Lo contempló, extasiada.

Era lo más hermoso que había visto jamás. Al natural era todavía más impresionante que el bosquejo de Cali. El ave representada en él alzaba las alas al cielo, y el fuego que crepitaba en la chimenea le arrancaba reflejos flamígeros, resaltando aún más su contorno.

Pero las dos circunferencias exteriores estaban vacías, y Yania lo notó.

—¿Qué es lo que falta ahí? —preguntó.

Tabit se estiró como un gato, satisfecho con la tarea realizada.

—Las coordenadas —respondió—. Mañana, con la luz del día, haré una segunda medición y las escribiré en el círculo interno. También pintaré las variables del portal gemelo que está en el Muro de los Portales de Maradia, y que llevo anotadas en mi cuaderno.

Yania se sorprendió de nuevo.

—¿Queréis decir que esta es la segunda vez que dibujáis este portal?

—Sí —asintió Tabit—. Por eso envié a alguien por delante para medir las coordenadas. Con esos datos pude pintar vuestro portal en Maradia, y debo decir que, por lo que sé, está llamando mucho la atención. —Sonrió—. Seguro que Cali está muy contenta.

Yania apenas podía contener su excitación.

—¿Eso significa que mañana mismo ya podría activarse?

—En cuanto escriba las coordenadas, sí. Pero también he de poner una contraseña. ¿Alguna sugerencia?

Yania no lo pensó.

—«Yunek» —dijo enseguida.

Tabit asintió.

—Esa será —respondió; comenzó a guardar sus útiles de trabajo, pero se detuvo y volvió a mirar a la chica para recordarle—: Esta ha sido la última noche de confidencias, Yania. Mañana regresaré a Maradia a través de tu portal, así que, si hay alguna otra cosa que quieras saber... puedes preguntarla ahora.

Ella reflexionó.

—¿Qué pasó con Rodak? —preguntó por fin—. ¿Se recuperó de su herida?

–Sí –dijo Tabit–, y ahora trabaja como guardián del portal del Gremio de Pescadores y Pescaderos de Serena. Es un buen guardián –añadió con una sonrisa–. Su madre y su abuelo están orgullosos de él. Así que, si algún día pasas por Serena, ya sabes dónde encontrarlo. No dudes en ir a verlo, se alegrará de conocerte; Yunek y él eran buenos amigos.

–¿Queréis decir que finalmente restauraron su portal?

–En efecto. Se descubrió que un grupo de belesianos había contratado al Invisible para borrarlo, y la justicia los obligó a pagar la restauración. Pero, como en la Academia nos habíamos quedado sin expertos en Restauración tras la muerte de Kelan y maesa Ashda... me ofrecí voluntario, y me lo aceptaron como proyecto final. Dado que yo tampoco sabía mucho sobre restauración de portales, pedí permiso para iniciar el proyecto desde el principio. Borramos el portal gemelo de la plaza de Maradia y les diseñé y dibujé uno nuevo... que es el que ahora guarda Rodak.

Yania parecía emocionada.

–Me gustaría verlo, maese Tabit –declaró–. Y conocer a Rodak. ¿Y Tash? ¿Qué fue de ella?

–Bueno, ya te he contado que su padre murió en la mina, ¿verdad? Por aquel entonces, ella vivía en Serena, en casa de Rodak. Encontró trabajo como pescadera en la lonja de Serena. Se le da bien, porque es lanzada y descarada, y además tiene mucha fuerza, así que a menudo ayuda también a acarrear las cestas de pescado. Pero, por lo que yo sé, aún no han conseguido convencerla para que vuelva a subirse a un barco.

»Cuando murió su padre, regresó a su pueblo natal para recoger a su madre, y se la llevó consigo a Serena. Encontraron una casa, y ahora Tash ya no vive con Rodak y su familia; pero siguen siendo muy buenos amigos.

–¿Sigue vistiendo como un chico?

–Si te refieres a si ha empezado a usar vestidos, la respuesta es que no; y no creo que lo haga jamás. Está demasiado acostumbrada a la ropa masculina. Pero ya no parece un chico, o, al menos, no tanto como antes. Tendrías que haberla visto cuando la conocí. Había desarrollado la habilidad de llevar la ropa de manera que ocultara su figura femenina. Ahora ya no se molesta en hacerlo. Así que, sí, lleva ropa de chico, pero se nota que es una chica, y además se ha dejado crecer un poco el pelo. Aunque la última vez que la vi decía que era un incordio y que pensaba cortárselo en cuanto pudiera.

–¿Y qué le pasó a esa chica a la que golpearon? –siguió preguntando Yania–. ¿Se curó?

–¿Relia? Sí, afortunadamente. Tardó en despertar pero, cuando lo hizo, no le quedaron secuelas, y acabó por recuperarse por completo. Terminó los estudios; ahora es maesa, pero no se quedó en la Academia. Sigue ayudando a su padre en Esmira y pinta portales de vez en cuando. Y en cuanto a Unven... él sí colgó el hábito, por así decirlo. Después de lo que le pasó a Relia, ya no quiso regresar a la Academia. Volvió a Rodia y su padre le encomendó una de sus propiedades para que la administrara. Pero se fue a vivir a Esmira para estar con Relia en cuanto ella terminó su proyecto final. Y allí siguen los dos –concluyó Tabit con una sonrisa–, juntos y felices, por lo que yo sé. Tienen una niña preciosa que se parece mucho a Relia. Aunque me temo que ha heredado el carácter de Unven.

Yania asintió, encantada de tener noticias de los protagonistas de aquel relato que tanto la había impresionado. Por momentos había llegado a pensar que eran solo los personajes de alguna historia emocionante, pero ficticia. El hecho de saber de ellos, la certeza de que se cruzaría con maesa Caliandra por los pasillos de la Academia, o que podría ver a Rodak junto al portal de los pescadores, y conocer a Tash en la lonja de Serena... era mucho más de lo que se habría atrevido a soñar.

–Gracias, maese Tabit –dijo entonces, muy seria.

Él sonrió.

–¿Por qué? Solo estoy haciendo mi trabajo.

–Una vez, alguien a quien quise mucho dijo: «Hay muchas maneras de hacer un trabajo». Gracias a vos, una pobre chica campesina como yo tiene al alcance de su mano... –señaló el portal, con los ojos brillantes, como si aún no pudiese creer que fuera real–, el mundo entero. Ahora comprendo por qué mi hermano luchó tanto por conseguir este portal. Pero... –se interrumpió, y una sombra de preocupación nubló sus ojos castaños.

–¿Hay algún problema? –preguntó Tabit, con suavidad.

Ella contempló el portal de nuevo, esta vez con respeto y algo de temor.

–Esto significa... que de verdad estudiaré en la Academia de los Portales.

–Sí. Si es eso lo que quieres, naturalmente.

–¡Sí! Sí, por supuesto. Llevo soñando con este día desde que... bueno, ni soy capaz de recordarlo. Es solo que... no sé si estoy a la altura.

–Has estado yendo a la escuela, como te dijo Cali, ¿verdad?

–Sí. Y sé leer y escribir, y hacer cuentas...

–Con eso basta –rió Tabit–. Me consta que algunos estudiantes que entran en primero no saben mucho más.

Yania lo miró con asombro, convencida de que tenía que estar bromeando.

–Pero, una vez en la Academia –prosiguió él, poniéndose serio–, tendrás que trabajar mucho. Eres inteligente, pero no es suficiente. La buena noticia es que estudiar o no estudiar solo depende de ti –añadió, con una sonrisa tranquilizadora–, así que, si te esfuerzas, no tendrás problemas.

Yania asintió, emocionada. Y no pudo reprimirse más. Se lanzó a los brazos de Tabit y lo estrechó con fuerza.

–Muchas gracias, maese Tabit. Jamás podré encontrar la forma de expresaros cuánto significa para nosotras, y especialmente para mí, todo lo que estáis haciendo vos y maesa Caliandra.

Tabit la abrazó y le acarició el pelo con cariño.

–Y ojalá pudiésemos hacer más –murmuró–. Sabes, en su momento nos enfadamos con Yunek por lo que hizo, pero... creo que en el fondo nunca dejamos de ser amigos. Y lamentamos mucho lo que le pasó. Todo lo que vivimos aquellos días... nos unió para siempre a todos. Aunque procediésemos de ambientes tan distintos, aunque cada uno de nosotros viva su vida en un lugar diferente... Cali, Tash, Rodak, yo... y, por supuesto, Yunek... siempre estaremos unidos, de alguna manera. Por eso para Cali y para mí es una gran alegría y un orgullo poder abrirte las puertas de la Academia. Por supuesto, sabemos que no es perfecta; pero es nuestro hogar.

Yania asentía, demasiado emocionada para hablar.

–Y ahora, a dormir, jovencita –ordenó Tabit, separándose de ella–. Mañana será un gran día.

Se levantaron con las primeras luces del alba. Lo que quedaba por hacer era un mero trámite, y Tabit lo realizó con rapidez y diligencia. Escribió sobre el portal la contraseña «Yunek» en lenguaje alfabético y clavó la tablilla en la pared, donde dibujó la misma palabra en lenguaje simbólico con polvo de bodarita, uniendo el trazo al propio diseño del portal. Después hizo la medición para asegurarse de que obtenía el mismo resultado que el estudiante al que había enviado a la granja unas semanas atrás, y escribió las coordenadas en la circunferencia interior del portal. Por último, sacó su cuaderno de notas y copió en la circunferencia exterior la lista de variables correspondiente al destino del portal: el Muro de los Portales de Maradia.

Cuando acabó, dio un paso atrás y contempló su obra.

—¿Ya está? —preguntó Bekia con recelo—. ¿Por aquí podremos llegar hasta la ciudad?

—Falta escribir la contraseña —respondió él—. Ven, Yania, voy a enseñártela.

Escribió el símbolo en un papel e hizo que la chica lo repitiera hasta estar seguro de que lo había aprendido de memoria. Después, echaron al fuego los papeles que habían utilizado para que no cayeran en las manos equivocadas.

—Haz los honores —la invitó Tabit, con una sonrisa.

Tras un breve titubeo, Yania introdujo el dedo en la bolsa de polvo de bodarita que le tendía Tabit y después escribió con él en la tablilla el símbolo que acababa de aprender.

Y el portal se activó.

Bekia lanzó una exclamación de miedo y retrocedió, arrastrando a su hija con ella. Pero Yania se separó de ella con suavidad.

—Es lo que Yunek quería, madre —le recordó—. Y es lo que quiero yo también.

Ella vaciló, pero finalmente asintió y la dejó ir.

—Probaré yo primero —se ofreció Tabit, y atravesó el portal.

Apenas unos instantes después estaba de regreso.

—Todo correcto —les aseguró—. La conexión se ha establecido y el portal conduce al lugar adecuado.

Cargó con sus bártulos y le ofreció la mano a Yania. Ella respiró hondo, se echó su macuto al hombro, abrazó a su madre y tomó la mano del pintor de portales.

Los dos dieron un paso al frente y cruzaron el portal.

Yania gritó al sentir aquel extraño retortijón en el estómago. Pero apenas había empezado cuando acabó de pronto, y la luz roja se apagó.

La muchacha parpadeó y miró a su alrededor, asombrada.

Se encontraba al aire libre, en una plaza circular abarrotada de gente que entraba y salía de diversos portales, o que hacía cola para atravesar alguno de ellos. Tuvo miedo, pero enseguida sintió la tranquilizadora mano de Tabit sobre su hombro.

–Todo está bien –le dijo con suavidad.

–Bienvenida a Maradia, Yania –la saludó entonces una voz femenina.

Ella alzó la mirada, buscando a la dueña de aquella voz. Descubrió a una joven pintora sonriente, de larga trenza negra y expresión amistosa. Se quedó sin palabras.

–Maesa... maesa Caliandra –pudo decir por fin.

La sonrisa de ella se hizo más amplia. Tabit la saludó con un beso y se volvió hacia Yania.

–¿Preparada para visitar la Academia?

Yania se sentía fuera de lugar en aquella ciudad tan elegante, con su ropa de campesina y sus zapatos gastados, y se preguntó si Yunek habría experimentado la misma sensación en su primera visita. Pensar en su hermano la entristeció, pero también le recordó por qué había luchado, y lamentó que no pudiera estar allí, con ella, para ser testigo de aquel momento.

Asintió.

Tabit y Cali la guiaron por las calles de Maradia hasta que el imponente edificio de la Academia de los Portales se alzó ante ellos al final de la avenida. Yania se detuvo a contemplarlo, boquiabierta.

Cali entrelazó la mano de Tabit con la suya y susurró:

–¿Qué le has contado?

–Casi todo –respondió él en el mismo tono–. En realidad, me he guardado para mí un último secreto, pero tengo intención de entregárselo cuando esté preparada.

Su mano fue automáticamente a su zurrón. Cali comprendió.

–¿Crees que lo estará algún día?

–Sin duda –respondió Tabit–. Pero aún tiene mucho camino que recorrer.

Ella asintió.

Sabía perfectamente lo que guardaba Tabit con tanto celo en su morral. De hecho, ellos dos eran los únicos que estaban al tanto de que maese Belban había dejado tras de sí algo más que una carta de despedida al marcharse con Yiekele a través del portal.

Había sido Cali, de hecho, quien había hallado sobre la mesa ambas cosas, la carta y el voluminoso diario de investigación de maese Belban. Le costó comprender que el profesor había cruzado el portal, porque él raras veces se separaba de aquel libro. Pero no resistió la tentación de echarle un vistazo, y allí, en las primeras páginas, encontró una nota para Tabit que decía así:

Estudiante Tabit:

Sé que mi ayudante es extraordinariamente inteligente e intuitiva. Pero me consta que solo tú serías capaz de apreciar en profundidad todo lo que hay escrito en estas páginas. No solo eso: sé que le darás el mejor uso posible. Cuida bien de mis secretos, estudiante Tabit, y recuerda siempre que no existen las fronteras para aquellos que se atreven a mirar más allá.

Hasta que volvamos a encontrarnos,

Maese Belban de Vanicia

Ni Tabit ni Cali habían hablado nunca a nadie de la existencia del *Libro de los Portales* de maese Belban. Pero el joven había empezado a estudiarlo con entusiasmo, y soñaba con el día en que pudiera continuar escribiendo en sus páginas y aportar algo más a las futuras generaciones. Sus manos acariciaron su viejo morral con cariño. Pese a que, como maese, ya disponía de ciertos ingresos, aún no se había desprendido de él; algunas costumbres eran difíciles de abandonar.

Cali lo hizo volver a la realidad. Unos pasos por delante de ellos, Yania los esperaba frente a las puertas del edificio. Parecía muy pequeña ante la enorme y vetusta Academia, y temblaba de emoción, como una hoja a punto de desprenderse de un árbol, que no supiera si permanecer unida a la rama o dejarse llevar hasta donde al viento se le antojara arrastrarla.

Tabit y Caliandra cruzaron una mirada cómplice, llena de ternura. Tal vez evocaban aquel día lejano en que ellos también habían franqueado aquel umbral, ignorantes de todo lo que estaba por venir, con la cabeza rebosante de sueños y el corazón repleto de esperanza.

Y, aún con las manos entrelazadas, acompañaron a la muchacha uskiana en los primeros pasos de su nueva vida como estudiante de la Academia, con ilusiones renovadas y el anhelo de un futuro mejor para todos, un futuro en el que los portales tendieran vínculos entre las personas... dondequiera que se encontrasen.